磨铁经典文库系列·狄更斯文集

真实的色彩是精美柔和的,
它只是需要清澈的眼睛来发现。

雾都孤儿

[英] 查尔斯·狄更斯 _ 著

吴超 _ 译

Oliver Twist

江苏凤凰文艺出版社

图书在版编目（CIP）数据

雾都孤儿 /（英）查尔斯·狄更斯
(Charles Dickens) 著；吴超译. -- 南京：江苏凤凰文艺出版社，2024.11. -- ISBN 978-7-5594-9088-9

Ⅰ．I561.44

中国国家版本馆CIP数据核字第202415BG70号

雾都孤儿

[英] 查尔斯·狄更斯 著 吴 超 译

责任编辑	曹 波
特约编辑	夏 冰
装帧设计	魏 魏
出版发行	江苏凤凰文艺出版社
	南京市中央路165号，邮编：210009
网　　址	http://www.jswenyi.com
印　　刷	河北鹏润印刷有限公司
开　　本	787毫米×1092毫米　1/64
印　　张	13
字　　数	347千字
版　　次	2024年11月第1版
印　　次	2024年11月第1次印刷
书　　号	ISBN 978-7-5594-9088-9
定　　价	62.00元

江苏凤凰文艺版图书凡印刷、装订错误，可向出版社调换，联系电话 025-83280257

目录

第 1 章	说说奥利弗·特威斯特出生的地方，以及他出生时的情况	001
第 2 章	说说奥利弗·特威斯特的成长、教育和食宿	006
第 3 章	奥利弗·特威斯特差点得到一个差事，但那绝不会是什么美差	027
第 4 章	奥利弗有了新工作，并初次踏入社会	043
第 5 章	奥利弗结识新同事，以及第一次参加葬礼，并对主人的生意产生疑问	057
第 6 章	奥利弗不堪诺亚戏弄奋起反抗，诺亚惊诧不已	077
第 7 章	奥利弗继续抗争	087
第 8 章	奥利弗步行去伦敦，途中偶遇古怪少年	100
第 9 章	继续交代那位快活的老绅士及其得意弟子们的若干细节	115
第 10 章	奥利弗对新伙伴日渐了解，积累了不少经验，也付出了高昂代价——	

	本章篇幅不长，但在奥利弗的人生故事中举足轻重	127
第 11 章	聊聊治安法官法昂先生，并通过一个小案例领略一下他的执法风格	136
第 12 章	奥利弗得到前所未有的悉心照料——本章会重新提到快活的老费金和他的徒弟们	150
第 13 章	向聪明的读者介绍几位新朋友，顺带聊聊发生在他们身上、与本故事有关的各种趣事	167
第 14 章	继续讲述奥利弗在布朗罗先生家的情形，以及他外出时，一位名叫格里威格的先生对他做出的不同寻常的预言	182
第 15 章	说说那位快活的犹太老头儿和南希小姐有多喜欢奥利弗·特威斯特	201
第 16 章	说说奥利弗·特威斯特被南希带走之后的事	214
第 17 章	奥利弗的悲惨命运仍在继续；又一个大人物来到伦敦，令他岌岌可危的名声雪上加霜	232

第18章	又入贼窝,奥利弗如何度日?	250
第19章	讨论并敲定一个值得留意的计划	265
第20章	奥利弗被移交给赛克斯先生	283
第21章	长途跋涉	298
第22章	行窃	309
第23章	本章包含班布尔先生和一位女士的一次畅谈,说明即便教区干事也有动情的时候	323
第24章	叙述一件无聊的琐事——本章篇幅不长,但在整个故事中可能很重要	338
第25章	本章我们回过头来说说老费金和他的同伙们的情况	349
第26章	一个神秘人物登场——许多与故事息息相关的事情也会在本章发生	361
第27章	弥补前面某个章节的无礼行为,我们何故将一位太太冷落至此	383
第28章	让我们把目光重新放回到奥利弗身上,继续讲述他的不幸遭遇	397
第29章	介绍一下奥利弗前往求救的这户人家	415
第30章	说说这些新角色对奥利弗的看法	422

第 31 章	紧要关头	435
第 32 章	奥利弗与他善良的朋友们过上了一阵幸福快乐的日子	455
第 33 章	奥利弗和他朋友们的快乐生活遇到波折	472
第 34 章	详细介绍一位本章才出场的年轻绅士,另外奥利弗迎来了一次新的奇遇	488
第 35 章	奥利弗的探险无果而终;哈里·梅利与罗丝进行了一次重要的谈话	506
第 36 章	本章篇幅不长,看似无关紧要,但因其有承前启后的作用,姑且还是读一读吧	521
第 37 章	读者在本章可以见识到人在婚姻中的常见变化	526
第 38 章	本章叙述班布尔夫妇和蒙克斯先生夜间会面的情形	545
第 39 章	说说几个老熟人的情况,再说说蒙克斯与老费金这两个老狐狸是怎么勾结到一起的	563
第 40 章	接上一章:一次不寻常的会见	590
第 41 章	本章包含一些新的发现,正如祸不单行,意外从来都是接二连三	603

第 42 章	奥利弗的一个老相识展露出明显的天才特征,一夜变身首都红人	621
第 43 章	说说鬼灵精是怎么惹上麻烦的	641
第 44 章	到了南希向罗丝·梅利兑现承诺的时候,她却无法成行了	661
第 45 章	老费金让诺亚·克莱波尔执行一项秘密任务	674
第 46 章	赴约	681
第 47 章	致命后果	699
第 48 章	赛克斯畏罪潜逃	713
第 49 章	蒙克斯和布朗罗先生终于碰面——本章记录了他们的谈话,以及打断二人谈话的某个消息	731
第 50 章	追捕与逃亡	750
第 51 章	本章将解开几个谜团,并达成一门亲事,不过聘礼之事却只字未提	771
第 52 章	老费金的最后一夜	797
第 53 章	最后的交代	814

第1章
说说奥利弗·特威斯特出生的地方，以及他出生时的情况

故事要从一个小镇说起，考虑到诸多原因，小镇的名字还是不提为好，连假名也不必给它杜撰。这个小镇和我们周围无数大大小小的镇子一样，在众多公共建筑当中，也有一个历来常见的机构，那就是济贫院。本章标题中提到的那个小子就出生在这里。具体日期我看也不必赘述，反正对读者来说，这一点无关紧要，至少目前不会有什么影响。

这孩子被教区医生的手引到这个充满苦痛与烦恼的世界，然而，他能不能有名有姓地活下来，在相当长一段时间里都是个令人怀疑的问题。所以说，这本传记原本可能永无面世之日，即便有幸面世，也顶多是寥寥几页。不过起码有一点可能使其空前

绝后，即在古往今来世界各国的存世文献中，它将成为最简明、最忠实的传记范本。

尽管我无意断言，一个人能够出生在济贫院这种地方会是他一辈子最幸运和最令人羡慕的际遇，但放在奥利弗·特威斯特身上，我倒的确认为这是莫大的福气。实际上，奥利弗刚生下来时连自主呼吸都相当困难。呼吸本就是一件麻烦事，而习惯又使它成为人类生存必不可少的活动。好一阵子，他躺在一张小棉垫上艰难喘息，在生与死的边缘苦苦挣扎，而命运的天平显然更倾向于后者。此时此刻，在这短暂的时间里，倘若奥利弗身边围着一群细心周到的祖母老太、心急如焚的姨妈姑母、经验老到的护士和医术高明的大夫，那么毫无疑问，他的小命当场就会被结果掉。可惜他身边清静得很，除了一个穷得叮当响的老女人——不知她从哪里搞到些啤酒，喝得晕晕乎乎，便只有一个教区医生，他被拉来干这个差事，纯粹是因为有合约在先。在他们的眼皮底下，奥利弗和命运默默地较量着。结果是，经过一番抗争，奥利弗终于可以平稳地呼吸了。他打了个喷嚏，在头三分十五秒中仿佛不存在的嗓门儿突然归位，爆发出婴儿坠地以来的第一声啼哭。作为男孩，可以想象其哭声之响亮。他以高亢的嗓音向整个济贫院宣告：本教区又添了一个累赘。

就在奥利弗用实际行动证明他的肺功能一切正常后，胡乱搭在铁床架上的那条用补丁拼凑的床单动了动，一个年轻女子从枕头上颤巍巍地抬起苍白的脸，有气无力地说："临死之前，让我看一眼孩子吧。"

医生正坐在一旁搓着手烤火，听到年轻女子说话，起身来到床头，用出人意料的和蔼口吻说："噢，还没到说死的时候呢。"

"上帝保佑，是啊。"老护士插了一嘴，随即慌里慌张地把一个绿色的玻璃瓶塞进兜里。她刚刚一直在角落里品尝着瓶里装的东西，显然非常得意。

"上帝保佑，先生，等她活到我这把年纪，生了十三个孩子却死得只剩两个，还跟我一起待在这济贫院里，那时候她就不会轻易说死了。上帝保佑！想想当妈是怎么一回事吧。瞧这小乖乖多可爱啊。"

显然，做母亲的前景并没有给这位年轻的妈妈带来多少安慰。她摇摇头,向孩子伸出一只手。

医生把婴儿放进她的怀里。她用冰凉苍白的嘴唇在孩子的额头上热切地亲吻了一通,随后双手抹了一下自己的脸,狂乱地环顾四周,先是哆嗦了一下,接着身子向后一挺,死了。他们揉她的胸口、双手和太阳穴,可血液已经永远停止了流动。此前他们说起过希望和安慰,可这两样东西已经离开他们太久了。

"我说西娜米太太,都结束了。"最后医生说。

"唉,可怜,看来就这样了。"老女人说着从枕头上捡起绿瓶子的瓶塞,那是她弯腰抱孩子时掉下去的,"苦命的孩子啊。"

"护士,如果孩子哭闹得厉害,尽管派人去叫我。"医生慢条斯理地戴上手套,"这小家伙很可能不会安生,闹的时候就喂他喝点稀粥。"他戴上帽子,朝门口走时在床边停了停,加了一句,"这姑娘倒挺漂亮,从哪儿来的?"

"昨天夜里济贫专员让人送来的,"老女人回答说,"她是倒在街上被人发现的。她肯定走了很远的路，因为鞋都磨烂了。可要说她从哪儿来，要到哪儿去，没人知道。"

医生弯下腰，抬起死者的左手。"又是那一种，"他摇着头说，"没有结婚戒指，明白了。唉。晚安。"

好心的医生出去吃晚饭了，老护士又就着绿瓶子灌了几口，随后坐在火炉前的一张矮椅子上，开始给婴儿穿衣服。

果然是人靠衣装，我们的小奥利弗·特威斯特就是个活生生的例子。自打出生以来，他一直被裹在一张毯子里，那个时候你说他是富贵人家的小少爷，或说他是乞丐生的穷小子，并没什么区别，任谁眼力再超群，怕也很难断定他的身份地位。不过这会儿，穿上已经发黄的棉布罩衫，别上徽章，贴上标签，他立刻便有了自己的归属——教区收容的孩子——济贫院里的孤儿——身份卑贱、忍饥挨饿的苦工，来到这世间注定要吃苦受难，没人看得起，没人可怜。

奥利弗哭得很起劲儿。要是他知道自己是个孤儿，死活全看教会执事和济贫专员的慈悲，说不定会哭得更起劲儿些。

第 2 章
说说奥利弗·特威斯特的成长、教育和食宿

接下来的八个月或十个月里,奥利弗成了一种蓄意的背叛和欺骗的受害者。他是让人用勺子喂大的。济贫院将他的情况如实上报给教区当局,说这个新生的孤儿嗷嗷待哺又身无分文。教区当局一本正经地询问济贫院,他们院内眼下是否连一个能为奥利弗·特威斯特提供他迫切需要的抚慰与滋养的女人都没有。济贫院毕恭毕敬地答复说没有。鉴于此,教区当局本着慷慨与人道的精神郑重决定:把奥利弗"寄养"出去。换种说法,就是将他送到三英里[1]外的济贫院分部,那里有二三十个违反了济贫

---

[1] 英制长度单位,1 英里约合 1.6 千米。——文中注释,若无特殊说明,均为译者注

法[1]的"小犯人"整天在地上打滚儿,从来没有吃得太饱或穿得太暖这样的烦恼。代为监护的是个上了年纪的女人,看在每个小脑袋每周有七个半便士补贴的分儿上,她答应接收这些小犯人,并给他们提供慈母般的照料。一周七个半便士,对于小孩子来说能享受到相当丰盛的伙食了。七个半便士可以置办好多东西,多到足以撑破孩子们的肚皮,让他们浑身不舒服。管事的这个老女人可谓聪明绝顶,经验丰富。她很清楚怎么做对孩子好,更清楚怎么做对自己有利。她把每周补贴的大头挪为己用,而把比规定数额少得多的那部分用在教区的新一代身上,以满足他们茁壮成长的需要。在下限之下找到新的下限,这个老女人用实际行动证明了她是一位伟大的实验哲学家。

还有一位实验哲学家,他的光辉事迹人尽皆知。

---

[1] 指英国 1834 年颁布的《济贫法(修正案)》,史称"新济贫法",以其两大原则——"济贫院检验"和"劣等处置"而闻名。该法案的立法基础受《国富论》和《人口论》的影响,认为穷人是阻碍社会进步的原因之一。

他发明了一套既让马儿跑又让马儿不吃草的伟大理论,并像煞有介事地用实验加以证明。他让自己的马一天只吃一根干草。可惜,要不是那匹马在享用其第一顿空气草料之前的二十四小时就一命归西,他毫无疑问会养出一匹什么都不吃也依然能日行千里的良驹宝马。不幸的是,寄养所里负责照看奥利弗·特威斯特的这个女人,在她的哲学实验中往往也显现出了相似的结果。每当这群孩子靠着不比垃圾营养多少且少得可怜的食物就能维持生存时,十有八九会出现下面的情况:要么在饥寒交迫中病倒,要么因疏于照看而跌进火里,或者一不留神被闷个半死。随便哪一种,都能把这些可怜的小东西送到另一个世界,去和他们从未见过的先人们团聚。

偶尔,针对一些事故会有一些格外有趣的调查。比如,教区的一个孩子因被忽视而从床上摔了下去,或者一个孩子在清洗时意外地被烫死了——这种情况出现的可能性微乎其微,因为在寄养所,任何与清洗搭边的事情都极为罕见。针对这些事故,陪审团可能会心血来潮地问些棘手的问题,或者教区居民会反抗性地举行联名抗议。但这些无理取闹的行为会迅速被教区医生的证明和教区执事的证词给压下去。前者照例会剖开孩子的肚子，结果发现里面空空如也（这倒极有可能是真的）；后者无非是按照教区当局的意思，信誓旦旦地表一番忠心。此外，理事会在定期视察寄养所时，总会提前一天派教区执事前去通知一声，说他们要来了。于是等他们到的时候，孩子们个个都被收拾得干干净净、漂漂亮亮，任谁看了都挑不出毛病。如此一来，人们还有什么好说的呢！

对于这种寄养制度，就不要指望它能结出什么了不起或丰硕的成果了。奥利弗·特威斯特在长到九岁时，依旧苍白瘦弱，身材矮小不说，腰身也细得可怜。但天性或遗传却在奥利弗的胸膛里种下了一颗善良坚毅的心。这颗心倒是拥有足够的发展空间，当然这要拜寄养所里条件极差的伙食所赐，说不定正因为此，他才有幸活到今日。话虽如此，但这天好歹是他九岁生日，他在煤窖里给自己庆祝，身边还有两位精心挑选的小绅士陪着。这三个无耻的小东西竟敢不知好歹地声称自己肚子饿,结果每人领了一顿饱揍之后又都被关在此处。然而谁都没想到,教区干事班布尔先生就在这个时候突然驾临。他正费力地想要打开菜园大门上的那扇小门。这可着实把寄养所里那位仁慈的当家曼恩太太吓了一跳。

"我的老天爷,是您来了吗,班布尔先生?"曼恩太太把脑袋伸出窗外,欣喜若狂的神情被她拿捏得恰到好处,"(苏珊,快把奥利弗和那两个臭小子带到楼上洗干净。)天啊,说真的,班布尔先生,您都不知道见到您我有多高兴!"

班布尔先生是个胖子,还是个急脾气,对于曼恩太太热情的招呼,他并没有给予同样热情的回应,反倒狠命地晃了晃那扇小门,又朝上面追赠了一脚。如此有分量的一脚,除了教区干事,任谁都踢不出来。

"天啊,您瞧我这脑子。"曼恩太太跑了出来——此时那三个孩子已经成功被转移——"真是老糊涂了,我都忘了门是从里边闩着的,都是为了那群可爱的孩子!进来吧,先生。快请进,班布尔先生，快请进。"

尽管这番邀请还配上了一个连教会执事见了都要心软的屈膝礼，但我们这位教区干事却丝毫不为所动。

"曼恩太太，把教区的公职人员挡在您的菜园门外，这么做恐怕有失礼数，也不够得体吧？"班布尔先生紧握手杖责问道，"况且，我到您这儿来是为了和教区收养的那些孤儿有关的公务。您可别忘了，曼恩太太，您身负教区委托，是领着薪金的！"

"怎么会呢，班布尔先生？我刚刚只是去告诉那几个特别喜欢您的孩子，说您来了。"曼恩太太毕恭毕敬地回答。

班布尔先生一向认为自己能言善道，身份贵重。这会儿他既展示了口才，又证明了自己的地位，态度自然缓和了下来。

"好了，好了，曼恩太太，"他语调平和了些，"也许真像您说的那样，也许。快领我进去吧，曼恩太太，我来是要办正事的，我有些话跟您说。"

曼恩太太把教区干事领进了一间铺有地砖的小

客厅，请他落座，还殷勤地替他把三角帽和手杖放在他面前的桌子上。班布尔先生擦了擦额头上在赶路时冒出来的汗，得意地瞥了一眼他的三角帽，微微一笑。没错，他笑了。教区干事也是人。班布尔先生也会笑。

"您可千万别嫌我多事，"曼恩太太语气温柔得让人直起鸡皮疙瘩，"主要是看您大老远跑过来，要不然我也就不提了。班布尔先生，您看要不要先喝点什么？"

"一滴也不喝，一滴也不喝。"班布尔先生郑重但又不失温和地摆了摆右手。

"我看还是喝点吧，"曼恩太太从班布尔先生拒绝的口气和手势中发现他还有松口的迹象，"就一口，兑点凉水，再加一块糖。"

班布尔先生干咳了一声。

"没关系的，就一口。"曼恩太太趁机又劝道。

"您打算让我喝什么？"干事问。

"就是我在所里经常会备一点的那种东西，班布尔先生，那些有福的孩子偶有不舒服的时候，我就兑着达菲糖浆[1]让他们喝一点。"曼恩太太一边回答，一边打开墙角的一个橱柜，拿出一个瓶子和杯子，"就是杜松子酒，我不骗您，班布尔先生，是杜松子酒。"

"曼恩太太，您给孩子们喝达菲糖浆？"班布尔先生问，双眼一直注视着有趣的调酒过程。

"是啊，上帝保佑他们，虽然这东西很贵，"这位保育员答道，"可您想啊，先生，我怎么忍心看着他们在我眼皮子底下受苦呢？"

"对，"班布尔先生赞同道，"是不忍心。您心肠真好，曼恩太太。（此时她放下杯子。）我会尽早向理事会提及此事。（他把杯子挪到自己跟前。）您给人一种慈母般的感觉，曼恩太太。（他搅拌着掺了水的杜松子酒。）我……我非常高兴能为您的健康干一杯，曼恩太太。"班布尔说完，喝了一口酒，只这一

---

[1] 17世纪由一个名叫托马斯·达菲的英国牧师发明的奎宁水，因从天然奎宁树皮中提取出的生物碱具有抗疟疾的效果，被用作药物。早期奎宁水味道较苦，难以下咽，常会加入酒或苏打和糖，用以改善口感。

口,半杯就下了肚。

"现在说正事吧,"干事说着掏出一个皮夹子,"那个连完整的洗礼都没有受过的孩子,叫奥利弗·特威斯特的,今天刚好九岁了。"

"老天保佑!"曼恩太太插了一句,同时用围裙角把左眼戳得通红。

"尽管我们悬赏十英镑,后来又追加到二十英镑;尽管本教区已经尽了最大努力,甚至可以说是超乎想象的努力,"班布尔先生说,"可我们始终没有查到这孩子的父亲是谁[1],也没有查到他母亲的住址、姓名或身份。"

曼恩太太惊讶得举起双手,沉思片刻后才接着说:"那他的名字是怎么来的呀?"

干事骄傲地挺直身体,得意地说:"我给想的法子。"

"您,班布尔先生?"

---

[1] 根据1834年的"新济贫法",私生子的父亲一经确认,则需要负担孩子的抚养费用,由此可减少教区当局的支出。

"对,是我,曼恩太太。我们按照字母顺序给孩子们取名。上一个是 S,我给他取名叫斯瓦伯,这次轮到 T,我就叫他特威斯特。接下来该是尤恩,然后就是威尔金斯。整个字母表对应的名字我都想好了,到 Z 之后就从头再来。"

"哎呀,先生,您可真是太有才华了!"曼恩太太说。

"哪里,哪里。"这马屁显然拍得干事浑身舒畅,"马马虎虎吧,曼恩太太,马马虎虎。"他一口喝掉剩下的杜松子酒,接着又说:"奥利弗已经长大,不适合继续留在这里了。[1] 理事会决定把他带回济贫院。我是专门来接他的,你赶快把他叫出来见我吧。"

"我这就去叫他。"曼恩太太说着便立刻出去办这件事。片刻后,奥利弗被他这位仁慈的女监护人领进了房间。此时他脸上和手上的泥垢已经被清理得差不多了,反正就洗这一次,也只能搓到这个程

---

[1] 按照当时的惯例,受济贫法救济的儿童,一满九岁便要开始做工。

度了。

"奥利弗,快给这位先生鞠个躬。"曼恩太太指示说。

奥利弗听话地照做了,只是他鞠的这个躬,一半对着椅子上的干事,一半对着桌子上的三角帽。

"奥利弗,你愿意跟我走吗?"班布尔先生用十分威严的口气问道。

奥利弗刚想说跟谁走他都乐意,猛一抬头,发现站在干事椅子后面的曼恩太太正横眉瞪眼地朝他挥舞拳头。他立刻心领神会,因为他的身体已经无数次领教过那只拳头的威力,不可能不在心里留下深刻的印象。

"她会和我一起走吗?"可怜的奥利弗问。

"不,她不走。"班布尔先生回答,"但她偶尔可以去看你。"

对奥利弗来说,这可不算太大的安慰。他年纪虽小,但脑筋很灵活,知道装出一副万分难舍的样子。就算让他挤几滴眼泪出来也并非难事。如果他想哭,饥饿和最近的虐待都能帮上很大的忙。而奥利弗也确实哭得格外自然。曼恩太太给了他上千个拥抱,还给了他一片对他来说实际得多的黄油面包,免得他回到济贫院仍是一副饿死鬼的模样。手里拿着面包,头上戴着教区通用的褐色小布帽,奥利弗由班布尔先生领着,离开了那可悲的寄养所。在这里,他度过了黑暗的幼年时期,打他记事起,就没听过一句好话,没见过一次和善的眼色。然而,当寄养所的大门在身后关上时,他还是抑制不住一阵孩子气的悲伤。被他撇下的那群苦哈哈的小伙伴虽然让人讨厌,却是他仅有的朋友。今日一别两散,茫茫人世,举目无亲,凄凉的孤独感第一次渗透到这个孩子的心里。

班布尔先生走起路来大步流星,小奥利弗紧紧攥着他绣着金线花边的袖口,小跑着跟在一侧。赶一英里路,他竟要问上四次是不是快到了。对这些提问,班布尔先生一概报以简短且声色俱厉的回答。杜松子酒在他胸中唤起的那点短暂的慈爱与温和,此时此刻已经蒸发殆尽。现在他又变回教区干事了。

回到济贫院还不到一刻钟,奥利弗才刚刚吃掉第二片面包，把他交给一个老女人暂时照看的班布尔先生就回来了。他说当晚理事会正好要开会，理事们要奥利弗马上过去和他们见上一面。

奥利弗不知理事为何物，心下以为是木板[1]，因此拿不准是该笑还是该哭。但他没工夫考虑这些，因为班布尔先生拿手杖敲了一下他的脑袋，好让他清醒清醒；又在他后背上来了一下，好让他精神起来；而后命他跟紧一点，领着他走进一个宽敞的、墙壁被刷成白色的大房间。那里有十来个大腹便便的绅士围坐在一张桌子前。处于桌首的那一位格外肥胖，脸盘又红又圆，身下的扶手椅比其他人的都要高一些。

"给理事们鞠躬。"班布尔说。奥利弗抹掉在眼眶里直打转的泪滴，看到屋里没有木板，只有桌子，便朝那桌子鞠了一躬。这倒也无妨。

"你叫什么，孩子？"高椅子上的绅士问道。

一下子见到这么多先生，奥利弗吓得直哆嗦。

---

[1] "理事会"和"木板"在英语中都是"board"。

干事从后面又捅了他一下,结果他忍不住号啕大哭起来。在这两个原因的作用下,他的回答不仅声音小得可怜,还结结巴巴。于是一位身穿白色马甲的绅士当即断言他是个傻瓜。这位绅士大概常以此方式振奋精神,因为此刻他相当得意。

"孩子,"高椅子上的绅士说,"我问你,你知道自己是孤儿吧?"

"您说什么,先生?"可怜的奥利弗问。

"我就说嘛,这孩子是个傻瓜。"穿白马甲的绅士说。

"别打岔!"最先开口的那位绅士说,"你应该知道自己无父无母,是教区把你养大的吧?"

"知道,先生。"奥利弗伤心地哭着回答。

"你哭什么?"白马甲绅士问道。是挺奇怪的,这孩子有什么可哭的呢?

"希望你每天晚上都做祷告,"另一位声音粗哑的绅士说,"像个基督徒一样,为那些养育你和照顾你的人祷告。"

"是,先生。"孩子结巴着回答。最后发言的那位绅士倒是无意间把话说对了，如果奥利弗真为养育他和照顾他的人祷告过，那他肯定会像一个基督徒，一个出类拔萃的基督徒。可他没有，因为没人教过他。

"好了。把你带到这里是来受教育的，顺便学个有用的手艺。"高椅子上的红脸绅士说。

"从明天早上六点起，你就开始扯麻絮。"白马甲绅士板着脸补充说。

为了感谢他们把教育和手艺巧妙地融合在扯麻絮这样一道简单的小工序中，奥利弗在干事的指示下又深深地鞠了一躬，随后便被匆匆带进一间大收容室。他躺在一张高低不平、硬邦邦的床上呜呜咽咽地一直哭到睡着。这一幕景象多么生动地诠释了悲天悯人的英国法律啊！他们居然让穷人睡觉！

可怜的奥利弗睡得倒挺香，周围发生了什么他浑然不觉。他无论如何都想不到，就在他沉睡之际，理事会已经做出了一个对他未来的命运影响至深的决定。对，他们决定了。事情大致是这个样子的：

组成理事会的是一群深沉、睿智而又练达的绅士。当他们关心起济贫院时,他们立刻便发现了凡夫俗子们永远都发现不了的问题,即穷人们喜欢济贫院。对贫苦阶层来说,济贫院就像一个固定的公共娱乐场所,一间免费的客栈,全年供应一日三餐外加茶点。在这里,人们不用干活,整天吃喝玩乐,把这里活脱脱地变成一个用砖块和灰泥砌成的乐园。"哦嗬!"理事先生们仿佛对此洞若观火,"我们有责任拨乱反正。这种情况必须立刻停止。"于是,他们立下规矩,让穷人们自行选择(他们绝不强迫任何人,绝不),要么在济贫院里慢慢饿死,要么到外面更快些地饿死。为此,他们与自来水厂签订无限制供水合同,又让谷商只定期向济贫院供应少量的燕麦片。规定每日三餐只能喝稀粥,每周发两次洋葱,一次一个,逢星期天可以吃半个面包卷。他们还定下许多和女人有关的规章制度,每一条都英明仁慈,这里不再赘述。鉴于通过民法律师协会[1]办理

---

[1] 英国旧时教会法院、海事法院以及在这些法院执业的律师组成的协会,在 1858 年之前它是唯一受理离婚案件的机构。

离婚得花一大笔钱，理事会便大发慈悲，同意穷人夫妻自行离婚。过去他们强迫男人供养家庭，而今却把家庭从男人身边夺走，让他们变成光棍！仅凭最后这两点，如果不是必须进济贫院，社会各阶层不知有多少人会申请救济呢。幸好理事们高瞻远瞩，早就想好了对策。想得到救济，就得乖乖到济贫院里喝稀粥，如此一来，相当一部分人便知难而退了。

奥利弗·特威斯特回到济贫院的最初半年，正赶上这套制度的全面实施。起初的开支相当巨大，因为殡葬费用不断增加，还要给那些穷人改衣服——这也是没办法的事，只要在济贫院喝两个星期的稀粥，人就瘦得皮包骨头，衣服自然松松垮垮不像样子。不过，济贫院收容的人口数量也和他们的体重一样明显减少，理事会对此欣喜不已。

孩子们吃饭的地方是个宽敞的石殿，一头摆着口大铜锅。开饭的时候，系着围裙的大师傅就会领着一两个打下手的女人，用长柄勺从锅里舀稀粥。如此美味佳肴每个孩子只能盛一小碗，多了没有，除非遇到重大的公共节日，届时每人可多领一小块面包。粥碗是从来不用洗的。孩子们会用勺子把它刮得干干净净。而这之后（一般用不了多久，因为勺子和碗大小差不多），他们会坐在那里眼巴巴地望着粥锅，恨不得把灶台上的砖都扒下来吃掉。与此同时，他们还死命吮吸自己的手指头，以期能逮到几滴溅出来的粥水。男孩子通常胃口都很好。奥利弗·特威斯特和他的伙伴们被这种慢性饥饿折磨了三个月，最后饿得实在受不了了。其中一个个头儿比同龄人偏高些的男孩，因为过去家里是开小饭馆的，从来没受过这种罪。他含蓄地向同伴们暗示说，要是不能每天给他多加一碗粥，说不定哪天夜里他就把睡在旁边的同伴给吃了，而睡在他旁边的碰巧是个年幼可欺的小孩。他说这话时目露凶光，一副饿极了的样子，于是大家深信不疑。他们私下里一商量，决定以抓阄的方式在晚饭后派一个人找大师傅提出添粥的要求。结果这个重任落到了奥利弗·特威斯特的头上。

晚饭时间到了，孩子们纷纷入座。大师傅穿着厨师服站在锅前，充当助手的几个穷苦妇女立于他身后。粥分完后,孩子们对着那么一点点可怜的汤水却要说上一大串感恩的祷词。随后,碗里的粥瞬间被一扫而光,孩子们交头接耳,一个个冲奥利弗使眼色,坐在他旁边的伙伴还拿胳膊肘顶他。毕竟是个孩子,饿得头晕眼花,哪会考虑到后果。他毅然站起身来,端着粥碗和勺子走到大师傅面前。他对自己的冒失行为多少还是有些害怕的。

"麻烦您,先生,我想再要一点。"

大师傅是个肥头大耳、满面红光的汉子,但这一刻他的脸瞬间白了。他目瞪口呆地盯着这个胆大包天的小家伙看了几秒钟,随后扶住大锅。助手同样呆若木鸡,而其他孩子则一个个惊恐得连大气都不敢出。

"什么?"大师傅终于说道,声音有气无力。

"求您了,先生,"奥利弗回答,"我想再要一点。"

大师傅用长柄勺在奥利弗的脑袋上狠狠敲了一下,随即扭住他的两条胳膊,扯着嗓子喊教区干事。

理事们正一个个正襟危坐着开会,班布尔先生突然慌里慌张地跑进去，向坐在高椅子上的那位绅士报告说："很抱歉打扰您，利姆金斯先生！奥利弗·特威斯特说他还要！"

在座的理事们大吃一惊，每个人脸上都露出惶恐的神色。

"还要？！"利姆金斯先生说，"镇定，班布尔，说清楚点。你是说，他吃完定量的晚饭之后，还要？"

"是的，先生。"班布尔回答。

"那孩子迟早得被绞死。"白马甲绅士说道，"我敢保证肯定是这个结果。"

没有人反驳这位绅士的预言。接着是一番热烈的讨论。奥利弗被直接关了禁闭。第二天一大早济贫院门外便贴出告示，谁愿意把奥利弗·特威斯特领走，可得酬金五英镑。换句话说，不管你是哪一行，也不管你是男人、女人，只要你需要一个学徒工，就可以把奥利弗·特威斯特领走，还能额外得到五英镑的奖赏。

"这辈子我都没有这么坚信不疑过。"第二天早上,那位白马甲绅士在敲门的时候盯着告示说,"我找不到第二件更让我坚信不疑的事了,这孩子将来必定会被绞死。"

　　白马甲绅士的此番预言究竟能否应验,我决定暂时卖个关子。倘若我现在就告诉各位奥利弗·特威斯特会不会落得如此可怕的下场,那恐怕会破坏故事的趣味性,如果这个故事多少还有些趣味的话。

第3章
奥利弗·特威斯特差点得到一个差事，但那绝不会是什么美差

因为犯下公然要求添粥这样大逆不道的罪行，奥利弗被英明仁慈的理事会关在小黑屋里待了一个星期。如果他对白马甲绅士的预言多少有点敬意的话，只消将手帕的一端系住墙上的一个钩子，另一端系住自己的脖子，他就能一步到位地帮那位绅士获得先知的声誉。乍一看，奥利弗会这么做似乎也不无道理。然而要做到这一壮举有个障碍，那就是手帕的问题。在济贫院，手帕是显而易见的奢侈品，因此理事会在一次全体大会上通过了一项经签字盖章并郑重宣布的明确指令。从那以后，手帕便与济贫院里的穷人们彻底无缘了。而另一个更大的障碍是奥利弗的年幼无知。白天他只知道哭，哭得伤心

欲绝；而当漫漫长夜来临时，他只会用两只小手捂住眼睛隔绝黑暗，蜷缩在墙角，竭力想睡着。夜里他不时惊醒，冻得瑟瑟发抖，不得不将身体紧紧贴在墙上，好像那冰冷的墙面能抵挡黑暗与孤独的侵袭。

仇视这套"制度"的人可不要以为，奥利弗在禁闭期间会享受不到锻炼的好处、社交的乐趣，以及宗教的慰藉。就锻炼而言，虽然是大冷天，但奥利弗获准每天早上可以到四面石墙的院子里，站在唧筒[1]下净体沐浴。班布尔先生亲自监督。同时为了防止他着凉，班布尔先生会不停地拿手杖抽他，让他浑身火辣辣的。至于社交，每隔一天他就被带到孩子们吃饭的大厅，当众挨一通鞭子，以达到杀鸡儆猴的目的。宗教的慰藉就更不必说了。每天晚祷时刻，他就被踢进同一个大厅，听孩子们齐声祷告，以抚慰他罪恶的灵魂。理事会特意在祷词中加了一段，要孩子们祈求上帝使他们变得虔诚善良、品行

---

[1] 也就是水泵，一种兼具抽水和排水功能的工具。

端正、知足听话，绝不犯下奥利弗·特威斯特那样的罪孽与恶行。且祷词明确指出，奥利弗·特威斯特已经处在邪恶力量的庇护之下，是魔鬼工厂里的直接产物。

奥利弗的日子就这样顺风顺水、逍遥自在地过着。这天上午，扫烟囱的甘菲尔德先生从大街上走来。他正一门心思盘算着怎么才能还上拖欠的房租，房东催得实在太紧了。按照甘菲尔德先生对自身经济状况最乐观的估计，那五英镑租金他恐怕打死都凑不齐。他算得头昏脑涨，拿着棍子一会儿敲敲自己的脑袋，一会儿又敲敲他的驴子。这会儿他碰巧经过济贫院门口，无意间瞥到了大门上的告示。

"吁……"甘菲尔德先生冲驴子吆喝道。

驴子正兀自出神。它可能在寻思，等卸下小车上拉着的那两袋烟灰，主人会不会赏它一两棵卷心菜吃。因此它没留心主人的命令，继续拉着车往前走。

甘菲尔德先生朝驴子大声骂了一句，还恶狠狠地瞪了瞪它的眼睛，同时紧赶两步追上去，照着驴脑袋就来了一下。幸亏它是头驴，换个别的，恐怕当场就脑浆迸裂了。随后他抓住缰绳猛地一拉，既温和地提醒了它谁才是真正的主子，又让它掉转了头。接着他在驴脑袋上又来一下，好叫它老老实实待在原地，等他回来。如此安排妥当，他才走到大门前看告示。

那位穿白马甲的绅士刚在会议室里发过一通高论，此刻正背着双手站在门口。甘菲尔德先生和驴子之间的那场小小纠纷全被他看在眼中，见对方走过来看告示，立刻眉开眼笑，因为他一眼便看出，甘菲尔德先生正是奥利弗·特威斯特需要的那类主人。甘菲尔德读着告示，脸上不由得也荡漾起笑容，五英镑，不多不少，正好解他的燃眉之急。至于附加的那个孩子，以甘菲尔德先生对济贫院伙食的了解，必定长得小巧玲珑，正好可以帮他清扫那些带通风孔的炉子。

于是，他从头到尾又读了一遍告示，然后碰了碰头上的皮帽，算是行礼，和那位穿白马甲的绅士攀谈起来。

"先生，告示上说的这个孩子，教区当局想送他出来当学徒？"甘菲尔德先生问。

"是啊，伙计。"白马甲绅士脸上带着屈尊俯就的微笑，"你觉得怎么样？"

"要是教区希望他学一门正经又轻松的手艺，比如扫烟囱这种受人尊敬的行当，"甘菲尔德先生说，"我倒是缺一个学徒，而且我现在就可以把他带走。"

"进来吧。"白马甲绅士说。甘菲尔德先生没有立刻跟上，而是转身回去又朝驴脑袋上来了一下，并用力拉了把缰绳，以警告它主人不在的时候休得乱跑，随后才跟着白马甲绅士走进奥利弗第一次见到理事们的那间会议室。

"那可是不入流的行当啊。"在甘菲尔德先生表明来意后，利姆金斯先生说。

"以前有小孩在烟囱里闷死过。"另一位绅士说道。

"那是操作不当造成的，本来是要让小孩从烟囱里下来，点一堆干草就行了，可他们的草上沾了水，结果一点，没有火，全是烟，那哪儿成啊？烟只会把他们熏得昏昏欲睡，而他们就乐意这样呢。先生们，小孩子都犟得很，也懒得很。要想让他们下来，火是最管用的。这也是为他们好，哪怕他们卡在烟囱里，只要拿火燎一下脚，他们就麻溜地拱出来了。"

这一番解释倒把白马甲绅士逗得乐不可支，不过被利姆金斯先生瞥了一眼后，他立刻敛起了笑容。理事们随即窃窃私议了几分钟，尽管声音很小，但偶尔仍能听到些只言片语，比如"节省开支""账面上过得去""登报声明"之类的。能听到这些还因为它们被重复并强调了很多次。

最后议论终于停了。理事们恢复到正襟危坐的姿态，利姆金斯先生开口说道："我们考虑了你的申请，恕我们无法同意。"

"不同意。"白马甲绅士强调说。

"坚决不同意。"其他理事也纷纷附和。

甘菲尔德先生名声不大好，在他手里被毒打致死的孩子有三四个。他这会儿想到，理事会可能出于某种他无法理解的原因，想到那些事情，从而影响到他们目前的交易。如果理事会真的那么做了，那可太不像他们一贯的行事风格了。不过，甘菲尔德先生并不想旧事重提，于是将手里的帽子扭来扭去，慢慢地从桌前退开了。

"这么说，先生们，你们是不打算让我带走他啦？"走到门口时，甘菲尔德先生停下来问。

"对，"利姆金斯先生答道，"考虑到你要他干的都是脏活累活，我们认为有必要降低补贴金额。"

甘菲尔德先生顿时面露喜色，三步并作两步回到了桌前，说道："你们能给多少，先生们？说吧，别太为难我一个穷苦人。给多少？"

"要我说，最多三英镑十先令[1]。"利姆金斯先生说。

"十先令都是多给的。"白马甲绅士说。

"别呀！"甘菲尔德先生说，"要不四英镑吧，先生们。只要四英镑，你们就再也不用为他操心了。我看就这样吧！"

---

[1] 英国旧辅币单位，1英镑等于20先令，1先令等于12便士。

"三英镑十先令。"利姆金斯先生重复了一遍,口气很坚决。

"算了,我让一步吧,先生们,"甘菲尔德以退为进,"三英镑十五先令。"

"一个子儿都不加。"利姆金斯斩钉截铁地回答。

"先生们,你们这也太狠了。"甘菲尔德先生一时拿不定主意。

"呸!呸!净瞎说!"白马甲绅士说道,"就算一个子儿都不给,谁要了他也是捡了个大便宜。把他带走吧,你这个蠢货!他跟你最合适。这臭小子时不时就要挨顿棍子,那对他有好处。吃饭也花不了多少钱,他自打从娘胎里出来还没吃饱过呢,哈哈哈!"

甘菲尔德先生狡黠地扫视了理事们一圈,发现他们脸上全都挂着笑容,于是慢慢地,他自己也咧开了嘴。钱的事就这么定了。

班布尔先生立刻受命,于当天下午将奥利弗·特威斯特和他的学徒契约送交治安法官审批。

为了贯彻这一决定,小奥利弗当即被解除禁闭,并被要求换上一件干净的衬衣。这可是前所未有的事。他一头雾水地换好了衣服,这时班布尔先生竟然亲手端了一碗粥过来,还有一大块只在节日时才能享用到的面包。见此情景,奥利弗不由得悲从中来,放声痛哭。他理所当然地认为,理事会定是要宰了他另作他用,否则他们绝无可能照这种吃法养他。

"别把眼睛哭红了,奥利弗,好好吃你的饭,存着感恩的心就行了。"班布尔先生端着架子说,"你要当学徒啦,奥利弗。"

"学……徒?先生!"孩子哆嗦着说。

"没错,奥利弗。"班布尔先生说,"你没爹没娘的,这些好心的绅士就是你的再生父母。他们要送你去当学徒,让你学点安身立命的本事,将来也好成个人。你要知道,教区为你可是花了三英镑十先令呢——三英镑十先令啊,总共七十先令,一百四十个六便士[1]啊,就为了你这么一个生性顽劣、没人待见的孤儿。"

---

[1] 在英国旧辅币中,有一种面值六便士的硬币。

班布尔先生恶声恶气地说完这通话便停下来喘口气,而那可怜的孩子却伤心欲绝,哭成了泪人。

"走吧。"班布尔先生口气缓和了些,对自己雄辩的口才所产生的效果感到心满意足,"行啦,奥利弗,快拿袖子擦擦,别让眼泪滴到粥里去。傻子才那么干呢,奥利弗。"这话不假,那粥已经够稀的了。

在去见治安法官的路上,班布尔先生再三叮嘱奥利弗,他只管表现出开心快乐的样子;当法官大人问他愿不愿意当学徒时,他得回答说求之不得。对于这两条指令,奥利弗都答应照办。因为班布尔先生还委婉地给了他一个额外的暗示:倘若任何一条出了岔子,后果是什么可就谁都说不准了。到了官署,奥利弗被独自关进一个小房间。班布尔先生特别交代,在回来接他之前,他就在那儿等着。

就这样,那孩子忐忑不安地苦等了半个小时。终于,班布尔先生的脑袋探进门,连三角帽都没戴。只听他大声说道:"行了,奥利弗,好孩子,快来见过大人。"随后他又一脸凶恶地小声叮嘱:"记住我说过的话,你这个小流氓。"

奥利弗天真地凝视着班布尔先生的脸,被他这前后矛盾的称呼给搞糊涂了。然而眼前这位先生没有容他发表任何感想,径直把他领进了隔壁开着门的一个房间。这房间很宽敞,窗户也很大。一张桌子后面坐着两个假发上扑了发粉的老绅士,其中一个正在看报纸,另一个正借助一副玳瑁眼镜端详摊在他面前的一小片羊皮纸。利姆金斯先生站在桌前一侧,甘菲尔德先生站在另一侧,他的脸似乎只是象征性地沾了沾水,并没有洗净。此外,还有两三个穿着长筒靴的家伙,看着挺唬人的,在屋里百无聊赖地晃来晃去。

渐渐地,戴眼镜的那位老绅士竟然对着羊皮纸打起了盹儿。因此,奥利弗被班布尔先生带进来并在桌前站定之后,有一阵短暂的冷场。

"尊敬的阁下,这就是那个孩子。"班布尔先生禀报说。

看报纸的那位老绅士抬了抬头,扯了下另一位老绅士的袖子。于是,打盹儿的那位老绅士便醒了。

"哦，是这个孩子吗？"老绅士问。

"是他，先生。"班布尔先生回答，"孩子，快向治安法官大人鞠躬。"

奥利弗立刻抖擞精神，毕恭毕敬地鞠了一躬。他盯着治安法官头上的发粉，心里直纳闷，难道这些理事老爷一生下来头上就有那些白色的东西？或者，是不是正因为他们头上有那些白色的东西，所以才成了理事老爷？

"好吧，"老绅士说道，"我想他是喜欢扫烟囱的吧？"

"他喜欢得不得了呢，阁下。"班布尔先生说着，偷偷拧了奥利弗一把，提醒他识相一点，不要唱反调。

"这么说，他愿意当一个扫烟囱的咯？"老绅士问。

"要是明天我们让他去干别的行当，他准会溜掉的，阁下。"班布尔说。

"那么这个人就是他未来的师傅吧？你，这位先生，你会不会好好待他，给他饭吃，尽一个师傅应尽的责任？这些你都能做到吧？"

"我说能做到就能做到。"甘菲尔德先生赌气似的回答。

"我的朋友，虽说你言语粗鲁，但看着倒也像个坦率的老实人。"戴眼镜的老绅士扭头看向那个即将拿走奥利弗的补贴金的家伙。说实在的，甘菲尔德长得凶神恶煞，一看就不是善茬。可我们这位治安法官眼神不好，想法又单纯，很难指望他能看出别人看出的东西。

"我也希望我是那样的人，先生。"甘菲尔德乜了一眼，样子要多欠揍有多欠揍。

"我毫不怀疑你就是那样的人，我的朋友。"老绅士把眼镜稳稳当当地架在鼻梁上，四下寻找墨水瓶。

这是决定奥利弗命运的关键时刻。倘若墨水瓶放在老绅士以为的地方，他就会拿笔尖蘸一蘸，签了那份契约，那么奥利弗就能直接被带下去了。可墨水瓶就在老绅士的鼻子底下，他却看不见，仍然满桌子搜寻。就在寻找墨水瓶的过程中，他无意间朝正前方看了一眼，结果便看到奥利弗·特威斯特苍白和惊恐的脸。尽管班布尔不停地朝他使眼色，还偷偷拧他，但看到未来师傅那可憎的面目，他还是掩饰不住厌恶和恐惧的表情。明眼人都看得出来，哪怕是半瞎的治安法官。

老绅士停住了，放下笔，目光由奥利弗转向利姆金斯先生，后者一副乐呵呵且若无其事的样子，正准备吸鼻烟。

"我的孩子！"老绅士探身伏在桌子上说。奥利弗被吓了一跳。如此反应倒也情有可原，因为尽管老绅士的话听起来和蔼可亲，但突如其来的陌生声音还是叫人害怕。他剧烈地哆嗦起来，眼泪夺眶而出。

"我的孩子！"老绅士再次说道，"你小脸煞白，神色慌张。究竟是怎么回事啊？"

"干事，请你站得离孩子远一点。"另一位治安法官说道。他放下报纸，饶有兴致地往前探着身子。"好了，孩子，告诉我们怎么回事，别害怕。"

奥利弗扑通一声跪了下来，双手紧紧握在一起，恳求众人把他送回小黑屋里去,就算饿着他、打他,哪怕要他的命都没关系,只要别把他交给那个可怕的家伙。

"好啊!"班布尔先生一本正经地举起双手,白眼差点翻到额头上去,"好得很!在我见过的所有阴险狡诈的孤儿里面,奥利弗,你是最不要脸的一个了!"

"给我住口,干事。"见班布尔说出如此难听的话,第二位老绅士厉声喝道。

"还请阁下恕罪,"班布尔先生说,简直不敢相信自己的耳朵,"但请问阁下,您是在说我吗?"

"是,请您住口。"

班布尔先生大吃一惊。堂堂教区干事竟被人喝令闭嘴!真是世风日下啊!

戴眼镜的老绅士看了看他的同僚,后者意味深长地点点头。

"我们拒绝批准这份契约。"老绅士说着,将手中的羊皮纸丢到一旁。

"我希望,"利姆金斯结巴着说,"我希望两位大人不要仅凭一个小鬼的一面之词就认为我们教区当局玩忽职守。"

"治安法官不会就此发表任何意见。"第二位老绅士严厉地说,"把这孩子带回济贫院,对他好点。看样子他吃过不少苦头。"

当天晚上,白马甲绅士胸有成竹地断言,奥利弗不仅会被绞死,还要被开膛破肚,大卸八块。班布尔先生垂头丧气,故作高深地摇摇脑袋,说他希望奥利弗能有个好结果。而甘菲尔德先生则希望奥利弗能落到他手里,尽管在很大程度上他赞成干事的话,只是他的愿望似乎会导致相反的结果。

第二天一早,公众再次获悉,奥利弗·特威斯特又开始接受招领了。无论是谁,只要把他领走,就能得到五英镑。

第 4 章
奥利弗有了新工作,并初次踏入社会

但凡人丁兴旺的家庭,倘若家底不够殷实,也没有从别处继承什么遗产的可能,同时又指望不上能时来运转一夜暴富,也就基本没有条件为成长中的孩子谋得优越的职位,这时最普遍的做法就是送这个孩子出海。理事会认为这一惯例十分明智而有益,遂决定效仿。他们开会商议可否将奥利弗·特威斯特送到一艘小商船上,打发他到某个又脏又乱的港口去。这无疑是处置他的最好办法。十有八九某一天吃过晚饭,船长会趁着兴致高昂,一不小心把他鞭笞致死,或用铁棍子敲烂他的脑瓜。在那个阶层的先生们中间,这都是人尽皆知且喜闻乐见的消遣方式。理事会越是从这个角度考虑,就越是发现这么做好处多多。于是他们一致认定,要想把奥利弗顺利地养大成人，唯一有效的方法就是立刻送他出海。

班布尔先生被派去打听消息，看有没有哪位船长或别的什么人需要一个无亲无友的舱房小厮。此刻他正回济贫院汇报结果，没想到在大门口遇上了为教区承办殡葬业务的苏尔伯雷先生。

苏尔伯雷先生个子很高，枯瘦如柴，骨节奇大，穿着一身破破烂烂的黑衣服，黑色的棉袜上打着补丁，和脚上的那双破鞋十分搭调。他这副尊容最适合配上不苟言笑的表情，可他偏偏是个喜欢开玩笑的家伙。他步履轻快地走向班布尔先生，亲切地和他握了握手，满脸都是发自内心的欢喜。

"班布尔先生，我已经给昨天夜里死了的那两个女人量好了尺寸。"这位殡葬承办人说。

"你要发财啦，苏尔伯雷先生。"教区干事说着，拇指和食指伸进了后者递上来的鼻烟盒。那盒子是个精巧别致的棺材模型。"我说你要发财啦，苏尔伯雷先生。"班布尔先生重复了一遍，并用手杖亲热地轻轻敲了敲对方的肩膀。

"你这么觉得吗?"苏尔伯雷先生的口气拿捏得恰到好处,既没有反驳对方,也顺带表达了对这种可能性的怀疑,"理事会给的价钱可有点小气呢,班布尔先生。"

"你的棺材不也一样小气嘛。"干事似笑非笑地回答,既针锋相对地化解了这个棺材铺老板的控诉,又不失教区官员的身份气度。

苏尔伯雷先生被他这话给逗乐了,毕竟这是心照不宣的事实。他上气不接下气地笑了半天,最后终于说道:"真有你的,班布尔先生。这我不否认。自打新的配给制度实施以来,跟以前比,棺材是越做越窄、越做越浅了。我们也得有赚头啊,班布尔先生。您也知道,风干的木材是很贵的呀。况且那些铁把手,全得走运河从伯明翰运过来。"

"行啦,行啦,"班布尔先生说,"各行有各行的难处。当然,公道的利润还是允许的。"

"那是那是,"殡葬承办人立刻附和,"假如我在这样或那样东西上没赚到钱,那我就放个长线,从别的地方捞回来,你说是这么回事吧?嘿嘿嘿。"

"就是这么回事。"班布尔先生说。

"不过我还是得说啊,"殡葬承办人想重新捡起被干事打断的话题,"我还是得说,班布尔先生,现在我正面临一个非常不利的情况,那就是胖子死得特别快。那些常年纳税、过惯了养尊处优日子的人,只要一进济贫院,总是最先倒下的那一批。实话跟您说吧,班布尔先生,尺寸上差个三四英寸,我的利润就要赔进去一大截。更何况,我还有一大家子要养活呢。"

苏尔伯雷先生好似遭受了极不公正的对待,越说越愤愤不平。班布尔先生意识到,继续下去恐怕会有损教区声誉,因此他认为最明智的做法是换个话题。由于这几天他满脑子都想着奥利弗·特威斯特的事,索性把话题转到了他身上。

"哦,对了,"班布尔先生说,"你知不知道有谁需要小学徒?我们这儿有个孩子已经成了教区的包袱,我甚至可以说他已经成了拴在教区颈项上的大磨石[1]。酬金很诱人啊，苏尔伯雷先生，很诱人。"班布尔先生说着，举起手杖指了指门上的告示，并特别在"五英镑"三个大字上笃笃笃敲了三下。

"天啊！"殡葬承办人一把拉住班布尔先生制服上的金边翻领，"我来找您也正是为了这事呢。您也知道——哟，老天，您这扣子可真漂亮，班布尔先生，之前我都没注意到。"

"嗯，是挺漂亮的。"教区干事骄傲地低头看了看外套上硕大的铜扣子。因为这些扣子，他那身衣服显得要多气派有多气派。"和教区印章用的是同一个模子——好撒玛利亚人正在救治那个受伤的犹太人[2]。苏尔伯雷先生，这衣服是理事会在元旦那天早上送我的礼物。我记得第一次穿上它是为了调查一个破产的小店主的死因，就是半夜死在别人家门口的那个。"

---

1 典故出自《圣经·旧约·马太福音》，磨石既可以供人磨粮得以生活，也可以变成让人沉入海底的沉重负担。
2 典故出自《圣经·旧约·路加福音》，好撒玛利亚人意为好心人、见义勇为者。

"我想起来了,"殡葬承办人说,"最后陪审团的结论是'死于受寒,缺乏基本的生活必需品',对吧?"

班布尔先生点点头。

"我记得他们想把那个案子当成典型来审,"殡葬承办人说道,"因此故意夸大了它的影响,说如果济贫官员早一点……"

"呸!一群蠢货!"教区干事打断说,"要是那些无知的陪审员说什么理事会都得听,那他们可有事干了。"

"就是就是,"殡葬承办人赞同道,"那不得把人折腾死啊?"

"陪审团,"班布尔先生紧握手杖,这是他激愤时的习惯动作,"陪审团里都是些没有教养、卑鄙下流的混蛋。"

"没错。"殡葬承办人附和道。

"他们根本不懂哲学,也不懂政治和经济。"教区干事轻蔑地打了几个响指。

"可不是嘛。"殡葬承办人语气稍弱了些。

"我鄙视他们。"教区干事涨红了脸。

"我也是。"殡葬承办人恢复了骄傲的神态。

"我真希望把那些偏执傲慢的陪审员弄到济贫院待上一两个星期,"教区干事说,"理事会的那些清规戒律没几天就能让他们老实。"

"犯不着跟他们计较。"殡葬承办人面带微笑地安慰,他想平息这位义愤填膺的教区官员不断升腾的怒火。

班布尔先生掀起头上的三角帽,从帽子里摸出一条手帕,擦了擦额头上因为激愤而冒出的汗,随后重新把帽子戴正,朝殡葬承办人转过身,用稍微平静的语调说:"呃,你看那孩子怎么样?"

"哦,"殡葬承办人回应道,"是这样的,班布尔先生,我已经为穷人们缴了不少税[1]。"

"嗯!"班布尔先生说,"所以呢?"

"所以,"殡葬承办人答道,"我想既然我为他们花了那么多钱,也就有权利从他们身上捞一点吧,

---

[1] 英国地方上为救济穷人而征收的财产税。

班布尔先生。所以，我觉得那孩子干脆让我带走算了。"

班布尔先生一把拉住殡葬承办人的胳膊，带他走进了济贫院。苏尔伯雷先生和理事会只关起门来密谈了五分钟，结果是当天晚上他就能把奥利弗带回去，开始"试用"。所谓试用，就是师傅把教区学徒领回去一小段时间，倘若他觉得这孩子不用喂很多粮食又能干很多活，便会决定长期收养，从此指使他干什么都行。

这天晚上，小奥利弗被带到那群绅士面前，并被告知当晚他就得离开济贫院，到一个棺材铺里当学徒，倘若他敢发牢骚抱怨，或者偷溜回来，理事会就会送他出海，任他淹死，或被人敲烂脑瓜。听到这些，他几乎没有任何反应。于是理事会上下一致认为他是个没良心的小混蛋，命令班布尔先生将他立刻带走。

在理事会绅士们自命不凡的眼中，任何人流露出哪怕一点点缺少情感的迹象，他们都会理所应当地感到极大的震惊与恐惧，然而在这件事上他们看走了眼。一个简单的事实是，奥利弗并不缺少情感，恰恰相反，他的情感太多、太丰富、太复杂了。而为了活命，他所有的情感都被他所遭受的虐待温和地简化成一种呆头呆脑、木然无神的状态。他一声不吭地听完关于目的地的介绍，木然接过塞到手上的行李——拿着倒也方便，他的全部家当都装在一个长宽半英尺、高三英寸[1]左右的牛皮纸袋里。他拉低帽檐遮住眼睛，又一次紧紧攥着班布尔先生的外套袖口，由这位大人物领着前往下一个受苦受难的地方。

没有叮咛嘱咐，没有恐吓警告，班布尔先生摆足了教区干事的一贯派头，昂首挺胸地拖着奥利弗走了一阵。这天风很大，大衣被吹起的下摆将小奥利弗遮得严严实实，露出干事轻飘飘的马甲和浅褐色的毛绒及膝短裤，看上去气派极了。快到目的地时，班布尔先生觉得有必要看一眼那孩子，好确保他能乖乖巧巧地迎接新主子的验收。于是，他以一

---

1 英制长度单位，1英尺约合0.3米，1英寸约合2.5厘米。

个悲天悯人的恩人姿态低了低高贵的头。

"奥利弗！"班布尔先生说。

"我在，先生。"奥利弗颤抖着低声回答。

"把帽檐拉高一点，抬起头，我的先生。"

尽管奥利弗立即照做，并用闲着的那只手背迅速擦了下眼睛，可当他抬起头时，眼角仍然残留着一滴泪珠。看到班布尔先生凶巴巴的目光，那滴泪珠骨碌一下滚落了脸颊。一滴之后又是一滴，接着是另一滴。这孩子使出了吃奶的力气，却怎么也止不住泪水。他抽回拉着班布尔先生的那只手，双手捂住脸哭了起来。可他瘦骨嶙峋的手指哪里挡得住洪水般的眼泪，很快泪水就从指缝和下巴处倾泻而出了。

"哎呀呀！"班布尔先生突然停住脚，咂嘴叫道，两只眼睛恶狠狠地瞪着奥利弗，"哎呀呀！在我见过的所有最不知好歹、最忘恩负义、最没良心的小鬼当中，奥利弗，你是——"

"不，先生，不是，"奥利弗抽噎着解释，小手紧紧拉住班布尔先生的一只手，那只手里拿着他再熟悉不过的手杖,"不是的,先生,我会乖的,真的,我保证,先生。我只是还小,又那么——那么——"

"那么什么?"班布尔先生不解地问。

"那么孤单,先生!特别特别孤单!"孩子哭着说,"大家都讨厌我。哦,先生,请您别……别生我的气。"他拍打着自己的小胸脯,忍着痛苦的泪水,抬头看着干事的脸。

班布尔先生诧异地盯着奥利弗可怜巴巴的样子看了几秒钟,清了三四次嗓子,嘴里嘟囔了句"这该死的咳嗽",遂吩咐奥利弗擦干眼泪,乖乖听话。然后他再次拉住奥利弗的手,默不作声地继续往前走。

殡葬承办人刚安上铺子的活动窗板,正趴在一小片昏惨惨的烛光里记账。这时班布尔先生进来了。

"啊哈!"听到动静的殡葬承办人一个字刚写到一半,就从账本上抬起头说,"是你吗,班布尔?"

"除了我还能有谁啊,苏尔伯雷先生?"干事答道,"喏,我把那孩子领过来了。"奥利弗鞠了一躬。

"哦,这就是那孩子?"殡葬承办人把蜡烛举过头顶,好仔细瞧瞧奥利弗,"苏尔伯雷太太,麻烦你出来一下好吗,亲爱的?"

苏尔伯雷太太从铺子后面的一个小房间里闪身出来。那是个瘦小干瘪、面相凶悍刻薄的女人。

"亲爱的,"苏尔伯雷先生恭恭敬敬地说,"这就是我跟你说的济贫院的那个孩子。"奥利弗又鞠了一躬。

"我的老天爷!"殡葬承办人的妻子惊叫道,"他可真够小的。"

"嘻,是小了点。"班布尔先生说着瞥了奥利弗一眼,仿佛在责怪他怎么不长大点,"不可否认,他的确很小。但他还会长的呀,苏尔伯雷太太,他会长的。"

"啊!那肯定的,"女人没好气地说,"吃我们的,喝我们的,怎么可能不长?我就说嘛,收养教区孤儿根本划不来。养他们的花销比拿的那点补贴多多了。可男人们总以为自己很有头脑。来吧,瘦皮猴,到楼下去。"说着,殡葬承办人的妻子打开了一扇侧门，将奥利弗推下一段陡峭的楼梯，来到一个昏暗潮湿、四面石墙的小房间。他们管这里叫厨房，后面连着煤窖。厨房里坐着一个邋里邋遢的女孩子，脚上的鞋磨得没了后跟，蓝色毛袜也已经烂得没法补。

"喂，夏洛特，"跟着奥利弗一块儿下来的苏尔伯雷太太说，"把给特里普留的剩饭拿一点给这孩子吃。那小子一大早就跑出去，整天也不见个人影，估计是不会吃了。我猜这孩子应该不会挑嘴吧——你挑不挑啊，小鬼？"

奥利弗一听说有吃的，立刻两眼放光，馋得直哆嗦，恨不得马上吃到嘴里。他回了一句不挑嘴，一盘粗劣不堪的食物便摆在了他面前。

这世上有一种哲学家，他们衣食无忧，把自己吃得脑满肠肥，然而，那些穿肠的酒肉最终却化作一腔怨愤。他们的血像寒冰一样冷，他们的心像坚铁一样硬。我真希望他们能亲眼看看奥利弗·特威斯特如何抓起那盘连狗都不愿闻一下的"美味佳肴"，看看奥利弗如何像饿死鬼一样瞬间将那些食物狼吞虎咽，扫荡一空。我唯一想看到的是，那些哲学家能带着同样不可思议的好胃口，吃上一顿同样的饭菜。

"好了。"殡葬承办人的妻子说。她目瞪口呆地看着奥利弗吃饭，那场面把她吓坏了，而一想到今后他可怕的胃口，更是忧心忡忡。"吃好了没有？"

鉴于眼前已经没有任何可吃之物，奥利弗便回答说吃好了。

"那跟我来吧。"苏尔伯雷太太说着端起一盏光芒暗淡又脏兮兮的油灯，在前头领着走上楼梯，"你的床在柜台下边。我猜你应该不介意睡在棺材中间吧？不过介不介意都无所谓，反正你也没别的地方可睡。快点，别磨磨蹭蹭的，我还得睡觉呢。"

奥利弗不再耽搁，温顺地跟着他新的女主人去了。

第 5 章
奥利弗结识新同事,以及第一次参加葬礼,并对主人的生意产生疑问

棺材铺里就剩下奥利弗一个人。他把油灯放在一张工作台上,怯生生地环顾四周,心里既有敬畏也有恐惧。许多年龄比他大得多的人,面对这样的环境恐怕也会产生同样的心情。铺子中央一个黑乎乎的架子上横着一口未完工的棺材,看上去阴森可怕,格外瘆人。每次在无意中把目光扫向那里,他都会感到不寒而栗。他甚至担心棺材里会慢慢探出一个恐怖的脑袋,把他当场吓疯过去。靠墙整整齐齐竖着一排切割成相同形状的榆木板,在昏暗的灯光下,看着就像一群肩膀高耸、把双手插在马裤兜里的幽灵。地上散落着棺材铭牌、榆木刨花、闪闪发亮的棺材钉和黑布碎片。柜台后的墙上有幅装饰

画,画的是两个职业送殡人,穿戴着僵硬的领巾,笔挺地守在一户私人宅邸的大门旁,远处驶来四匹黑马拉的灵车。铺子里又闷又热,连空气中几乎都弥漫着棺材的味道。他的褥子就铺在柜台下面凹进去的地方,看上去真像座坟墓。

令奥利弗感到压抑的还不止这些。孤身一人待在一个陌生的地方,面对这种处境,就算我们中内心最强大的人也难免感到凄凉与孤独。这孩子没有朋友可以照顾,换言之,也就没有朋友来照顾他。他没有刻骨铭心的离愁别绪可供回味,也没有挚爱和熟悉的面孔让他缅怀。

然而此刻,他的心情却十分沉重。在爬进那窄小的床铺时,他默默祈祷,祈祷这张床就是他的棺材,祈祷他能安安稳稳地在教堂的墓地中长眠,头顶有高高的青草随风摇曳,梦里有深沉的古钟声抚慰。

第二天一大早,奥利弗被一阵喧闹的踢打铺门的声音给吵醒了。他着急忙慌地胡乱穿起衣服,这时踢打声又响了起来,且听上去火气更大。他的衣服还没穿好,那边已经一口气踢了二十多脚。等他开始解锁链子时,踢打停止了,喊叫声传了进来。

"开门,听见没有?"踢门的那个人嚷道。

"这就开,先生。"奥利弗一边扯着锁链子一边拧钥匙。

"我猜你就是那个新来的小子吧?"那人趴在锁孔上问。

"是的,先生。"奥利弗回答。

"你几岁了?"对方问。

"十岁了,先生。"奥利弗答道。

"等我进去看我怎么收拾你,"那人说,"走着瞧吧,你这济贫院里出来的臭小子。"许下这亲切的诺言后,对方惬意地吹了声口哨。

"收拾"是个表现力极强的词,奥利弗已经无数次深刻体会过它的含义,因此他毫不怀疑门外的这个人,不管他是谁,必定会体面地兑现他的诺言。他哆嗦着拉开门闩,打开了门。

门一开,奥利弗先朝街两边看了看,又看了看街对面。他以为刚刚透过锁眼跟他说话的那个陌生人已经走开，到别处暖身子去了。因为外面什么人都没有，除了一个身穿慈善学校皮马裤的大个子男孩，他坐在铺子前面的桩子上，正吃着一片抹了黄油的面包。他用一把折刀把面包切成和嘴巴差不多大的楔形小块，动作娴熟地塞入口中。

"对不起，先生。"见四下没有别人，奥利弗最后问道，"刚才是您在敲门吗？"

"是踢门。"穿着校服的男孩答道。

"那您是要买棺材吗，先生？"奥利弗天真地问。

一听这话，那男孩顿时恼了，说奥利弗要再敢这么跟管事的开玩笑，恐怕他自己很快就需要一口棺材了。

"济贫院来的小子，我看你还不知道我是谁吧？"穿校服的男孩继续说道。他从桩子上跳下来，摆出一副教训人的严肃面孔。

"不知道，先生。"奥利弗回答。

"你可以叫我诺亚·克莱波尔先生，"穿校服的男孩说，"你归我管。把活动窗板取下来吧，你这个小懒蛋！"说完，克莱波尔先生赏了奥利弗一脚，大摇大摆、派头十足地走进了铺子。对于一个大脑袋、小眼睛、其貌不扬的年轻小子，能有这样的气势着实不容易。更何况，他还有个能给个人魅力增光添彩的红鼻子和黄裤头儿。

窗板在白天取下后，照例会放在屋子山墙旁边的一个小院子里。结果，奥利弗在搬第一块窗板的时候就出了岔子。对于他这样的小身板来说，窗板实在太重，在摇摇晃晃的搬运途中，他不小心碰烂了一块玻璃。大慈大悲的诺亚安慰他说"挨骂肯定是躲不过了"，随后便屈尊降贵地来给他帮忙。不大一会儿，苏尔伯雷先生下楼来了。前后脚的工夫，苏尔伯雷太太也下来了。果如诺亚所言，奥利弗结结实实地挨了一顿骂，然后便跟着这位年轻的绅士走下楼梯去吃早饭。

"诺亚，到火炉跟前来，"夏洛特说，"主人早餐剩下的一小块熏肉我还给你留着呢。奥利弗，把诺亚先生身后那扇门关上。你的饭我放在面包盘的盖子上了，自己拿着吃。还有你的茶，都端到箱子那儿去。赶紧吃,赶紧喝,他们还要你去看铺子呢,听见了没有?"

"听见了吗,济贫院来的?"诺亚·克莱波尔说。

"老天爷,诺亚,"夏洛特说,"你这人可真怪!你管他干吗呢?"

"管他干吗?"诺亚说,"就是因为没人管,我才要管呢。他爹妈没机会管他。他的亲戚们不愿管他,结果让他由着性子胡来。你说是吧,夏洛特?嘻嘻嘻!"

"哎呀,你这个怪家伙!"夏洛特说着,放声大笑,诺亚也跟着一起笑。笑够了,两人又不屑地看着可怜的奥利弗·特威斯特。小奥利弗坐在箱子上吃着特意给他留的剩饭,冻得瑟瑟发抖,那是屋子里最冷的角落。

诺亚虽然在慈善学校上学,但和济贫院里的孤儿是不一样的。他不是私生子,顺着家谱能查到他的双亲。他妈妈是个洗衣工,爸爸是个酗酒的老兵,退役时带回来一条木头假腿和一份抚恤金,每天两个半便士,以及一个很难说清的零头。附近店铺里的伙计经常给他取些羞辱性的外号,什么"皮短裤""慈善娃"之类的,且总在大街上当着众人的面奚落他。诺亚从来都是默默忍受,不敢还嘴。但老天开眼,命运把一个连自己姓什么都不知道的私生子送到了他面前。那孩子要什么没什么,即便世界上最卑贱的人,也能指着他的鼻子骂。于是,诺亚把所有的报复都饶有兴致地发泄在这个孤儿身上。这实在耐人寻味。它向我们表明,人性是多么神奇和公平的东西,同样美好的品质既能在最高尚的贵族身上闪耀,也能在最卑鄙的慈善学校的学生身上发光。

奥利弗已经在殡葬承办人的棺材铺里住了三周,也或许有一个月了。这天,铺子打了烊,苏尔伯雷夫妇正在后面的小客厅里吃晚饭,苏尔伯雷先生毕恭毕敬地瞥了几眼太太后,说道:"亲爱的——"

他正要说下去,但苏尔伯雷太太忽然抬起头,他一看她脸色不对,就立马打住了。

"干什么?"苏尔伯雷太太厉声问。

"没什么,亲爱的,没什么。"苏尔伯雷先生小心回答。

"哼,那就闭嘴,你这个没良心的。"苏尔伯雷太太骂道。

"也不是没有,亲爱的,"苏尔伯雷先生低声下气地说,"我只是觉得你可能不会想听,亲爱的,我本来想说……"

"哦,你想说什么用不着告诉我,"苏尔伯雷太太打断说,"我是谁呀,什么事都不用跟我商量。我可不想搅和你的私事。"说完,她像个疯子似的大笑了一阵。这绝对不是好兆头。

"可是,亲爱的,"苏尔伯雷先生说,"我想问问你的意见。"

"别,别,别问我的意见。"苏尔伯雷太太仿佛突然动了气,"去问别人吧。"接着,她又发出一阵歇斯底里的狂笑,把苏尔伯雷先生吓得脊背发凉。这是女人对付丈夫时的惯用伎俩,而事实证明,此种手段的确行之有效。苏尔伯雷先生立刻熟练地拿出卑躬屈膝的样子,恳请太太恩准他把她要听到的话说出来。短暂相持之后,苏尔伯雷太太终于大发慈悲,恩准了。

"这件事是关于那个小奥利弗的,亲爱的,"苏尔伯雷先生说,"说起来,他还是个蛮俊俏的小子呢,亲爱的。"

"那当然,他吃饱喝足了嘛。"太太说道。

"亲爱的,他经常是一副闷闷不乐的样子,"苏尔伯雷先生继续说道,"这就有意思了,你想啊,亲爱的,让他去给人送葬再合适不过了。"

苏尔伯雷太太一脸惊讶地抬起头。苏尔伯雷先生注意到了,但没给贤惠的太太插话的时间,紧接着说道:"亲爱的,我说的不是参加成年人葬礼的那种送葬人,而是小孩子的葬礼。小孩子给小孩子送葬,这多新鲜啊,亲爱的。你相信我,肯定会有出其不意的轰动效果。"

苏尔伯雷太太对丧葬行业一向很有见识,听到这个新颖的点子,眼前一亮。可她不能表现出惊奇,否则颜面何在呢?事已至此,她只好继续端着架子,严厉地质问丈夫,如此显而易见的主意为何没有早一点想到。苏尔伯雷先生心知肚明,太太已经默许了他的建议。因此,他们迅速决定,立刻安排奥利弗熟悉丧葬业务。鉴于此,下一次老板有生意时,奥利弗就得跟着了。

生意很快就来了。第二天上午吃过早饭才半小时,班布尔先生来到铺子里。他把手杖往柜台上一靠,掏出他硕大的皮夹子,从里面抽出一小张纸,递给苏尔伯雷。

"啊哈!"掌柜的扫了一眼,顿时喜形于色,"要订口棺材是吧?"

"先订棺材,后边还要办葬礼。"班布尔先生系紧皮夹子的带子。那夹子随它的主人,也是大腹便便。

"贝顿,"掌柜的视线从纸条移向班布尔先生,"这名字从没听说过啊。"

班布尔摇摇头说:"一个顽固的家伙,苏尔伯雷先生。非常顽固,还相当自负。"

"自负?"苏尔伯雷先生冷笑道,"那就有点过分了。"

"别提多叫人恶心了,"教区干事回答说,"跟你说吧,苏尔伯雷先生,他比催吐剂还管用呢。"

"原来如此。"掌柜的不明就里地搭着话。

"我们是前天夜里才听说这家人的,"教区干事说,"因此对他们的情况知之甚少,只不过有个和他们同住一幢房子的女人来找教区医生,说那家的女人病得很重,让医生过去看看。不巧的是,医生出去吃饭了,然后医生的学徒——那也是个非常聪明的小伙子——就临时给开了点药,用一个黑不溜丢的鞋油瓶子装着让她带回去。"

"嘿,倒挺机灵。"掌柜的说。

"机灵倒是机灵,"教区干事回答,"可结果怎么样呢?那些没良心的东西一点都不领情。生病女人的男人说,那药不对他老婆的病症,因此他老婆没吃。你听听,他老婆没吃。那可是效果上佳的治病良药啊。一周前还治好了两个爱尔兰劳工和一个运煤工呢。现在不要钱白给他们,还搭上一个鞋油瓶,他却说他老婆不能吃那药。"

这种无耻行径令班布尔先生越想越恼火,气得拿手杖直敲柜台。

"这种事,"掌柜的说,"我倒从没遇到过。"

"不光是你,"教区干事打断说,"谁都没遇到过。可现在那女人死了,我们还得埋她。这是地址,赶紧把这件事了结了,越快越好。"

班布尔先生说完依旧愤愤不平,把三角帽都戴反了,随后气冲冲地离开了棺材铺。

"瞧把他气的,奥利弗,都忘了问问你的情况了!"苏尔伯雷先生注视着沿街而去的教区干事说。

"是的,先生。"奥利弗回答。刚才他一直小心翼翼地躲在藏身的地方,此刻回想起班布尔先生的声音,他依然恐惧得从头到脚都在发抖。其实,他没必要躲着班布尔先生,因为白马甲绅士的预言早已在这位公职人员的头脑中刻下深深的烙印。他认为,既然奥利弗目前正在棺材铺老板手底下试用,那就尽量少去招惹他,等他正式签下契约要做七年学徒的时候,就再也不用担心他会被重新送回到教区了。

"好了,"苏尔伯雷先生拿起帽子说,"这差事宜早不宜迟。诺亚,你留下照看铺子。奥利弗,戴上你的帽子,跟我走。"奥利弗乖乖服从命令,跟着主人出门办正事儿去了。

他们穿过镇上人口最密集的街区,走进一条比沿途所有街道都更脏更乱的窄街,停下来寻找事主的家。街道两旁的房子又高又大,但破旧不堪,住户全是贫苦阶层。这仅从房屋满目疮痍的外观上就看得出来,更不用说那些偶尔抄着手鬼鬼祟祟地从街上走过、弯腰驼背、蓬头垢面的男人女人了。大多数房屋都有临街铺面,但全都关得严严实实,一派衰败萧条的景象。只有店铺的楼上住着人。个别房屋年久失修,俨然已成危房。为防止房屋倒塌伤及行人,有人用粗大的木头撑住墙面,又把木头的另一端牢牢埋进路面。可即便这些危房摇摇欲坠,到了夜里似乎仍会被某些无家可归的可怜虫当作栖身的巢穴,因为门窗上的木板都被撬过,留下了足够让人进出的缝隙。排水沟塞满垃圾,污秽不堪。饥荒令许多老鼠饿死街头,东一只,西一只,无人收拾,只能任其腐烂,整个街区臭气熏天。

奥利弗和他老板找到的这幢房子，屋门敞开着，上面既没有门环，也没有门铃拉手。老板吩咐奥利弗跟紧自己，不要害怕，随即小心翼翼地摸索着穿过昏暗的过道，爬上了通往二楼的楼梯。在楼梯口，他撞上了一扇门，遂用指关节快速地敲了几下。

开门的是一个十三四岁的小姑娘。棺材铺老板只向屋里扫了一眼，便知道这就是他们要找的那一家了。他走进去，奥利弗紧随其后。

屋子里没有生火，但一个男人呆呆地蹲在空炉子前。还有一个老妇人，搬了条矮凳子坐在他旁边，和他一块儿守着那冷冰冰的灶台。另一个墙角蜷缩着几个衣衫褴褛的孩子。正对着门的小壁龛下面，一条破毯子盖着个什么东西。奥利弗只往那角落里瞥了一眼，便浑身发抖，不由自主地往老板身边靠了靠。虽然那东西盖着毯子，但这孩子仍然猜出那是具尸体。

男子面容苍白瘦削，头发胡须均已花白，双眼布满血丝。老妇人满脸皱褶，仅剩的两颗牙齿恨不得也离家出走，极度嚣张地暴突出来，压得下嘴唇抬不起头。不过她的眼睛倒是炯炯有神。奥利弗不敢看她和那个男的。他们像极了他在街上见到的那些老鼠。

"谁都不要靠近她。"棺材铺老板刚要走向壁龛,男子猛地站起来说,"退后!该死的。还想活命的话就退后!"

"别说傻话,伙计,"见惯这种悲惨情形的棺材铺老板说,"别说傻话。"

"我告诉你,"男子紧握拳头,跺着脚说,"我告诉你,我是不会让她入土的。埋到地下她会不得安宁。虫子虽然不会吃她——她身上已经没肉了,但会打扰她。"

棺材铺老板没有理会男子的这番胡言乱语,径自从口袋里掏出一副卷尺,在尸体旁边跪下来量了起来。

"啊!"男子突然一声哀号,跪倒在死去的女人脚边,泪如雨下,"跪下,跪下,都围着她跪下。你们听着!我说她是饿死的。我一直不知道她病得有多重,直到最近她开始发烧,然后瘦得骨头都凸起来了。屋里没有生火,也没有点蜡烛,黑黢黢的,她就死了,死了!我们听见她在临死之前叫孩子们的名字,可她连孩子们的脸都看不清楚。为了救她,我到街上去要饭,结果被人关到监狱里去。等我回来时,她已经只剩一口气。我心如死灰,她是饿死的呀。我敢对着上帝起誓,她是被饿死的!"他双手揪着头发,撕心裂肺地大叫一声,随即两眼发直,口吐白沫,倒在地上。

吓坏了的孩子们放声大哭,而一直默不作声、对周围发生的事情仿佛充耳不闻的那个老妇人,喝令他们安静下来。她先把倒地男子的领结松开,随后才蹒跚着走向棺材铺老板。

"死的是我女儿。"老妇人冲尸体的方向点点头,像个白痴一样斜睨着眼睛说,那样子甚至比死人还要恐怖,"老天爷啊,老天爷,你说离谱不离谱。她是我生的,生她时我已经不年轻了,可现在我还活得好好的,她却浑身硬邦邦地躺在那儿了。老天爷啊,老天爷,想想这事儿,就跟戏本里的似的。"

可怜的老妇喃喃自语,还发出瘆人的笑声,棺材铺老板转身便要离开。

"等等，等等！"老妇人压低声音叫道，"你们打算什么时候埋？明天，后天，还是今晚？我得准备一下。送葬的时候我要跟着，明白吧？给我带一件大斗篷吧，要暖和点的，毕竟现在天气挺冷的。出发之前最好让我们吃些点心，喝点葡萄酒。算了算了，送些面包吧。一块面包一杯水也就打发了。我们能吃到面包吗，先生？"见棺材铺老板又要往门口走，她拉住他的衣服，眼巴巴地问。

"能，能。"棺材铺老板说，"当然能，你想要什么都行！"他挣脱老妇人的手，拉上奥利弗匆匆离去。

第二天（班布尔先生已经亲自给事主家送去了差不多两磅[1]面包和一块干酪作为救济），奥利弗和他的老板又来到那个悲惨的地方。班布尔先生已经到了，随行的还有济贫院里的四个人，他们是抬棺的。老妇人和男子在破烂的衣衫外各披了一件黑色的破

---

[1] 英美制重量单位，1磅约合0.5千克。

斗篷。光秃秃的棺材已经钉好了盖子，四位抬棺人用肩膀扛着来到了街上。

"老太太，你最好走快一点！"苏尔伯雷在老妇人的耳边低声说道，"咱们已经迟了，让牧师久等可不合适。加快速度，伙计们，能走多快就走多快！"

棺材本来就不重，一听这话，几个抬棺人索性迈开双腿小跑了起来。两个送葬的家属在后头紧赶慢赶。班布尔和苏尔伯雷两位先生大步流星走在前面。奥利弗没有老板那样的长腿，只好跑着跟在一侧。

其实苏尔伯雷先生大可不必如此着急，因为当他们赶到教区墓地里那个长满荨麻的偏僻角落时，牧师还没有现身。而据坐在法衣室里烤火的教士估计，牧师起码还要等个把小时才会来。于是，他们把棺材放在墓穴旁边，两名送葬亲属顶着凉丝丝的毛毛细雨立在潮湿的泥地中耐心等待。这场景引来一群衣衫褴褛的小毛孩。他们在墓碑中间吵吵闹闹地玩捉迷藏，或在棺材上跳来跳去。苏尔伯雷和班布尔跟那个教士有私交，便和他一起坐在火炉边看报纸。

终于,过了一个多小时,班布尔先生、苏尔伯雷和那个教士忽然一起奔向墓地。须臾,牧师便出现了,边走边穿法衣。班布尔先生拿手杖敲了一两个小孩的脑袋,好压住场面。那位令人尊敬的先生行云流水般完成了被压缩到四分钟的葬礼仪式,随后把法衣往教士手里一塞,转身走了。

"好了,比尔!"苏尔伯雷对掘墓人说,"埋上吧。"

掩埋毫不费力,因为墓坑很浅,棺材离地面也就几英尺。掘墓人把泥土填进去,随便踩上几脚,便把铁锹往肩上一扛,走了。看热闹的那群孩子也悻悻而去,边走边埋怨好玩的事情结束得太快。

"快走吧,好伙计,"班布尔拍着送葬男人的后背说,"墓园要关门了。"

这人自打来到墓穴旁,就不曾动过地方。冷不丁被人拍了一下,他浑身一激灵,抬起头,凝视着和自己说话的这个人,随后朝前走了几步,昏倒在地。那个古怪的老妇人正在痛惜自己失去了斗篷

（棺材铺老板给收走了），根本没注意到昏过去的男人。众人朝他脸上泼了一罐凉水，然后看着苏醒后的他平安地走出墓地，方才锁上大门，各自离去。

"好了，奥利弗，"在回家的路上，苏尔伯雷说，"感觉怎么样？"

"挺好的，谢谢您，先生，"奥利弗小心翼翼地回答，"但谈不上喜欢。"

"哦，你很快就会习惯的，奥利弗。"苏尔伯雷说，"一习惯就好了，孩子。"

奥利弗很好奇苏尔伯雷先生是用了多久才习惯的，但他觉得还是少打听为妙。于是，他一路回想着自己的所见所闻，回到了铺子里。

第 6 章
奥利弗不堪诺亚戏弄奋起反抗，诺亚惊诧不已

一个月的试用期结束了，奥利弗正式成为学徒。此时正是疾病流行的季节，用行话说，棺材行情看涨。因此短短几周，奥利弗便积累了相当丰富的经验。苏尔伯雷先生别出心裁的生意模式，其轰动效应已经超出他原本最乐观的估计。

连镇上年纪最长的居民，也想不起来什么时候麻疹这么猖獗过，且对婴儿如此致命。奥利弗经常走在送葬队伍的前面，丧服的帽带长可及膝。镇上那些做母亲的，对此表现出令人难以言喻的赞赏和感动。奥利弗还跟着师傅参加了许多成年人的葬礼，为的是早日掌握一个合格的殡葬承办人所应当具备的庄重举止和应变能力。他有许多机会观察那些意

志坚强的人，他们在面对挫折苦难与生离死别时，所表现出的对命运的听从与坚忍，堪称卓越。

比方说，苏尔伯雷接了为某个老太太或老先生办葬礼的生意。这个老太太或老先生有一大堆侄子、侄女、外甥、外甥女之类的亲戚。他们在老人患病期间表现得伤心欲绝，即便在大庭广众之下也难掩悲痛。可背地里，他们却欢天喜地、自由自在，像什么都没有发生一样无拘无束地谈笑风生。丈夫们以英雄般的冷静忍受他们的丧妻之痛。妻子们虽然为亡夫穿上了丧服，但绝非出于悲伤。她们打定主意，那丧服既要让她们看起来漂亮得体，又要为她们增添魅力。另有一个十分常见的现象是，那些在葬礼上痛不欲生的先生太太，一回到家便立刻恢复常态，一杯茶还没喝完就已经若无其事了。这一切看起来非常有趣且极富教育意义。奥利弗佩服得五体投地。

虽然身为奥利弗·特威斯特的传记作者，但我无法断言在这些体面人士的感召之下，他是否也会变得逆来顺受。不过，我可以确定无疑地说，数月以来,他对诺亚·克莱波尔的欺凌和虐待倒是一直忍气吞声。诺亚见他这个新来的小子都拿上了黑手杖,绑上了帽带,而资历更老的他却还是慈善学校里的那身打扮——松饼帽[1]、皮短裤,着实眼红得不得了,于是变本加厉地处处针对奥利弗。夏洛特和诺亚几乎是一个鼻孔出气,她对奥利弗自然也好不到哪儿去。苏尔伯雷太太呢,只因苏尔伯雷先生对奥利弗器重有加,便与他势不两立。因此,一边是这三个对头,另一边是没完没了的葬礼,奥利弗感觉苦不堪言,还不如一头被误关进酒厂粮库的饿猪来得舒服。

现在,我要讲到奥利弗人生当中一段非常重要的经历了。这件事表面看似乎微不足道,却间接使他的未来人生发生了重大变化,因此有必要记录在案。

这天,奥利弗和诺亚照例在饭点来到厨房。今天他们有口福,竟然摊上一小块重达一磅半的羊

---

[1] 英国慈善学校里男生戴的一种状如松饼的呢帽,故名松饼帽。

肉——虽然是羊脖子里最没嚼头的地方。中途夏洛特被叫了出去，有那么一小会儿，厨房里只剩下他们两个人。诺亚·克莱波尔虽然饥肠辘辘，却没挡住他使坏心眼儿。在他看来，如此的大好机会，不用来欺负一下小奥利弗·特威斯特，那就太可惜了。

诺亚存心要要弄奥利弗，遂把双脚翘起来放在桌布上，扯奥利弗的头发，拧他的耳朵，非诬赖他是个爱打小报告的卑鄙小人，还说将来奥利弗被绞死的时候他会非常乐意到场观摩，不管那令人神往的好日子要等多久。随后他又拿各种鸡毛蒜皮的琐事逗奥利弗，把一个慈善学校问题少年的阴损刻薄和品行不端演绎得淋漓尽致。可这些羞辱并没有达到把奥利弗气哭的效果，于是诺亚变本加厉。即使到了今天，某些在耍小聪明方面名气比诺亚大得多的人仍会采用这种下作的手段，那便是赤裸裸的人身攻击。

"我说济贫院来的，"诺亚以轻浮的口吻说，"你妈还好吗？"

"她早就死了，"奥利弗回答，"我不许你说她。"

说话时，奥利弗脸已经涨得通红，呼吸急促，嘴唇和鼻孔不自觉地抽动着。克莱波尔先生认为这必定就是大哭的前兆，于是决定趁热打铁。

"她是怎么死的呀，济贫院来的？"诺亚问。

"一个老护士说她是心碎死的。"奥利弗说，但听上去更像自言自语，而非回答诺亚的问题，"我想我知道那是什么滋味儿。"

"哎呀呀，是不是啊，济贫院来的？"诺亚说，这时一颗泪珠从奥利弗脸上滚下来，"谁把你惹哭了呀？"

"别得意，"奥利弗匆匆擦掉眼泪说，"反正不是你。"

"哦，原来不是我？"诺亚冷笑道。

"不是你。"奥利弗厉声说道，"够了！不要再跟我提她了！你最好闭嘴！"

"最好闭嘴？"诺亚故作震惊，"哈，最好闭嘴！别不知羞耻了，济贫院来的。你妈也是。她可标致得很呢。哦，老天爷！"说到此处，诺亚意味深长地点了几下头，这还不够，他又使出近乎吃奶的力气紧紧皱起他的小红鼻子。

"你也知道,济贫院来的,"奥利弗的沉默鼓舞了诺亚,他继续用一种在所有腔调中最令人讨厌的假惺惺的口吻奚落道,"你也知道,济贫院来的。事到如今,你根本无能为力,当然,即便在当初,你也无能为力。真替你感到难过。我相信大家都和我一样,非常同情你。可有件事你得知道,济贫院来的,你妈妈是个不折不扣的下贱女人。"

"你说什么?"奥利弗猛地抬起头。

"济贫院来的,我说她是个不折不扣的下贱女人。"诺亚冷冷地回答,"幸亏她早早就死了,济贫院来的,要不然,这会儿她估计还在牢里做苦工呢,或者被流放,或者被绞死,而且被绞死的可能性相当大,你说是不?"

奥利弗气得满脸通红,猛然跳起来掀翻了桌椅。盛怒之下,他一把掐住诺亚的喉咙,疯了似的拼命摇晃,直到诺亚的上下牙碰得咔咔响。而后,他用尽全身力气挥出拳头,将诺亚打倒在地。

一分钟之前,奥利弗还是个因为饱受虐待而看上去柔柔弱弱、安安静静的孩子，可现在他的斗志终于觉醒了。那些对他死去母亲的恶毒侮辱使他怒火中烧。他挺着胸膛，胸口一起一伏，两只眼睛几乎喷出火来，像是完全变了一个人。他站在那里，怒视着蜷缩在他脚下的这个平日里欺负他的家伙，并以前所未有的勇气向他发起挑战。

"要杀人啦！"诺亚扯着嗓子哭喊道，"夏洛特！太太！这个新来的小子要把我打死啦！救命啊！救命啊！奥利弗疯啦！夏洛特！"

诺亚的呼救很快得到了回应，先是夏洛特尖叫一声，接着是苏尔伯雷太太，她的尖叫声更大。夏洛特首先从一扇侧门冲进厨房，而后者则停在楼梯上观望了几秒钟，确定自己没有任何生命危险之后才继续往下走。

"嘿，你这个小混蛋！"夏洛特大吼一声扑上前去，用尽全力抓住奥利弗。她可真是个壮实的女孩子，力量几乎能赶上一个受过良好训练的普通男人。"你这个狼心狗肺——让人讨厌的——小混蛋！"她每停顿一下，就咬牙切齿地给奥利弗狠狠来上一拳，

083

而每一拳下去,她又气势汹汹地大叫一声,无形中为这混乱的场景增添了不少观赏性。

夏洛特的拳头已经够人受的了,而苏尔伯雷太太唯恐那仍然压不住奥利弗的怒火,于是也冲了过去,一只手按住奥利弗,另一只手在他脸上挠来挠去。眼见形势对自己有利,诺亚一骨碌爬起来,开始从背后狠狠地揍奥利弗。

如此剧烈的运动当然是持续不了太久的,很快三个人便筋疲力尽,实在打不动,也撕扯不下去了。由于奥利弗不停挣扎叫喊且毫不示弱,他们只好把他硬生生地拖进煤窖锁了起来。随后,苏尔伯雷太太一屁股瘫坐在椅子里,放声大哭。

"上帝保佑,她快昏过去了!"夏洛特叫道,"快去倒杯水,诺亚!亲爱的,快去!"

"哦,夏洛特,"苏尔伯雷太太一边努力吸气,一边打起精神说——诺亚已经把那杯冷水泼得她满身都是了,"哦,夏洛特!咱们睡觉的时候没被害死在床上真是万幸啊!"

"唉,确实万幸啊,太太。"夏洛特回答,"但愿老板能从这件事里吸取点教训，以后千万别再把这种养不熟的白眼狼带回家了。这些人天生就是强盗、杀人犯。可怜的诺亚！我进来时他都快被打死了。"

"真是个可怜虫！"苏尔伯雷太太充满怜悯地看着那个从慈善学校里出来的孩子。

小奥利弗可能只到诺亚背心的第一个扣子那么高，然而此时此刻，这个大男孩听到太太同情的话语，竟用手腕的内侧揉了揉眼睛，挤出数滴动人的眼泪，还抽了几下鼻子。

"这可怎么办呢？"苏尔伯雷太太大声说，"你们老板不在，家里又没个男人，那小子不出十分钟就得把门踢烂。"这会儿，奥利弗正把满腔的怒火发泄到那扇门上，使这种可能性大大地增加了。

"天啊，天啊！我也不知道啊，太太。"夏洛特手足无措地说，"除非我们叫警察过来！"

"或者叫当兵的。"克莱波尔先生也忙着献计献策。

"不，不，"苏尔伯雷太太突然想起奥利弗的老朋友，"诺亚，快去叫班布尔先生，让他马上过来,一分钟都不要耽搁!别找你的帽子了,快去!路上拿把刀捂在你被打的那个眼睛上,很快就能消肿的。"

诺亚听完,二话不说拔腿就走。街上的行人十有八九会吓一跳:一个慈善学校的小子,帽子都没戴,眼睛上捂着一把折刀,急匆匆地在大街上狂奔而过。

第 7 章
奥利弗继续抗争

诺亚·克莱波尔以他最快的速度穿过大街小巷，一口气跑到了济贫院的大门外。他在那儿歇了一分来钟，好酝酿一场眼泪夹杂着恐惧的精彩哭戏。准备就绪，他使劲敲了敲大门上的小门。济贫院里一个上了年纪的穷人刚打开门，他就把自己可怜兮兮的脸递了上去。纵使那人一辈子见惯了哭丧脸，但还是被他吓了一个趔趄。

"老天爷，这孩子怎么啦？！"老人惊叫道。

"班布尔先生！班布尔先生！"诺亚扯着嗓门喊道，声音既响亮又充满不安，做足了仓皇无措的样子。班布尔先生碰巧就在附近，他不仅听到了喊声，还被它惊得连三角帽都没戴就冲进了院子。这可是极不寻常的现象，说明即便是教区干事，遇到让人措手不及的突发状况,也会一时失态,忘记自己的体面身份。

"哦,班布尔先生!"诺亚说道,"奥利弗,先生,奥利弗他——"

"怎么啦?怎么啦?"班布尔先生迫不及待地问,他那金属般闪闪发亮的眼睛里放射出欢乐的光彩,"他没有开溜吧,对不对?他没有溜掉,是吧,诺亚?"

"没有,先生,没有。他没有开溜,可他变得特别凶残。"诺亚回答,"他想杀了我呢,先生,杀了我再杀夏洛特,然后还有太太。哎哟,疼死我了!他打得我好狠呢,先生!您可得为我们做主啊!"说到此处,诺亚像鳗鱼一样把身体扭来扭去,摆出各种高难度的姿势,誓要让班布尔先生明白奥利弗·特威斯特的残暴攻击给他造成了多么严重的内伤,且此时此刻他正忍受着多么剧烈的疼痛。

见班布尔先生被自己带来的消息惊得呆若木鸡,为了增强效果,诺亚又用比刚才高出十倍的声音痛哭自己身负重伤。当看到一位穿着白马甲的绅士从院子里走过时,他哭得就更凄惨了。他料定自己的哭诉定能引起那位绅士的注意,并激起他的愤慨。

果不其然,那位绅士很快便被哭声吸引,因为他还没走出去三步就怒气冲冲地转过身来,大声质问这小杂种在这里号的什么丧,班布尔先生为何不行行好给他点颜色瞧瞧,好让他装模作样的哭号变得有意义些。

"这可怜孩子是免费学校的,先生,"班布尔先生回答,"他险些遭了小奥利弗的毒手,先生,差一点就没命了。"

"天啊!"白马甲绅士大吃一惊,骤然停住了脚,"我早就知道!从一开始我就有种奇怪的预感,那个不知天高地厚的野小子迟早得被绞死!"

"先生,他还想杀了家里的女用人呢。"班布尔先生面如死灰。

"还有老板娘。"诺亚插嘴说。

"诺亚,你刚才是不是也说过还有他的主人?"班布尔先生添油加醋。

"没有,主人正好不在家,要不然也得跟着倒霉,"诺亚回答,"奥利弗说过他想把主人也杀了。"

"噢!他说想把主人也杀了,是这样吗,我的孩子?"白马甲绅士问道。

"是的,先生,"诺亚回答,"太太派我来请班布尔先生,看他能不能马上过去一趟,给那小子一点教训,因为我们主人不在家。"

"当然能,我的孩子,当然能。"白马甲绅士慈祥地笑笑,拍了拍他还要高出三英寸的诺亚的脑袋,"你是个好孩子,非常好的孩子,这一个便士赏你了。班布尔,拿上你的手杖到苏尔伯雷家走一趟吧,看看怎么处理最好。别轻饶了他,班布尔。"

"我绝不会轻饶他,先生。"教区干事一边回答,一边调整缠在手杖末端的蜡带。他这根手杖的另外一个作用就是在教区内执行鞭刑。

"也告诉苏尔伯雷不要轻饶他。这样的小杂种不好好修理一顿是不行的。"白马甲绅士叮嘱道。

"我会妥善处理的,先生。"教区干事说。此时,班布尔先生已经戴好了三角帽。他拿着手杖,和诺亚·克莱波尔一道,以最快的速度奔棺材铺而去。

铺子里的事态没有半点改善。苏尔伯雷还没回来,奥利弗依旧疯狂地踢着煤窖的门,气焰丝毫未减,苏尔伯雷太太和夏洛特再度绘声绘色地描述了一遍他的残暴行径。班布尔先生大感震惊,决定在开门之前,还是先和奥利弗聊一聊为好。于是,他照门上踢了一脚作为开场白,随后把嘴巴凑近锁眼,用低沉而又威严的声音叫道:"奥利弗!"

"放我出去!"奥利弗在里面嚷道。

"听出来是谁了吗,奥利弗?"班布尔先生问。

"听出来了。"奥利弗回答。

"难道你不害怕吗,小子?我的声音没让你哆嗦一下吗?"班布尔先生说。

"我不怕!"奥利弗勇敢地喊道。

这回答完全出乎班布尔先生的意料,且与他惯常听到的答案大相径庭,可想而知他有多么震惊。他从门前退开,直起身子,愕然看着身后的三个旁观者,没有吭声。

"哦,你看,班布尔先生,这孩子肯定疯了。"苏尔伯雷太太说,"哪怕他有一半清醒,也不敢这么跟您说话呀。"

"这不是疯,太太。"沉思片刻之后班布尔先生说,"是肉的问题。"

"什么?"苏尔伯雷太太不解地问。

"肉,太太,是肉的问题。"班布尔笃定地回答,"您让他吃得太饱了,太太。您在他身上培养出了一种与他的身份不相配的虚假灵魂和意志。理事会肯定也会这么跟您说的,他们都是些务实的哲学家。穷人要灵魂和意志干什么?我们能让他们活着就已经够仁慈了。太太,要是您平时只让他喝稀粥,那就绝对不会发生这种事。"

"天啊,天啊!"苏尔伯雷太太突然叫道,两只眼睛虔诚地看向厨房房顶,"真是好心没好报啊!"

苏尔伯雷太太对奥利弗所谓的好心,就是把一些又脏又差、没人愿意吃的残羹剩饭慷慨地赏赐给他。因此,面对班布尔先生的严厉指责(让奥利弗吃得太饱),她做到了极大的克制和自我牺牲。说句公道话,无论从想法上、说法上还是做法上,她都被冤枉了。

"唉,"当太太的目光重新落回地面时,班布尔先生说道,"眼下我看唯一可行的办法,就是先把他关在煤窖里一两天,等他饿得没劲儿闹了再放出来。今后在整个学徒期间,就只让他喝稀粥。他出身下贱,所以天生是个坏种,苏尔伯雷太太。医生和护士都说,他妈妈费尽千辛万苦才跑到这里——但这情况要是随便换成哪个正经人家的姑娘,早几个星期就没命了。"

班布尔先生说到这里的时候,门那边的奥利弗已经听出来了,接下去他们又要说他妈妈的坏话了。于是他又开始疯狂地踢门,把其他声音全给盖住。就在这个节骨眼儿上,苏尔伯雷回来了。两位女士把奥利弗干的好事添油加醋地跟他说了一遍,总之怎么拱火怎么来,非要激起这位男主人的万丈怒火不可。随后,他哗啦一声拉开煤窖的门,拽住他那胆大包天、不知死活的学徒的衣领,将其从里面拖了出来。

奥利弗的衣服已经在之前的扭打中被撕了个稀巴烂,脸上青一块紫一块,还有一道道血印子,头发乱蓬蓬地耷拉在额前。然而他怒气未消的脸依旧通红,在被拖出牢笼时,他毫不畏惧地瞪着诺亚,仿佛要生吞了对方。

"小兔崽子,长本事了是吧?"苏尔伯雷揪了奥利弗一把,抬手就是一记耳光。

"他说我妈妈的坏话。"奥利弗分辩道。

"你这个没良心的小混蛋,就算他说了又怎么样?"苏尔伯雷太太在一旁说道,"我看还说轻了。"

"你胡说!她不是那样的人!"奥利弗说。

"她就是!"苏尔伯雷太太说。

"你骗人!"奥利弗说。

苏尔伯雷太太突然放声大哭,泪珠扑簌簌地往下掉。

太太的眼泪流到这个份上,苏尔伯雷先生已经别无选择。要是在从严惩治奥利弗这件事上他稍有迟疑,那么每一位有经验的读者想必都该清楚,按照夫妻争端的惯例,苏尔伯雷先生立刻就会背上畜生、窝囊废、不近人情的丈夫、枉为男人的蠢货,以及其他各种各样"悦耳动听"的骂名。由于本章篇幅有限，实在无法一一列举。不过凭良心说，在苏尔伯雷先生的能力范围之内——虽然这范围并不广阔——他对这孩子还算厚道。当然，这可能和利益有关，也可能因为他老婆看这孩子不顺眼。然而，老婆洪水般的眼泪把他逼到了墙角，于是他立刻把奥利弗痛打了一顿。这顿胖揍，就连苏尔伯雷太太也感到心满意足，而班布尔先生也觉得无须再动用他的手杖。在当天剩余的时间里，奥利弗一直被关在后厨，身边只有一片面包和一个唧筒。入夜，苏尔伯雷太太在门外夹七夹八地扯了半天，反正肯定不是恭维奥利弗妈妈的话，随后她探头朝厨房里看了一眼，在诺亚和夏洛特对奥利弗的嘲笑与指指点点中，命令他上楼回自己的窝里去。

终于，阴森凄凉的棺材铺里只剩下奥利弗一个人，周围黑黢黢的一片死寂。白日里的遭遇在一个小孩子身上所能唤醒的全部情感在这一刻肆无忌惮地迸发出来。面对他人的冷嘲热讽，他向来报以轻蔑的表情；面对鞭笞毒打，他选择默默忍受，未曾哭喊一声。因为他觉得，自己内心不断强大的自尊定能抑制尖叫，哪怕被他们放在火上烤，他也能坚持到底。然而此刻，当周围没人看见也没人听着的时候，他跪在地板上，双手掩面，泪如泉涌。哭是上帝赋予我们的天性，可是有多少人会在如此小的年纪就在他面前如此痛哭呢？

奥利弗保持这个姿势，纹丝不动地跪了许久。等他终于起身时，烛台上的蜡烛已经快烧到头了。他小心翼翼地环顾四周，竖起耳朵听了好一阵子，才轻手轻脚地拉开门闩，朝外面看了看。

这是一个昏暗寒冷的夜晚。在这孩子眼中，星星似乎比平日更加遥远。没有风，地上的树影一动不动，看上去格外阴森恐怖。他重新轻轻地关上门，借着蜡烛熄灭前的微光，用一条手帕将自己仅有的几件衣服包起来，随后坐在一张凳子上，等待天明。

当第一缕曙光从百叶窗的缝隙间挤进屋子，奥利弗站起身，再次拉开门闩。他先是胆怯地四下张望，犹豫了一下，而后才跨出去，随手拉上门，来到空荡的街上。

他左看看，右看看，不知道该往哪边走。他记得之前跟老板出城时，见过运货的马车吃力地爬上山坡，于是就选择了那条路。片刻之后，他遇到一条穿过田野的小径，知道要不了多久便能重新拐上大路，于是加快了脚步。

奥利弗记得很清楚，班布尔先生第一次把他从寄养所带回济贫院时，走的就是这条小径，当时他小跑着跟在班布尔先生身边。走这条路会经过寄养所，想到这里他不由得心跳加速，甚至想扭头回去。可他已经走出去了很远，现在折返势必会耽误很多时间，想想不太划算。再说了，此时天色尚早，应该不用担心被人看见，于是他硬着头皮继续往前走去。

不大一会儿，他就来到了寄养所。大清早的，院子里还没什么动静。奥利弗停住脚，朝菜园子里偷偷看了一眼，只见有个小男孩正在一小块苗床上拔草。察觉到奥利弗停在院外，男孩抬起头，露出一张苍白的小脸。奥利弗立刻认出那是他从前的伙伴。临走之前还能见上一面，奥利弗感到很是高兴。尽管男孩比他年纪小，却曾是他非常要好的朋友和玩伴。他们不知多少次一起挨打,一起挨饿,一起被关禁闭。

"嘘,别出声,迪克!"奥利弗小声说。男孩跑到大门边,从栅栏中间伸出细瘦细瘦的胳膊跟奥利弗打招呼。"还有人起来吗?"

"就我一个起来了。"男孩回答。

"迪克,你可千万不要告诉别人看见过我,"奥利弗说,"我是偷跑出来的。他们打我骂我,迪克,我不想再受欺负了。我要到其他地方去找条活路,很远很远的地方,现在还不知道是哪儿。你脸色怎么这么差啊?"

"我听见医生跟他们说,我活不长了。"男孩回答时微微惨笑了一下,"能见到你我太高兴了,好伙计,你还是赶紧走吧,别停下!"

"嗯,我会走的,只是要和你道个别,"奥利弗说,"我会回来看你的,迪克,一定会!你会好好的,快快乐乐的。"

"但愿吧,"孩子回答,"可惜只能等我死了以后,死之前是不可能了。我知道医生没有骗人,奥利弗,因为我经常梦到天堂、天使,还有好多醒着时从来没见过的亲切温和的脸。亲我一下吧,"孩子说着攀上低矮的大门,两条小胳膊搂住奥利弗的脖子,"再见了,好伙计!上帝保佑你!"

虽然这祝福来自一个稚气未脱的孩子,但对奥利弗而言,却是平生第一次收到祝福。在往后的日子里,他还会经历各种艰难困苦,尝遍人世间的酸甜苦辣,但这个祝福他始终没有忘记。

第 8 章
奥利弗步行去伦敦，途中偶遇古怪少年

　　小径尽头是道篱笆，翻过一个梯磴[1]便又是大路。上午八点，奥利弗出镇之后已经走了差不多五英里。他时而跑上一阵，时而到树篱后面躲一会儿，生怕有人追上来把他抓回去。就这样一直到了中午，他才在一块路碑旁坐下来歇歇脚，头一回开始思考自己该到何处谋生。

　　身边的路碑上用醒目的大字写着此处距离伦敦只有七十英里。伦敦这个名字在奥利弗心里唤起了一连串新的念头。

　　伦敦！那可是真正的大地方！谁——哪怕是班布尔先生——都别想在那儿找到他！过去他经常听

---

1 指篱笆、栅栏或田间矮墙两边供人翻越时踩的台阶。

济贫院里的老人说，有抱负的年轻人在伦敦是不愁找不到活路的。在那样的大城市，谋生的方式多种多样，乡下长大的土包子根本无法想象。尤其对于他这种无家可归、没人救济就会饿死街头的孤儿，那里倒是再合适不过。想到这些，他从地上一跃而起，再次上路了。

与伦敦的距离又被缩短了整整四英里，这时他才忽然考虑起自己还要吃多少苦头才能抵达目的地的问题。有了这层顾虑，他的两只脚便不自觉地慢了下来，心里开始盘算到底怎么样才能挨到伦敦。出来时，他在包袱里装了一片干面包、一件粗布衬衫和两双长袜。他的口袋里还有一个便士，那是苏尔伯雷因为他在一次葬礼上表现突出奖励他的。"干净衣裳穿着肯定舒服，"奥利弗心里想，"袜子虽然打了补丁，好歹也能穿；一个便士多少能买点东西。可这些和冬天里走六十五英里路相比，似乎没太大帮助。"但和大多数人一样，奥利弗虽然能清楚地认识到自己面临的困难，但想不出任何行之有效的解决办法。因此，在徒劳地想了半天仍毫无头绪时，他把包袱换了换肩膀,拖着沉重的步子继续赶路了。

这一天下来,奥利弗总共走了二十英里,其间饿了就啃两口干面包,渴了就到路边的农户家讨碗水喝。夜幕降临,他拐进一片牧场,钻进一个干草垛,打算就在那里窝到天亮。起初他害怕得不行,不仅因为夜里呼啸着掠过空旷田野的风,还因为他又冷又饿,感到前所未有的孤独。可他毕竟走了一天,实在太累了,因此很快便忘却了烦恼,呼呼睡去。

第二天早上醒来时,他浑身冻僵,肚子也饿得咕咕叫。没办法,他只好在路过的第一个村子用那个便士换了一小块面包。这天,他走了还不到十二英里,天就又黑了。他累得脚疼,两条腿软绵绵的,忍不住直哆嗦。由于又是在阴冷潮湿的户外过了一夜,他的情况变得更加糟糕。第三天上路时,他几乎连爬都爬不动了。

他在一处陡坡下等着,直到来了一辆公共马车。他向坐在车厢外的乘客乞讨,可没几个人搭理他。更有甚者,竟让他在坡底等着,待马车走到坡顶再开始追，好让他们看看，他为了半个便士能跑出多远。可怜的奥利弗追了一阵，但因为脚疼，加上体力不支，终究难以追上。车厢外的那些乘客见此情景，纷纷把半个便士装回到口袋里，断言奥利弗是条懒狗，不配得到他们的施舍。马车跑远，只留下一路尘土。

有些村子竖着大牌子，警告说凡在本地乞讨者，将被抓去坐牢。这可把奥利弗吓坏了，要多快有多快地赶紧离开了那些村子。在另外一些村子里，他会站在旅店的院子外面，眼巴巴地看着经过的每一个人。而结果通常是，老板娘喊来某个无所事事的邮差，让他把这个陌生的小孩赶得远远的，因为她断定这孩子想偷东西。要是他到农户家里去讨点什么，对方十有八九会拿放狗咬他来威胁。有时他在店铺门口刚一露头，就听到里面的人谈论教区干事，吓得他心一下子就提到了嗓子眼，随后好几个小时都会战战兢兢的。

说实在的，要不是一位好心的收税员和一个仁慈的老太太，奥利弗可能就撇下这些苦难，直接找他妈妈去了。换句话说,他肯定已经死在了大道上。那个收税员请他吃了一顿面包加干酪;那个老太太——她有个孙子遭遇了海难,或许眼下正在地球上某个遥远的角落光着脚丫流浪,对这个可怜的孤儿充满同情,把她能拿出来的东西全给了他。不仅如此,她还说了一堆温柔体贴的话,洒下许多心疼怜惜的眼泪,与奥利弗经历过的苦难相比,这些更容易滋润他幼小荒芜的心灵。

离开出生地的第七天清晨,奥利弗一瘸一拐地走进了一个名为巴尼特的小镇。此时家家户户仍门窗紧闭,街上冷冷清清,一个做买卖的人都没起来。旭日初升,壮丽辉煌,可阳光下的奥利弗却显得更加孤独凄凉。他坐在一处门阶上,满身尘土,脚还淌着血。

渐渐地,沿街的铺子陆续卸下了窗板,拉起了窗帘,来来往往的行人也多了起来。有人停下来打量他,有人只在匆匆经过时扭头瞥他一眼,但没有人管他,或费心问他怎么来的。他没勇气跟人要饭,只一动不动地坐在那儿。

他在门阶上蜷缩了一阵子，纳闷这个小镇上怎么会有那么多酒馆（在巴尼特的临街铺面中，几乎每隔一家就有一间或大或小的酒馆）。他无精打采地盯着经过的马车，心中暗暗惊叹，他以超出自己年龄的勇气和决心走了整整七天，而同样的路程，这些马车只需几个小时就能轻松走完。这时，他忽然发现几分钟前从他身边漫不经心走过去的一个男孩又折了回来，且正在街对面认真地打量他，不由得定了定神。起初他没有在意，可那个男孩盯着他看了许久，看得他浑身不自在。终于，奥利弗抬起头，用同样的眼神回敬对方。男孩见状，穿过大街，走到奥利弗跟前，说道："嘿，伙计！干啥呢？"

打招呼的这个男孩和奥利弗差不多年纪，但相貌看起来要多古怪有多古怪：朝天鼻、一字眉、大众脸，邋遢程度在小孩子中间称得上出类拔萃，可偏偏一副少年老成的派头；就年龄而言，他个头儿可不高；罗圈腿，眯眯眼，帽子随便地扣在脑袋顶上，眼看随时会有掉下来的危险——要不是戴帽子的这位自有诀窍，恐怕它掉下来也是常事儿——只见他时不时猛地一晃头,就让岌岌可危的帽子恢复了原位;他穿着成年人的大衣,下摆几乎够着脚后跟,两个袖子高高卷起,仿佛只是为了方便将双手插进他的灯芯绒裤子口袋,而他此刻也确实正两手插兜。他趾高气扬、神气活现的样子,活脱脱就是一个小绅士,尽管他身高只有四英尺六英寸[1],或许更矮,脚上还踩着一双半筒皮靴。

"嘿,伙计!你干啥呢?"古怪的小绅士又问了一遍奥利弗。

"我又饿又累。"奥利弗眼睛里噙着泪花说,"我走了很远的路,已经连续走了七天。"

"走了七天!"小绅士惊讶地说,"哦,我明白了。你是奉了推事的命令吗?不过,"他注意到奥利弗迷惑不解的表情,遂又补充道,"我说好伙计,看样子你连推事是什么都不知道吧?"

奥利弗温和地回答说,他只听说过执事和干事。

"我的天啊,真是个嫩雏!"小绅士惊叹道,

---

[1] 约为137厘米。

"推事就是管治安的地方执法官啊。他让你走你就得走,不是说照直走,而是他让你往上走,你就不能往下走。你没踩过踏车[1]吗?"

"踏车是什么?"奥利弗问。

"踏车是什么?!天啊,踏车——踏车就是用来踩的那种玩意儿啊,不大,一间石牢就装得下。老百姓日子不好过的时候,这东西最吃香,可老百姓但凡过得去,这东西也就闲置了,因为没人愿意干。走,"小绅士说,"你不是饿吗?带你吃东西去。我也不富裕,兜里只有一先令和半便士。不过就这我也能请你吃一顿。起来吧,走啦走啦,快动起来!"

小绅士搀起奥利弗,带他来到附近的一家杂货店,买了足够他们吃的熟火腿和差不多两磅重的面包,或用他自己的话说,"四便士的麸皮"。他在面包上掏了个洞,把火腿塞进去,这样就能保证火腿

---

[1] 旧时被当作刑具使用,形如跑步机。它是一个装有台阶的长滚轮,有扶手,被罚苦役的犯人需要不停地爬台阶让轮子转动,一旦停下,就会从装置上摔下来。初期仅做刑具,但后来人们用它驱动水泵或研磨谷物,变成一种人力传动装置。

沾不到半点尘土,真是聪明。随后,这位神秘的小绅士把面包往胳膊下一夹,扭头拐进了一家小酒馆,领着奥利弗一直走到屋后头的酒吧间,并点了一罐啤酒。奥利弗在这位新朋友的邀请下狼吞虎咽地吃起来。吃的时候,那古怪的男孩还时不时仔细地观察他一番。

"你要去伦敦,是吧?"奥利弗终于吃饱喝足,那古怪的男孩开口问道。

"是。"

"有落脚的地方吗?"

"没有。"

"有钱吗?"

"也没有。"

古怪的男孩吹了声口哨,要不是大衣的袖子绊着,他两条胳膊都要插到兜里了。

"你住在伦敦吗?"奥利弗问。

"没错,不出远门的话,就住在伦敦。"男孩回答,"我猜你今晚肯定想找个地方睡一觉吧,是不是?"

"是。"奥利弗说,"自打出门,我就没在屋里睡过。"

"犯不着为这事闹心,"小绅士说道,"今晚我必须赶到伦敦,我知道那儿有一个体面的老先生。只要是熟人介绍,他就会给你安排个住的地方,而且一个子儿都不会收你的。你问我跟他熟吗?哦,当然不熟,连认识都谈不上呢。我算什么呀?"

小绅士微微一笑,好像在暗示最后这几句说的是反话,随后他将剩下的啤酒一饮而尽。

没想到落脚的问题竟能如此轻易地解决,这诱惑实在叫人难以抗拒。尤其紧接着他又立刻得到了保证——刚刚提到的这位老先生毫无疑问会马上给他安排一份舒服的工作。这大大拉近了两人的距离,对话也愈加推心置腹起来。奥利弗随后得知他的这个新朋友名叫杰克·道金斯,乃是先前提到的那位老先生的得意门生。

从道金斯先生身上,实在看不出他的庇护人为受他庇护的这位谋取了多少福利。但鉴于他言谈举止透着轻狂和放荡不羁,还公然炫耀自己在一众亲朋密友中素有"鬼灵精"的雅号，奥利弗推断，也许这人天生吊儿郎当，他恩人在道德上对他的谆谆教诲早被他抛诸脑后了。有了这种印象，奥利弗暗下决心要尽快博得那位老先生的好感，倘若发现鬼灵精积习难改——他怀疑十有八九是改不掉的——便要避免与他深交了。

由于杰克·道金斯反对在天黑之前进入伦敦，所以他们走到伊斯灵顿[1]的税卡时，已经快十一点了。两人经天使客栈进入圣约翰路，走到尽头是莎德斯威尔斯剧院的小街，穿过埃克斯茅斯街和科皮斯路，经过济贫院旁边的小场院，又穿过"霍克利斗兽场"旧址，随后是小萨弗伦山街、大萨弗伦山街。鬼灵精大步流星地走在前面，同时不断提醒奥利弗跟紧一点。

尽管奥利弗需要全神贯注盯着向导，但他一路上还是忍不住朝街两边偷瞄了几眼。可以说，他从未见过如此脏乱不堪的地方。街道狭窄不说，还遍

---

1 位于英国伦敦伊斯林顿伦敦自治市内的一个地区，是内伦敦的主要住宅区。

地泥泞，空气中弥漫着各种污秽难闻的气味儿。小店铺倒是密密麻麻，可唯一的商品仿佛只是成群的孩子，即便已是深夜，他们仍在那些门里爬进爬出，或在铺子里嗷嗷乱叫。在这满眼的冷清萧条中，似乎只有小酒馆生意兴隆。来自社会最底层的爱尔兰人在里面扯着嗓子大呼小叫。主街上不时岔出几条隐蔽的廊道或院落，连通着一片挨挨挤挤的破房子，喝得酩酊大醉的男男女女像猪一样在遍地的污秽中打着滚。一帮凶神恶煞的家伙鬼鬼祟祟地从几户人家的门里钻出来，一看就知道准不是去干什么好事的。

奥利弗正寻思着要不要偷偷溜掉时，他们已经来到了山脚下。向导一边拉着他的胳膊，一边推开了菲尔德胡同旁边那栋房子的门，把他拖进去之后，又随手把门关上。

鬼灵精吹了声口哨，下面有人喊道："说话！"

"一二三五[1]。"鬼灵精回答。

---

[1] 原文是"plummy and slam"，为作者独创，作为行话流行于个别群体，表达"一切都好"的意思。汉语中有歇后语"一二三五——没事（四）"，可与之对应。

这听上去似乎是某种表示一切正常的暗语或黑话。接着,过道尽头的墙上闪烁起一团微弱的烛光,一个男人的脸从破旧的厨房楼梯缺口处露了出来。

"两个人?"男人将蜡烛挪开些,一只手替眼睛遮住光,"旁边那个人是谁?"

"一个新来的伙计。"杰克·道金斯说着把奥利弗拉到前面。

"从哪儿来的?"

"小地方来的。费金在楼上吗?"

"在,整理手绢儿呢,你们上去吧。"蜡烛缩了回去,那张脸也消失了。

奥利弗一手被同伴紧紧攥着,另一只手在黑暗中摸索,一脚高一脚低地登上破旧的楼梯。他的同伴却走得轻松自如,显然对这里十分熟悉。杰克·道金斯推开一间密室的门,拉着奥利弗走了进去。

因为年深日久又满是污垢,房间的墙壁和天花板全都黑乎乎的。炉火前摆着一张松木桌,桌上有一个充当烛台的姜汁啤酒瓶,此外还有两三个锡镴壶、一块面包、若干黄油和一个碟子。壁炉架上吊着一个煎锅，里面正煎着几根香肠。一个老态龙钟的犹太老头儿站在锅前，手里拿着长柄烤面包叉，一头乱蓬蓬的红头发遮住了他那令人望而生厌的凶恶面相。他裹着一条油乎乎的法兰绒长袍，脖子露在外面，目光在煎锅和旁边一个挂满丝质手绢儿的晾衣架之间转来转去。地上用麻布袋胡乱拼凑出几个铺位，挤挤挨挨，难分彼此。四五个小孩围坐在桌前，年龄都比鬼灵精小，却一个个像中年男人一样抽着长长的陶土烟斗，喝着烈酒。鬼灵精跟那个犹太老头儿咬耳朵时，几个小孩全都围上去，随后又扭头冲奥利弗傻笑。那犹太老头儿也一样扭过头，手里还拿着烤叉。

"费金，就是他了，"杰克·道金斯说，"我的朋友，奥利弗·特威斯特。"

那犹太老头儿咧嘴一笑，冲奥利弗深深鞠了一躬，随后拉住他的手，说希望有幸能与他结为至交。见此光景，那些抽烟斗的小绅士也纷纷围上来，使着大力与他握手，尤其是他提着小包袱的那只手。其中一个小家伙十分体贴，竟主动要帮他把帽子挂起来，另一个更加殷勤，把双手伸进了他的口袋，可能觉得奥利弗已经够累了，不忍心让他在睡觉之前再亲自费事把口袋里的东西掏出来。要不是那犹太老头儿用烤叉在这群热心的小朋友的脑袋和肩膀上亲切地招呼了一通，还不知道他们要跟奥利弗客气到什么时候呢。

"见到你我们非常高兴，奥利弗，真的，"犹太老头儿说，"鬼灵精，把香肠夹出来吧。搬个木桶到火炉边好让奥利弗坐下。啊，你一直盯着这些手绢儿看！可能你还没见过这么多手绢儿吧，孩子？我们刚把它们整理出来，准备拿去洗洗。就这么回事，奥利弗，就这么回事。哈！哈！哈！"

这位快活的老绅士的最后几句话，赢得了他这群前途无量的弟子的齐声喝彩。在一片喧闹声中，他们开始吃晚饭。

奥利弗吃完了他那一份，犹太老头儿给他递上一杯热乎乎的兑了水的杜松子酒，叫他马上喝掉，因为另一位先生还等着用那杯子。奥利弗照做了。不大一会儿，他感觉自己被人轻轻抬到了某个铺位上，随后便昏昏沉沉地睡着了。

第9章
继续交代那位快活的老绅士及其得意弟子们的若干细节

第二天,奥利弗从一夜酣睡中醒来时,天已经不早了。屋里除了那个犹太老头儿,再没别的人。老头儿正用炖锅煮早餐喝的咖啡,他一边用铁勺搅着锅,一边轻轻吹着口哨。时不时地,只要楼下一有动静,他就停下来,侧耳倾听,直到放心了,才会像之前一样一边搅着锅一边吹口哨。

奥利弗虽说已经睁了眼,但头脑还没有完全清醒,好像处在一种半睡半醒而又昏昏欲睡的状态:眼睛似睁非睁,精神恍恍惚惚,在短短五分钟里做的梦,可能比双眼紧闭、对周围无知无觉时睡上五个夜晚做的梦都要多。这种时候,人对自己的头脑了若指掌,对它的强大力量足以形成某种模糊的概念，认为只要挣脱肉体的束缚，便能超脱尘世，不再受时间与空间的限制。

奥利弗此时就恰好处于这种状态。他睡眼惺忪地看着犹太老头儿，听着他低沉的口哨，连铁勺碰撞锅壁的声音也能清晰辨别；而与此同时，这些感官却在内心里与他认识的几乎每一个人都产生了联系。

咖啡煮好后，犹太老头儿把炖锅搁到铁架上，然后站在那里踟蹰了好一会儿，仿佛忘了接下来要干什么。随后他转身看着奥利弗，叫了声他的名字。奥利弗没有答应，怎么看他都是睡着的样子。

于是那犹太老头儿放下心来，轻手轻脚地走到门前，把门闩好。接着，在奥利弗看来，他似乎是从地板下取出了一个小盒子，小心翼翼地放在桌子上。掀开盖子往里看时，他的两眼直放光。他拉过一把破椅子坐下，从盒子里拿出一块华丽的金表，表上镶嵌的宝石闪闪发光。

"啊！"犹太老头儿耸起肩膀，嘴巴咧开，露出狰狞的笑容，"都是听话的好孩子！好孩子！死扛到底也没有告诉牧师东西在哪儿,没有出卖老费金!出卖我有什么好处呢?既不会让绞索松一点,也不会让下落板[1]晚落一分钟。不,不,不!都是好孩子!好孩子!"

说完这些,他又嘟囔了一阵,大致都是差不多的意思,然后重新把金表放回原处,又从盒子里拿出五六件别的东西,美滋滋地逐个欣赏。除了戒指、胸针、手镯,还有其他珠宝首饰,质地考究,做工精美,奥利弗连名字都叫不上来。

欣赏完毕,重新收好,老费金又拿出另一个物件。那东西小得很,能放在手心里,而且上面似乎刻了什么,因为老费金把它放在桌上,用手遮着光,翻来覆去仔细研究了半天。最后他好像失去了耐心,放下那东西,往椅子上一靠,嘴里喃喃说道:"死刑真是件功德无量的大好事!死人不会忏悔,也不会把见不得人的事公之于众。啊,死刑对我们这一行

---

[1] 指绞刑架上的下落板,垫在犯人脚下。此板落下,犯人悬空,完成绞刑。

也有好处！五个人挂成一排全给绞死，谁都别想出卖谁，谁都别想做胆小鬼！"

说话时，老费金那双又黑又亮的眼睛一直茫然地盯着前方。这会儿，他的目光突然落在奥利弗的脸上，只见那孩子正一脸好奇地默默看着他。尽管这只是一瞬间的事——可能也就够眨巴一下眼睛——但足以令老费金意识到，自己的秘密被人窥探到了。他啪嗒一声合上盖子，一把抓住放在桌上的面包刀，猛地站起来。不过他浑身哆嗦得厉害，就连恐惧万分的奥利弗也能看出那把刀在抖。

"干什么？"老费金厉声喝道，"你盯着我看什么？你不是在睡觉吗？你都看见什么了？快说，小子！快点，快点！不然当心你的小命！"

"我实在睡不着了，先生。"奥利弗温顺地回答，"如果我打扰到您了，先生，那我非常抱歉。"

"一个钟头前你没醒吧？"老费金蹙眉瞪着孩子说。

"没！没醒！"奥利弗回答。

"真的？"老费金提高了声调，样子比刚才更加凶恶，活脱脱一副威胁的架势。

"我发誓，先生，没醒。"奥利弗诚恳地回答，"我真的没醒，先生。"

"啧啧啧，乖孩子。"老费金突然恢复常态，在放下手里的刀之前稍微把玩了一会儿，好像在刻意证明拿起它就只是为了玩玩，"我当然知道啦，孩子，我只是想吓吓你。你很有胆量。哈！哈！奥利弗，你是个勇敢的孩子。"老费金略略笑着搓搓手，可眼睛却不安地瞥向盒子。

"你看见我那些宝贝了吗，孩子？"老费金犹豫了一下，但还是把手放在了盒子上。

"看见了，先生。"奥利弗回答。

"哦。"老费金的脸顿时没了血色，"那——那都是我的，奥利弗，是我攒下的一点棺材本儿。我老了就指着它活呢。大伙儿都叫我守财奴，孩子。没错，我就是个守财奴。"

奥利弗心想，这位老先生必定是个出色的守财奴，要不然他怎么会守着那么值钱的金表却住在这么一个破破烂烂的地方呢？不过他转念一想，也许这位老先生对鬼灵精和其他孩子的宠爱让他破费了不少钱吧。因此，奥利弗只是恭敬地望了一眼这个犹太老头儿，问自己是否可以起床。

"当然可以啦，我的孩子，当然可以，"老费金回答，"等等。门边墙角有个水罐，你带过来。我给你个脸盆，洗把脸。"

奥利弗起身走到房间另一头，弯腰提起水罐，等转过身时，那小盒子已经不见了。

他洗完脸，又照着老费金的吩咐把水泼到窗外，刚把一切收拾停当，鬼灵精便回来了。和他一起的是个特别活泼好动的小伙伴，奥利弗前一天夜里见过他抽烟，现在正经一介绍，才知道他叫查理·贝茨。四人坐下共进早餐。桌上除了咖啡，还有鬼灵精装在帽子里带回来的热面包卷和火腿。

"嗯。"老费金不动声色地瞥了奥利弗一眼，遂又对鬼灵精说，"孩子们，今天早上你们没有偷懒吧？"

"没有，我们干得可卖力啦。"鬼灵精回答。

"连吃奶的力气都使出来了。"查理·贝茨加了一句。

"好孩子，都是好孩子！"老费金说，"有什么收获啊，鬼灵精？"

"搞了两个皮夹子。"这位小绅士回答道。

"油水大不大？"老费金迫切地问。

"挺大的。"鬼灵精说着把两个钱包掏了出来，一个绿的，一个红的。

"感觉有点轻，"老费金打开钱包仔细检查了一遍说，"不过做工还算精致，一看就是好手艺。你觉得呢，奥利弗？"

"是好手艺，先生。"奥利弗说。查理·贝茨一听笑得前仰后合，把奥利弗搞得莫名其妙，因为他实在看不出眼前这一切有哪里好笑。

"你搞到什么了，孩子？"老费金随即问查理·贝茨。

"手绢儿。"查理·贝茨回答，同时掏出四条手绢儿。

"嗯，"老费金认真端详了一番，"都是非常不错的手绢儿。不过查理，你记号还没弄好啊。要用针把记号拆掉，回头咱们得教奥利弗怎么弄。你觉得怎么样，奥利弗？哈！哈！哈！"

"我听您的，先生。"奥利弗说。

"好孩子，你肯定也想像查理·贝茨那样轻松做一堆手绢儿出来吧，嗯？"老费金说。

"是的，先生，如果您愿意教我的话。"奥利弗说。

贝茨少爷觉得奥利弗的回答充满滑稽味道，忍不住再次捧腹大笑。没承想，这阵笑刚好遇到他喝下去的咖啡，结果咖啡走错了路，差点没把他呛死。

"他可真够嫩的！"缓过劲儿后，查理说道，并为自己失礼的行为向同伴表示歉意。

鬼灵精没有搭话，伸手捋了捋奥利弗的头发，把他的眼睛给遮了起来，然后说要不了多久奥利弗就能明白是怎么一回事了。这时老先生注意到奥利弗的脸有点发红，遂转移话题，问起这天早上去刑场看热闹的人多不多。这下奥利弗更纳闷了，因为从两人的回答看，他们显然去了刑场，那他们哪来的时间去做皮夹子和手绢儿呢？

吃过早餐，收拾停当，快活的老先生和那两个小子玩起了一种十分少见的游戏。它的具体玩法是这样的：快活的老先生把一个鼻烟盒装进他的一侧裤兜，把钱包装进另一侧裤兜，然后在马甲口袋里塞了块表，表链挂在脖子上，衬衣上又别了枚假钻石胸针，接着把外套的扣子扣得结结实实，再把眼镜盒与手绢儿放进外套口袋，最后像平日里在街上闲逛的老人家那样，拄着手杖在屋里走来走去。他一会儿在壁炉前站站，一会儿又在门口停停，装出一副全神贯注看商店橱窗的样子。而他只要一停下，保准要环顾四周，像提防小偷似的，再把浑身的口袋逐一拍个遍，以确定自己没丢东西。老费金演得活灵活现，又滑稽搞笑，奥利弗笑得眼泪都出来了。而与此同时，另外那两个小子一直尾随在老费金身后，每当他转身时，他们就敏捷地躲开他的视线，因此他几乎不可能发觉他们鬼鬼祟祟的做派。最后，鬼灵精假装不小心踩了老费金的脚，或踢了他的靴子，而查理·贝茨又不失时机地从后面撞上去，就在这眨巴眼的工夫，两人已经用异乎寻常的敏捷手法从老费金身上拿走了鼻烟盒、钱包、怀表、胸针、手绢儿，就连眼镜盒也没落下。只要老先生察觉到有手伸进了他的口袋并准确说出它的位置，这游戏便从头再来。

他们反反复复玩了许多次，直到有两个姑娘来找鬼灵精和查理·贝茨。姑娘一个叫贝特，一个叫南希，两人的头发都十分浓密，很随意地扎在脑后，鞋和袜子看着也不怎么整洁。也许她们算不上多漂亮，但脸蛋红扑扑的，让她们看起来十分健康热情。加上她们举止洒脱，讨人喜欢，奥利弗断定她们都是出色的正派姑娘。这一点毫无疑问。

两位客人逗留了许久。由于其中一个姑娘抱怨身上冷，他们便端出了烈酒。随后聊天的气氛一下子活跃和欢乐起来。最后查理·贝茨说该遛遛了。奥利弗推断这大概是法语，出去转转的意思，因为他话音刚落，就和鬼灵精、那两位姑娘起身出门去了。在他俩临走前，和蔼可亲的老费金还一人给了一点零花钱。

"看见了吧，孩子？"老费金说，"这日子多快活呀,他们能出去逛一天呢。"

"他们都干完活儿了吗,先生?"奥利弗问。

"干完了,"老费金说,"除非他们在街上又遇到了别的活儿。放心吧孩子,有活儿可干他们是不会错过的。以后跟他们多学着点,懂吗,我的孩子?多学学。"说这话时,他拿火铲在灶台上磕了磕,以增加他话里的分量。"他们让你干什么,你就干什么,他们说什么,你就听什么,尤其是鬼灵精。懂吗,孩子?他将来会成为一个了不起的人物,如果你以他为榜样,将来也能成为一个了不起的人物。孩子,我的手绢儿是不是从口袋里露出来了?"正说着话他突然问道。

"是的,先生。"奥利弗说。

"那你看能不能把它掏出来而不被我察觉,就像今天上午玩游戏时他们俩那样。"

奥利弗学着鬼灵精的样子,一只手托着口袋底部,另一只手轻轻地把手绢儿拽了出来。

"拿到了吗?"老费金问。

"拿到了,先生。"奥利弗说着亮出手绢儿。

"嗯，好孩子，你可真是一点就通啊，"老费金赞许地拍了拍奥利弗的脑瓜，喜滋滋地说，"我还没见过像你这么机灵的孩子呢。喏，这一个先令拿去花吧。只要你照这个样子学下去，假以时日，你定会成为咱们这个时代最了不起的大人物。来，我现在教你怎么弄掉手绢儿上的记号。"

奥利弗不明白与这位老先生玩一玩掏兜游戏和他将来会成为了不起的大人物之间有什么关系，但他觉得这位老先生年纪比他大那么多，肯定懂得也多，便放心地随他来到桌前，迅速投入全新的"学业"。

第 10 章
奥利弗对新伙伴日渐了解，积累了不少经验，也付出了高昂代价——本章篇幅不长，但在奥利弗的人生故事中举足轻重

一连好多天，奥利弗整日被关在老费金的房间里挑手绢儿上的记号（每天都有数不清的手绢儿被带回来，源源不断）。之前描述过的那个掏兜游戏，老费金他们三个每天上午都会玩，有时候奥利弗也会加入。但在屋子里闷的时间长了，他越来越渴望外面的新鲜空气，于是再三恳求老费金让两个同伴出去干活的时候，能带上他。

通过这些日子的所见所闻，奥利弗认定老费金是个品德高尚、处事公正的好人，越发渴望他能给自己派些差事。夜里，每当鬼灵精或查理·贝茨空手而归时，他便慷慨激昂地痛斥一番懒散怠惰这类

恶习的可悲之处，然后不让他们吃饭便打发他们上床睡觉，以便让他们领会积极生活的道理。有一次他甚至打得两人滚下了楼梯，但这也只是他恨铁不成钢罢了。总之，他还是为了他们好。

有天早上，期盼已久的奥利弗终于得到了许可。他们已经连续两三天没带新的手绢儿回家了，晚饭也一天比一天差。也许这才是老先生允许他出去的原因吧，管它是不是呢，反正他答应了奥利弗的请求，并叮嘱奥利弗事事都要听查理·贝茨和鬼灵精的。

于是三个男孩一起出了门。和平时一样，鬼灵精把外套袖子卷得高高的，帽子歪戴着。贝茨少爷两手插兜，走起路来一步三摇。奥利弗夹在他们中间，心里琢磨着他们要去哪儿，打算让他先从哪个行当开始干起。

见他们走得慢条斯理，简直是在闲逛，奥利弗开始怀疑他们在糊弄那位老先生，因为他们压根儿没有要去干活的意思。此外，鬼灵精还有个喜欢欺负弱小的坏毛病，动不动就抢走小孩头上的帽子，扔得远远的。而查理·贝茨似乎分不清什么是自己的什么是别人的，经常顺手牵羊从水沟边的小摊上拿些苹果和洋葱之类，全都塞进口袋。他那口袋大得出奇，好像把衣服的内层全都连通了似的。奥利弗觉得这些事太不光彩，正想尽量委婉地表达自己想回去的意愿，这时鬼灵精的行为发生了不可思议的变化，将他的注意力猛然间吸引到了另一个方向。

他们刚从克勒肯维尔广场附近的一条窄巷中出来——奇怪的是，到现在还有人把那个广场称为"绿地"——这时鬼灵精突然停下来，一根手指竖在嘴唇前面，小心谨慎地把两个同伴往后拉。

"怎么了？"奥利弗问。

"嘘！"鬼灵精回答，"看见书摊前的那个老家伙了吗？"

"那边那位老先生？"奥利弗问，"看见了。"

"我看他挺合适。"鬼灵精说。

"是条大鱼。"查理·贝茨少爷赞同道。

奥利弗不解地看看这个又看看那个，可他根本没机会多问，因为两个同伴已经悄无声息地穿过了马路，鬼鬼祟祟地摸到了他们刚刚说的那位老先生后面。奥利弗跟上几步，可又拿不准该不该继续上前，一时进退两难，愣在原地默默地观察起来。

那位老先生一看就是个可敬的体面人，头发上扑了发粉，戴着金边眼镜，穿了一件有着黑色天鹅绒领子的深绿色大衣，下身穿着白裤子，胳膊下夹着一根时髦的竹制手杖。他从摊子上拿起一本书，站在那儿聚精会神地看着，仿佛此刻他正置身于自己书房的扶手椅中。十有八九他本人也是这种感觉，因为从他出神的样子看，他的眼睛很明显已经看不见书摊，看不见街道，更看不见徘徊在身边的小孩子，而只看得见眼前的书：视线从每页的第一行缓缓移到最后一行，翻过去，又从下一页的第一行开始看下去，如此一页一页，看得津津有味，心无旁骛。

奥利弗站在几步开外的地方，两只眼睛睁得要多大有多大。他看着鬼灵精把手伸进那位老先生的口袋，从里面掏出一条手绢儿并迅速递给查理·贝茨，随后两人一溜烟地消失在街角。这一刻，他体会到了前所未有的震惊与恐慌。

刹那间，关于手绢儿、金表、珠宝以及那个犹太老头儿的所有谜团，全都解开了。他愣在原地不知所措，恐惧令他浑身的血液沸腾起来，他仿佛掉进了熊熊烈火。随后，因为慌乱，也因为害怕，他拔腿就跑。他也不知道为什么，反正拼命迈开双腿，一心只想逃离此地。

这一切发生得很快，可能连一分钟都不到。就在奥利弗转身跑开的同时，那位老先生不经意间把手伸进口袋，发现手绢儿不见了，猛一回头，看到一个小孩正死命向远处跑去，便自然而然地认为他就是小偷，于是扯着嗓子大喊了一声"抓小偷！"，随即连书都顾不得放下，匆匆追奥利弗而去。

可吆喝抓小偷的并非只有那老先生一人。鬼灵精和贝茨少爷怕在大街上奔跑引人注意，转过街角便躲进了遇上的第一个门洞。很快他们就听到有人大呼小叫，又看见奥利弗慌里慌张地从街上跑过，顿时便猜到是怎么一回事。于是他们立刻跳出来，也高喊着"抓小偷！"，像两个见义勇为的好市民一样加入了追捕的行列。

尽管奥利弗从小接受过不少哲学家的教诲,但在理论上对"自保乃自然界第一法则"这条金科玉律的认识还远远不够。如果他稍微有点了解,或许对今天的局面就会有所准备。然而正是由于猝不及防,他才慌得六神无主。只见他在前面穿街而过,一双脚好似生了风,后面跟着一位老先生和两个半大小子,一边喊一边追。

"抓小偷!抓小偷!"这几个字仿佛蕴含着巨大的魔力。听到呼喊,做生意的离开了柜台,赶车的跳下了马车,杀猪的扔了托盘,烤面包的丢下了篮子,送牛奶的搁下了奶桶,邮差甩了包裹,学童抛弃了他们的弹珠,铺路的工人撂下了手中的鹤嘴锄,正在玩耍的孩子撇下了他们的板羽球球板。这么多人冲到街上,场面顿时沸沸扬扬,闹闹哄哄,大家你推我搡,拉拉扯扯,争先恐后,喊着叫着,在街角拐弯时还撞倒了几个行人。一时间鸡飞狗跳,大街小巷,广场院落,喧腾之声四处回荡。

"抓小偷!抓小偷!"这叫喊汇聚了上百个声

音，人群每转过一个街口便增加一批。他们飞奔着踏过泥泞，踩得人行道咣咣直响。木偶戏正演到精彩的地方，观众们连潘趣先生[1]都不看了，有的夺门而出，有的干脆跳窗户，纷纷加入奔跑的人群，并齐呼"抓小偷！抓小偷！"，为震天的呐喊注入新的活力。

"抓小偷！抓小偷！"人类骨子里有着根深蒂固的捕猎欲望。那可怜的孩子为了摆脱众人的追捕，绷紧了浑身每一根神经，累得气喘吁吁，一脸恐惧惊慌，满眼痛不欲生，豆大的汗珠从头上不停地往下滚。紧随其后的人们正一点点逼近，看他渐渐力不能支，一个个像打了鸡血似的，憧憬着胜利者的喜悦，喊得更加起劲儿。"抓小偷！抓小偷！"唉，看在上帝的分儿上，在那孩子累死之前快抓住他吧！

谢天谢地，奥利弗总算被追上了！漂亮的一拳。奥利弗倒在了人行道上，兴奋的人群将他团团

---

[1] 出自英国传统木偶剧《潘趣先生》，其形象是一个奇形怪状、钩鼻驼背的小丑，该剧距今已有400年历史。

围住。晚来的人争着挤着想瞅上一眼。"让让,让让!""叫他喘口气儿!""拉倒吧!他不配!""那位先生呢?""那不是吗?他来了。""给这位先生让条道!""先生,是这孩子吗?""是。"

奥利弗躺在地上,一身泥土,嘴角淌着血,惊恐地看着围在四周的那些面孔。这时,那位老先生被殷勤的众人连推带拉地请到了圈子中心。

"是,"老先生说,"恐怕就是这孩子。"

"恐怕!"人群中有人嘀咕,"这词用得妙!"

"可怜的孩子!"老先生说,"他受伤了。"

"是我把他撂翻的,先生,"一个五大三粗的家伙走上前说,"一拳打在嘴上,我的指关节都磕破了。好在我把他抓住了,先生。"

这家伙骄傲地碰了碰帽子,咧嘴笑笑,仿佛在期待能得到什么奖赏似的。可是老先生厌恶地瞥了他一眼,又不安地扫视了一圈人群,好像抬脚就想逃走。要不是碰巧有个警察(这种情况他们通常都是最后一个到场)挤进来,一把揪住奥利弗的衣领,说不定他真就那么做了,到时候街上难免又是一场追逐。

"你给我起来!"警察粗声粗气地命令道。

"先生,不是我偷的。真的,是另外两个小孩偷的。"奥利弗紧张得双手紧扣,眼睛往周围扫视了一圈,"他们就在附近。"

"他们要在才怪!"警察本意是要挖苦奥利弗,可事实不幸被他言中。鬼灵精和查理·贝茨早就溜进离他们最近的一个院子,逃之夭夭了。"给我起来!"

"别伤到他。"老先生动了恻隐之心。

"哦,我不会伤到他的。"警察回答着,并一伸手几乎将奥利弗的外套从背上扯下来,以示证明,"跟我走!你这种人我见得多了,别跟我耍花招!快站起来,小兔崽子!"

奥利弗身子都软了,勉勉强强站起来,结果立刻被警察拽住衣领拖着走。那位老先生跟在警察一侧,和其他热情不减依然跟着的人一样,不时回头看一眼奥利弗。而孩子们则发出胜利的欢呼,继续向前走去。

第 11 章
聊聊治安法官法昂先生，
并通过一个小案例领略一下他的执法风格

这桩案子发生在首都警察局下属的一个分局的管辖区。该分局可谓声名狼藉，就坐落在案发地不远处。热情的人群伴随着奥利弗走过了两三条街，来到了一个名叫马顿山的地方。随后警察带他走过一道低矮的拱门，穿过肮脏的庭院，从后门进了即决审判庭。这是个铺装过的小院子，他们一进来便遇到了一个大腹便便的家伙，他长着一脸络腮胡，手里拎着一串钥匙。

"什么情况？"那人漫不经心地问。

"抓到一个偷手绢儿的小毛贼。"把奥利弗抓来的那个警察回答说。

"先生，你是当事人吗？"他随后又问老先生。

"我是,"老先生回答,"可我不确定是不是这孩子偷了我的手绢儿。因此,这件事我不想追究下去了。"

"先生,既然到了这里,就必须得让治安法官来决定了。"男子说,"法官大人马上就忙完了。进去吧,小东西!"

他边说边打开了一扇门,很明显是要奥利弗进去,而那是一间石砌的牢房。奥利弗先是浑身上下被搜了一通,结果什么都没搜出来,随后才被关进去,锁上了门。

牢房无论形状、大小都与地窖相似,只是光线要暗得多,而且脏得让人无法忍受。现在正是周一上午,而从周六晚上到现在,这里先后关押过六个醉汉,虽然眼下他们已经移到别处,但牢房已被他们糟蹋得惨不忍睹。当然,这些都微不足道。在咱们的警察局里,每晚都有许多男人女人因为各种鸡毛蒜皮的小事——这个说法一点都不过分——被送进大牢。可与纽盖特监狱的牢房相比,这里简直是宫殿了,那些牢房里住的都是已经被定罪或判了死刑的最残暴的恶棍。不相信的可以亲自去对比一番。

当钥匙在锁眼中转动时，那位老先生的神情几乎和奥利弗的一样悲伤。他长叹一声，看了眼手中的书，虽然很无辜，但它毋庸置疑就是这场骚乱的源头。

"这孩子脸上有种东西，"老先生用书的封面轻轻拍着下巴，若有所思地咕哝着缓缓走开，"显然这东西触动了我，引起了我的兴趣。他会不会是冤枉的？看样子像。天啊，"老先生突然停住，仰天大叫，"我想知道，我曾经在哪里见过这张脸。"

老先生嘀咕了半天，最后仍然带着一脸冥思苦想的表情走进了朝向院子的一个接待室。他来到角落，将内心深处一道已经悬挂了许多年的朦胧幕布缓缓拉开，那后面藏着无数面孔，犹如一个拥挤的大剧院。"不，"老先生摇着头说，"这肯定是幻觉。"

他在心里又搜索了一遍，此时已将那些面孔召唤至眼前，但要想真正掀开长久以来蒙在他们脸上的面纱，谈何容易。这里面有亲友的脸，也有仇敌的脸，还有许多在回忆的人群中鬼鬼祟祟地向外窥探的陌生人的脸；有如花似玉的少女的脸，只是如今那少女已是徐娘半老；有那些早已深埋地下而变了容貌的脸，但其心灵拥有超越死亡的力量，使他们依旧保留着往昔的鲜活与美好，他们的眼睛依旧炯炯有神，他们的笑容依旧灿烂纯真，他们的灵魂之光穿透肉体，他们的盈盈低语传出坟墓。他们的容貌虽已改变，但他们的美反倒升华了，像一盏明灯，在离开尘世、通往天国的路上洒下温柔的光辉。

然而，老先生绞尽脑汁也未曾想到任何一个与奥利弗容貌相似的面孔。他对着自己被唤醒的记忆长叹了一声，所幸他是个心不在焉的小老头儿，这会儿他拿起那本被冷落多时的书又重新看起来，很快那些记忆就又被埋藏在一页页的文字中了。

正看着，突然有人碰了碰他的肩膀。他吓了一跳，随即便听到拿钥匙的那个人叫自己跟他进去。他匆忙合上书，转眼便被带到了大名鼎鼎的法昂先生面前。

法庭的格局犹如前厅，其中一面墙上装了护墙板。法昂先生坐在上面一道栏杆后面，门边有个木栏，奥利弗已经被带了进去，他被眼前这威严的场面吓得瑟瑟发抖。

法昂先生瘦巴巴的，中等个头儿，上身比较长，脖子硬得跟落枕了似的；头发不太富裕，仅有的一点资源全分布在后脑勺和两侧。他那张脸生得十分严肃，且异常红润。倘若这脸色当真不是饮酒过量所致，他倒可以告它个诽谤罪，捞一笔赔偿金花花。

作为当事人的老先生恭恭敬敬地鞠了一躬，走到治安法官的桌前，彬彬有礼地递上名片，并说道："先生，这是本人的姓名和住址。"随后退了一两步，礼貌地点了下头，安安静静地等候问询。

好巧不巧，法昂先生这会儿正在读当天报纸上的一篇社论。文章提到了他最近做出的某项裁决，并第三百五十次提醒内政大臣要对他多加留意。他肺都快气炸了。于是，他一脸不悦地抬起头。

"您是哪位？"法昂先生问。

老先生一愣，指了指他的名片。

"警官，"法昂先生轻蔑地用报纸将名片挑到一边，"这家伙是谁？"

"先生，本人——"老先生言谈举止尽显绅士派头，"本人名叫布朗罗。敢问法官先生尊姓大名，竟仗着自己身份特殊，无端羞辱一个体面人？"布朗罗先生边说边环顾四周，仿佛在寻找某个能回答他问题的人。

"警官！"法昂先生丢开报纸，"这家伙犯了什么事？"

"大人，犯事的人不是他，"警官回答，"是他要告那个孩子，大人。"

治安法官当然是明知故问，他就是想杀杀眼前这位老先生的傲气，而这个方法既简单有效，又让人挑不出毛病。

"告那孩子？"法昂先生不屑地将布朗罗先生从头到脚打量了一遍，"让他宣誓。"

"宣誓之前，我有句话必须得讲，"布朗罗先生说道，"若不是亲身经历，我万万不敢相信——"

"这位先生，请您住口！"法昂先生断然喝道。

"恕难从命！"老先生回答。

"请您马上住口！否则我就叫人把您轰出去！"

法昂先生说,"这个傲慢放肆的家伙,竟敢对治安法官无礼!"

"什么!"老先生涨红了脸,大叫道。

"让他宣誓!"法昂先生对书记员说,"让他宣誓,我不想再听他啰唆了。"

布朗罗先生怒不可遏,但转念一想,此时发作,恐怕对那孩子没有好处,便强压怒火,控制情绪,乖乖照做了。

"好了,"在宣誓程序完毕后,法昂先生说,"你要告这孩子什么罪名?这位先生,你有什么要说的?"

"当时我站在一个书摊前——"布朗罗先生开始陈述。

"先等等,先生,"法昂先生说,"警官!那位警官在哪儿?来,让这位警官宣誓。好了,警官先生,说说怎么回事吧。"

那位警官以恰到好处的谦卑语气叙述了自己如何接手案子,如何搜奥利弗的身,如何一无所获,并说明这就是他了解到的全部案情。

"有证人吗？"法昂先生问。

"没有，大人。"警官回答。

法昂先生坐在位子上沉默了几分钟，随后忽然转向原告，怒气冲冲地说："这位先生，您到底要不要告这个孩子？您是宣过誓的。但如果您坚持要告却又拿不出证据，我就要以藐视法庭的罪名治您的罪，我就——"

就什么？谁也不知道，因为就在这时，书记员和监狱看守突然大声咳嗽起来，而且前者还把一本厚厚的书掉在地板上——当然，这只是意外——结果就把治安法官的话完美地掩盖过去了。

尽管屡屡被打断，屡屡遭受羞辱，但布朗罗先生还是将事情的经过从头到尾陈述了一遍。他说当时他也是猛然一惊，看到那孩子在跑，便本能地追了上去。同时他还表示，尽管这孩子并非小偷，但倘若他与真正的小偷有瓜葛，那他仍希望治安法官能在法律允许的范围内对这孩子从轻发落。

"他已经受伤了，"最后老先生说，"我担心，"他向木栏后看了一眼，铿锵有力地说，"我真的很担心他生了病。"

"哦,是吗?我看也是!"法昂先生冷笑着说,"过来,你这个小流氓,别费心在这儿耍什么花招了,告诉你,没用的。你叫什么?"

奥利弗想回答,可舌头不听使唤。他脸色白得像纸,感觉整个法庭都在旋转。

"我问你叫什么,不要脸的东西?"法昂先生再次问道,"警官,他叫什么?"

这话是冲着站在木栏旁边一个身穿条纹马甲、模样憨厚的老头儿说的。他弯腰凑近奥利弗,重复了一遍问题,结果发现这孩子好像听不懂,可要是不回答问题,只会更加激怒法官大人,加重对他的处罚,于是老头儿便自作主张给他编了一个。

"他说他叫汤姆·怀特,大人。"好心的警官回答说。

"哦,他就是不想大声说出来?"法昂先生说,"行,行。他住哪儿?"

"他走哪儿住哪儿,大人。"警官说,假装是从奥利弗嘴里听来的。

"他有没有父母?"法昂先生问。

"他说他还很小的时候爹妈就死了,大人。"警官根据经验大胆回答。

问到这里,奥利弗抬起了头,可怜巴巴地环视一周,用微弱的声音请求给他一口水喝。

"少废话!"法昂先生厉声说,"别想糊弄我!"

"我觉得他是真的病了,大人。"警官进言道。

"我比你清楚。"法昂先生说。

"快扶住他,警官先生,"布朗罗先生不由自主地举起双手说,"他要倒了。"

"别理他,警官!"法昂先生吼道,"他想倒就倒吧。"

承蒙恩准,奥利弗当即倒在地上,不省人事。庭上众人面面相觑,没有一个人敢动。

"我早知道他是装的,"法昂先生说,仿佛找到了毋庸置疑的证据,"让他躺着吧,躺累了自然会起来。"

"先生,这案子您打算怎么处理?"书记员小声问道。

"即时宣判,"法昂先生说,"判他三个月,当然是苦役了。退庭!"

他话音还没落,法庭的门就已经开了,两名男子进来准备将昏迷不醒的被告拖去牢房。这时,一个黑衣老者冲进法庭,来到法官席前。此人一身平民打扮,但看着还算正派。

"等等,等等,别把他带走!看在上帝的分儿上,稍微等一下!"黑衣老者上气不接下气地说。

尽管守护此类机构的神灵们对女王陛下的臣民,尤其是对贫苦阶层的臣民,经常在自由、名声、人格乃至生命上滥施权威;尽管这四壁之内每天都在上演着足以令天使哭瞎双眼的荒唐闹剧,但这一切向来都是秘而不宣的,除非报纸上透露个三言两语。因此,法昂先生见这位不速之客如此胆大妄为地闯进来,顿时火冒三丈。

"干什么?来者何人?把他给我轰出去!退庭!"法昂先生吼道。

"我有话要说,"来者喊道,"别想把我轰出去。我全看见了。我是那个卖书的摊主。我请求宣誓做证。谁都别拦着。法昂先生，您必须得听我说，请您不要拒绝。"

此人理直气壮，态度十分坚决。到了这个地步，想敷衍过去显然是不可能了。

"让他宣誓。"法昂先生气急败坏地命令道，"现在好了，你想说什么就说吧。"

"事情是这样的，"此人说道，"我一共看到三个小孩，除了被抓的这个，还有另外两个。这位先生看书的时候，他们就在街对面闲荡。偷东西的是另外一个，我正好看见了。我还看到，这个小孩吓得呆在原地一动不动。"气儿终于喘匀了，书摊老板说起话来连贯了许多，于是他继续把小偷作案的经过一五一十地讲了出来。

"你刚刚怎么不来做证？"顿了顿，法昂先生问。

"没人替我照看摊子啊，"男子回答，"能帮忙的人都追去看热闹了。一直到五分钟前，我才找到人顶替我，然后就一路跑过来了。"

"原告当时在看书，是吧？"法昂先生又顿了一会儿之后才问。

"是。"书摊老板回答,"就是他手里那本。"

"哦,那本书是吗?"法昂先生问,"付钱了吗?"

"还没呢。"老板微笑着回答。

"天啊,我都忘了这回事!"粗心的老先生如梦初醒般叫道。

"就这您还要告那个孩子呢。"法昂先生故意俏皮地说,好显出自己的人道,"先生,您占有那本书的方式似乎非常可疑且不够光彩,您大概觉得自己运气不错,因为书摊老板不打算控告您。就当这次是个教训吧,伙计,否则您迟早会栽跟头的。把那孩子释放了吧。退庭。"

"岂有此理!"布朗罗先生压抑许久的怒火终于爆发了,"岂有此理!我要——"

"退庭!"治安法官大声说,"各位警官听见了吗?退庭!"

法官大人的命令得到了忠实的执行。布朗罗先生一手拿书,一手拿着竹手杖,尽管愤愤不平,怒不可遏,但还是被赶了出去。来到院子里,他的火气顿时消了。小奥利弗躺在人行道上,衬衣敞开着,太阳穴上洒了些水。他的脸白得吓人,浑身哆嗦个不停。

"可怜的孩子,真可怜!"布朗罗先生说着,弯下腰查看,"劳驾谁帮我叫辆马车吧,快点!"

马车很快到了,奥利弗被小心地抬到座位上,老先生爬上车,坐在另一个座位上。

"我能搭下您的车吗?"书摊老板朝车厢里看了眼,问道。

"天啊,当然可以,我亲爱的先生,"布朗罗先生急忙答道,"我都把您忘了。罪过,罪过。瞧这本倒霉的书,我还拿着呢!上来吧。可怜的家伙!不能再耽搁了。"

书摊老板爬了上去,马车启动。

第 12 章
奥利弗得到前所未有的悉心照料——
本章会重新提到快活的老费金和他的徒弟们

马车在大街上飞驰,走的正是奥利弗初到伦敦时与鬼灵精一起走过的路,只不过抵达伊斯灵顿的天使客栈后便转到了另外一条路上。随后,他们驶入本顿维尔附近一条幽静的林荫道,并最终在一幢精致简洁的房子前停了下来。

在布朗罗先生的吩咐下,奥利弗立刻被安顿在一张舒适的床上。他在这里受到了无微不至的悉心照料。

然而好几天过去了,奥利弗对这帮新朋友的精心照顾仍浑然不知。日出日落,周而复始,如此又过了些日子。但奥利弗依旧直挺挺地躺在那张倒霉的床上,持续的发烧已经榨干他的体力,本就弱不禁风的小身板更加消瘦。热病对活人躯体如小火慢炖般的摧残，并不比蛆虫对死尸的蚕食逊色。

这一天，奥利弗终于醒了，仿佛刚刚经历了一场漫长而又混乱的噩梦。此时的他瘦骨嶙峋，虚弱无力，苍白不堪。他从床上艰难地抬起身，胳膊颤抖着吃力地撑住脑袋，不安地看了看四周。

"这是哪儿啊？我被带到什么地方来了？"奥利弗说，"这不是我以前睡觉的地方啊。"

他头脑昏沉，说话有气无力，但还是有人听到了。床头的帘子倏然拉开，一位穿戴齐整、面容慈祥的老太太从旁边的扶手椅中站起了身。刚刚她就坐在那里做针线活。

"别说话，孩子，"老太太和蔼地说，"省点力气，不然又该病了。你这一病可不轻，差点要了命哟。快躺下吧，听话。"说着，老太太又把奥利弗的头轻轻放回到枕头上，还撩开他额前的头发，温情脉脉地看着他的脸。奥利弗不由得将骨瘦如柴的小手放进老太太的手中，还把它拉过来搂住自己的脖子。

"我的乖乖！"老太太眼里闪着泪花说，"多懂事的孩子啊！长得也俊俏！要是他妈妈能坐在这儿，看他现在的样子，心里会是个啥滋味儿哟。"

"也许她真看得见，"奥利弗双手合十，低声说，"也许她真的在我身边坐过。我好像都感觉到了。"

"那是因为你发烧了，孩子。"老太太温和地说。

"应该是吧，"奥利弗回答，"毕竟天堂离得那么远，他们在那儿又那么快活，才不愿意跑到我这个苦孩子的床边呢。但是，如果她知道我病了，即便在天堂，她肯定也会心疼的。她死之前也病得很厉害。不过，她不可能知道我的情况。"沉默了一会儿，奥利弗又接着说道："要是她看见我吃了那么多苦头，一定会伤心死的。我每次梦见她时，她的脸看上去都很亲切和快乐。"

老太太没有搭腔，却先抹了把眼，又擦了擦放在床罩上的眼镜，好像它也流泪了一样。随后，她给奥利弗倒了一杯清凉的饮料，拍拍他的脸颊，让他继续安生躺着，免得病情反复。

奥利弗非常听话地照做了，一方面，他似乎渴望听从这位慈祥的老奶奶的一切吩咐;另一方面,他刚刚说了那么多话也确实累得够呛。所以不大一会儿,他就打起了盹儿。不知何时,他被一团温暖的烛光给照醒了。蜡烛是从远处缓缓来到床边的,朦胧中奥利弗看到一位先生,手里拿着一块硕大的金表,表针发出巨大的嘀嗒嘀嗒声。他摸了摸奥利弗的脉搏,说他已经恢复了不少。

"感觉好多了吧,孩子?"这位先生说。

"是的,谢谢您,先生。"奥利弗答道。

"嗯,我知道,"这位先生说,"恐怕你也饿了吧?"

"不饿,先生。"奥利弗说。

"嗯,"这位先生说,"我知道你不饿。他不饿,贝德温太太。"这位先生似乎是个有大学问的人。

老太太恭敬地点点头,仿佛在说她完全赞同医生的观点,因为医生学识渊博。而医生本人似乎也有同感。

"你还是有点困,对不对,孩子?"医生问。

"不困了,先生。"奥利弗说。

"嗯，不困。"医生露出一副很高明的神色，满意地说，"你不困，也不渴，是不是？"

"渴，先生，我渴极了。"奥利弗说。

"跟我料想的一样，贝德温太太，"医生说，"他感到口渴是很正常的。您可以给他喝点茶，太太，再给他吃点不抹黄油的干面包。别把他捂得太严实，太太，但也别让他受凉。您就多费心吧。"

老太太行了个屈膝礼。医生尝了尝她准备的清凉饮料，说了一通认可的话，便匆匆离去了。下楼时，他的靴子发出嘎吱嘎吱的声音，像极了达官贵人们的派头。

过了一会儿，奥利弗又迷迷糊糊地睡着了。再醒来时，已是将近半夜十二点。老太太温和地同他道了晚安，将他交给另外一个刚到的胖乎乎的老太太照顾。胖老太随身带着一个小包袱，里面塞了一本十分袖珍的祈祷书和一顶大睡帽。她戴上睡帽，把祈祷书放在桌上，对奥利弗说夜里她会守着他。随即她把椅子拉到靠近炉火的地方，断断续续打起了瞌睡，其间不时变换姿势，嘴里哼哼唧唧，偶尔似乎还憋得喘不上气,但她顶多使劲揉几下鼻子,随即又能呼呼睡去。

夜晚似乎格外漫长,奥利弗醒了一阵子。他时而百无聊赖地数着灯芯草蜡烛罩子反射到天花板上的小光圈,时而睡眼惺忪地望着墙纸上错综复杂的图案。屋里昏暗寂静,给人格外肃穆的感觉。奥利弗不由得想到,许多个日日夜夜,死神曾在这里徘徊,或许现在还能找到它阴森可怖的影子。奥利弗转脸伏在枕头上,无比虔诚地向上天祈祷。

不知不觉,他进入了深沉宁静的梦乡。这是对他多日以来遭受的种种苦痛的一点补偿。它平和安详,让人不忍醒来。倘若这就是死亡,谁又愿意再度苏醒,去面对人生无尽的纷纷扰扰与躁动不安,去面对所有的近忧远虑,以及最可怕的,去面对数不清又不堪回首的历历往事?

日上三竿,奥利弗才终于睁开双眼。此时的他神清气爽,浑身舒畅。一场大病总算平安度过,他又重新回到这尘世间了。

三天后,他已经能在垫着枕头的安乐椅中坐着了。只是身体太虚弱,他暂时还无法走路。于是,贝德温太太就叫人把他抱到楼下她自己的小房间里,把他舒舒服服地安顿在靠近壁炉的地方。这位好心的老太太自己也坐下,眼见奥利弗的身体一天比一天强,她打心眼儿里高兴。可这会儿看着奥利弗,她却突然开始号啕大哭起来。

"别管我,孩子,"老太太说,"我这是因为高兴才哭的,经常这样。你瞧,哭出来就好了,现在我感觉舒服多了。"

"太太,您对我实在太好了。"奥利弗说。

"别想那么多了,孩子,"老太太说,"把肉汤喝了吧,最好一滴别剩。医生说,今天上午布朗罗先生要来看你。咱们可得打起精神来,咱们看着越精神,他老人家就会越高兴。"老太太说着开始着手用一个小炖锅去热满满的一盆肉汤。那汤可真浓啊,奥利弗心想,要是按照济贫院的标准掺上水,起码够三百五十个贫民大吃一顿了。

"孩子,你喜欢画吗?"老太太见奥利弗一直盯着椅子对面墙上的一幅画像看,便开口问道。

"我也不知道，太太。"奥利弗回答道，眼睛却没有离开那幅画，"我总共也没见过几张画，说不上喜欢不喜欢。可画里这位太太，脸真漂亮，又温柔。"

"嗜，"老太太说，"孩子，画像总比真人好看，要不然就没人去找那些画家画画像了。发明照相机的那个人说不定也知道，他那个东西是不会受欢迎的，因为太真了，和真人一模一样。"老太太说着说着，不禁为自己的真知灼见开心地笑起来。

"那……这个像吗，太太？"奥利弗说。

"像，"老太太的目光从肉汤移到了墙上的画，"那是真人画像。"

"是谁的呀，太太？"奥利弗问。

"怎么了，孩子？这我可不知道，"老太太乐呵呵地回答，"恐怕你和我都不认识这个人。不过看样子你倒是挺喜欢啊，孩子。"

"她真漂亮。"奥利弗说。

"你不觉得这画瘆人吗？"老太太见奥利弗一脸敬畏地盯着那幅画，不由得大为惊讶。

"不会，不会。"奥利弗连忙回答，"她的眼睛看起来很忧伤，而且从我这儿看，她好像在盯着我，盯得我心乱跳。"接着，奥利弗又低声补充说："好像她是活的，想跟我说话，却又没办法开口。"

"老天爷，"老太太吓了一跳，不由得叫道，"别说这种话，孩子。你病刚好，身体正虚弱，恐怕还有点神经过敏呢。我给你把椅子掉个头吧，这样你就看不见它了。来！"老太太说到做到，"现在看不见了吧？"

然而那幅画已经印在了奥利弗心里，跟亲眼看着一样真切。但他觉得还是不要让这位好心的太太操心为妙，因此面对她关切的目光，奥利弗微微一笑。贝德温太太见他果然好多了，便放心地开始往肉汤里加盐，还加了些掰碎的面包块儿。这么好的一锅汤，自然不能太敷衍。奥利弗几乎一口气就把汤喝完了。他刚刚咽下最后一勺，耳朵里便传来轻柔的敲门声。"进来。"贝德温太太应声说道，随即便见布朗罗先生走了进来。

这位老先生的腿脚可真够轻快的，不过他马上就把眼镜架到额头上,双手插在便袍的后摆里,认认真真地端详了奥利弗好一阵子,其间他的表情经历了种种奇怪的变化。大病初愈的奥利弗面色枯黄,憔悴不堪。出于对恩人的尊敬,他试着站起来,可因为浑身无力,又颓然跌坐回椅子里。说句实话,布朗罗先生博大的心胸抵得上六个普通的绅士。以我们有限的学识很难解释他的内心经历了怎样的反应,总之此刻他的眼眶中溢满了泪水。

"可怜的孩子,可怜的孩子!"布朗罗先生清了清嗓子说,"贝德温太太,今天上午我的声音有点哑,怕是感冒了。"

"但愿不是,先生,"贝德温太太说,"您穿的用的东西我全都晾干了,先生。"

"我也不知道,贝德温,我也不知道,"布朗罗先生说,"我宁可相信是昨天晚饭时用的餐巾太潮了,不过别在意。你感觉怎么样啊,孩子?"

"我很开心,先生,"奥利弗回答,"也很感激,先生,谢谢您对我这么好。"

"真是个好孩子,"布朗罗先生大声说,"贝德温,你有没有让他吃点什么补补身子啊?比如流质的东西?"

"先生,他刚刚喝了一盆稠肉汤呢。"贝德温太太微微欠了欠身,特意强调了"稠肉汤"这三个字,好像在申明稠肉汤可不是一般的流质食品所能比的。

"哦,"布朗罗先生的身体微微抖了下,"来两杯葡萄酒对他的好处可能还更大些。你说是不是啊,汤姆·怀特,嗯?"

"我叫奥利弗,先生。"一脸惊愕的小病人回答说。

"奥利弗?"布朗罗先生说,"奥利弗什么?奥利弗·怀特吗?"

"不,先生,是特威斯特,奥利弗·特威斯特。"

"真是个怪名字,"老先生说道,"那你怎么跟治安法官说你姓怀特呢?"

"我没说过呀,先生。"奥利弗有点摸不着头脑。

这怎么听都像是谎话,老先生不由得严厉地注视着奥利弗的脸。怀疑他是不可能的,这孩子瘦削的脸上每一道线条都写着诚实。

"一定是搞错了。"布朗罗先生说。尽管让他继续注视奥利弗的动机已经不复存在,但他的目光依然无法从这张脸上移开,那个旧有的念头卷土重来,且异常猛烈:奥利弗的容貌与他熟悉的某个面孔实在太相似了。

"您生我的气了吗,先生?"奥利弗眼巴巴地看着他问。

"不,没有,"老先生回答,"天啊!这是什么?贝德温,你看!"

他一边说,一边抬手指了指奥利弗头顶的那幅画像,又指指孩子的脸。简直是一个模子刻出来的。头、眼睛、嘴巴,每一处特征都一样,就连表情都如出一辙,连最细微的线条都像是照着样子临摹出来的。

奥利弗不知道老先生这突如其来的惊叹是何缘故,反正是吓了一跳,而此刻他虚弱的神经和身体是经不住任何惊吓的,因此他当即就晕了过去。我们不妨先让他休息一会儿,并趁此机会来说说那位快活的老费金和他的两个得意弟子,好解一解读者们的牵挂之苦。他们的情况是这样的：

如前所述，鬼灵精和贝茨少爷这对好搭档偷了布朗罗先生的东西，结果却让奥利弗背了黑锅，遭受人群的追捕。而更离谱的是，他们俩也参与了追捕。两人这么做是基于一种值得赞赏又十分得体的动机，那就是自保。鉴于国民自主与个人自由乃忠实的英国人引以为傲的东西，因此我无须提请读者注意，这一做法自然会提升他们在全体公众及爱国人士心目中的形象。他们毫不利人、专门利己的行为，有力证明了被某些知识渊博、思想深刻的哲学家奉为圭臬的自然法则的正确性。他们认为，这些法则是一切本能行为与活动的主要动力。上述哲学家又精明地将此类本能行为归纳成格言和理论，对这高明的智慧和超凡的悟性来一番巧妙且动听的恭维，于是良心上的顾虑、慷慨的冲动和情感全被抛到了九霄云外。因为这些与本能相比不值一提。众所周知，本能远比人性中无数的弱点与瑕疵要高尚得多。

倘若需要为这两位小绅士身处绝境时的行为找

到更严谨的哲学依据,那倒也不难。笔者已在前文交代,当所有人的注意力都集中在奥利弗身上时,他们不失时机地退出了追捕,拣了一条最近的路溜回家去了。尽管本人无意断言,许多声名显赫、博学多闻的圣贤通常也有走捷径之举(他们试图通过各种迂回曲折、喋喋不休的论述走捷径,但实际上反而拉长了路程,就像满脑子念头的醉汉容易迷失一样),但我想说,而且毋庸讳言,许多杰出的哲学家在实践他们的理论时,无一例外地表现出了伟大智慧和远见卓识。他们总能提前想到可能对他们不利的突发状况。因此,为了实现远大的目标,可以不拘小节;只要目的正当,可以不择手段。至于是非对错,或它们之间有无界限,还是统统留给当事的哲学家,任其根据自身情况,做出清醒、全面和公正的评判吧。

总之,两个家伙以飞快的速度穿过迷宫般的穷街陋巷和院落,最后夅着胆子在一个低矮昏暗的拱门里停下来歇脚。他们一声不响地待了一会儿,直到把气儿喘匀了,贝茨少爷才乐不可支地感叹一声,随即拊掌大笑。他笑得前仰后合,仿佛不受控制,在门前的台阶上直打滚儿。

"怎么了你?"鬼灵精问。

"哈哈哈!"查理·贝茨笑得停不下来。

"小声点!"鬼灵精谨慎地看看四周,提醒说,"你想被抓吗,蠢货?"

"我忍不住啊,"查理说,"实在忍不住!你看他刚才跑得多快啊,拐弯的时候都撞上电线杆了还接着跑,好像他和电线杆一样都是铁做的。而我呢,兜里装着偷来的手绢儿,跟在他后面大喊抓贼——哎哟,我的妈呀!"贝茨少爷以生动的想象将刚刚那一幕讲述出来,使它的欣赏性更高了些。说到这儿,他笑得又在门阶上打起了滚儿,声音也有增无减。

"费金会怎么说?"鬼灵精趁同伴喘气儿的当口问道。

"怎么说?"查理·贝茨又反过来问。

"是啊,会怎么说?"鬼灵精说。

"那你觉得他该怎么说?"查理见鬼灵精一脸严

肃,不由得止住了笑,"能怎么说?"

这位道金斯先生吹了一阵子口哨,然后摘下帽子,挠了挠头,又把头点了三次。

"什么意思?"查理问。

"叽里呱啦,还不是老样子嘛。"鬼灵精自命不凡地哼了一声。

他解释了,又好像没解释。贝茨少爷莫名其妙,再次问道:"究竟什么意思?"

鬼灵精没有回答,只是重新戴上帽子,把大外套的后摆撩起来夹在腋下,舌头高高顶起腮帮,用熟悉又夸张的动作在鼻梁上拍了五六下,转身便溜进了院子。贝茨少爷跟在后头,一副百思不得其解的表情。

在上述对话过去几分钟后,快活的老费金听到楼梯上传来脚步声,不由得一惊。这会儿他正坐在炉火旁,左手拿着干腊肠和一小块面包,右手拿着他的小折刀,三脚火炉架上放着锡镴壶。他扭过头,苍白的脸上露出一丝邪笑,两只眼睛从又粗又密的红色眉毛下往外看,竖起耳朵侧向门口,屏气敛息地听着。

"嗯,这是怎么回事?"这犹太老头儿咕哝着,变了脸色,"怎么只有两个人?另外一个哪儿去了?该不会出事了吧?嗐!"

脚步声越来越近,眨眼便到了楼梯口。门缓缓打开,鬼灵精和查理·贝茨一前一后走进来,随手关上了门。

第 13 章
向聪明的读者介绍几位新朋友，顺带聊聊发生在他们身上、与本故事有关的各种趣事

"奥利弗呢？"老费金凶巴巴地站起来，"他人呢？"

两个小毛贼或许没想到师傅会有如此大的反应，忐忑不安地你看看我、我看看你，但谁都没有开口答话。

"那孩子出什么事了？快说，不然我掐死你。"老费金一把抓住鬼灵精的衣领，恶狠狠地威胁道。

费金先生的样子看起来可不像开玩笑。向来谨慎的查理·贝茨最会审时度势。照经验看，第二个被掐死的十有八九就该是他了。于是，他扑通一声跪倒在地，发出一连串响亮且持久的号叫。那声音

既像疯牛在吼，又像有人在喇叭筒里说话。

"你说不说？"老费金一边咆哮，一边狠命摇晃着鬼灵精。他没把这孩子从宽松的外套中摇出去，简直不可思议。

"有什么好说的，他被警察抓了，就这么回事。"鬼灵精没好气地说，"撒手，你能不能先放开我？"他扭动身体，猛地一挣，从大外套里解脱出来，而衣服则留在老费金手中。鬼灵精顺手拿起烤面包叉，冲着这位快活的老先生的马甲就戳了过去。这一下要是让鬼灵精得了手，怕是够老费金喝一壶的。那就不是一时半会儿能缓过来的了。

不过老费金也不是吃素的。千钧一发之际，他往后一退便躲开了叉子，其身手之敏捷，让人很难相信是他那样一个老家伙做出来的。而随后，他端起锡镴壶，正准备给大逆不道的鬼灵精开个瓢，查理·贝茨突然鬼号了一嗓子，把他的注意力给吸引了过去。这犹太老头儿干脆一不做二不休，直接把锡镴壶朝他丢了过去。

"哟，这是发哪门子神经！"一个低沉的声音叫道,"谁冲我泼啤酒呢?幸亏只是啤酒,要是那壶砸到我,我可要好好修理修理他了。嘻,我大概猜出是谁了,除了那个有钱又不要脸、脾气还牛烘烘的犹太佬,恐怕没人泼得起啤酒,顶多也就泼碗水,就连泼水也得精打细算呢,要不然每个季度还得花心思骗一回自来水公司。老费金,怎么回事?该死的,连我的领巾都弄湿了!进来呀,贼头贼脑的东西!还戳在外面干什么?不想认我这个主人了吗?快进来!"

唠叨半天的这个人,年龄约莫三十五岁,生得五大三粗,上身是黑色平绒外套,下身是污渍斑斑的黄褐色马裤,脚上是双系带中筒靴和灰色棉长袜,袜筒包着两条粗腿,显出小腿上虬结的肌肉。这么一双腿配上这么一身打扮,总让人感觉少点什么——要是再加上一副脚镣,那就完美了。他头上戴着一顶棕色帽子,脖子里缠着一条脏兮兮的蓝白花领巾,一边说话一边用领巾散口的那端擦着脸上的啤酒。擦完之后,露出来的是一张粗糙的大方脸和三天没刮的胡子。他那双眼睛里流露出闷闷不乐的神色,其中一只大概最近挨过拳头,眼周残留着斑驳的颜色。

"快进来,听见没有?"这大老粗吼道。

一条白色的长毛狗,脸上的伤痕不下二十来处,畏畏缩缩地进了屋。

"刚才叫你怎么不进来?"男子呵斥着那只狗,"尾巴翘得越来越高了啊?当着别人的面,连我这个主人都不想认了是不是?卧那儿。"

伴随着命令的还有温柔一脚,那小东西直接飞到了房间的另一头。不过看样子它早就习以为常。只见它不声不响地在角落里蜷缩成一团,两只丑陋的狗眼一分钟差不多要眨上二十来次,显然是在考察这间屋子。

"又怎么了?拿娃子们撒气,你这贪得无厌的老窝赃犯。"男人说着,从容坐下,"真想不明白,他们怎么不搞死你!换我,我可忍不了。我要是你的徒弟,恐怕早那么干了。唉,不行,搞死你也不能卖钱,像你这种丑八怪只配装到玻璃瓶里叫人参观,只是我估计他们造不出那么大的瓶子。"

"嘘！嘘！赛克斯先生，"老费金浑身直哆嗦，"别那么大声。"

"什么先生不先生的，"大老粗回答，"你一客套就准没好事儿。你又不是不知道我叫啥，直接喊名字嘛。我的名字又没给我祖宗丢脸。"

"行行行，比尔·赛克斯。"犹太佬近乎谄媚地说，"你看起来心情不妙啊，比尔。"

"谁说不是呢，"赛克斯回答，"不过我看你也好不到哪儿去嘛，除非你扔那锡镴壶只是闹着玩儿，就像你告密——"

"你疯了吗？"老费金一把扯住赛克斯的袖子，指了指旁边的两个小子。

赛克斯先生在自己左耳下做了个打结的动作，脑袋则歪向右肩，不过这出哑剧老费金倒是心领神会。随后他便用道上的话跟老费金要了一杯酒。其实他这个人满嘴黑话，但要是一一记录下来，那么这故事就跟天书一样不知所云了。

"你可别给我下毒。"赛克斯先生说着把帽子放在桌上。

虽说是开玩笑,但要是他看见老费金咬着他苍白的嘴唇朝橱柜转身时那阴毒的目光,或许便会觉得提醒一下也并非毫无必要,至少无法排除犹太佬没有这方面的心思,谁知道他会不会心血来潮想调个酒呢。

两三杯烈酒下肚,赛克斯先生才屈尊降贵地搭理起被晾在一旁的两个小子。这一仁慈之举引出了一场对话,对话涉及奥利弗被抓的前因后果,当然,其中少不了些许改动和加工。鬼灵精认为在此种情况下,这样做是非常明智且必要的。

"我担心他的嘴没个把门儿的,"老费金说,"把咱们给供出去。"

"很有可能。"赛克斯幸灾乐祸地咧嘴一笑,"你要倒霉了,老费金。"

"我担心的是,"老费金对赛克斯的揶揄仿佛毫不在意,而是紧紧盯着对方说,"我担心的是,万一咱们这个门路干不下去,波及面会非常大,到头来你的损失可能比我的还要严重呢,老伙计。"

赛克斯先生虎躯一震,扭头看犹太佬。可那老东西的肩膀都耸到耳根子上了,两只眼睛茫然地盯着对面的墙。

屋子里安静了好一会儿。这个光荣的小团伙中的每一名成员似乎都在沉思,连那条狗也不例外。它不怀好意地舔着嘴巴,大概在盘算着待会儿出去之后,不管遇到的第一个人是先生还是太太,都要在对方的脚脖子上来一口。

"得有人到局子里去探探口风。"赛克斯先生说,声音比进来时小多了。

老费金点头赞同。

"要是他没有供出咱们,定罪也没关系,我们等他出来就是了。"赛克斯先生说,"到时候可要把他看严了。你得想法子把他攥结实点。"

老费金又点点头。

这番分析显然精明到家。可不幸的是,操作起来面临着一个巨大的障碍。即不管是鬼灵精、查理·贝茨、费金或赛克斯先生,无一例外都对警察局有种根深蒂固的厌恶,任何理由都很难让他们靠近警局一步。

他们就那么坐着,面面相觑。这种左右为难的境地最是折磨人,至于他们还要坐多久,这很难说。我们也大可不必在这个问题上费心劳神,因为突然闯进来的两个年轻姑娘——此前奥利弗见过她们——让屋子里凝滞的谈话气氛瞬间又活跃了起来。

"来得正是时候,"老费金说,"贝特肯定愿意去,是不是啊,亲爱的?"

"去哪儿啊?"姑娘问。

"就到警局走一趟,亲爱的。"老费金温存地对她说。

名叫贝特的这个姑娘并没有直截了当地说她不愿意去,而只是极其委婉地表示,相较于去警察局,她更乐意遭天谴,且这个愿望十分坚决和迫切。能以如此礼貌和巧妙的回答避开问题,可见她是个情商颇高、教养甚好的姑娘,不忍心叫同胞承受当面被人拒绝的痛苦。

老费金顿时拉下了脸。目光从眼前这个身着红裙、脚踩绿靴、头戴黄色卷发纸的姑娘——虽不能说雍容华贵,倒也光鲜亮丽——移向了另一个姑娘。

"我亲爱的南希,"老费金温言软语地说,"你看呢?"

"没用的,费金,因此干脆连试都不用试。"南希回答。

"你这是什么话?"赛克斯先生板着脸问。

"比尔,我的意思很清楚。"姑娘镇定地回答。

"我看你去最合适,"赛克斯先生说,"因为这一片没人知道你的底细。"

"那是因为我不希望被人知道。"南希的回答依旧从容不迫,"比尔,我还是觉得,多一事不如少一事好。"

"她会去的,费金。"赛克斯说。

"不,费金,我不去。"南希说。

"我说会就会,费金。"赛克斯说。

结果果然如赛克斯所言。经过轮番威逼利诱,南希终于屈服,接受了任务。说实话,相较于她那位讨人喜欢的朋友来说,她的顾虑要少一些。因为她是最近才搬来菲尔德胡同的。此前她在拉特克里夫郊区[1]熟人很多,那地方虽然偏远,倒也上流得很。因此,她在这里不必担心被认出来。

于是,在裙子外面系一条白围裙,头上戴一顶草帽遮住卷发纸——这两样东西都是从老费金取之不尽的存货中现拿的,南希小姐准备去履行她的使命了。

"等一下,亲爱的。"老费金说着递上一个带盖儿的小篮子,"一只手提着这个,亲爱的,这看着才像样子。"

"费金,另一只手让她拿上大门钥匙,"赛克斯说,"那就更像回事了。"

"对对对,确实,亲爱的。"老费金随即把硕大的前门钥匙挂在了南希右手的食指上。"啊,好极了,好极了,亲爱的!"老费金兴奋得直搓手。

"哦,我的弟弟啊!我那可怜又无辜的好弟弟啊!"南希突然放声大哭,并痛不欲生地晃荡着手

---

[1] 尤指拉特克里夫公路附近,位于伦敦东区,也是个三教九流云集之地。

里的小篮子和钥匙,"他现在怎么样了呀?他们把他带到哪儿去了?哦,先生啊,行行好,告诉我,那可怜的孩子怎么样了。求求你们了,好心的先生们。"

南希用极其悲伤的语调一唱三叹地念完这段台词,在场的诸位听者无不眉展眼开。南希顿了顿,冲众人眨了下眼,微笑着点了一圈头,转身消失在门外。

"啊,真是个聪明伶俐的姑娘。是吧,孩子们?"老费金说着转身面对他的徒弟们,郑重其事地晃了晃脑袋,好像在无声地告诫他们,眼前有这么一个光辉的榜样,他们可要多学着点。

"她可不是大路货。"赛克斯说着斟满酒杯,沙包大的拳头砸在桌子上,"祝她健康,但愿其他姑娘个个都像她一样。"

在这边几个人正使劲夸南希如何多才多艺的时候,话题的主人公正抄最近的路匆匆赶往警察局。一个姑娘家孤身一人穿街走巷,心里难免会有点胆怯,但没过多大一会儿,她还是安然无恙地抵达了目的地。

她从后门进去,先用钥匙在一间牢房的门上轻轻敲了敲,然后侧耳倾听。里面毫无动静,她咳嗽一声,继续竖起耳朵听。里面依然没有回音,于是她开口了。

"奥利[1],亲爱的?"南希声音轻柔,喃喃说道,"奥利在不在?"

这间牢房里只关了一个犯人,是个光脚的可怜虫。他被捕的原因是吹笛子,扰乱社会,证据确凿。公正的法昂先生判他去感化院待一个月,理由十分滑稽但又让人无法反驳,说他既然有那么多力气没处使,发泄到踏车上总比浪费在乐器上更有益健康。他没有吱声,因为他正一门心思哀悼他的笛子,那东西已经被充了公。于是,南希走到下一间牢房,也敲了敲门。

"谁?"一个虚弱的声音叫道。

"这里关了一个小孩吗?"南希用准备好的哭

---

[1] 奥利弗的昵称。

腔问。

"没有。"那声音回答,"这是关小孩的地方吗?"

这间牢房关的是一个六十五岁的流浪汉。他坐牢可不是因为吹笛子,而是因为在街上要饭。罪名是无所事事,蹉跎人生。隔壁牢房里是另一个男人,因无照贩卖马口铁炖锅被捕,所以罪名是藐视印花税务局。

南希问了一圈,牢房里没有一个人叫奥利弗,甚至没人听说过他。不得已,南希只好去找那位穿条纹马甲的憨厚警官。她哭得梨花带雨,嘴里念念有词,声称要找寻自己亲爱的弟弟。那样子谁见了都要心软,加上她手里的钥匙和篮子这一锦上添花的配合,更显得楚楚可怜。

"你弟弟不在这儿啊,亲爱的。"老人说。

"那他被关到哪儿了?"南希心烦意乱地叫道。

"一位老绅士把他带走了。"警官回答。

"什么老绅士?哦,我的天啊!什么老绅士?"南希追问道。

为了回答这不相干的问题,老人只好告诉这位黯然神伤的姐姐,说奥利弗在警察局生了病,审判时有证人做证偷盗者并不是他而是另有其人,后来在他昏迷不醒之时就被原告给带走了。至于那位老绅士家住何处,只知道在本顿维尔,这还是他在那人吩咐马车车夫时偶然听到的。

伤心欲绝的姑娘怀揣着满腹的疑虑和不安,蹒跚着向大门走去。不过刚一出门,踌躇的脚步立刻就变得迅疾如风了。她选了一条最偏僻、最曲折的路线,小跑着回到了老费金的住处。

比尔·赛克斯先生刚把消息听完,便立刻戴上帽子,叫上那只白狗,连跟大伙儿道声早安的礼节都顾不上,匆匆忙忙地走了。

"孩子们,我们必须查清楚他在哪儿,必须找到他。"老费金兴奋不已,"查理,什么都不用干了,出去转转,到处打听一下。南希,我必须找到他。亲爱的,我只能靠你了,你和鬼灵精!等等,等等。"老费金哆嗦着手打开一个抽屉,"这里有些钱,孩子们。今晚得把铺子关一关了。你们知道该去哪儿找我。此处不宜久留了，赶快走，孩子们。"

说着，他把几个年轻人推出门外，并小心翼翼地在门上加了两把锁，又插上门闩。随后他从暗格里取出曾被奥利弗无意中窥见的小匣子，慌手慌脚地把金表和珠宝首饰往兜里装。

这时忽然传来敲门声，他被吓了一跳。"谁？"他警觉地尖声问道。

"是我！"鬼灵精的声音透过锁眼传进来。

"干什么？"老费金不悦地问。

"南希叫我问问，找到奥利弗后，是不是带到另一个'家'？"鬼灵精问。

"对。"老费金回答，"不管她在哪儿找到的，都带到那儿去。总之把他找回来。之后我自有安排，不用担心。"

鬼灵精咕哝着应了声，匆匆下楼追同伴去了。

"到目前为止，他还没有出卖我。"老费金一边继续收拾着东西一边说，"要是他打算把我们出卖给他的新朋友，现在兴许还有机会堵住他的嘴。"

第 14 章
继续讲述奥利弗在布朗罗先生家的情形，以及他外出时，一位名叫格里威格的先生对他做出的不同寻常的预言

布朗罗先生冷不丁的一声惊叫把奥利弗吓昏了过去，但他很快就苏醒过来。只是从这以后，布朗罗先生和贝德温太太在谈话时都竭力避免聊起那幅画像。实际上，他们既不聊奥利弗的过去，也不聊他的将来，所有的话题仅限于让他高兴，而又不会使他激动。他身子依然很弱，连下床吃早餐都成问题，不过第二天当他来到女管家的房间时，第一个举动便是迫不及待地朝墙上瞥去一眼，好再看看画上那个漂亮女人的脸。然而他的期望转眼变成了失望，因为那幅画已经被人拿走了。

"哦！"女管家循着奥利弗的视线望去，"看见

了吧，已经拿走了。"

"是的，太太。"奥利弗回答，"为什么要拿走呢？"

"没有拿走，孩子，只是取下来了。因为布朗罗先生说你看到那幅画好像很不舒服。他怕影响你养病。"老太太说。

"哦，没有，真的。我没有不舒服，太太。"奥利弗说，"那幅画很漂亮，我很喜欢看呢。"

"好好好，"老太太和气地说，"那你就赶快好起来吧，等你病好了再挂上去，这总可以了吧？我可以向你保证。现在咱们说说别的事吧。"

关于那幅画，在当时奥利弗只能了解这么多。由于生病期间多亏贝德温太太无微不至的照顾，所以他不想给她添麻烦，便忍着不再纠结那幅画。他聚精会神地听老太太讲了许多故事，她说她有个温柔又漂亮的女儿，嫁给了一个温柔又漂亮的小伙子，夫妻二人生活在乡下。她还有个儿子，在西印度群岛给一个商人做职员。儿子年轻有为，心地善良又孝顺，每年都会给她写四封饱含深情的信。一说到儿女,老太太就眼泪汪汪。她滔滔不绝地夸完儿女,又说了许多她丈夫的事。那是个老实本分的可怜人,已经死了二十六年。说完这些便到了用茶点的时候。用过茶点,她开始教奥利弗玩克里比奇纸牌[1]。奥利弗几乎一点就通,两人兴趣盎然地玩了许久。直到很晚,意犹未尽的两个人才罢手。随后,我们的小病号喝了点掺水的温葡萄酒,吃了块干面包,便心满意足地上床睡觉去了。

奥利弗在养病的这段日子里无疑是幸福快乐的。一切都那么宁静、整洁、有序,每个人都那么亲切、温和。与他从小到大充满喧嚣与动荡的生活相比,这里简直就像天堂。他刚刚恢复到有力气自己穿衣服的时候,布朗罗先生就叫人给他置办了一身新衣服、一顶新帽子和一双新鞋子。至于旧衣服,奥利弗得知自己可以随意处置,便委托一位对他十分照顾的仆人,叫她去卖给某个犹太人,卖的钱她自己留着花。这事自然不在话下。奥利弗透过客厅窗户

---

[1] 起源于17世纪英国的纸牌游戏,适于2~5人玩,计分高者获胜。

看着那个犹太人把旧衣服卷起来塞进包里走了,心中一块石头总算落了地。他喜不自禁,心想终于把那身破衣服处理掉了,今后再也不用穿它们了。说实话,那些衣服都快烂成碎片了,奥利弗从小到大就没穿过新衣服。

画像的事过去大概一周后,有天晚上,奥利弗正和贝德温太太坐着聊天,这时有人过来替布朗罗先生传话说,如果奥利弗·特威斯特身体允许,就去书房找他说会儿话。

"老天爷,快洗洗手,孩子。我来把你的头发给理顺些。"贝德温太太说,"真要命了!早知道他想见你,就给你戴个干净领子,把你打扮得漂漂亮亮的。"

奥利弗照老太太的吩咐做了,老太太则一个劲地惋惜来不及在他的衬衣领子上弄出一圈小褶边。即便如此,奥利弗看上去也十分清秀俊俏,得亏他底子好。老太太满意地把他从头到脚打量了一遍,高兴地说,就算提前通知,他恐怕也不会比这打扮得更漂亮了。

受到老太太的鼓励，奥利弗便大胆敲响了书房的门。得到布朗罗先生的准许后，他便走进了这个堆满书的小房间。书房有一扇窗，对着几个令人赏心悦目的小花圃。窗前摆着一张书桌，布朗罗先生正坐在那里看书。见奥利弗进来，他把书推到一边，叫他坐到桌边来。奥利弗照做了，内心却惊诧不已。在他懵懂的认识中，书之所以被写出来，是为了让世人变得更聪明，可到哪里找能读得了这么多书的人呢？这个问题，许多比奥利弗·特威斯特阅历更深的人在他们的日常生活中同样百思莫解。

"孩子，是不是觉得这里有很多书？"布朗罗先生见奥利弗充满好奇地打量着从地板一直顶到天花板的书架，遂问道。

"是好多呀，先生。"奥利弗回答，"我从没见过这么多书。"

"只要你表现好，这些书你也能读。"老先生和蔼地说，"你会喜欢的，那比只看书皮可强多了。当然，也不能一概而论，因为有些书最有价值的地方就是封皮。"

"您说的是那些很厚的书吧，先生？"奥利弗指了指几本封面镀金的四开本大部头。

"也不全是那种。"老先生笑容可掬地轻轻拍了拍奥利弗的头，"有些书同样很厚，但尺寸小得多。你长大了想不想成为一个有知识的人，还能写书，嗯？"

"我想能读书就很不错了，先生。"奥利弗回答。

"怎么，难道你不想写书？"老先生说。

奥利弗想了想，最后说可能当个卖书的会更好些。一听这话，老先生不由得放声大笑，还夸奥利弗有想法。虽然奥利弗不清楚这想法指什么，但他很高兴是自己说出来的。

"好了，好了。"老先生平静下来，"别害怕，我们不会强迫你当作家的。只要是正当的手艺，都可以学，哪怕去学制砖也行。"

"谢谢您，先生。"奥利弗感激地说。他一脸认真的样子惹得老先生又笑起来，还说到奇怪的直觉什么的，奥利弗听不懂，因此便没有在意。

"好了。"布朗罗先生以尽量温和的语气说道，但他说话时的神色异常严肃。奥利弗还从来没有见过他这个样子。"孩子,我希望你能认真听好我下面说的话。咱们要开诚布公地谈一谈,因为我相信你能和许多比你年龄大的人一样听懂我的意思。"

"哦,先生,您不会是要撵我走吧?"老先生这番郑重其事的开场白着实吓到了奥利弗,他不安地恳求起来,"求求您了,先生。别把我赶到街上去。让我留下吧,我可以做您的仆人。别把我送回原来那个鬼地方。求您可怜可怜我吧,先生。"

"我说孩子,"奥利弗情真意切的恳求令老先生为之动容,"你不用担心我会赶你走,除非你给我个赶你走的理由。"

"我不会的,永远不会,先生。"奥利弗斩钉截铁地说。

"但愿如此,"老先生说,"而且我相信你不会让我失望。以前我被人欺骗过,而欺骗我的正是我曾努力救助的人。但我绝对相信你。其实连我自己都说不清为什么如此关心你。我深爱的人都已长眠地下,我平生的幸福与欢乐也随着他们一起埋葬了,但我并没有把自己的心变成一口密不透风的棺材，将我最深的情感封闭起来。痛苦只会让这些情感更加强大和纯粹。"

老先生嗓音低沉，感觉这些话不仅仅是对奥利弗说的，更是对他自己说的。说完他沉默了片刻，奥利弗也静静地坐着，一动不动。

"好了好了，"最后老先生用颇为欢快的口吻说，"我这么说是因为你还小，知道我曾经受过那么多痛苦与悲伤，或许你会更谨慎些，不至于让我再度受伤。你说你是孤儿，无亲无友。我经过多方打听也证实了这一点。跟我说说你的故事吧。你从哪儿来，谁把你养大的，你是怎么跟街上那种人混到一起的。要说实话，放心，只要我还有一口气，一定不会让你在这个世界上无依无靠。"

奥利弗抽抽噎噎地哭起来，好一会儿都说不出话。当他刚要开始讲述自己如何在寄养所长大，又如何被班布尔先生带回到济贫院时，忽然有人敲响了临街的大门，而且一次两下，急促又连续，好像很不耐烦的样子。这时仆人跑上楼梯，禀报说格里威格先生来了。

"他上来了吗？"布朗罗先生问。

"是的，先生。"仆人回答，"他问家里有没有松饼，我说有，他说他是来喝茶的。"

布朗罗先生微笑着转向奥利弗，说这位格里威格先生是他的一个老朋友，让奥利弗不要在意他的大大咧咧、不拘小节，实际上他人好得不得了。

"要不我先下去吧，先生？"奥利弗问。

"不用，"布朗罗先生说，"你留在这儿倒更好。"

这时，他们口中的客人进屋来了。那是一位胖乎乎的老先生，一条腿有些跛，拄着粗粗的手杖。他身穿蓝色外套、条纹马甲、淡黄色马裤，裹着绑腿；头戴白色宽檐帽，绿色的帽檐微微上翻；衬衣上细密的褶边从马甲下露出来，一条长长的钢质表链晃晃悠悠地悬在马甲上，上面仅挂了一把钥匙。他白色领巾的两端拧成一个橘子大小的球，他的脸能挤出各种各样难以形容的表情。他说话时习惯往一边扭脖子，同时用眼角看人，让人很难不联想到鹦鹉。他一露面就摆出这种架势，胳膊伸得长长的，手里拿着一小块橘子皮,嘴里不满地嚷嚷起来。

"你瞧瞧!看见了吗?真是见了鬼,只要我到别人家去,总能在楼梯上遇到类似的玩意儿,这可是外科医生的亲密战友。我已经被橘子皮搞瘸一条腿了,这东西真是我的克星,迟早会要了我的老命。真的,伙计。橘子皮迟早会要了我的命,否则我甘愿把自己的脑袋给吃了。"

这番大话是格里威格先生每断定一件事情之后都要说一说的,以此证明他的论断毋庸置疑。不过就他的自身条件而言,这件事确实不太容易。因为就算咱们为了方便论证而承认科学真会发展到能让一个人轻松实现吃掉自己脑袋的心愿,格里威格先生恐怕也很难做成此事,因为他的脑袋实在硕大无朋,天底下最能吃的人也不敢保证能一顿把它吃下去,更别提他头上还扑了那么厚的一层发粉了。

"真的,我把我脑袋吃掉。"格里威格先生拿手杖戳着地板重复道。"哟,这是谁呀?"他看见了奥利弗,不由得后退两步。

"这就是我和你提过的奥利弗·特威斯特。"布朗罗先生说。

奥利弗鞠了一躬。

"不会就是那个得了热病的孩子吧?"格里威格先生说着又往后退了一点。"等等,别吭声!停!"格里威格先生继续说道,突然间,发现新大陆的喜悦驱散了对热病的恐惧,"橘子就是他吃的吧?老兄,除了他,谁还会吃了橘子把皮丢在楼梯上啊?我不仅要吃了我的脑袋,还要吃了他的脑袋。"

"不,不,他可没吃橘子。"布朗罗先生笑着说,"快过来吧,把帽子摘了,和我这儿的小朋友聊聊天。"

"我这个话题还没聊完呢,老兄。"这位急躁的老先生摘下手套,"咱们的街上或多或少总会有些橘子皮。我知道是街角那个外科医生的儿子扔的。昨天夜里有位小姐还滑了一跤,磕在我的花园栅栏上。她一爬起来就直往医生家的方向瞅,他门外那盏该死的红灯照得他家跟剧院似的。'别去找他。'我从窗户里对那位小姐喊,'他才是罪魁祸首!专门给人下绊子!'他就是这种人。要不是的话——"这暴脾气的老先生拿手杖狠狠敲了敲地面,凡是熟悉他的朋友都明白这动作的意思,在他嘴巴不灵便的时候,它代表的就是那句振聋发聩的大话。随后他坐下来,但没放开手杖,而是打开一副用宽宽的黑缎带绑着的眼镜,仔细瞧了瞧奥利弗。而后者发觉自己成了他人审视的对象,不禁羞怯得红了脸,于是又鞠了一躬。

"就是这孩子,对吧?"最后格里威格说。

"是他。"布朗罗先生说。

"你感觉怎么样啊,孩子?"格里威格先生问。

"好多了,谢谢您关心,先生。"奥利弗回答。

布朗罗先生似乎感觉到他这位古怪的朋友可能会说些不太好听的话,便打发奥利弗下楼,去告诉贝德温太太他们已经准备好用茶点了。奥利弗求之不得,反正他一点都不喜欢这位客人的举止做派。

"这孩子长得挺俊俏,是不是?"布朗罗先生问。

"不知道。"格里威格先生气呼呼地说。

"不知道?"

"对,不知道。小孩子在我眼里都没什么两样。我只知道两种小孩,一种是白脸儿,一种是红脸儿。"

"那奥利弗属于哪种?"

"白脸儿。我有个朋友家的孩子是红脸儿。那是人们眼中的好孩子。脑袋圆溜溜的,小脸儿红扑扑的,眼睛亮闪闪的。可那孩子讨厌极了,身体和四肢肌肉发达得几乎要撑破他的蓝衣服。嗓门儿亮得像领航员,胃口好得像饿狼。我可太了解他了。纯粹一个小混蛋!"

"得了,"布朗罗先生说,"小奥利弗·特威斯特可不是那种孩子,他没地方招你惹你。"

"他确实不是那种,"格里威格先生说,"但说不定比那种更可恶。"

这时,布朗罗先生不耐烦地咳嗽了几声,而格里威格先生却乐不可支,好像得到了莫大的满足。

"我是说他的情况可能更坏。"格里威格重申道,"他从哪儿来?姓甚名谁?是干什么的?他得过热病,那是怎么回事?好人家的孩子可不会轻易得热病。品行不端的人有时才会得热病,你不觉得吗,嗯?以前我认识一个人,因为谋杀自己的主人在牙买加被绞死了。他得过六次热病,可并没有因此得到宽恕。呸!什么玩意儿嘛!"

实际上,从内心深处来说,格里威格先生百分百乐意承认眼前的这个奥利弗,无论是样貌还是举止,都十分叫人喜欢,可他偏偏是个好抬杠的,尤其这会儿他还想着那块橘子皮的事呢。所以,在奥利弗漂不漂亮这个问题上,他是铁了心不想受任何人的左右。也可以说,他从一开始就打算和他的老朋友唱对台戏。当布朗罗先生坦然承认,到目前为止,关于这孩子的所有疑团都没有找到令人满意的答案,他已经暂停了对奥利弗的背景调查,并准备等到他认为这孩子恢复得差不多了,能经得起折腾时再说。格里威格先生听了,不怀好意地笑了笑,话里有话地问管家是否还保留着夜间清点餐具的习惯,因为如果她没有在某个阳光明媚的早晨发现汤勺少上一两只的话,呵呵,他就会……如此等等。

尽管布朗罗先生也是个急性子,但他深知朋友脾气古怪，因此以最大的肚量包容他。喝茶时，格里威格先生神采飞扬，对松饼赞不绝口，气氛一度融洽得不得了。奥利弗在这位严厉的老先生面前也不像刚才那样战战兢兢了。

"你打算什么时候让奥利弗·特威斯特把他的经历和遭遇一五一十地讲给你听呢？"用过茶点，格里威格先生斜睨着奥利弗，重新提起了这个话题。

"明天上午。"布朗罗先生回答，"不过我希望能和他单独谈。孩子，明天上午十点记得来找我。"

"好的，先生。"奥利弗说。他的回答稍显犹豫，因为格里威格先生一直冷冰冰地瞪着他，搞得他心里七上八下，忐忑难安。

"我跟你说吧，"那老先生低声对布朗罗先生说，"明天上午他不会来的。他回答得不干脆，我看出来了。他在蒙你，老伙计。"

"我敢打包票，他没有蒙我。"布朗罗先生温和地回答。

"他要没蒙你，"格里威格先生说，"我就——"他用手杖戳了戳地面。

"我可以拿身家性命担保,这孩子很诚实。"布朗罗先生敲了敲桌子。

"那我也拿脑袋担保,这孩子是个谎话精。"格里威格先生也敲了敲桌子说。

"咱们走着瞧。"布朗罗先生压着升腾的怒气说。

"哼,"格里威格先生冷笑一声,"走着瞧就走着瞧。"

真是好巧不巧,就在这时,贝德温太太把一小包书送了进来。这是当天上午布朗罗先生从之前我们已经认识的那位书摊老板那里买的。贝德温太太把书往桌上一放就准备退出去。

"贝德温太太,快叫住跑腿儿的小孩,"布朗罗先生说,"我有东西要他带回去。"

"他已经走了,先生。"贝德温太太说。

"快把他追回来,"布朗罗先生吩咐道,"有要紧事。他自个儿也不富裕,这些书又没给钱。另外还有几本要带回去的。"

临街的大门开了,奥利弗和女仆分别朝两个方向追去。贝德温太太站在门阶上呼喊,可哪里还能看到那孩子的身影啊？不大一会儿，奥利弗和女仆气喘吁吁地跑回来，谁都没追上。

"唉，太遗憾了，"布朗罗先生说，"我特别希望今天晚上之前就把这些书还给他。"

"让奥利弗去送嘛。"格里威格先生一脸嘲讽地笑道，"他肯定能安全送到的。"

"嗯，如果您同意的话，就让我去吧，先生，"奥利弗说，"我会一路跑着去的。"

布朗罗先生正想说奥利弗眼下还不宜出门，可一听到格里威格先生那弦外有音的咳嗽声，当即决定不妨让奥利弗跑一趟。如果奥利弗能干净利落地完成任务，那格里威格先生对他的各种猜疑也就能不攻自破了。

"那你就去吧，孩子。"布朗罗先生说，"书就放在我书桌旁边的椅子上。你去拿吧。"

奥利弗激动不已，很高兴自己终于派上了用场。他把书往胳膊下一夹，手里拿着帽子便匆忙下楼，等着看布朗罗先生还有没有口信要捎。

"你就说，"布朗罗先生目光如炬地盯着格里威格,"你就说你是去还书的,另外把我欠他的四英镑十先令也还给他。这是一张五英镑的票子,你还得让他找回来十先令。"

"先生,我要不了十分钟就能回来。"奥利弗迫不及待地回答。他把钞票塞进夹克口袋,扣上扣子,又把书在胳膊下夹稳夹好,恭敬地鞠上一躬,便出去了。贝德温太太随他来到大门口,给他指出最近的路该怎么走,告诉他书摊老板怎么称呼,那条街叫什么,奥利弗说他全都记住了。随后老太太再三叮嘱他路上要小心,别着凉,这才放他出了门。

"老天保佑可别出岔子!"老太太看着奥利弗远去的背影说,"真是一会儿看不见他就让人受不了。"

这时奥利弗喜气洋洋地回头看了她一眼,转过街角之前还冲她点了点头。老太太也笑容满面地还了个礼,随后才关上门,回自己那屋去了。

"我看他最多二十分钟就能回来,"布朗罗先生掏出怀表,放在桌上,"到时候天也该黑了。"

"哈,你真以为他还会回来?"格里威格先生问。

"你觉得不会吗?"布朗罗先生微笑着反问。

格里威格先生算是较上劲了,尤其这会儿见朋友笑得那么自信,他就更是按捺不住抬杠的冲动。

"对,"他一拳砸在桌子上,"依我看,他不会回来了。那小子刚得了一身新衣服,胳膊下夹着一摞值钱的书,兜里还装着一张五英镑的票子。他肯定会去找他的那帮小偷同伙,然后一起笑话你。要是这小子能回来,伙计,我就把我的脑袋吃掉。"

说罢,他把椅子拉近桌子。两人一边一个坐在桌旁,怀表放在中间,谁都不再说话,各自默默等待着。

在举例说明我们对自己的判断是如何看重,对自己轻率的结论又是如何自负时,有一点需要注意,尽管格里威格先生并不是一个坏心肠的人,看到自己一向敬重的老友受人欺骗也会由衷感到难过,但这一刻,他却盼着奥利弗·特威斯特不要回来。

天色渐暗,连表盘都看不清楚了,但两位老先生正襟危坐,谁都不出声,怀表仍放在他们中间。

第15章
说说那位快活的犹太老头儿和南希小姐有多喜欢奥利弗·特威斯特

在小萨弗伦山最肮脏污秽的地段,有家毫不起眼的下等酒馆。酒馆的厅堂昏暗不明,这里冬天整日点着一盏闪烁不定的煤气灯。就算是夏天,也甭想有一丁点阳光照进这个阴森幽暗的巢穴。比尔·赛克斯先生这会儿正坐在酒馆里,满身酒气,守着一个小小的锡镴酒壶和一个小玻璃杯发呆。他身穿平绒外套,黄褐色马裤,中筒靴,棉长袜。即使灯光昏暗,任何有经验的警察也能毫不迟疑地认出他来。赛克斯先生脚边卧着一条白毛红眼的小狗,它时而抬头冲主人眨巴几下眼睛,时而舔舔嘴角上一道新鲜的大口子,那显然是在最近的冲突中留下的。

"老实点,狗杂种!老实点!"赛克斯先生突然气冲冲地吼道。不知是小狗眨眼睛的动作扰乱了他的沉思,还是他当真需要踢一脚那无辜的畜生好发泄心中纷乱的情绪。这个问题姑且不论,反正那狗既挨了骂,也挨了踢。

狗对施加给它伤害的主人通常不会有报复心理,但赛克斯先生的这条狗有着和它主人一样的臭脾气。此刻它或许是实在不堪受辱,抬嘴便咬住了送上门的那只中筒靴,还使出吃奶的力气左右撕了几下,随后松开口,躲过了赛克斯先生挥向它脑袋的锡镴酒壶,退到一张条凳下面低声咆哮。

"还敢咬我?"赛克斯先生一手拿起拨火棍,一手从兜里掏出一把挺大的折刀,打开来晃了晃。

"你给我过来!小畜生!过来!听见没有?"

狗无疑是听见了,毕竟赛克斯先生用上了最最刺耳的音调,但它显然对脖子上挨刀不感兴趣,因此不仅没有乖乖就范,反而叫得比刚才还凶,甚至挑衅似的咬住拨火棍的一头,像个野兽一样又撕又扯。

此种抵抗只能激怒赛克斯先生，他跪下来，对那畜生发起最猛烈的攻击。狗左闪右躲，又叫又咬；赛克斯先生一边叫骂，一边拿棍子又捅又戳。就在双方战斗接近白热化时，门突然开了，狗趁机逃了出去，留下赛克斯先生一手拿着拨火棍，一手拿着大折刀。

俗话说，一个巴掌拍不响。赛克斯先生少了狗这样一个干仗的对手，顿时气不打一处来，立刻把火发到了开门那人的身上。

"我正在教训我的狗，你插进来干什么？"赛克斯气呼呼地问。

"我哪知道啊，老伙计，冒昧冒昧。"费金和颜悦色地回答。原来开门的人正是这犹太老头儿。

"你不知道？做贼的哪个不是眼观六路、耳听八方？"赛克斯嚷道，"我不信你没听到声音！"

"哪儿有声音啊？有的话我早听到了，我又不是死人，比尔。"老费金说。

"哦，没声音。你什么都没听到。"赛克斯冷笑着说，"走路跟猫似的，谁都不知道你什么时候来，什么时候走!费金,你要是半分钟前的那条狗就好了。"

"这话怎么说?"老费金硬挤出一丝笑容,问道。

"怎么说?像你这号人,连狗的一半胆量都没有,却有政府可怜你们的小命,然而狗的死活就没人管、没人问。"赛克斯表情凝重地合上折刀,"就这么回事。"

老费金搓着双手在桌前坐下,假装被朋友一番幽默的言论逗笑了,而他看上去并不是很轻松自在的样子。

"一边笑去,"赛克斯把拨火棍放回原处,一脸不屑地瞄了他一眼,"一边笑去!轮不到你来笑话我,除非戴上黑头套[1]。我捏着你的罩门呢,费金,而且死都不会放手。直说了吧,我要是完蛋,你也得跟着完蛋,所以你还是对我好点。"

"那是,那是,老伙计,"老费金觍着脸说,"这

---

[1] 指犯人在被绞死前套在头上的罩子。

我都知道。咱们是一根绳上的蚂蚱，比尔，有福同享，有难同当。"

"哼。"赛克斯的口气就像是老费金占了莫大的便宜，"说吧，找我什么事？"

"东西都用坩埚熔过了，"老费金回答，"这是你那一份，老伙计，比你原本该得的可要多呢。不过我知道，下次你也不会亏待我的，况且……"

"别废话了，"那强盗不耐烦地打断说，"东西呢？拿出来吧！"

"好好好，比尔，别急，别急嘛。"老费金和气地说，"在这儿呢！分文不少！"说着他从怀里掏出一块破旧的棉布手帕，解开角上的一个大结，取出一个牛皮纸小包。赛克斯一把夺过来，忙不迭地打开，迫不及待地数起了金镑。

"就这些？"赛克斯问。

"是。"老费金回答。

"你半道上没有偷偷打开私吞一两个吧？"赛克斯狐疑地问，"别装出一副无辜的样子，这种事你干得还少啊？拉一下铃。"

这是一个简单的命令,且被老费金迅速无误地执行了。铃声响后,进来另一个犹太人,比老费金年轻,但一样面目可憎。

比尔·赛克斯指了指空酒壶,那犹太人心领神会,退出去打酒。不过在退出去之前,他和老费金耐人寻味地对视了一眼。老费金抬了抬眼,仿佛这是预料之中的反应,随即摇头作答,但动作幅度极其轻微,即便再细心的旁观者也难以察觉。赛克斯正弯腰系被狗咬松了的鞋带,因此错过了这一幕。倘若他注意到了,说不定会把这两个犹太人之间的小动作看成一个不祥之兆。

"这里还有人吗,巴尼?"老费金问。此时赛克斯已经抬起了头,因此老费金在说话的时候眼睛盯着地面。

"一个都没有。"巴尼回答。他的话不管是不是发自内心,一概从鼻孔里出来。

"没人?"老费金的语气透着惊讶,可能在暗示巴尼不妨说句实话。

"除了达西小姐,就没有了。"巴尼回答。

"是南希!"赛克斯大声纠正说,"她在哪儿?这丫头天赋异禀,人见人爱,要是我看错的话,你们尽可以抠了我这俩眼珠子。"

"她在柜上要了盘熟牛肉。"巴尼说。

"叫她来这儿,"赛克斯说着倒了一大杯酒,"叫她来这儿。"

巴尼怯生生地看了眼费金,仿佛在征求他的同意。那犹太老头儿不作声,连眼睛都没从地面抬一下。于是巴尼退了出去,片刻之后又领着南希进来。这姑娘依然戴着软帽,系着围裙,挎着篮子,手里拎着大门钥匙,该有的行头一样不少。

"打听到什么了吗,南希?"赛克斯递上酒杯,问道。

"打听到了,比尔。"年轻姑娘回答着,端起杯子一饮而尽,"可把我累坏了。那孩子病了,连床都下不了,而且——"

"啊,南希,我的好孩子!"老费金说着抬起头来。

此时此刻,这犹太老头儿奇怪地皱起一对红眉毛,眯起深眼窝里的两颗眸子。这副神情是不是在暗示南希小姐话太多了,都已经不那么重要了。反正我们只需知道,南希小姐突然止住了话头,落落大方地朝赛克斯先生抛去几个微笑,便把话题转到了别的事情上。又过了十来分钟,老费金突然抽风似的咳了一阵,南希遂把披肩一裹,说她该告辞了。赛克斯先生发现他和南希有一小段同路,便提出陪她一起走。于是两人便一同出去了,他们身后没隔多远,跟着那条狗。这畜生一见主人走出了视野,便刺溜一声从后院撑了出去。

老费金趴在门口看着赛克斯走进幽暗的过道,晃了晃攥紧的拳头,低声骂了一句。随后他嘴巴咧出一个狰狞的笑,重新坐回到桌子前,很快便沉浸在那本名叫《通缉令》[1]的杂志上。

而与此同时,奥利弗·特威斯特正走在去还书的路上,他做梦都没想到自己和那位快活的犹太老

---

[1] 类似警察公报,是伦敦警察厅的官方刊物,上面会公布各类案件细节,犯人抓捕及通缉信息,老费金读该杂志正是为了搜集信息,掌握警方动向。

头儿离得竟如此近。到克勒肯维尔时,他无意中偏离路线,走进了一条僻静的小巷。走到一半他才发现走错了,但他知道这条路大方向没错,心想没必要折回去,便夹紧书,加快脚步继续向前。

奥利弗一边走一边寻思,要是能看一眼可怜的小迪克该多好啊,他指不定会高兴成什么样呢,为此奥利弗觉得自己付出什么代价都愿意。天天忍饥挨冻、遭受毒打的小迪克说不定这会儿正伤心落泪呢。正想着,突然有个女人尖叫一声:"哎呀,我亲爱的弟弟呀!"他吓了一跳,还没来得及抬头看看是怎么回事,一双胳膊就紧紧搂住了他的脖子。

"撒手!"奥利弗一边挣扎一边喊叫,"放开我!你是谁呀?拦着我干什么?"

搂住他的那个年轻姑娘只用一阵捶胸顿足的号啕大哭做了回答。这姑娘胳膊上挎着篮子,手里拎着一把钥匙。

"哎呀,老天爷!"年轻姑娘叫道,"我终于找到他了!哦!奥利弗啊奥利弗!你这个小淘气鬼!你让我找得好苦啊!走,亲爱的,跟我回家去。

哦，我找到他啦。感谢老天，我找到他啦！"年轻姑娘语无伦次地说完这一堆，又呼天抢地地哭了一阵，哭得那叫一个凄惨，引得附近两个女人不由得走上前去，问一个头发用板油抹得明晃晃的肉铺伙计——他同样在旁边看热闹——要不要去把医生叫过来。那肉铺伙计一看就是个好逸恶劳的主儿，他说没那个必要。

"哦，不用不用，没关系的。"年轻姑娘拉着奥利弗的手说，"我已经好多了。跟我回家，你这个小没良心的，走！"

"怎么回事啊，小姐？"其中一名女子问道。

"哦，夫人，"年轻姑娘回答，"这孩子离家出走都快一个月了，他爹妈都是吃苦耐劳的本分人，结果他却跑出去和一堆小偷小摸混在一起，他妈妈的心都伤透了。"

"小混蛋。"一位女士说。

"回家吧，别犟了，小东西。"另一位说。

"我不！"奥利弗惊慌失措，"我不认识她。我没有姐姐，也没有爸爸妈妈。我是孤儿，家住本顿维尔。"

"你们听听,他说的这叫什么话!"年轻姑娘大声说道。

"呀,是南希!"奥利弗大叫,他总算看清了年轻姑娘的脸,不禁惊讶得连连后退。

"你们瞧,他认识我的!"南希开始向围观的人们求助,"他就是管不住自己。哪位好心人帮我把他弄回家吧,要不然他爸爸妈妈会被气死,我的心也会碎成八瓣儿的。"

"天杀的吵什么呢?"一间卖啤酒的小酒馆里冲出一个男人,后面跟着一条白色的狗,"小奥利弗!快回去看看你那可怜的老娘吧!你这个小杂种!快回家去!"

"我不是他们家的!我不认识他们!救命,救命!"奥利弗在男人有力的大手下拼命挣扎,拼命呼喊。

"救命!"男人也跟着喊,"喊什么喊?我不是来救你了吗?小混蛋!这都是些什么书?偷来的对不对?给我拿过来吧。"男人说着一把抢过书,顺手还用书在奥利弗脑袋上敲了一记。

"这就对了!"阁楼窗户里的一个看客叫好道,"不打一顿他是不会老实下来的!"

"没错!"一个满脸没睡醒模样的木匠附和着,并朝阁楼窗户里投去英雄所见略同的目光。

"这对他有好处。"两个女人说。

"也是他自找的!"男子说着抓住奥利弗的领子,朝他脑袋上又来了一记,"老实点,小流氓!过来,牛眼儿[1],给我看住他!看住他!"

这可怜的孩子大病初愈,骤然面对突如其来的打击,面对嗷嗷直叫的恶狗和它凶神恶煞的主人,以及一群不明就里却认定他是个不懂事的小混蛋的陌生人,你叫他怎么办呢?一时间,奥利弗晕头转向,手足无措。天色已暗,又身处这么一个叫天天不应叫地地不灵的鬼地方,奥利弗呼救无门,反抗也是徒劳。他很快就被拖进迷宫般的穷街陋巷,被迫跟着他们的步伐摸黑向前。他们走得极快,即使

---

1 赛克斯那条白毛狗的名字。

奥利弗大着胆子高声求救，怕也没人听得清楚。可话说回来，就算有人听清了又怎么样呢？没人在乎啊。

煤气灯点上了，贝德温太太在敞开的门口等得焦灼万分。仆人往街上跑了不下二十次，去看有没有奥利弗的影子。而在昏暗的客厅里，两位老先生依然端坐，怀表放在他们中间。

第 16 章
说说奥利弗·特威斯特被南希带走之后的事

在狭小的巷道与院落的尽头,奥利弗一行进入了一片开阔地带。周围是各种各样的畜栏,说明此处是牲口市场。走到这儿,赛克斯放慢了脚步。按他们刚刚的脚速,南希小姐早已体力不支。赛克斯朝奥利弗扭过头,粗声粗气地命令他拉住南希的手。

"听见没有?"见奥利弗东张西望、犹犹豫豫,赛克斯不由得吼道。

他们所在的位置是一个昏暗的角落,四周看不到任何行人。奥利弗很清楚,反抗是没有用的,于是乖乖地伸出一只手,南希牢牢将其抓住。

"另一只手给我。"赛克斯说着拉住奥利弗的另一只手,"牛眼儿,过来!"

狗抬起头,发出低沉的吠叫。

"给我盯着这里！"赛克斯用另一只手在奥利弗的咽喉处比画了一下，"要是他敢出声，你就咬他！明白了没有？"

狗又低吠一声，舔舔嘴唇，两只眼睛死死盯着奥利弗，好像巴不得现在就扑上去咬断他的喉管。

"他可比信教的都听话，骗你的话，我就把眼珠子抠出来！"赛克斯说着，朝那畜生恶狠狠地投去赞许的目光，"我就问你怕不怕，不怕你就喊一声试试，看它会不会跟你客气。走吧，小东西！"

这一番夸奖让牛眼儿受宠若惊，它摇摇尾巴算是感谢，转头又冲奥利弗低吠几声以示警告，然后才颠儿颠儿地跑到前面带路去了。

他们穿过的这片开阔地是伦敦最大的肉类市场史密斯菲尔德，不过也可能是格罗夫纳广场，反正奥利弗也搞不清楚。这天夜里雾气茫茫，连店铺的灯光都被闷在了屋里。而且雾越来越浓，房屋、街道全都朦朦胧胧、若隐若现，这让本就陌生的地方在奥利弗眼中变得更加神秘，让他忐忑不安的心情变得凄凉沮丧。

他们刚刚紧赶了几步,便听见教堂里低沉的整点钟声。敲第一下的时候,拖着他的两个人不约而同地停住脚,朝钟声的方向扭过头。

"八点了,比尔。"钟声停歇之后,南希说。

"用得着你说?我又不聋。"赛克斯回答。

"不知道他们能不能听见。"南希说。

"当然能,"赛克斯说,"我进去的时候正好是巴多罗买节[1],连集市上最便宜的那种小号的嘎吱声我都听得见。夜里被锁进牢房,外面的吵吵声搞得监狱里静得瘆人,我差点在牢房的铁门上撞死自己。"

"可怜的家伙!"南希说,她的头依旧朝着钟声传来的方向,"唉,比尔,他们可都是些棒小伙啊。"

"嗯,棒小伙。你们女人除了这个就没别的可想了。"赛克斯说,"不过想也没用,他们现在跟死了一样。"

赛克斯先生似乎想用这番宽慰的话来压制胸中

---

[1] 该节日在每年的八月二十四日,集市在当天开集。巴多罗买是耶稣十二使徒之一。

不断升腾的炉火，说完后就把奥利弗的手腕抓得更紧了，并命令他继续往前走。

"等等！"南希突然说，"下次大钟敲八响的时候，比尔，如果上绞刑架的人是你，我绝对不会脚底抹油远远躲开。我会在这个地方不停地转悠，哪怕地上有雪，哪怕我身上连个披肩都没有，一直转到我倒下为止。"

"那有什么用？"赛克斯先生丝毫没有感动，"除非你能往我牢房里扔把锉刀，再加一条二十码长的粗绳子，否则你走五十英里也好，一步不走也罢，跟我都没什么关系。走吧，别站在那儿啰唆了。"

南希扑哧笑出了声，把身上的披肩裹紧了些，继续赶路。但奥利弗感到她的手在发抖，在经过一盏煤气街灯时，不禁抬头看了一眼，发现她的脸白得吓人。

他们在肮脏的背街小巷里足足走了半个钟头。路上行人稀少，偶尔遇到几个，从打扮一眼便能看出他们和赛克斯先生是同一类人。最后他们拐进一条污秽不堪的窄街，街上一水儿卖旧衣服的铺子。

狗一马当先朝前冲去,好像知道这边已经不再需要它继续警戒。它一直跑到一间铺子前才停住,铺门关着,显然没有住人。房子破得掉渣,门上钉着一块招租的木板,看样子像挂了好多年。

"好了。"赛克斯谨慎地四下望了望,说道。

南希弯腰在窗板下摸了摸,奥利弗随即便听到了门铃响。他们走到街对面,在一盏街灯下站了片刻。随后他们听到窗框摩擦的声音,应该是有人抬起了一扇上下开关的窗户。紧接着,屋门缓缓打开。赛克斯先生毫不留情地抓住惶恐不安的奥利弗的领子,三人迅速进了屋。

过道里伸手不见五指。他们在原地等着给他们开门的那个人重新把门闩好。

"有人来过吗?"赛克斯问。

"没有。"一个声音回答,奥利弗听着有些耳熟。

"老东西在不在?"赛克斯问。

"在,"那人又答,"一直垂头丧气的。见到你难道会高兴点?我看未必。"

这人说话的声音、语调给奥利弗一种特别熟悉的感觉，可在黑暗中他连说话人的轮廓都看不清楚，又何从分辨呢？

"把灯点上吧，"赛克斯说，"省得撞断了脖子、踩死了狗。要是踩到狗，你们可得当心自己的腿。"

"你们先等等，我去拿灯。"那声音答道。接着黑暗中便传来远去的脚步声。不大一会儿，鬼灵精杰克·道金斯先生出现在三人面前。他右手举着一根顶端开裂的木棍，裂缝中间插着一支蜡烛。

这小子看见奥利弗只是龇牙笑笑，再无其他久别重逢的表示，随即转身领着客人走下一段楼梯。他们穿过空荡荡的厨房，来到一个小房间的门前。这房间像是建在一个小院子里，房门打开，迎面而来的是一股浓浓的土腥味儿和一阵狂浪的大笑。

"哦，天啊，天啊！"查理·贝茨少爷叫道，大笑的人正是他，"看谁回来了！哦，天啊！看谁回来了！费金，快看啊！费金，快看啊！受不了了，真是好造化！受不了了。谁扶我一把。笑死我算了。"

贝茨少爷像被人戳中了笑神经，直接躺在地上，两条腿蛤蟆似的又蹬又踹，上气不接下气地笑了足足五分钟。眼瞅着再笑下去恐怕就要一命呜呼,他才终于爬起来,从鬼灵精手里接过蜡烛,凑到奥利弗跟前,围着他看了一圈又一圈。那犹太老头儿也摘下睡帽,对着惊惶无措的奥利弗鞠了一躬又一躬。鬼灵精性子阴沉,不苟言笑,尤其干正事的时候从不拖泥带水,这工夫他已经把奥利弗的口袋翻了个底朝天。

"瞧他这身行头,费金。"查理说着,几乎把蜡烛伸到了能把奥利弗的新夹克点着的距离,"这衣裳,料子多棒,裁剪多地道!哦,老天爷,真叫人开眼了!他还带着书!瞧啊,费金,他活脱脱变成一位小绅士啦。"

"孩子,看你气色这么好,我别提有多高兴了。"老费金装模作样地鞠了一个只有正经下人才鞠得出来的躬,"让鬼灵精再给你找身衣裳,别把礼拜日才穿的衣裳给糟蹋了。我说孩子,你怎么不写封信告诉我们一声你要回来啊?也好让我们准备点热饭。"

一听这话,贝茨少爷顿时又笑得打跌。他响亮的笑声让老费金也松快下来,连鬼灵精也面露微笑,不过鉴于他在微笑的同时亮出了那张五英镑的票子，因此我们无法确定他的好心情是因为老费金的俏皮话，还是因为他的发现。

"哟，什么东西？"老费金接过票子时，赛克斯上前一步问道，"费金，那得归我。"

"不，不，老兄，"老费金说，"这个归我，比尔，归我。那些书归你。"

"你要是不把它给我，"比尔·赛克斯毅然决然地戴上帽子，"给我和南希，我就把这孩子带回去。"

老费金吃了一惊。奥利弗也吃了一惊。不过，两人吃惊的原因各不相同。奥利弗心里存着侥幸，也许这两人的分歧真能让他离开这鬼地方。

"别磨叽了，快交出来！"赛克斯说。

"这可不公平，比尔，不公平。你说呢，南希？"老费金问。

"什么公平不公平的！"赛克斯一句话顶回去，"我告诉你，快交出来！你以为我和南希闲着没事干，只能天天去大街上给你找那些被你弄丢的小孩？快拿来，一把老骨头了还这么贪，真不要脸！

给我!"

说罢这几句良言,赛克斯先生径直从老费金的指缝里把票子给揪了出来。而后他冷冷地注视着老头儿,把钞票折得小小的,塞到了领巾里。

"这是我们的酬劳,"赛克斯说,"连一半都不够呢。那些书归你,想看就留着,不想看就卖掉。"

"这还都是好书呢。"查理·贝茨假模假式地翻着一本书,鬼脸儿变换得像个万花筒,"写得真不赖呢,是不是啊,奥利弗?"见奥利弗一脸绝望地注视着折磨他的这些人,向来玩世不恭的贝茨少爷不禁又大笑起来,而这一次比先前那次还要厉害。

"这些书是那位老先生的,"奥利弗双手拧来拧去,"上次我害热病差点死了的时候,就是那位好心的老先生把我带回家,还给我治病的。求你们把书还给他,还有他的钱。你们把我留在这儿一辈子都可以,但请你们把书还给他,不然他会以为是我偷了书。还有一位善良的老奶奶,他们都对我很好。他们会把我当贼看的。哦,求你们行行好,把东西还给人家吧!"

说完这番话，奥利弗已是痛不欲生，双腿一软跪倒在老费金脚下，绝望地拍打着双手。

"这孩子说的没错。"老费金鬼头鬼脑地环顾了一下四周，两条眉毛皱得差点缠到一起，"你说的没错，奥利弗，没错。他们确实会把你当贼看。哈！哈！"这犹太老头儿搓着手，涎着脸直乐，"真是踏破铁鞋无觅处，得来全不费工夫。"

"可不是嘛，"赛克斯说，"看见他夹着书从克勒肯维尔走过来时，我就是这么想的。真是老天眷顾。救他的肯定是些大善人，要不然也不会收留他。因此，他们肯定不会出来乱打听，怕万一惊动了官家，倒害这孩子被抓起来。他现在算是彻底安全了。"

听着这些话，奥利弗看看这个，又看看那个，一副完全听不懂的样子，可当赛克斯先生话音一落，他却突然跳起来，不顾一切地往外冲去，嘴里大声呼喊着救命，空荡的老屋连屋顶都震颤起来。

"拦住狗，比尔。"老费金和他的两个徒弟追出去后，南希一边喊一边冲过去关上了门，"把狗叫住，不然它会把那孩子撕成碎片的。"

223

"他活该！"赛克斯吼着，挣脱了南希的手，"别拦我，不然我拿你的头撞墙！"

"我不管，比尔，我不管！"南希嚷嚷着，拼尽全力阻拦赛克斯，"我不能眼睁睁看那孩子被狗咬死，除非你先打死我！"

"我说了，他活该！"赛克斯咬牙切齿，面目狰狞，"让开，否则我就不客气了。"

说完，他一把将南希推到了屋子另一头，而就在这时，老费金和那两个小子连拖带拽地把奥利弗带回来了。

"怎么回事？"费金察觉到屋里的气氛不对。

"这丫头疯了。"赛克斯恶狠狠地说。

"胡说，"一番扭打搞得南希脸色煞白，气喘吁吁，"我没疯，费金。别听他胡说。"

"那你就安静点，行不行？"老费金凶巴巴地瞥了她一眼。

"不行。"南希针锋相对，大声说道，"说吧，你打算怎么办？"

老费金先生深知南希是个什么样的人，继续同她理论下去，只会引起更多麻烦。为了转移大伙儿的视线，他扭头看向奥利弗。

"你想跑，是不是，孩子？"老费金说着从壁炉角那儿捡起一根弯弯曲曲、浑身结瘤的棍子，"嗯？"

奥利弗没有吭声，但盯着老费金的一举一动，呼吸不由得急促起来。

"想去找人帮忙，想去找警察，对不对？"老费金抓住奥利弗的胳膊，冷笑着说，"放心吧，我的小少爷，这毛病我们会给你治好的。"

话音刚落，奥利弗的肩头已经挨了狠狠的一棍子，而当那犹太老头儿举起棍子准备来第二下时，南希小姐一个箭步冲上前，夺过棍子，转身丢进了壁炉。几块燃烧着的炭火从炉膛中被砸了出来，在屋里滴溜溜乱转。

"我是不会袖手旁观的，费金。"南希说，"这孩子已经找回来了，你还想怎么样？放他一马吧，放他一马，不然的话，就算冒着上绞刑架的风险，我也要给你们中间的某个人身上留个记号。"

225

这姑娘一边要挟一边使劲跺着脚。她绷着嘴，攥着拳头，看看老费金，又看看赛克斯。她的脸因为愤怒而变得毫无血色。

"瞧你，南希！"老费金和赛克斯面面相觑又各自茫然，老费金不得不先服个软，"你……你今天晚上可比什么时候都懂事。哈！哈！亲爱的，戏演得很漂亮。"

"是吗？"南希以女人吵架特有的口吻说，"那你可得当心别让我演过头。演过头倒霉的可就是你了，费金。我劝你别把我惹毛了。"

在女人愤怒的时候——尤其她们在所有其他强烈的情感中又加入了不计后果的冲动和万念俱灰的绝望时——是很少有男人敢去招惹的。老费金看得明白，继续罔顾南希小姐发怒的事实只会让局面变得越发不可收拾。于是他不由自主地后退了几步，半是胆怯半是恳求地看了赛克斯一眼，仿佛在暗示他才是能令局势转圜的最佳人选。

赛克斯先生面对这无声的求助，可能觉得能否让南希小姐迅速恢复理智关系到他的个人尊严和影响力，为此一连发出三四十种咒骂与威胁。仓促之间能调动如此汹涌的词汇量，说明他也是个富于创造力的家伙。然而，这套玩意儿在目标身上并未产生明显效果，他不得不诉诸更为实际的争论。

"你这话是什么意思？"赛克斯问道，并伴随着一句十分常见的、和人类五官中最漂亮的部分有关的诅咒[1]。倘若尘世间发出的这种诅咒每五万次仅有一次被上苍听到，那天底下的瞎子也会变得和麻疹病人一样普遍了。"你什么意思？下地狱？你还知不知道自己是谁？是不是忘了自己是干什么的？"

"哦，我心里清楚得很。"南希歇斯底里地大笑一阵，脑袋摇得像个拨浪鼓，好像只有这样才能表达她的毫不在乎。

"那你就给我安静点！"赛克斯拿出训狗时的狠劲儿厉声吼道，"要不然我就只好自己动手让你安静下来！"

南希又是一阵大笑，样子甚至比刚才更激动。

---

[1] 这里指眼睛，赛克斯习惯拿眼睛发誓赌咒。

她瞥了赛克斯一眼,把脸扭到一边,死死咬着嘴唇,直至渗出血来。

"你命比纸薄,心却比天还要高呢,"赛克斯一脸轻蔑地上下打量着她,"竟想跟人家文明人学上流社会那一套!你一心袒护的这个孩子,倒挺适合跟你做朋友。"

"万能的上帝,帮帮我吧!"南希激动地叫道,"是我把他带到这儿来的。过了今晚,他就是个贼,是个骗子,是个令人唾骂的坏蛋了。所有的恶名都将落到他的头上。可即便如此,这老混蛋还不满足,还要打他。早知如此,我宁可自己死在大街上,或者跟今天夜里上绞刑架的那些人换换位子。"

"得啦,得啦,赛克斯。"老费金用规劝的语调恳求说,并指了指旁边几个眼巴巴看着他们的年轻后生,"说话注意点,比尔,注意点。"

"说话注意点?"南希嚷道,她激动的样子有些吓人,"注意什么?!混蛋!没错,我骂你一点都不亏!我为你偷东西的时候还没他一半大呢,"她指着奥利弗,"从那时起,我干这一行已经整整十二年。

你不比谁清楚啊?说啊!你心里不清楚吗?"

"好了,好了,"老费金打算讲和了,"干这一行不也是为了生计吗?"

"说得多好,为了生计!"南希反唇相讥,她已经不再是说话,而是用一连串愤怒的尖叫在宣泄,"这就是我的生计!潮湿、寒冷、污秽不堪的大街就是我的家。可多年以前正是你这个老混蛋把我赶到街上去的,整日整夜不让我回家。从此我就只能栖身于大街,一直到死。"

"你要是再这么不依不饶地说下去,"老费金被她这番羞辱激怒了,"可别怪我翻脸无情。"

南希果然不再多说,但疯了似的扯了一通自己的头发和衣服,然后摆出拼命的架势朝老费金直扑过去。要不是赛克斯眼疾手快一把抓住她的手腕,老费金身上十有八九会留下她复仇的印记。南希徒劳地挣扎了几下,昏了过去。

"总算消停了。"赛克斯说着把她放在角落里,"她发起疯来两条胳膊还真有劲儿。"

老费金擦了把额头,微微一笑。闹剧收场,他如释重负。可不管是他、赛克斯、那条狗,还是那几个孩子,似乎都认为这是一件不值一提的小事,根本用不着多想。

"跟女人打交道就是麻烦,"老费金把棍子放回原处,"可她们又偏偏聪明伶俐,干我们这一行离了她们就混不下去。查理,带奥利弗上床去。"

"费金,他这身好衣裳明天就不用穿了吧?"查理·贝茨问。

"当然不用。"老费金回答,脸上露出查理发问时那种龇牙咧嘴的笑。

贝茨少爷显然很乐意接受这个任务。他拿起那根充当烛台的棍子,领着奥利弗走进隔壁的厨房,那里面有两三个铺位,奥利弗此前在上面睡过。查理·贝茨又忍不住笑了好多回,终于把奥利弗的衣服拿了出来。真是造化弄人,奥利弗在布朗罗先生家好不容易丢掉的那身破烂衣服,竟神奇地重新回到了他手上。原来他的衣服让一个犹太人买走后,碰巧被费金看见了,于是他才有了奥利弗的第一条线索。

"把身上的衣服脱了吧,"查理说,"我把它们交给费金保管。真有意思!"

可怜的奥利弗不情愿地照做了。贝茨少爷把他的新衣服卷起来往胳膊下一夹,转身出去并锁上了门,把奥利弗一个人留在黑暗中。

外面喧闹不已。查理在笑,贝特小姐在絮絮叨叨。她来得正是时候,可以为她的好朋友喷点凉水,或做些男人不方便做的事情,好让南希尽快醒来。他们的声音任谁听了恐怕都要失眠,即使是处境比奥利弗好的人。然而,奥利弗身心疲惫不堪,没过多久便沉沉睡去了。

第 17 章
奥利弗的悲惨命运仍在继续；
又一个大人物来到伦敦，
令他岌岌可危的名声雪上加霜

一切优秀的、以惊心动魄著称的传奇剧，总是交替出现悲剧和喜剧的情节，就像一块肥瘦相间、美味可口的五花熏肉，这在舞台上已成惯例。前一个场景，命途多舛的男主人公还躺在自己的稻草床上郁郁寡欢；而后一个场景，他那忠心耿耿而又憨头憨脑的随从却唱起了酸曲儿逗观众开心。我们忧心如焚地看着女主人公落入傲慢无情的男爵的魔掌，她的贞操与性命都岌岌可危。她拔出匕首，准备牺牲性命保全名节。就在我们揪紧的心已经提到嗓子眼儿的时候，突然一声哨响，我们又被径直带到了一座城堡的大厅，一个头发花白的老管家领着一群奇形怪状的仆人，正兴高采烈、丑态百出地演绎着一首滑稽的大合唱。那些仆人穿梭在各种各样的场景中，从教堂的穹顶到王宫大院，成群结队，东游西荡，没完没了地唱个不停。

这些场景变换乍一看荒唐可笑，但细想之后又觉得合情合理。若论跌宕起伏，真实的人生和戏剧相比也毫不逊色。从摆满山珍海味的餐桌到孤独凄凉的临终之榻，从单调肃穆的丧服到光彩照人的节日盛装，类似的转场比比皆是。只不过，我们不再是冷眼旁观的看客，而成了忙忙碌碌的演员本人。仅此一点改变，结果就天差地别。舞台上善于逢场作戏的演员，对于暴风骤雨般的感情巨变和情绪冲撞早就习以为常，但当他们以职业的方式将这些情节展现在观众面前时，顿时就显得骇人听闻和荒诞不经了。

突然变化的场景、快速切换的时间和地点，这种手法不仅在许多书中长期沿用，更被许多人认为是写作技巧高超的表现。此类评论家衡量一个作者水平高低的依据，主要看他在每个章节的最后是否将主人公置于进退维谷的困境。鉴于此，可能有人会认为本章这段简短的引言实属多余。若真如此，就请将这段话当作一个微妙的暗示，作者的笔锋要转回到奥利弗·特威斯特出生的那个小镇了。读者理应相信我们有充分的理由展开这段旅程，否则也就没有转场的必要了。

这天一大早，班布尔先生就出了济贫院的大门。他迈着方步大摇大摆地走在街上，三角帽和大衣在朝阳下闪闪发亮，手杖紧紧握在手中，志得意满，神采飞扬，一副春风得意的教区干事派头。班布尔先生走起路来一向昂首阔步，但这天早上他的头昂得比平时还要高些，且看上去有些心不在焉，又像是目空一切似的。这副神态十有八九会让一些眼力好的陌生人觉得，我们的教区干事脑子里正酝酿着外人不配知道的伟大想法。

街上，店铺掌柜之流纷纷恭敬地同他打招呼，但班布尔先生并没有停下来与他们扯闲篇。他只是摆摆手，丝毫没有放慢庄严的步伐，就这样一直走到曼恩太太负责打理的寄养所。这位好心的太太以她最大的仁慈替教区照料着穷人家的幼小孤儿。

"该死的教区干事又来了!"曼恩太太听到菜园大门熟悉的晃动声,不由得骂道,"大清早的除了他还能有谁!呀,班布尔先生,我一猜就是您来了!天啊,这真叫人高兴。快到客厅里坐吧。快请快请。"

前半截抱怨的话是对苏珊说的,后边那套叫谁听了都会如沐春风的漂亮话是说给班布尔先生听的。好心的太太打开菜园大门,怀着十二分的殷勤和尊敬把班布尔先生让进了屋。

"曼恩太太。"班布尔先生可不像某些大老粗那样撅屁股就座,而是让自己的身体缓缓地、一点一点地落到椅子上,"早上好啊,曼恩太太。"

"您也早上好啊,先生。"曼恩太太的脸上几乎生出花儿来,"这一向身体还不错吧,先生?"

"马马虎虎吧,曼恩太太,马马虎虎。"干事回答,"教区的生活可不是享清福。"

"啊,谁说不是呢,班布尔先生。"太太连忙附和。这话倘若让寄养所里那些苦命的孤儿听到,他们必定也会齐声高歌，深表赞同。

"教区的生活，太太，"班布尔先生拿手杖敲着桌子，继续说道，"就是操不完的心，发不完的愁，吃不完的苦，出不完的力。但要我说，公众人物就该遭这份罪。"

曼恩太太一时没明白教区干事的意思，只好一脸同情地举起双手，叹了口气。

"唉，叹气就对了，曼恩太太。"干事说。

见自己做对了，曼恩太太又叹了一声，显然是有意讨这位公众人物的欢心。而我们的班布尔先生显然也十分受用，他竭力庄重地盯着自己的三角帽，以此来掩饰脸上自鸣得意的笑容。

"曼恩太太，我要去伦敦了。"

"天啊，班布尔先生！"曼恩太太错愕地后退一步，尖声叫道。

"去伦敦，太太。"耿直的干事继续说道，"坐马车去，和两个穷家伙一块儿。有个居留权的案子马上要开庭了，理事会指派我——曼恩太太——到克勒肯维尔的季审法庭[1]做证。我怀疑啊，"班布尔先生说着挺直了腰板，"我不去出庭的话，克勒肯维尔的季审法庭是不会发现自己搞错了的。"

"哦，您可千万别跟他们过不去，先生。"曼恩太太温和地说。

"太太，这是克勒肯维尔季审法庭自己惹出来的麻烦。"班布尔先生回答，"要是他们发现结果不尽如人意，那也只能怪他们自己。"

班布尔先生慷慨激昂，言语中透着无比坚定的决心和顽强的意志。曼恩太太不由得肃然起敬。最后她说："你们坐公共马车去，是吧，先生？我以为穷鬼只能坐拉货的大车呢。"

"那只是在他们生病的时候，曼恩太太，"干事说道，"阴雨天里，我们把病了的穷人放在敞篷大车上，免得他们着凉。"

"哦。"曼恩太太说。

"回伦敦的马车主答应捎上他们俩，收费不算

---

[1] 英格兰旧时每个季度开庭一次的法庭。

高。"班布尔先生说,"这俩人都快不行了,但我们发现让他们搬个地方比埋了他们要便宜两英镑,所以只能想办法把他们扔给其他教区,我觉得这事儿不算太难。但愿他们别死在半路上,那就砸在咱们手里了。哈!哈!哈!"

班布尔先生笑了一阵,目光落在他的三角帽上,顿时又变得持重起来。

"忘了正事儿了,太太,"干事说,"这是您本月的薪俸。"

班布尔先生从皮夹子里掏出一摞用纸卷着的银币,并要曼恩太太写张收据。

"沾了点污渍,先生,"这位寄养所的当家人说道,"但写得还算规范。谢谢您了,班布尔先生,多亏您关照。"

见曼恩太太行了个屈膝礼,班布尔先生温和地点点头,随后便问孩子们怎么样。

"上帝保佑这些小宝贝儿!"曼恩太太的感情一下子就上来了,"他们好得不得了呢。当然,除了上周死掉的两个,还有那个叫迪克的小子。"

"那孩子的病还没见好吗?"班布尔先生问。

曼恩太太摇了摇头。

"这孩子脾气倔,心眼儿坏,身体又不好,实在是教区的累赘。"班布尔先生气呼呼地说,"他在哪儿?"

"我这就去给您找来,先生。"曼恩太太回答说,"迪克!过来!"

她叫了半天才终于找到迪克,把他按到唧筒下洗了把脸,用她自己的罩衣擦干,然后才领到威严的教区干事班布尔先生面前。

这孩子面黄肌瘦,脸颊深陷,两只眼睛倒是又大又亮。布料省到极致的教区衣服和寒碜的寄养所制服松松垮垮地套在他羸弱的身体上,幼小的四肢已经像老人一样消瘦干瘪。

可怜的小人儿在班布尔先生的注视下瑟瑟发抖,低垂的眉眼不敢从地板上稍稍抬起,哪怕只是听到干事的声音,他也感到惊惧万分。

"你这倔孩子,就不能看着这位先生吗?"曼恩太太说。

孩子怯生生但又顺从地抬起头,迎上班布尔先生的目光。

"你是怎么回事啊,迪克?被收养的日子难道不幸福吗?"班布尔先生不失时机地幽了一默。

"不是的,先生。"孩子弱弱地回答。

"我看也是。"曼恩太太免不了要为班布尔先生的幽默捧一下场,大笑了一通之后才说,"我想你应该也没有别的要求了吧?"

"我想……"孩子支支吾吾地说。

"哎呀!"曼恩太太打断说,"你还敢想?想什么?你这个小混蛋……"

"别急,曼恩太太,别急!"干事抬起一只手,显得很权威的样子,"你想什么,嗯?"

"我想,"孩子结巴着,"我想找个会写字的人,帮我在纸上写几句话,叠起来封好,等我埋进土里之后仍替我保存着。"

"嘿,这孩子想干什么?"班布尔先生诧异地问。迪克苍白的小脸儿写满真诚,尽管班布尔对这种事早就习以为常,可这孩子仍然给他留下了某种印象。"小家伙,你说的是什么意思啊?"

"我想,"孩子说,"我还是希望把我最真的爱留给可怜的奥利弗·特威斯特。我想让他知道,不知有多少次我一个人坐着的时候,一想到漆黑的夜里他还孤苦伶仃地流浪在大街上,身边连个帮手都没有,我都会伤心地大哭一场。我想告诉他,"孩子双手合十,说得无比虔诚,"我很乐意趁年纪还小就死掉,要是我也长大成人,然后变老,那我在天堂里的妹妹可能会把我忘了的,或者不喜欢我。如果我们都在还是小孩子的时候就死掉,那应该会快乐得多。"

班布尔先生脸上是难以形容的惊愕表情,他把这个小家伙从头到脚打量了一遍,接着扭头对曼恩太太说:"他们全是一路货,曼恩太太。那个胆大包天的奥利弗把他们全带坏了!"

"我实在不敢相信,先生!"曼恩太太摊开双手,眼睛恶狠狠地瞪着迪克,"我从没见过这么犟的小混蛋!"

"把他带走吧!"班布尔先生专横地说,"曼恩太太,这件事我定要呈报给理事会。"

"理事会的先生们不会把这事儿怪罪到我的头上吧?先生,您是知道的,这不是我的错啊。"曼恩太太悲戚地抽搭起来。

"他们会理解的,太太,实际情况什么样他们应该很清楚,"班布尔先生说,"去吧,把他带走,我看见他就烦。"

迪克立即被带了出去,并被锁进煤窖。稍后,班布尔先生也起身告辞,做动身前的准备去了。

第二天早上六点,班布尔先生带着那两个居留权悬而未决的犯人,爬上了公共马车的顶层座位。他今天没戴三角帽,而是换了一顶圆形礼帽;身上穿着一件带披肩的蓝色大衣。一行三人准时抵达伦敦。路上还算顺利,除了那两个穷鬼打摆子似的不停哆嗦,嘴里还一直抱怨天气冷,害得班布尔先生也浑身不舒服,牙齿打了一路的架,尽管他穿着暖和的大衣。

入夜,安排那两个累赘住下后,班布尔先生独自坐在公共马车停靠的驿站里,要了份简单的晚饭:

牛排、蚝油酱、黑啤酒。饭后他把一杯热腾腾的掺水杜松子酒往壁炉架上一放,将椅子拉到火边,先是感慨了一番人心不足、道德沦丧,而后才安安生生地看起了报纸。

首先成功引起班布尔先生注意的,是一则启事。

悬赏五几尼[1]

今有一名唤作奥利弗·特威斯特的男童,于周四晚间自本顿维尔家中外出走失(抑或遭人诱拐),至今音信全无,下落不明。凡能提供寻人线索者,或提供其身世背景及过往经历之信息者,事主都将以上述金额酬谢。

随后是关于奥利弗衣着、身材、样貌及失踪过程等的详细描述,最后落款是布朗罗先生的姓名和住址。

---

1 英国旧时的一种金币,1几尼等于1.05英镑,又等于21先令。

班布尔先生睁大眼睛，把寻人启事从头到尾认认真真读了三遍。也就大概五分钟后，他已经走在前往本顿维尔的路上了。不知为何他会如此激动，连放在壁炉架上的杜松子酒碰都没碰呢。

"布朗罗先生在家吗？"班布尔先生问开门的女仆。

女仆的回答有点让人摸不着头脑，甚至更像闪烁其词："我不知道啊，您是从哪儿来的呀？"

班布尔先生刚报出奥利弗的名字以说明来意，一直在客厅门口侧耳倾听的贝德温太太立刻大气都不敢喘，忙不迭地跑了出来。

"快请进，快请进！"老太太说道，"我就知道会有他的消息的。可怜的孩子！我就知道！老天保佑！我一直都这么说。"

说完，这位可敬的老太太又匆匆跑回客厅，坐在沙发上大哭起来。那个女仆相对冷静些，趁老太太哭的工夫上了一趟楼，这会儿下来请班布尔先生随她过去。后者也没有耽搁。

他被领进靠里的一间小书房，见到了正襟危坐的布朗罗先生和他的朋友格里威格先生。两人面前放着酒壶和酒杯,格里威格先生一看见班布尔先生便首先开了口:"是个干事!教区干事!要不是的话,我就把我的脑袋吃掉。"

"别打岔,"布朗罗先生说,"这位先生请坐。"

班布尔先生便坐了下来,但格里威格先生的这番操作着实让他有点不知所措。布朗罗先生挪了下灯,好看清这位教区干事的脸,随后颇为急切地问:"这位先生,恐怕您是看了启事才来的吧?"

"是的,先生。"班布尔先生回答。

"您是个干事,对不对?"格里威格先生抢着问。

"教区干事,两位先生。"班布尔先生的口气十分自豪。

"当然,"格里威格先生瞥了朋友一眼,"我就知道。他那样子一看就是教区干事。"

布朗罗先生轻轻摇了摇头,示意老友不要打岔,接着问道:"那您知道这可怜的孩子在哪儿吗?"

"我也不知道。"班布尔先生回答。

"那您都知道些什么呢?"老先生问,"如果您有什么要说的就说吧,我的朋友。你都知道些什么?"

"您该不会碰巧知道他都干过什么好事吧?"格里威格先生把班布尔先生的容貌仔细研究了一番之后,尖刻地说。

班布尔先生迅速捕捉到了这问题当中暗藏的深意,立刻郑重其事地摇摇头。

"你看!"格里威格先生扬扬得意地看了眼布朗罗先生。

然而布朗罗先生却忧心忡忡地看着班布尔先生那张苦大仇深的脸,请他尽可能长话短说,大致谈谈他对奥利弗的了解。

班布尔先生放下帽子,解开大衣扣,抱起双臂,低头蹙眉,一副追忆往事的架势。思索片刻之后,班布尔先生开始了他的讲述。

若把教区干事的这番话原封不动地记录下来,读者未免会感到枯燥乏味。他足足讲了二十分钟呢,但大意归纳起来是说:奥利弗是个弃婴,父母都是行为不检的下等人。自打生下来,他身上除了以怨报德和忘恩负义,就找不到别的优点。在来伦敦之前,他在出生地无缘无故地残暴攻击了一个人畜无害的小伙子,当晚便从主人家畏罪潜逃。为了证明自己并非道听途说,班布尔先生把随身带来的文件摊开在桌子上,随后再次抱起双臂,静待布朗罗先生过目查验。

"看来他说的都是真的。"看过文件,老先生痛心疾首地说,"对于您提供的这些消息,五个几尼显然不算多,但要是能让我听到一些肯定这孩子的话,三倍的钱我都愿意出啊。"

班布尔先生要是在开口之前听到了金主这番话,也许会给奥利弗的故事增添一点别样的色彩,可现在为时已晚,因此他一本正经地摇了摇头,把那五个几尼装进口袋,起身告辞了。

布朗罗先生在屋里来回踱了几分钟步,干事那些话显然令他心烦意乱,就连格里威格先生也识相地缄口不言,免得火上浇油。

终于,他停下来了,气鼓鼓地摇了摇铃铛。

"贝德温太太,"管家刚进来布朗罗先生便说,"奥利弗那孩子,是个小骗子。"

"这不可能,先生,不可能。"老太太十分笃定。

"我说是就是,"老先生凶巴巴地反驳道,"你凭什么说不可能?我们刚刚听完他的整个身世,这孩子从生下来起就是个小坏蛋,彻头彻尾的小坏蛋!"

"我死都不会相信,先生,"老太太坚信不疑地回答,"死都不会!"

"你们这些老女人除了江湖郎中和稗官野史,还信什么?"格里威格先生低声吼道,"我早就说过,可你们谁听过我的话?要是他没有害热病,说不定你们就听了吧,嗯?他怪招人疼的,是不是?招人疼!呸!"格里威格先生气哼哼地拨了一下火。

"他是个乖巧听话又知道感恩的好孩子,先生。"贝德温太太愤愤不平地为奥利弗辩解,"小孩子什么样我比谁都清楚,先生。这四十年我净和他们打交道了。谁要是没胆说比我还有经验,就趁早别在那儿说三道四。这就是我的看法。"

这对单身汉格里威格先生无疑是当头一棒。他没作声，只是讪讪地挤出一丝微笑。老太太把头一扬，抻了抻围裙，准备接着说下去，不料被布朗罗先生止住了。

"别说了！"老先生假装愤怒地说，尽管他并未感到愤怒，"别再让我听到那孩子的名字。我叫你来就是要告诉你这个。从今往后，不管因为什么，都不要再提起他！你可以下去了，贝德温太太。记住，这不是戏言。"

这天夜里，布朗罗先生的家里多了几颗悲伤的心。

而想到那些善良的朋友，奥利弗的心也沉了下去。幸亏他对发生在布朗罗先生家中的事情一无所知，否则非伤心死不可。

第 18 章
又入贼窝,奥利弗如何度日?

第二天中午前后,鬼灵精和贝茨少爷照常出门"上工"去了,老费金则趁机长篇大论地给奥利弗上了一课。他痛斥奥利弗忘恩负义、罪恶滔天,因为他竟然背弃一众为他牵肠挂肚的朋友。更过分的是,在他们千辛万苦、不惜一切地把他找回来后,他居然还一心想逃跑。老费金还着重强调了自己收留并善待奥利弗的义举。如果不是他及时伸出援手,奥利弗可能早就饿死了。随后,他又拿另外一个年轻人的惨痛经历开导奥利弗。那个小伙子和奥利弗是差不多的情况,老费金出于仁慈之心慷慨救助了他,可到头来他却恩将仇报,妄图勾结警察害自己的恩人。所幸善恶有报,有天早上,那小子被中央刑事法庭给绞死了。老费金毫不讳言他与那桩惨祸颇有瓜葛，却声泪俱下地慨叹，皆因那年轻人执迷不悟、背信弃义，他们才只好检举揭发他，虽然有让他背黑锅的嫌疑，但为了他（老费金）和其他几个亲近朋友的安全，也是不得已而为之。作为总结，老费金最后详细描述了一番绞刑的恐怖之处，又以罕见的温和口吻表达了他对奥利弗的殷切期盼，并一再强调他可不愿让奥利弗重蹈那年轻人的覆辙。

小奥利弗大约听出了老费金话语中的威胁之意，顿时吓得魂不附体。他早已领教，当有罪和清白偶尔纠缠在一起时，连正义本身也很难将它们区分。而老奸巨猾的老费金早就算计好了如何对付那些知道得太多或嘴巴不严的人，且类似的伎俩玩过不止一次。现在想想，老费金与赛克斯之间的那次争执，十有八九便与某个已经实施过的类似的阴谋有关。奥利弗怯生生地抬起头，正好撞见老费金审视的目光。他感觉这老东西对他苍白的面孔和瑟瑟发抖的四肢不仅没有视而不见，反倒津津有味地冷眼旁观着。

这犹太老头儿狞笑着拍拍奥利弗的头，说只要他老老实实，好好表现，他们兴许还能成为亲密无间的朋友呢。说完他戴上帽子，穿上一件打着补丁的破大衣，出去之后还顺手锁上了门。

一整天，以及随后的许多天，从早到晚，无论昼夜，奥利弗再没见过一个人影。漫长的时光里，与他相伴的只有纷乱且连绵不断的思绪。而所有的思绪最终都会回到他那些好心的朋友身上。一想到他们肯定早就把他当成了另一种人，他就伤心难过，痛不欲生。

如此大概过了一周，老费金不再锁门，他在这所谓的家里可以自由走动了。

这地方脏得叫人睁不开眼。楼上的房间装着高高的木质壁炉架和又大又结实的房门，护墙板和檐板一直钉到房顶上。由于常年无人打扫，木板全都黑乎乎的沾满灰尘，但房间在装饰上却并不含糊。种种迹象让奥利弗不难断定，很久很久以前，也许在老费金还没生下来的时候，这里可能是大户人家的宅邸，虽然现在时过境迁，风光不再，甚至还有些阴森凄凉，但说不定当年它也富丽堂皇过。

墙角和屋顶的旮旯里结满了蜘蛛网,有时当奥利弗轻手轻脚地走进一个房间时,会看到老鼠仓皇失措地从地板上跑过,钻回它们的洞里。除了这些,房子里就再也看不到、听不到任何活物的动静了。很多时候,当天色暗淡下来,他厌倦了在各个房间游逛,便会来到通往临街大门的过道里,蜷缩在门后的墙角,只为能离活生生的人类更近一点。而他通常会一动不动地待在那里很久,倾听着外面的声音,盘算着时间的流逝,直到老费金或那两个小子回来。

所有的房间,每一扇日渐腐朽的窗板都关得死死的。封窗户的横条用螺丝钉结结实实固定在木板上。光线只能从窗户顶上的一个个小圆孔中偷溜进屋里,结果反使屋里更显昏暗,且布满奇奇怪怪的影子。阁楼上有扇后窗倒是没装窗板,窗外只有几根锈迹斑斑的栅栏。奥利弗经常失魂落魄地透过玻璃向外张望,一看便是几个小时。可他能看见什么呢?鳞次栉比的房顶,黑乎乎的烟囱,数不清的山墙?的确,他偶尔能在远处某个房顶的护墙后看到一个灰不溜丢的脑袋,可那也只是一晃便消失不见。因为奥利弗的瞭望窗口是钉死的,向里向外都无法打开,加上长年累月雨淋烟熏,玻璃早就模糊不堪,透过它仅能大致分辨出物体的轮廓,就更别指望能被人看见或听见了。他的处境,就好像他住在圣保罗大教堂的圆顶中一样。

一天下午,鬼灵精和贝茨少爷正为晚上的事情忙碌,首先提到名字的这位年轻绅士不知道哪根筋不对,竟突然为自己的仪表焦虑起来(说真的,他平时不这样)。为此,他破天荒地纡尊降贵,竟要奥利弗来帮他料理。

能派上用场,奥利弗受宠若惊。能让他看到几张活人的脸,尽管不那么赏心悦目,他也同样心满意足。况且他又急于和另外几个人缓和关系,因此对鬼灵精的要求他不仅没有反对,反倒欢喜地满口答应。他当即跪在地板上——鬼灵精坐在桌上,把脚放在他的腿上——随即开始履行被道金斯先生称为"给双脚增光添彩"的光荣使命。这叫法听起来挺上档次,但用通俗的语言说出来,就是给他擦鞋。

一个人只需舒舒服服地坐在桌上,一边安闲自在地抽着烟斗,一边把一条腿优哉游哉地荡来荡去,但脚上的靴子却变得干干净净,不仅省却了一脱一穿的烦恼,还不会因此耽误他做异想天开的白日梦。此情此景,想必任何理性的动物都能从中体会到自由与独立的快意。当然,也有可能是抽烟抽的,或者喝啤酒喝的,总之鬼灵精这会儿心旷神怡,浑身上下洋溢着激情与浪漫的气息,与他一贯给人的印象实在有着天渊之别。他低下头,若有所思地盯着奥利弗看了一会儿,随后抬起头,轻叹一声,看着既像出神,又像是在对贝茨少爷说:"他不去摸包真是可惜了。"

"哼,"查理·贝茨少爷说,"那是他还不知道好歹。"

鬼灵精又叹了口气,继续抽烟斗。查理·贝茨也在做着同样的事情。两人吞云吐雾,好一会儿都没说话。

"我估计你连摸包是什么都不知道吧?"鬼灵精悲哀地说。

"我知道,"奥利弗抬起头,答道,"就是小——,你就是,对吗?"奥利弗问,他没把那个词说全。

"对啊。"鬼灵精回答,"别的行当我还看不上呢。"道金斯先生的这句陈词颇为慷慨,说完还把帽子往上猛地一推,转脸看着贝茨少爷,仿佛在暗示他很欢迎后者提出与他相左的见解。

"我是,"鬼灵精强调了一遍,"查理是,费金是,赛克斯是,南希和贝特也是。我们全是,连那条狗都不例外。它还是我们中间最狡猾的呢。"

"也是最不可能告密的一个。"查理·贝茨补充说。

"就算把它放到证人席上它也不会吭一声,因为它怕引火上身。哪怕你把它绑起来,不吃不喝饿它两个星期,它要是说一个字就算我输。"鬼灵精说。

"没错,它嘴巴牢靠着呢。"查理表示赞同。

"这狗怪得很。陌生人在它面前唱歌、大笑,它从不龇牙。"鬼灵精继续说道,"听人拉小提琴它也不会汪汪叫!它也从来不恼别人家的狗!真是奇了怪了。"

"它简直是个地地道道的基督徒。"查理说。

虽然这句话只是在盛赞那条狗的种种美德,但贝茨少爷可能不知道,它从另一种意义上理解也是中肯得当的。因为这世间有许许多多的先生、女士自称是地地道道的基督徒,他们与赛克斯先生的那条狗之间,的确存在着众多明显又独特的相似之处。

"行了行了,反正跟这个菜鸟也没什么关系。"鬼灵精意识到话题岔得太远,便开始往回拉。这是职业性的警觉,这种性格影响着他的全部言行。

"倒也是。"查理说,"奥利弗,你怎么不愿意跟着费金啊?"

"他能让你发财致富哟。"鬼灵精咧嘴笑笑。

"有了钱就可以洗手不干了,也去做上等人。我计划洗手不干的时间就是,从下一个闰年开始再数四个闰年,三一节[1]后的第四十二个星期二。"

———

[1] 基督教节日,又叫圣三位一体日,一般在复活节后第八个星期日,三位一体指圣父、圣子、圣灵。

"我不喜欢这样,"奥利弗畏畏缩缩地说,"我希望他们能放我走。我——我想走。"

"费金可不这么想。"查理说。

奥利弗深知这一点,但他不愿冒险把自己的真实想法说得太过明白,因此只是叹了口气,继续埋头擦靴子。

"走什么走!"鬼灵精大声说,"你的骨气哪儿去了?你就没一点自尊吗?怎么,还打算去投靠你那些朋友?"

"嘻,拉倒吧!"贝茨少爷说着从口袋里掏出两三条手绢儿,丢进橱柜,"那也太丢人了。"

"换我可做不出来。"鬼灵精一脸嫌弃。

"可你们却能丢下朋友,"奥利弗似笑非笑,"让他为你们做的事受罚。"

"那个嘛,"鬼灵精晃了晃手里的烟斗,"那全是为了费金考虑,因为警察知道我们是一伙的,要是我们遭了殃,他也得跟着一块儿倒霉。就是这么回事,你说是吧,查理?"

贝茨少爷连连点头,刚要开口却突然想起奥利弗在大街上狼狈逃跑的情景，吸入的烟气和正要探头的大笑撞了个满怀，两相纠缠，直冲脑门儿，又折回来窝进喉咙，憋得他跳起脚来咳了足有五分钟。

"你瞧瞧！"鬼灵精说着掏出一把钱币，面值大的有先令，小的有半便士，"这样的日子才叫快活。管它从哪儿来的呢。给，接着。只要你想要，外面大把的呢。你要不要？不要？嘿，真是少见！"

"他是不是很不讲规矩，奥利弗？"查理·贝茨说，"这家伙迟早挂绳上。"

"我听不懂你在说什么。"奥利弗说。

"就是这样，老伙计。"查理说着扯住围巾的一头直直地举到半空，脑袋随即往肩膀上一歪，嘴里发出奇怪的声音，用一幕活生生的哑剧演示了挂绳上就是被绞死的意思。

"就是这个意思。"查理说，"你瞧他眼睛瞪得，杰克！我还是头一回见到这么天真的小屁孩。我敢打赌，他能把我活活笑死。真的。"查理·贝茨少爷又开始要死要活地笑起来，最后叼起烟斗时，他的两只眼睛已经泪汪汪的了。

"你就是从小没人教。"鬼灵精满意地欣赏着被奥利弗擦得锃亮的靴子,"不过费金会教你的,要不然你就成了第一个砸在他手里的小孩了。你最好机灵些,早点上道。你都不知道这一行上手有多快。你现在这么耗着纯属浪费时间。懂吗,奥利弗?"

为了支持这一忠告,贝茨少爷搬出了他各种各样的道德信条,直说得唾沫横飞,口干舌燥。随后他与道金斯先生又热情洋溢地描绘了一番这一行当为他们的生活带来的无穷乐趣,并进行各种旁敲侧击,劝奥利弗趁早学会如何讨老费金的欢心。在这方面,他们倒是有着传授不尽的经验。

"还要记得把这个放到烟斗里,奥利。"鬼灵精说,这时头上传来老费金开门的声音,"你要是不去搞帕子和腕子……"

"你这么说哪儿行?"贝茨少爷打断说,"他可听不懂。"

"就是手绢儿和手表。"鬼灵精换了个奥利弗听得懂的说法,"你要是不去搞这些玩意儿,其他人也会搞。这既是失主的损失,也是你的损失,而只有去搞的人得到了好处。可你和他们一样有权得到这些好处。"

"一点不假,一点不假!"趁奥利弗不注意悄悄进屋的老费金说,"道理就是这么简单,孩子。鬼灵精说的都是实在话。哈!哈!哈!这一行算是被他吃透了。"

这犹太老头儿喜滋滋地搓着手,对鬼灵精的一番高论表示了肯定。眼见徒弟如此长进,他倍感欣慰,乐得嘿嘿直笑。

此时他们的谈话已经无法继续,因为跟老费金一块儿回来的,除了贝特小姐,还有一位奥利弗从未见过的先生。鬼灵精和他打招呼时管他叫汤姆·齐特林。此人在楼梯上和贝特小姐热情攀谈了几句才走进屋里。

齐特林先生年纪比鬼灵精大些,看样子大抵见证过十八个春秋。但两人风度大有不同,齐特林先生在鬼灵精面前似乎总有意无意表现出自卑,好像他很清楚自己天资不高,又技不如人。他眼睛不大,但闪闪发亮;脸上布满痘疮,头戴皮帽,身穿黑色灯芯绒夹克，粗布裤子油乎乎的，腰上还系着一条围裙。他这身打扮着实叫人不敢直视。不过他向在场各位表示了歉意，说他一个钟头前才被放出来。由于过去六周一直穿的是制服[1]，因此还没来得及置办出门穿的衣服。接着，齐特林先生几乎义愤填膺地控诉起里边熏蒸衣服的方式，说他们野蛮透顶，简直目无王法，把衣服熏得尽是大窟窿小眼睛，可他又拿那里一点办法都没有。同样令他不满的，还有里边的剃头规定，他认为那也是不合法的。作为这通长篇大论的结束语，齐特林先生最后声明，在他做苦力的这漫长的四十二天里，他一滴喝的都没碰过，他的身体已经干得像个石灰篮子，并信誓旦旦地说要是骗人就让他再进去一次。

"奥利弗，你觉得这位先生是从哪儿来的？"趁其他人把一瓶酒放在桌子上时，老费金笑着问。

"我——我不知道，先生。"奥利弗回答。

"这是谁啊？"汤姆·齐特林轻蔑地瞟了奥利弗

---

1 这里指囚服。

一眼。

"是我的一个小朋友。"老费金说。

"那他可真走运。"年轻人意味深长地看了眼费金,"小家伙,不用管我是从哪儿来的。要不了多久你也会去那个地方的,我赌五先令。"

这句调侃引起了一阵哄堂大笑。鬼灵精和贝茨少爷就这个话题又开了几个玩笑,他们随后和老费金小声嘀咕了几句,便离开了。

那位后来者与老费金继续聊了一会儿,两人把椅子拉近壁炉。老费金让奥利弗坐到他旁边,把话题引到了更能激发听者兴趣的东西上,比如干他们这一行的好处、鬼灵精过硬的能力、查理·贝茨随和的性子,以及老费金本人广阔的心胸。然而聊到最后,他们的话题却越发枯竭。齐特林先生也一样。毕竟感化院那种地方,只要待上一两周就能把人累得半死不活。于是贝特小姐便识相地告辞了,好让其他人早点歇息。

从这天以后,奥利弗很少再被单独留下。他几乎每时每刻都和鬼灵精及贝茨少爷在一起。那俩人每天依旧和老费金玩那个奥利弗见过许多次的游戏,至于是为了他们自己日日精进,还是要让奥利弗耳濡目染,那就只有老费金最清楚了。不做游戏的时候,老费金就给他们讲自己年轻时打家劫舍的光辉事迹,并在其中穿插一些稀奇滑稽的情节,连奥利弗听了也忍不住捧腹大笑。这说明,尽管他良心未泯,但老费金等人从事的职业还是引起了他的兴趣。

总之,诡计多端的老费金已经让奥利弗落入了圈套。他用孤独和绝望饲喂奥利弗的心灵,让他感到在这样一个沉闷压抑的地方,随便与什么人为伴都好过独自一人黯然神伤。他正把毒药缓缓注入奥利弗的灵魂,直至它彻底变黑,不可逆转。

第 19 章
讨论并敲定一个值得留意的计划

这是个寒冷潮湿的夜晚，风也刮得紧。老费金刚从他的巢穴中走出来，门已经系上链条并锁好。他在门阶上稍作停留，扣上扣子，让大衣紧紧裹住他干瘪枯瘦的身体；又把衣领竖起来护住耳朵，同时遮住下半边脸。他侧耳倾听，等那几个小子收拾妥当离开，听不见他们的脚步声了，才鬼鬼祟祟地赶忙上了街。

奥利弗被转移到的这个新居所，位于怀特查佩尔[1]。老费金在街角停了一会儿，谨慎地四下看了看，随后穿过马路，大步流星地朝斯皮塔佛德方向走去。

石头路面上堆着厚厚的烂泥，街上浊雾腾腾，

---

1 英国伦敦斯特普尼市的一个区。

天上还不疾不徐地落着雨滴,一切摸得到的东西都冷冰冰、湿乎乎的。这样的夜晚,似乎只有老费金这类人才适合外出。这面目狰狞的老家伙像个恶心的爬行动物,悄无声息地穿过烂泥和黑暗,溜过墙根与门洞,在夜色的掩护下寻找能让他饱餐一顿的杂碎腐肉。

他马不停蹄地穿梭在弯曲狭窄的巷道里,一直走到贝思纳尔格林,随后突然向左一转,迅速消失在一片迷宫般的破落街区中。这一带房屋拥挤,人口密集,类似的街区比比皆是。

老费金对这一带显然十分熟悉,即便天昏地暗,道路复杂,也丝毫不担心迷路。他快速穿过几条大街小巷,最后拐进一条分外冷清的街道。只见远远的街尾点着一盏孤灯,那是整条街唯一的光源。他走到当街一处住宅前,敲了敲门。和开门的人小声嘀咕了几句之后,他进屋上楼去了。

刚碰到一间房的门把手,里面便传出低沉的狗吠,一个男人的声音问是谁。

"是我,比尔。是我,老伙计。"老费金说着看向屋里。

"进来吧。"赛克斯说,"卧那儿,蠢东西!老鬼穿上大衣你就不认识了?"

那狗显然是被老费金这身打扮给蒙了眼,当老头儿解开扣子,把大衣搭在椅背上时,它便退回到了它刚刚离开的墙角。小东西边走边摇着尾巴,一副志得意满的贱样。

"来啦?"赛克斯说。

"来啦,老伙计。"老费金回答,"啊,南希也在!"

后一声招呼打得颇没底气,或许他也吃不准对方会不会搭理他。自从上次南希替奥利弗出头,他们两人就一直没见过面。不过他的疑虑很快就被这个姑娘的举动给打消了。南希没有多说什么,只是从炉火边收回双脚,把椅子往后挪了挪,好腾出一个地方,然后叫老费金把他的椅子放过去,毕竟大冷天的。

"亲爱的南希,今天可真冷!"老费金一边在火上烤着瘦骨嶙峋的双手一边说,"好像要把人冻透似的。"他揉着自己的左肋，加了一句。

"要想穿透你那铁石心肠，得用锥子才行。"赛克斯先生说，"南希，给他倒点喝的。真是要死了，快点，省得叫人看了反胃。瞧他那把老骨头都抖成什么样了，就跟刚从坟里钻出来的鬼似的。"

南希麻利地从橱柜中拿出一瓶酒。柜子里满满当当的全是瓶子，从各式各样的包装看，装的有好几种酒。赛克斯倒了一杯白兰地，让老费金一口喝掉。

"够了够了，谢啦，比尔。"老费金只抿了一小口便放下杯子。

"怎么，你还怕我们给你下毒不成？"赛克斯直勾勾地盯着老费金说，"啐！"

赛克斯先生哑着嗓子轻蔑地哼了一声，抓起酒杯，把剩下的酒泼到了炉灰上，随即给自己倒了一杯，一饮而尽。

他喝下第二杯时，老费金环视了一遍房间——不是出于好奇，这地方他常来，而是习惯性地坐立不安和疑神疑鬼。这是一间陈设极为简陋的公寓，只有柜子里的东西才会让人发觉，原来住在这里的并不是普通劳工。除了立在墙角的两三根粗棍子和挂在壁炉架上的一根防身棒，看不到任何可疑的东西。

"好啦，"赛克斯咂了咂嘴，"我准备好了。"

"说正事儿？"老费金问。

"说正事儿，"赛克斯回答，"有话就说吧。"

"比尔，我想说切特西那一户……"老费金把椅子往前拉了一点，说话时把声音压得极低。

"嗯，那一户怎么了？"赛克斯问。

"喂，老伙计，你知道我想说什么。"老费金说，"他知道的，对不对，南希？"

"不，我不知道。"赛克斯阴阳怪气地笑了笑，"或者说我不想知道。都一回事。你能不能爽爽快快地说出来，别坐在那儿挤眉弄眼地跟我打哑谜行不行？搞得好像你不是第一个惦记着去那里的一样。你想怎么干？"

"嘘！比尔，小声点！"老费金徒劳地阻止着赛克斯这通义愤填膺的发泄，"隔墙有耳！隔墙有耳!"

"有耳就有耳!"赛克斯说,"老子才不在乎呢!"可他毕竟还是在乎的,掂量一番后,再说话时,声音就小得多了,人也冷静多了。

"好了,好了,"老费金轻声细语地劝道,"我也只是好心提醒,没别的意思。咱言归正传,说说切特西的那一户吧。你打算什么时候动手,比尔?嗯?什么时候?那可是块肥肉啊,老伙计。"老费金贪婪地搓着双手,两眼放光,激动得眉毛都快飞起来了。

"干不成。"赛克斯冷冷地说。

"干不成?"老费金错愕不已地靠回椅子里。

"对,干不成。"赛克斯重复道,"至少没办法像我们设计的那样从内部入手。"

"不用说了,肯定是出了纰漏。"老费金气得脸都白了。

"我偏要说,"赛克斯不客气地顶了回来,"你算老几啊?你说不用说就不说了吗?我实话告诉你,托比·克拉基特已经在那一带晃了两个星期,却连一个仆人都没搞定。"

"比尔,你是说,"见赛克斯快压不住火了,老费金口气缓和了些,"那两个仆人,一个都没有拉拢过来?"

"对,我要说的就是这个。"赛克斯说,"那老女人都用他们二十年了。你就算给他们五百英镑,他们也不会答应。"

"那你的意思是不是说,"老费金实在气不过,"那几个女人也搞不定?"

"油盐不进。"赛克斯回答。

"就连托比·克拉基特这样的小白脸儿亲自出马都不行?"老费金不敢相信地问,"比尔,那都是些什么娘们儿啊?"

"对,连托比·克拉基特也拿他们没辙。"赛克斯回答,"他说他还粘了假胡子,穿着黄马甲,在那儿转悠那么多天,没一个人搭理。"

"他该试试大胡子,老伙计,再来条军裤。"老费金说。

"试过了,"赛克斯说,"一样没用。"

老费金听了一脸迷茫,低头寻思片刻,又抬起头来,长叹一声说,如果托比·克拉基特说的全是实情,那这事儿恐怕就算黄了。

"仔细想想,"犹太老头儿双手无力地按在膝盖上,"老伙计,咱们谋划了那么久,投入了那么多时间和精力,全都打了水漂,真叫人心疼。"

"谁说不是呢?"赛克斯赞同道,"自认倒霉吧!"

随之而来的是一阵漫长的沉默。老费金皱着眉头陷入沉思,一张脸扭曲得狰狞可怖。赛克斯不时偷瞄他几眼。南希显然害怕激怒那强盗,只坐在那里,两眼盯着炉火,对所有的事充耳不闻。

"费金,"赛克斯突然打破沉默,"如果从外部下手有机会成功,但要多花五十个金币,你说值不值?"

"值啊。"老费金一下子来了精神。

"那就这么定了?"赛克斯问。

"行,老伙计,就这么定了。"老费金激动得两眼放光,脸上的每块肌肉都活动起来。

"那,"赛克斯鄙夷地推开老费金的手,"你说什么时候动手就动手吧。前天夜里我和托比翻过花园围墙试了试他们的门和窗板。那家人一到晚上就把家里锁得像牢房一样,不过有个地方倒是可以砸开。绝对安全,还不费力。"

"哪里,比尔?"老费金迫不及待地问。

"就是……"赛克斯低声说道,"穿过草坪——"

"然后呢?"老费金伸着脑袋,两颗眼珠子都快蹦出来了。

"嗐,算了!"赛克斯竟来了这么一句。原本一动不动的南希姑娘猛然抬起头环顾四周,随后又盯住老费金的脸。"说了也没用。离了我,这事儿你也干不成。不过和你打交道,我还是留一手比较稳妥。"

"随你的便吧,老伙计,随你的便。"老费金说,"除了你和托比,还要不要其他帮手?"

"不用了,"赛克斯说,"我们只需带个打眼锥和一个孩子。第一个我们俩都有,第二个你得给我们解决。"

"一个孩子?"老费金叫道,"哦!你说的那个地方应该是块嵌板吧,对不对?"

"别管那么多了,"赛克斯说,"我只要一个孩子,个头儿还不能太大。老天!"他仿佛想起了什么,"扫烟囱的那个内德,要是我能把他手底下那小子搞到手就好了。他故意不让那孩子长个儿,就为了能让他一直扫烟囱。那孩子的父亲坐着牢,没人管,结果少年犯管教协会的人就来把他带走了,教他读书写字,打算将来让他当个学徒什么的。可他在扫烟囱这一行里都开始挣钱了。真是可惜。他们那些人老是这样,"想到自己错失良机,赛克斯先生后悔不迭,"没完没了。要是他们资金充裕的话(谢天谢地,他们没那么多钱),再过个一两年,咱们这一行连半打孩子都不好凑了。"

"是不好凑。"老费金附和道。赛克斯唾沫四溅地说了那么多,而他却在心里盘算别的事情,只听到了最后一句。"比尔?"

"怎么了?"赛克斯问。

老费金冲依然盯着炉火发呆的南希点下头,打了个手势,示意他把那姑娘支出去。赛克斯不耐烦地耸了耸肩,好像觉得老费金有点小心过度,但还是照做了,请南希小姐去帮他拿一罐啤酒。

"你哪里是想喝什么啤酒?!"南希抱着双臂,在椅子上一动不动。

"我就是想喝。"赛克斯说。

"胡扯!"姑娘冷冷地回了一句,"你说吧,费金。比尔,我知道他想说什么。他用不着防着我。"

老费金还有些迟疑。赛克斯莫名其妙地看看这个,看看那个。

"怎么了,费金,你应该不会介意这老姑娘在这儿吧?"最后他问,"你认识她也不是一天两天了,应该信得过她呀,要不就是见鬼了。她不是那种多嘴多舌的人,对吧,南希?"

"我觉得不是。"南希说着把椅子拖到桌边,支起两个胳膊肘趴在桌上。

"不不不,我知道你不是,"老费金说,"可是——"这犹太老头儿又顿住了。

"可是什么?"赛克斯问。

275

"我不知道她听了会不会又像那天晚上一样,跟我发脾气。"老费金回答。

前者话音刚落,南希小姐突然大笑,一仰脖儿干掉了一杯白兰地,桀骜不驯地摇摇头,嘴里乱七八糟地嚷嚷着"继续玩啊""永远别说死"之类的醉话。不过这一番操作似乎起到了一定作用,两位先生都放下心来。老费金满意地点点头,和赛克斯重新坐好。

"好了,费金,"南希笑着说,"跟比尔说吧,奥利弗的事。"

"哈,真聪明,亲爱的。你是我见过的最聪明的姑娘!"老费金说着拍了拍南希的脖子,"我想说的正是奥利弗的事。哈!哈!哈!"

"他怎么了?"赛克斯问。

"他正是你需要的孩子啊,老伙计。"老费金一根手指压在鼻子一侧,脸上露出瘆人的笑,哑着嗓子低声说。

"他!"赛克斯惊呼。

"就挑他吧,比尔。"南希说,"我要是你就会挑他。他可能没其他孩子那么上手,但如果你只需要他给你开个门,那么别的活儿会不会干也都无所谓了。明摆着的,用他最保险,比尔。"

"我知道,"老费金说,"最近几周他受了不少训练,也该学着自己挣饭吃了。再说了,其他孩子个头儿都太大。"

"嗯,他那个头儿倒正合适。"赛克斯先生暗暗斟酌着。

"而且啊,比尔,你让他干什么他都会干的,"老费金说,"这由不得他。你一吓唬他,他就老实了。"

"吓唬?"赛克斯玩味着这两个字,"我可不光是嘴上说说。要是在干活的时候他给我耍花招,那我就一不做二不休。费金,到时候你可能就再也见不到他人了。所以,你考虑清楚再派他过来。我说话算话。"这强盗说着从床底下抽出一根撬棍,拿在手里掂了掂。

"我已经全都考虑过了。"老费金热切地说,"我观察他不是一天两天了,伙计们,很密切地观察。

只要让他感觉他和咱们是一伙儿的,只要让他认识到自己是个贼,那他就彻彻底底是咱们的人了,而且一辈子都赶不走。哦嗬,那可就太妙了!"老费金两条胳膊抱在胸前,脑袋几乎和肩膀缩到一块儿,这是高兴得和自己拥抱起来啦。

"咱们的人?"赛克斯说,"你是说你的人吧?"

"也许吧,老伙计,"老费金咻咻干笑两声,"就算我的吧,你乐意怎么说都行,比尔。"

"我有一件事不明白啊,"赛克斯蹙眉瞪眼地瞧着他那猥琐至极的老朋友,"你明知道每天夜里都有不下五十个孤儿在公共花园[1]那边打地铺,你想挑个把小孩还不是分分钟的事,干吗还花那么大力气去栽培那个脸白得像粉笔一样的小屁孩啊?"

"老伙计,科芬园那边的孤儿再多,对我都没用,"老费金略显尴尬地说,"根本不值得去挑。就他们那些歪瓜裂枣,一旦出了事,光凭长相就够定

---

[1] 原文是"Common Garden",是赛克斯之流的行话,实指科芬园(Covent Garden),伦敦中部的一个蔬菜花卉市场。

他们的罪了,到头来我落个鸡飞蛋打、人财两空,何必呢?但这个奥利弗,亲爱的伙计们,只要调教得当,我靠其他二十个小孩都办不来的事,靠他一个就够了。况且,"老费金恢复了镇静,"他知道咱们那么多底细,要再来个脚底抹油,咱们可都要倒大霉啦。因此,他必须跟咱们待在同一条船上。你别管他最终会怎么上道儿,我自会想办法让他干上一票,把他拉下水。除此之外,我别无他求。眼下机会这不就来了嘛,总比除掉他更划算些,没那么大风险,也不会有什么损失。"

"那什么时候动手?"南希突然发问,挡住了赛克斯先生呼之欲出的冷嘲热讽,他已经被老费金这番假仁假义的言辞给恶心坏了。

"啊,说的也是,"老费金说,"比尔,什么时候动手?"

"我和托比合计过了,只要不出岔子,"赛克斯粗声粗气地回答,"后天夜里就动手。"

"很好,"老费金说,"后天夜里没月亮。"

"对。"赛克斯说。

"怎么把货弄出来也都安排好了？"老费金问。

赛克斯点点头。

"那个……"

"喂，全都计划好了，"赛克斯打断他，"具体的你就不用操心了。你最好明天晚上就把那孩子带来。天亮后一个钟头我就动身。你只管把嘴闭紧，准备好坩埚就行，其他的什么都别管。"

三人又讨论了半天，最后商定第二天晚上让南希去老费金那儿把奥利弗领过来。老费金奸诈地说，派南希去比任何人都管用，即便奥利弗对这次任务心怀抵触，他也照样愿意跟前阵子才帮他出过头的南希走一趟。此外，他们还郑重其事地决定，为了能顺利完成任务，奥利弗要无条件地服从比尔·赛克斯先生的命令。也就是说，赛克斯会成为奥利弗的临时监护人，可以任意驱使奥利弗。不过，倘若奥利弗发生任何不幸或灾祸，或者遭受任何惩罚，老费金一概不负责任。而且，双方一致同意，为使该协议具有约束力，赛克斯先生返回之后所陈述的各项事宜，重要细节须由托比·克拉基特加以证实。

这些准备事项商议妥当，赛克斯先生开始一杯接一杯地猛灌白兰地，还把手里的撬棍舞得虎虎生风，让人不敢靠近。与此同时，他扯着破锣嗓子，吼出各种各样跑调的曲子和叫人听了面红耳赤的脏话。最后他又心血来潮，非要展示一下他溜门撬锁的工具箱。言罢不一会儿，他果然抱着一个箱子跌跌撞撞地走回来。打开箱盖，他还没来得及把各式工具的性能用途及构造之巧妙解释一遍，就一头栽在箱子上，并顺势趴在那里呼呼大睡起来。

"晚安，南希。"老费金还像来时那样把自己裹严实。

"晚安。"

四目相对，老费金眯起眼睛打量南希，而南希则不卑不亢地看着他。在这一点上，她的坦率与认真倒是和托比·克拉基特有的一拼。

老费金再次道了晚安，趁南希扭头的工夫，偷偷朝地上的赛克斯先生踢了一脚，随后摸索着下楼去了。

"永远也改不了！"老费金在回家的路上嘀咕，

"这些女人最大的缺点就是,一件小事也能勾起某些早就忘掉的感情,但她们最大的优点是,这种情况从来不会持久。哈!哈!为了一袋金子,那家伙竟要对付个小孩子。"

老费金想着那些令人愉快的事情打发时间,一路踩着泥泞回到了自己阴暗的巢穴。鬼灵精还没睡,正望眼欲穿地等他回来。

"奥利弗睡了没有?我有话跟他说。"这是两人走下楼梯时他说的第一句话。

"几个小时前就睡了。"鬼灵精回答,同时打开了门,"那不是吗?"

那孩子躺在地板上一个简陋的铺位上睡得正熟。焦虑、忧伤,以及不得自由的压抑,使他看上去苍白得像个死人,不是裹尸布或棺材里的那种死人,而是生命刚刚离开肉体时的模样:当幼小而高尚的灵魂飞升去天国的一瞬间,尘世污浊的空气还没来得及玷污那圣化的躯体。

"算了,"老费金缓缓转身,"明天再说吧。明天再说。"

第20章
奥利弗被移交给赛克斯先生

奥利弗早上醒来时,发现床边摆着一双鞋底厚实的新鞋子,而他的旧鞋子不翼而飞,不由得大吃一惊。一开始他挺激动的,天真地以为这可能是他要重获自由的好兆头。然而这幼稚的想法很快就化作泡影。因为在和老费金一起坐下来吃早餐时,后者告诉他,当晚会有人过来把他接到比尔·赛克斯那里。这本就是个令奥利弗不安的消息,而老费金说话时的语气和神态更加深了他的恐慌。

"要——要一直留在那里吗?"奥利弗紧张地问。

"不不不,孩子。不是一直留在那儿。"老费金回答,"我们可舍不得你。别害怕,奥利弗,你还会回来的。哈!哈!哈!我们才没那么狠心把你送人呢。放心好了，孩子。"

老费金正弯腰在火上烤着一片面包，逗了一番奥利弗。他回头看了眼，咯咯笑了几声，仿佛是要让奥利弗知道：他很清楚奥利弗一有机会还是要溜之大吉的。

"我猜，"老费金注视着奥利弗说，"你一定很想知道要去比尔那儿干什么，是不是，孩子？"

奥利弗的脸禁不住红了，他发现眼前这个老头儿居然能看穿他的心思。但他还是大着胆子说是，他想知道。

"那你觉得会干什么呢？"老费金把问题又踢了回来。

"我可不知道，先生。"奥利弗回答。

"呸！"一脸失望的老费金把目光从奥利弗的脸上移开了，"那你就等着比尔告诉你吧。"

奥利弗没有表现出更强烈的好奇心，这似乎让老费金特别恼火。然而实际上，奥利弗迫不及待地想搞清状况，只是老费金那副阴险狡诈的嘴脸让他望而却步，加上他自己的诸多猜测，反倒令他失去了继续追问和探究的勇气。但现在他已经没机会了,一直到天黑,老费金始终板着个脸,埋头做夜里出门的准备,再没说一句话。

"你点个蜡烛吧,"老费金说着在桌上放了一支,"这儿有本书可以解解闷儿,你就等他们来接你好了。晚安。"

"晚安。"奥利弗轻声回答。

老费金走向门口,边走边回头看着奥利弗。他突然站住,叫了声孩子的名字。

奥利弗抬起头,见老费金正指着蜡烛,示意他点上。他听话地点亮蜡烛,把烛台放在桌子上,却看见老费金仍然目不转睛地盯着他。虽然隔着房间,但奥利弗仍能看清他紧皱的眉头。

"你要小心点,奥利弗!小心点!"老头子挥了挥右手,警告的味道很明显,"他是个粗鲁的家伙,头脑一热什么事都干得出来。不管遇到什么情况,都不要说话。他让你干什么就干什么。切记!"最后两个字仿佛是从紧咬的牙缝中间挤出来的,随后他严肃的嘴脸渐渐化作一种令人不寒而栗的狞笑,点点头,出去了。

老头子走后,奥利弗一手托着脑袋,心有余悸地琢磨着刚刚听到的这些话。对于老费金的告诫,他越是琢磨,越是不得要领,想不通老头子的目的和用意。他猜不出把自己交给赛克斯会比继续留在老费金身边糟糕到哪里。想了许久,他最终认定自己过去只是帮赛克斯干点杂事,直至对方找到更合适的人选。顺其自然好了,反正到哪里都是吃苦受罪。习惯了这一点,他也就没心思去哀叹人生无常、世事变幻了。他又怔了一会儿,随后重重叹了口气,剔掉烛花,拿起老费金留给他的那本书,看了起来。

他随手翻着书页,一开始还心不在焉,可偶然看到的一段文字引起了他的注意。有了兴趣,他很快便沉浸在这本书的内容里。书中讲述的是一些大名鼎鼎的罪犯的人生经历。页面又脏又破,到处都是翻书时留下的指头印子。但他在书里读到了许多令他手脚冰凉的可怕罪行。发生在偏僻小路旁的神秘谋杀,尸体被埋进深坑或丢到井里,然而不管那些坑或井有多深,多年之后罪行总会东窗事发。杀人者见东窗事发，不免战战兢兢，惶惶不可终日，在惊恐中承认自己的罪行，并大叫着要上绞刑架，好结束他们的痛苦。他还读到有些人夜里躺在床上，克制不住（他们是这样说的）自己的邪念，干出些惨绝人寰，让人一想到就头皮发麻、浑身发软的恶行。这些骇人的描述活灵活现，栩栩如生，给人一种身临其境的真实感，就好像那些泛黄的书页上也沾满了血污，而书里的文字就像那些死者的灵魂在奥利弗耳畔轻声低语。

一阵恐惧袭来，奥利弗胆战心惊地合上书，扔到一边。随后，他扑通一声跪在地上，祈祷上苍让他做个正直的人，就算现在当场死掉，也别犯下那些骇人听闻的可怕罪行。渐渐地，他平静下来，开始用低沉沙哑的声音祈求上帝将他从眼前的危难中拯救出来。像他这样一个从未体会过亲情和友情的可怜孩子，置身于邪恶与罪孽之中，孤独凄凉，无人问津。倘若世间真有为他这类人预备的拯救，那这拯救也该到来了吧。

祷告完毕，他双手依然捂着脸，这时一阵窸窸窸窣的声音将他从恍惚中唤醒。

"谁?"他叫了一声,猛然起身,便看见一个人影站在门口,"谁在那儿?"

"是我,是我。"一个发颤的声音回答。

奥利弗把蜡烛举过头顶,望向门口。是南希。

"快把蜡烛放下,"南希小姐偏着脑袋说,"眼都快被晃瞎了。"

奥利弗见她面色苍白,便轻声问她是不是不舒服。南希径直在一把椅子上坐下,背对着奥利弗,绞着双手,没有答话。

"上帝呀,宽恕我吧!"过了一会儿她突然哭起来,"我没想到会这样。"

"出什么事了吗?"奥利弗问,"我能帮上忙吗?如果能的话,我会帮你的。真的。"

她来回晃动着身体,喉咙明显哽住了,发出咕噜咕噜的声音,憋得像透不过气。

"南希!"奥利弗叫道,"你怎么了?"

姑娘双手一拍膝盖,脚同时跺了下地板,突然就止住了哭泣,用披肩把自己围好,冷得瑟瑟发抖。

奥利弗拨了下炉子里的火,把南希的椅子往壁炉前推一些。她坐在那里好一会儿都不说话,可最终她还是抬起头,四下看了看。

"有时候我都不知道自己是怎么回事,"她不好意思地整理着裙子,"可能因为这房间太脏乱潮湿了。行了,亲爱的奥利,你准备好了吗?"

"我要跟你走吗?"奥利弗问。

"对,我是从比尔那儿来的。"南希回答,"你要跟我走。"

"去干什么?"奥利弗后退了一步,问道。

"干什么?"南希说着抬起头,可在视线落在奥利弗脸上时又立刻移开了,"哦,不是干坏事。"

"我不信。"奥利弗死死盯着她说。

"你怎么想都行,"南希假装笑笑,"那就不干好事吧。"

奥利弗看得出来,南希并不是特别讨厌他。有那么一刻,他想过用自己无依无靠的处境博得她的同情。可接着他又忽然想到,此时才刚刚十一点钟,街上还有很多行人,也许总会有人相信他一次吧。想到这里,他上前一步,慌里慌张地说,他准备好了。

然而,他的这些小心思怎么可能骗过南希呢?他说话时,南希一直眯着眼睛盯着他,这时她给奥利弗递了个眼色,那意思明摆着是说,他心里想什么,她全知道。

"嘘!"南希指指门口,小心地左右张望一番,俯身示意他不要自作聪明,"你跑不掉的。我已经替你试过了,没用。你被他们盯得死死的。就算你想跑,现在也不是时候。"

奥利弗吃了一惊,抬头一脸讶异地看着南希。她应该没有骗他。南希脸色煞白,看上去十分焦虑不安,而且说话时身体抖个不停。显然她并不是开玩笑。

"我已经救过你一次,让你少挨了一顿打。再有事情,我还是会救你的。比如现在,"南希大声说道,"要是来接你的人不是我,而是别人,那他们可比我凶得多。我保证过,说你会安安静静、老老实实的,要是你不老实了,不光会害了你自己,还会害了我，说不定会要了我的命。你看这儿！我为你已经遭了不少罪啦。老天做证，这可都是真的。"

她仓促地指了指脖子和胳膊上的一些伤痕，又迅速接着说了下去。

"记住这些！眼下别再让我为你吃苦头了。如果能帮你，我会帮的，可我现在没那个能力。他们并没有害你的意思。不管他们逼你干什么，都不是你的错。不要说话！你泄露出去的每一个字都会变成打在我身上的拳头。把手给我，快点！你的手！"

她抓住奥利弗本能地伸过来的一只手，吹灭蜡烛，拉着他走上楼梯。门被藏在暗处的什么人迅速打开，待他们出去后，又被迅速关上。一辆双轮马车正候在门外。南希拉着奥利弗便上了车，并拉上车窗的窗帘，着急忙慌的样子和她刚才与奥利弗说话时毫无二致。车夫一刻也没耽搁，问都没问就挥动鞭子，让马儿全速奔跑起来。

南希一路紧紧攥着奥利弗的手，把已经交代过的各种告诫、提醒和保证往奥利弗的耳朵里又灌了一遍。这一切如此仓促，奥利弗甚至没时间回想自己在哪儿,或他是怎么来的,马车就已经在前一天晚上老费金去过的那栋房子前停了下来。

奥利弗只在短暂的一瞬间匆匆扫了眼空荡的街道,呼救的声音已经到了嘴边,但耳畔突然响起南希的话语。她是那样痛苦地恳求他记住她的谆谆告诫。奥利弗心软了,就在他犹豫的工夫,机会溜走了。他已经进了屋,门关上了。

"这边走。"南希总算松开了奥利弗的手,"比尔!"

"哎!"赛克斯答应着,举着一根蜡烛出现在楼梯顶端,"哦,来得正是时候。上来吧!"

就赛克斯那种性子,这已经是极为强烈的赞许之词,也是极为罕见的热情欢迎了。南希显然非常满意,兴致勃勃地同他打招呼。

"牛眼儿和汤姆回家去了。"赛克斯给他们照着亮,"它在这儿太碍事。"

"没错。"南希说。

"你果然不辱使命。"所有人都进了房间,赛克斯一边关门一边说。

"嗯,人我带来了。"南希说。

"路上没闹什么幺蛾子?"

"乖得像只小羊羔。"

"那就好,"赛克斯冷酷地瞧着奥利弗,"要不然,他那小身板儿可又要遭罪了。过来,小东西。我还是趁早给你交代些东西吧。"

这就算和他的新弟子打过招呼了。赛克斯先生扯下奥利弗的帽子丢在角落里,接着抓住奥利弗的肩膀,自己坐在桌旁,让奥利弗站在他面前。

"好了,头一件事,你知不知道这是什么?"赛克斯掏出一把手枪放在桌上,问道。

奥利弗说他知道。

"那好,看这儿,"赛克斯接着说,"这是火药,那是一颗子弹。这个是破帽上的料子,当填料用的。"

奥利弗讷讷地说着他对各个组件的理解,随后赛克斯先生干净利落地给手枪装上了子弹。

"现在子弹上膛了。"装完之后他说。

"是,我看见了,先生。"奥利弗说。

"好。"那强盗说着抓住奥利弗的手腕,把枪口对着他的太阳穴,抵了上去。奥利弗不由得吓了一跳。"跟我出去的时候,除非我让你说话,否则你要胆敢说一个字,这颗子弹就会钻进你的脑袋,我是不会事先跟你打招呼的。因此,如果你铁了心要出去胡说,那最好先把你的祷告做了。"

为了增加震慑效果,赛克斯先生又狠狠瞪了一眼他的警告对象,而后才继续说下去。

"据我所知,就算你从这个世上消失了,也不会有人正经过问。因此要不是为了你好,我根本不需要在这里浪费口舌和你解释这么多。你听见了没有?"

"干脆直说了吧。"南希说道,口气十分决绝,同时还冲奥利弗皱了皱眉头,仿佛在暗示他留心听她说的话,"你的意思就是:如果他搞砸了你手头的这桩生意,你就会一枪崩了他,让他从今往后再也不能胡说八道。为此,就算冒着被绞死的风险你也在所不惜。毕竟你每个月都要干许多类似的勾当。"

"就是这个意思。"赛克斯先生对这番总结大为赞许,"女人总有办法三言两语就把一件事情说清楚。当然,发神经的时候除外,那就啰唆得没边儿了。你瞧他现在全明白了。咱们吃饭,动身之前还能打个盹儿。"

他这么一说,南希仿佛得到了指令,迅速铺好桌布,而后出去了几分钟,回来时端着一罐黑啤酒和一盘羊头肉。赛克斯见状连说了好几句能把人逗乐的俏皮话。他发现"羊头肉"[1]这个词在黑话中另有含义,尤其在他们这一行中更是尽人皆知。它指的是一种常用又灵巧的工具。或许因为即将能大干一场,此时这位可敬的先生兴致极高,心情极好。他谈笑风生,妙语连珠。这里或可记下一笔,以兹证明:他高兴地一口气喝下了所有的啤酒,且据粗略计算,整个晚饭期间,他骂人的次数不会超过八十次。

晚饭过后——可想而知,奥利弗这顿饭没有多少胃口,赛克斯先生又干掉几杯兑了水的烈酒;才

---

1 原文是"jemmy",它还有撬棍的意思。

倒头上床。临睡前他再三交代南希——其中夹杂了许多咒骂，以防南希不放在心上——五点钟准时将他叫醒。而奥利弗，遵照同一位权威人士的命令，在地板上的一个床垫上和衣而卧。南希则坐在壁炉前，一边照看火，一边等着到点叫醒他们。

奥利弗久久无法入睡，心想南希说不定会抓住这个机会再悄悄给他下一步的忠告。可南希坐在火前一动不动，只是不时地去剪一下烛花。奥利弗被期待与焦虑折磨得疲惫不堪，终于还是睡着了。

醒来时，桌上已经摆满茶具。赛克斯正把各种各样的物件塞进他挂在椅背上的大衣口袋。南希在忙着准备早餐。天还没亮，屋里依然点着蜡烛。外面黑黢黢的，大雨敲打着窗玻璃。天空黑沉沉的，似乎布满了乌云。

"快起来！"赛克斯咆哮道，"都五点半了！抓紧点，要不然你就吃不上早饭了。已经很晚了。"

奥利弗以最快的速度洗漱完毕，随便吃了几口早餐。当赛克斯板着脸问他时，他回答说已经准备好了。

南希几乎看都不看奥利弗,只是丢给他一条手绢儿让他系在脖子上。赛克斯给了他一件大号的粗布斗篷,叫他披在肩上,扣好扣子。整装完毕,奥利弗朝那强盗伸出一只手。后者顿了顿,用恐吓的姿态暗示奥利弗他的手枪就装在大衣的侧兜里,随即紧紧抓住奥利弗的手,和南希互相道别后,领着奥利弗出去了。

来到门口时,奥利弗迅速回了下头。他期待能碰上南希的目光,可南希已经回到壁炉前的老位置,在那里坐下后就一动不动了。

第 21 章
长途跋涉

他们走到街上才发现,这是一个阴郁惨淡的早晨。风很疾,雨很大,天空乌云密布,似乎正酝酿着一场暴风雨。昨天夜里的雨几乎没停过,路上有许多大水洼,排水沟早就满了。天空透出朦胧的微光,新的一天即将到来。可那微光并没有让世界变得明亮和温暖,反倒加重了昏暗的浓度,使得街灯照耀下的那些湿漉漉的房顶和沉闷的街道更显苍白与暗淡。这一片街区似乎还没有人起床,房屋的窗户全都关得严严实实。他们经过的街巷死气沉沉,空无一人。

在拐入贝思纳尔格林路时,天才开始大亮。许多街灯已经熄灭,几辆运货的乡下大车朝着伦敦的方向慢吞吞地走着。偶尔有辆满身泥泞的公共马车飞驰而过。超车的时候,车夫警告性地朝沉重的大车挥上一鞭,提醒他们占错了道,弄不好会害他比预定的时间迟到十几秒钟。小酒馆已经开始营业,屋里点着煤气灯。其他店铺也陆陆续续开了门,街上零零星星有了行人。随后是一群群上工的工人、头上顶着鱼筐的男男女女、提着奶桶的送奶女工,以及拉着各类蔬菜的驴车、装着活蹦乱跳的牲畜或者屠宰好的全猪全羊的轻便马车。这些带着各种货物的人汇成一股源源不断的人流,向着东郊艰难跋涉。越接近市中心,行人与车马的声音就越大。当穿过肖迪奇与史密斯菲尔德市场之间的街道时,各种噪声已经汇聚成一片令人头脑发蒙的熙攘与喧闹。天已经亮透,在黑夜再度来临之前大概不会更亮了。伦敦城内一半的居民开始了他们繁忙的早晨。

赛克斯先生领着奥利弗走过太阳街和皇冠街,穿过芬斯伯里广场,取道奇斯维尔街进入巴比肯街,随后经过长巷进入史密斯菲尔德市场。市场上人声鼎沸,热闹非凡,奥利弗惊诧不已。

正值早市,地上覆盖着几乎没过脚踝的烂泥和污水。浓重的水汽从臭烘烘的牲口身上蒸腾而起，与仿佛驻留在烟囱顶上的雾气混合，沉重地悬浮在人们头顶。这一大片开阔地的中心是密密麻麻的畜栏，而周围又见缝插针地塞进来许多临时围栏。这些栏里圈着的全是羊。排水沟旁边的柱子上拴着三四排牛、马之类的牲口。乡下人、屠户、牲口贩子、走街的小贩、遍地跑的孩童、四处寻找目标的小偷、无业游民、流浪汉，社会底层的各种人齐聚一堂。贩牲口的吹着口哨，狗在狂吠，公牛一边哞哞怒吼一边暴躁地踏着蹄子，羊咩咩地叫，猪哼哼唧唧，小贩的叫卖声此起彼伏，喊叫、咒骂、争吵，各种各样的声音从四面八方同时传来。每一间小酒馆都客聚如潮，铃铛声、喧哗声不绝于耳。人们彼此拥挤着、推搡着，有人动起了手，有人叫好起哄，有人大吼大叫。市场的每个角落都回荡着这些嘈杂刺耳的声音。还有些蓬头垢面、衣衫褴褛的家伙在人群中来来回回地跑进跑出。这一切构成了一幅令人头晕目眩、手足无措的市井画卷。

　　赛克斯先生拉着奥利弗，用胳膊肘在密集的人群中撕开一条路。那些令奥利弗惊诧万分的景象和声音,他似乎视而不见、充耳不闻。路上偶尔遇到朋友,大概两三次,他只是冲人家点点头。他还多次婉拒了喝一杯的邀请,只顾着埋头赶路,直到他们远离这喧嚣,沿着霍西尔巷来到霍尔本。

"喂,小东西!"赛克斯抬头看着圣安德鲁教堂上的大钟说,"都快七点了!你得加快速度了!走,别慢吞吞的,懒虫!"

赛克斯先生边说边猛拉了一下奥利弗的手腕。奥利弗不由得加快脚步,换成一种介于快走与奔跑之间的小跑,竭尽全力跟上健步如飞的赛克斯。

他们一直保持着这种速度,直到经过海德公园拐角,走上通往肯辛顿的路,赛克斯才终于放慢脚步,等着后面不远处的一辆空马车赶上来。看到车身上写着"豪恩斯洛[1]"几个字,他尽量客气地问车夫,能不能搭个便车,捎他们到埃尔沃斯。

"上来吧。"车夫爽快地答应了,"那是你

---

1 伦敦的一个区。

儿子?"

"对,是我儿子。"赛克斯回答。他双眼死死盯着奥利弗,一只手若无其事地伸进放枪的那个口袋。

"你爸爸走路太快了,是不是啊,小伙计?"见奥利弗气喘吁吁,车夫问道。

"一点都不快,"赛克斯抢着回答,"他早就习惯了。来,内德,抓住我的手,上车吧。"

他说着拉奥利弗上了马车。车夫指着一堆麻袋叫他躺在那里歇会儿。马车经过一个又一个路碑,奥利弗越来越纳闷儿,他的同伴究竟要带他去哪里呢?肯辛顿、汉默史密斯、奇斯威克、邱桥、布伦特福德,这些地方都过了,可马车依旧不紧不慢地往前走着,好像整个旅程才刚刚开始一样。最后他们来到一家名叫"车马"的小酒馆,马车在此处停了下来,再往前走便要拐上另一条路。

赛克斯冒冒失失地跳下车,但手依然拉着奥利弗不放。随后,他把奥利弗径直从车上抱了下来,恶狠狠地瞪着他,并用拳头意味深长地拍了拍他的侧兜。

"再见了,小伙子。"车夫说。

"这孩子正闹脾气呢,"赛克斯说着晃了晃奥利弗,"小孩子犟得很,您别见怪。"

"才不会呢。"车夫爬上马车,"毕竟今天天气还不错。"说完他便赶着马车走了。

赛克斯一直等马车走远才对奥利弗说,他愿意的话可以四下看看,随即领着他继续向前走。

过了小酒馆没多远,他们往左一拐,后来转向右边一条路,一直走了很久很久。这条路两旁有许多漂亮的大花园和气派的豪宅,但他们中途除了停下来喝点啤酒,其他时间全在赶路,直到他们抵达一座小镇。在一栋房子的墙上,奥利弗看到"汉普顿"三个醒目的大字。他们在野地里游荡了几个钟头,最后又回到镇上,拐进一家招牌都破得认不出来的小酒馆,在厨房的炉子旁边点了些吃的。

厨房是一间顶棚低矮的小破屋,不过天花板正中央的那根房梁倒是粗壮结实。炉子旁边有几张靠背高耸的长椅,几个身穿长罩衫的粗野汉子正坐在上面喝酒抽烟。他们没人在意奥利弗,也没人理睬赛克斯。当然，赛克斯也没理会他们。他和他的小伙伴兀自在角落里坐下，并没有因为其他人在场而感到不便。

晚饭他们只吃了些冷肉，饭后坐了很久。赛克斯先生优哉游哉地抽了三四袋烟，奥利弗一看他那架势，就料定他们不会再往前走了。由于起了个大早，又赶了一天的路，奥利弗坐在那儿不由得打起了盹儿。由于实在疲倦，加上烟气熏得头晕，他很快就迷迷糊糊地睡着了。

在被赛克斯推醒时，天已经黑透。奥利弗抖擞精神坐起来，环顾四周，发现这位可敬的人和一个劳工模样的人聊得正欢，两人边聊边喝着一品脱麦芽啤酒。

"这么说，你要继续赶路去下哈利福德？"赛克斯问。

"是啊。"男子回答，看样子他已经有些醉意，当然，也可能才渐入佳境，"反正也慢不到哪儿去。我的马回去是拉空车，不像早上出门时那么重。每一趟都拉货，它可受不了。老天保佑，它可是头好牲口。"

"那你能不能行个方便,把我和那孩子也捎过去?"赛克斯一边问,一边把啤酒推向他新交的这个朋友。

"如果你们现在就能走,那没问题。"男子从酒壶后看着赛克斯说,"你们也要去哈利福德?"

"我们是去谢珀顿。"赛克斯说。

"那你找我就对了,正好顺路。"男子说,"贝基,结账。"

"那位先生已经给过钱了。"叫贝基的那个姑娘回答。

"我说,"男子带着酒后的庄严说道,"这可不行。"

"有什么不行的?"赛克斯说,"你帮了我们的忙,我请你喝杯啤酒还不是应该的吗?"

陌生人把这个理由郑重其事地思考了一番,随后紧紧握住赛克斯的手,大赞他真够朋友。赛克斯先生则说对方在开玩笑,因为要是他没喝醉的话,就能找到充足的理由相信他是在开玩笑了。

他们又客套了几句,和其他客人道过晚安,便走出门去。贝基姑娘趁这工夫把他们喝啤酒的酒壶和杯子全都收起来,满满当当地端在手上,也来到门口目送他们离开。

那匹马——它的主人刚刚为它的健康干过杯——就站在外面,连车都套好了。奥利弗和赛克斯二话不说便上了车,马的主人则在下面又转了一两分钟给他的马鼓劲儿,同时也向酒馆的马夫和全世界发出挑战,说他们再也找不出同样好的马,随后才爬上车子。接着,酒馆马夫遵照指示松开缰绳,而那匹马却让缰绳派上了一种十分不礼貌的用场。只见它不屑地把缰绳甩到半空,飞进了街对面一户人家的客厅窗户。这一番特技表演完毕,那匹马又忽然做出一个前蹄腾空的动作,随后才以极快的速度向前猛冲,拖着马车飞奔起来,就这样神气十足地出了镇子。

这个夜晚黑得要命。河面与附近的沼泽地里升起潮湿的薄雾,在了无生气的田野中缓缓铺开。寒气逼人,一切看起来都是那么阴森幽暗。没有人说话，马主人昏昏欲睡，赛克斯也没心情和他攀谈。奥利弗蜷缩在车厢一角，整个人都被疑虑和恐惧包围着。他怀疑干枯的树丛里一定藏着奇怪的东西。那些树枝拼命地左摇右晃，好像它们能从眼前这个荒凉的景象中感受到快乐似的。

经过森伯里教堂时，大钟刚好敲了七下。对面渡口的窗户里亮着一盏灯，灯光从公路上倾泻过去，将一棵黑黢黢的紫杉树和它下面成片的坟墓投入更阴沉的黑暗。不远处传来单调的水花溅落的声音，老树的叶子在夜风中微微晃动，仿佛是为那些安息的逝者演奏的一曲无声乐章。

过了森伯里，他们再度驶上孤独的公路。又走了两三英里，马车停了。赛克斯兴致勃勃，拉着奥利弗的手，迈开大步继续他们的旅程。

到达谢珀顿后，他们并没有找地方歇脚，而是马不停蹄地继续赶路，这倒让疲惫不堪的奥利弗颇感意外。他们冒着黑暗，踩着遍地的泥泞，穿过昏沉凄凉的巷陌和寒冷广袤的荒野，直到能在不远处看见又一座小镇的灯火。奥利弗定睛往前一看，发现下面就是一条河,而他们正朝着桥墩走去。

赛克斯走得一往无前,眼瞅着就要上桥,但忽然一转,从左边朝河岸走去。

"河!"奥利弗脑海中闪过一个可怕的念头,吓得几乎六神无主,"他把我带到这么偏僻的地方,是想要我的命啊!"

他正准备扑倒在地,为他幼小的生命再做一番抗争,却忽然发现他们不知何时来到了一栋孤零零的房子前面。那房子摇摇欲坠,破败不堪,荒废的大门两旁各有一扇窗户,房子上面还有一层,但里面没有一点亮光。整栋房子漆黑一片,屋里空空如也,显然没有住人。

赛克斯一直拉着奥利弗的手。他慢慢走进低矮的门廊,抬起门闩,推开门,拉着奥利弗进了屋。

第22章
行窃

"谁?"他们的脚刚刚踏上走廊,便听到一个低沉沙哑的声音问。

"别嚷嚷!"赛克斯说着关上门,"照个亮呗,托比。"

"啊哈,是你啊,伙计!"那个声音叫道,"照个亮,巴尼,快照个亮。让那位先生进来。劳驾你醒醒,巴尼。"

说话的这位似乎朝那个叫巴尼的丢了个脱靴器之类的玩意儿,好叫他醒过来。只听有个木头做的东西咣当一声掉在地上,接着便传来一阵人在半睡半醒之际发出的那种含混不清的嘟囔。

"听见没有?"同一个声音再度喊道,"比尔·赛克斯都到走廊里了还没人招呼。你倒睡得跟死猪似的，难不成你把鸦片酊就饭吃了？你醒了没有？要不要我把铁烛台也丢过去，好叫你彻底清醒清醒？"

话音刚落，便听见有人趿拉着鞋慌里慌张地走过光秃秃的地板。随后右手边的一道门里，先是出现一团微弱的烛光，接着才是一个人影。此人在前边提到过，正是在萨弗伦山街的小酒馆里当侍者的那一位。他这人有个毛病，说话的声音像是从鼻孔里发出来的。

"赛克斯先生！"巴尼带着半真半假的快乐表情叫道，"快请进，快请进！"

"过来，你走前边，"赛克斯说着把奥利弗推到他前面，"快点！不然我就踩你脚后跟了。"

赛克斯嫌奥利弗太磨蹭，嘟嘟囔囔骂了一句，推着他只管往前走。他们走进一间低矮昏暗的房间，屋里生了火，但烟比火大。屋里有两三把破椅子、一张桌子，还有一张几乎要散架的旧沙发。一个人四仰八叉躺在沙发上，两条腿翘得比头都高，正啪嗒啪嗒抽着一根长长的陶土烟斗。此人穿着一件黄褐色的外套，做工十分讲究，上面缀着硕大的黄铜纽扣。他还戴着橙色领巾，穿着件看着怪俗气的杂色粗布马甲，以及土褐色马裤。不管头上还是脸上，克拉基特先生（原来是他）的毛发量都不算出众，而仅有的那点头发还被他染成了微红色，烫出许多像开塞钻一样的螺旋形发卷儿。他不时会把自己那脏得要命且套着许多便宜戒指的手指头插进那些发卷儿。他只比中等个儿稍高一点，两条腿瘦巴巴的，一看就软弱无力，但这并不影响他欣赏自己那双漂亮的长筒靴。此刻他正心满意足地凝视着那双高高在上的靴子。

"比尔兄弟，"此人把头扭向门口说道，"见到你真是太高兴了，我都怕你变卦了，那样一来我就得自己去冒这个险了。哟！"

在发出这一声表达意外的感叹时，他的目光正好落在奥利弗身上。托比·克拉基特先生不由得坐起身子，问这孩子是什么人。

"那孩子啊，这就是那个孩子啊！"赛克斯一边答话，一边拖了把椅子到炉火旁。

"应该是费金先生的那个孩子。"巴尼咧开嘴笑着说。

"费金的,哦!"托比恍然大悟似的盯着奥利弗,"这孩子可是个宝贝呀,教堂里那帮老太太肯定愿意为他掏空口袋。他的脸可是一笔财富。"

"行了,别胡扯了。"赛克斯不耐烦地接过话,俯身到他斜躺在沙发上的朋友耳边小声嘀咕了几句,克拉基特先生听完哈哈大笑,惊讶地盯着奥利弗看了好大一会儿。

"好啦,"赛克斯坐回到他的椅子上,"不管怎样,趁我们在这儿等的这工夫,劳驾你先给我们弄点吃的喝的吧,也好让我们,或者说让我,攒点力气。小东西,坐到火边来歇一会儿。今晚你还得跟我们出去呢,虽然路不远。"

奥利弗没吭声,茫然而又怯生生地看了赛克斯一眼,拉了一张凳子到炉子边坐下来,双手托着隐隐作痛的脑袋。他不知道自己身在何处,也搞不清周围正发生着什么。

"给。"托比说。这年轻的犹太人把一些零零碎碎的食物和一瓶酒放在桌子上。"预祝咱们马到成功吧!"为了祝酒,他终于站起身来,把空烟斗小心翼翼地放到墙角,走到桌前,给自己倒了一杯,端起来一饮而尽。赛克斯也同样来了一杯。

"让这孩子也喝点吧。"托比说着倒了半杯,"孩子,一口闷了。"

"我……"奥利弗可怜巴巴地看着男人的脸,"我真的——"

"把它喝掉!"托比又说了一遍,"你以为我连什么东西对你有好处都分不清吗?比尔,叫他把酒喝了。"

"他最好乖乖听话!"赛克斯说着拍了拍口袋,"这小子比一群鬼灵精都麻烦!我要是骗你就不得好死!快把酒喝了!你这不知好歹的东西!喝!"

两个男人凶神恶煞的样子把奥利弗吓了个半死,他什么都顾不上了,急忙端起杯子把酒一股脑儿倒进喉咙,结果立即就被呛得咳嗽不止。这场面把托比·克拉基特和巴尼逗得直乐,就连板着脸的赛克斯先生也露出了一丝微笑。

随后，赛克斯放开肚皮大吃了一顿（奥利弗实在没胃口，但他们逼着他硬塞下一小块面包皮）。吃饱喝足，这两个家伙便倒在椅子上打起了盹儿。奥利弗依旧坐在壁炉旁的凳子上，巴尼裹了一条毯子，就挨着壁炉栅躺在地板上。

他们睡了一会儿，起码看样子是睡着了。除了巴尼起身往炉子里添了一两次煤，其他人全都一动不动。奥利弗昏昏沉沉打着瞌睡，蒙眬中感觉自己仿佛又迷失在幽深的小巷，或游荡在黑暗的教堂墓地。这一天下来经历过的这样那样的场景再次浮现在他眼前。就在这时，托比·克拉基特突然跳起来说已经一点半了，他于是从恍惚中惊醒过来。

其他二人一骨碌爬起来，开始紧张有序的准备工作。赛克斯和他的同伙用黑色的大披巾将脖子和下巴全都包起来，然后穿上大衣。巴尼打开一个橱柜，从里面取出几样东西，匆匆塞进他们的口袋。

"巴尼，把喷子给我。"托比·克拉基特说。

"给，"巴尼说着递上两支手枪，"你自己装的子弹。"

"好了!"托比把枪收好,"家伙儿带齐了吗?"

"带齐了。"赛克斯回答。

"面纱、钥匙、打眼锥、黑提灯……都没落下?"托比边问边把一根小撬棍绑在大衣衬里的一个套环上。

"没有。"赛克斯回答,"巴尼,拿几根木棒来。到时候了。"

说完他便从巴尼手上接过一根大棒。后者已经把另一根递给了托比,眼下正帮奥利弗系紧他的斗篷。

"好了!"赛克斯说着伸出一只手。

奥利弗已经被出乎意料的长途跋涉、周围诡异的气氛,以及被迫喝下的酒搞得昏头昏脑,见状便机械地把手放在赛克斯的手中,想必对方就是这个意思吧。

"托比,你拉住他的另一只手。"赛克斯说,"出去看看,巴尼。"

接受命令的人走向门口,回来报告说一切正常,什么动静都没有。于是两个强盗一左一右夹着奥利弗走出门去。巴尼倒麻利得很,迅速关好房门后,又像之前那样把自己裹起来,躺下去不久便睡着了。

夜色正浓,雾也比前半夜大得多。雨虽然不下了,但空气潮乎乎的。从屋里出来没几分钟,奥利弗的头发眉毛就被飘浮在空中那些半凝结的水汽给弄得硬邦邦的了。他们先过了桥,随后朝着他之前看见的那片灯火走去。所幸距离并不远,而他们走得又快,所以没多久便到了切特西。

"直接从镇上过吧,"赛克斯悄声说,"就今天晚上这样,不会有人看见我们。"

托比默然接受了他的提议。三人匆匆穿过小镇的主街。这个时间,万籁俱寂,街上空无一人,只偶尔有一点微弱的灯光从某户人家的卧室窗户里射出,间或有看家护院的狗哑着嗓子吠叫几声,打破夜的宁静。总之,他们一路连个人影都没看到,出镇子的时候,教堂的大钟敲了两下。

他们加快脚步拐上了左边的一条大路。他们又走了大约四分之一英里,在一栋四周有围墙的独立宅院前停了下来。托比·克拉基特连喘口气的工夫都不愿耽误，一眨眼就爬上了墙头。

"让那孩子先上，"托比说，"把他举起来，我接住。"

奥利弗还没来得及四下看看，赛克斯的双手就叉在了他的两侧腋下，三四秒钟之后，他和托比就已经躺在墙内的草地上了。赛克斯紧跟着跳进来。三人蹑手蹑脚地朝房子摸去。

直到这一刻奥利弗才反应过来，此次远征的目的即便不是杀人越货，也必是打家劫舍。伤心和恐惧同时袭来，他差一点就要疯掉。只见他双手合十，不由自主地发出一声沉闷的惊叫。眼眶里涌上泪水，苍白的脸上直冒冷汗，四肢软绵绵的不听使唤，随后扑通一声跪倒在地。

"起来！"赛克斯气得直哆嗦，并从兜里掏出手枪，低声命令道，"快起来，不然我一枪崩了你！"

"哦，看在老天的分儿上，放我走吧！"奥利弗哀求说，"让我走吧，让我死在荒郊野外都行。我再也不会走近伦敦一步，真的。求你饶了我吧，别让我去偷东西。看在天堂里所有光明天使的分儿上，发发慈悲吧。"

他苦苦哀求的那个人气急败坏地骂了一句,手指已经扣上了扳机。托比见状猛地打掉手枪,一把捂住孩子的嘴,拖着他向房子走去。

"别出声!"托比喝道,"在这儿你叫也没人答应。再敢多说一个字,我就亲手在你脑袋上开个窗户。那和拿枪崩了你是一样的效果,而且更安静、更文明。这儿,比尔,把窗板撬开。我敢说他胆子已经大些了。我见过这种情况,在一个特别冷的晚上,那是个和他年龄差不多的老手,不过一两分钟就好了。"

老费金派奥利弗来干这差事可算把赛克斯给得罪了,他把那犹太老头儿骂了个狗血淋头,但手里的活儿并未停下。他使劲撬着窗板,但做到了无声无息。经过一番折腾,再加上托比的帮忙,他说的那块窗板终于给撬开了。

这是一扇不大的格子窗,位于房子的后墙上,里面应该是个洗碗室,要么就是个酿酒的小房间,反正坐落在走廊尽头。窗户离地面大概五英尺半,窗口小得可怜，可能正因如此，住在里面的人才认为没有防范的必要，但那窗口对奥利弗这么大的孩子来说倒是进出自如。赛克斯先生稍微动动手，牢固的窗格便豁然洞开。

"你给我听着，小子，"赛克斯从兜里拿出黑提灯，把可怜的一点灯光全照在奥利弗脸上，并低声对他说，"我要把你送进去。拿着这盏灯，沿着你正前方的台阶悄悄走过去，穿过一个小门厅，找到正门，打开，让我们进去。"

"门的最上面肯定有门闩，你够不着，"托比说，"到门厅里找张椅子垫着。那儿有三张椅子呢，比尔，上面画着很大的蓝色独角兽和金色的干草叉，那是那老太太的纹章图案。"

"你能不能少说两句？"赛克斯瞪了他一眼，"房间门是开着的吧？"

"开着呢。"托比朝里面确认了一眼才说，"巧就巧在他们从来不关门，就用一个钩子钩着，因为门厅里还养着一条狗，方便它不睡觉的时候在过道里溜达。哈哈！今晚那条狗被巴尼给引跑了。咱们啥麻烦都没有了！"

尽管克拉基特先生已经把声音压得极低，即便笑也只是张嘴无声，但赛克斯还是专横地让他闭嘴，好专心做事。托比倒也听话，先把自己那盏提灯掏出来放在地上，而后用头抵住窗户下方的墙壁，双手撑住膝盖，让自己的后背充作一个可以攀爬的台子。台子刚搭好，赛克斯就爬了上去。他托着奥利弗，脚前头后地轻轻将他塞进窗户，稳稳当当地放到屋里的地板上，但他的手依旧抓着奥利弗的衣领不放。

"拿着提灯。"赛克斯看着屋里说，"看见前面的台阶了吗？"

奥利弗像没了魂儿，喘息着回了句"看见了"。赛克斯用枪管儿指了指正门，言简意赅地提醒奥利弗，枪口会始终指着他，他要是敢不老实，立马就叫他死在当场。

"这就是分分钟的事。"赛克斯依旧压低了声音说，"我一松手你就过去，干你该干的事。听！"

"怎么了？"另一个家伙小声问。

他们竖起耳朵听了又听。

"没什么。去吧!"赛克斯说着,松开了奥利弗。

短短一会儿的工夫,奥利弗回过神来。他已经下定决心,就算豁出这条命,也要冲上门厅旁的楼梯,去叫醒这家人。抱着这个念头,他在听到指令后立刻蹑手蹑脚地朝前走去。

"回来!"赛克斯突然喊道,"快回来!回来!"

屋子里死一般的寂静瞬间被打破,接着又是一声大喊,奥利弗吓了一跳,手中的提灯掉在地上。他僵在原地,不知道是该继续向前还是趁机逃走。

叫喊声再次响起——前方出现一团光亮——他隐约看到在楼梯顶上有两个惊慌失措、衣衫不整的男人。随后一道闪光、一声巨响、一团烟雾,不知哪里传来东西破碎的声音。他趔趄着向后退去。

赛克斯刚才不知道躲到哪儿去了,这会儿又冒出来,在烟雾尚未散去之时一把抓住他的衣领。赛克斯对那两人开了枪,但他们已经退到了楼上。赛克斯趁机把奥利弗拉了起来。

"把胳膊夹紧。"赛克斯把他从窗户里往外拖时提醒说,"把披巾给我,他们打中他了。快点!这孩子在流血!"

响亮的铃铛声混合着枪声和喊声传进耳朵,奥利弗能感觉到自己被人扛着在坑坑洼洼的路上飞奔。随后,那些声音在远处变得模糊起来。一种透着死亡气息的冰冷感觉悄悄爬上这孩子的心头。渐渐地,他什么都看不清,也什么都听不见了。

第 23 章
本章包含班布尔先生和一位女士的一次畅谈，说明即便教区干事也有动情的时候

这个夜晚天寒地冻。雪落下来，在地面结成厚厚的一层硬壳。凛冽的寒风拿它们无可奈何，便把怒气一股脑儿地撒向零落在小路和街角旮旯里的积雪。它狂暴地卷起成团的雪花，带它们重回云霄，又在半空搅起不计其数的雾状的旋涡，纷纷扬扬，天地间一片弥漫。在这样苍凉黑暗、刺骨严寒的夜晚，有屋可居、有饭可吃的人们大抵会围炉而坐，感谢上帝让他们拥有温暖舒适的家，而无家可归、饥寒交迫的人们则难逃冻死街头的厄运。这种时候，我们空荡的大街上总有许多备受饥饿折磨的流浪者闭上眼睛，不管他们犯过怎样的罪行，都随他们去吧，反正他们也不可能再睁开双眼看到一个更悲惨

的世界。

这都是发生在户外的情况，而与此同时，在奥利弗·特威斯特出生的那所济贫院里——我们已在前文向读者们介绍过——总管科尼太太正坐在她自己的小房间里，守着熊熊的炉火。她心满意足地瞥了一眼屋子里的一张小圆桌。那桌上放着一个和桌面差不多大的托盘。总管大人们一顿饭能享用到的最好的东西，都在里面。实际上，科尼太太这会儿正考虑来杯茶解解闷儿。她目光从桌子移到壁炉，一个小得不能再小的水壶正轻声哼着小曲儿。科尼太太内心的满足感明显又增加了几分——确实，你看她都笑起来了呢。

"唉，"我们的女总管胳膊肘支在桌子上，若有所思地望着炉火，"我坚信每个人都有很多应该感恩的东西。多得没法说，可惜我们很多时候并不自知。唉！"

科尼太太难过得直摇头，好像在为那些认识不到这一点的穷鬼的愚昧深感痛惜。随后她将一把银汤勺（私人财产）伸进一个大概只能装下一两茶叶的锡铁罐,开始泡茶。

有时候,一件不值一提的小事就足以搅乱我们脆弱心灵的平静!那黑色的小茶壶实在太小,太容易装满,也太容易溢出来了。科尼太太正从道德角度思考某些问题,没留神手被轻微地烫了一下。

"该死的破茶壶!"可敬的女总管嘴里骂着,匆匆把茶壶放到铁架上,"谁做出来的蠢玩意儿,一壶才倒两杯茶!谁会用啊?除了,"科尼太太顿了顿,"除了像我这样的孤家寡人。哦,老天爷啊!"

如此嘟囔着,女总管坐回到椅子里,又把胳膊肘往桌上一支,开始思索起自己孤独凄苦的命运。小小的茶壶、孤单的茶杯,唤起了她对科尼先生的思念(他撒手人寰已二十五年有余),一时间百感交集,她有点承受不住了。

"找不到了!"科尼太太心灰意冷地说,"再也找不到那样的了。"

也不知道她指的是丈夫,还是茶壶。可能是后者吧,因为科尼太太在嘟囔的时候就看着它,随后又把它拎起来。她刚刚喝完第一杯茶,正要倒第二杯,这时传来轻轻的敲门声。

"哦,请进吧!"科尼太太声音尖尖地说,"我猜又是哪个老太婆快死了吧?她们总挑我吃饭的时候死。别戳在那儿,冷气都进来了。这回又出什么事了,嗯?"

"没出什么事,太太,没事。"一个男人的声音回答说。

"老天爷!"女总管惊叫道,声音悦耳了许多,"是班布尔先生吗?"

"正是在下,太太。"班布尔先生说。他在外面的时候已经擦干净了皮鞋,还抖掉了大衣上的雪。此时,他一手捏着三角帽,一手提着一个包袱走了进来。"要把门关上吗,太太?"

女总管左右为难,不知该如何回答。和班布尔先生关起门说话?叫人知道成何体统啊?不过班布尔先生趁她犹豫的工夫,自作主张把门给关上了,毕竟他自己也冻得吃不消了。

"天太冷了,班布尔先生。"女总管说。

"是啊,太太,冷得让人受不了。"干事说,"这天气简直在跟教区作对。您是不知道啊,科尼太太,单单今天下午,我们就已经发放出去二十个四磅重的大面包和一块半干酪了。可那些穷鬼还不满足。"

"怎么会满足呢?他们什么时候满足过啊,班布尔先生?"女总管尝了一口茶说。

"谁说不是呢,"班布尔先生说,"今儿就碰到一个家伙,考虑到他有老婆和一大家子人,就给了他一个四磅重的大面包和一整块干酪,分量够够的。可他表示感激了吗,太太?他表示感激了吗?哼,他一个谢字都没提啊!他干什么来着?太太,他得寸进尺地问我们要煤。他说只要包一手绢儿就行!煤?他要煤干什么?烤他的干酪。用完之后他还会再来要。这些人都一个德行,太太。今天给他们用手绢儿包一包煤,明天他们会再来要一包,后天照旧。真不要脸,他们的脸皮跟石膏一样厚。"

女总管对这一形象直白的比喻表示完全赞同,干事继续说了下去。

"我从没见过这么无耻的,"班布尔先生说,"前天有个男的,太太,您是过来人,不妨跟您说说。

那人几乎一丝不挂（科尼太太低头看着地板），跑到我们的济贫专员家，而专员家里正好有客人来吃饭。那人说他需要救济，科尼太太。得不到救济他就赖着不走，搞得客人也很生气。于是济贫专员就给了他一磅土豆和半品脱燕麦片。'我的天啊，'那个没良心的混蛋竟然说，'这点东西能管什么用？你倒不如给我一副铁皮眼镜得了！''好得很！'我们的济贫专员干脆把东西又要了回去，'从我这儿你什么都别想得到了。''那我会死在街上的！'那无赖说。'不，不会的。'我们的济贫专员说。"

"哈哈！太好了！倒确实像格兰内特先生的风格。"女总管说，"然后呢，班布尔先生？"

"然后嘛，太太，"教区干事答道，"然后他就走了，结果真的死在了街上。那穷鬼真是轴得很。"

"简直不敢相信，"女总管断然说道，"但是班布尔先生，您不觉得户外救济这件事并不靠谱吗？您见多识广，肯定清楚。不如说来听听？"

"科尼太太，"教区干事笑着说，那笑容淋漓尽致地诠释了一个人发现自己在见识上受人仰望时的那种自鸣得意,"户外救济嘛,只要操作得当,太太,只要操作得当,对教区稳定还是大有裨益的。但户外救济有个基本原则,就是专拣穷鬼们不需要的东西给他们,慢慢地他们就不会再来了。"

"老天爷!"科尼太太惊叫道,"不过,那倒也是个好办法。"

"是啊,太太,咱俩之间说说也无妨,"班布尔先生说,"总之,这就是户外救济的基本原则。只要看看那些什么都敢说的报纸上登的案子,你就会发现,有病人的家庭得到的救济,通常都是几片干酪。科尼太太,眼下全国都照这个规矩来啦。不过换句话说,"教区干事说着,弯腰开始解他的包袱,"太太,这些可都是官方机密,不能到处说的。除非是像咱们这样的教区公职人员。太太,这是理事会给医务室订购的葡萄酒。货真价实,绝对新鲜的纯正葡萄酒。今天上午才从桶里装到瓶里。您瞅瞅,清澈透明,一点杂质没有,也没有沉淀。"

班布尔先生把第一瓶酒举到灯光前使劲摇了摇,证明它确实品质不凡,而后才把两瓶酒一同放在一个抽屉柜的顶上。接着他将包酒瓶的手绢儿叠起来,小心翼翼地装回口袋,顺手拿起了帽子,好像要离开的样子。

"您这一路可又要受冻了,班布尔先生。"女总管说。

"确实啊,太太,风刮得很厉害,"班布尔先生说着竖起大衣领,"能把人耳朵冻掉。"

女总管的目光从小茶壶移到正向门口走去的干事身上。干事清了清嗓子,准备跟她道晚安,这时她忽然难为情地问了一句,说他难道连茶都不愿意喝一杯吗。

一听这话,班布尔先生当即把衣领翻了下来,将帽子和手杖放在一把椅子上,并重新拉了一把椅子到桌前。在缓缓坐下的时候,他看了那位太太一眼,而女总管却盯着那个小茶壶。班布尔先生干咳一声,微微笑了笑。

科尼太太起身到橱柜那儿又拿了一副茶杯茶碟。重新坐下时,目光和那殷勤的干事正好相遇,她不由得脸一红,赶紧埋头泡起茶来。班布尔先生又咳嗽一声，比先前咳的那几声都要响亮。

"要甜一点吗，班布尔先生？"女总管端起糖罐问。

"越甜越好，太太。"班布尔先生回答。说话时他一直盯着科尼太太。要问天底下的教区干事有没有看起来很温柔的时候，此刻的班布尔先生就给出了答案。

沏好了茶，科尼太太默不作声地将茶递到班布尔先生的手上。班布尔先生在膝头铺上一条手绢儿，免得面包屑弄脏他漂亮的裤子，随后才开始享用茶点。为了让这件事不那么单调乏味，他不时发出一声深深的叹息，但这并不影响他的胃口，恰恰相反，茶和面包下去的速度更快了。

"太太，我注意到您养了一只猫，"班布尔先生说着，瞥了一眼房间正中央蜷缩在炉火前的那只猫，"我敢说肯定还有小猫咪。"

"班布尔先生，您想象不到我有多喜欢它们。"女总管回答，"它们是那么快乐，那么活泼，那么讨人喜欢，我简直全靠它们跟我做伴儿了。"

"猫是非常温顺的小动物,太太,特别适合养在家里。"班布尔先生赞许地说。

"可不是嘛,"女总管兴致勃勃附和,"它们也都是特别恋家的小东西,这会让人觉得欣慰。"

"科尼太太,"班布尔先生用茶匙计算着时间,慢条斯理地说,"我是想说,不管大猫、小猫,和您一起生活,要是不能对这个家产生感情,那它就准是个没良心的混球。"

"哦,班布尔先生,瞧您这话说的!"科尼太太嗔怪道。

"太太,事实何须掩饰呢?"班布尔先生潇洒地轻轻挥动着茶匙,这让他的风采倍加迷人起来,"我会非常乐意亲手把它淹死。"

"那您也太残忍了,真是个无情的男人。"女总管一边俏皮地说着话,一边伸手去接干事的杯子。

"您说我无情,太太?"班布尔先生说,"无情?"他顺从地递回杯子,没再多说一个字,但在科尼太太接过杯子的时候捏了捏她的小拇指,随后张开手掌拍拍自己那带花边的马甲,重重地叹了口气,把椅子从炉火前往后稍稍挪了一点点。

科尼太太原本和班布尔先生隔着一张小圆桌相对而坐,又都面朝壁炉,因此两人之间的距离并不大。可以想象,尽管班布尔先生依然坐在桌前,可他刚才挪了椅子,那么他和科尼太太的距离实际上是增大了。对于干事的这一举动,细心的读者无疑会大加赞赏,认为这是班布尔先生为人正派的体现。因为眼下的情况,班布尔先生无论在时间、地点或机会上都多多少少受到了诱惑,随时可能吐出一段令人面红耳赤、心旌荡漾的绵绵情话。这种话若由轻薄莽撞之人说出倒无可厚非,但若出自法官、议员、大臣、市长或其他达官显贵之口,则未免有失体面。而对一位教区干事来说,这种话则更加有损威严与庄重。众所周知,教区干事在所有这些人当中理应是最严肃和最不苟言笑的那一类。

然而不管班布尔先生意欲何为(显然那必定都是些高尚的想法),不幸的是——我们在前边已经提过两次——桌子是圆的,因此,当班布尔先生一点一点地挪动椅子,他与女总管的距离很快便开始缩短。他继续沿着桌子外沿移动,不失时机地把椅子靠向女总管的位置。终于,两把椅子挨到一起时,班布尔先生停住不动了。

这个时候,若女总管把她的椅子往右边挪,则很可能引火烧身,因为那边是壁炉;而如果她往左边挪,则无异于一头扎进班布尔先生的怀里。作为一个向来谨慎的女总管,她显然一眼就看到了两种情况的结局,因此她选择一动不动,并又给班布尔先生递了一杯茶。

"科尼太太,您说我无情?"班布尔先生一边搅着茶,一边盯着女总管的脸说,"那您也无情吗,科尼太太?"

"老天爷!"女总管惊叫道,"一个单身男人怎么会问出这么奇怪的问题?!您问这个干什么呀,班布尔先生?"

干事喝光了杯里的最后一滴茶,吃完了一块面包,拂去落在膝盖上的面包屑,擦了擦嘴,从容不迫地亲了女总管一口。

"班布尔先生!"素来持重的女总管低声叫道。

要知道,她这一惊非同小可,连说话的声音都哑了。"班布尔先生,我可要喊人啦!"

班布尔先生没有理会,反倒以一种缓慢又庄严的姿态,伸出一只胳膊搂住了女总管的腰。

我们的女总管已经声明过她要喊人的意图,面对如此胆大包天的放肆之举,她肯定是要喊的,不过一阵急促的敲门声倒替她省了这个麻烦。班布尔先生一听到声音,便以罕见的敏捷速度冲到放葡萄酒的地方,开始铆足了劲儿清理瓶身上的灰尘,而女总管则厉声问是谁在敲门。值得一提的是,她的声音瞬间恢复了女总管该有的矜持与端庄。可见突如其来的意外事件所产生的效果,能很好地抵消极端恐惧造成的影响,眼前这一幕便是个活生生的例子。

"对不起,夫人。"济贫院里一个形容枯槁、面目丑陋的老女人从门口探出脑袋,"老莎莉快不行了。"

"跟我说有什么用?"女总管怒气冲冲地说,"她要死,我还能留住不成?"

"留不住,夫人,"老女人答道,"谁都留不住。她已经没治了。我见过很多人死,有可怜的小孩,也有身强力壮的大男人,因此我很清楚人快死的时候是什么样子。可她心里有事放不下,横竖不肯闭眼。她最后一口气捯过来捯过去,难得不捯气的时候,她说她有话要说,而且非得要您去听听。您要是不去,夫人,她绝不会安安生生地死掉。"

闻听此言,可敬的科尼太太不由得把那些到死还要折腾上司的老太婆臭骂了一通。可骂归骂,她还是匆匆拿起一条厚披肩把自己裹上,并直言不讳地请班布尔先生等她回来再走,说是怕万一有什么事。她敦促送信的女人腿脚麻利点,免得一晚上都耽误在楼梯上。随后她不再顾及形象,跟着那个女人骂骂咧咧地去了。

只剩班布尔先生一个人时,他的举动倒颇让人费解。他打开橱柜,数了数茶匙,掂了掂方糖夹子,又凑上去把一个银质的奶锅仔细研究了一番,确定它真是银的。这种种好奇心得到满足以后,他把三角帽歪戴在头上,迈着一丝不苟的舞步,围着桌子转了四圈,且每一圈都能跳出不同的动作。在这番令人瞠目的精彩表演结束之后,他重新摘下帽子,背朝壁炉仰躺在椅子上,那样子就好像在默默清点屋里的家具。

第 24 章
叙述一件无聊的琐事——本章篇幅不长，但在整个故事中可能很重要

女总管屋里的宁静就这样被那个老太婆打破了。此人前来报丧倒的确合适。她年事已高，弯腰驼背，四肢颤颤巍巍，一张丑脸生得嘴歪眼斜，神憎鬼厌。这副尊容如果不是上帝故意为之，那也必定是上帝在创造她时打了瞌睡。总之，她不像出自造物主之手，倒更像是信笔涂鸦画出来的怪物。

唉！赏心悦目的美丽容颜，能留下来让我们欣赏的实在少之又少！世间的烦恼、悲伤、饥饿，既能改变人心，也能改变人的容貌。只有当这种种愁苦不再兴风作浪，且永远失去它们的掌控力时，不安的阴云才会渐渐消散，露出天国清朗的真颜。很多时候，死者的面部虽已经僵硬，但仍会露出那种

早已被遗忘、熟睡婴儿般的表情，容颜亦能重现他们人生早期的状态，看上去无比平静，无比安详。当那些在童年时期便与他们相识的人充满敬畏地跪在他们的灵柩前时，他们甚至会怀疑这是天使下凡了。

这干瘪老太蹒跚着穿过走廊，爬上楼梯，嘴里嘟嘟囔囔地回应着女总管的责备，至于说了些什么，谁也听不清楚。最后，她终于累得撑不住了，便停下来喘口气。她把灯递给女总管，表示自己歇一会儿再赶上去。于是，她腿脚灵便的上司便独自向那个病入膏肓的老女人的房间走去。

老女人住在顶楼，房间里空荡荡的，只在最里头点着一盏昏惨惨的灯。她的病榻旁守着另一个老女人，教区药剂师的学徒站在壁炉旁，正把一支羽毛削成牙签。

"今晚真冷啊，科尼太太。"女总管进来后，这位年轻的先生说。

"是很冷，先生。"女总管以她最文明的语气一边答话，一边行了个屈膝礼。

"您该让您的承包商送些更好的煤过来,"药剂师的学徒用锈迹斑斑的拨火棍敲碎了炉子里的一块煤疙瘩,"这么冷的天,烧这样的煤可不顶用。"

"这都是理事会选的,先生,"女总管说,"他们好歹能让我们暖和一点。我们这里已经够苦了。"

两人的对话被卧病在床的那个老女人的一声呻吟给打断了。

"哦!"年轻人朝病床扭过头,好像刚才那会儿他已经忘记了病人的存在,"科尼太太,已经没辙了。"

"真的没辙了,先生?"女总管问。

"如果她能再挺一两个小时,我会相当意外的。"药剂师学徒的心思全在那根牙签的尖头上,"她的整个身体系统已经崩溃了。老太太,她是不是又在打盹儿了?"

那位女助手俯身到床上查看,随即肯定地点点头。

"如果你们不打搅她,说不定她就这样走了。"年轻人说,"把灯放在地板上吧,省得晃她的眼。"

女助手照吩咐做了，但她同时又连连摇头，意在表明床上这位是不会那么轻易死掉的。放好灯，她重新坐到已经回来了的另一位女护士的旁边。女总管一脸不耐烦，裹了裹披肩，在床尾坐了下来。

药剂师学徒已经把牙签削好了，他往壁炉前边一戳，专心致志地剔了十来分钟的牙。不过他很快就又无聊起来，最后说了句祝科尼太太工作愉快，便蹑手蹑脚地出去了。

几人在沉默中坐了一会儿，两位老妇从床边起身，挪到了壁炉边，伸出她们干枯的双手取暖。炉火在她们干瘪的脸上洒下苍白的光，令本就丑陋的容貌更显狰狞可怖。两人就这样一边烤火一边低声交谈起来。

"亲爱的安妮，我不在的时候她又说什么了吗？"之前去报信的那个老太太问。

"一个字都没说，"另一个回答，"有一会儿她疯了似的撕扯自己的胳膊，不过我把她的手摁住了，不大一会儿她就又睡着了。她已经没剩多少力气啦，很容易就能制服。别看我只靠教区津贴吃饭，可对付她那样的老太婆还是不在话下的。她不行,不行。"

"医生交代的温葡萄酒她喝了吗?"头一个老女人问。

"我试过给她灌下去,"另一个说,"可她紧抿着嘴,手又死死抓着杯子,没法子,我只好把杯子夺回来,自己喝了。真舒服!"

两个老巫婆鬼头鬼脑地环顾四周,确认她们的话没被第三个人听到,随后又往炉子前凑了凑,得意地哧哧笑起来。

"没事儿,"最先开口的那一位说,"换她她也会那么做,事后打个马虎眼就过去了。"

"是,她的确会,"另一个说,"她这人心很宽厚。她可料理过不少死人,好多好多,漂漂亮亮的,干净得像蜡人一样。我这双老眼也见过不少,唉,这双老手还摸过他们呢。我给她打过不少次下手。"

老巫婆颤巍巍地伸出手指,在面前得意地晃了晃,随后笨手笨脚地摸进口袋,掏出一个早就褪了色的锡铁鼻烟盒,朝同伴伸过来的手掌心里抖了点鼻烟，又给自己倒出一撮。两人吸得正起劲儿，女总管忽然也凑到了壁炉前。她之前在等那奄奄一息的老女人苏醒，现在已经不耐烦了，便过来问这两个女人还要等多久。

"不会太久的，夫人。"第二个女人抬头看着她的脸回答说，"死神不会让咱们每个人都等太久的。耐心点，耐心点！他老人家很快就会来找咱们了。"

"闭嘴，你这个老糊涂蛋！"女总管厉声说道，"你，玛莎，你告诉我，她以前有过这种情况吗？"

"经常的事。"第一个女人回答。

"但以后再也不会了。"第二个女人补充说，"也就是说，她顶多再醒一次，而且您要留心，夫人，醒来的时间不会太长。"

"管它长短呢，"女总管愤然说道，"就算她醒也看不到我了。你们俩长点心，别遇到鸡毛蒜皮的事就跑去打搅我。院里这么多老婆子，谁死了我都要来看她们吗？我可没这个义务。我——算了，多说无益。给我记住，你们这两个没皮没脸的老家伙，要是再敢糊弄我，我就让你们吃不了兜着走，我说到做到!"

她刚要走开,两个老女人突然一声惊呼,四只眼睛直愣愣地盯着病床。女总管不由得转过头,原来床上那位竟然直挺挺地坐了起来,并朝她们伸出两条胳膊。

"那是谁啊?"她用空洞的声音喊道。

"嘘!嘘!"一个女人俯身对她说,"快躺下,快躺下!"

"只要我还有一口气,就不会再躺下了!"病人挣扎着说,"我要告诉她!过来!靠近点!我得悄悄跟你说。"

她一把抓住女总管的胳膊,把她拉到床边的一把椅子里坐下,可刚要开口,扭头看见那两个老太婆正弯腰附耳过来,一副迫不及待想听个明白的架势。

"叫她们出去!"病人昏昏欲睡地说,"快点!快点!"

两个干瘪老太婆一听要赶她们走,顿时呼天抢地地叫起了屈,说那可怜的老姐们儿病糊涂了,连她最贴心的朋友都不认得啦。两人随后又搬出种种理由，说她们无论如何都要留下来陪她。女总管却不管三七二十一，把她们强行推出去，关上门，回到床边。被轰到门外的两个老太婆换了副腔调，隔着锁孔嚷嚷说老莎莉喝多了。这倒不是不可能，毕竟除了药剂师给她开的适度剂量的鸦片，这两个可敬的老太婆还好心好意地给她喂了一点掺水的杜松子酒，眼下应该正是酒劲儿上来的时候。

"现在你听我说。"将死的老女人大声说道，努力把最后一口气提得高高的，"就在这间房里，就在这张床上，我照顾过一个漂亮的年轻姑娘。她被带进济贫院时，一双脚因为走路都肿了，上面全是伤、尘土和血污。她在这儿生下一个男婴，然后就死了。让我想想那是哪一年来着！"

"别管是哪一年了，"不耐烦的女总管说，"她怎么了？"

"唉。"垂死的女人咕哝道，又恢复到先前昏昏欲睡的状态了，"她怎么了？她——我想起来了！"她大叫一声，身体跟着一颤，脸涨得通红，两颗眼珠子几乎要从头上飞出去。"我偷了她的东西!那会儿她身体还热乎着呢。你听见了吗?我偷她东西的时候她还尸骨未寒呢!"

"偷了什么呀?看在上帝的分儿上,你倒是说啊!"女总管急不可耐,样子像是要喊救命。

"这个!"病人一把捂住女总管的嘴,"她唯一的东西。虽然她缺衣少穿,没吃没喝,可她却把这东西保存得很好,就藏在她胸口那儿。我告诉你,那是金的!很值钱的金子,完全能救她的命呢!"

"金子!"女总管两眼放光,在病人倒下时也迫切地俯下身体,"接着说,接着说,什么金子?那个姑娘是谁?这是什么时候的事?"

"她嘱咐我好好保管,"病人呻吟了一声,回答道,"当时她跟前就我一个人,因此就把东西托付给我了。她第一次把挂在脖子里的那个东西给我看时,我就动了偷走的念头。还有那孩子的死,可能也怨我。要是他们知道其中的缘由,说不定会对他好点!"

"什么缘由?"女总管问道,"快说!"

"那孩子和他妈妈长得像极了。"病人好似没听到问题，继续漫无边际地说着，"从看到他那张小脸的第一眼起，我就再也忘不掉了。可怜的姑娘！可怜啊！她还那么年轻！温顺得像只小羊羔！等等，还有其他要说的呢。我还没说完呢，是不是？"

"没有，没有。"女总管边说边把头低下去，竭力捕捉从病人嘴里发出的每一个声音，看得出来她已经没多少时间了，"快说呀，再不说就来不及了！"

"那个当妈的，"病人说话更加吃力了，"那个当妈的，她感觉自己快要死的时候，贴在我的耳朵上说，如果她的孩子能活着出生，并长大成人，总有一天，当人们提起他苦命的妈妈的名字时，他是不会感到丢脸的。'哦，仁慈的上帝啊！'她合起瘦骨嶙峋的双手说，'不管他是男孩、女孩，生在这么一个艰难的世道，又孤苦伶仃、无依无靠，请您一定要可怜可怜他，给他找些好心的人家，千万别丢下他不管啊！'"

"那孩子叫什么？"女总管问。

"他们叫他奥利弗，"已经气若游丝的病人无力地答道，"我偷的那个东西是——"

"对，对，是什么？"女总管大声问。

她急切地趴上前去好听清女病人的话，但又本能地缩了回去。因为病人再次坐了起来，动作很迟缓，身体很僵硬。接着，她双手抓住床单，喉咙里发出一阵模糊不清的声音，继而便倒在床上，再无声息。

"彻底断气了！"其中一个老女人说。门一打开，她们就火急火燎地冲了进来。

"到底也没说出个什么来。"女总管说着，漫不经心地走了。

两个老婆子留了下来，她们显然已经顾不上理会她们的上司。料理后事要准备的东西很多，而此刻她们已经在尸体旁忙开了。

第 25 章
本章我们回过头来说说老费金和他的同伙们的情况

当远在乡下的济贫院里发生着上一章所述的那些事情时，费金先生正坐在他的老巢里——也就是奥利弗被南希姑娘带走的那个地方，守着一堆冒着浓烟行将熄灭的炉火出神。他膝上搁着一副风箱，显然是本想把火吹得旺一些，只是不知不觉陷入了沉思。他胳膊交叉，两根大拇指撑着下巴，双眼盯着锈迹斑斑的铁栅，眼神空洞，怅然若失。

鬼灵精、查理·贝茨少爷和齐特林先生围坐在他身后的一张桌子前，正全神贯注地玩一种名曰惠斯特的纸牌游戏。鬼灵精和一个假想的明手[1]搭档对

---

[1] 指把所有纸牌摊开在明面上，供其他三名牌手参考。

战贝茨少爷和齐特林先生。最先提到名字的那位先生，无论何时何地都表现得机智过人。此刻他脸上的表情十分微妙，因为他一边要专心打牌，一边还要留心齐特林先生手里的牌，逮着机会就偷看几眼，而后根据偷看的结果及时调整自己出牌的策略。这天夜里挺冷的，鬼灵精戴着帽子。没错，在屋里他就没摘过帽子，这是他独特的个人习惯。他嘴里叼着一根陶土烟斗，只在他认为有必要喝上两口提神时才将其从牙齿中间拿开片刻。而他们用来提神的掺水杜松子酒装在一个酒壶里，就放在桌子上。

贝茨少爷玩得也很专注，但由于天性活泼好动，他喝酒的频率明显高于同伴。而且他还是个嘴巴闲不住的家伙，一个劲儿地逗闷子，或者驴唇不对马嘴地胡侃一气，与高雅文明的牌局根本不搭调。作为贝茨少爷的死党，鬼灵精不止一次郑重其事地提醒这位伙伴拿出正经打牌的样子。对于这些规劝，贝茨少爷全都欣然接受，只是少不得要骂上一句"去你的吧"，或者礼貌地请对方把头扎进麻袋，要么就用他篡改的俏皮话回敬一下。齐特林先生对他这些妙语金句倒是佩服得五体投地。值得注意的是,后面这位先生和他的搭档一直在输牌。可这种情况不仅没有让贝茨少爷生气,反倒像给他提供了前所未有的乐趣。每一局结束他都要哈哈大笑一阵,还断言说他这辈子都没见过这么好玩的游戏。

"两墩[1]加倍,一盘就定输赢了。"齐特林先生脸拉得老长,边说边从马甲口袋里掏出一枚半克朗[2],"杰克,我还从没见过像你这么厉害的高手呢,赢起来没完。就算我和查理手里有好牌也不管用。"

不知道是因为这句话本身,还是因为齐特林先生说话时那满脸既不忿又无奈的表情太过滑稽,总之查理·贝茨又是一阵纵情大笑。他的声音惊动了沉思中的老犹太,引得后者不由得问了声怎么回事。

"怎么回事?"查理喊道,"费金,你要是看见我们这牌打成什么样就不会问了。汤姆·齐特林一

---

[1] 俗称圈,或轮。一墩牌就是一轮牌或一圈牌。每出四张牌,即每人出一张牌,为一墩。
[2] 一种英国银币,价值两先令六便士,后期值十二便士,1970年废止。

分没得。我和他搭档对战鬼灵精和明手。"

"喀,喀!多玩几把,汤姆。"老犹太咧嘴笑着说,仿佛对其中的奥妙心知肚明,"多玩几把。"

"谢了,费金。我看还是算了吧。"齐特林先生说,"我可是玩够了。鬼灵精手气太好了,谁都别想赢他。"

"哈哈!我说老伙计!"老费金说,"想赢鬼灵精,你得起个大早才行。"

"起个大早哪儿够啊?"查理·贝茨说,"要想赢他,你头天晚上连鞋都不能脱,每个眼睛上都得架个望远镜,还得在两个肩膀中间挂个看戏用的望远镜才行。"

对于这一堆溢美之词,道金斯先生不动声色地照单全收了。随后他问谁愿意和他玩抽牌,先抽到人头牌就算赢,一次一先令。可没人接茬,碰巧他烟斗里也没了烟丝,百无聊赖下,他便拿刚才当筹码用的一截粉笔在桌子上画起了纽盖特监狱的平面图,边画还边吹着刺耳的口哨。

"汤姆,你也太没意思了!"大伙儿默不作声了好一会儿,鬼灵精终于打破沉默对齐特林先生说。随后他又问老犹太:"你觉得他在想什么,费金?"

"我怎么知道啊,亲爱的?"老犹太拉着风箱,回头看了一眼说,"可能在想他输了多少钱吧。要么就是在想他刚刚离开的那栋乡间小屋?哈哈!是不是啊,老伙计?"

"才不是呢,"鬼灵精抢在正要回答的齐特林先生的前头说,"你说呢,查理?"

"要我说,"贝茨少爷笑着回答,"他对贝特可不是一般上心。你瞧他的脸都红成什么样了!哎哟,我的妈呀!真是开了眼!汤姆·齐特林动春心啦!哎哟,费金啊,费金!这世道疯了!"

一想到齐特林先生居然为情所困,贝茨少爷笑得都要断气了。他一个后仰靠向椅背,结果用力过猛,哐当一声连人带椅摔倒在地板上。可这场意外并没有妨碍他继续欢乐,他就那么四仰八叉地躺在地上笑完了这一波,随后才爬起来坐回椅子,重新开始笑另一波。

"别理他,老伙计。"老费金冲鬼灵精挤了个眼,拿风箱喷嘴惩罚性地敲了下贝茨少爷,"贝特是个好姑娘。大胆追吧,汤姆,大胆追吧。"

"我想说的是,费金,"齐特林先生红着脸说,"这事和在座的各位都没关系。"

"那当然,"老费金说,"查理是个大嘴巴,他爱怎么说你就随他去吧。贝特是个好姑娘。她让你干什么你就干什么,汤姆,保准你将来能发达。"

"我本来就是照她说的干的。"齐特林先生回答说,"要不是听了她的话,我也不至于被抓去踩踏车了。不过那肯定正合你意吧,费金,是不是?不就是六个星期嘛,反正早晚都得进去,那趁着冬天不能出门的时候进去岂不是更好?你说呢,费金?"

"啊,是这个理,老伙计。"老费金回答。

"只要贝特不说什么,"鬼灵精冲查理和老费金挤了下眼,"是不是就算来次二进宫你也不介意啊,汤姆?"

"我就是这个意思,"汤姆愤然说道,"哈,我倒想问问,这样的话你们谁敢说,嗯,费金?"

"没人敢说,老伙计,"费金答道,"谁都不敢,汤姆,除了你,他们谁都没这个胆量,伙计。"

"我本来是有机会脱身的,只要我把她供出来,你说是吧,费金?"这可怜的倒霉蛋气呼呼地接着说道,"那只是动动嘴皮子的事,你信不信,费金?"

"我信我信,老伙计。"费金答道。

"可我没那么干,是吧,费金?"汤姆一问接一问。

"没有,没有。"费金回答,"你这么有种,怎么可能做出那种令人不齿的事嘛,绝无可能,老伙计。"

"也许吧,"汤姆环顾一周,"可这没什么好笑的,你说是不是,费金?"

老犹太看出齐特林先生义愤填膺,连忙安抚说没人笑话他。为了证明大家都很严肃,他还特意询问这起风波的始作俑者贝茨少爷,可不幸的是,查理刚张嘴说他一辈子都没这么严肃过,紧接着却又忍不住放声大笑。感觉受到侮辱的齐特林先生二话不说,冲过去就朝那个冒犯他的家伙挥出一拳。贝茨少爷最拿手的就是躲避攻击,而且时机选择得恰到好处。只见他猛地一闪,齐特林先生的拳头扑了个空,但继续朝前,实实在在地落到了老犹太胸口。老犹太踉跄着退向墙边,站在那儿不住地喘气。齐特林先生手足无措地看着他。

"听!"这时鬼灵精叫道,"我听到铃声了。"他拿起灯,轻手轻脚地爬上楼梯。

其他几人静静地留在黑暗中等待,此时铃铛再次不耐烦地响起来。片刻之后,鬼灵精回来了,神秘兮兮地趴在老费金耳朵上嘀咕了些什么。

"什么?!"老费金惊叫道,"一个人?"

鬼灵精肯定地点点头,用手掌护住蜡烛的火头,一声不响地暗示查理·贝茨别再嘻嘻哈哈。尽完朋友的责任,他转而盯着老费金的脸,等候他的指示。

老犹太咬着他那蜡黄的手指沉思了片刻,一脸的焦虑与不安,仿佛在担心什么,害怕得知最坏的情况。须臾,他抬起头。

"他在哪儿?"老费金问。

鬼灵精指指楼上,打了个手势,好像要离开房间的意思。

"好,"老费金答复说,"带他下来吧。嘘!安静点,查理!汤姆,你也别出声。回避一下。回避一下。"

这番简单的指示刚一下达,查理·贝茨和他新结下的冤家便立刻执行了。两人藏身于何处根本听不出来。当鬼灵精举着蜡烛走下楼梯时,后边跟了一个身穿粗布长罩衫的男人。那人先匆匆扫了一眼屋内,随后才扯下挡了他半张脸的大围巾——原来是小白脸托比·克拉基特。但见他蓬头垢面、胡子拉碴、憔悴不堪,他那张脸好像很久都没收拾了。

"别来无恙啊,费金?"可敬的到访者冲老犹太点点头说,"鬼灵精,把那围巾塞到我的皮帽子里去,免得一会儿走的时候找不到,那可是最新款。你小子前途无量,将来肯定比咱们眼前这个老家伙还要有本事。"

说着他撩起长罩衫,把下摆缠在腰里,拉了一把椅子到壁炉前,双脚蹬在铁架上烤起来。

"瞧见没,费金?"他心疼地指着自己的长筒靴说，"打你看见那天起，一滴鞋油都没沾过呢，老天爷，一滴都没有！不过别那么看着我，伙计。耐心点。不吃饱喝足，我哪有力气说正事啊？快把吃的端上来吧，三天没进货了，咱们先安安生生把肚子填饱再说。"

老犹太示意鬼灵精把能吃的东西拿到桌上，自己则在那小白脸的对面坐下，等着他倒出空来说正事。

从样子看，托比绝对没有急于开口的意思。一开始老犹太也算沉得住气，只是淡定从容地观察托比的脸，好像要从他细微的面部表情中揣摩出他带来的消息，可结果一无所获。托比看上去疲惫不堪，但保持着他一贯气定神闲的做派，透过满脸厚厚的污垢、脏乱的胡须，我们依然能看到一个小白脸自鸣得意的傻笑。老犹太看着他一口一口地往嘴里塞吃的，终于耐不住性子，焦躁不安地在屋里踱来踱去。可这没用。托比继续不紧不慢地吃他的，直到吃不下为止。随后他叫鬼灵精出去，亲自关上门，兑了一杯酒，平复心情准备讲话。

"首先,也是最重要的事,费金。"托比说。

"对对对。"老费金拉过椅子,忙不迭地搭上了腔。

克拉基特先生停下来抿了一口酒,大赞杜松子酒好极了,随后又把双脚往低矮的壁炉架上一放,让靴子和眼睛大约处在同一水平线上,接着才轻声慢语地继续说下去。

"首先,也是最重要的,费金,"这贼人说道,"比尔怎么样了?"

"什么?!"老犹太大叫着从座位上站起来。

"怎么了,你不会想跟我说——"托比的脸霎时没了血色。

"我想说?"老犹太怒不可遏,急得直跺脚,"他们人呢?赛克斯和那孩子!他们人呢?去哪儿了?他们藏到哪儿去了?为什么他们没跟你一块儿回来?"

"出师不利啊。"托比神色黯然,有气无力地说。

"这我已经知道了,"老犹太说着从兜里掏出一张报纸,指了指,"具体的呢?"

"他们开枪打中了那孩子。我们俩架着他从野地里跑走，一路上没敢拐弯儿，也不管树篱和沟渠，反正就像天上的乌鸦似的，只管朝前。后边追得紧啊，该死的！全世界的人都醒了，还有狗！"

"那孩子呢？！"

"比尔背着他跑，快得像一阵风。后来我们停下，一起架着他走。他耷拉着脑袋，身上冷冰冰的。眼瞅着我们就要被追上了。俗话说，人不为己，天诛地灭嘛。我们谁都不想上绞刑架。因此，我们就分开跑了，把那小孩丢在一条水沟里。至于现在他是死是活，我不知道。"

老犹太没再听下去了。他大叫一声，双手揪着头发，从这个房间，也从这个家里跑了出去。

第 26 章
一个神秘人物登场——
许多与故事息息相关的事情也会在本章发生

老费金一路跑到街拐角，才从托比·克拉基特带来的消息中稍稍缓过神来。但他并未放慢那快得异乎寻常的脚步，仍然疯疯癫癫地朝前走。这时，一辆马车突然擦着他疾驰而过，路人见状不约而同地发出尖叫。老费金连忙回到人行道上，然后尽量避开大街，专挑行人稀少的穷街陋巷走。最后在跑到斯诺山时，他步子更快了，几乎在争分夺秒，直到再次拐进一个院子。仿佛意识到进了自己的地盘，他这才恢复了往日那种慢条斯理的悠闲步伐，呼吸似乎也自在了些。

在斯诺山与霍尔本山交界附近，即出城之后右转所到的位置，有一条狭窄冷清的小巷直通萨弗伦山街。巷子里那些肮脏的店铺，摆满了各式各样、花色不一的二手丝质手绢儿。从小偷那儿收购此类赃物的二道贩子们就住在这些铺子里。门柱上、窗外的夹子上，成百上千条手绢儿迎风招展，而铺子里的货架上同样堆得满满当当。麻雀虽小，五脏俱全。尽管这里和菲尔德胡同一样局促拥挤，却照样不缺理发店、咖啡馆、啤酒屋，以及炸鱼铺之类的小店。这是个自成一体的商业圈，小偷小摸们销赃的交易场，每天从早到晚充斥着沉默寡言的各色商贩。他们在昏暗的后厅里达成各种交易，而后像来时一样神不知鬼不觉地离开。在这里，倒腾破衣服、破鞋和破布头的小贩们把各自的货品都摆在明处，对小偷们来说，它们就好比无字的广告牌。大量废旧的铁制品、骨制品，成堆的毛料破布，在脏乱不堪的地窖里生锈、发霉，慢慢腐烂。

老费金来的就是这么一个地方。胡同里那些面黄肌瘦的住户和他都挺熟。一路过去，不少正在做买卖的人亲热地冲他点头致意。但他对那些人只是点头回礼，并没有为谁停留过片刻。他就这样一直走到胡同尽头才停住脚,和一个身材矮小的店老板寒暄起来。那人挤在一张小孩子的椅子中,正在店门口悠闲地抽着烟斗。

"啊,只要一见到您,费金先生,瘸子也能站起来走路呢。"可敬的店老板殷勤回应着老犹太的问候。

"这一片也忒热了,莱弗利。"老费金扬起眉毛,双手交叉着搭在两侧肩上。

"嘿,类似的抱怨我倒是听过一两次,"店老板说,"不过很快就会凉下来的,你没发现吗?"

费金点头表示赞同,抬手指了下萨弗伦山街的方向,问对方今晚有没有人去那边。

"你是说瘸子酒馆?"店老板问。

老费金点点头。

"我想想,"店老板稍作回忆,接着说道,"有,据我所知有五六个人过去呢。可其中好像没有你的朋友。"

"赛克斯也不在?"老费金一脸失望地问。

"用律师们的话说,不在场[1]。"小个子店老板摇头回答,样子看上去十分狡黠,"今天有什么货给我吗?"

"今天没有。"老费金说着转身便走。

"你要去瘸子酒馆吗,费金?"小个子在他身后问道,"等等,我倒乐意去那儿陪你喝两杯。"

然而老费金扭头看了他一眼,摆摆手婉拒了。他宁可一个人静静,况且那小个子要从椅子里起身也挺不容易的,因此瘸子酒馆便失去了莱弗利先生大驾光临的机会。等这位店老板终于站起来时,费金已经不见了踪迹。莱弗利先生踮起脚尖几度张望,期待能看到他的身影,但结果很遗憾。他只好重新坐回到小椅子里,向街对面铺子里的一位太太摇了摇头,这轻微的举动显露出了他的怀疑和不信任。随后他继续派头十足地抽起了烟斗。

"三个瘸子",是这家酒馆招牌上的字号,但老主顾们都习惯叫它瘸子酒馆。赛克斯先生和他那条

---

[1] 原文为拉丁语,"Non istwentus"。

狗也是这里的常客。老费金和吧台后的人打了个手势便径直上楼,推开一个房间的门,轻手轻脚地溜了进去。他一只手给眼睛遮着光,环顾了一圈,看起来是在找人。

屋里点着两盏煤气灯,窗板紧扣,还拉着褪了色的红窗帘,从外面根本看不到光。天花板干脆刷成了黑色,反正无论什么颜色都会被灯火熏黑。此时房间里烟雾缭绕,刚进来什么都看不清楚。不过慢慢地,一部分烟雾从开着的门口散了出去。一些嘈杂难辨的声音开始钻进耳朵,他模模糊糊地看见一片脑袋。随着双眼渐渐适应,藏在烟雾中的人们才清晰起来。一大帮人,有男有女,挤挤挨挨地围坐在一张长桌前。桌子上首坐着个手拿肃静槌的先生。一位鼻子发青、因为牙疼而包着脸的专业人士正在远处的角落里弹着钢琴。

老费金小心翼翼地走进去,那位专业人士在琴键上弹出一段前奏,屋里顿时响起一片要求唱歌的呼声。待众人安静下来,一个年轻姑娘开始为大家演唱一首四节民谣。在每一节间歇,伴奏者都要把整个曲子完整地再弹一遍,且弹得要多大声有多大声。歌曲终了,首席那位先生发表了一通评论。随后坐在首席两侧的两位专业的先生又自告奋勇地来了一曲二重唱,赢得了满堂喝彩。

有些人的面孔总能在人群中脱颖而出,观察他们不失为一件乐事。比如首席本人(亦是此处的老板),一个其貌不扬、虎背熊腰的粗野汉子。在别人唱歌的时候,他的眼珠子滴溜乱转,仿佛陶醉在莫大的欢乐之中。他一边用眼睛观察着周围发生的一切,一边又用耳朵聆听着人们口中说出的每一句话。这是他身体上最敏锐的两个器官。歌手们都聚在他的近旁,带着职业的冷漠接受观众们的赞美,并陆续喝下那些越来越癫狂的仰慕者递上来的一杯杯烈酒。这些仰慕者脸上流露出各式各样、程度各异的邪恶表情。此种丑态,让人很难不多看一眼。凶残、狡诈、不同程度的醉态,被他们展现得淋漓尽致。还有那些女人,一小部分看上去仍死死攥着早已褪色的青春的尾巴;而另一部分,则几乎已经磨平了作为女性的所有特征和印记,只剩下一副令人厌恶、无时无刻不在释放着淫荡与罪恶的躯壳。这些女人里有几个还是小姑娘,其他皆为少妇,都还没有度过生命的黄金时期。她们构成了这幅沉闷的画卷中最黑暗、最悲伤的部分。

然而困扰费金的并非这些庄严的情感,周围的一切于他而言不过是可有可无的背景。他的视线正急切地掠过一张又一张面孔,但他显然还未找到他要找的人。又过了一会儿,他终于捕捉到首席椅子上那位先生的目光,于是向他招了招手,随后又像进来时那样悄悄地退出了房间。

"有什么可以效劳的吗,费金先生?"随他来到楼梯口的那个人问道,"你不和我们一块儿乐呵乐呵吗?他们会很尽兴的,每个人都会。"

老犹太烦躁地摇摇头,低声问道:"他在不在?"

"不在。"那人回答。

"也没有巴尼的消息?"费金又问。

"没有。"对方答道。此人正是瘸子酒馆的老板。"不等风头过去,他是不会露面的。我敢说,警察肯定已经查到了线索。他一有动静,紧跟着就得倒霉。巴尼暂时还算安全,要不然我会听到消息的。我敢打赌,巴尼搞得定。咱们就不用替他操心了。"

"他今晚会来这儿吗?"老费金问,和刚才一样,把那个"他"字咬得特别重。

"你是说,蒙克斯?"老板略微迟疑地问。

"嘘!"老犹太说,"对。"

"他必定来,"老板说着从表袋里掏出一块金表,"按说早该到了。你要是能等上十分钟,他就——"

"不,不。"老犹太急忙说道,好像他虽然很想立刻见到他要找的这个人,可对方不在却又令他相当释怀一样,"告诉他我来找过他,让他今晚去找我。不,明天。既然他今晚没来,那还是明天好了。"

"好!"老板满口答应,"还有别的话要带吗?"

"暂时没了。"老犹太说着,转身下楼。

"我说,"老板隔着栏杆,用沙哑的嗓音低声说,"现在可是做买卖的好时候。菲尔·巴克在里头呢,喝得烂醉如泥,一个小孩都能把他搞定。"

"啊哈！不过现在还不是收拾菲尔·巴克的时候。"老犹太仰着头说，"舍掉他之前，有些事情还得让他干呢。回去吧，老伙计，告诉他们，趁还活着，要及时行乐。哈哈哈！"

店老板跟着干笑几声，回去招待他的客人们了。就剩老费金自己时，他的脸色迅速变回之前忧心忡忡的样子。沉思片刻，他叫了辆马车，吩咐车夫把他拉到贝思纳尔格林。在离赛克斯住的地方尚有大约四分之一英里时，他下了马车，准备步行走完剩下的一小段路。

"哼，"老费金嘟囔着敲了敲门，"这里面要是有鬼的话，也只能从你嘴里问个明白了。我的小丫头，你再怎么机灵都没用。"

开门的女人说，那人在自己屋里。老费金轻手轻脚地摸上楼，一声招呼不打便进了房间。屋里只有姑娘一个人，披头散发地趴在桌子上。

"看来她喝酒了，"老费金一脸冷漠，心里想着，"要么就是伤心闹的。"

他一边想一边转身关上房门，不过这动静倒把姑娘惊醒了。她仔细打量着老费金那张精明的脸，问他有没有新消息，随后又听他把托比·克拉基特的事细说了一遍。听完以后，她一句话都没说，又恢复到之前的样子。她不耐烦地把蜡烛挪到一边，偶尔烦躁地换个姿势，两只脚在地上蹭来蹭去，但也仅此而已。

在彼此沉默之际，老费金心神不宁地左顾右盼，仿佛在确认屋里没有赛克斯偷偷溜回来的痕迹。他对这一番查看显然十分满意，干咳了两三次，千方百计想找个话头。可那姑娘丝毫不搭理，好像他是块石头。他最后又尝试了一次，搓着双手，用充满安抚的语气说："亲爱的，你觉得比尔眼下会在哪里呢？"

姑娘含混不清地回答说她也不知道。从她压抑的声音来看，她似乎快哭了。

"还有那孩子呢。"老费金睁大眼睛瞥了瞥她，"可怜的孩子！被丢在水沟里！南希，你想想有多惨。"

"那孩子，"姑娘突然抬起头，"丢在水沟里也比跟着我们强。只要比尔能好好的,他就死在水沟里算了,让他那把小骨头也烂在那儿!"

"什么?!"老费金大惊失色。

"怎么了?我就是这么想的。"姑娘迎着他的目光说,"只要不再看见他,只要让我知道最坏的部分已经过去,我高兴还来不及呢。有他在身边,我会受不了。看见他,我就恨自己,也恨你们所有人。"

"呸!"老费金轻蔑地说,"你喝多了。"

"我喝多了吗?"姑娘气势汹汹地嚷道,"要是我没喝多,那跟你也没关系!依着你的意思,除了现在,恐怕巴不得我天天喝得醉醺醺的。怎么,你不习惯这种幽默,是不是?"

"是,"老费金怒气冲冲地说,"确实不习惯。"

"那就让我改啊。"姑娘朗声笑道。

"我让你改!"老费金叫道。这姑娘出人意料的顽固加上今晚的诸多不顺,终于让他忍无可忍。"我会让你改的!你给我好好听着,臭婊子!现在赛克斯的小命就攥在我手里呢,我只要一句话,就能叫他死无葬身之地。他要是丢下那孩子,一个人回来了，或是躲过了这一劫，却没能把那孩子给我找到，死的也好，活的也罢，总之，如果你不希望他落到杰克·凯奇[1]的手里，那你最好亲手干掉他。记住我的话，他一踏进这个屋子就动手，否则就没机会了。"

"你说的都是些什么呀？"南希姑娘不由得叫道。

"说的什么？"老费金怒不可遏地说，"那孩子对我来说价值几百上千英镑，我能眼睁睁看着这大好的发财机会被一群只要我吹一声口哨就能要了他们的命的酒囊饭袋给搅黄吗？我还跟一个灾星有过约定，只要他想做，就能，就能——"

老费金激动得气喘吁吁，说话也结巴起来。然而在一瞬间，愤怒的洪流戛然而止，他整个人都变得不一样了。前一刻他还张牙舞爪，目露凶光，气得脸色铁青呢；现在，他跌进一把椅子，缩成一团，

---

[1] 17世纪英国著名的刽子手，以粗暴的行刑方式出名，后成为这一职业的代名词。

瑟瑟发抖,好像生怕暴露了自己某些隐藏的罪恶。安静了片刻,他参着胆子抬头看了一眼同伴,发现她又跟刚醒来时一样无精打采,这才稍微放宽了心。

"南希,亲爱的!"老费金用平时那种低沉沙哑的声音说,"是我失态了,你不会见怪吧?"

"你先别烦我了,费金!"姑娘有气无力地抬起头,答道,"要是这次比尔失手了,他准会再找机会下手。他替你干过不少漂亮活儿,有机会的话,他还会干更多,直到他干不了为止,所以你就别再揪着这事不放了。"

"那你说那个孩子怎么办,亲爱的?"老费金不安地搓着手掌。

"那就看他的造化了。"南希匆匆打断他,"还是那句话,我希望他已经死了,省得吃苦受罪,省得再落到你们手上——我是说,如果比尔平安无事的话。要是托比都能全身而退,那比尔肯定也不会有事。要知道,一个比尔顶两个托比呢。"

"那我刚刚说的事情?"老费金眼冒精光地盯着南希。

"要是你想让我做什么事,那就得重新说一遍,"南希说,"不过要真是那样,最好还是等明天再说吧。刚刚我确实醒了会儿,可现在头又昏起来了。"

老费金又问了另外几个问题,但每个问题的意思都差不多,无非是想搞清楚这姑娘有没有听出他刚才脱口而出的暗示。可南希回答得挺爽快,即便面对他咄咄逼人的目光,也能泰然自若。由此他便确定了最初的印象,这丫头大概是多喝了几杯。老费金那帮女徒弟有一个共同的缺点,就是爱喝酒,南希也不例外。她们还在年少无知的时候,在喝酒这件事上得到的鼓励远比受到的劝阻多。南希披头散发的邋遢样,加上弥漫在整个公寓里的杜松子酒的气息,都为老犹太的推测提供了有力证据。上述那阵短暂的发作之后,她逐渐消停下来,先是迷糊了一会儿,随后各种情绪纷至沓来,人变得疯疯癫癫,一会儿抹泪,一会儿又胡言乱语,喊些诸如"永远别说死"之类的醉话,还嚷着"只要人能保持乐观,成功的概率就会变大"这样的傻话。这种场面,费金先生可是见得多了。他心满意足地确定,这丫头是真的喝多了。

老费金顿觉释然。此行他只有两个目的：一个是把他今晚得到的消息通知南希，另一个是亲自确认赛克斯还没回来。如今目的全部达成，他也该回家了。至于他这位年轻的朋友，就任由她趴在桌子上睡觉好了。

离午夜已经不到一个小时。天很黑，冷得彻骨，老费金没心思在外面瞎溜达。凛冽的寒风席卷大街，似乎要把人像清扫尘土垃圾一样清理出去。行人本就寥寥可数，仅有的几个也都在行色匆匆地往家赶。不过老费金倒是顺风，只是在每一股劲风粗暴地推在背上时，他都不由自主地哆嗦一阵。

刚走到他自己家那条街的拐角，他就开始在口袋里摸索起钥匙。这时一个黑影突然从路对面一个漆黑的门洞里鬼鬼祟祟地钻出来，轻手轻脚地溜到了他身边。

"费金！"这人在离老犹太耳朵不远的地方小声叫道。

"啊！"老费金吓了一跳，猛地扭过头去，

"你是……"

"对！"陌生人打断他说，"我都在这儿等了两个钟头了。你跑哪儿去了？"

"还不是为你的事，伙计。"老费金回答着，不安地扫了一眼对方，脚步也慢了下来，"一整晚都在为你的事奔波。"

"哦，那是当然！"陌生人语带嘲讽，"怎么样，有什么结果吗？"

"情况不妙。"老费金说。

"不会出事了吧？"陌生人突然停下，吃惊地看了同伴一眼。

老费金摇摇头，正要回答，陌生人却打断他，指了指他们已经走到跟前的老费金的宅子，示意有什么话到里头再说，因为他在外面吹了那么久的寒风，身上的血都快冻住了。

然而，老费金似乎不大情愿：都三更半夜了，还要往家里带人？果然，他嘟囔说家里没火，多有不便，可对方固执得很，非要到他家里去。没办法，老费金只好开了锁，吩咐同伴轻轻把门关上，他去掌灯。

"这儿黑得像坟地一样,你快点!"男子摸索着向前走了几步,说道。

"关上门。"老费金在走廊尽头小声说。话音未落,门咣当一声关上了。

"这不能怨我,"那人一边探路一边说,"是风刮的,要么就是它自己关上的。快点灯啊,黑咕隆咚的,再没个亮光,我非撞死不可。"

老费金摸黑走下厨房楼梯。不大一会儿,他举着一根点着的蜡烛上来,还带来消息说,托比·克拉基特正睡在楼下里间,孩子们睡在前面一间。他冲男子招招手,叫对方跟着,遂在前面领路朝楼上走去。

"伙计,有什么话都可以在这儿说了。"老费金推开二楼一个房间的门,"窗板上有窟窿,我们从来不会让邻居看到屋里有光亮,因此只能把蜡烛放在楼梯上。来吧。"

说着,老费金弯腰把蜡烛放在正对着房门的一段稍高的楼梯上,随后把对方领进了房间。屋里空荡荡的,除了一把破扶手椅和门后边一张没有罩子的沙发,几乎没有任何能搬走的东西。陌生人拖着一身疲倦坐在了沙发上,老费金则拉来扶手椅,和他面对面坐下。房间里不算太暗,门半开着,外面蜡烛的光亮能通过对面的墙壁反射进来一部分。

他们细声低语地聊了一会儿。除了偶尔几个零星的字眼,大部分对话听不清楚。即便如此,有心者或许还是不难听出老费金受了陌生人的指责,正竭力为自己辩解,而那陌生男子似乎恼怒万分。他们这样谈了一刻钟甚至更久,最后蒙克斯——谈话期间老费金曾三番五次以这个名字称呼陌生男子——稍微提高了一点音调说:"我再说一遍,这事压根儿就不该这么安排。为啥不把他留在这儿和其他几个混在一块儿呢?把他培养成一个鼻涕邋遢的扒手不也挺好吗?"

"哪有那么容易?!"老费金耸耸肩说。

"怎么,你是说即便你有这个心思也办不到?"蒙克斯正色问道,"这事你在其他小子身上不都干过几十次了吗?只要你有耐心,顶多一年就能让他被定个什么罪,然后稳稳当当地被送出国去,甚至可能一辈子都回不来。"

"那你说,老伙计,这么做到底对谁有好处呢?"老费金几乎低声下气地说。

"对我啊。"蒙克斯回答。

"可对我没好处。"老费金的语气十分恭顺,"他本来能为我所用的。两个人做买卖,双方的利益都考虑到才算公平。你说是吧,老伙计?"

"那又怎么样?"蒙克斯问。

"我发现很难把他训练成咱们这一行的人,"老费金回答,"他和其他境遇相似的小孩子很不一样。"

"该死的,确实不一样!"蒙克斯喃喃说道,"要不然他早就成个贼了。"

"我根本驾驭不了他,没办法搞坏他的良心,"老费金愁容满面地注视着同伴的脸,继续说道,"他那双手现在还是干干净净的,我连要挟吓唬他的资本都没有。想控制一个小孩,这在一开始就非常重要,要不然就只是白费工夫。你说我还能怎么办,让他跟鬼灵精和查理一块儿上街?老伙计,一开始我们没少那么干,可是没用啊。我一个人为咱们所有人担惊受怕。"

"那跟我有什么关系?"蒙克斯说。

"不,不,老伙计!我可不是那个意思。"老费金忙说,"眼下还不是争论这个的时候,因为要不是出了这档子事,你可能永远都不会注意到他,那样也就永远不会发现他就是你要找的人。唉,我让那姑娘把他找回来,可紧接着她就喜欢上了那孩子。"

"你该勒死那丫头!"蒙克斯不耐烦地说。

"唉,现在可不行,老伙计。"老费金微笑着说,"况且,那也不是咱们的做派呀。也许哪天我会非常乐意找人把这件事给了结了。蒙克斯,这些丫头我了解得很。只要那孩子一入咱们的道儿,她对他不会比对一根木头更心疼多少。你想让他做贼。如果他还活着,这一次我肯定能把他训练成一个贼。如果——如果——"老费金往对方跟前凑了凑,"虽说不一定,但假如出现最糟糕的情况,他死了——"

"他死了可不关我的事。"蒙克斯大惊失色地抢过话,双手哆嗦着抓住老费金的胳膊,"你记住,费金！这事跟我没关系。一开始我就提醒过你，他怎么着都行，就是不能死。我不想弄出人命。这种事根本瞒不住，还会搅得人不得安宁。要是他们把他打死了，这事可不能怪我，听见没有？这鬼地方一把火烧掉算了！什么东西？"

"什么？在哪儿？"老费金吓了一跳，跳起来一把抱住了那个胆小鬼。

"那儿！"蒙克斯盯着对面的墙，"影子！我看到一个女人的影子，披着斗篷，戴着软帽，像股风一样从护墙板旁边飘过去了！"

老费金松开蒙克斯，两人着急忙慌地从屋里冲出来。蜡烛仍在原地，被穿堂风吹得摇曳不定。烛光所照之处，只看见空荡荡的楼梯和两人煞白的脸。他们侧耳细听，整栋房子都静悄悄的。

"一定是你看花眼了。"老费金拿起蜡烛，转身对同伴说。

"我发誓我看见了！"蒙克斯惊魂未定，颤抖着说，"刚看见的时候，那影子稍微弯着腰，我一开口，它就溜掉了。"

老费金鄙夷地扫了一眼同伴那张苍白的脸,对他说,如果愿意,可以一起上楼查看。他们检查了所有的房间,可每间房里都空空如也,寒气袭人。他们来到走廊,又进入下面的地窖。只见低矮的墙上笼罩着绿莹莹的潮气,蜗牛和鼻涕虫爬过的痕迹在烛光下明晃晃的,可这里同样一片死寂。

"现在该放心了吧?"重新回到走廊上,老费金说,"咱们俩不算,这屋里除了托比和那两个孩子,就没别人了。他们这会儿不可能出来。你瞧!"

为了证明自己所言不虚,老费金从兜里掏出两把钥匙,并解释说,他之前下楼时就把其他人的房门锁上了,免得他们的谈话被人打扰。

蒙克斯先生显然被这一新的证据说服了。两人又搜寻了一阵,仍毫无结果,他的疑虑便渐渐打消了。最后他干笑几声,承认有可能是他看花了眼。不过这会儿他已经没心情和老费金继续谈下去,而且猛然意识到此时已过凌晨一点,于是这对相亲相爱的老朋友便就此分别了。

第 27 章
弥补前面某个章节的无礼行为,
我们何故将一位太太冷落至此

一位谦逊的作者绝不会让教区干事这样一个关键角色一直拿胳膊夹着大衣下摆,背对火炉,在漫长的章节中苦苦等待,直到作者再度想起他的存在。而与此同时,与干事共处一室的那位太太,也被笔者冷落得太久了,这与干事的身份或风度多少有些不相符。我们这位可敬的教区干事曾经那么含情脉脉地注视着这位太太,还向她的耳朵里倾吐了那么多充满柔情蜜意的绵绵话语。这些话语有着难以形容的魔力,任你是女仆也好,总管也罢,听了之后心里都免不了要小鹿乱撞。身为这部传记的执笔者——在下对自己的职责十分清楚,对达官显贵之人也向来心怀崇敬,绝无怠慢——对于他们因自己的地位所理应得到的尊重，本人从不吝惜笔墨去表达，同时也会以应尽之礼节对待他们尊贵的身份，以及他们由此而具备的崇高美德。以此为目标，笔者本打算在此就教区干事的神圣权利洋洋洒洒地发表一通长篇大论，以阐释教区干事永远不会出错的真理。如此，正直的读者定会感到心情舒畅，同时又能有所获益。然而不幸的是，由于本传记的时间和篇幅所限，笔者只能将此事推迟至更为方便和恰当的时机。届时笔者将会慷慨地向诸位展示，一位经过正规流程合法任命的教区干事——隶属于教区济贫院，以官方身份参与教区教堂事务的干事——凭借其崇高的公职身份，便具备了人类所有的美德和优秀品质。而一般的公司干事、法庭干事，甚至偏远地区小教堂里的干事，与这些品质和美德当中的任何一种都要相差十万八千里呢（最后一类除外吧，虽然相比之下，教区干事辉煌如皓月当空，而他们仅好似萤火之光）。

　　班布尔先生已经重新点了一遍茶匙的数目，方糖夹子也拿在手中掂了又掂，那口奶锅也被他做了一番更为周密的考察,屋里大小家具,乃至椅子上的马鬃坐垫,都被他研究得一清二楚,做到了全部细节了然于胸。而这套程序重复了至少五六次之后,他才终于想到科尼太太是不是该回来了。这个疑问萌生数次之后,他有些坐不住了。鉴于始终听不到科尼太太回来的动静,班布尔先生突发奇想,不如瞧瞧科尼太太的橱柜里都有些什么,以满足一下自己的好奇心,顺便打发无聊的时光。这样的举动想必无伤大雅,更不至于败德辱行吧。

班布尔先生凑近锁眼儿听了听,确定没人往这屋里来,便从橱柜的最底层开始,逐一浏览那三个长抽屉里的内容。只见抽屉里装满了款式各式各样、质地都颇为讲究的衣服,并用两层旧报纸精心保护起来,上面点缀着风干的薰衣草。班布尔先生对这一细节十分欣赏。不多时,他便翻到右上角的抽屉(钥匙在抽屉里),发现里面有个挂了锁的小盒子。他拿起来晃了晃,盒子里发出悦耳的叮当声,听起来像是钱币。随后班布尔先生步态庄严地回到壁炉前,恢复先前的神态,郑重且坚定地对自己说:"就这么干！"发表完这句简短但意义非凡的宣言之后，他便开始摇头晃脑，并把这古怪滑稽的动作重复了十来分钟，好像在规劝自己要当一条温顺可爱的好狗一样。接着，他又从侧面饶有兴致地端详了一番自己的双腿，仿佛从中得到了莫大的乐趣。

班布尔先生正自得其乐地看着腿，科尼太太突然慌里慌张地跑回来，往壁炉前的椅子上一坐，一手捂眼，一手摸心口，大口大口地喘起了粗气。

"科尼太太，"班布尔先生朝我们的女总管俯过身说，"您怎么了？出什么事了吗？求求您快告诉我吧，我急得真是如——如——"情急之下，班布尔先生想不起来"如坐针毡"，便顺口说了个"如饥似渴"。

"唉，班布尔先生！"太太叫道，"我真是快被气死了！"

"气死？太太，"班布尔先生不由得惊呼，"谁有这么大胆子，敢——我知道了！"班布尔先生以他与生俱来的威严尽量控制着自己，"是那帮没良心的穷鬼！"

"光想想就可气!"科尼太太浑身颤抖着说。

"那就不要再想了,太太。"班布尔先生说。

"可我忍不住啊。"太太啜泣着说。

"那就来点什么吧,太太,"班布尔先生宽慰说,"喝点葡萄酒?"

"不行!"科尼太太回答,"我不能喝酒。唉!架子右上角。唉!"可敬的太太心烦意乱,边说边指了指橱柜,随后还因为激动的情绪抽搐了一下。班布尔先生三步并作两步冲到橱柜前,按照一番语无伦次的指示,从架子上拿下一个容量为一品脱的绿瓶子,把里面的东西倒了满满一茶杯,送到科尼太太唇边。

"现在好多了。"半杯那东西下肚,科尼太太缩回身子说。

班布尔先生无限感激地抬起头,虔诚地望了望天花板,而后视线落到杯沿,又将杯子端到鼻子底下闻了闻。

"里面有薄荷,"科尼太太冲干事微微笑了笑,有气无力地说,"你也尝尝吧。里面还放了点——放了点别的东西。"

班布尔先生半信半疑地尝了一口,咂了咂嘴,接着又尝一口,放下来时,杯中已空。

"安神效果很好。"科尼太太说。

"确实,太太。"干事说着拉了把椅子到女总管身边,温柔地问她因为何事如此烦恼。

"没什么。"科尼太太回答,"我就是个多愁善感、弱不禁风的傻女人。"

"弱不禁风?不,太太,"班布尔先生反驳道,把椅子又拉近了些,"您可一点都不弱,科尼太太。"

"人本身就是脆弱的动物。"科尼太太搬出了一条普世公理。

"就算是吧。"干事说。

在之后的一两分钟里,谁都没有说话。等这段沉默的时间过去,班布尔先生已经用变换的姿势说明了自己的立场:他之前放在科尼太太椅背上的左臂悄无声息地移动到了太太的围裙带上,并神不知鬼不觉地缠住了她的腰。

"我们都是脆弱的动物。"班布尔先生说。

科尼太太叹了口气。

"别唉声叹气啊,科尼太太。"班布尔先生说。

"我忍不住。"科尼太太回道,接着又叹了口气。

"太太,您这间屋子感觉特别舒服。"班布尔先生环顾四周说,"要是再多一个房间就完美了。"

"那对我来说就太大了。"太太喃喃地说。

"可如果两个人住就不嫌大了。"班布尔先生的声音格外柔和,"您说呢,科尼太太?"

干事说这番话时,科尼太太低垂着头。干事也低下头,好看清科尼太太的脸。但科尼太太矜持地把头扭到一边,伸手去拿手绢儿,然而她的手在往回放时却无意中落在了班布尔先生手中。

"理事会给你们分煤了吧,科尼太太?"干事亲切地握紧她的手,问道。

"还送了蜡烛。"科尼太太回答,手上也在轻轻回应。

"有煤烧,有蜡烛用,还免房租,"班布尔先生说,"哦,科尼太太,您简直是天使啊!"

如此奔放的感情,科尼太太哪里招架得住?她身子一软倒在班布尔先生怀里。而这位先生按捺不住激动的心情,在她纯洁的鼻尖上印下了一个炽热的吻。

"真是天赐的良缘!"班布尔先生欣喜若狂,"你知道吗,我的美人,斯劳特先生今晚的情况更糟了。"

"我知道。"科尼太太羞涩地回答说。

"医生说他活不过一周了。"班布尔先生继续说道,"他是济贫院的主事人。他死了之后就会空出一个位子,而这个位子需要有人顶上。哦,科尼太太,这将开启一个多么美好的前景啊!真是珠联璧合的天赐良机!两颗心,两个家,合二为一。"

科尼太太抽泣着。

"说出来吧,那个小小的字眼,"班布尔先生朝那忸怩不安的美人俯下身,"那个小小的、不起眼的,甚至微不足道的字眼,我亲爱的科尼?"

"嗯——好。"女总管长出了一口气说。

"再说一遍,"干事不满足,"就一遍,让我感受到你的热情。你打算还要让我等多久?"

科尼太太尝试了两次,可都没说出口。最后她鼓足勇气一把搂住班布尔先生的脖子说,一切全凭他做主,还嗔怪他是个"叫人神魂颠倒的鸭子"。

事情就这么愉快地决定了,合约双方都很欢喜。为了显示庄重,他们又倒了满满一大杯薄荷水。这对心潮澎湃、面红耳赤的科尼太太来说可谓雪中送炭。喝完杯中之物,她把老莎莉已经咽气的消息告诉了班布尔先生。

"好极了,"这位绅士啜饮着薄荷水,"我一回去就通知棺材铺的苏尔伯雷,让他明天一早派人过来。亲爱的,你刚才就是被这件事吓到的吗?"

"其实也没什么特别的事,宝贝儿。"科尼太太闪烁其词道。

"那肯定还是有事,亲爱的,"班布尔先生不肯罢休,"告诉你的班布尔,好不好啊?"

"先不说吧,"太太回答,"改天再说,等我们结婚了,亲爱的。"

"等我们结婚了!"班布尔先生惊叫道,"不会是哪个不要脸的穷鬼……"

"不，不，亲爱的！"科尼太太急忙打断说。

"要是让我发觉真有这么回事，"班布尔先生继续说道，"要是让我知道哪个穷鬼敢拿他下流的眼睛朝这张漂亮的脸蛋多瞧上一眼——"

"他们没这个胆子，亲爱的。"科尼太太说。

"他们最好不敢！"班布尔先生攥紧了拳头，"要是让我发现谁敢动这种歪心思，不管是本教区的还是其他教区的，我都会让他们吃不了兜着走！"

倘若没有大开大合的手势加以点缀，干事这番慷慨激昂的陈词或许还称不上是对科尼太太个人魅力的高度赞扬，但班布尔先生的这一通威吓恰恰伴随着许多充满好斗意味的比比画画。科尼太太大为感动，显然在她眼中这是忠诚的最好证明。于是她不无崇拜地说，班布尔先生简直是只叫人欲罢不能的鸽子。

于是，这只鸽子便竖起他的大衣领，戴上三角帽，与他未来的合伙人深情拥抱了好长一阵子，而后便再次一头扎进夜晚凛冽的寒风。当然，中途他在济贫院男人们睡觉的宿舍里停留了几分钟，把那群收容进来的穷鬼臭骂了一顿，目的就是让自己相信：以他的刻薄，担任济贫院院长一职绰绰有余。有了舍我其谁的把握，班布尔先生心情大好，轻松愉悦地离开了济贫院。他满脑子想着未来晋升的美事，就这样一直来到了苏尔伯雷的棺材铺。

早就过了打烊的时间，但铺子的门还没有关。苏尔伯雷先生和太太外出喝茶吃晚饭去了。而诺亚·克莱波尔，除了吃喝这两件事，是不愿在任何事情上多花一分力气的。班布尔先生拿手杖在柜台上敲了好几下却不见一个人出来招待，随即发现铺子后面小客厅的玻璃窗上透着亮光，便冒昧地凑过去偷看。结果令他大吃一惊。

只见餐桌上铺着晚餐桌布，面包黄油，杯杯盏盏，摆了满满一桌，此外还有一罐黑啤酒和一瓶葡萄酒。桌子上首，诺亚·克莱波尔先生悠然自得地坐在一把安乐椅中，两条腿懒洋洋地架在一侧扶手上，一只手拿着一把打开的折刀，另一只手拿着一大块抹了黄油的面包。夏洛特紧挨着他站在一旁，正从一个桶里拿出牡蛎剖开。克莱波尔先生胃口奇佳，心安理得地享用着剖开的牡蛎。这位年轻绅士的鼻子较平时更红了些，右眼老是不自觉地冲同一个方向眨巴，这说明他已经喝得微醺。而他吃牡蛎时的馋鬼样也证实了这一点。除非他上火严重，亟须牡蛎给他清清内热。

"亲爱的诺亚，这儿有个肥的肯定好吃，"夏洛特说，"快尝尝，只吃这一个。"

"牡蛎真是人间美味！"克莱波尔先生吞下那只牡蛎后赞叹道，"可惜吃不了几个就会让人不舒服，是吧，夏洛特？"

"是啊，简直残忍。"夏洛特说。

"可不是嘛，"克莱波尔先生附和道，"你不喜欢吃牡蛎吗？"

"还行吧，"夏洛特回答，"但我喜欢看你吃，亲爱的诺亚，比我自己吃还开心呢。"

"天啊，"诺亚若有所思，"还有这么奇怪的事！"

"再来一个吧，"夏洛特说，"你看这一只的须多漂亮！"

"我实在吃不下了，"诺亚说，"真抱歉。过来，夏洛特，让我亲一口。"

"好啊！"班布尔先生突然大喝一声，闯了进来，"这位先生，你再说一遍！"

夏洛特尖叫一声，羞得把脸埋进了围裙。克莱波尔先生除了让双脚落在地上，姿势倒没有大变。他带着醉酒的惊恐呆若木鸡地望着教区干事。

"大胆狂徒，你再说一遍！"班布尔先生说，"谁给你的胆子敢提这种事？还有你，不要脸的贱货，竟然纵容他！你们倒是亲一个让我看看！"班布尔先生义愤填膺，连声呵斥，"我呸！"

"我只是说着玩的！"诺亚竟然哭了起来，"是她总来亲我，也不管我喜欢不喜欢。"

"哎，诺亚！"夏洛特满脸责怪的神情。

"你心里清楚我没说错，你就是那样的，"诺亚反驳道，"班布尔先生，她经常这样，还会用手摸我的下巴，做出各种亲密的举动。"

"闭嘴！"班布尔先生厉声喝道，"小姐，回你的地下室去。诺亚，去把铺门关上。在你们家老爷回来之前再敢多说一个字，你就想想后果吧。另外，等他回来你告诉他，就说班布尔先生交代的，让他明天吃过早饭就送口老婆子用的棺材过去。听见没有？还想亲嘴儿！"班布尔先生举起双手吼道，"这个教区里下等人的罪孽与邪恶真是触目惊心！议会要是再不把这当回事，这个国家就完了！农民也将永远失去他们淳朴善良的本性！"教训完毕，教区干事阴沉着脸，迈着大步趾高气扬地走出了棺材铺。

我们已经陪干事在回家的路上走了很长一段，老妇人的后事也准备得差不多了。那么现在我们该关心一下奥利弗·特威斯特的命运了。不知道被托比·克拉基特撇下之后，他是否还躺在水沟里？

第 28 章
让我们把目光重新放回到奥利弗身上，继续讲述他的不幸遭遇

"叫狼撕碎你们的喉管儿！"赛克斯咬牙切齿地咕哝着，"哪天落到我手里，非让你们把嗓门喊哑不可！"

赛克斯的这句咒骂，可谓极尽残暴狠毒之能事。他屈膝撑住那受伤孩子的身体，扭头匆匆看了一眼后面追捕他们的人群。

天黑雾浓，眼前一片朦胧，但人群响亮的呐喊震荡着夜空，周边的狗被警钟惊醒，此起彼伏的吠叫声从四面八方传来。

"站住！你这个胆小鬼！站住！"赛克斯冲已经跑到前头的托比·克拉基特大喊道，被喊的这位显然充分发挥了他那两条大长腿的优势。

听到赛克斯连喊了两声"站住",托比乖乖停了下来,因为他还不敢确定自己是否已经逃出了手枪的射程范围,而在当前的处境下,和赛克斯顶着干可不是闹着玩的。

"回来!"赛克斯冲他的同伙拼命招手,"帮我抬一下这小子!"

托比作势要折返回来,可步子走得极慢,嘴里嘟嘟囔囔,声音很低,又因为逃命本就上气不接下气,所以说得断断续续,反正一副老大不愿意的样子。

"快点!别跟我耍花招!"赛克斯喊道。他把那孩子放在脚下的一条干沟里,从口袋里掏出手枪。

这时,呐喊声更响亮了。赛克斯再次回头看了一眼,意识到追捕他们的那些人恐怕已经在翻越地头的篱笆门了,两条狗一马当先,冲在人群最前面。

"这下完蛋了,比尔!"托比大叫,"快把那孩子丢了,赶紧逃命吧!"说完这句临别赠言,克拉基特先生便光明正大地溜之大吉。只见他转过身后拔腿就跑。显然,他宁可冒着被赛克斯打一枪的风险，也不愿落到追捕他们的那群人手中。赛克斯咬了咬牙，环顾四周，遂把刚刚胡乱裹着奥利弗的斗篷朝平卧在地的孩子身上一扔，接着仿佛要把人群从孩子躺的地方引开似的，沿着树篱一路狂奔。在跑到另一道与前进方向正好垂直的树篱前时，他停了一下，把手枪高高地抛向空中并接住，随后纵身一跃，翻过树篱逃走了。

"嘿！嘿！过来！"后面有个声音哆哆嗦嗦地喊道，"钳子！海神！回来！快回来！"

那两条狗和他们的主人一样，似乎对他们参与的这场追逐大战兴致不高，因此爽快地听从了召唤。已经在地里追出一段距离的三个男人也停了下来，一起商量接下来该怎么办。

"依我之见，或至少应该说，照我的命令，"三人当中最胖的那一个说道，"咱们还是赶紧回去得了。"

"贾尔斯先生的任何意见我都赞同，"身材矮小但足够敦实的那一位说。此人脸色煞白，毕恭毕敬——受惊的人通常如此。

"先生们,我不想显得不懂事,"第三个说,把狗叫回来的就是他,"但我觉得这事让贾尔斯先生做主准没错。"

"当然,"较矮的那个说,"不管贾尔斯先生说什么,我们都没理由反对。不,不,我清楚自己的处境。谢天谢地,我清楚。"老实说,这小个子看起来的确清楚自己的处境,而且比谁都明白,这绝对不是那种令人向往的处境,因为他说话的时候,牙齿都快抖到脑子里去了。

"你害怕了,布里特斯?"贾尔斯先生说。

"没,我不怕。"叫布里特斯的那人说。

"怕了就是怕了。"贾尔斯说。

"你瞎说,贾尔斯先生。"布里特斯说。

"你撒谎,布里特斯。"贾尔斯先生说。

这四句你来我往的顶撞是由贾尔斯先生的奚落引起的,而贾尔斯先生之所以出言嘲讽则是因为气愤。别人用一句恭维话做幌子,便把回家的责任一股脑儿推到了他头上。倒是第三个人最后从哲学的角度终止了这场争论。

"二位,我来告诉你们是怎么回事吧,"他说,"我们都很害怕。"

"说你自己吧,别捎上我。"贾尔斯先生说。他的脸色是三人当中最苍白的。

"我说的就是我自己。"那人回答,"在目前这种情况下,害怕很自然,没什么丢脸的。我就是害怕了。"

"我也害怕,"布里特斯说,"可就算别人害怕,你也没必要咄咄逼人地指出来吧。"

这些坦率的自白令贾尔斯先生的态度有所缓和,他当即承认自己也很害怕。于是,三人立刻转身,不约而同地开始往回跑,直至贾尔斯先生(三人中数他喘得最厉害,主要因为他手里还拖着一柄干草叉)极为大度地劝他们停下,好让他为自己刚才的出言不逊表示歉意。

"不过说来也怪,"贾尔斯先生解释完他的轻率之后说道,"一个人血气上来了,真是什么事都干得出来。要是那些歹人有一个落在咱们手里,说不定我会开杀戒,这可真说不定。"

另外两位深有同感，不过这会儿他们的血气全都降下来了，接着便开始琢磨让他们的血气突然上升又突然下降的原因究竟是什么。

"我知道是怎么回事，"贾尔斯先生说，"全是那篱笆门害的。"

"要真是它弄的，也不奇怪。"布里特斯立刻表示赞同。

"相信我准没错，"贾尔斯说，"绝对是那道门挡住了冲动。爬的时候我就感觉不对劲了，好像一肚子的火气突然就泄掉了。"

真是无巧不成书，另外两位也是在那一刻经历了同样令人不悦的感觉。因此显而易见，问题就出在那道篱笆门上。尤其在发生这一微妙变化的节点上，三人的感觉出奇地一致——因为他们都记得清清楚楚——变化恰巧发生在他们能一眼望见强盗的节骨眼儿上。

对话的这三个人，其中两个是吓跑了盗贼的当事人，第三个是个游街的补锅匠。他原本在别人家的棚屋下睡得好好的，结果被叫了起来，带着他的两条杂种狗,一起加入追捕强盗的行列。贾尔斯先生一身兼两职,既是宅院那家老太太的仆役长,也是管家。布里特斯是个打杂的,从小就在老太太身边听使唤,尽管如今他都三十好几了,但仍被当作一个有出息的孩子看待。

他们一边说话壮胆,一边又紧紧挤在一起,周围一有风吹草动,便惊慌不定地左顾右盼。如此,三人匆匆撤回到一棵树下。树后有他们之前留下的灯笼,目的是避免光亮招来贼人的子弹。此刻他们捡起灯笼,从最近的路一溜小跑往家奔去。等到连他们模糊的身影都看不清时,灯光却依然在远处摇曳闪烁,仿佛是这潮湿沉闷的空气在不停地吐息。

天快亮了,空气也越来越冷。雾气像浓烟一样在贴近地面的高度翻滚。草地湿漉漉的,小径和洼地里全是泥水。腥臭难闻的风裹着团团潮气,懒洋洋地吹过,发出阵阵好似来自空穴的呻吟。奥利弗仍然躺在赛克斯丢下他的地方,一动不动,昏迷不醒。

黎明悄然降临,寒气更加逼人。第一缕晦暗的晨光惺忪地出现在天际，与其说这是白昼的诞生，倒不如说是黑夜的死亡。黑暗中那些看起来模糊可怖的景物变得越来越清晰，渐渐显出人们熟悉的形状。一阵急雨铺天盖地地落下，噼里啪啦地打在光秃秃的灌木上。尽管淋着雨，但奥利弗浑然不觉。他依旧不省人事，孤立无援，直挺挺地躺在泥水中。

终于，一声微弱而又痛苦的呻吟结束了漫长的静止。那孩子苏醒过来了。他那只用披巾胡乱包扎的左胳膊沉甸甸地垂在身体一侧，无法动弹，而披巾早已被鲜血浸透。他虚弱不堪，几乎连坐起来的力气都没有。勉强坐起后，他缓缓扭动脖子，盼着能有人来救他，但疼得直哼哼。虽然感到寒冷、困倦，而且每一个关节都在战栗，他还是挣扎着起身，可由于从头到脚都抖得厉害，刚站起来的身体又直挺挺地倒了下去。

从长时间的昏迷中苏醒不久，奥利弗突然有种毛骨悚然的恶心感，这感觉仿佛在警告他，继续躺在这里只有死路一条。于是，他再次站起来，尝试行走。他头晕目眩，脚步踉跄，像个醉汉。尽管脑袋无力地耷拉在胸前,尽管每一步都极尽蹒跚,但他咬牙坚持着,向前、向前。至于去哪儿,他又如何知道?

这时,奥利弗脑海中忽然涌入一大堆扑朔迷离、混乱不清的印象。他仿佛仍被赛克斯和克拉基特一边一个夹着走,这两人吵得面红耳赤,说过的话真真切切地在他耳边回响。他使出吃奶的力气才没让自己又倒下去,头脑好像清醒了些,但接着他便发现自己在和他们说话。随后,只剩下他和赛克斯,他们像前一天那样拖着沉重的步子不停地赶路。影影绰绰的行人从他们身边经过,他感觉到那强盗的手紧紧攥着他的手腕。突然,枪声响起,他吓了个趔趄。有人在大叫,声音歇斯底里。眼前晃动着灯光,周围一片喧闹和骚乱。一只看不见的手拖着他匆匆离开。透过这些转瞬即逝的幻象,一种不可名状的疼痛感始终不停地折磨着他。

他跌跌撞撞地向前走着,几乎无意识地从挡住去路的围栏、大门或树篱的缝隙中爬过去,直至走上一条大路。此时,大雨如注,劈头盖脸,他才终于从恍惚中醒来。

奥利弗四下看看，发现不远处就有一幢房子，估摸着还能走到那儿去。里边的人见到他这副惨样，说不定会可怜他。即便他们没这份善心也不打紧，死在离人近的地方，总好过死在荒凉寂寞的旷野。他积蓄起全身的力量，准备迎接这最后一场考验，跟跟跄跄地朝那房子走去。

逐渐靠近房子，奥利弗忽然有种似曾相识的感觉。虽然具体细节一点都想不起来，但这幢房子的样式和外观看起来有几分眼熟。

这不是那道花园围墙吗？昨天夜里，他曾在墙内的草地上双膝跪地，乞求带他来的那两个家伙能饶了他——眼前这处宅子正是他们企图打劫的那户人家。

认出这里后，奥利弗不由得感到一阵害怕。他顿时忘记了自己伤口的疼痛，满脑子只想着逃跑。逃跑！他连站都快站不稳了。即便他那弱不禁风的小身板处在状态最好的时候，他又能逃到哪儿去呢？他推了推园子的大门，发现门没有锁，他一推，门便开了。他身体摇摇欲坠,蹒跚着走过草坪,爬上台阶,有气无力地敲了敲门。此时他已经筋疲力尽,随即靠在小门廊下的一根柱子上,瘫了下去。

而此时,被惊恐与劳累折磨了一个晚上的贾尔斯先生、布里特斯和那个补锅匠,正在厨房里享用茶点,提神充饥。按照贾尔斯先生的脾性,他是不赞成与级别较低的仆人过于亲近的,他更习惯以一种充满优越感的和蔼派头与下人们相处,如此既不至于使他们见怪,又能让他们时刻记着他的社会地位比他们高。然而,死亡、火灾以及失窃之类的事能把所有人的身份扯平。因此,贾尔斯先生这会儿就慵懒地坐在厨房里,两条腿惬意地伸在炉挡前,左胳膊支在桌上,右手上下翻飞做出各种手势,正不厌其详地讲述着昨夜盗窃案的前后经过。在场的几位听众,尤其是厨娘和女仆,聚精会神,听得津津有味。

"当时大约是凌晨两点半,"贾尔斯先生说,"不过也可能是将近三点,总之我醒了,在床上翻了个身,像这样(说到这里,贾尔斯先生在椅子里翻了个身,拉过桌布的一个角,假装是被子盖在身上),忽然我就听到外头有动静。"

讲到这里时,厨娘已经脸色煞白,央求女仆把门关上,而后者则请布里特斯去关,布里特斯又转而使唤补锅匠,但补锅匠假装没听见。

"我听到有动静,"贾尔斯先生继续讲道,"一开始我对自己说,肯定是听错了,然后打算接着睡,可这时我又听见了,而且听得真真切切。"

"是什么样的动静?"厨娘问。

"像是敲敲打打的声音。"贾尔斯先生回答,并朝四下张望了一番。

"更像是拿铁棍在肉豆蔻研磨器上摩擦。"布里特斯说。

"你听到的时候是那样,"贾尔斯先生说,"我听到的时候是敲敲打打的声音。我就掀开被子,"贾尔斯说着掀开了桌布,"在床上坐起来,仔细听。"

厨娘和女仆异口同声地叫了句"上帝",挪动椅子挨得更近了些。

"这一次我可是听得真真儿的。"贾尔斯先生说。

"我心里说，有人在撬门或是窗户。怎么办？我得赶快叫醒那可怜的布里特斯老弟，免得他被人害死在床上。说不定人家趁他睡觉时把他的喉咙从右耳一直割到左耳呢。"

讲到这里，所有人的眼睛都转向了布里特斯，而他则目瞪口呆地盯着说话人，一脸恐惧的神色。

"我掀开被子，"贾尔斯丢掉桌布，目光灼灼地注视着厨娘和女仆，"轻手轻脚地下床，穿上——"

"有女士在场呢，贾尔斯先生。"补锅匠喃喃说道。

"穿上鞋子，伙计。"贾尔斯说着朝他扭过头，并把"鞋子"这两个字说得格外清楚，"抄起一把上了膛的手枪。我经常把手枪连同餐具篮子一块儿带上楼去。然后我踮着脚尖来到他的房间。叫醒他后，我低声对他说：'布里特斯，别害怕。'"

"这倒是真的。"布里特斯低声肯定。

"当时我说：'布里特斯，这回咱们恐怕活不成了，但别害怕。'"贾尔斯继续说道。

"他怕了吗？"厨娘问。

"一点没怕。"贾尔斯先生回答,"他很镇定——嗯,差不多和我一样镇定。"

"换成我,肯定当场就被吓死了。"女仆说。

"你是女人家嘛。"布里特斯多少缓过来了一些,接过话茬说。

"布里特斯说的没错,"贾尔斯先生赞赏地点点头,"女人嘛,还想指望她们干点什么呢?我们是男人,所以我们就从布里特斯的壁炉搁架上拿了一盏遮光提灯,摸黑下楼——就像这样。"

贾尔斯先生起身离座,闭着眼睛走了两步,给他的讲述配上相应的动作。这时,他和在座的其他人一样都被突如其来的敲门声吓了一跳。厨娘和女仆失声尖叫,贾尔斯则慌忙退回到他的椅子上。

"有人敲门,"贾尔斯先生强装镇静,"谁去把门打开吧。"

没人动弹。

"这倒奇怪,大清早来敲门。"贾尔斯先生说着,把周围那一张张煞白的脸依次看过,他自己也面无血色,"可总得有人去开门啊。那个谁,听见了没有?"

贾尔斯先生说话时看着布里特斯,可这个年轻人生性谦逊低调,大概觉得自己是个微不足道的小角色,管家的话肯定和自己没关系,因此没有吭声。贾尔斯先生转而向补锅匠投去请求的目光,可那家伙不早不晚,偏在这时候立刻睡着了。剩下两个女人就更别指望了。

"如果布里特斯非得叫人见证着才肯开门,"贾尔斯先生在短暂沉默后说,"我倒愿意当这个证人。"

"我也愿意。"补锅匠突然醒了,和他突然睡着一样出人意料。

有了这些条件,布里特斯终于屈服了。加上他们刚刚掀开窗板发现天已大亮,多少放心了些。于是,几人便让两条狗走在前面,他们跟着拾级而上。那两个女人不敢单独留在厨房,也紧跟在男人们身后。依照贾尔斯先生的提议,他们边走边大声说话,旨在提醒外面随便哪个居心不良的家伙,他们人多势众。同样是这位足智多谋的先生,又想出了另一个妙招,在门厅里使劲揪那两条狗的尾巴,让它们玩命似的狂吠不止。

做足了这些防范措施，贾尔斯先生紧紧拉着补锅匠的胳膊（他半开玩笑地说是为了防止他临阵脱逃），下达了开门的命令。布里特斯照办了。其他人战战兢兢，躲在别人的肩膀后头向外张望，但除了可怜的小奥利弗·特威斯特，他们没有看到任何可怕的东西。奥利弗虚弱得说不出话，勉强抬起沉重的眼皮，默默恳求着他们的怜悯。

"是个孩子！"贾尔斯先生叫道，随即英勇地把补锅匠推到后头，"怎么回事？咦，布里特斯，快瞧这儿，看出来没有？"

布里特斯开门时便顺势躲在了门后，此时看见奥利弗，不由得大叫一声。贾尔斯先生抓住孩子的一只胳膊（谢天谢地不是受伤的那只）和一条腿，把他拖进门厅，让他直挺挺地躺在地板上。

"就是他！"贾尔斯抑制不住激动的心情，冲楼上叫道，"夫人，抓到一个小偷！小偷！小姐！他受伤了！是我打中的。小姐！当时布里特斯替我拿着灯。"

"是盏提灯,小姐!"布里特斯一只手撑在嘴边,好让声音传得更远、更清楚些。

两个女人带着贾尔斯先生抓到贼的消息上楼禀报去了。补锅匠正忙着抢救奥利弗,生怕他还没上绞刑架就先死掉。在一片嘈杂混乱当中,一个甜美的女性嗓音忽然响起,所有人顿时安静了下来。

"贾尔斯!"那声音在楼梯顶口轻声叫道。

"我在这儿呢,小姐。"贾尔斯先生答应道,"别怕,小姐。我没怎么受伤,他也没拼命反抗,小姐。我三两下就把他制住了。"

"嘘!"年轻小姐说道,"姑妈被你们吓得不比那些贼人轻。那可怜的家伙伤得重吗?"

"伤得很重,小姐。"贾尔斯回答时,脸上尽是难以形容的得意神色。

"他看样子快不行啦,小姐。"布里特斯还像刚才那样大着嗓门说,"您要不要来看一眼,再晚可能就看不成了。"

"嘘!你小声点!这才像话。"小姐说道,"在这儿安生等着,我去跟姑妈说一声。"

说话的这位小姐踩着和她的声音一样轻柔的脚步走开了。须臾,她回来吩咐众人将伤者小心地抬到楼上贾尔斯先生的房间,又叫布里特斯赶紧去给那匹小马套上马鞍,骑着它火速赶往切特西,把警察和医生都给请来。

"小姐,您不打算先看他一眼吗?"贾尔斯先生自豪地问,好像奥利弗是某种羽毛珍奇的鸟,被他以不凡的身手打了下来,"一眼都不看吗,小姐?"

"现在不是时候,"年轻的小姐回答,"可怜的家伙!哦,对他好点,贾尔斯,就当看在我的分儿上。"

老仆人抬头看着说话的人转身走开,眼神充满自豪与欣赏,仿佛小姐是他自己的孩子似的。随后他朝奥利弗弯下腰,带着女人般的小心与关怀,帮忙把他抬到楼上去了。

第 29 章
介绍一下奥利弗前往求救的这户人家

这是一个颇为雅致的房间,里面的陈设更多地给人一种老派的舒适感,而少了些精美的现代格调。房间的桌子上摆满了丰盛的早餐,两位女士坐在桌前。贾尔斯先生站在一旁伺候。他身着全套黑色礼服,浑身上下收拾得一丝不苟。他站的位置介于餐桌与餐边柜之间,腰板挺得笔直,头朝后仰着,微微偏向一边,左腿在前,右手插在马甲里,左手拿着一个小托盘,垂在一侧,一副志得意满的样子。显然,他对自己的差事和所处的地位相当知足。

至于那两位女士,其中一位年事已高,但腰板挺得简直比她身后的橡木椅背还直。她的衣着极为得体讲究,传统之中稍微带着点对时下潮流的妥协,如此非但无损于格调,反倒衬托出老派的优雅。

她正襟危坐，双手交叉放在面前的桌上。一双眼睛——虽然饱经沧桑，但依然炯炯有神——全神贯注地凝视着同桌的那位年轻小姐。

这位小姐正值女性含苞待放的青春妙龄。倘若世上真有天使假借凡人之躯为上帝行好事，那他们一定会挑选她这样的。这样说丝毫不会亵渎神灵。

她还不到十七岁，生得亭亭玉立，婀娜多姿。她性格温和娴静，看上去是那么纯洁美丽，让人感觉她好像不属于这个世界，而尘世间的凡夫俗子亦不配做她的同类。她深邃的蓝色眼眸中闪耀着的，以及她高贵的额头所展现出的聪慧，也与她的年龄极不相称，与这个世界格格不入。她的温良、乐观犹如万丈光芒照亮她的脸庞，没有留下丝毫的阴影。她的笑容尤其令人愉快、欢乐。她的一切仿佛都是为了家庭，为了缔造炉边的安宁与幸福而生。

她正在餐桌上忙着一些小事。偶尔抬眼，发现夫人正注视着自己，便调皮地将垂在前额上随意编起来的辫子往后一撩，绽放出花一样的笑靥——那么温情脉脉，那么天真烂漫、楚楚动人，就连神灵见了也免不了眉开眼笑。

"布里特斯都出去一个小时了吧?"老太太略一踌躇,随后问道。

"一小时十二分钟,夫人。"贾尔斯先生掏出一个系着黑带子的银怀表看了看。

"他总是慢腾腾的。"老太太说。

"布里特斯从来就没利索过,夫人。"管家说。顺便提一句,布里特斯年逾三十,向来是个慢性子,很大可能以后也利索不起来。

"我感觉他这个慢吞吞的毛病是越来越严重了。"老太太说。

"要是他中途去和别的人胡混,那就不可原谅了。"年轻小姐微笑着说。

贾尔斯先生显然在考虑自己也彬彬有礼地陪着微笑是否得体,这时一辆敞篷双轮马车行驶到花园门外,一位胖乎乎的绅士从车上跳下来,径直奔向大门,随后更以不可思议的速度进了房子,闯进了两位女士正在用餐的这个房间,还差点把贾尔斯先生连同早餐桌一块儿撞翻。

"真是闻所未闻!"胖绅士叫道,"亲爱的梅利太太,上帝保佑,又是三更半夜,这种事真是闻所未闻!"

说完这番慰问的话,胖绅士与两位女士一一握手,随后拉了把椅子,询问她们感觉如何。

"现在想想,光吓也把人吓死了。"胖绅士说,"您怎么不派人去给我报个信啊?我的人分分钟就能赶过来,我也一样。我的助手一定非常乐意帮这个忙。而且我敢肯定,遇到这种情况,任何人都会愿意帮忙的。天啊!谁能想到?又是夜深人静的时候!"

看来最令这位医生感到震惊的,是此次盗窃案太过出人意料,且又发生在半夜时分。好像按照惯例,那些打家劫舍的先生应该在中午干活,还要提前个一两天写信预约似的。

"还有你,罗丝小姐,"医生转向年轻的小姐说,"我……"

"哦!谁说不是呢!"罗丝打断了他,"不过楼上还有个可怜的家伙呢,姑妈希望您去看看。"

"啊,对了对了。"医生回答,"差点忘了这茬儿。贾尔斯，听说那是你的杰作？"

贾尔斯先生正忙着把茶杯重新摆好，听了医生的话不由得脸一红，回答说那的确是他的荣幸。

"荣幸？"医生说，"唉，我不太明白。也许在厨房里打中一个贼和在十二步开外打中一个敌人是一样值得敬佩的事吧。只是没想到他朝天开了一枪，而你却像决斗一样朝他开枪，贾尔斯。"

贾尔斯先生认为，对于他的英勇行为如此轻描淡写是不公平的，且有损他的声誉。于是他十分恭敬地回答说，像他这种身份的人，是没有资格评判这种事的，不过当时那种情况，他认为对方不是在开玩笑。

"天啊，的确如此！"医生说，"他在哪儿？快带我去。梅利太太，待会儿我再下来看您。他就是从那个小窗户里爬进来的，对不对？嘿，真不敢相信！"

他一路絮叨着，随贾尔斯先生上楼去了。趁他上楼这个时间，笔者不妨向读者交代一下，罗斯伯恩先生是方圆十英里鼎鼎有名的一位医生。如今他发福了，除了因为生活优渥，更多的是缘于他心态平和、乐天知命。他为人热诚善良，但是个脾气古怪的老单身汉，像他这样的人，任何健在的探险家起码要在比此地大五倍的地方才能再找出一个呢。

医生在楼上待的时间比他本人以及楼下两位女士预想的都长得多。其间，他叫人从马车上搬下来一个硕大的扁平箱子，卧室里的铃铛频频响起，仆人们马不停蹄地跑上跑下。种种迹象表明，楼上正在发生着非常重要的事情。终于，医生下来了，苦候消息的人们迫不及待地询问病人的情况，而在答复众人时，医生却先小心地关上了房门，看起来神神秘秘的。

"这件事可真够离奇的，梅利太太。"医生好像不放心似的背对门站着。

"他已经脱离危险了吧？"老太太问。

"就目前的情况，即便没有脱离危险也算不得什么离奇的事，"医生回答，"不过我认为他已经没什么危险了。你们见过这个贼吗？"

"没有啊。"老太太回答。

"也没听说过？"

"没有。"

"请您原谅,夫人,"贾尔斯先生插进来说,"罗斯伯恩医生刚进来时,我正打算告诉您的。"

原来实际情况是,贾尔斯先生最初不好意思承认自己打中的是个孩子。他的英勇表现赢得了如此多的赞美,使他无论如何都要推迟几分钟再做解释。然而在这短短的几分钟里,他无所畏惧的英名已然达到了前所未有的巅峰。

"罗丝想看看那人,"梅利太太说,"但我没答应。"

"哼!"医生说,"他长得倒没什么特别的,您不会反对我陪你们一块儿去看看他吧?"

"如果有必要的话,"老太太回答,"当然不反对。"

"我认为很有必要。"医生说,"总而言之,我敢肯定你会后悔没有早去看他。这会儿他很安静,也很舒服。请允许我——罗丝小姐,你会允许吧?别害怕,我拿人格担保。"

第 30 章
说说这些新角色对奥利弗的看法

医生絮絮叨叨打了一堆包票,说两位女士见到那个贼人必定会大吃一惊。随后他让年轻小姐挽住他的一只胳膊,而把另一只手伸给梅利太太,就这样彬彬有礼、庄严持重地领着她们上楼去了。

"好了,"医生轻轻转动卧室门上的把手,小声说道,"不妨说说你们心里想的这个贼人是什么样子。他蓬头垢面的,但看上去可一点都不凶。等等,让我先去看看他现在的情况方不方便探视。"

于是医生上前几步,朝房间里看了看,随后招手示意她们跟上。众人进屋以后,医生关上门,轻轻拉开床前的帐子。她们原本以为会看到一个冥顽不灵、凶神恶煞的亡命徒,不料床上躺着的却只是个孩子,一个因为伤痛与疲惫正呼呼昏睡的孩子。

他那条受伤的胳膊缠着绷带，用夹板固定着放在胸前。他的头斜靠在另一只胳膊上，凌乱的长发垂在枕头上，遮住了半条胳膊。

正直的先生拉着帐子，盯着病号默默看了好一会儿。就在这工夫，年轻的小姐悄悄从他身边走过去，在床边的一把椅子上坐下，拨开奥利弗脸上的头发。她朝孩子俯下身的时候，几颗泪珠滴落在他的额头上。

孩子动了动，沉睡的脸庞上浮现出一丝笑容，仿佛这些怜悯与关怀的表示激发了某种愉快的梦境，那里有着他从未感受过的爱与温情。有时候，一支轻柔的曲子、一处幽静之所的潺潺水声、一朵花的芳香，或偶然提到的一个熟悉的字眼，都能突然唤起在现实生活中不曾存在的某些场景的模糊记忆，那些场景像呼吸一样消逝，却唤醒了那些早已逝去的幸福生活的短暂记忆，因为人类意识在清醒时是无法唤醒它们的。

"究竟是怎么回事？"老太太问道，"这可怜的孩子怎么可能是贼徒！"

"罪恶可是无孔不入的。"医生叹了口气,重新拉上帐子,"谁说长得漂亮的人就没有坏心思?"

"可他还这么小!"罗丝说。

"我亲爱的小姐啊,"医生悲哀地摇头,"犯罪和死亡一样,可不单单是老弱病残的专利。年纪轻轻或相貌堂堂却偏偏走上这条路的,大有人在。"

"可是您,哦,您当真相信这个弱不禁风的孩子会自愿为那些社会败类卖命?"罗丝说。

医生摇摇头,不言而喻。他担心事实可能正是如此。随后他以可能会打扰到病人为由,领着两位女士去了隔壁的房间。

"即便他误入了歧途,"罗丝继续说道,"想想看他还多小,也许他从来就没有感受过母爱或家庭的温暖,虐待、欺凌、饥饿都可能把他推向那些逼他犯罪的人手中。姑妈,亲爱的姑妈,在您让他们把这孩子送进监狱之前,请您大发慈悲好好想一想。到了那里边,这孩子可就一点改邪归正的机会都没有了呀。哦,您是爱我的,因为您的关心和爱护,我甚至从来没有感觉自己是个孤儿。如果不是您,说不定我也会和这可怜的孩子一样孤独无助。求您可怜可怜他吧,趁现在还来得及!"

"我的孩子,"老太太一把将泣不成声的姑娘搂进怀里,"你以为我会忍心伤害这孩子一根头发吗?"

"哦,不会!"罗丝仿佛看到了希望,眼巴巴地瞅着老太太说。

"当然不会,"老太太说,"我都是半截入土的人了,可怜别人就是可怜自己!先生,我该怎么做才能救下这孩子?"

"夫人,您容我想想,"医生说,"容我想想。"

罗斯伯恩先生双手插进口袋,在屋里踱了好几个来回。他不时停下来,想继续走,脚尖还没离地,脚跟便又落了回去。他愁眉紧锁的样子叫人看了心里直发毛。经过几次三番地宣告"有了"和几次三番地自我否定"不行",他又踱了许多个来回,皱了许多次眉,最后终于稳稳地站定,说出了下面这番话:"好吧,我希望您能全权委托我去做贾尔斯和布里特斯那小子的工作,只要我吓唬他们一顿,这件事应该还是有转圜余地的。我知道贾尔斯在您府上是资历相当老的仆人,对您更是忠贞不贰,不过您有大把方式补偿他,就冲他开那一枪,他已经有很大的功劳了,理应得到重重的奖赏。这样处理您不反对吧?"

"除非还有其他办法救这孩子。"梅利太太回答说。

"可惜没别的办法了,"医生说,"您相信我好了。"

"既然如此,那姑妈就委托您全权处理吧。"罗丝破涕为笑,"不过您也别太为难他们啊。"

"罗丝小姐,"医生反驳说,"您大概以为除了您自己,现在每一个人都是铁石心肠吧?为全体成长中的男性同胞着想,我只希望当第一个有资格向您渴求垂怜的年轻人出现在您面前时,您也能像今天这样大发慈悲。真希望我也是个年轻小伙子,那我就可以好好利用眼前这个大好机会了。"

"您和可怜的布里特斯一样都是长不大的孩子。"罗丝说着,脸不由得红了。

"好啦,"医生顿时眼笑眉飞,"那倒不是什么难事。咱们还是继续说这孩子吧。接下来才是咱们这个协议中的关键之处。我敢断定,这孩子再过大概一个小时就会醒来。虽然我已经以风险太大为由跟楼下那位死脑筋的警官说了,这孩子目前还不宜搬动,也没办法问话,不过我觉得咱们和他说说话应该没什么大碍。因此现在我要提个条件,由我当着你们的面盘问他。如果从他的回话中我们能够做出合理的判断,或者说,如果我能让你们理智地认识到他是个不折不扣的小坏蛋(这种可能性很大),那么他就只能听天由命,我无论如何不会再帮忙。"

"哦,不要,姑妈!"罗丝恳求道。

"我看最好还是这样,"医生说,"同意吗?"

"他肯定没有那么深的罪孽,"罗丝说,"这不可能。"

"好极了,"医生说,"那就更有理由接受我的建议了。"

如此商议停当,几个人便坐下来,忐忑不安地等着奥利弗醒来。

两位女士的耐心注定要经受比罗斯伯恩先生所预言的时间更长久的考验。一个小时又一个小时过去了,奥利弗依旧昏睡不醒。直到傍晚时分,好心的医生才终于告诉她们可以问话了。他说,这孩子病得很厉害,又因失血过多导致身体极端虚弱,但他似乎迫不及待想吐露点什么事。因此医生觉得,与其强迫他安安静静等到第二天,不如干脆给他这个机会。换了其他情况,医生肯定是会等一晚的。

谈话持续了很长时间。奥利弗将自己短暂的人生历程和盘托出,只是因为疼痛和精力不济,不得不频频停下。在昏暗的房间里,聆听一个生病的孩子用虚弱的声音讲述那些心肠歹毒之人的罪恶,以及给他带来的令人唏嘘不已的灾难,真是一件极为庄严的事情。唉,我们人类在迫害和蹂躏自己的同类时,何时才会想到,那些恶行的罪证会像浓密的阴云不断升腾;或许它升腾的速度稍显缓慢,但可以确定无疑的是,它注定会抵达天国,而上天终究会把报应着落在我们头上?假如我们能在想象中听一听那任何力量都无法压制、任何尊严都无法封杀的死人的控诉,那么这世间哪里还会有伤害、不公、磨难、痛苦、暴行和冤屈的存身之地呢?

这天夜里,一双双温柔的手抚平了奥利弗的枕头。睡觉的时候,美好与正直守护着他。他感到平静和快乐,哪怕就在这一刻死掉也毫无怨言。

这次重要的面谈刚一结束,奥利弗就安详地睡着了。医生擦着眼睛,怪它们怎么突然这么不争气。随后他下楼,准备去做做贾尔斯先生的工作。然而客厅里空无一人,想到在厨房做这种事效果可能更好,他便向厨房走去。

在这个家庭议会的下议院中,出席会议的人有女仆们、布里特斯先生、贾尔斯先生、补锅匠(考虑到他也出了不少力,因此特别邀请他留下来接受款待),以及那位警官。这位警官先生头大脸大,穿着硕大的中筒靴,还配着一根粗大的警棍。看样子他肚子里已经灌了不少啤酒,事实也的确如此。

他们还在谈论前一天夜里的惊险故事。医生进来时,贾尔斯先生正唾沫四溅地细说自己当时如何沉着冷静、临危不乱。布里特斯先生端着一大杯啤酒，不等上司把话说完，就急不可待地担保上司所言句句属实。

"都坐着吧，不用起来。"医生摆摆手说。

"谢谢您，先生。"贾尔斯先生说，"夫人和小姐吩咐大家喝点啤酒。我寻思着一个人待在我那间小屋里怪没意思的，就到这儿来陪陪大伙儿了。"

布里特斯领头低声咕哝了一声，其他女士和先生心领神会，纷纷对贾尔斯先生的纡尊降贵表示了感激。贾尔斯先生立即摆出一副恩人的姿态，仿佛在说只要他们好好表现，他就绝对不会亏待他们。

"今晚病人的情况怎么样了，先生？"贾尔斯问。

"也就那样吧，"医生回答，"不过贾尔斯先生，恐怕你惹上麻烦了。"

"哎呀，先生，您不会是说他快死了吧？"贾尔斯先生的声音有点抖，"一想到这件事，我的良心这辈子都别想安生了。我可不愿害死一个孩子，就算像布里特斯这样的也不想。先生，哪怕把整个郡所有的金银餐具都给我，我也不干。"

"问题不在这儿,"医生神秘兮兮地说,"贾尔斯先生,你是新教徒吗?"

"嗯,我想应该是吧,先生。"贾尔斯支支吾吾地说,此时他的脸色已经变得煞白。

"那你呢,小伙子?"医生突然转向布里特斯问。

"上帝保佑,先生!"布里特斯吓了一跳,"我和贾尔斯先生一样。"

"那就请你们如实告诉我,"医生说,"你们两个,你们两个敢不敢发誓,证明楼上那孩子正是昨天夜里被人从小窗户里塞进来的那个孩子?说吧,快说!我们等着呢!"

医生是举世公认的好脾气,现在竟然用闻所未闻的可怕口气问出这种问题,已经被啤酒和激动的氛围搞得晕头转向的贾尔斯和布里特斯,听医生如此一说,不禁面面相觑,不知他葫芦里卖的什么药。

"警官先生,请您留心他们的回答好吗?这事儿要不了多久就能水落石出。"医生说着,庄严地晃晃食指,点了点自己的鼻梁骨,提醒这位尊敬的先生明察秋毫。

警官尽量拿出英明睿智的派头，捡起斜靠在壁炉角的警棍。

"您会发现，这只是一个简单的甄别问题。"医生说。

"说的没错，先生。"警官刚答完话，便没命似的咳嗽起来，因为他着急把啤酒喝完，结果一部分啤酒走错了道。

"有人非法闯进了这处住宅，"医生说，"屋里这两个人在匆忙间瞥见一个孩子，而当时的情况是：天很黑，他们面前还有开枪产生的硝烟，而且这两人都处在十分紧张的状态下。同一个宅子，第二天早上来了一个小孩，这个小孩正好有伤，因此缠着胳膊。宅子里的这些人于是就粗暴地把他抓了起来——说实在的，这个过程差点要了那孩子的小命——然后一口咬定这孩子就是昨天夜里的那个贼。现在的问题是，这几个人的行为是否正当？如果不正当，他们又把自己置于何种境地？"

警官意味深长地点了点头。他说如果这都不算犯法,他倒很乐意请教什么才算。

"我再问你们一遍,"医生气势逼人,声振屋瓦,"以你们庄严的誓言保证,你们确定是那个孩子吗?"

布里特斯和贾尔斯先生大惑不解地面面相觑。警官把手支在耳后,静等他们的回答。两个女仆和补锅匠也不由得前倾着身子,竖起耳朵仔细聆听。医生犀利的目光在众人身上扫了一圈。这时大门外突然传来一阵铃声,几乎同时,他们还听到了车轮滚滚的声音。

"准是捕快们到了!"布里特斯长出了一口气叫道。

"谁?"医生叫道,现在轮到他惊呆了。

"弓街捕快[1]啊,先生。"布里特斯说着拿起一支蜡烛,"我和贾尔斯先生今天早上派人去叫他们的。"

---

[1] 1750年在弓街担任警官的亨利·菲尔丁自行组建了一支小型侦探队伍,人称"弓街捕快"。该支队伍堪称英国刑事调查部和警察特别分队的先驱。弓街捕快直到1839年,即伦敦警察厅成立十年后才不再被视为一个警察机构。

"什么？"医生简直不敢相信自己的耳朵。

"没错，"布里特斯说，"我让车夫给捎了个信儿，之前我还一直纳闷他们怎么还没到呢，先生。"

"原来是你们请来的！你们这些该死的——唉，该死的马车现在是越跑越慢了。我没什么好说的了。"话音未落，医生已经走开了。

第31章
紧要关头

"谁呀？"布里特斯一边问一边把大门开了一条缝。隔着绷直的锁链，他用手护住蜡烛的火头向外窥探。

"开门！"外面的人说，"我们是弓街来的侦探，是你们一早请我们来的。"

布里特斯听到这话才放下心来，把大门完全打开。迎面是个身穿大衣的胖子，此人话不多说便走了进来，在踏脚垫上蹭了蹭鞋子，从容得好像回自己的家。

"年轻人，麻烦你找人去替一下我的伙计，"胖侦探说，"他还在车上看着马呢。你们这儿有马房吗，好让我们把马车赶过去停个五分钟或十分钟？"

布里特斯说有，并指了指马房的位置。胖侦探随即退回到花园门口，帮助他的同事停好马车。整个过程，布里特斯都一脸崇拜地替他们照着亮。停好了马车，他们回到正屋，并被领进客厅，随即脱掉大衣，摘下帽子，露出真容。

敲门的那位是个中等身高的胖子，五十岁左右，头发乌黑发亮，剪得很短；络腮胡子，眼神特别犀利。另一位是个红头发的瘦子，穿着长筒靴，其貌不扬，挺着个欠揍的朝天鼻。

"告诉你们当家的，就说布莱德斯和达夫来了。"胖的那位说着，捋了捋头发，在桌上放下一副手铐，"哦！晚上好，先生。我能和您私底下说几句话吗？"

他这话是冲刚刚露面的罗斯伯恩先生说的。医生示意布里特斯退下，随后把两位女主人领进来，并关上了门。

"这位便是此处的女主人。"罗斯伯恩先生指着梅利太太介绍说。

布莱德斯先生鞠躬致意。主人请他坐下，他将帽子放在地板上，自己在一把椅子上就座，并示意达夫也坐。这位先生大概没怎么见过世面，尤其是对上流社会的规矩全然不懂；要么就是他太拘谨了，浑身不自在——反正两个原因总得占一个——他小心翼翼地坐下，但手脚却不知该怎么放，四肢的肌肉抽搐了几次之后方才稳住，却又尴尬地将手杖头塞进了嘴里。

"先生，不如先说说这桩盗窃案的具体情况吧。"布莱德斯说。

罗斯伯恩先生显然在故意拖延时间，他把整个过程详详细细地讲了一遍，还加了许多可有可无的废话。布莱德斯和达夫这两位先生倒是一副早有预料的样子，偶尔还互相点个头。

"当然，没调查清楚前，我也不好妄下结论，"布莱德斯说，"不过根据你说的这些情况，依我个人之见——我也只能把话说到这个份上——这件事，绝对不是一般的乡巴佬干得出来的。你说呢，达夫？"

"对，他们干不出来。"达夫回答。

"为了避免两位女士听不明白，我贸然解释一下,您的意思是,这件事绝非一般的乡下人所为?"罗斯伯恩先生微笑着说。

"没错,先生。"布莱德斯回答说,"关于盗窃案的情况就这些了吗?"

"对,就这些了。"医生说。

"那仆人们说的那个孩子是怎么回事?"布莱德斯问。

"那跟这事儿没关系。"医生回答,"只不过是有个仆人吓破了胆,结果就想入非非,硬说那孩子参与了盗窃。这不是开玩笑吗?简直是无稽之谈。"

"如果是这样,那就好办了。"达夫说。

"他说的很对。"布莱德斯赞许地点点头,同时漫不经心地摆弄着手铐,仿佛拿的是对响板似的,"那孩子是什么人?他自己是怎么说的?有没有交代他是什么来路?他总不会是从天上掉下来的吧,先生?"

"当然不是。"医生回答时,不安地瞥了一眼两位女士,"我知道他的全部底细,不过咱们可以稍后再谈。现在我猜,二位肯定很想看看盗贼的作案现场吧？"

"那是肯定的，"布莱德斯先生说，"我们最好先勘察一下现场，再盘问仆人。这是办案的老规矩了。"

灯火很快准备停当，布莱德斯和达夫两位侦探在当地那位警官、布里特斯、贾尔斯以及其他人的陪同下，来到了走廊尽头的那间小屋，他们先是从窗口朝外看了看，而后又来到外面，站在草坪上往窗户里边看；接下来又叫人从窗户里递出一支蜡烛查看窗板；然后用提灯照着搜寻足迹，最后又用干草叉在灌木丛里戳了一通。这一套操作结束，众人早已惊得大气都不敢出，默默看着他们回到屋里。随后，贾尔斯先生和布里特斯奉命复述他们在前一天夜里的冒险经历，两人前前后后说了不下六遍：其中自相矛盾的关键情节在说第一遍时仅有一处，在说最后一遍时也不过十来处。眼看继续下去已经徒劳无益，布莱德斯和达夫两位侦探便请其他人先行回避，他们俩神神秘秘地单独商议了好半天，其庄严与保密程度，使那些旷世名医就某些疑难杂症举行的会诊看上去就像小孩子过家家。

而与此同时,在隔壁房间里,医生像热锅上的蚂蚁一样焦急地踱来踱去,梅利太太和罗丝忧心忡忡地望着他。

"不骗你们,"转了无数圈后,他突然停住脚说,"我现在也束手无策了。"

"我想,"罗丝说,"要是把这孩子可怜的经历原原本本告诉这些人,他们应该会放过他吧?"

"我看未必,亲爱的小姐。"医生摇摇头说,"不管是告诉他们,还是告诉更高一级的司法人员,恐怕都很难使这孩子免罪。他们肯定会问这孩子是干什么的。一个逃出来的孩子。单从世俗观念和概率来看,他的故事就疑点重重,很难站住脚。"

"可您是相信的,对吧?"罗丝打断他说。

"我的确相信,虽然他的故事很离奇。说不定人们会因为这件事把我当成一个老糊涂蛋。"医生说,"可对于一个老练的警察来说,这故事的可信度就要大打折扣了。"

"为什么呢?"罗丝问。

"因为啊,我可爱的审讯官小姐,"医生回答说,"在他们眼里,这故事有太多见不得人的地方。那孩子的经历只能证明对他不利的部分,却无法证明那些对他有利的部分。那些讨厌的家伙肯定会问这个为什么,那个又为什么,他们什么都不相信。那孩子自己也说过,过去有段时间他和一群小偷混在一起,他还因为偷钱包进过局子;在那位先生家暂住期间,他又被人强行掳到了一个他说不清在哪里,甚至连一点印象都没有的地方。他被人带到切特西,那些人对他似乎寄予厚望,而后不管他愿不愿意,硬是把他塞进一个窗户,逼着他偷东西。正当他想叫醒屋里的人,好让自己将功赎罪、洗脱罪名的时候,半路突然杀出来一个没头没脑的管家,朝着他就开了一枪,就好像存心不让他做好事一样。这些疑点,难道你们看不出来吗?"

"我当然看出来了,"罗丝冲急躁的医生微微一笑,"可我认为这些都不足以给这可怜的孩子定罪。"

"是,"医生说,"确实定不了罪!感谢上帝赐给你们女人一双慧眼。你们从来只看到问题的一面,不管是好是坏,总之第一眼看到什么就是什么了。"

发完这通经验之谈,医生双手插兜,又开始在屋里踱起了步,且速度比刚刚还要快。

"我越想越觉得,"医生说,"我们不能把这孩子的真实情况告诉这些人,否则会后患无穷。我可以肯定,他们不会相信。即便他们不能拿他怎么样,可案子旷日持久地拖下去也不是好事,况且他的故事,包括所有的疑点,最终必然闹得人尽皆知,那对你们想要救助他脱离苦海的慈悲计划绝对有百害而无一利。"

"哦!那我们该怎么办?"罗丝叫道,"天啊,天啊!他们干吗把这些人招来?"

"是啊,真叫人想不通。"梅利太太也说,"我可从来没想过请他们过来。"

"我看现在只能孤注一掷了,"最后罗斯伯恩先生说,并坐了下来,一脸破罐子破摔的冷静表情,"咱们就硬着头皮死撑到底。起码咱们的初衷是好的。那孩子正发着高烧,不方便说话,这倒对我们有利。我们得充分利用这一点,如果我们尽了最大的努力仍然无济于事,那我们起码能问心无愧。——进来。"

"好了,先生。"布莱德斯应声走进来,后面跟着他的同事。他们关好了房门才接着往下说:"看来这桩盗窃案不存在勾结作案的可能。"

"勾结作案?什么意思?"医生不耐烦地问。

"女士们,"布莱德斯说着把头转向她们,好像在为她们的无知感到悲哀,但对医生的无知他却只表现出了蔑视,"所谓勾结作案就是有仆人参与的盗窃案。"

"在这个案子里可没人怀疑他们。"梅利太太说。

"是的,夫人。"布莱德斯说,"尽管如此,他们仍然有参与的可能。"

"正因为他们不会被怀疑,参与的可能性才更大。"达夫说。

"我们认为是城里人干的,"布莱德斯继续他的报告,"因为作案手法是一流的。"

"非常专业。"达夫低声评价道。

"参与作案的人有两个,"布莱德斯接着说道,

"他们还带着一个孩子,这从窗户的大小不难判断。目前来说就这些。如果可以的话,我们想看看楼上那个孩子。"

"或许该让两位先喝点什么,梅利太太?"医生满面红光,好像突然有了新的主意。

"哦!的确的确。"罗丝热心地大声说,"只要两位愿意,马上就能安排。"

"那就太谢谢了,小姐!"布莱德斯拿袖子擦了擦嘴,"这是个苦差事,很容易叫人口干舌燥。随便来点什么吧,小姐,别太麻烦了。"

"喝点什么好呢?"医生一边问一边跟着罗丝小姐走到餐具柜前。

"要是不麻烦的话,来点酒吧。"布莱德斯回答,"从伦敦一路赶过来挺冷的,夫人。我一向认为,喝酒能让人的情绪也温暖起来。"

他把此番有趣的见解说给了梅利太太,而后者则彬彬有礼地听着。趁说话这工夫,医生悄悄溜出了房间。

"啊!女士们,这样的案子我见得多了。"布莱德斯先生没有端住酒杯的柄脚,而是用左手的拇指和食指夹住杯底,举到胸前。

"布莱德斯,还记得埃德蒙顿后巷里的那起抢劫案吧?"达夫先生在帮助他的上司回忆。

"跟这起有点像,对不对?"布莱德斯说,"那一起是康基·齐克维德干的。"

"你老是安到他头上,"达夫纠正说,"我告诉过你,那次是佩特帮干的。和康基一点关系都没有。"

"拉倒吧!"布莱德斯反驳道,"你有我清楚吗?不过你还记得康基的钱被人抢走那次吗?真叫人惊掉下巴!我在小说里都没有见过那么离奇的事情!"

"是什么事情啊?"罗丝问道。只要这两位不速之客露出任何好心情的兆头,她都迫不及待地加以鼓励。

"是个抢劫案,小姐,恐怕天底下没有几个人能想通。"布莱德斯说,"这个大鼻子齐克维德……"

"大鼻子说的就是康基,小姐。"达夫插了一嘴。

"你以为这位小姐会不知道吗?"布莱德斯说,

"我说伙计,你怎么老是打断我?小姐,这个大鼻子齐克维德在战桥路上开了一家酒馆。他有个地窖,好多公子哥喜欢去那儿看斗鸡和猎獾之类的把戏。我也经常光顾,那些把戏是花了不少心思的。那时他还没有加入任何帮派。有天晚上,他装在一个帆布包里的三百二十七个几尼被人给偷了。盗贼是个大高个儿,戴着黑眼罩,提前藏在他卧室的床底下,趁夜深人静的时候动的手。得手之后盗贼直接从窗户跳了出去。那窗户只有一层楼高。盗贼动作很利落,但大鼻子十分警觉,在被惊醒之后就立即翻身下床,抄起大口径短枪对着盗贼就是一枪。枪声惊动了街坊四邻,他们马上叫喊起来。等人们出来时,他们发现大鼻子打中了那个盗贼,因为地上留下了一道血迹,一直延伸到很远的一处篱笆,但过了篱笆他们就再也找不到任何线索了。显然盗贼已经拖着受伤的身体逃之夭夭。结果,拥有卖酒执照的齐克维德先生的大名,和其他一众破产者的名号一起登上了公报。有关部门还给这可怜的家伙联系了各种各样的福利和捐赠,具体有多少我不知道。丢了钱的大鼻子情绪低落,失魂落魄地在街上晃了三四天,经常失心疯发作似的揪自己的头发,搞得人们都怕他想不开寻短见。有一天,他行色匆匆地跑进局里,和治安法官单独谈了一阵。谈完之后治安法官便摇铃叫来杰姆·斯拜尔斯(杰姆是个精力旺盛的警官),让他协助齐克维德先生抓捕那个盗贼。'我看见他了,斯拜尔斯。'齐克维德说,'昨天上午他从我家门前经过了。''那你干吗不抓住他啊?'斯拜尔斯问。'我当时一下子就吓瘫了,你拿根牙签都能戳破我的脑瓜。'这可怜的家伙说,'但咱们两个人肯定能抓住他,夜里十点到十一点他又从我家门前经过了。'斯拜尔斯一听,立马往口袋里塞了几件干净的内衣裤和一把梳子,以防他需要待上一两天。于是,他就跟着大鼻子去了,埋伏在酒馆一扇窗户的红色小窗帘后面,头上戴着帽子,只要发现情况,立马便能冲出去。这天深夜,他正抽着烟斗,就听齐克维德突然大叫说:'他来了!抓贼啊!杀人啦!'杰姆·斯拜尔斯一个箭步冲出去,看见齐克维德大叫着沿街疯跑。斯拜尔斯二话不说便追了上去。齐克维德没命地跑,他没命地追。人们也在跑,嘴里呐喊着'抓贼!'。齐克维德也不停地跟着喊,像疯了似的。刚转过一个街角,斯拜尔斯就看不见他了。他环顾四周,看到一小群人,便什么都不顾地钻进去。'谁是贼啊?''该死的!'齐克维德懊恼地说,'又让他跑了!'真是奇了怪了,可他们就是哪里都找不到人。没办法,他们只好回酒馆。第二天上午,斯拜尔斯又躲到老地方,从窗帘后监视外面,寻找一个戴黑眼罩的高个儿男子。他盯得眼睛都疼了,刚忍不住合上想休息一会儿,便立刻听到齐克维德的喊叫:'他来了!'于是,他再次冲出去,这时齐克维德都已经跑出去半条街了。他们追出去比昨天多一倍的距离,结果又叫那人逃脱了。这样几次三番地折腾,街坊们先受不了了。他们中有一半人认为,到齐克维德先生家偷东西的是魔鬼,他偷完东西又回来戏耍失主。而另一半人则认为,可怜的齐克维德先生伤心过度,已经疯了。"

"杰姆·斯拜尔斯是怎么说的?"医生问。故事开始不久,他就回来了。

"有很长一段时间，"布莱德斯说，"杰姆·斯拜尔斯什么都不说，却在暗中搜集消息，可见他对自己的业务还是很精通的。但是有天上午，他走进酒馆，掏出鼻烟盒说：'齐克维德，我知道是谁干的了。''真的吗？'齐克维德问，'哦，我亲爱的斯拜尔斯，只要能叫我一雪前耻，就算死了我也心甘情愿啊！哦，我亲爱的斯拜尔斯，快告诉我那可恶的混蛋是谁！''得了吧，'斯拜尔斯说着捏了一小撮鼻烟递上去，'别给我演戏了！是你自己干的！'事实也的确如此，凭这一手他还挣了不少钱，要不是他沉不住气，急着充排场，说不定永远都不会有人识破！"布莱德斯说完，放下酒杯，把手铐掂得叮当响。

"确实够离奇的。"医生说，"现在可以请两位移步楼上了。"

"麻烦你了，先生。"布莱德斯客气地说。两位侦探紧随罗斯伯恩先生上楼，去奥利弗的卧房。贾尔斯先生擎着蜡烛走在三人前头。

奥利弗一直在打盹儿，他的样子看上去更糟糕了，比刚来时烧得更厉害。在医生的搀扶下，他在床上勉强坐了个把分钟，迷迷糊糊地看着眼前这两位陌生人——实际上，他那样子似乎连自己在哪儿，或经历过什么都想不起来了。

"这就是那个孩子，"罗斯伯恩先生声音温和又饱含深情地说，"他不小心误入某人家的院子，结果叫人拿弹簧枪给打伤了。今天早上，他跑到这户人家来求助，反倒被拿着蜡烛的那位马虎先生给当成小偷抓了起来。本人从专业的角度来看，这位先生的鲁莽行为把这孩子的性命置于了非常危险的境地。"

医生如此一说，布莱德斯和达夫两位先生不约而同地看向了贾尔斯。我们的管家一时间有点不知所措，他先是看了看两位侦探，接着看了看奥利弗，随后又看向罗斯伯恩先生，恐惧和困惑在他脸上结合出十分荒唐可笑的表情。

"我想你应该不会否认吧？"医生说着，扶着奥利弗慢慢地重新躺下。

"我那么做也是——也是出于职责考虑。"贾尔斯说,"我当时真的以为他就是小偷,要不然我怎么会为难他呢?我并不是一个铁石心肠的人啊,先生。"

"你以为他是小偷?"年长的侦探问。

"强盗的孩子,先生!"贾尔斯回答,"他们——他们肯定带了个孩子。"

"那,你现在还这么认为吗?"布莱德斯问。

"认为什么?"贾尔斯一脸茫然地看着提问者。

"认为他就是那个小偷,笨蛋。"布莱德斯不耐烦地说。

"不知道,我真的不知道,"贾尔斯愁眉苦脸,"我不敢保证是他。"

"那你怎么看?"布莱德斯先生问。

"我不知道该怎么看,"可怜的贾尔斯回答,"我想应该不是他。我差不多可以肯定不是他。您也知道,如果是他的话,那就太不合常理了。"

"这家伙是不是喝酒了?"布莱德斯扭头问医生。

"你这家伙,真是个糊涂蛋!"达夫一脸鄙夷地冲贾尔斯先生说。

说话这工夫,罗斯伯恩先生已经给病人把了好几次脉。此刻,他从床边的椅子上站起身说,如果两位侦探仍有疑问,可以把布里特斯叫到隔壁房间再问一问。

两位侦探欣然同意,遂移步到隔壁。布里特斯先生被叫了进来,他把自己和他那位尊敬的上司又卷进了一团矛盾丛生、荒诞不经的乱麻。种种驴唇不对马嘴的说法,除了证明他头脑昏聩,别的什么都证明不了。不过他很有自知之明地宣称,就算现在把那孩子拉到他面前,他也认不出来。他之所以认为奥利弗就是小偷,完全是因为贾尔斯先生说他是。而现在他矢口否认,则是因为,五分钟前贾尔斯先生在厨房里亲口承认,说这件事他处理得有些草率了。

在诸多异想天开的猜测中,有人提出了一个问题:贾尔斯先生是否真的打中了什么人?于是他们查验了手枪,当然,查验的这把是和前一天夜里用过的那把配对的另一把手枪。结果显示,手枪里除了火药和牛皮纸，并没有装填其他更具杀伤力的东西。这一发现惊呆了除医生之外的所有人，因为正是他在十分钟前偷偷退出了弹丸。不过最震惊的还要数贾尔斯先生本人。由于担心自己真的伤害了一个同类，甚至有可能会要对方的性命，几个小时以来他一直忐忑不安，而今这一新的发现好似一根救命稻草抛到他面前，他迫不及待地就把它抓住了。最终，两位侦探感觉已经没必要继续在奥利弗身上浪费时间，便让切特西的那位警官留下来，他们则回城里住一晚，并说好了第二天上午再来。

结果第二天上午便听到传言说，有两个男的和一个小孩前一天夜里因为形迹可疑被抓进了金斯顿监狱。于是，布莱德斯和达夫两位先生便到那里跑了一趟。然而经过调查得知，所谓的形迹可疑不过是有人发现他们睡在了干草堆下。尽管这也算是一大罪状，但顶多受到监禁的处罚。本着英国法律的慈悲精神和对王国全体臣民的博爱之心，在缺乏其他必要证据的前提下，暂时尚不能认定在干草堆下睡觉的这个人或这些人就是采用暴力手段入室盗窃的那伙匪徒，因此也就不能对他们施以极刑。布莱德斯和达夫两位先生最终空手而归。

总之，又经过一系列的调查，更费了不少唇舌，治安法官才欣然同意由梅利太太和罗斯伯恩先生联名保释奥利弗，但他必须随传随到。布莱德斯和达夫拿到了几个几尼的酬金，动身回城。不过，两人对本案的看法出现了分歧。达夫先生对全部情况思考再三，倾向于认为这起夜间盗窃未遂案是佩特帮所为；而布莱德斯先生则同样坚定地认为，此种手段非伟大的大鼻子齐克维德莫属。

而与此同时，在梅利太太、罗丝以及好心的罗斯伯恩先生的悉心照料下，奥利弗的身体日渐好转起来。倘若发自肺腑的热诚祈祷能够得到上帝的垂听——倘若不能，那祈祷还有何用！——那么这个孤儿为他们祈求的祝福早已深深注入他们的心灵，化作平和与幸福了。

第 32 章
奥利弗与他善良的朋友们过上了一阵幸福快乐的日子

奥利弗的病,复杂且严重。除了手臂受伤的疼痛和被耽搁的治疗外,他在又湿又冷的野外待了太久,由此引起的发烧和疟疾折腾了他好几个星期,几乎掏空了他的身体。不过好在吉人天相,他总算一点一点地好了起来,偶尔还能泪眼婆娑地说上几句话,表达他内心深处对两位女士慈悲心肠的感激之情,以及他多么热切地希望自己能快点好起来,那样就能为她们做点什么,哪怕只是做些微不足道的小事,也能让她们看到他的内心其实充满了爱与责任,以此证明她们的善行并未错付。她们以慈爱之心从苦难甚至死亡中拯救出来的这个孩子,正全心全意地盼着报答她们呢。

"可怜的孩子!"有一天,当奥利弗透过苍白的嘴唇挣扎着说出这些感激的话时,罗丝小姐说道,"只要你愿意,你有大把机会报答我们呢。我们打算到乡下去,姑妈说应该带上你。那里很安静,空气又好,到处都是春天的欢乐和美丽,你在那里会好得更快些。等你彻底恢复之后,我们要麻烦你的地方还多着呢。"

"麻烦!"奥利弗叫道,"哦,亲爱的小姐,我巴不得能为您做点事情。什么都行,哪怕替您浇浇花,或照看您的小鸟,或者整天跑上跑下,只要能让您开心,我愿意付出任何代价。"

"用不着付出什么代价。"罗丝小姐微笑着说,"我早就跟你说过,我们用得着你的地方还多着呢,哪怕你只做到了一半,也会让我开心得不得了的。"

"开心,小姐!"奥利弗大声说道,"说这样的话,您心地真好!"

"你会让我更开心的,"年轻的小姐说,"一想到我那亲爱的姑妈把你从你向我们描述的那种苦难中拯救出来,我就能感觉到一种难以形容的快乐。而今又知道了她关心怜悯的对象如此知恩图报,你根本想象不到我有多高兴。这种心情你能体会吗?"她盯着奥利弗若有所思的脸问道。

"哦,我能,小姐。我能体会!"奥利弗急切地回答说,"可现在我觉得自己很对不起人。"

"这是什么话呀?你对不起谁了?"年轻的小姐问。

"对不起那位好心的先生和那位亲爱的老护士,他们无微不至地照顾了我,"奥利弗说,"如果他们知道我有多幸福,肯定也会感到欣慰的。"

"肯定的。"罗丝小姐说,"罗斯伯恩先生已经答应了,等你好得可以出门时,他就来接你去看望他们。"

"他真的这么说吗,小姐?"奥利弗欣喜若狂,"等我再次看到他们慈祥的面容时,真不知道我会高兴成什么样子呢。"

奥利弗恢复得很快,没过多久,他的身体就恢复到可以承受这次旅途的劳顿了。于是某天早上,他和罗斯伯恩先生坐上梅利太太的小马车如约出发了。车子经过切特西大桥时,奥利弗忽然脸色煞白,发出一声惊叫。

"这孩子怎么啦?"医生吓了一跳,顿时紧张起来,"你看见什么了,还是听见什么了,或者感觉到什么了?"

"先生,那里。"奥利弗指着马车窗外说,"那栋房子。"

"那房子怎么了?车夫,停一下!把车停下。"医生命令道,"那房子怎么了,孩子,嗯?"

"那群小偷——他们就是把我带到那栋房子里的!"奥利弗低声说。

"该死的!"医生叫道,"喂!停车!让我下去!"

然而,车夫还没来得及下来开门,他就已经自己想办法从车厢里钻了出去,而后径直跑向那栋废弃的房屋,开始像个疯子一样踢起了门。

"谁呀这是?出什么事了?"一个其貌不扬、个子不高还驼着背的男人猛然打开门质问道。医生最后一脚没收住力,差点跌进门洞。

"出什么事了?"医生怒吼道,不等对方反应过来便一把揪住了那人的衣领,"出大事了!打劫的事!"

"你再不撒手,我看还要出人命呢!"驼背男子冷静地说,"你听见没有?"

"我听见了!"医生拼命摇晃着对方,恨不得把那家伙摇散架,"那混蛋在哪儿?他叫什么狗屁名字来着?对,叫赛克斯。赛克斯他人呢?你这无耻的小偷!"

驼背男子瞪大了双眼,好像惊愕的同时又无比愤慨。随后他身子一扭,灵巧地挣脱了医生的手,嘴里不干不净地骂了一通便往屋里退去。不过还未等他关上门,医生二话不说就挤进了客厅。他焦急地环顾四周,发现屋里的每一样家具、每一样东西,不管有生命的还是无生命的,就连橱柜的位置,都与奥利弗的描述对不上号。

"喂!"驼背男子气势汹汹地盯着医生说,"你硬闯到我家里来干什么?你是想抢劫,还是想杀人?说啊,是哪种?"

"你见过有人坐马车出来杀人抢劫的吗,你这没脑子的老吸血鬼?"医生暴躁地反问道。

"那你到底想干什么?"驼背男子问,"该死的!请你马上出去,否则我就对你不客气了。"

"等我搞清楚再说!"罗斯伯恩先生说着又朝另一间客厅里看了看,和第一间一样,完全不是奥利弗描述的样子,"伙计,总有一天我会查清你的底细。"

"是吗?"那丑八怪不屑地说,"想找我,随时奉陪。我就住这儿,二十五年了。我一没疯,二也不是只有我一个人,我还怕你不成?你会为此付出代价的!会付出代价的!"说着,这长得跟鬼似的家伙就开始大吼大叫,在原地又蹦又跳,感觉像是气疯了似的。

"真见鬼!"医生自言自语地嘟囔说,"这孩子一定搞错了。给!拿着这个,重新把自个儿关起来吧。"说着,他丢给驼背男子一些钱,回到了马车上。

那人骂骂咧咧地一直追到马车门前,不过在罗斯伯恩先生吩咐车夫的时候，他朝车厢里瞟了一眼，目光阴险凶恶，咄咄逼人，叫人不寒而栗。此后数月，不管是睡着还是醒着，奥利弗怎么都忘不掉那双眼睛。他嘴里依然往外喷涌着最恶毒的咒骂，直到车夫重新爬上座位。车子走出一段距离之后，他们仍能看到那人在原地又是跺脚又是扯头发，肆意发泄着他那不知是真是假的愤怒。

"我真是个笨蛋！"沉默许久之后，医生说，"奥利弗，你之前看出来了吗？"

"没有，先生。"

"那以后就记住吧。"

"真是笨蛋！"安静了几分钟后，医生再次说道，"即便那地方没错，里面也住着你说的那些人，我单枪匹马、赤手空拳地冲过去又有什么用呢？就算有帮手又能怎么样？结果也不见得能好到哪儿去。很可能只会让我自己出一顿丑，说不定还会把我费尽心机遮掩过去的事情给抖搂出来。真是自讨苦吃。我太容易冲动了，老是给自己找不痛快。从今往后我得吸取教训。"

事实上，我们这位杰出的医生一辈子都凭冲动行事，然而"冲动"一词用在他身上却并无贬低之意，因为迄今为止，他不仅没有卷入任何了不得的麻烦或不幸，反倒在所有认识他的人中收获了最真诚的敬意。实事求是地说，有那么一两分钟他确实气得不行。原以为能够揭露奥利弗身世的证据近在咫尺，结果遇到的这头一个机会便闹了个大笑话。但他很快恢复了常态，发现奥利弗在回答他的提问时依然那么诚实坦率，与之前的陈述毫无出入，于是他打定主意，从今往后再也不会怀疑奥利弗。

因为奥利弗知道布朗罗先生家所在的那条街道的名字，他们便径直奔那里而去。当马车拐上那条街时，奥利弗的心禁不住狂跳起来，他激动得几乎喘不过气。

"好了，孩子，看看是哪一家。"罗斯伯恩先生说。

"那一家！那一家！"奥利弗急切地指着窗外回答，"白色房子那家。哦，快点！拜托快一点！我感觉我快要死了。我的身体都开始哆嗦起来了。"

"来吧,来吧。"好心的医生拍着他的肩膀说,"你马上就能见到他们了。他们看到你安然无恙,肯定会高兴得不得了的。"

"哦!我也希望那样!"奥利弗兴奋地叫道,"他们对我真的很好,非常非常好。"

马车往前走了一段,随后停下。不,不是这一家,隔壁那家才是。于是马儿又往前走了几步,再度停下。奥利弗透过窗户向外观望,充满欢乐期待的泪珠止不住地滚下脸颊。

唉,那栋白房子已是人去屋空,只见窗户上贴着一张纸,上面写着"出租"两个大字。

"去敲敲隔壁的门。"罗斯伯恩先生拉着奥利弗的胳膊,大声说,"请问您知不知道以前住在隔壁的布朗罗先生到哪儿去了?"

仆人不知,但很乐意回去问问。须臾,仆人回来说,布朗罗先生六个星期前变卖了所有家产,到西印度群岛去了。奥利弗双手合十,往后一仰,瘫倒在地。

"他的管家也一起去了吗?"隔了一会儿,罗斯伯恩先生又问。

"是的,先生,"那仆人回答,"那位布朗罗先生和他的管家,还有布朗罗先生的一位朋友,都去了。"

"掉头回去吧,"罗斯伯恩先生吩咐车夫,"路上不要停,等离开这可恶的伦敦城再喂马。"

"先生,还有那位书摊老板呢。"奥利弗说,"我知道地址。去看看他吧,求求你了,先生。去看看他!"

"可怜的孩子,一天之内你还想失望多少次啊!"医生说,"对咱们两个来说,这已经够残酷了。如果我们继续去找那位书摊老板,说不定会发现他已经死了,或者放火烧了自己的家,或者已经离开此地。算了,还是直接打道回府吧。"于是遵照医生冲动的决定,他们回家去了。

乘兴而来,败兴而归,这给奥利弗本来快活的日子中加了些遗憾与伤感。因为在患病期间,他曾无数次满心欢喜地想象重逢之时布朗罗先生和贝德温太太会对他说些什么。而他会告诉他们,许多个日日夜夜，他都是在不断的回忆中度过的，回忆他们为他做过的那些事情，回忆他们如何被残酷地分开。他渴望恢复自己在他们心目中的清白形象，向他们解释自己被绑架的经历。正是这盼头鼓舞着他，支撑着他熬过这些日子的重重考验。而今他们走了，带着他是个骗子和小偷的印象走了。或许这辈子他到死都没有机会为自己辩解了。想到这里，他痛不欲生。

然而这样的结果丝毫没有改变几位恩人对他的态度。又过了两星期，当天气终于开始变暖，当窗外已是繁花似锦、绿意盎然的时候，他们已经做好了准备，打算离开切特西几个月。那些被老费金觊觎已久的金银餐具都被送进了银行暂为保管。贾尔斯和另一个仆人留下来看家，其他人则带着奥利弗，出发前往离此地很远的一处乡间别墅去了。

一个身体羸弱的孩子来到内陆的乡村，呼吸着沁人心脾的清新空气，徜徉于青山绿树之间，他所感受到的心灵的宁静与平和、喜悦和快乐，试问谁能描述出来呢？谁又能说清，对那些久居在封闭和嘈杂的闹市中的人,恬静祥和的景色是如何深入他们的脑海,又是如何以它们充溢的清爽之感浸润他们疲惫的心田的?有些人啊,蜗居在拥挤幽闭的街上,一生辛苦劳碌,从未想过改变。对这些人来说,庸庸如常已然成为他们的第二天性,他们几乎爱上了构成他们单调的每日活动的每一砖、每一石。即便是这样的人,当死神之手落在他们身上时,他们依然渴望最后看一眼大自然的真容。而他们一旦离开了承载着他们所有喜怒哀乐的旧场景,似乎就立刻进入了一种崭新的生存状态。日复一日,他们一步步走向阳光明媚的绿野。无垠的天空、起伏的山丘、辽阔的平原和潺潺的流水,这些都将唤醒他们内心深处的记忆。预先感受天堂的滋味,有助于减缓衰退的速度。他们像西下的夕阳,安然沉入自己的坟墓。而就在几个小时之前,他们还独坐窗前,望着落日从他们暗淡无光的视野中消失。宁静的乡村风光所唤起的回忆,与这个世界无关,也与这个世界的思想和希望无关。它们微弱的影响或许能教会我们如何给心爱之人的坟墓上编织鲜艳的花环,又或许能净化我们的心灵，压倒昔日的仇恨和敌意。而在这一切之下，哪怕是在最浅薄的头脑中，也存在着一种模糊且不成熟的意识，即在很久很久以前，我们似乎有过相同的感受。这种意识很容易让我们对遥远的未来产生庄严的思索，而在这样的思索面前，傲慢与世俗都变得微不足道了。

他们去的这个地方优美极了。奥利弗成长在一个充满纷扰的世界，身边时常围绕着一群卑鄙龌龊的小人，因此这里对他来说犹如世外桃源。别墅的墙边开满玫瑰和金银花，树干上爬满了常春藤。园中的花朵争奇斗艳，馥郁芬芳。附近有处不大的教堂墓地，那里没有挤挤挨挨的丑陋的高大墓碑，只有一些不起眼的土丘坟茔，上面覆盖着茵茵绿草和青苔，下边长眠着村子里的老人。奥利弗经常漫步至此，想到自己的母亲不知栖身在哪个偏僻荒凉的孤坟，不禁悲从中来，就坐在别人看不到的地方偷偷哭上一阵。可当他抬头仰望那深邃的天空，便不再认为他的妈妈长眠于地下。虽然他依然会为她伤心流泪，但不再痛彻心扉。

这是一段幸福的时光。白天平静安详,夜晚也没有恐惧和烦恼,不必像在监牢里那样渴盼自由,也不用担惊受怕地和一群泼皮流氓打交道。这里有的只是快乐幸福的念头。每天上午,奥利弗都要到一位住在小教堂附近的白发老先生家里。这位老先生教他读书写字。他说话和蔼可亲,教起东西来是那么尽心尽力,奥利弗觉得就算做牛做马去报答他都不过分。然后,他会陪着梅利太太和罗丝小姐一起散步,听她们谈论书里的东西;或在某个荫凉的地方,坐在她们近旁,听罗丝小姐读书。他从这件事中感受到了莫大的乐趣,通常会一直听到暮色苍茫,直到看不清书上的字为止。而接下来,他会为第二天的功课做准备。在一个看得到花园的小房间里,他全神贯注地一直学到夜幕降临。入夜之后,夫人和小姐还要外出散步,而他也依然形影不离地相伴左右,饶有兴趣地听她们谈论任何东西。当两位女士需要他帮她们摘一朵花,或帮她们跑腿去取某样忘带的东西时,他总会高兴得不行,每次都比前一次跑得更快。天黑透以后,他们回到家里。年轻的小姐坐在钢琴前,弹奏一些舒缓快乐的曲子,或轻柔地唱些姑妈喜欢听的老歌。此种时刻,屋里是不需要点蜡烛的,奥利弗通常坐在窗台前,听着那美妙的音乐,内心涌动起欢喜的波涛。

礼拜日到了。这里的礼拜日和他过去经历过的任何一个礼拜日都大不相同。它和这段最快乐的时光里度过的每一个日子一样,都让人感到快乐。清晨的小教堂里,绿叶在窗外沙沙作响,鸟儿千般婉转、万种啁啾,沁人心脾的空气潜入低矮的门廊,为这栋朴实无华的建筑填满芬芳。穷人们穿着整洁干净的衣服,虔诚地跪下来祈祷。他们聚集在一起,仿佛是因为这么做能使他们快乐,而非单纯地例行公事。那歌声虽然粗鄙了些,却透着真诚,比奥利弗听过的任何圣歌都更悦耳(至少他是这么认为的)。从教堂出来之后照例是散步。他们拜访了许多勤劳的庄户人家,参观了他们整洁的住所。夜里,奥利弗读了一两个章节的《圣经》,这是他整个星期都在钻研的书。有幸承担诵读《圣经》这一光荣的使命,他感觉比自己当上牧师还要自豪和高兴。

早上六点，奥利弗就已经起床。他在田野中漫游，从远近的树篱上采下一簇簇野花，满载而归。随后他把野花精心收拾一番，让它们成为早餐桌上最美丽的装饰。他还采来新鲜的千里光[1]，供梅利小姐喂鸟用。另外在村里教堂文书的细心指导下，他把鸟笼装饰得别出心裁。白天，他除了把鸟儿们照料得光彩夺目、伶俐可爱，还为村里做了不少好事。无事可做的时候，他偶尔在草地上打一场难得一遇的板球；要不然就到花园、菜园或农田里去帮忙——还是村里那位文书教给了他关于各种作物的知识——不管在哪儿，他都干得十分投入，每每都要等到罗丝小姐来叫方才住手，而罗丝小姐对他所做的那些事总是赞不绝口。

就这样，三个月的时间转眼就过去了。即便对生活安逸的富贵人家来说，这三个月也必定算得上称心如意。而对奥利弗来说，这则是一段极乐的经历：一边是最纯粹、最和蔼可亲的慷慨；另一边是

---

[1] 一种多年生攀缘草本植物，因有明目之效，故叫千里光。

最真挚、最热烈的，发自肺腑的感激。难怪在这段短暂的欢乐时光结束时，奥利弗·特威斯特已经和这位慈悲的老太太以及她善良的侄女亲如一家了。这颗幼小而敏感的心灵对她们产生了强烈的依恋；而反过来，她们将奥利弗视若家人，并真诚地为他感到骄傲。

第 33 章
奥利弗和他朋友们的快乐生活遇到波折

春天倏然而去,夏天悄然而至。如果说村子一开始只是流于表面的美不胜收,那么现在则充分展示出了它风情万种的繁盛与丰茂。早前几个月那些看起来干巴巴、光秃秃的参天大树,如今焕发出勃勃生机。它们在干涸的大地上伸展开绿色的胳臂,将一处处无遮无拦的暑热之地变成理想的幽静之所。在凉爽惬意的浓荫里可以眺望沐浴在阳光下、向远处无限延伸的广阔美景。大地披上了亮丽的绿衣,处处散发着怡人的清香。这是一年中最光辉灿烂、最蒸蒸日上的时节,一切都是那么欣欣向荣、喜气洋洋。

小别墅里的生活依旧安闲自在,别墅里的人们享受着这份惬意的宁静。奥利弗身上羸弱的影子早已不见，如今的他身强体壮。但无论是健康还是疾病，都改变不了他对身边这些人的深情厚谊，尽管在很多人身上我们看到的却是相反的结果。就像当初被病痛和苦难折磨得体无完肤，对任何一点点关心和抚慰都趋之若鹜时一样，他依然是那个温柔善良、对一切都充满深情的小不点。

在一个美丽的夜晚，他们在散步时比平常走得更远了些。因为这天白天格外热，而到了夜里，皓月当空，微风拂面，说不出地凉爽宜人。罗丝也兴致高昂，他们边走边神采飞扬地聊着天，直到远远超出往日的散步范围。梅利太太走累了，他们才开始缓步往回走。刚一到家，年轻的罗丝小姐把软帽一扔，便照常坐到了钢琴前。她在琴键上心不在焉地敲了几分钟，接着突然弹起一支低沉庄严的曲子，而在她弹奏的时候，其他人听到了类似哭泣的声音。

"罗丝，亲爱的！"梅利太太说。

罗丝没有应答，琴却弹得更快了，好像这句话把她从痛苦的思绪中唤醒了似的。

"罗丝，我的孩子！"梅利太太提高了声音，匆忙站起来,朝年轻的小姐俯下身去,"怎么了?我亲爱的孩子,怎么哭了?是什么事让你这么伤心啊?"

"没什么,姑妈。没什么。"年轻的小姐回答,"我也不知道是怎么回事。我形容不出来,可我感觉……"

"没有生病吧,孩子?"梅利太太打断她说。

"没有,没有。哦,我没生病。"罗丝回答时哆嗦了一下,就像一股要命的寒意突然袭遍全身,"等一会儿就好了。麻烦把窗户关上吧。"

奥利弗没等吩咐,便急忙抢过去关上了窗户。罗丝小姐努力让自己重新高兴起来,因此换了首轻快的曲子,可她落在琴键上的手指仍旧软弱无力。她瘫坐在沙发上,双手捂住脸,让再也抑制不住的眼泪尽情流淌起来。

"我的孩子!"老太太一把搂住她说,"我从没见你这么伤心过。"

"要是能忍住,我是不想惊动你的。"罗丝说,"可我拼命忍也忍不住。姑妈,我怕我是病了。"

她确实病了。拿来蜡烛后他们发现,回到家才短短一会儿工夫，她的脸色就已经变得像大理石一样惨白。虽然她的美丽并未减少一分，但她的表情却不一样了。那张温柔的脸庞上流露出前所未有的焦虑和憔悴。过了一会儿，她脸颊上突然升起一团红晕，脉脉含情的蓝色眼眸中闪烁起狂放的光芒。可这些变化转瞬即逝，就像浮云投下的影子，她的脸再度变成死亡一样的苍白。

奥利弗不安地注视着老太太，注意到她被罗丝小姐的样子吓坏了，而实际上他也一样。但看见老太太强装镇静，他也努力学她的样子。这么做果然起到了作用，当罗丝在姑妈的劝说下终于答应去休息时，她的精神已经好了许多，气色也略有好转，她还保证说第二天早上起来后就会没事的。

"但愿，"在梅利太太回来后，奥利弗说，"不会有什么事吧？她今天晚上气色很不好，可是——"

老太太示意他不必多言，自己坐在房间里一个昏暗的角落，沉默了好一会儿。最后，她用颤抖的声音说："我也希望没什么事，奥利弗。她已经陪我好几年了，有她在我很快乐。也许太快乐了，说不定就该遇到点什么不幸的事,可我不希望是这个。"

"是哪个?"奥利弗问。

"失去这孩子的沉重打击,"老太太说,"这么久以来,她一直是给我带来安慰和快乐的人。"

"哦!上帝不会允许的!"奥利弗连忙说。

"希望如此吧,孩子!"老太太绞着手说。

"应该不会有那么吓人的事吧?"奥利弗问,"两小时前她还好好的呢。"

"可她现在病得很重,"梅利太太说,"而且情况还会恶化。哦,罗丝,我的孩子。哦,没有她我可怎么活啊!"

她沉浸在巨大的悲痛中,奥利弗克制着自己的情感,试着劝她、求她,请她看在罗丝小姐的分儿上,保持冷静。

"夫人,您想想看。"奥利弗说,尽管极力忍着,但泪水还是溢满了眼眶,"哦,想想她多么年轻,心肠多么好。她给身边的人带来了多少快乐和安慰。我敢肯定,非常肯定,就冲您这么善良,冲她也这么善良,冲所有从她那里得到快乐的人,她是不会死的。上天不会让她这么年轻就死掉的。"

"别说了!"梅利太太将一只手放在奥利弗的头上,"可怜的孩子,你想得太单纯了。不过你让我懂得了责任。奥利弗,之前我竟然忘了,原谅我吧,毕竟我是个老人家。我见过太多疾病和生死,深知与心爱的人分离是何等痛苦。我也经历过很多事,知道年轻和善良并不是我们免于灾祸的资本,但这起码能给悲痛中的我们提供一点点安慰。因为上天是公平的。这类事情会刻骨铭心地教我们懂得,眼前这个世界之外,还有另外一个更加光明的世界,而且通往那里的路并不难行。这都是上帝的旨意。我爱她,上帝知道有多深!"

奥利弗惊奇地看到,说话间,梅利太太似乎一下子便压制住了自己的悲痛,话音未落就已经挺直了腰板,变得沉着坚定。而更令他诧异的是,这种坚定一直昂扬地保持了下去。随后梅利太太有条不紊、镇定自若地履行起照顾和观察病人的重任。她每一项工作都完成得一丝不苟,让旁人看上去甚至还有些兴致勃勃。奥利弗毕竟年幼,还不懂得坚强的内心在逆境中能够迸发出多么强大的能量。这怎么能怪他呢？很多时候连当事人也未必清楚。

他们度过了一个焦虑不安的夜晚。当黎明到来，梅利太太的预言得到了彻底的验证。罗丝正处在一种非常危险的热病的初期阶段。

"奥利弗，咱们不能坐以待毙，悲伤更是于事无补。"梅利太太把一根手指放在嘴唇上，两眼盯着奥利弗的脸说，"这封信无论如何要尽快送到罗斯伯恩先生。你带着它去镇上，从田野里抄小路应该不超过四英里，到那里叫专门的信差快马加鞭送到切特西。客栈里的人知道该怎么做。我要你看着他们把事情办妥，我相信你一定能做到。"

奥利弗一句话都说不出来，只希望马上就能出发。

"这儿还有另外一封信，"梅利太太顿了顿，若有所思，"可我不知道是现在就发出去，还是等等看罗丝的情况再说。不能发，除非遇到最坏的情况。"

"夫人，这封信也是要送到切特西的吗？"奥利弗问。他急着去执行任务，哆嗦着伸出小手准备接信。

"不是。"老太太机械地将信递给他。奥利弗扫了一眼,发现收信人是一个名叫哈里·梅利的先生,地址是某个贵族老爷的宅邸,具体在哪儿他也不知道。

"要送出去吗,夫人?"奥利弗焦急地看着老太太问。

"还是不用了。"梅利太太说着又把信拿了回去,"等明天再说吧。"

说完,梅利太太把钱包交给奥利弗。奥利弗不再耽搁,以最快的速度上路了。

他飞快地穿过田野,有时沿着田间小道一路奔跑。这些小路时而被两旁的作物遮盖,时而又从开阔地里冒出来。地里有劳作的农民,有的在割草,有的在晒草,但他一刻都没有停留,只是偶尔停下几秒钟喘口气。他就这样一口气跑到了镇上,跑得满头大汗,一身尘土。

他停下来寻找那家客栈。白色房子是银行,红色房子是啤酒厂,黄色房子是镇公所。街角那儿有栋大房子,木板墙全部刷成了绿色,房前有个招牌上写着"乔治"字样。一看到招牌,奥利弗立刻赶了过去。

他向门洞里一个正在打盹儿的邮差说明了来意,后者听完叫他去找马夫。马夫又听他从头到尾复述了一遍,便叫他去找客栈老板。老板是个高个子,戴着蓝色领巾、白色帽子,穿着浅褐色马裤,下配一双长筒靴。奥利弗见到他时,他正斜靠在一扇两截门旁边的唧筒上,拿一根银牙签剔着牙。

这位先生不紧不慢地走进吧台开票,一开就是小半天。开完票,付过钱,给马套上鞍,邮差穿上制服,十多分钟就这样过去了。奥利弗急得像热锅上的蚂蚁,恨不得自己骑上马,飞奔去下一站。终于,万事俱备,奥利弗递上小小的邮件,千叮咛万嘱咐,要对方尽快送到。邮差策马扬鞭,嘚嘚地走过市场上坑洼不平的路面,几分钟后便出了镇子,沿着官道飞奔而去。

见求救信已经及时发出,完成使命的奥利弗顿感轻松,便准备早点回去复命。他匆忙穿过客栈的院子,在大门口刚要转身,不承想撞上了一位裹着斗篷的高个子男人,当时那人正从客栈里出来。

"嘿!搞什么名堂?"男子后退一步,盯着奥利弗嚷道。

"对不起,先生,"奥利弗道歉说,"我急着回家,没看见您过来。"

"去死!"男子自言自语似的嘟囔道,他那双乌黑的大眼睛死死瞪着奥利弗,"谁会想到!就算把他碾成灰,他也会从石棺里跳出来找我的麻烦!"

"对不起!"奥利弗被男子怪异的神情吓得语无伦次,"但愿我没有撞疼您!"

"下地狱吧!"男子面目狰狞起来,咬牙切齿地咕哝说,"要是我有勇气说出来,一个晚上就能把你甩了!你这个小混蛋,肯定不得好死!你在这儿干什么?"

男子一边前言不搭后语地乱骂一气,一边气势汹汹地晃着拳头。他朝奥利弗逼近两步,看样子好像要给他一拳似的,可他随即扑通一声倒在地上,口吐白沫,不停打滚。

奥利弗一时没反应过来（他一度以为这人是个疯子），愣在原地呆呆地看着那人在地上滚，随后他才跑进屋里找人帮忙。见那人被平平安安地抬进了客栈，奥利弗才立刻转身以最快的速度往家跑去。他要把耽误的时间补回来。路上回想起刚刚那名男子的怪异举动，他心里直纳闷，还感到一点点后怕。

不过，这段插曲并未在他的脑海中驻留太久，回到他们的小别墅后，会有一大堆事情占据他的心房，将所有和他个人有关的记忆排挤出去。

罗丝·梅利的病情急剧恶化，不到半夜她就已经神志不清。本地的一位医生一直守着她，第一次检查过病人后他就把梅利太太请到一边，声称小姐的病属于最可怕的一种类型。"说实话，"他说，"如果她能痊愈，那应该就是奇迹了。"

这天夜里，奥利弗不知道多少次从床上悄悄下来，蹑手蹑脚地来到楼梯口，竖起耳朵倾听来自病人房间里最细微的声音！不知道多少次，每当听到突然传来的脚步声，他都吓得瑟瑟发抖，冷汗直流，生怕真的发生了什么不好的事情！他整夜牵挂着那个在死亡边缘徘徊的善良的姑娘,情真意切地为她的生命和健康祈祷,其炽热的程度是以往所有的祈祷都无法比拟的。

唉!当一个我们深爱的人危在旦夕,而我们只能眼睁睁看着,无能为力,这种焦虑是多么可怕、多么痛苦啊!哦!当那些折磨人的念头填满大脑,让脑海中浮现出种种令人心惊胆战、呼吸急促的画面;当我们渴望做点什么去减轻痛苦,或减少危险,结果却发现自己束手无策,只能无奈地看着自己滑向万念俱灰的深渊,试问怎样的折磨可以与此相比?我们又该怎么想或怎么做,才能在焦虑的情绪无以复加之时有效地缓和这种痛苦呢?

又一个黎明到来了,小小的别墅里却死气沉沉。人们小声交谈,门口不时出现焦灼的面孔。女人和孩子泪眼婆娑,抽抽搭搭地离开。整个漫长的白天,乃至天黑之后的几个小时,奥利弗一直在花园里轻轻地走来走去。他隔一会儿便抬头看看那住着病人的房间,昏暗的窗口每每令他不寒而栗,仿佛那里住着死神。深夜时分,罗斯伯恩先生到了。"真叫人难受,"这位好医生说话时把头扭向了一边,"她还这么年轻,又这么招人喜欢。可她活下来的希望非常渺茫。"

又是新的一天,阳光格外明媚,明媚得好似这世间没有了苦难和忧愁。尽管她周围的每一片树叶、每一朵花都焕发着勃勃生机,尽管她四面八方都洋溢着充满喜悦的声音和景象——生命与健康,可这个年轻美丽的姑娘依旧躺在床上,身体正以可怕的速度衰亡。奥利弗悄悄溜进古老的教堂墓地,坐在其中一座长满青草的坟茔前,默默地流泪,无声地祈祷。

这是一幅多么平静优美的画面。阳光普照的大地上充满了希望与欢乐。夏天的鸟儿唱着快活的歌。白嘴鸦从头顶一掠而过,多么自由。一切都生机勃勃,一切都喜气洋洋。当奥利弗抬起哭疼的双眼环顾四周,一个念头油然而生:这不是死亡的时节。连小动物尚且那么逍遥自在地活着,罗丝就更没理由死了。坟墓只属于寒冷萧条的严冬,而不属于灿烂的阳光和怡人的花香。他几乎认为寿衣是干瘪老朽的专利，盛不下年轻娇嫩的身体。

教堂里的丧钟打断了他这些幼稚的念头。一声，又一声！一群神情肃穆的送葬人走进大门，个个缠着白丝带，因为死者还很年轻。他们站在一处墓穴前，脱帽致敬。人群中有位母亲——曾经是一位母亲——哭得伤心欲绝。可阳光依旧灿烂，鸟儿依旧在歌唱。

奥利弗转身往家走去，心里想着罗丝小姐对他的千般好处、万般恩情。他多希望时光能够倒流，他定会抓住一切机会让罗丝小姐知道他对她有多感激、多依恋。他没理由责备自己粗心大意或缺心少肺，因为他一直在尽心尽力、全心全意地报答她。即便如此，他的眼前仍浮现出许许多多看似不起眼的情景，让他不由得埋怨自己，当初明明可以做得更好、更用心一点。每一个死亡都会给为数不多的幸存者带来类似的想法：为什么我会忽略那么多，错过那么多，遗忘那么多？该做的事情为何没有完成？本来可以挽回的事情为何没有挽回？这些想法足以警示我们平时该如何对待身边的人。世上没有比追悔莫及更令人痛心的事了。如果我们不想经受这种折磨，那就最好时时谨记这一点。

回到家时，梅利太太正坐在小客厅里。奥利弗看见她的第一眼，心就不由得往下一沉。因为老太太从未离开过小姐的病榻。他心惊胆战地想着是什么事让她来到了外面。随后奥利弗得知，罗丝小姐陷入了沉睡，而待她再度醒来，不是康复与重生，便是永诀与死亡。

一连几个小时，他们都安安静静地坐在那里，聆听着，谁都没有勇气开口说话。端上来的食物一口未动又被撤走。他们神思恍惚地看着渐渐西沉的太阳，看着它将绚丽的霞光洒满天空和大地，以此宣告它的谢幕。一阵越来越近的脚步声未能躲过他们敏锐的耳朵，两人不约而同地冲向门口，迎面碰上了进来的罗斯伯恩先生。

"罗丝怎么样了？"老太太迫不及待地问，"快告诉我！不管是什么消息，我受得了！哦，快告诉我吧，看在老天的分儿上！别再让我这颗心老悬着了！"

"您可不能乱了方寸,"医生扶住她说,"请您镇定一点,我亲爱的夫人。求您了。"

"上帝啊,把我带走算了。我亲爱的孩子!她死了!她要死了!"

"不!"医生激动地嚷道,"上帝是仁慈的,罗丝小姐会活下去的,活好多年,继续陪伴我们。"

梅利太太跪了下来,努力让双手合十,可支撑了她那么久的一股子气力,此刻随着她第一声感恩的祷告飞上了天国。她身子一软,倒在了伸手接住她的朋友怀里。

第 34 章
详细介绍一位本章才出场的年轻绅士，另外奥利弗迎来了一次新的奇遇

这绝对是最让人喜出望外的一幕。突如其来的欢乐甚至叫人难以承受。奥利弗被这意想不到的好消息惊得目瞪口呆。一时间他想哭却哭不出来，想说话又开不了口，想去休息却又坐立难安。他的大脑一片空白，失去了消化分析任何事情的能力。直到他在安静的晚风中徘徊许久，又痛痛快快地大哭了一场，才好像突然之间清醒过来，意识到真的发生了令人欣喜的改变，胸中积压多日难以排遣的苦闷才终于得到了化解。

暮色四合，他带着一束精挑细选采摘来的鲜花返回家去。他要用这些花装饰病人的房间。正当他迈着轻盈的脚步走在路上时，背后忽然传来迅疾的

车马声。他扭头一看,是一辆疾驰而来的驿马车。马跑得飞快,路又很窄,奥利弗只好紧靠一扇大门站住,让驿车通过。

就在人车交会的一刹那,奥利弗瞥见一个戴着白色睡帽的男人,对方的脸看着有几分眼熟,只是这一瞥实在短促,他来不及看个清楚。过了大概一两秒钟,那顶睡帽从车窗里探了出来,紧接着一个洪亮的声音吩咐车夫停下车。车夫立即照做,很快便勒住了马。随后那白色的睡帽再次出现,同一个声音叫出了奥利弗的名字。

"这里呢!"那声音喊道,"奥利弗,有什么消息吗?罗丝小姐怎么样了?奥利弗——少爷!"

"是你吗,贾尔斯?"奥利弗大声问着,跑向车门。

贾尔斯又把白睡帽伸出来,正要回答,忽然坐在驿车另一角的一位年轻绅士一把将他拉了回去,并迫不及待地问奥利弗最新的消息。

"直接告诉我!"年轻人喊道,"是好是坏?"

"好,好多了!"奥利弗急忙回答。

"谢天谢地!"年轻人激动地叫道,"你确定吗?"

"确定,先生。"奥利弗回答,"病情是几个小时前才好转的。罗斯伯恩先生说,危险期已经过去了。"

年轻人不再多说,随即打开车门,探出身子,抓住奥利弗的胳膊把他拉到一旁。

"你真的确定?小家伙,绝对不会出差错了,对不对?"年轻人声音哆嗦着问,"你可别骗我,让我空欢喜一场。"

"我绝对不会骗您,先生,"奥利弗说,"请您相信我。罗斯伯恩先生的原话是,她还会活好多年呢。我亲耳听见的。"

回想起那个场景——他此刻所有幸福的开端——泪水在奥利弗的眼眶里直打转。那年轻人转过脸,沉默了好几分钟。奥利弗怀疑自己不止一次听到这位年轻先生啜泣的声音,可他不想打扰这位年轻先生,因为他完全理解这位年轻先生心里的感受。于是,他安安静静地站在一旁,假装所有的注意力都在他的花束上。

说话这工夫，头戴白色睡帽的贾尔斯先生一直坐在马车的踏板上，一个胳膊肘支着膝盖，拿一条点缀着许多白色圆点的蓝底棉手帕不停地擦眼睛。这个耿直的汉子并非在装腔作势，瞧他一双眼睛，已经哭得通红。当那位年轻的先生回过头来和他说话的时候，他就拿这双红眼睛看着对方。

"贾尔斯，干脆你坐马车去找我妈妈吧，"他说，"我想走一走，也好在见她之前多点准备的时间。你就跟她说我马上就到。"

"请您原谅，哈里先生，"贾尔斯拿手帕最后擦了一把满是泪痕的脸，说道，"如果您能让邮差去传话，我会不胜感激的。我这个样子叫女仆们看见恐怕不太合适，先生，否则从今往后我在她们面前的威严会荡然无存的。"

"好吧，"哈里·梅利微笑着说，"你想怎么样就怎么样吧。如果你觉得合适，就让他拉着行李先走，你跟我们一块儿。不过你最好先把头上那顶睡帽给换下来，要不然别人会把我们当成疯子的。"

经这一提醒，贾尔斯先生方才意识到自己的着装是多么有失体面。他摘下睡帽塞进衣袋，又回身从马车上找了一顶朴素庄重的帽子戴上。随后，邮差便赶着马车先走，贾尔斯、哈里·梅利和奥利弗不紧不慢地跟在后面。

一路上，奥利弗不时好奇地偷偷打量这个新来的年轻人。看样子，他大概只有二十五岁，中等身高，有张率直而英俊的脸，举止大方得体，风度翩翩。尽管存在年龄上的差距，但他和那位老太太还是有许多相似之处。即便他没有透露梅利太太就是他妈妈这一事实，奥利弗也不难猜出他们的关系。

三人到达别墅时，梅利太太正望眼欲穿地等着儿子。久别重逢，母子二人的激动之情自不必多说。

"妈妈！"年轻人柔声说道，"您怎么不写信告诉我啊？"

"我写了，"梅利太太回答，"可我想了想，又决定先留住不发，等听听罗斯伯恩先生的看法再说。"

"可为什么呢？"年轻人问，"为什么要拿这种毫无把握的事情冒险？万一罗丝——我不敢说那个字——万一她的病最终是另外一个结果,您这辈子还有可能原谅自己吗?而我还有可能再找到幸福吗?恐怕我会抱憾终生的!"

"若真是那样,哈里,"梅利太太说,"我怕的就是这件事可能毁掉你的幸福,因此你早一天来或晚一天来,差别并不大。"

"万一真是那样,谁又能说什么呢,妈妈?"年轻人回答,"为什么我要说万一呢?这是——这是——您知道的,妈妈,您肯定知道。"

"我知道她配得上男人最纯洁、最真挚的爱,"梅利太太说,"我知道她的柔情与忠贞需要的绝不是平平无奇的回报,而是深沉持久的感情。另外我还知道,倘若她心爱之人在态度上稍有改变,定会令她心碎肠断。要是我感觉不到这一点,那我在做出这些决定的时候就不至于纠结万分,痛苦莫名。"

"这太冷酷了,妈妈,"哈里说,"您还把我当成一个懵懂无知的小孩子,认为我连自己想要什么都不知道吗?"

"我的宝贝儿子啊,"梅利太太一只手扶住儿子的肩膀,"我是过来人,很清楚年轻人的许多慷慨的冲动并不会长久,而其中某些一旦得到满足,则更是转瞬即逝。总之,我认为,"夫人盯着她儿子的脸,"如果一个热情奔放又志向远大的男人娶了一个名节上有污点的女子为妻,即便那污点不是她本人的错,也难免会招致一些宵小龌龊之徒的非议,连他们的孩子也休想幸免。而这个男人在世间取得的成就越大,他受到的嘲笑和诋毁就越多。即便他宽宏大量,与人为善,有朝一日仍可能会为自己少不更事时做出的决定感到后悔。而一旦妻子察觉丈夫对自己的婚姻不满意,同样也会陷入莫大的痛苦。"

"妈妈,"年轻人焦躁地说,"这样自私冷酷的人根本不配叫男人,更不配得到你说的那种女人。"

"哈里,你现在是这么想。"他的母亲说道。

"我永远都会这么想!"年轻人信誓旦旦地说,"过去两天我精神上遭受的苦痛,迫使我不得不向您承认,我心里一直存在着这样一种感情,它不是昨天才有的,也不是我一时冲动才形成的,这您很清楚。罗丝是个温柔贤淑的姑娘,我心里只有她。我对她的感情不会输给任何一个男人对女人的感情。我的所有思想、观念和希望都和她息息相关。如果在这件事上您反对我,就等于把我的安宁与幸福攥在手里,随风抛撒。妈妈,您好好想想这件事,想想我,不要把我的幸福看得不值一提。您之前好像并不把这当回事。"

"哈里,"梅利太太说,"正因为我替那些温暖又敏感的心想得太多,才更不愿意让它们受到伤害啊。不过这件事咱们今天已经说得够多了,先就这样吧。"

"那就不要拿这件事去打扰罗丝,"哈里说,"您应该不会把您这些过分的想法强加于人,甚至故意为我制造障碍吧?"

"不会,"梅利太太回答,"但我希望你能考虑……"

"我已经考虑过了!"年轻人不耐烦地回答说,"妈妈,我已经考虑很多年了。从我会认真思考问题的那天起,就一直在考虑。我的感情始终不变,永远都不会变。既然藏着掖着没有半点好处,那我何必一拖再拖，早些吐露出来倒也免受这许多痛苦。不，在我离开这里之前，我一定要把这些心里话说给罗丝听。"

"她会听到的。"梅利太太说。

"妈妈，您的语气好像在暗示她会对我的表白无动于衷。"年轻人说。

"没有，"老太太说，"怎么会呢？"

"那您是什么意思？"年轻人迫不及待地问，"她有心上人了吗？"

"当然没有，"他的母亲回答，"你已经牢牢攫住了她的心，除非我搞错了。我要说的是，"老太太抬手止住正要开口的儿子，"在你不顾一切地扑向这个机会之前，在你历尽艰辛赶往那希望的顶点之前，我亲爱的孩子，你不妨静下心来想一想罗丝的身世，倘若她知道了自己不明不白的出身，那会对她做出的人生决定产生怎样的影响？她是个高尚无私的人，对我们一直真挚且坦诚，无论大事小情，她都最大限度地奉献自己。这已经成了她人格的一部分。"

"您在说什么呀？"

"个中深意,我还是让你自己体会吧,"梅利太太说,"我得回到她身边去了。上帝保佑你。"

"今晚我还能见到您吗?"年轻人急切地问。

"要不了多久的,"夫人回答,"等我从罗丝身边离开的时候。"

"您会告诉她我来了吗?"哈里问。

"当然会。"梅利太太回答。

"还要告诉她我是多么牵肠挂肚,多么痛苦万分,多么望穿秋水地想要见她。妈妈,这您应该不会拒绝吧?"

"不会,"老太太说,"我会全都告诉她。"随后,她深情地捏了捏儿子的手,匆匆离开了房间。

在母子二人进行这场仓促的对话时,罗斯伯恩先生和奥利弗一直待在公寓的另一头。此时前者向哈里·梅利伸出手,彼此寒暄一番。随后医生又就病人的情况回答了年轻人的许多提问,结果与奥利弗描述的一样令人欣慰,充满希望。贾尔斯先生假装忙着搬行李,同时竖起耳朵,把医生的话句句听了进去。

"最近打到什么特别的东西了吗,贾尔斯?"说完正事,医生回过头问。

"没什么特别的,先生。"贾尔斯先生回答时,脸红到了脖子根。

"也没抓到什么贼,或认出某个强盗?"医生说。

"没有,先生。"贾尔斯先生严肃地说。

"哦,"医生说,"那倒挺遗憾的,因为这种事好像是你的强项。哦,对了,布里特斯最近怎么样?"

"那小子挺好的,先生。"贾尔斯先生恢复了往常那种高高在上的语气,"他让我代为转达他对您的问候。"

"好极了。"医生说,"贾尔斯先生,看见你倒提醒了我。我被匆忙叫来的前一天晚上,应你家女主人的要求,做了一件对你颇有好处的小事。咱们到一边去说,好吧?"

贾尔斯先生神色凝重又略带几分惊讶地移步到房间一角,荣幸地和医生窃窃私语了一小会儿。聊完之后他又鞠了一大堆躬,最后才迈着庄严的步伐退了回来。二人谈话的主题在客厅里并未公开,却很快在厨房里闹得人尽皆知。因为贾尔斯先生直奔那里要了杯麦芽啤酒,而后几乎带着目空一切的威风向大家宣布,老太太对他在上次盗窃未遂案件当中的英勇表现甚为满意,特在本地银行为他存入二十五英镑,供他个人取用。说到这里,两个女仆顿时举起双手,瞪大眼睛,心想贾尔斯先生指不定要得意成什么样子呢。然而贾尔斯先生却拉出衬衣上的褶边,正色回答说:"不,不会。"并声称,倘若她们看见他对下属傲慢无礼,务必不吝指出,他会感激万分。随后他又乱七八糟地胡侃一通,无非是举些例子说明自己如何谦逊大度、屈己待人。他这番陈词自然得到一番赞赏与喝彩,且被认为别开生面、言之成理,和许多大人物不相上下。

楼上,夜里剩下的时光则是一片欢声笑语。医生兴致高昂,哈里·梅利一开始好像有点耐不住疲惫,又或是心事重重,但终究架不住这位可敬的先生的幽默与风趣。罗斯伯恩先生妙语连珠,侃侃而谈。他讲了不少奇闻异事,回顾了自己职业生涯中的许多往事，还用一堆令人捧腹的小笑话逗得奥利弗哈哈大笑。他觉得那是他听过的最滑稽搞笑的事情。医生自然十分受用，他自己也笑得死去活来，连哈里都忍不住跟他一块儿笑得前仰后合。当时的情景真是要多欢乐有多欢乐。最后，当几人怀着轻松和感激的心情回去休息时，夜已经很深了。经历了近几天的焦虑和不安，他们确实都需要好好休息一下了。

第二天早上醒来时，奥利弗心情大好。在忙活每天清早的那些活计时，他的心中充满了希望和快乐，他已经很多天没感受过这种轻松愉悦了。鸟笼又挂出来了，鸟儿在它们熟悉的地方唱起了歌。他千方百计采来最芳香怡人的野花，希望用它们娇艳的美丽让罗丝感到赏心悦目。过去几天，这个忧心如焚的孩子叫悲伤遮住了眼睛，无论看什么东西，不管实际上有多么美好，都好像蒙了一层灰。如今，这种忧郁的情绪神奇地烟消云散了。嫩绿的叶片上，朝露闪烁着更加晶莹的华彩；吹过的微风，奏响更加动听的乐章；就连天空也显得更加蔚蓝和明朗。

这就是心情给我们带来的影响，连事物的外部形态都能产生主观上的变化。因此，我们便不难理解，为何有人看到世间万物或自己的同胞便大呼一切都那么黑暗阴沉了。这些阴暗的色彩不过是他们心灵的映射罢了。真实的色彩是精美柔和的，它只是需要清澈的眼睛来发现。

值得注意的是，奥利弗的清晨探险已不再是他一个人的事情，这一点他清楚地意识到了。从第一天早上遇到满载而归的奥利弗后，哈里·梅利就对花产生了浓厚的兴趣，并在插花方面表现出极为不俗的品味，令奥利弗自叹不如。尽管奥利弗在插花上稍逊一筹，他却知道去哪里能找到最漂亮的花。于是，一个早上接着一个早上，他们二人一起在田野中漫游、寻找，把最为娇艳的鲜花带回家。罗丝小姐的房间如今终于打开了窗户，因为她喜欢浓郁的夏日气息灌进窗来的感觉，那能使她心旷神怡。不过在窗格的里面，每天早晨都会摆着一小束精心修剪过的鲜花，花瓣和叶片上还挂着晶莹的露珠。奥利弗还禁不住发现，虽然小花瓶里的水定期更换，可那些枯萎的花从未被扔掉。另外他还注意到,医生每天早上出门散步之前都会走进花园,朝那个特别的角落看上一眼,意味深长地点点头,而后才会出去。就这样,日子一天天过去,罗丝的身体迅速康复起来。

尽管罗丝小姐暂时还离不开她的卧房,晚上也不能出去散步,只能偶尔和梅利太太在附近走走,但奥利弗的日子并不难熬。他加倍努力地向那位白发老先生讨教,自己又肯下功夫,因此进步之快连他自己都感到惊讶。然而,在他孜孜不倦地学习期间,发生了一件令他极为震惊和苦恼的事情。

他平日读书的那个小房间位于别墅后侧的底楼。这是一个典型的别墅房间,格子窗上缠绕着一簇簇茉莉和金银花,整个房间弥漫着浓郁的花香。窗外是个花园,有扇小门通往一座不大的围场,过了围场是一片郁郁葱葱的草地和树林。那个方向并无其他人家,视野极为开阔。

在一个美丽的黄昏,暮色初降,奥利弗正坐在窗前专心读书。这天天气格外闷热,而他已经看了好一会儿，着实累得不行，因此便昏昏沉沉地睡着了。笔者在此声明，无论这些书是谁写的，这里并无轻视毁谤之意。

有时我们会遇到这样一种睡眠，它将我们的身体牢牢禁锢，但我们的意识并未脱离周围的一切，反而能够自由驰骋。倘若难以抗拒的迟钝、力量上的衰竭、对意识和行动完全失去控制这一系列的表象综合起来便可称为睡眠的话，奥利弗此刻便是在睡眠。而在这样的睡眠中，我们的意识通常还能感知到周围的事物，假如这一刻我们在做梦，现实中这一刻正在说的话或出现的任何声音，便会天衣无缝地融入我们的梦境。现实与梦境完美融合，即便事后也难以区分。这还不是这种状态下最惊人的现象。毋庸置疑，尽管我们的触觉和视觉暂时都偃旗息鼓，但我们入睡之后的意识，以及从我们眼前掠过的种种幻象，依然会受到外界事物实质性的影响，哪怕这些事物只是一些安安静静的存在。在我们合上眼睛时，它们未必近在咫尺；在我们清醒时，我们也没意识到它们触手可及。

奥利弗清楚地知道，他就待在自己的小房间里，书摊在面前的桌子上，外面密密匝匝的藤蔓时不时送来一股充满芬芳的空气。他睡得正熟，突然，场景变幻，空气沉闷闭塞。他一度惊恐地以为自己又回到了老犹太的巢穴。那面目可憎的老家伙依旧坐在他钟爱的角落，一边拿手指着他，一边和另一个侧着脸坐在他旁边的人窃窃私语。

"嘘，亲爱的！"他认为他听到了老犹太的话，"是他，错不了。走吧。"

"他！"另一个人似乎在回答，"你以为我会认错人吗？就算他站在一群和他一模一样的幽灵中间，我也能一眼把他指出来。哪怕你把他埋到地下五十英尺的地方，上面不留一点标记，只要你领着我从他坟前那么一过，我就能知道他埋在下面。"

那人说起话来咬牙切齿，仿佛对奥利弗怀着深仇大恨。奥利弗吓得一个激灵，醒了过来。

老天！是什么让他如此魂不附体、顿口无言，连身体都无法动弹！那里——那里——就在窗户那里，近在咫尺，在奥利弗退缩之前几乎摸得到的地方，赫然站着老犹太，他正贼眉鼠眼地朝窗户里边窥探。他们的目光刚好相遇。而老犹太身旁是一个面目狰狞的汉子，脸色不知是因为愤怒还是因为恐惧，或两者兼而有之，而变得煞白。奥利弗一眼认出，此人正是那天他在客栈里碰到的那名男子。

两个人影只是在奥利弗眼前闪了一下，紧接着就不见了。可他们彼此都认出了对方。他们的样貌牢牢印在了奥利弗的记忆中，就像深深刻在一块从他出生那天起就立在他面前的石碑上。奥利弗呆呆站了片刻，随即从窗户跳进花园，大声呼喊起来。

第 35 章
奥利弗的探险无果而终；
哈里·梅利与罗丝进行了一次重要的谈话

别墅里的人很快被奥利弗的呼喊吸引了过来。人们发现他时，他脸色苍白，情绪激动，指着房子后面草地的方向，连"老犹太"这么简单的三个字都无法清楚地说出来。

贾尔斯先生听得一头雾水，但哈里·梅利反应快些，毕竟他从他妈妈那里听说过奥利弗的事，因此一下子就明白了。

"他往哪个方向去了？"他从墙角抄起一根沉甸甸的棍子，问道。

"那边。"奥利弗指着老犹太消失的方向，"他们一眨眼就不见了。"

"那肯定是躲在水沟里了，"哈里说，"走！跟紧点！"说着，他便跳过树篱，冲刺似的飞奔而去。那速度，其他人想要跟上着实很难。

贾尔斯拼尽全力追上去，奥利弗也在后面跟着。前后也就一两分钟的事儿，罗斯伯恩先生散步归来，见此情景二话不说便从树篱上滚了过去，而后又以在他身上极为罕见的敏捷一骨碌爬起来，朝着同一个方向，用谁都不敢小觑的速度追过去。他边跑边大呼小叫，一心想搞清楚究竟出了什么事。

几个人追得起劲儿，谁都没停下来喘口气。直到最前面的人跑进奥利弗所指的那片田野，开始仔细搜索沟渠和附近的树篱，后面的人才有时间赶上去，奥利弗也总算有机会告诉罗斯伯恩先生这场追逐的原委。

他们搜来搜去却一无所获，连只新鲜的脚印都没有看到。此时，他们站在一处小山丘上，从这里可以眺望方圆三四英里的广阔田野。左侧山坳里有个村子，可要跑到那里，老犹太他们在跑完奥利弗所指的路线之后，还要在这一大片开阔地里绕个圈子，在如此短的时间里，恐怕他们很难做到。而山丘的另一边，草地尽头倒是有片茂密的林子，出于同样的理由，对方还是不可能躲进那里。

"你肯定是做梦了，奥利弗。"哈里·梅利说。

"不会的，先生，肯定不是梦。"一想到那老坏蛋的样子，奥利弗就不寒而栗，"我看得清清楚楚，他们两个人，就像现在看你们一样清楚。"

"另一个人是谁？"哈里和罗斯伯恩先生异口同声地问。

"就是我跟你们说过的那个人，在客栈里冷不丁撞到我身上的那个。"奥利弗说，"我们都把对方瞧得仔仔细细，我敢发誓肯定是他。"

"他们往这边走了？"哈里问，"你确定？"

"就跟我看见他们站在窗口一样确定。"奥利弗回答，说着还指了指将别墅和草地隔开的那道树篱，"个子高的那个就是从那儿跳过去的，老犹太往右跑了几步，从那个缺口处钻了过去。"

两位先生看着奥利弗说话时一脸认真的样子，面面相觑。见他说得有板有眼，他们似乎也有点相信了。可举目四望，到处都没有发现奥利弗口中那两个仓皇逃走的人。草地虽然茂盛，可除了他们自己踩出来的痕迹，其他地方全都完好无损。沟渠的两侧和边沿上尽是湿漉漉的黏土，倘若有人走过，定会留下足迹，可他们搜索了半天都没有发现半个脚印，或任何可以证明最近几个小时有人经过的痕迹。

"这就奇怪了！"哈里说。

"奇怪？"医生说，"恐怕就算布莱德斯和达夫来了也搞不清是怎么回事。"

尽管明知道继续搜索也是徒劳无功，他们却并没有放弃。直到夜幕降临，再找下去除了白费力气，已经不可能有更多收获，他们方才很不情愿地罢了手。随后他们派贾尔斯到村子里的几个小酒馆去转转，按照奥利弗对那两个人容貌、衣着的描述，看看能不能找到他们。老犹太那副尊容倒是易于辨认，倘若他在附近喝酒或闲逛，肯定能打听到一些蛛丝马迹。可贾尔斯回来时垂头丧气，任何可以解开谜团或至少能派上点用场的线索都没有找到。

他们又重新搜索和打听了一遍，结果与前一天差不多。第三天，奥利弗和梅利先生一起去了镇上，指望能有所见闻，帮助他们找到那两个人，但此番努力依旧毫无结果。又过了几天，和许多事情一样，人们渐渐地就把这件事给忘记了。离奇之事倘若不能时时更新，很快便会自我消亡。

而与此同时，罗丝康复的速度正在加快。她终于摆脱卧房的束缚，能够出去走一走了。她重新回到了家人们中间，把快乐带到每个人的心里。

然而，尽管这一可喜的变化给这个小圈子带来了显而易见的影响，尽管别墅里再度充满了令人欣慰的欢声笑语，但有时候大家仍有一种不大寻常的拘谨感，甚至包括罗丝本人。这一微妙的现象奥利弗是不可能察觉不到的。梅利太太和她儿子经常私下里一聊就是半天。而奥利弗不止一次注意到罗丝小姐的脸上挂着泪痕。罗斯伯恩先生确定了返回切特西的日子后，这种情况有增无减。显然这栋别墅里正悄无声息地发生着什么事情，搅得这位年轻小姐以及其他某些人心神不宁。

终于，有天早晨，当用来吃早餐的小客厅里只有罗丝小姐一个人时,哈里·梅利走了进来。他犹豫再三,还是恳求能和罗丝小姐谈一谈。

"呃,只要一小会儿,罗丝。"年轻人把椅子拉向对方,"我想说的这些话,你心里大概早就明白了。我的心思是逃不过你的眼睛的,只是你还从来没有听我亲口说过。"

从他进来那一刻起,罗丝的脸就变得苍白起来。不过,那也可能是大病初愈的缘故。她只是微微点了点头,便朝旁边的几棵绿植俯下身去,默默等待着他继续说下去。

"我早该离开这里的。"哈里说。

"确实,"罗丝说,"请原谅我这么说,可我真心希望你已经离开了。"

"我是被最可怕、最叫人苦恼的忧虑给带到这儿来的,"年轻人说,"我担心失去我爱之所钟、情之所系的那个人。你生命垂危,徘徊在尘世与天堂之间。我们知道,当青春、美丽和善良沾染了疾病,纯洁的灵魂会不知不觉地转向他们最终要到达的那个充满光明的安息之所。我们知道,托老天眷顾,我们同类中最优秀、最出类拔萃的分子,往往英年早逝。"

年轻人的一席话,顿时令我们这位温柔的姑娘泪眼婆娑。一颗泪珠滴在她身下的花上,在花瓣中央闪烁着明亮的光彩,使那鲜花更加娇艳欲滴,就好像从年轻纯洁的心里喷涌出来的东西,理所应当要与大自然中最美丽的东西结合在一起似的。

"一个人,"年轻人情绪激昂地继续说道,"一个像上帝跟前的天使一样温柔美丽、天真无邪的人,在生与死之间飘摇不定。哦!那个与她更为亲近的遥远世界,已经在她面前拉开了一半的帷幕,谁还能指望她重新回到这个充满悲伤与不幸的世界啊!罗丝啊,罗丝,上天在大地上投下光辉,而你却像它柔和的影子一样在慢慢消逝。我不敢奢求上帝为了我们这些流连于凡间的人将你留下,我也找不到任何能够使你留下的理由。我感觉到你可能属于那个更加光明的世界,许多最美、最杰出的人已经先行飞到了那里。尽管自我安慰的话说了许多许多,可我还是禁不住祈祷,祈祷上天将你还给那些爱你的人。这种心烦意乱的感觉沉重得让人难以承受。不管是白天还是夜晚，我都被它折磨得痛不欲生。恐惧、忧虑、自私的懊悔，犹如滔天洪水滚滚而来。我生怕你死了，就再也无法知道我对你的爱是多么死心塌地。这股洪流几乎将我的理智和情感同时葬送。后来，你终于开始好转。你一天天，甚至一个小时一个小时地恢复。健康如涓涓细流缓缓汇入你身体里那早已濒临枯竭的生命之河，让它再度充盈浩荡，兴起波澜。我心心念念、望眼欲穿地守着你，在大起大落的心境中见证了你的死里逃生。不要跟我说你希望我是个薄情寡义的人，因为正是这份深情才使我拥有了一颗博爱的心。"

"我没有那么想过，"罗丝哭着说，"我只是希望你离开这里，那样或许你就会把精力用在更崇高，也更值得你为之奋斗的追求上去。"

"天底下没有比赢得你的芳心更崇高，也更值得我为之奋斗的事了。"年轻人拉住她的手，"罗丝，我亲爱的罗丝！这些年——这些年我一直深爱着你。我希望能出去闯一番名堂，而后衣锦还乡再告诉你，我所追求的一切都只为和你分享。我做过许许多多的白日梦,我幻想着在那个欢乐的时刻该如何提醒你想起,曾经有个多情的少年如何用各种各样无声的象征表达他对你的依恋。我还要向你求婚,以兑现你我之间早就默默达成的契约。那个时刻尚未到来,但是今天,尽管我功不成名不就,年轻时的梦想也还没实现,可我禁不住要向你献出这颗早就属于你的心,并把我的一切希望都寄托在你即将给我的答复上。"

"你一直都是一个心地善良、品格高尚的人,"罗丝极力压抑激动的心情,"既然你相信我不是一个麻木不仁或忘恩负义的人,那就请你听听我的回答。"

"亲爱的罗丝,你是不是说,我可以努力让自己成为一个配得上你的人?"

"不,"罗丝回答,"我是说,你要努力把我忘掉,不是作为一个曾经和你志同道合的同伴,因为那会伤透我的心,而是作为被你爱上的对象。放眼看看这个世界吧,你的周围还有无数少女的芳心值得你去追求。期待你开始一段新的感情,倘若愿意,你可以向我透露一二。我会是你最真诚、最热情、最忠实的朋友。"

说到这里,罗丝停了一会儿。她用一只手捂住脸,任泪水肆意流淌。她的另一只手依旧被哈里攥着。

"理由呢,罗丝?"最后,哈里用低沉的声音说,"是什么理由让你做出这样的决定?"

"你有权知道理由,"罗丝说,"但无论如何我都不可能改变心意。这是我必须做的事情,既为别人,也为我自己。"

"为你自己?"

"是的,哈里。为我自己。像我这样一个无依无靠又没有财力,名节上还有污点的女孩,不该给你的朋友们留下口实,叫他们怀疑我是出于卑鄙的动机才接受你的感情,还把自己同你的希望和计划绑在一起,成为你的累赘。为了你和你的家人,我有责任阻止你凭着你慷慨天性中的热情为自己的前途设置一道如此巨大的障碍。"

"如果你的心意和你所谓的责任感完全一致——"哈里说。

"不，它们并不一致。"罗丝的脸涨得通红。

"这么说，你也是爱我的，对吗？"哈里问，"告诉我，亲爱的罗丝，告诉我吧，好让我从失望的痛苦中走出来一些。"

"如果这么做不会深深伤害我爱的人，"罗丝说，"我想我会——"

"会以截然不同的态度对待我的表白？"哈里问，"罗丝，至少这一点别瞒着我。"

"是的，"罗丝说，"等等！"她说着抽回自己的手，"我们聊得这么痛苦，为什么还要继续下去呢？今天的谈话对我来说是极为痛苦的，可它也能带来持久的幸福。毕竟你让我知道了我在你心中占据过如此高的地位。你人生中取得的每一个成就都将使我变得刚毅坚定。再见了，哈里！以后我们见面时，再也不会像今天这样。当然，我们还会保持其他类型的关系，而且你会发现那种关系更长久、更幸福，只是我们之间不会再出现像今天这样的谈话。我会为你祈祷的,用一颗最真诚热切的心,祈祷你永远快乐、成功!"

"罗丝,我只再问你一句,"哈里说,"你真正的理由是什么?我要听你亲口说出来!"

"大好的前程正等着你呢,"罗丝坚定地说,"一个男人凭借杰出的才干和庞大的家族势力在这个社会上所能取得的全部荣耀,都在等着你。可这样一个家族是清高孤傲的,我不想与可能瞧不起我生身母亲的人打交道,也不想让那个将我视如己出的人为难,给她的儿子带去耻辱和失败。总而言之,"年轻姑娘说着转过脸去,不想让年轻人看出她在假装坚强,"我的名字是有污点的,在这个众口铄金的世道里,无辜的人必定会受到牵连。我不想连累别人。所有的非议都让我一人承受好了。"

"我最后再问一句,罗丝,我最亲爱的罗丝,最后一句!"哈里一跃扑到她面前,大声说道,"假如——用世人的话说,假如我没那么幸运,假如我注定要过一种默默无闻且平平淡淡的生活,假如我穷困潦倒,疾病缠身又无依无靠,你还会狠心拒绝我吗？难道你是因为知道我将来必定大富大贵、声名显赫，才对自己的出身有如此多的顾忌吗？"

"别逼我回答，"罗丝说，"这个问题并不存在，永远都不会存在。你这样问不公平，甚至有些刻薄。"

"如果你的回答和我斗胆期望的答案一致，"哈里反驳说，"那必将在我孤独的人生旅途中洒下幸福的光芒，也必将照亮我前行的路。你简简单单的几句话，对于一个爱你胜过爱一切的人来说，有着非比寻常的意义。哦，罗丝！看在我对你一往情深的分儿上，看在我为你忍受了那么多痛苦的分儿上，请你回答我这个问题吧。"

"我不妨假设一下，倘若你的命运是另一番安排，"罗丝说，"假如你的地位只是比我高出一点点，而不是远远把我甩在后面；假如你过的是平平常常的生活，我能帮上你，给你带来安慰，而不是像现在这样，你被一群出类拔萃、雄心勃勃的人包围着，我却成了你的污点，只会拖你的后腿，那我便不会有这么多烦恼。此时此刻，我该感到幸福才对，非常幸福。可是,哈里,我承认我应该得到更大的幸福。"

罗丝不经意间敞开了心扉,那些从儿时起便一直藏在心中的夙愿,这一刻忽然随着记忆涌上心头。往事自然也牵动了泪水,罗丝看着一个个未了的心愿渐渐凋零,伤怀在所难免。不过,眼泪也带来了安慰。

"这种软弱我控制不了,但它却使我的决心更加坚定。"罗丝说着伸出一只手,"现在,我必须离开你了。"

"我要你答应我一件事,"哈里说,"就这个问题,我们将来再谈一次,不会超过一年,也许更快,再谈最后一次。"

"不要强迫我改变正确的决定,"罗丝苦笑了一下,"没用的。"

"不,"哈里说,"我只想听你重复一遍,听你最后说一遍,如果到时候你没有改变心意的话。不管我获得怎样的地位和财富,我都会匍匐在你脚下。如果你依然坚持现在的想法,我绝不会试图改变它,无论是通过言语还是行动。"

"那就这样吧,"罗丝说,"无非是多受一次折磨,不过到那时我应该会更坦然些了。"

她再次伸出手,可年轻人却一把将她搂进怀里,在她美丽的额头上轻轻印下一个吻,随后匆匆离开了房间。

第36章
本章篇幅不长，看似无关紧要，但因其有承前启后的作用，姑且还是读一读吧

"你已经决定今天早上跟我一块儿走了，是吧，嗯？"医生问道。早餐桌前，他和奥利弗正在吃早点，哈里·梅利也加入了进来。"怎么回事啊？年轻人想法多变，一个钟头都能变两回。"

"总有一天你会改变这个看法的。"哈里说着，莫名其妙地红了脸。

"但愿吧，"罗斯伯恩先生说，"不过说实话，估计很难。你昨天早上还匆匆忙忙地决定说要留下来做个孝顺儿子，陪你妈妈去海边；不到中午你就说要赏脸跟我一起回伦敦；到了晚上你又神秘兮兮地鼓动我一大早趁女士们还没起床就出发。结果，本该在草地上搜寻各种奇花异草的小奥利弗被死死钉

在早餐桌上,一刻也不敢走开。这真是太不幸了,你说是不是,奥利弗?"

"要是您和梅利先生出门的时候我不在家,我会非常难过的,先生。"奥利弗说。

"果然够朋友,"医生说,"等你回伦敦的时候可一定要去找我。不过说正经的,哈里,你这么急着离开,是不是那些大人物发话了?"

"大人物?"哈里说,"你说的那些大人物应该包括我那威严的叔叔吧?自从我来到这里之后,他还没跟我联系过呢。况且眼下这个时间点也不会有什么事需要把我紧急召回去。"

"好吧,"医生说,"你这家伙真怪。不过他们肯定会在圣诞节前的选举中把你送进议会的。话说你这心血来潮、一日三变的劲头倒挺适合从政。这里面的猫腻可多了。但是,无论是仕途、比赛还是赌马,良好的训练都是必要的。"

哈里·梅利似乎成竹在胸,只消一两句话便能叫医生哑口无言,但他忍住了,随口说了句"咱们走着瞧",便立刻把话题引向了别处。不大一会儿,驿马车来到了大门外,贾尔斯进来提行李。医生忙不迭地跑出去,看行李是不是放牢靠了。

"奥利弗,"哈里·梅利低声说,"来,我跟你说句话。"

奥利弗走向梅利先生向他招手的那个窗口,见对方哀伤中竟又透着兴奋,不由得吃了一惊。

"你现在会写字了吧?"哈里一手扶住奥利弗的胳膊。

"我希望是,先生。"奥利弗回答。

"我又要出门了,可能会有段时间不能回家。我希望你能给我写信,比如两星期写一次,定在星期一吧,写好之后把信寄到伦敦邮政总局,你觉得怎么样?"

"哦,当然可以,先生。我对这件事引以为傲。"奥利弗大声说,这个委托令他欣喜不已。

"我想随时了解我妈妈和梅利小姐的情况,"年轻人说,"你可以把你们都去哪儿散过步,都聊过什么,她——我是说她们——看起来开不开心,身体是否健康之类的事情都写到信上告诉我。你明白我的意思吗?"

"哦,明白,先生,再明白不过了。"奥利弗回答。

"但我希望你不要向她们提起此事,"哈里急匆匆地叮嘱说,"因为那样一来我妈妈肯定会频繁地给我写信,对她来说,这太麻烦了,而且只会让她更加担心。因此,这件事仅限你我之间,是咱们的一个小秘密。记住要把每件事都告诉我!我全靠你了。"

奥利弗觉得自己受到重用是一件脸上有光的事,不禁得意扬扬,郑重其事地保证说他一定守口如瓶,且会事无巨细地向哈里汇报。随后梅利先生便和他告别,并一再承诺会多多关照他的。

医生已经上了马车,贾尔斯(根据他们的安排,他随后也会跟上)扶着打开的车门站在一旁。女仆们在花园里翘首观望。哈里朝那扇格子窗偷偷瞥了一眼,跳上了车子。

"出发!"他大声说道,"别让马偷懒!全速前进,越快越好!今天能把车赶到飞起来才好呢!"

"喂!"医生连忙放下车厢前边的玻璃,冲车夫喊道,"怎么赶车都行,就是别让车飞起来。听见了没有?"

马车叮叮咣咣地走远,渐渐听不到声音了,只能靠眼睛看着它飞驰在公路上,车后扬起漫天尘土。因为障碍的遮挡或弯曲的道路,马车在人们的视线中时隐时现,最后连滚滚烟尘都看不见了,直到这时送行的人们方才散去。

马车已经驶出去好几英里了,却仍有一个人双眼紧紧盯着马车最后消失的地方。在哈里偷偷望过的那扇格子窗里,白色的窗帘后面坐着罗丝小姐。她一直在那儿,只是窗帘挡住了哈里的视线。

"他心情好像还不错,"最后她说道,"我原来还担心他会怎么样呢,看来是我想多了。现在我总算放心了。"

泪水,可以代表悲伤,也可以代表喜悦。然而,当罗丝小姐若有所思地坐在窗边,依旧看着同一个方向出神时,从她脸上滑落的那些泪水所含的悲伤味道似乎更浓些。

第 37 章
读者在本章可以见识到人在婚姻中的常见变化

班布尔先生坐在济贫院的小客厅里,闷闷不乐地盯着死气沉沉的炉膛。因为是夏天,壁炉里没有生火,除了它冷冰冰、明晃晃的表面反射出几道惨淡的日光外,便再也看不到其他光亮。纸糊的捕蝇笼子了无生气地吊在屋顶,他不时抬头阴郁地瞧上一眼。几只没头没脑的小虫子围着花里胡哨的罗网飞来飞去,班布尔先生不由得长叹一声,一张苦脸拉得更长了些。他正在苦苦思索着什么,也许是那些飞虫勾起了他对某些往事的痛苦回忆。

此情此景,看官心里难免升起一阵略带喜感的忧伤。引发这种感觉的倒也不仅仅是班布尔先生垂头丧气的凄凉模样。周围许多与他密切相关的迹象表明，他的身份已经发生了巨大的变化。那件镶着花边的大衣，那顶三角帽，它们跑哪儿去了？他依旧穿着齐膝短裤和深色棉纱长袜，可短裤已经不是原来那条。外套倒是和原来相似，也有宽宽的镶边，可又截然不同！硕大的三角帽被一顶中规中矩的圆顶礼帽代替了。班布尔先生如今已不再是教区干事了。

人生中的某些升迁，除了能带来更优厚的回报，还能在与之密切相关的外套和马甲上给予获迁者特别的价值和尊严。陆军元帅有元帅服，主教有丝质长袍，律师有律师袍，干事有三角帽。倘若主教脱去长袍，干事摘下三角帽并拆去外衣上的镶边，他们会变成什么？普通人而已。因此有时候，外衣和马甲比一些人想象的更能彰显一个人的威严，甚至是圣洁。

班布尔先生和科尼太太喜结连理，又荣升济贫院院长。教区干事一职自有新人担任，而三角帽、金边外套和手杖这三大件自然也传给了继任者。

"到明天就满两个月了。"班布尔先生叹息道，

"感觉比一年过得还漫长。"

班布尔先生的意思大概是,他把所有的幸福都浓缩进了那短短的八个星期。不过,他这声叹息似乎另有深意。

"我把自己给卖了。"班布尔先生循着同一个思路继续回想,"只换来六个茶匙、一对方糖夹子、一口奶锅、几样二手家具和二十英镑现金。便宜,太便宜,我吃大亏了。"

"便宜?"一个尖锐的声音传进班布尔先生的耳朵,"无论什么价格买你,我都会嫌贵,而且我为你付出的代价已经够高的了,老天爷心里最清楚。"

班布尔先生扭过头,正好和他那位碎碎念的婆娘打了个照面。后者无意间听到班布尔先生在那儿埋三怨四,也不问青红皂白便劈头盖脸地说了上面这通话。

"班布尔太太。"班布尔先生严厉的口吻中又透着一点柔情。

"干吗?"太太叫道。

"你行行好看我一眼。"班布尔先生说着盯住了她。("如果她能顶住我的目光,"班布尔先生心里对自己说,"那就什么都不在话下了。我这双眼睛在穷人身上屡试不爽,如果到她身上偏偏不灵了,那就证明我已经威严不在了。")

至于班布尔先生是否真的只需瞪一下眼睛就能让那帮饿得半死不活的穷鬼老老实实,又或者他的横眉竖眼对科尼太太完全无用,这就是个见智见仁的问题了。反正事实上,我们的女总管对班布尔先生的怒视毫不在意。不仅如此,她甚至还以极大的轻蔑回报了几声大笑。听那声音,那笑声倒是打心底里发出来的。

听到这出乎意料的大笑,班布尔先生起初是一脸难以置信,随后则是一脸惊愕。于是,他只好恢复到之前的状态,直至听见老伴儿的声音才又醒过神来。

"你就准备坐在那里打一天的呼噜吗?"班布尔太太问道。

"夫人,我愿意坐多久就坐多久,坐到我不想坐为止。"班布尔先生回答,"虽说刚才我没打呼噜,但只要我高兴,我想打呼噜就打呼噜,想打哈欠就打哈欠,想打喷嚏就打喷嚏,想笑就笑,想哭就哭。这都是我的权利。"

"你的权利!"班布尔太太冷笑一声,那感觉要多轻蔑有多轻蔑。

"对,就是我的权利,夫人。"班布尔先生说,"男人的特权就是发号施令。"

"老天爷,你倒说说,女人的特权是什么?"科尼先生的遗孀嚷嚷道。

"女人的特权是服从,夫人。"班布尔先生在声音上毫不示弱,"你那倒霉的前夫应该教给你的,如果他早教给了你,说不定现在他还能活着。可怜的家伙,他要是活着就好了。"

班布尔太太一眼看出,决定性的时刻已经到来,无论是谁,若想占据主动,势必要一招制敌。鉴于班布尔先生把死人都牵扯了进来,她便一屁股坐进椅子,泪飞如倾盆大雨,嘴里高声嚷嚷说班布尔先生是个没良心的禽兽。

但眼泪这东西无法触及班布尔先生的灵魂。他的心是用防水材料做的。就像可以水洗的海狸皮帽子，越是下雨天越是油滑光亮、焕然如新。他的神经经过无数眼泪的洗礼，早就变得强健有力。在他看来，夫人的眼泪是软弱的象征，也是对他个人权威的认可。这不由得令他沾沾自喜起来。他心满意足地注视着自己的太太，用鼓励的口吻恳求她哭得卖力一点，因为从身体机能方面讲，哭也是一种运动，对健康有益。

"使劲哭吧，哭能扩张肺部，清洗脸庞，锻炼眼睛，还能顺便给你消消火气。"班布尔先生说。

耍完嘴皮子，班布尔先生从挂钩上取下帽子，相当俏皮地歪戴在头上，就像一个人觉得某种行为能彰显自己的优越感似的。随后他双手插兜，带着一脸轻松安适的表情，闲庭信步地朝门口走去。

我们这位科尼先生的遗孀之所以让眼泪打头阵，是因为哭几嗓子总比出手干架省些工夫，但她早已做好了随时执行第二方案的准备。这一点，班布尔先生马上就能领教了。

果然，他很快就发现了大事不妙的第一个证据。

伴随着低沉空洞的一声大吼，他的帽子突然飞到了房间的另一头。他的太太显然经验丰富，一个预备动作就让他的脑袋暴露无遗。随后她一只手紧紧扼住班布尔先生的喉咙，另一只手则把暴风骤雨般的拳头冲着他的脑袋一通招呼。其力道之足，技法之娴熟，令人叹为观止。要完这通拳法，她又改换招式，用开荒种地的劲头抓班布尔先生的脸，扯他的头发。差不多觉得解气的时候，她又把班布尔先生朝一把好巧不巧摆在他后面的椅子上一推，叫他连人带椅翻倒在地，并厉声问他还敢不敢在她面前说什么特权。

"起来！"班布尔太太喝道，"趁我还没打算跟你拼命之前，赶紧给我滚出去！"

班布尔先生灰溜溜地爬起来，心想：这还不算拼命？那这婆娘当真拼起命来会是什么样子？他捡起帽子，看向门口。

"你滚不滚？"班布尔太太问道。

"滚，滚，亲爱的，当然滚。"班布尔先生忙不迭地指了指门，"我没打算——我这就走，亲爱的！

你火气太大了，我真是……"

刚说到这儿，班布尔太太见刚才那番打斗弄乱了家里的地毯，遂紧走两步准备过去收拾一下。班布尔先生一看，也顾不上话没说完，本着好汉不吃眼前亏的精神，一个箭步便冲出门去，把整个战场都留给了科尼先生的这位遗孀。

真是祸不单行，班布尔先生先是吃了一惊，后又吃了一顿毒打。他是习惯了欺负人的，对他来说，那是一件其乐无穷的事。可到头来呢，不消多说，他自己竟是个胆小鬼。这里绝无轻视其人格的意思，因为许多享有崇高威望、受人敬重的官方人士，都是这类弱点的受害者。本人搬出这套理论也算是对班布尔先生的一点点支持，希望读者对他执行公务的能力仍有一个客观公正的认识。

可让他丢脸的事还没完。他在济贫院里转了一圈，头一回想到济贫法对人实在苛刻至极。有些男人离家出走，把他们的老婆丢给教区，公平地讲，这样的男人不仅不该遭受惩罚，反倒应该作为受苦受难的有功之人加以奖赏。班布尔先生一边如此琢磨着,一边走向平时女贫民们为教区洗衣服的房间,老远他就听见里面几个人在说话的嘤嘤嗡嗡声。

"哼!"班布尔先生重新抖起天生的威风,"这些娘们儿至少该继续尊重我的特权。喂!喂!你们这群臭婆娘在里面叨咕什么呢?"

话音未落,班布尔先生已经哗啦一声推开门,气势汹汹地走了进去。然而,当他的目光不期然落在他那贤惠的妻子身上时,他便立刻做出一副卑躬屈节、畏畏缩缩的样子。

"哦,亲爱的,"班布尔先生说,"我不知道你也在这儿。"

"好一个不知道我在这儿!"班布尔太太挖苦道,"那你来这儿干什么?"

"亲爱的,我担心她们话太多就怠慢了手里的活儿。"班布尔先生说着,心慌意乱地瞥了一眼洗衣盆前的两个老太婆。她们被院长大人这低声下气的模样搞得面面相觑,惊诧不已。

"你觉得她们话太多?"班布尔太太说,"她们话再多跟你有什么关系?"

"这个嘛，亲爱的——"班布尔先生唯唯诺诺，说话都不利索。

"说啊，跟你有什么关系？"班布尔太太再次问道。

"亲爱的，大家都知道，你是这里的总管，"班布尔先生谦卑有加，"不过刚才我以为你可能不在这里。"

"让我好心提醒你一下吧，班布尔先生，"他的太太回敬道，"我们不喜欢你干预我们的事情，你这个人手伸得太长，管的闲事太多了。你知不知道你是济贫院里所有人的笑柄？只要你一转身，大家都会开始笑话你。你每天都把自己弄得像个白痴。哪儿凉快去哪儿待着吧！"

班布尔先生见两个老太婆在一旁幸灾乐祸，当真是羞得无地自容，因此不由得迟疑了一下。然而班布尔太太可没那么大耐心，她端起一碗肥皂水，朝门口打个手势，命令他立即离开，否则就要让他那身肥肉洗个泡泡浴。

班布尔先生能怎么着呢？他垂头丧气地环顾左

右,灰溜溜地逃走了。刚走到门口,身后就传来穷鬼老太婆们的哄堂大笑。她们肯定憋坏了吧。班布尔先生最怕的就是这个。现在他颜面尽失,在那些穷鬼面前恐怕再也摆不起架子了。他的地位一落千丈,从一个高高在上、威风凛凛的教区干事,瞬间沦落为谁都看不起的"妻管严"。

"才区区两个月!"班布尔先生沮丧透顶,"两个月!不到两个月前,我不仅能当自己的家,还管着济贫院里所有的穷鬼。可如今——"

他越想越窝火,抬手就给了那个替他开门的小孩一记耳光(这会儿他刚好心事重重地来到大门前),随后心烦意乱地上了街。

他从这条街转到那条街,溜达了半天,羞愤的心情才稍有缓解,而情绪的变化也使他口渴难耐。他走过一家又一家酒馆,最后才在背街一家酒馆前停住脚。透过窗帘,他朝里头瞥了一眼,发现雅间里空空荡荡,只有孤零零的一个顾客。真是天要留客,这会儿突然下起了大雨。无奈之下,班布尔先生只好进了酒馆,点了些喝的,经过吧台,进了他在街上看到的那个雅间。

坐在雅间里的那名男子身材高大,肤色很深,身上披了件大斗篷,看着不像本地人。从他憔悴的脸色和浑身的尘土判断,此人应该走了挺远的路。班布尔先生进来时冲他打了个招呼,但他只是斜着眼睛看了班布尔一眼,连头都懒得点一下。

班布尔先生的傲气本来就一个顶俩,即便那陌生人是个熟人,他也未必肯放下架子。因此他只管一声不吭地喝他的加水杜松子酒,派头十足地看报纸。

有时候人就是这么奇怪,尤其在这种情况下碰到一起时。班布尔先生时不时就想偷看一眼那个陌生人,这种冲动简直难以抑制。可每当他这么做的时候,又不免窘迫地收回目光,因为每一次他都发现对方也在偷偷看他。陌生人的那双眼睛炯炯有神,异常凌厉,但被他满脸的狐疑和戒备蒙上了一层阴影,让人看了很不舒服。班布尔先生从未见过这样的表情,一时间更加手足无措。

他们如此对了几次眼后,陌生人终于用沙哑低沉的嗓音打破了沉默。

"刚才你从窗外看的时候,"他说,"就是在找我吗?"

"我想应该是无意的吧,除非先生是——"班布尔先生说到这里突然打住,他很想知道陌生人姓甚名谁,满心以为自己的意图已经足够明显,陌生人倘若稍明事理,必会主动填补上去。

"我知道你是无意的。"陌生人说话时,嘴角隐隐露出一丝嘲讽,"要不然你就该知道我的名字。可你不知道,因此我劝你还是不要问了。"

"年轻人,我无意冒犯。"班布尔先生的话掷地有声。

"你并没有冒犯我。"陌生人说。

简短的对话之后又是一阵沉默,而最后又是陌生人打破了僵局。

"我好像见过你,"他说,"不过那时你穿的衣服和现在穿的不一样。我们也只是在街上擦肩而过,但我应该认识你。你以前是本地的干事,对吧?"

"对。"班布尔先生颇感意外,"教区干事。"

"这就对了,"陌生人点着头说,"那次我见你时,你还是干事呢。现在你任什么职了?"

"现在是济贫院的院长。"班布尔先生慢条斯理、一个字一个字地说,好叫对方听仔细了,免得对他有什么怠慢之举,"济贫院院长,年轻人。"

"想必你和从前一样,还是只盯着自己的好处吧?"陌生人咄咄逼人地盯着班布尔先生的眼睛,而后者则被他这句大逆不道的问话惊得抬起了头,"你想怎么回答都行啊,伙计。你也看出来了,我很了解你。"

"我想结了婚的男人和单身汉是一样的,并不会反对利用正当手段挣点小钱。"班布尔先生拿手遮着光,满脸疑惑地把陌生人从头到脚打量了一遍,"教区公职人员的薪水还没有高到让他们忍心拒绝一点小小的外快,毕竟这笔收入来路正当,无可非议。"

陌生人微笑着再度点了点头,仿佛在说他果然没有认错人。随后他拉了下铃铛。

"给这杯加满。"他说着,把班布尔先生的空杯子递给了酒馆老板,"要热的,酒烈一点。我想你应该喝得惯吧?"

"别太烈就行。"班布尔先生轻轻咳嗽了一声,答道。

"老板,你应该懂的!"陌生人干巴巴地说。

老板微微一笑,转身离开,须臾便端上来满满一大杯。班布尔先生喝下第一口就被辣出两行眼泪。

"现在你听我说,"陌生人关上门窗之后说道,"我今天来这里正是为了找你。有时候就是这样,踏破铁鞋无觅处,得来全不费工夫。我坐在这里正想着你呢,你就阴差阳错地走进了我所在的这家酒馆。我想跟你打听些消息。我不会白白麻烦你,虽然不是什么大事。不过为表诚意,这个你先收下。"

说着,他把几个金镑放在桌上,小心翼翼地朝班布尔先生推去,好像生怕其他人听到金币的响声。班布尔先生认真检查了一番,发现是真的金镑,方才心满意足地装进马甲口袋。

陌生人这才继续说道:"你好好回想一下,我想想,应该是十二年前的冬天。"

"那可真够久远的,"班布尔先生说,"很好,我已经开始回想了。"

"地点是济贫院。"

"好。"

"时间是晚上。"

"嗯。"

"具体场景,反正是个破烂地方,随便哪里。那些时运不济的荡妇自己都朝不保夕,却偏偏还要生下孩子,交给教区抚养,而她们自己干下的丑事,却被她们带进了坟墓,直至烂掉。"

"你说的大概是产房吧?"班布尔先生不确定是否跟上了他的节奏,陌生人情绪激昂。

"对,"陌生人说,"有个小孩在那里出生。"

"那里可出生过不少小孩。"班布尔先生说着,失望地摇摇头。

"这帮遭瘟的小鬼!"陌生人骂道,"我说的是其中一个,长得可怜巴巴、人畜无害的,脸上没什么血色,曾在本地一家棺材铺里当学徒——要是他给自己造口棺材再把自己钉到里边才好呢——后来听说他跑到伦敦去了。"

"哦,你说的是奥利弗!小奥利弗·特威斯特!"班布尔先生说,"我当然记得他。没有比他更不老实的小混蛋了——"

"我想打听的不是他的事,他那点事我已经听得够多了。"陌生人止住了班布尔先生刚要开始的关于奥利弗种种劣迹的长篇大论,"我要问的是个女人,伺候过他妈妈的一个老太婆。她在哪儿?"

"她在哪儿?"加水杜松子酒让班布尔先生变得诙谐起来,"这可难说了。不管她去哪儿,恐怕都不需要再当产婆了。我估计她应该无事可做了。"

"此话怎讲?"陌生人郑重其事地问。

"她去年冬天就死了。"班布尔先生说。

听他这么一说,陌生人不敢相信似的死死盯着他,但他的眼睛渐渐变得空洞无神,仿佛陷入了沉思。有那么一会儿工夫,他好像拿不准自己是该欣慰还是该失望。但他最后终究平静了下来,收回目光,表现出一副没什么大不了的样子。随后他便站起身,好像要走。

可班布尔先生多精啊,他立马看出有个机会自己送上了门。他料定自家婆娘一定知道什么不为人知的秘密,而这个秘密必定能给他带来某些好处。他清楚地记得老莎莉归天的那个晚上,因为那刚好是他向科尼太太求婚的日子。尽管那个老太婆从来没有向他吐露过任何秘密,但他听说过不少传闻,知道这件事肯定和她在济贫院里当护士的时候照料奥利弗的妈妈有关。他把这些情况在脑袋里飞快地转了一圈,立刻神秘兮兮地对陌生人说,那老太婆临死之前曾和一个女人单独待了一会儿,因此他有理由相信,陌生人应该能从这个女人身上打听到点什么。

"我怎么找她?"陌生人已经抛开了戒备,显而易见地表现出这一新消息引起了他所有的恐惧(不管这恐惧是什么)。

"只能通过我。"班布尔先生说。

"什么时候能见她?"陌生人迫不及待地问。

"明天。"班布尔说。

"晚上九点。"陌生人说着掏出一张纸条,在上面写了个靠近河边的大致位置。从字迹可以看出,他的内心十分不安。"明晚九点,把她带到这个地方见我。我应该用不着提醒你保守秘密。毕竟这里面有你的好处。"

说完他便起身朝门口走去,中途停下来付了酒钱。随后他说了句他们不是一路人,并再次叮嘱班布尔先生别忘了明天晚上的约定,然后才径直走了。

班布尔先生瞥了眼地址,发现上面没留名字。此时陌生人尚未走远,于是他便追出去想问上一句。

"你想干什么?跟踪我吗?"陌生人的胳膊被班布尔先生碰了一下,他迅速转过身来质问道。

"就问一句话,"班布尔先生指着纸条说,"这上面没名字,我去了该找谁?"

"找蒙克斯!"陌生人说罢,迈开大步匆匆走了。

第 38 章
本章叙述班布尔夫妇和蒙克斯先生夜间会面的情形

这是一个沉闷无聊、阴云密布的夏夜。在头顶悬了一天的乌云铺展开来，化作一团团浓密缥缈的水汽，豆大的雨滴已经开始落下，仿佛在预示着一场暴风雨即将来临。就在此时，班布尔先生和太太从镇上的主街转了出来，径直朝着一片稀稀拉拉的破房子走去。那一小片居住区建在离河不远的一处沼泽地上，距此地大约一英里半。

两人都裹着破旧寒酸的外衣，可能出于防雨和掩人耳目的双重目的。做丈夫的拎着一盏还没点亮的提灯，深一脚浅一脚地走在前面，似乎是因为路面太过泥泞他才如此，好让自己的妻子踩在他的大脚印上。他们一声不吭地赶着路，班布尔先生不时放慢脚步，扭头看一眼妻子是否跟上。见她一步都没落下，遂调整步伐，以相当快的速度向着他们的目的地前进。

这地方远非可疑那么简单，实际上它早已臭名远扬，因为住在这里的全是些不入流的地痞流氓、无赖恶棍。他们打着各种自食其力的幌子，干的却是偷拐抢骗的犯罪勾当。而住的地方更是让人不好意思称其为房子，那不过是各式各样的棚舍茅屋，有些虽说用了砖头，但垒得松散草率；有些用的是遍布虫眼的破烂船板，但被毫无章法地拼接在一起。这些屋子大多建在离河岸只有几步远的地方。几条破船被拖上河滩，拴在岸边的矮墙上。河滩上不时会看到一根船桨或一盘缆绳之类的东西，仿佛在暗示蜗居在那些简陋小屋里的人们是靠河吃饭的，可一旦看清那些物件支离破碎、形同废品的状态，就连过路人也能毫不费力地猜出，它们被丢在那里不过是充个样子，谈不上有任何实际的用途。

在这一片窝棚的中心，靠近河边如鹤立鸡群般戳着一栋颇为高大的建筑。它的上层部分本来是悬在水面上的，以前是个工厂，附近的居民说不定都在里面做过工。可它已经废弃许久。老鼠、蛀虫，加上常年潮气侵蚀，地桩早已腐烂，不堪重负，相当一部分建筑已经没入水中。而剩下的部分摇摇欲坠地趴在乌沉沉的水面上，仿佛在等待一个合适的机会再追随同伴而去，重蹈那一样悲惨的命运。

那可敬的夫妇二人就是在这栋破屋前停了下来。此时，遥远的天边响起第一声炸雷，大雨立时倾盆而下。

"要找的地方应该就在这附近。"班布尔手里拿着纸片，确认说。

"下面是谁？"一个声音从上面喊道。

班布尔先生循着声音抬头望去，只见二楼一扇齐胸高的小门里有个男的正在向外张望。

"站那儿别动，等我一下。"那声音喊道，"我马上下来。"随后那个脑袋缩了回去，门也关上了。

"是那个人吗？"班布尔先生那贤惠的妻子问。

班布尔先生点头确认。

"记住我跟你说的，"女总管叮嘱说，"尽量少说话,要不然分钟露馅儿。"

班布尔先生审视着这栋说是断壁残垣都显得客气的房子,一脸失望。显然他对是否还有必要把这件事继续下去已经产生了怀疑,然而就在他打算发表一下心中的疑问时,蒙克斯现身了。他打开了离他们很近的一扇小门,招手示意他们进去。

"进来啊!"他跺着脚,不耐烦地叫道,"别让我老在这儿待着!"

班布尔太太起初犹豫了下,但没等对方再次邀请便大着胆子走了进去。班布尔先生耻于或是害怕落在后边,便紧随其后进了屋。此时他明显一副惊恐不安的样子,平时装腔作势、目中无人的那股劲头已荡然无存。

"你们站在雨地里发什么呆啊?"蒙克斯闩上门,转身对班布尔说。

"我们——我们只是想冷静冷静。"班布尔狐疑地环顾四周,结结巴巴地回答。

"冷静冷静?"蒙克斯鄙夷地说,"天底下的雨永远浇不灭地狱的火,也永远浇不灭人心里的欲望。

你想冷静，可没那么容易。还是省省吧。"

说完这番颇富哲理的话，蒙克斯便扭头注视着女总管。她本不是那种会轻易露怯的女人，但还是被蒙克斯盯得收回了目光，浑身不自在地看向地面。

"这就是你说的那个女人？"蒙克斯问。

"嗯，就是她。"班布尔先生牢记妻子的告诫，小心翼翼地回答。

"你大概以为女人永远都保守不了秘密，是吗？"女总管插进来说，同时不卑不亢地回敬着蒙克斯打量的目光。

"我只知道有一件事她们定能守住秘密。"蒙克斯说。

"敢问是哪件？"女总管问。

"关乎她自己名节的事。"蒙克斯回答，"因此，基于同样的法则，倘若某个秘密会导致这个女人上绞刑架或者被流放，那我毫不怀疑她会守口如瓶。你明白我的意思吗，夫人？"

"不明白。"女总管回答时，脸上微微泛起一点绯红。

"你当然不明白,"蒙克斯说,"你凭什么明白呢?"

面对两位来客,他抛出一副半是微笑半是皱眉的表情,并再次招手示意他们跟着,遂加快脚步往里面走去。他们置身的这间房子相当宽敞,只是屋顶十分低矮。他领着二人正准备爬上一道陡峭的楼梯——称之为梯子或许更合适——到楼上的仓库里去,这时忽然从上面的窟窿里透进来一道明亮的闪电,紧接着便是震耳欲聋的雷声,整栋房子似乎都在跟着晃动。

"听啊!"他嚷着,连连后退,"你们听!就像是从上千个魔鬼的洞穴里发出来的!我讨厌这声音!"

他沉默了片刻,而后突然拿开捂着脸的双手,露出他那扭曲且毫无血色的脸。班布尔先生本就惴惴不安,这下心里更乱了。

"我偶尔会痉挛发作,有时候打雷也会引起它发作。"见班布尔神色惊慌,蒙克斯说道,"不用担心。这一次已经过去了。"

说着,他带头爬上梯子,匆忙关上窗板,把一盏用滑轮和绳子吊在屋顶一根粗橡木上的提灯往下拉了拉,昏暗的灯光照在下面的一张桌子和三把椅子上。

"好了,"三人落座之后,蒙克斯开门见山地说,"直接说正事吧,这对大家都有好处。这位太太知道咱们要说什么,对吧?"

问题是冲着班布尔先生提出来的,但他的妻子抢先回答了,说她十分清楚。

"这位先生说,那个老太婆咽气的那天夜里你就在跟前,她跟你说过什么事……"

"就是你说的那个小孩他妈妈的事,"女总管打断他说,"对,有这回事。"

"我的第一个问题是,她说的是哪方面的事?"蒙克斯说。

"这是第二个问题,"女总管从容说道,"第一个问题应该是,她说的这件事值多少钱?"

"连什么事都不知道,谁能说值多少钱?"蒙克斯说。

"据我所知,没人比你更清楚了。"班布尔太太从不缺少勇气,这一点她的夫君最能证明。

"哼!"蒙克斯两眼放光,意味深长地说,"看来她说的事很值钱咯?"

"那可说不准。"女总管镇静地回答。

"她身上的某样东西被人拿走了,"蒙克斯说,"她戴的东西,而且……"

"你最好直接出个价,"班布尔太太打断他,"我听得已经够多了,直觉告诉我,你就是最想知道这些消息的人。"

班布尔先生并没有因为近水楼台就先得了月,他对这个秘密的了解并不比娶了女总管之前多多少,因此他伸长脖子瞪大眼睛听着二人的对话,目光在他太太和蒙克斯身上移来移去,毫不掩饰满脸的惊愕之情,尤其当后者郑重其事地问班布尔太太要多少钱才肯吐露那个秘密时,他的惊愕更是有增无减。

"这个秘密对你来说值多少钱呢?"女总管和之前一样平静地问。

"可能一文不值,也可能值二十个金镑。"蒙克斯说，"说吧，好让我掂量掂量。"

"在你出的数目上再加五个，给我二十五个金镑，"女人说，"我就把我知道的全都告诉你。否则，我一个字都不会说。"

"二十五个金镑！"蒙克斯惊呼一声，往后靠去。

"我已经说得够清楚了。"班布尔太太说，"况且这个数目也不算太大。"

"还不算大？要知道，这个秘密说出来可能一个子儿都不值！"蒙克斯气急败坏地叫道，"这事都过去十二年多了。"

"只要保存得当，就像好酒一样，放的时间越久越值钱。"女总管依旧泰然自若，神色镇静，"说到时间久，有些东西可能在地下埋了千年万年，可总有重见天日的时候，它终归要书写一段令人叹为观止的传奇故事。"

"万一我花了钱，却发现这秘密对我毫无意义呢？"蒙克斯犹豫起来。

"那你把钱拿回去不就得了。"女总管说，"我不过是一介女流，孤身到此，连个帮手都没有。"

"亲爱的，你怎么会是孤身到此呢？你也不是没有帮手啊。"班布尔先生声音颤抖着说，"我也在这儿啊，亲爱的，况且，"班布尔先生说话的时候牙齿咯咯作响，"像蒙克斯先生这样的绅士，是不会对教区的公职人员动粗的。蒙克斯先生想必看得出来，我岁数已经不小了，亲爱的，甚至都有点老态龙钟了。可他肯定听说过，我是说蒙克斯先生肯定听说过，亲爱的，一旦发起火来，我可是一个当机立断、实力不凡的人。现在只差把我惹毛了。"

班布尔先生说着，故意虚张声势地抓紧手里的提灯，装出一副凶神恶煞的模样，可惜他演技不佳，满脸惊慌的表情说明，要想达到他所宣称的威猛效果，可能需要被惹得非常毛才行。当然，如果只为对付穷人或其他专门供他欺负的人来说，那就另当别论了。

"你这个笨蛋！"班布尔太太气鼓鼓地骂道，"最好管住你的嘴。"

"他要是说话一直都这么咋咋呼呼，那来之前就该把嘴缝上。"蒙克斯冷冷地说道，"看来，他是你丈夫？"

"他？我丈夫？"女总管用充满鄙夷的笑声回避了问题。

"你们进来时我就这么想了。"蒙克斯说。他注意到了女人说话时冲班布尔先生恶狠狠地直瞪眼睛。"这样更好。原本以为要和两个人打交道，现在发现其实是一个人，这样我可能倒更干脆些。我说真的。你们瞧这儿！"

说着，他伸手从侧兜里掏出一个帆布袋子，数了二十五个金镑放在桌上，推到女总管面前。

"给，"他说，"收好。等这一阵雷过去就把你知道的全说给我听。该死的东西，真担心它把屋顶给掀了。"

雷声好像真的越来越近，几乎就在他们头顶上炸开，而后才渐渐平息。蒙克斯往前伸着脸，倾着身子，好听清女士的话。一张小小的桌子，三个人都往桌子的中央凑。两个男的是生怕听不着，而那位女士仿佛是在担心被其他人听见，故意像说悄悄话一样压低了声音。悬在半空的提灯洒下微弱的灯光,使三人的脸庞更显苍白与迫切,在周遭一片朦胧昏暗的烘托下,他们看上去像鬼一样阴森恐怖。

"那个女人,我们都叫她老莎莉,她死的时候,"女总管开始说道,"跟前只有我一个人。"

"旁边没别的人了?"蒙克斯同样用说悄悄话的声量问,"其他病床上没别的病号,或者哪个白痴?再没别人听见她的话了,是吧?"

"没有了,"女士回答,"当时屋里只有我们两个。她死的时候就我一个人守在旁边。"

"那就好,"蒙克斯全神贯注地看着她,"接着说吧。"

"她说起一个年轻姑娘,"女总管继续说道,"多年以前曾生下一个孩子,不仅在同一间屋里,还在同一张床上,也就是她临死时躺的那张。"

"啊?"蒙克斯嘴唇哆嗦着,从肩膀上往后扫了一眼,"真见鬼!怎么会这样?!"

"这个孩子就是你昨天夜里跟他提到的那个,"女总管说话时漫不经心地冲丈夫点了下头,"这个护士偷了他妈妈的东西。"

"活着的时候?"蒙克斯问。

"死了之后。"女总管仿佛打了个寒战,"那年轻姑娘还剩最后一口气时,求她为那孩子把东西保存起来,结果人家刚咽气,她就把东西从死者身上拿走了。"

"她把那东西卖了?"蒙克斯迫不及待地问,"是不是卖了?在哪儿卖的?什么时候卖的?卖给谁了?卖多久了?"

"她跟我说这么多已经费了好大的气力,"女总管说,"说完这些她就死了。"

"没说别的?"蒙克斯嚷道。虽然他极力压低声音,但听起来更显得怒不可遏。"你撒谎!耍我是吧,门儿都没有!她肯定还说了别的!快说,不然我要你们的命!"

"她确实没说别的了。"面对这陌生人的暴怒,女总管似乎不为所动(相比之下,班布尔先生就显得太不淡定了),"她一只手死死抓住我的衣服,而且有几根手指是张开的。她死了之后,我使劲把她的手掰开,发现里面有张破烂不堪的纸片。"

"那上面是——"蒙克斯伸长了脖子打断说。

"没什么,"女的回答,"是张当票。"

"当的什么?"

"时候到了我会告诉你的,"女人说,"我估计她把那东西保存了一段时间,可能盼着能换个好价钱,但后来还是把它当了,怕过了当期,她就每年攒钱付给当铺利息,好在真遇到什么事的时候还能赎回来。可后来一直没什么事,她临死还攥着那张破烂不堪的当票。我看到的时候离过期只剩两天。我琢磨着那东西兴许有什么用场,就把它赎了出来。"

"那东西现在在哪儿?"蒙克斯急忙问。

"在这儿呢。"女人说着,好像很乐意丢掉一块烫手山芋似的,把一个大小仅能装下一块法国怀表的小山羊皮包扔到桌上。蒙克斯一把抢过,双手哆嗦着打开,发现里面是一个小金盒子,盒子里装着两绺头发和一枚纯金的结婚戒指。

"戒指内侧刻着'艾格尼丝'几个字,"女总管说,"空白是留给姓氏的,随后是日期。我后来查了下,日子是孩子出生前不到一年。"

"就这么多?"蒙克斯仔细检查了一遍袋子后说。

"就这么多。"女总管回答。

班布尔先生不由得长出一口气。故事讲完了,对方并没有要回金镑的意思,这令他感到欣慰。到这一刻他才终于鼓起勇气擦掉鼻尖上的汗,而其实在整个对话期间,他已经不知道滴下了多少汗珠。

"除了能猜到的部分,其他的事我一无所知。"沉默片刻,班布尔太太对蒙克斯说,"我也不想过多打听,免得徒生事端。但我可否问你两个问题?"

"可以。"蒙克斯多少有点意外,但还是爽快地答应,"但我回不回答就是另外一个问题了。"

"那就一共三个问题了。"班布尔先生似乎生怕别人把他忘了,瞅准时机抖个机灵。

"你想从我这儿得到的就是这个东西吗?"女总管问。

"对。"蒙克斯回答,"第二个问题?"

"你打算用它干什么?这东西会对我不利吗?"

"绝对不会。"蒙克斯说,"也不会对我不利。你往这儿看!不要往前走,要不然小命难保。"

说着，他猛然把桌子推到一边，抓住地板上的一个铁环使劲一拉，一扇活板门在几乎挨着班布尔先生双脚的地方轰然打开，吓得这位先生手忙脚乱地往后退了好几步。

"你们看下边。"蒙克斯把提灯从暗门放下去，"不用怕我。要想害你们，刚才你们坐在这儿的时候，我就可以神不知鬼不觉地送你们下去了。"

得到鼓励后，女总管凑近了洞口，就连班布尔先生也忍不住好奇，大着胆子靠过来。因为大雨而暴涨的河水浩浩荡荡地从下面奔流而过。浊浪翻滚，拍打着黏糊糊的绿色木桩，其他所有的声音都被淹没在这一片喧腾之中。过去下面有个水磨。泛着泡沫的河水冲刷着几根腐朽的木桩和若干残存的机器部件，试图摆脱阻挡它的各种障碍，仿佛终于有了新的追求似的，以一泻千里之势滚滚而去。

"要是把一个人的尸体丢下去，明天早上会冲到哪里？"蒙克斯在昏暗的洞口下来回晃动着提灯。

"下游十二英里处，而且身体恐怕早成碎片了。"班布尔先生不寒而栗，禁不住往后退去。

蒙克斯把匆忙塞进怀里的那个小包又掏了出来,从地板上捡起一个铅块绑在上面。那铅块似乎是某种滑轮上的一个部件。绑好之后,他把小包直接丢进了河里。在铅块的作用下,小包一头扎进水中,几乎无声无息,眨眼便不见了。

三人互相看着,好像都松了口气。

"好了。"蒙克斯说着,又让活板门重重落回到原来的位置,"如果大海会把尸体冲上岸,书上说确实会的,起码它会把金银财宝留下来,包括那个没用的东西。我们已经没什么可说的了,这次愉快的会面可以结束了。"

"当然当然。"班布尔先生欣然同意。

"你会守口如瓶吧?"蒙克斯面露威胁地问班布尔先生,"我倒不担心你太太。"

"年轻人,你尽管相信我吧。"班布尔先生点头哈腰地缓缓退向梯子,礼貌得近乎低声下气,"这是为了大家好,年轻人,也是为了我好,蒙克斯先生。"

"为了你好,你能这么说我很高兴,"蒙克斯说,"点上你的提灯吧,赶快离开这里。"

万幸对话到此结束，否则班布尔先生就要一个倒栽葱掉进下面的房间了，因为这时他离梯子不到六英寸，却还在不停地鞠躬。他借用蒙克斯从绳子上解下的吊灯点着了自己的提灯，没再多说，默默爬下梯子。他的太太跟在后面。蒙克斯殿后，并在梯子上停了片刻，直到确信屋里除了雨声和水声再也听不到其他任何声音，方才下去。

他们小心翼翼，缓缓穿过下层的房间，因为每个影子都会把蒙克斯吓一跳。班布尔先生把提灯挑在离地一英尺的地方，每一步都走得万分谨慎，脚步轻得不可思议，简直不像是他这种体形的先生会发出的。他提心吊胆地左顾右盼，生怕踩上另一扇暗门。蒙克斯轻轻打开了他们进来时的那道门，与两位神秘的来客只是心照不宣地点了点头。随后，那夫妻二人便消失在外面的茫茫夜色和雨幕之中。

送走了客人，蒙克斯好像特别害怕独处似的，立刻把藏在楼下某个角落里的一个孩子叫了出来。他吩咐那孩子走在前头，自己提着灯跟在后头，回到了他刚刚离开的那个房间。

第39章
说说几个老熟人的情况，再说说蒙克斯与老费金这两个老狐狸是怎么勾结到一起的

我们在上一章说到，三个大人物秘密达成了一笔小小的交易。第二天晚上，赛克斯先生从小睡中醒来，懒洋洋地问几点了。

赛克斯提问时所在的这个房间，并非他在切特西远征之前落脚的地方，尽管两个地方都在伦敦的同一个区，相距也不算远。单看表面，这里与他过去住的地方相比，可算不上称心如意。这只是一间破旧简陋的公寓，不仅狭窄局促，而且只有可怜的一点光线从斜屋顶上的一扇小窗透进来，还紧挨着一条脏乱不堪的窄巷。这里并不缺少表明这位先生最近走背运的证据：家具少得可怜，屋里没有半点舒适的气息，连换洗衣物和其他日常用品等微不足

道的动产都找不到几样，真可谓一贫如洗。如果这些还不足以证明赛克斯先生有多潦倒的话，那就看看他皮包骨头、弱不禁风的身体吧。苍天啊，若不是骨头架子挡着，他还能再瘦些。

这个以打家劫舍为生的家伙躺在床上，裹着他的白大衣权当睡袍。他显然有病在身，脸白得像死人，头上的睡帽又脏又破，一个星期没刮的胡子又黑又硬。这副尊容与我们上次见他时的鬼样没太大变化。那条狗卧在床边，时不时地抬起头，眼巴巴地看着主人，楼下或街上一有动静，它就竖起耳朵，发出阵阵低吼。窗边坐着一个女人，正给这强盗缝补他平时穿的那件破马甲。既要照顾病人，又要忍受饥寒，使得她脸色苍白，身材清瘦，若不是听到她和赛克斯说话时的声音，恐怕谁都认不出来她就是我们在前面见过的南希姑娘。

"刚过七点。"姑娘说，"今晚感觉怎么样，比尔？"

"浑身没劲儿。"赛克斯先生在回答时不忘诅咒一番自己的双眼和四肢，"来，给老子搭把手，让我起来,真受够这张破床了。"

赛克斯先生的脾气并没有因为生病而稍有改善。姑娘扶他起来后把他搀到椅子上,其间他一直不停地骂骂咧咧,说她笨手笨脚,还动手打她。

"你还敢发牢骚?"赛克斯说,"过来!别站在那儿哭哭啼啼了。要是你除了哭鼻子以外什么都干不好,那就干脆给我滚蛋。你听见没有?"

"听见了。"姑娘把脸扭到一边,硬逼着自个儿笑了一声,"你又胡思乱想什么呢?"

"哦!看来你想通了,是不是?"赛克斯指着她眼眶里打转的泪水咆哮道,"想通了就好,这样对你才有好处。"

"我说比尔,你今天晚上不是故意非要为难我吧?"姑娘的一只手搭在他肩膀上。

"哼!是又怎样?"赛克斯嚷道。

"这么多个晚上,"姑娘的话语中带着一丝女性的温柔,这让她的声音听起来优美了许多,"这么多个晚上,我一直耐着性子,像照顾孩子一样照顾你。这还是我第一次见你这个样子。但凡你感念一点我的好处,也不会像刚才那么对我了,你说是不是?说呀,说你不会了。"

"那好吧,"赛克斯先生说,"我不会了。该死的,又怎么了?这丫头怎么又开始哭鼻子了?!"

"没什么,"姑娘一屁股坐到椅子上,"别管我,一会儿就过去了。"

"什么过去了?"赛克斯先生气冲冲地问,"你又冒什么傻气呢?给我起来干活去!别拿你们女人的那些破事来烦我。"

若在平时,这样一番疾言厉色的呵斥立时便能收到他想要的效果。可眼下这姑娘筋疲力尽,虚弱不堪,赛克斯先生还没来得及按照类似场合的惯例给他的威胁增加一点热情奔放的修饰,她的头便枕在椅背上,昏过去了。面对这非比寻常的紧急情况,赛克斯先生不知该如何是好。因为南希小姐的歇斯底里一旦发作,通常来势汹汹,旁人根本帮不上忙,全得靠她自己挺过去。赛克斯先生试着骂上几句,发现无济于事,只好喊人来帮忙。

"出什么事了,亲爱的?"费金朝屋里看了一眼,问道。

"你倒是帮那丫头一把啊,"赛克斯不耐烦地回答,"别嬉皮笑脸地站在那儿耍贫嘴。"

费金惊叫一声,赶紧去瞧那姑娘。紧跟着他进来的杰克·道金斯先生(也就是鬼灵精)急忙把他扛的包袱放在地板上,从身后的查理·贝茨少爷手中夺过一个瓶子,用牙咬开盖子,自己先尝了一口免得出错,然后才往南希小姐的嘴巴里灌了一些。

"查理,拿风箱给她吹点新鲜空气,"道金斯先生说,"费金,你趁比尔给她解开衬裙的时候拍她的手。"

他们三个竭尽全力帮助姑娘,尤其是贝茨少爷,仿佛他所参与的活动有着无与伦比的乐趣,因此在短时间内就产生了预期的效果。姑娘慢慢恢复了知觉,踉跄着走到床边的一张椅子前,把脸埋进枕头,让还没从惊愕中走出来的赛克斯先生去应付这三个不速之客。

"嘿,哪股妖风把你们几个给吹来了?"他问费金。

"老伙计,怎么会是妖风呢?妖风只会让人难受,可我却带了些好东西,你看了一定会高兴。鬼灵精,解开包袱,把咱们今天早上花了所有的钱才搞到的那些小东西让比尔瞧瞧。"

鬼灵精照费金的吩咐解开了那个用破桌布捆起来的大包袱,从里面一样一样地取出小东西递给查理·贝茨,后者再一样一样地摆到桌上,并滔滔不绝地称赞这些东西多么稀有罕见,多么妙不可言。

"瞧啊,比尔,多好的兔肉饼!"这个年轻人打开一块很大的馅饼,"真是漂亮的小动物,四条腿要多嫩有多嫩,比尔,就连骨头都能入口即化,根本用不着剔出来。半磅绿茶,一磅要七先令六便士呢。拿开水一泡,浓得能把茶壶盖顶开。一磅半的糖,有点潮,肯定是干活的黑鬼偷懒了,略微美中不足。哦,别急!还有两块两磅重的麸皮面包,一磅上好的鲜肉,一块格洛斯特双层干酪。最后,还有一瓶将是你喝过的最贵的酒!"

说完,贝茨少爷从大口袋里掏出一个用塞子小心封着口的大酒瓶。转眼间,道金斯先生已经从瓶子里倒出了一大杯,而我们的病号毫不犹豫地拿起杯子一饮而尽。

"啊!"老费金心满意足地搓着手,"你还挺得住,比尔,挺得住。"

"挺得住!"赛克斯先生没好气地叫道,"就算我被打趴下二十次,恐怕你也不会伸一次手。你倒是说说,我都这个样子了,你却丢下我三个多星期不管不问。你这个没良心的老混蛋到底是什么意思?"

"你们听听,孩子们!"老费金耸了耸肩,"亏咱们还给他带来这么多好东西。"

"东西确实不错。"赛克斯扫了一眼桌子,气稍微消了一点点,"可你总得给我个说法,为什么把我丢在这个鬼地方,这么长时间不闻不问?害我吃不好、睡不好,身体都快垮了。在你眼里,我连那条狗都不如吧?赶它下去,查理!"

"这小狗可真有意思。"贝茨少爷说着,把小狗赶开了,"鼻子比逛市场的老太太的鼻子都灵!它要是上舞台,肯定能挣大钱,说不定还能振兴舞台剧呢。"

"闭嘴!"赛克斯冲小狗嚷道。那小家伙已经缩到了床底下,但还在愤愤不平地低声咆哮。"你有什么好抱怨的,老东西,嗯?"

"亲爱的老伙计,我有一个多星期的时间都不在伦敦,出去办事了。"老费金回答。

"那另外两个星期呢?"赛克斯问,"另外两个星期,你就像把一只生病的老鼠扔在洞里一样,把我丢在这儿。"

"比尔,我也是迫不得已啊,"老费金说,"当着其他人的面,我没办法跟你详细解释,但我以我的名誉担保,我真的是迫不得已。"

"以你的什么担保?"赛克斯一脸厌恶地吼道,"喂,你们两个小子,谁给我切块饼?赶紧去去我嘴里的味儿,我快被他恶心死了。"

"别发那么大火嘛,老伙计。"老费金和和气气地说,"我可从没忘记过你,一次都没有。"

"哼,谅你也不敢!"赛克斯苦笑着说,"我躺在这儿又是哆嗦又是发烧的,而你肯定一直在算计着：等比尔病好了，就让他干这个，干那个，什么都让他干，真划算啊。反正不干又不行，他都穷成那个鬼样，没资格挑三拣四。要不是有这个姑娘在，我可能早就死了。"

"你看你看，比尔，这可是你说的，"老费金好像抓住了什么了不得的把柄，"要不是有这个姑娘！那我倒要说了，除了可怜的老费金，谁还能给你弄来个这么能干的姑娘啊？"

"他说的在理儿！"南希连忙站出来插了一句，"随他吧，别再揪着不放了。"

南希一露面，谈话便有了新的方向。老费金狡黠地给俩徒弟递了个眼色，他们便开始热情地向南希敬酒，不过南希喝得很有节制。与此同时，老费金装出一副兴趣盎然的样子，把赛克斯的威胁、恐吓说成是毫无恶意的玩笑，而赛克斯多喝了几杯后，竟放下架子讲了几个无伤大雅的荤段子，逗得老费金哈哈直乐。如此一来，赛克斯先生的火气便渐渐地消了大半。

"都还不错，"赛克斯说，"但今晚我总得见点真金白银吧。"

"我身上一个子儿都没有。"老费金说。

"那你家里肯定多得是。"赛克斯说,"得分我一点。"

"多得是?"老费金摊开双手叫道,"我还没阔到……"

"我不清楚你有多少钱,你自己恐怕也不清楚,因为全数一遍要花不少时间呢。"赛克斯说,"反正今晚不管说什么,你都得给我出点血,其他的就什么都别说了。"

"行行行,"老费金无奈地叹了口气说,"回头我让鬼灵精给你送来。"

"你当我是傻子吗?"赛克斯先生说,"谁不知道鬼灵精啊,凭你一句话,他能编出一万种到不了我这里的理由,不是忘了就是迷路,要么就是碰上了警察。保险起见,还是让南希去拿吧。趁她出门这工夫,我正好躺下眯一会儿。"

经过一番激烈的讨价还价,老费金勉强把借款的数额从五英镑压低到了三英镑四先令六便士,为此他还庄严起誓给自己叫屈,说他只剩下十八个便士维持家用。赛克斯先生阴沉着脸,说要实在多一个子儿都拿不出来,那就只好如此了。南希稍做收拾,准备和老费金一同回去拿钱,鬼灵精和贝茨少爷则把吃的东西放进橱柜。随后老费金便辞别了他挚爱的朋友,由南希和两个徒弟陪着回家去了。而赛克斯先生则心满意足地倒在床上,打算睡到南希小姐回来为止。

没过多久,一行人平安回到了老费金的住处。托比·克拉基特和齐特林先生正专心致志地玩着他们的第十五局克里比奇纸牌。拿眼一扫,不用说又是齐特林先生要输。他很快就要和他的第十五个也是最后一个六便士硬币说再见了。鬼灵精和贝茨少爷一看也来了兴致,但克拉基特先生因为被人撞见自己拿一个地位与脑瓜都不如自己的人消遣,脸上多少有些挂不住。他打了个哈欠,一边心不在焉地询问赛克斯的情况,一边戴上帽子准备走人。

"有人来过没有,托比?"老费金问。

"连个鬼影都没有,"克拉基特说着竖起衣领,

"没劲儿得像喝淡啤酒。让我看了这么久的家,费金,你总得拿出点像样的东西补偿我吧。妈的,我无聊得像个陪审员。要不是好心陪这个年轻人解解闷,我早就睡大觉去了,保证跟在纽盖特监狱里睡得一样沉。唉,太无聊了,骗你我就遭天打雷劈!"

托比·克拉基特先生絮絮叨叨地说了一大通类似的话。这个工夫,他还不忘收起赢的钱,神情傲慢地将其装进马甲口袋,那眼高于顶的架势仿佛在说,像他那种身份的人,是不会把这种小钱看在眼里的。随后他又拿出上等人才有的风度和派头,大摇大摆地走了出去。齐特林先生用崇敬的目光盯着他穿着长筒靴的两条腿,直到它们从视野中消失。随后他不无得意地告诉众人,他只花了十五个六便士就结识了这样一位有头有脸的大人物,他认为很值,而他个人的那点损失根本不值一提。

"汤姆,你这家伙真怪!"贝茨少爷被他这番声明给逗乐了。

"哪里怪了?"齐特林先生说,"我怪吗,费金?"

"伙计,你是个聪明人。"费金说着拍了拍他的肩膀,并朝他的两个徒弟挤了挤眼睛。

"克拉基特先生是个大人物,对吧,费金?"汤姆问。

"毫无疑问,伙计。"

"能和他认识是种荣幸,对不对,费金?"汤姆追问道。

"那是自然,伙计。他们就是嫉妒,汤姆,因为他们没这个荣幸。"

"啊!"汤姆扬扬得意地叫道,"难怪!他把我赢了个精光。不过,只要我高兴,我能去挣更多的钱,你说是不是,费金?"

"可不是嘛,越早动身越好,汤姆。赶紧去把你输的钱都挣回来吧,别再浪费时间了。鬼灵精、查理,你们也该去干活了。抓紧时间。都快十点了,还什么都没干呢。"

收到指令的两个小子冲南希点了点头,拿上帽子便离开了房间。鬼灵精和他那位素来喜欢插科打诨的朋友一路上都在拿齐特林先生寻开心。然而平心而论，齐特林先生的做法并没有多少可以指摘的地方。城市里有大把热情洋溢的年轻人，削尖了脑袋往上流社会里钻，他们付出的代价要比齐特林先生高昂得多。而许多已经在上流社会站住脚的正人君子，他们创立声望所依赖的基础其实与小白脸托比·克拉基特相差无几。

"好了，"在徒弟们出去后，费金说道，"南希，我去给你拿钱。这是小橱柜上的钥匙，亲爱的，那里面放着孩子们搞来的一些奇奇怪怪的玩意儿。我的钱从来不上锁，因为没啥好锁的，亲爱的，哈，哈，哈！本来就没几个子儿。这一行没什么油水，还没人待见，南希。我只是喜欢看着年轻人围在我身边。我就咬牙挺着，挺着。嘘！"他忽然把钥匙揣进怀里，"什么人？你听！"

南希姑娘正双臂交叉坐在桌前，对什么人进来或出去似乎一点都不感兴趣，或者说她根本不在乎是谁，直到一个男人低语的声音传进她的耳朵。听到声音的一刹那，她便以闪电般的速度扯下软帽和披巾，将其丢到桌子底下。接着老费金急忙转身，南希抱怨了几句屋里太热,无精打采的口吻与刚才矫健的身手形成强烈的反差。不过,由于老费金方才背对着她,所以并未察觉。

"嘻!"他低声说道,仿佛很是懊恼,"是我约的人来了。他马上也会到这儿来。南希,当着他的面,钱的事一个字都不要提。他不会待太久的,亲爱的,也许用不了十分钟就走了。"

老犹太把他那皮包骨头的食指在嘴巴前放了放,擎着一根蜡烛走向门口。此时楼梯上响起了脚步声。两人几乎同时到了门口,对方匆匆走进房间,一直走到南希身边才发现她。

来人是蒙克斯。

"别紧张,这是我的一个徒弟。"老费金见蒙克斯看到有陌生人便连连后退,遂解释说,"南希,你不要乱动。"

南希往桌旁靠了靠,心不在焉地瞥了一眼蒙克斯后收回目光。不过,在蒙克斯转身面对老费金时,她忍不住又偷看了一眼,这一次却是目光灼灼,充满了目的性。倘若有旁观者恰好目睹了她的表情变化,恐怕会很难相信这两种表情出自同一个人。

"有什么消息吗?"老费金问。

"大好消息。"

"好——好消息?"老费金迟疑地问,好像生怕自己表现得过于乐观而惹恼了对方。

"反正不坏。"蒙克斯面露微笑,"这次很利索。来,我跟你说句话。"

南希向桌子靠得更近了些,并没有要离开房间的意思,尽管她看见蒙克斯正指着她。老费金可能担心的是,如果强行把南希赶出去,万一她把钱的事给嚷嚷出来就不好了。因此他指了指楼上,领着蒙克斯走了。

"别又是上次咱们待过的那个鬼地方吧?"她能听到二人上楼时蒙克斯说话的声音。费金笑了笑,至于说了什么她没听到。楼板发出嘎吱嘎吱的声响,看来老费金把人带到了三楼。

楼上的脚步声还未停住,楼下的南希小姐已经脱掉了鞋子,把罩在外面的长裙撩起来蒙到头上,连同两条胳膊也胡乱地裹在其中,站在门口,屏住呼吸，竖起耳朵仔细聆听。当楼上的声音一停，她立马溜出房间，万般小心，蹑手蹑脚地爬上楼梯，消失在黑暗之中。

楼下的房间空了大约一刻钟后，南希又同样小心翼翼地摸了回来，紧接着便传来两个男人下楼的声音。蒙克斯一刻都没有停留，径直出门上街去了。老费金则折返回楼上去拿钱。等他回来时，南希正在整理她的披巾和软帽，似乎做好了要走的准备。

"怎么了，南希？"老费金放下蜡烛，像被吓了一跳似的往后退了一步，"瞧你的脸，都白成什么样子了！"

"白？"姑娘说着，双手遮了烛光，仿佛要仔细瞧瞧老费金。

"挺吓人的。你一个人在这儿干什么了？"

"没干什么呀，我就闷坐在这里干等着，也不知道等了多久。"姑娘漫不经心地回答，"行了，你要是可怜我，就赶紧让我回去吧。"

伴随着一声声叹息，老费金把钱如数放进南希手中。随后两人没再多说什么，互道了晚安便分开了。

　　来到空荡的街上，南希在一处门阶上坐下了。她看起来有些魂不守舍，甚至连路都走不了。接着她忽然起身，朝着与赛克斯的住所相反的方向匆匆走去。她越走越快，最后干脆狂奔起来。直到累得跑不动了，她才终于停下来喘口气。这时她才好像突然缓过神来，意识到自己一心要做的这件事，凭她的力量根本做不到。她急得直扭自己的手，难过地痛哭起来。

　　也许是眼泪起到了舒缓的作用，要么就是她对自己当前的处境彻底灰心，总之，她突然转过身，以几乎同样迅疾的步伐朝相反的方向奔去。她这么做，一方面是为了弥补浪费掉的时间，另一方面则是要尽力跟上自己飞快的思绪。没过多久，她便来到了那个被她撇在家里的强盗的住所。

　　见到赛克斯先生时，她脸上或许仍有不安的神色，但他并未看出来。他只是问了问她有没有把钱带回来，得到肯定的答复后，就心满意足地叫了一声，脑袋重新放回枕头上，继续去做被南希打断的美梦。

第二天，南希整日心神不宁，战战兢兢，感觉随时可能做出某个大胆而冒险的举动，而这个举动需要经过激烈的思想斗争才能下定决心。所幸赛克斯有钱之后心情大好，只顾着吃吃喝喝，没工夫也没心思对南希的言谈举止吹毛求疵。倘若是费金，她这副心事重重的样子定然逃不过他那双毒辣的眼睛，他会立刻警觉起来。然而赛克斯缺乏那样的分辨力，他这个人从来不会为一些鸡毛蒜皮的事操心，更何况刚才已经说过，眼下他正得意，根本看不出南希有什么不对劲的地方，也懒得花心思去管她。因此，即便南希的焦虑不安已经无比明显，却也不大可能会引起赛克斯的猜疑。

白天眼看就要过去，南希的焦躁有增无减。夜幕降临，她坐在一旁，静等赛克斯把自己喝睡着。她的脸异常苍白，眼睛里仿佛烧着一团火，就连赛克斯也惊讶地注意到了。

赛克斯躺在床上，因为发烧而浑身无力，虚弱不堪。他喝着杜松子酒，怕酒劲儿太大，往里面兑了些热水。喝完之后他把杯子推给南希,请她倒满。喝到第三杯或第四杯的时候,他才终于注意到了南希的不对劲。

"哎呀,真见鬼!"赛克斯用双手撑着坐起来,盯着南希的脸说,"你的样子就跟刚刚还魂的死人一样。怎么回事?"

"能有什么事?"南希说,"没事。你干吗这么盯着我?"

"你在发什么神经?"赛克斯抓住南希的胳膊,用力摇晃着问,"干什么?你什么意思?你心里在想什么?"

"想很多事情啊,比尔。"姑娘瑟瑟发抖,双手捂住了眼睛,"可是老天啊,这有什么关系呢?"

她故作轻松地说出最后一句话,比起她之前焦躁不安的神态,这反而引起了赛克斯更大的反应。

"我告诉你是怎么回事吧,"赛克斯说,"如果你不是得了热病,马上就要发作,那就肯定是有什么事瞒着我,而且是很危险的事。你不会是——不,该死的!你不会那么干的!"

"干什么？"南希问。

"不会的，"赛克斯盯着她，仿佛在自言自语，"这丫头绝不会有二心，要不然三个月前我就抹了她的脖子。她肯定是得了热病，绝对没错。"

如此自我安慰了一番，赛克斯心里熨帖多了，遂将杯里的酒一饮而尽，接着就骂骂咧咧地叫南希给他拿药。南希敏捷地跳起来，背对着赛克斯倒好了药，递到他的嘴边，他又是一饮而尽。

"好了，"那强盗说，"过来坐在我旁边，别板着个脸，拿出平时的样子来。要不然我就亲自修理修理你这张脸，让你自己见了都认不出来。"

南希乖乖地照做了。赛克斯紧紧攥着她的手，重新倒在枕头上，眼睛却盯着南希的脸，一会儿闭上，一会儿睁开，一会儿又闭上，一会儿又睁开。他不停地换着姿势，眼看打起了盹儿，忽然又一脸惶恐地坐起身，茫然若失地环顾四周，如此折腾了两三分钟，眼瞅着他似乎想爬起来，结果突然就不省人事了。他的手松开了，抬起的胳膊无力地坠在身旁。他躺在那里，像极了一个熟睡的人。

"鸦片酊总算起作用了。"南希嘴里咕哝着,从床边站起身,"就这也太晚了,我恐怕都来不及了。"

她匆匆戴上软帽,裹上披巾,还不时战战兢兢地回头看看。虽然给赛克斯用了安眠药,但她依然害怕他那只大手会突然拍在她的肩上。她轻手轻脚地来到床边,在那强盗的嘴唇上吻了一下,随后悄无声息地开门关门,慌里慌张地离开了此地。

走到大街需要经过一条幽暗的小巷,一名更夫在巷子深处吆喝说已经过了九点半。

"过半点很久了吗?"南希问他。

"再有一刻钟就十点了。"更夫把提灯举到她面前,回答说。

"我到那儿起码要一个小时呢。"南希嘟囔着,从更夫身边飞快地跑过,沿着大街一路狂奔而去。

她从斯皮塔佛德直扑伦敦西区。一路上,无论大街还是小巷,许多店铺正在关门打烊。钟敲十响,南希越发焦躁。她沿着狭窄的人行道大步流星地往前冲,胳膊肘不时把挡在前面的行人撞到一边。几条繁华的街上摩肩接踵,她几乎从马头下直接冲了过去，而其他等待过路的行人虽然跃跃欲试，却只是眼巴巴地瞧着。

"那女人疯了吧！"人们吃惊地纷纷回头，看着她一溜烟地消失在街尾。

来到城里相对富足的区域，街上的人就没那么多了。但她慌慌张张的样子还是引起了擦肩而过的那些行人的好奇。有些人加快脚步跟上她，仿佛想探明这个女人如此行色匆匆到底所为何事；有些则跑到前面，而后回过头来惊讶地看着丝毫不减慢步伐的她。但他们一个个都被甩在了后面，等她快到目的地的时候，身后已经没有一个追着的人了。

南希要去的地方是个家庭旅馆，位于海德公园附近一条幽静而又漂亮的街上。旅馆门前的街灯发出明亮的光，像灯塔一样将她引到这里。此时，刚好响起十一点的钟声。她放慢速度走了几步，像是在犹豫不决，考虑要不要继续向前。但钟声使她下定了决心，她抬脚走进厅。门房的座位空着，她疑惑地环顾四周，便继续朝楼梯走去。

"喂，小姐！"一个衣着讲究的女人从她身后的一扇门里探出脑袋叫道,"你有什么事吗?"

"我找一位在这里下榻的小姐。"南希说。

"小姐?"对方一脸轻蔑地说,"什么小姐?"

"梅利小姐。"南希说。

那年轻女人此时才正视了南希一眼,但仍带着一脸自鸣得意的鄙薄。她叫来一个男的接待南希,南希只好再次说明来意。

"请问怎么称呼?我好通报。"侍者问她。

"怎么称呼都无所谓。"南希说。

"那事由呢?"男子问。

"这也无关紧要。"南希说,"但我必须见这位小姐。"

"得了吧!"男子说着就把她往门外推,"别在这儿胡搅蛮缠。出去!"

"除非你们把我抬出去!"南希恶狠狠地说,"不过我可以保证,就算你们两个人一起上,也没那么容易。难道你们这里就没有一个人,愿意替我这个可怜的人送个口信吗?"她说完环顾着四周。

她这番恳求对一个面善的厨子产生了效果。那人正和其他几个仆人围着看热闹，闻言便走上前来替南希说了句公道话。

"乔，你就不能替她传个话吗？"他说。

"传了有什么用？"男子说道，"你觉得那位年轻小姐会愿意见她这样的女人吗？"

男子话里话外都指明南希身份可疑，这令四名视贞洁如生命的女仆义愤填膺。她们慷慨激昂地抨击南希丢了所有女人的脸，并强烈建议将她无情地丢进阴沟。

"你们想把我怎么样都随你们，"南希再次转向男士们，"但拜托你们先答应我的请求，看在老天的分儿上，帮我上去传个话。"

心肠软的厨子又来为南希帮了几句腔，最先露面的那个人终于答应替她传话。

"你让我传什么话？"男子一脚已经踏上了楼梯。

"就说有个姑娘恳请和梅利小姐单独谈谈，"南希说，"她只要听我说完第一句话，就能决定是要继续听下去还是把我当成骗子轰出去。"

"我说,你也太把自己当回事了吧?"男子说。

"你只管去传话,"南希坚定道,"我等着回音就是了。"

男子噔噔噔地跑上楼去。南希站在原地,脸色苍白,几乎喘不上气。她听着那几个贞洁的女仆用丝毫不怕她听见的声音说三道四、冷嘲热讽——这显然是她们的强项——气得嘴唇直哆嗦。侍者传完话过来叫她上去时,那几个女仆不仅没有收敛,反倒变本加厉了。

"如今这世道,正经人已经不吃香了。"头一个女仆酸溜溜地说。

"破铜烂铁倒比不怕火炼的真金白银还要值钱。"第二个立即附和。

第三个抛出"上流社会的淑女们都是些什么东西"的疑问。第四个则用一句"不知羞耻"为她们的四重唱开了个头。而后,这四位圣洁的狄安娜女神[1]又用这个词作为她们四重唱的结尾。

---

1 罗马神话中象征着处女和青春的月亮和橡树女神。

南希没有理会她们，因为她心里想着更重要的事情。她浑身颤抖着跟随那名侍者来到一间不大的会客厅，天花板上点着一盏吊灯。侍者叫她在此等候，便退下了。

第 40 章
接上一章:一次不寻常的会见

南希姑娘可以说是在市井中长大的,一辈子混迹于伦敦最藏污纳垢的穷街陋巷,但她身上依然保留了女人天性中的某些东西。当她听到一阵轻微的脚步声逐渐接近她进来的那扇对开门时,想到这小小的会客厅马上会呈现一组鲜明的对照时,她的心顿时被一种自惭形秽的羞耻感填满了。她恨不得缩成一团,好像觉得自己没脸和她要求见的人会面似的。

然而与这些直观感受相抗衡的是她强烈的自尊——在最下流卑贱之人的身上,此等毛病并不比高贵自负之辈逊色。不管是每天与小偷恶棍为伍的苦命丫头,还是沦落风尘、在花街柳巷里被人踩成泥的烟花女子,因为身处的环境,她只能结交经常进出监狱和废弃船只[1]、永远活在绞刑架阴影下的社会渣滓。就连这样一个堕落的女人也有她的自尊,不愿流露出哪怕一点点女性的情感。她将此种情感视为软弱,但这却是她与人性之间仅存的纽带。毕竟从她还是小孩子时起,人性的光芒就已经被她堕落的人生抹杀殆尽了。

她微微抬起眼睛,刚好能让她看到一位苗条美丽的小姐出现在面前。随后她立刻将目光投向地面,甩了下头,假装漫不经心地开了口。

"小姐,要见你可真不容易。要是我一生气扭头走了——很多人会这么干,那你迟早有一天会后悔的,而且会后悔得明明白白。"

"如果有人慢待了你,我很抱歉。"罗丝说,"请你别放在心上。现在告诉我你为什么要见我吧。我就是你要找的人。"

对方温和的语气、甜美的嗓音、文雅的举止、不带丝毫傲慢或不悦的腔调,完全出乎了南希的预

---

[1] 废弃船只在旧时也被用作监狱。

料，这种如沐春风的感觉让她情不自禁地哭了起来。

"哦，小姐，小姐！"她十指紧扣举在面前，"要是世上多一些像你这样的人，那像我这样的人就会少得多了——那就会——就会——"

"你请坐，"罗丝诚恳地说，"要是你生活拮据或是遇到了什么不幸的事，只要是我帮得上的，我都乐意帮忙。你坐吧。"

"你还是让我站着吧，小姐，"南希流着泪说，"在你了解我之前别对我这么客气。已经太晚了，那——那扇门关着吗？"

"关着呢。"罗丝说着后退了几步，像是万一有什么事需要帮忙，也好离得近一些，"怎么了？"

"因为，"南希说，"我现在是要把我自己的命和其他人的命统统交到你的手上。小奥利弗·特威斯特从本顿维尔那家出来的那天晚上，是我把他拖回老费金那里去的。"

"你？！"罗丝·梅利惊叫道。

"对，是我，小姐。"南希回答，"我就是你听说过的那个不要脸的东西，我和一群毛贼生活在一起，从我能记起的踏入伦敦街头的第一刻起,我就不知道什么叫好日子,也没听人对我说过一句好话。上帝啊,帮帮我吧!小姐,你想离我远一点是无可厚非的,不要介意。我比你以为的要年轻呢,但我早就无所谓了。我走在拥挤的人行道上,连最穷苦的女人都会给我让路。"

"竟然有这么悲惨的事!"罗丝不由自主地又从眼前这位陌生姑娘身边退后了一点。

"跪下来感谢老天吧,亲爱的小姐,"南希大声说道,"你从小就有朋友关心你、照顾你,一辈子尝不到挨饿受冻的滋味,也见不到惨无人道的骚乱和醉鬼们酒后的丑态。还有——还有更糟糕的——就像我在摇篮里就开始经历的那些。请允许我用这个词,因为穷街陋巷和贫民窟就是我的摇篮,那里将来还会成为我的坟墓。"

"我很同情你。"罗丝的声音沙哑起来,"听了你的话,我的心都碎了。"

"你的善良会让你得到上帝保佑的!"南希说,"你要知道,我有时候的遭遇才叫可怜呢。我是偷跑出来的,要是被那些人知道我来过这里,还把我偷听到的事情告诉你,他们肯定会杀了我的。你听说过一个叫蒙克斯的人吗?"

"没有。"罗丝回答。

"可他认识你,"南希说,"还知道你住在这里,我就是听见他提到这里,才找到你的。"

"我从没听过这个名字。"罗丝说。

"那他一定是从我们中间某个人那里知道的,"南希说,"我之前就是这么想的。前段时间,也就是奥利弗被他们塞进你们家准备盗窃的那个夜晚过去之后没多久,因为我对他本来就有所怀疑,便偷听了他和老费金在私下里的谈话。根据我偷听到的内容,我发现这个蒙克斯,就是我刚才问你认不认识的那个人——"

"嗯,"罗丝说,"我明白。"

"——那个蒙克斯,"南希接着说道,"在我们第一次把奥利弗弄丢的那天,偶然见到他和我们那里的两个小子混在一起。他只看了一眼就确定奥利弗正是他要物色的人选,尽管我搞不懂原因。于是他和费金达成了一笔交易,说如果能把奥利弗抓回去,就给他一笔好处费;而如果能把奥利弗培养成一个贼,就再给他更多好处。蒙克斯有他自己的目的。"

"什么目的?"罗丝问。

"我也想知道来着,但我偷听的时候被他看到了墙上的影子。"南希说,"天底下没有几个人能像我那样及时从他们眼皮底下逃掉,但我做到了。那之后我就再没见过他,直到昨天晚上。"

"昨天晚上发生什么事了?"

"我这就告诉你,小姐。昨天晚上他又来了。他们照例上楼密谈,我用衣服把自己裹起来,免得影子暴露了我的身份,然后悄悄溜到他们门外偷听。我听到蒙克斯说的头几句话是'也就是说,能够证明那孩子身份的仅有的几样证据已经沉到河底,而从孩子他妈妈那里得到这些证据的那个老婆子也早就烂在棺材里了'。随后两人哈哈大笑,说他的计划实在高明。那个蒙克斯一说到奥利弗就变得特别激动,说他虽然已经把那小混蛋的钱稳稳当当拿到了手,但他宁可用另外一种方式拿到。因为他想让那孩子蹲遍伦敦的每一座监狱，然后再让他随便犯下一项什么重罪被送上绞刑架。这一点老费金安排起来倒不费事，当然，是在那孩子创造足够多的价值之后。他们觉得通过这种方式能让那孩子的父亲在遗嘱中夸下的海口变成彻头彻尾的笑话，这样感觉会更过瘾。"

"这都是什么呀？"罗丝不解地问。

"这都是事实，小姐，尽管是从我的口中说出来的。"南希回答，"然后他又骂了许多在我听来早已稀松平常而你肯定闻所未闻的脏话，他说要不是怕上绞刑架，他真想亲自动手结果那孩子的性命，以解他心头之恨。虽然他不能冒那个险，但他会死死盯着那孩子，不会错过他人生里的任何一个节点。而且，只要他好好利用那孩子的出身和经历，说不定照样能把他折磨个够呛。'总而言之，费金，'他说，'虽然你是犹太人，但你恐怕这辈子都没有设计过像我给我这个小弟弟奥利弗设计的圈套。'"

"他弟弟？"罗丝吃惊地叫道。

"这是他说的。"南希不安地看了看四周。从她开始说话起,赛克斯的影子就阴魂不散地缠着她,害得她不停地左顾右盼。"还有呢,他提到你和另外一位女士,说好像是老天爷或魔鬼成心跟他对着干,叫奥利弗落到了你们手里。他笑了一阵,又说这事也并非没有一点可取之处。你们很想知道奥利弗这条小哈巴狗的身世,说不定愿意为了这个花上几千乃至上万英镑呢,反正只要你们拿得出来,肯定不会舍不得掏。"

"你该不是说,"听到这里罗丝脸都白了,"他们当真有这个念头?"

"他说得斩钉截铁又义愤填膺的,不像是随口说说。"南希摇着头说,"他那个人发起狠来是不会胡说八道的。我认识很多穷凶极恶的人,干的事情令人发指,但我宁可听他们把类似的话说上十次八次,也不愿听蒙克斯说一次。现在已经很晚了,我得及时赶回家,免得他们怀疑我跑出来通风报信。我得马上走了。"

"可我能做什么呢?"罗丝问,"你走了我该怎么办呢?别走了,既然你把同伴说得那么可怕,你还回去干什么呢？如果我现在就把隔壁那位先生叫过来，你再把刚才的事情向他陈述一遍，我敢保证不出半小时就能把你送到安全的地方去。"

"我想回去，"南希说，"我必须回去，至于原因，我真不愿意向你这样纯洁的小姐说明。因为在我说起的那群人当中，有一个人，他们中间最胆大妄为的一个，是我离不开的。即便能摆脱当下这种生活，我也不愿离开他。"

"你以前就帮过这个可怜的孩子，"罗丝说，"今天你又冒着如此巨大的风险来这里报信，你的态度使我相信你说的这些都是真的。显然你已经真心悔过，且你的羞耻之心并未泯灭，这说明你还有救，还有改过自新的可能。哦！"她诚挚万分，双手合在一起，眼泪控制不住地沿着脸颊往下淌，"我们同为女人，请你不要对我的恳求充耳不闻。我相信，我肯定是第一个向你表示怜悯的人。听我的吧，让我拯救你，好让你有机会重新做人。"

"小姐啊！"南希扑通一声跪倒在地，哭着说，"天使一样宅心仁厚的小姐，你是第一个用这样的话祝福我的人。要是几年前我能听到,说不定还能早日摆脱罪孽深重的苦难生活,可现在已经晚了,太晚了。"

"忏悔和赎罪什么时候都不算晚。"罗丝说。

"晚了。"南希强忍着内心的痛苦,"我现在不能离开他!我不能就这么把他害死。"

"怎么会呢?"罗丝问。

"他已经没救了,"南希说,"要是我把告诉你的这些事告诉别人,让他们全被抓起来,那他就必死无疑。他是所有人中最无法无天又最残酷无情的!"

"为了这样一个男人,"罗丝也哭着说,"难道你真要放弃未来的所有希望,放弃眼前脱离苦海的机会?这不是疯了是什么?"

"我不知道这是什么,"南希说,"我只知道本来就该这样,不仅仅是我,还有成千上万和我一样做尽了坏事的苦命人,都是这样。我得回去了。不知道这是不是上帝因为我犯下的那些罪过惩罚我。但就算受尽痛苦与折磨,我还是要回到他身边,哪怕最终死在他手里。"

"我该怎么办?"罗丝说,"我不能让你就这么走了呀。"

"没事的,小姐,我知道你会同意的。"南希说着便站起身,"你不会阻止我的,因为我相信你的善良,而且我没有逼你答应我什么,原本我是可以那么做的。"

"那你来报信又有什么用呢?"罗丝说,"这里边的秘密还需要调查。可你把实情告诉了我,我又该如何去帮助你一心想要搭救的奥利弗呢?"

"你身边肯定有信得过又靠得住的先生吧,他们会给你想办法的。"南希说。

"可必要时我该怎么找你呢?"罗丝问,"我不想知道那些可怕的人住在哪里,但你有没有经常会去或者经过的地方呢?"

"你能答应替我保守秘密吗?另外,如果你要找我,务必独自或和一个知情人来。你还要保证不会监视我或跟踪我。这些你能做到吗?"

"我向你郑重承诺。"

"每个星期天的晚上,十一点到十二点,"南希毫不犹豫地对罗丝说，"只要我活着，就会到伦敦桥上散步。"

"再等一下。"罗丝说着匆忙走向门口，"再考虑考虑你眼下的处境，这是你摆脱困境的好机会啊。你可以向我提出你的要求，不是因为你来报信，而是因为身为女人，你已经到了近乎万劫不复的地步。现在只要一句话就能拯救你，你还要再回到那个贼窝里，回到那个男人身边吗？究竟是什么样的魔力能把你生生拖回到邪恶与苦难中去啊？唉，难道你心里就没有一根弦是我能触动的吗？难道除了这份造孽的痴情，我就再也唤不醒你别的情感了吗？"

"年轻、善良又美丽的小姐，"南希镇静地说，"一旦交出她的心，爱情便会把她带到任何地方，更别说你这样有家、有朋友、有仰慕者、要什么有什么的小姐了。而像我这样的人呢，除了棺材盖，头上连个遮雨的屋顶都没有，生病或临死时身边除了护士，连个朋友都不会有。我们把一颗腐烂的心交给随便哪个男的，只为让他们填补我们在漫长的苦难生活中一直空着的位置，如此我们还能指望他们搭救我们吗？可怜可怜我们吧，我们只剩下女人的最后一点情感，可造化弄人，这本该是让我们感到欣慰和骄傲的东西，而今却变成了新的暴力和痛苦。"

"那你，"罗丝顿了顿才说，"起码让我给你一点钱，无论如何，总要让你体面地撑到我们下次见面吧？"

"我一个子儿都不要。"南希摆了摆手说。

"不要拒人于千里之外，好吗？"罗丝轻轻走上前去，"我真心实意地想帮你。"

"要是你现在能立刻取走我的性命，"南希扭着双手说，"那才是帮了我大忙呢。今天晚上我彻底反省了一遍自己，体会到了前所未有的悲伤。我生活的那个世界就是个地狱，不死在那里我就心满意足了。上帝保佑你，亲爱的小姐。愿他赐予你的幸福和我遭受的耻辱一样多。"

南希一边说一边大声地哭，伤心地转身离去。这次非比寻常的会面真的发生过吗？为什么感觉像是一场来去匆匆的梦呢？罗丝·梅利瘫坐在椅子上，努力把游离纷乱的思绪重新收拢。

第41章
本章包含一些新的发现,正如祸不单行,意外从来都是接二连三

毫不夸张地说,罗丝正面临前所未有的困难和考验。她心急如焚,迫不及待地想解开奥利弗的身世之谜。刚刚与她交谈的那个可怜女人在她身上所寄托的信任,令她年轻而单纯的心中升起一丝神圣感。那个女人的言语和举动打动了罗丝·梅利。此刻,她的内心除了对小奥利弗的怜爱,还有在真诚与热情上毫不逊色的,对南希姑娘迷途知返、重新做人的愿望和期许。

他们原本只打算在伦敦逗留三天,然后就要到遥远的海边去待上几个星期。此时已经是第一天午夜。在接下来的四十八个小时内,她该采取怎样的行动呢?或者,她该用什么样的理由推迟旅行才不

会让人起疑呢?

　　罗斯伯恩先生与他们同行,接下来的两天也会留在伦敦。但罗丝深知这位好先生的冲动性格,可以清楚地预见到,罗斯伯恩先生在听闻那个姑娘在奥利弗再度被绑架时所做的事,定会大发雷霆。因此,除非她能找一个经验老到的过来人支持她为那个姑娘所做的辩解,否则她暂时不敢把这个秘密告诉罗斯伯恩先生。至于是否告知梅利太太这件事,她同样需要慎之又慎,因为老太太得知消息后的第一个念头必然是找那位可敬的医生商量。至于求助法律人士,基于同样的原因,即便她知道如何操作,一时也想不到能找谁。罗丝想过找哈里帮忙,可回想起他们上次分别时的情景,她顿觉没有颜面再去麻烦他——一连串的回忆瞬间让泪水溢满了眼眶——此时的他也许已经学会了如何将她遗忘,如何排解忧伤。

　　罗丝心乱如麻,百感交集,思绪万千。各种念头在她心里交替往复,层出不穷,一会儿倾向于这样,一会儿又倾向于那样,一会儿又全部推翻,于是她在焦虑中度过了一个不眠之夜。第二天，经过再三斟酌，她最终决定还是去找哈里帮忙。

"如果重回这里会令他痛苦，"她心想，"那我也会跟着一起痛苦的。不过也许他不会来；或者虽然来了，却故意不和我见面。他走的时候不就是这样吗？我估计他不会来，不过这对我们两个都好。"想到这里，罗丝放下钢笔，把头扭到一边，仿佛怕信纸看到她流泪。

这支钢笔已经被她拿起又放下五十次了。关于头一句该怎么说，她翻来覆去想了一遍又一遍，却迟迟没有写下第一个字。这时，在贾尔斯先生的陪同下，刚刚上街溜达了一圈的奥利弗上气不接下气地跑进来，看他一脸焦急的样子，像是出了什么大事。

"你怎么了，慌里慌张的？"罗丝迎上去问。

"我也不知道。我感觉都快喘不过气了。"奥利弗回答，"哦，天啊！一想到总算又能见到他，你也能知道我跟你说的全是实话，我怎能不激动呢？"

"我从一开始就相信你说的是实话呀。"罗丝安慰着他,"不过这是怎么了?你说的是谁呀?"

"我看见那位先生了,"奥利弗几乎语无伦次,"就是那位对我特别好的布朗罗先生,我经常提起的。"

"在哪儿?"罗丝问。

"他从一辆马车上下来。"奥利弗说着,流下喜悦的泪水,"进了一栋房子。我没有跟他说话,没办法说,因为他没看见我。我哆嗦得厉害,想过去都不行。但贾尔斯替我问过他是不是住在那里,他们说是。你看,"奥利弗展开一张纸片,"这里,他就住在这儿。我要去找他!哦,天啊!等我再见到他,再听到他说话,我会激动成什么样子啊!"

奥利弗的这番话,加上一连串语无伦次的欢呼,大大转移了罗丝的注意力。她看了看纸上的地址——斯特兰德的克雷文街。她当即决定抓住这个偶然的机会。

"快!"她说,"让他们叫辆马车,准备好和我一起去。咱们直接去这个地方,一分钟都别耽搁。我就告诉姑妈咱们只出去一个小时,你赶紧收拾,好了就动身。"

奥利弗哪里用得着催促,不到五分钟,他们就已经在前往克雷文街的路上了。到了地方,罗丝让奥利弗留在马车上,声称先去知会那老先生一声,好让他有个思想准备。她将名帖递给仆人,说有急事要见布朗罗先生。仆人不一会儿便回来,请她上楼。她跟着仆人来到楼上一个房间,见到一位穿着深绿色外套的慈眉善目的老先生。离他不远的地方还坐着另一位老先生,穿着淡黄色马裤和长筒靴,看样子却没那么平易近人。他双手交叠按在一根粗手杖的顶端,又把下巴搁在上面。

"天啊,"绿衣服的老先生急忙起身,彬彬有礼地说道,"请您原谅,小姐,我还以为是哪个无聊的家伙呢——您多包涵,快请坐。"

"我想您就是布朗罗先生吧?"罗丝扫了眼另外那位老者,又把目光移回到说话的这位先生身上。

"正是。"老先生说道,"这位是我的朋友,格里威格先生。格里威格,要不然你让我们单独聊会儿?"

"我想不必了,"梅利小姐说,"不用麻烦这位先生回避我们的谈话。如果我所闻属实,这位先生大概已经知道我要和您说什么事了。"

布朗罗先生微微颔首,格里威格先生刚刚从椅子中起身并硬邦邦地鞠了一个躬,这会儿又硬邦邦地鞠了一躬,重新坐了下来。

"我毫不怀疑,我接下来要说的事情定会令您大吃一惊。"罗丝露出并不做作的尴尬神色,"您曾对我一个非常亲爱的小朋友表示过伟大的仁慈与善意,因此我相信您一定非常乐意再次听到他的消息。"

"此言不虚!"布朗罗先生。

"奥利弗·特威斯特,您应该还记得这个名字吧?"罗丝说。

话音未落,正假装埋头看桌子上的一本书的格里威格先生啪的一声把书翻了个个儿,身体猛然靠在椅背上,脸上除了惊愕再无别的表情,两只眼睛瞪得又大又圆,却茫然无神。紧接着,仿佛为自己流露出太多情绪感到窘迫似的,他急忙恢复到刚才的神态,目视前方,吹出一声深沉悠长的口哨。那哨音最后不像消散在空气中,倒更像渐渐平息于他腹腔的最深处。

布朗罗先生的惊愕并不比他少,只不过他没用这种古怪的行为表现出来。他将椅子拉近梅利小姐,开口说道:"亲爱的小姐,拜托您不要再提什么仁慈与善意了,幸亏那件事没别人知道。假如您有任何证据能改变那可怜的孩子曾在我心里留下的负面印象,那看在老天的分儿上,请您马上告诉我。"

"那臭小子肯定不是好鸟!我说的要是有错,我情愿把自个儿的脑袋吃掉。"格里威格先生愤愤不平。他好像在用腹语说话,脸上的肌肉纹丝不动。

"这孩子心地善良、品格高尚,"罗丝微红着脸说,"上天有意磨炼他,让他承受了与他的年龄不相符的苦难,又在他心里种下了许多让年龄比他大几十岁的人都感到汗颜的仁爱与情感。"

"我就正好比他大几十岁。我今年六十一,"格里威格先生依旧面无表情,"奥利弗那小子也就十一二吧。所以,我是否有理由怀疑您这话是针对我的?"

"梅利小姐,别理我这个朋友,"布朗罗先生急忙打圆场说,"他不是这个意思。"

"不,我就是这么个意思。"格里威格先生低吼道。

"不,你不是。"布朗罗先生说着站起身来,明显有些发火了。

"她要不是针对我,我就把自己脑袋给吃了。"格里威格先生嚷道。

"你要非那么理解,那你这脑袋真该敲下来了。"布朗罗先生说。

"我倒想看看谁有这个胆子。"格里威格先生拿手杖戳着地板说。

吵到这份上,两个老先生深知多说无益,各自吸了几下鼻烟,而后按照他们一直以来的习惯,握手言和了。

"好了,梅利小姐,"布朗罗先生说,"咱们还是回到您心心念念的那个话题上吧。现在您能否告诉我,关于那可怜的孩子,您有什么消息吗?容我多说两句,为了找到他,我用尽了各种办法。起初我以为他骗了我,又被他之前那帮同伙拉了回去准备打劫我家,但出国以来,这种想法已经大大动摇了。"

罗丝已经默默整理完思绪,只用了寥寥数语,便将奥利弗离开布朗罗先生家之后所遇到的事情说了一遍。当然,南希报信的部分她打算私下里再告诉这位老先生。最后她还保证说,那孩子过去几个月一直耿耿于怀的一件事,就是没办法与他曾经的恩人和朋友相见。

"感谢上帝!"老先生激动地说道,"这真是一个好消息,天大的好消息。我太高兴了。可您还没告诉我呢,梅利小姐,眼下他人在何处?您千万别怪我挑毛病,您为什么不把他一并带来呢?"

"他就在门外的马车上等着呢。"罗丝说。

"这里的门外?"老先生惊叫一声,随后二话不说,匆匆冲出门去,跑下楼梯,踩上马车踏板,钻进车厢。

当楼上房间的门在布朗罗先生身后关上时,屋里的格里威格先生抬起了头,身子往后一靠,以椅子的一条后腿为轴,借助手杖和桌子,在原地转了整整三圈。展示完这项绝技,他站起身,在房间里一瘸一拐地走了至少十几个来回。随后他突然停在罗丝面前,冷不丁地亲了她一下。

"嘘!"见姑娘被他反常的举动吓了一跳,他急忙说道,"别害怕,我的岁数都够做你的爷爷了。你是个好姑娘。我喜欢你。他们回来了!"

果然,格里威格先生刚以兔子般敏捷的身手蹿回到自己的座位上,布朗罗先生就领着奥利弗进来了。格里威格先生落落大方地对这孩子的到来表示了欢迎。倘若这一刻的喜悦是对罗丝·梅利为奥利弗的事情所承受的全部焦虑与烦恼的唯一回报,那她现在也觉得心满意足了。

"顺便说一句,还有另一个人不应忘记呢。"布朗罗先生说着拉了拉铃,"叫贝德温太太来一趟。"

老管家以最快的速度回应了主人的召唤,她在门口行了个屈膝礼,静候吩咐。

"唉,贝德温太太,你的眼神是越来越不中用了。"布朗罗先生不耐烦地说。

"是啊,先生,越来越不中用了。"老太太回答,"到了我这个岁数,眼神还怎么可能好起来哟。"

"早知道我就提醒一句了,"布朗罗先生说,"你倒是戴上眼镜啊,看能不能自己发现我为什么叫你过来。"

老太太开始从兜里摸索眼镜,但奥利弗的耐心可受不了这新一轮的考验。他终于向冲动屈服,冲过去扑进老太太怀里。

"老天爷啊!"老太太抱住他叫道,"这不是我那无辜的孩子吗?!"

"亲爱的老嬷嬷!"奥利弗哭喊道。

"我就知道他会回来!我就知道!"老太太搂着奥利弗激动地说,"瞧他气色多好啊,穿的也像个好人家的孩子!这么长时间你到哪儿去了?啊,还是那张可爱的小脸儿,但红润多了;还是那么温柔的眼睛,不过少了些忧伤。这些我都没忘,也没忘记他安静的笑容。我每天都在想他和我自己的宝贝孩子们。他们早早就夭折了,那时的我太年轻不懂事。"她就这样絮絮叨叨,时而把奥利弗推开两步看他长高了多少,时而又紧紧抱住,用手指怜爱地抚摸他的头发,搂着他的脖子一会儿哭一会儿笑。

为了让她和奥利弗能够好好叙旧,布朗罗先生带罗丝去了另外一个房间。他在那里听罗丝详细讲述了她和南希见面的经过后,不由得大为震惊,同时又困惑不已。罗丝还解释了她暂时先瞒着她的朋友罗斯伯恩先生的原因。布朗罗先生认为她的做法甚为谨慎稳妥,并欣然答应亲自找那位可敬的医生严肃地谈一谈这个问题。为了尽早落实,他决定当晚八点就去旅店拜访罗斯伯恩先生,与此同时,他们还要把发生的全部事情慎重地告知梅利太太。做好这些准备工作后,罗丝和奥利弗便回去了。

对于我们这位宅心仁厚的医生的愤怒程度,罗丝绝对没有低估。听完南希的所作所为,罗斯伯恩先生暴跳如雷,一大堆威胁之语夹杂着恶狠狠的诅咒之语,从他口中倾泻而出。他扬言要联合布莱德斯和达夫,想方设法将南希头一个缉拿归案。他甚至真的戴上帽子,准备动身去找那两位侦探先生。毫无疑问,正在气头上的他是完全有可能将这一想法付诸实践,且丝毫不考虑后果的。幸亏布朗罗先生——他也是个火暴脾气——以几乎旗鼓相当的冲动劲头予以制止,加上在场众人纷纷动之以情、晓之以理地劝了半天,他才终于把那脑子一热的念头给压了下去。

"那我们该怎么办呢?"与两位女士重新会合后,鲁莽冲动的医生说,"我们要不要向那些流氓无赖公开致谢?不管男的女的,一律恳请他们收下一百英镑,聊表我们对他们的敬意,好感谢他们对奥利弗无微不至的关照?"

"那倒不至于,"布朗罗先生笑着说,"但这件事务必小心谨慎。"

"小心谨慎,小心谨慎!"医生嚷嚷道,"我要把他们一个不留全都送到……"

"送到哪儿都无所谓!"布朗罗先生打断说,"但你要考虑清楚,是不是把他们送到什么地方就能达到我们的目的?"

"什么目的?"医生问。

"很简单,查清楚奥利弗的身世。另外,倘若我们听到的这些情况属实,奥利弗本该继承一笔遗产,但这笔遗产被人以肮脏的手段剥夺了,我们要帮他讨回来。"

"哦!"罗斯伯恩先生拿手绢儿给自己扇着风,"我把这茬给忘了。"

"所以啊,"布朗罗先生继续说道,"先不说这个可怜的姑娘,即便有可能将这帮恶棍绳之以法,而又不会威胁她的安全,我们这样做能带来什么好处呢?"

"十有八九,至少得绞死几个。"医生说,"其他的全部流放。"

"好得很,"布朗罗先生微笑着说,"不过毫无疑问,他们迟早会落得这般下场。不过,如果我们提前介入,在我看来无异于一种堂·吉诃德式的行为,与我们的利益,或至少说与奥利弗的利益背道而驰。两者实际上是一回事。"

"怎么说?"医生问。

"你想啊,很明显,要解开这个谜团必然困难重重,除非我们能让这个叫蒙克斯的家伙乖乖就范。

可要做到这一点，就必须讲究策略，比如趁他落单的时候把他抓起来。假设他已被拘押，而我们却拿不出控告他的证据，甚至那帮人犯下的任何一桩劫案都和他扯不上关系（据我们所知，或就我们掌握的事实而言，是如此）。尽管他不能无罪释放，但很大程度上也仅仅是作为流氓无赖而被关进监狱，并不能得到更严重的惩罚。如此一来，我们想让他开口就难上加难了。在我们面前，他会变成聋子、瞎子、哑巴、白痴。"

"那，"医生急切地说，"我还是再提醒一遍，你觉得信守对那个姑娘的承诺是否明智？这承诺有着最好、最善意的初衷，但事实上……"

"不要再争论这个了，我亲爱的小姐。"布朗罗先生拦住了正欲开口的罗丝，"承诺必须遵守。而且我认为，它并不会干扰我们的行动。但我们在确定具体的行动方案之前，最好先见见这个姑娘，跟她挑明，是我们，而不是警方要抓蒙克斯。这种情况看她愿不愿意帮我们指认，如果不愿意，或者条件不允许，起码要她跟我们说说蒙克斯经常出入的地方，以及他的身形体貌，好方便我们识别。我们要到星期天晚上才有机会见到这姑娘，而今天才星期二。我建议在这期间，大家暂时先保持冷静，按兵不动。另外，这些事情对奥利弗也要保密。"

面对这个一拖便是五天的提议，罗斯伯恩先生的脸都气歪了，可他不得不承认，眼下想不到更好的法子，加之罗丝和梅利太太都坚定地支持布朗罗先生，因此这个提议最终获得一致通过。

"我想请我的老朋友格里威格也参与此事，"布朗罗先生说，"他人是怪了点，可精明能干，会是个很好的帮手。而且他是律师出身，只因为二十年间仅接了一桩案子，愤而退出了律师界。当然，我这些话算不算得上一份推荐书，得由你们自己决定。"

"我不反对你叫你的朋友来帮忙，前提是我也要叫一个我的朋友。"医生说。

"咱们还是表决吧，"布朗罗先生说，"你说的这位朋友是谁？"

"就是这位太太的儿子，也是这位小姐的——挚友。"医生指了指梅利太太，同时颇有深意地扫了一眼罗丝小姐。

罗丝的脸腾的一下便红了,但她没有出言反对(大概觉得自己是少数派,反对也没用)。于是,哈里·梅利和格里威格两位先生便顺理成章地加入进来。

"只要有一线希望能把这件事查个水落石出,我们就要查下去。"梅利太太说,"所以我们暂时仍留在伦敦好了。既然大家如此上心,那我自然不会计较劳神费力,更不在乎花销,哪怕在这儿逗留个一年半载也无所谓,只要你们说还有希望就行。"

"好!"布朗罗先生说,"从各位的表情可以看出,你们大概很想知道为什么我会突然出国,在你们需要证实奥利弗那些经历的时候却找不到我。我恳请各位暂时不要多问。在我认为恰当的时候,我定会将我的故事和盘托出。请你们相信我,我有充足的理由这么做,不然,我很可能会激起一些注定无法实现的希望,那样一来只会徒增困难和失望,而这两样东西我们现在已经拥有得够多了。走吧,晚饭已经备好了。要是让小奥利弗独自在隔壁待得太久,他又会忍不住胡思乱想的,说不定他会以为咱们厌倦他了,正偷偷商量着怎么把他轰出去呢。"

老先生说着把手递给了梅利太太,陪同她一起走进餐厅。罗斯伯恩先生领着罗丝跟在后头。讨论会至此暂告一个段落。

第42章
奥利弗的一个老相识展露出明显的天才特征，一夜变身首都红人

就在南希哄睡赛克斯先生、带着她强加给自己的使命匆匆跑去给罗丝·梅利通风报信的同一天夜里，有两个人正沿着北方大道朝伦敦走来。本传记在此时理应给予他们一定的关注。

这两人——一位先生，一位女士，或简单地说，一男一女，前者四肢细长，双腿内弯，瘦骨嶙峋，步履蹒跚，具体年龄很难确定。从样子看，这类人很可能小的时候就像发育不全的大人，而接近成年时，又像生长得过快的小孩。那女的倒是很年轻，但长得粗壮结实，好像生来就是为了背她身上那个大包袱似的。她同伴身上的行李倒不多，只有一个用普通手巾裹起来的小包袱，晃晃悠悠地挂在

他扛在肩头的一根棍子上,一看就轻得不行。这架势,再加上两条大长腿,让他轻而易举地领先了同伴六七步。他时不时地扭过头,不耐烦地晃晃脑袋,仿佛在抱怨同伴走得太慢,催她加快点速度似的。

他们就这样沿着尘土飞扬的大道往前走,对于视野内的任何景物都无心观赏,只有当出城的邮车叮叮咣咣地驶来时,他们才避到一旁,让出道路。直到两人走到海格特拱门,前面那位才停下来,不耐烦地对同伴说:"你能不能快点?夏洛特,你可真是个懒骨头!"

"你别站着说话不腰疼,我背的东西多沉啊。"那女人几乎累得气喘吁吁,赶上来说道。

"还敢说沉!能有多沉?要你是干什么使的?"男人说着,把他的小包袱换了个肩膀,"哦,你看你看,你又想歇着了!哼,除了能把人磨得不耐烦,我看你也没别的用处了。"

"还远着吗?"女人靠在斜坡上歇息,抬起头问。汗水从她脸上止不住地往下淌。

"远着吗?眼瞅着就到了!"长腿男人指着前面

说,"你看那里!那就是伦敦的灯火!"

"那起码还有两英里。"女人沮丧地说。

"管他是两英里还是二十英里!"诺亚·克莱波尔说——原来是他,"你给我起来,继续赶路!不然我可要踢你了,到时候你别怪我没提醒你。"

诺亚的红鼻子因为发火变得更红了,说话间他便从路对面走过来,好像立马就要实施他的威胁。女人不敢磨蹭,迅速起身,艰难地走向他身边。

"诺亚,你打算去哪里过夜啊?"走了几百码后,女人问道。

"我哪知道?"因为走路,诺亚早就心烦意乱,说话自然没好气。

"但愿离得近点。"夏洛特说。

"你省省吧,"诺亚·克莱波尔说,"你给我听着!不会太近,想都别想了。"

"为什么?"

"我说什么就是什么,哪有那么多为什么?"克莱波尔威风凛凛地说。

"哎呀,你用不着发这么大火嘛。"他的同伴说。

"要是咱们出了城遇到个旅馆就住下,就苏尔伯雷那狗鼻子,岂不是一找一个准?你想看到他给咱们戴上手铐,把咱们丢进车里拖回去?"克莱波尔先生用嘲弄的口吻说,"哼!门儿都没有!我要是想走,就找最偏僻的小街一头扎进去,什么时候找到一栋最不起眼的房子就什么时候停下来。我脑子多好使啊,你跟了我就谢天谢地吧。要不是咱们一开始故意走错路,然后又从野地里折回去,恐怕一个星期前你就被结结实实锁起来了,我的小姐。自己蠢成什么样子,你心里没点数吗?"

"我知道我没你那么精,"夏洛特说,"可你也不能全都怪到我头上啊,更不能咒我被抓回去。万一我真被抓了,你也别想跑。"

"别忘了,钱是你从柜上拿的。"克莱波尔先生说。

"亲爱的诺亚,我可是为了你才拿的。"夏洛特说。

"钱在我身上吗?"克莱波尔先生问。

"不在,你相信我,让我像宝贝一样拿着了,你也是我的宝贝。"女人说着轻轻刮了下克莱波尔的下巴，伸手挽住了他的胳膊。

这倒是真的。不过，克莱波尔先生可不会盲目且愚蠢地信赖任何人，这不是他的风格。这里我们要为这位先生说句公道话，他对夏洛特信赖如此，实则在给自己留后路。倘若他们被抓，钱从夏洛特身上搜到，那他就有了狡辩的机会。他可以说自己并未参与盗窃，从而提升逃脱惩罚的可能性。当然，现在他可不会吐露自己的真实动机，两人依旧情意绵绵地朝前走着。

按照这个缜密的计划，克莱波尔先生马不停蹄地只管赶路，直至来到伊斯灵顿的天使客栈。在这里，他根据街上行人的密集程度和来往车马的数量做出了英明的判断——伦敦已近在眼前。他停下来观察一番，那些最繁华的街道理应是最该避开的，于是他领着夏洛特钻进了圣约翰路，很快便消失在格雷律师学院路与史密斯菲尔德市场之间错综复杂且污浊肮脏的背街陋巷中。这里是伦敦最低级也最差劲的区域之一。

诺亚·克莱波尔拖着夏洛特穿梭在这些街巷中，不时跳进阴沟，从远处对某个小小的酒馆偷偷观察一番；时而又继续缓慢向前，因为某些酒馆华丽的外观使他相信那里一定宾客不断，与他的目的地背道而驰。最后他来到一家酒馆前，这家比其他家看上去都寒酸，还脏乱不堪。从门前看过，他又跑到路对面观察一番，最终才郑重宣布当晚就在这里投宿。

"把包袱给我，"诺亚说着从女人肩上接过行李放到自己肩上，"不该你说话的时候不要说话。这酒馆叫什么名字，三个——三个什么来着？"

"三个瘸子。"夏洛特说。

"三个瘸子。"诺亚重复着，"招牌不错，挺气派。好了，跟紧点，咱们进去。"他吩咐完，用肩膀顶开嘎吱作响的门，走进去，女人紧随其后。

酒馆里没什么人，只吧台后有个年轻的犹太人，两个胳膊肘支在柜台上，正在看一张脏兮兮的报纸。他一脸凶巴巴地瞪着诺亚，诺亚也毫不退缩地瞪了回去。

若是诺亚仍穿着他慈善学校的校服,那犹太人把眼睛瞪那么大倒也情有可原。但他早把那件上衣连同学校的徽章扔了,现在的皮短裤上是件短罩衫,按理说这样的打扮在一家不起眼的小酒馆里是不应该引起任何特别的关注的。

"这里是三个瘸子酒馆吗?"诺亚问。

"正是这里。"犹太人回答。

"我们从乡下来的路上遇到一位先生,他向我们推荐了这里。我们今晚想在这儿住一宿。"诺亚说着,拿胳膊肘戳了夏洛特一下,大概想提醒她注意,这是获得别人尊重的一个妙招,也可能是想警告她不要大惊小怪。

"这事我可做不了主。不过我可以去问问。"巴尼说。如果你还记得的话,他是这里的跑堂伙计。

"你看这样行不行,先带我们去酒吧,弄点凉肉、啤酒之类的让我们先吃着,你再去问?"诺亚说。

于是巴尼领他们来到里面一个不大的雅间,按照吩咐送上酒菜,而后告诉两位来客说,他们今晚可以留宿,随后便退出去,留下这亲密的男女二人安心用餐。

这个雅间就位于吧台后,稍低几步台阶,因此任何时常光顾这个小店的人都知道,刚刚提到的那个房间的墙上,在离地大约五英尺的地方有扇玻璃窗,窗户上挂着一道帘子,只要掀开帘子,便能俯视整个雅间,不仅能看到雅间里的客人,还不用担心被对方发现(因为窗口位于墙壁的暗角,旁边还有一根巨大的直梁,偷窥者需要钻进墙壁和直梁的空隙),若把耳朵贴在墙板上,还能听到客人的谈话内容。酒馆老板的目光离开这个偷窥孔还不到五分钟,巴尼也刚从雅间退出来,便见昼伏夜出的老费金走了进来,到吧台前打听他徒弟的事。

"嘘!"巴尼提醒说,"雅间里有生人。"

"生人?!"老费金低声念叨。

"嗯,怪模怪样的,"巴尼补充说,"乡下来的,不过应该是你的菜,除非我看走了眼。"

费金对这个消息似乎很感兴趣。他垫了个凳子,小心翼翼地趴到玻璃窗上偷看,只见克莱波尔先生正就着罐子里的黑啤酒吃着一盘凉牛肉。他自己大口吃喝,却只分了一丁点给旁边的夏洛特,而后者竟毫无怨言,安安静静地吃着喝着。

"啊哈!"老费金扭头看着巴尼,"我喜欢这家伙的长相,他对咱们会有用处的,瞧他把那女人调教得多好。你别出声,让我听听他们在说什么。"

他又把眼睛凑到玻璃上,耳朵贴上墙板,表情奸诈而急切,全神贯注地听起来,那样子活像个老妖怪。

"所以我也打算做个绅士。"克莱波尔先生伸了伸腿,继续他们的对话,可惜老费金来得晚,错过了前面的部分,"夏洛特,老子再也不想跟那些破棺材打交道了,我要过绅士的日子。要是你愿意,你也可以做个淑女。"

"我肯定愿意啊,亲爱的。"夏洛特回答,"可并不是每天都有放钱的抽屉等着你去掏空,也并不是每一次得手之后都能安全脱身啊。"

"放钱的抽屉算他妈什么!"克莱波尔先生说道,"搞钱的门路多着呢。"

"你指什么?"他的女伴问。

"摸兜,抢包,溜门撬锁,打劫邮车,抢银行!"黑啤酒喝多了,克莱波尔先生的兴致也高了起来。

"可这些事你不能全干啊,亲爱的。"夏洛特说。

"我得尽量跟他们合伙干,"克莱波尔先生说,"他们肯定有办法让咱们发挥作用。你想想,你一个人就抵得上五十个娘们儿呢。像你这么绝顶聪明又能说会道的人可不多见。"

"天啊,你能这么夸我真叫人开心!"夏洛特说着,激动地在诺亚那张难看的脸上印了一个吻。

"行了行了,别这么腻歪,小心我跟你发火。"诺亚挣脱出来,"我应该给一伙人当头儿,让他们都听我的。他们的一举一动都在我的掌控之中,而他们自己却毫不知情。有好处捞才合我的意。要是咱们能结交几位这样的绅士,就算赔上你搞到的那张二十英镑的票据也值啊。况且那票据在咱们手里也是个麻烦,你和我都不知道该怎么把它处理掉。"

发完这一通高论，克莱波尔先生摆出一副高深莫测的架势朝啤酒罐里瞧了瞧，又用手晃了晃，纤尊降贵地冲夏洛特点点头，喝上一口，顿时又精神抖擞起来。他正盘算着再来一口时，门突然被打开，一个陌生人出现在眼前，他不禁停了下来。

这个陌生人就是老费金。他看上去和蔼可亲，深深鞠了一躬后，上前走到最近的一张桌子前坐下，冲嬉皮笑脸的巴尼要了点喝的。

"多好的夜晚啊，就是按时节来说凉了点。"老费金搓着手说，"这位先生，看样子是从乡下来的吧？"

"你怎么看出来的？"诺亚·克莱波尔问。

"伦敦本地人身上可没那么多尘土。"费金指了指诺亚和他同伴的鞋子，随后又指了指他们的包袱。

"你眼力倒好，"诺亚说，"哈哈！你听听，夏洛特！"

"那是，在这个城市里，没点眼力可不好混啊，伙计。"这老犹太压低了声音，神秘兮兮地说，"我可没骗你。"

费金说完用右手食指在自己鼻子一侧点了点，诺亚有心模仿这个动作，可惜没有成功，因为他的鼻子不够大。但费金先生似乎将诺亚这番努力视作对他观点的赞同，于是十分亲切地奉上了巴尼刚刚端过来的酒。

"好酒。"克莱波尔先生咂着嘴说。

"伙计！"费金说，"一个男人要想天天都喝到这样的美酒，就得不停地去掏空人家的钱柜、口袋、女人的提包，去打劫别人的家，打劫邮车和银行。"

克莱波尔先生一听对方竟引用了他刚才的高论，顿时吓得面如死灰，瘫坐在椅子里。

"别紧张，伙计！"老费金把椅子拉近了些，"哈哈！只有我一个人碰巧听到而已，幸好只有我听到。"

"不是我拿的。"诺亚结结巴巴地说。刚才他还像位颇有主见的绅士，两条腿伸得长长的，这会儿却把腿缩了回去，藏在椅子下面。"全是她干的。夏洛特，不要抵赖，钱就在你身上。"

"伙计，不管钱在谁那儿，也不管是谁干的。"

费金说着,眼睛像老鹰一样朝夏洛特和那两个包袱扫了一圈,"我自己就是干这一行的,就冲这个我也喜欢你们。"

"你是干哪一行的?"克莱波尔先生稍稍平静了些。

"就是那一行啊。"老费金说,"这个酒馆的人都是同行。你算是找对地方了,只要我高兴,整个伦敦都找不到比这家瘸子酒馆更安全的地方。我挺喜欢你和这个姑娘的,因此你们尽可以把心放到肚子里,我保证你们不会有事。"

此番保证或许真让诺亚·克莱波尔稍微放心了些,但他的身体相对诚实。他坐在那里扭来扭去,变换着不同的姿势,总觉得浑身不自在。他看着面前这个新朋友,眼神中交织着恐惧和怀疑。

"我不妨告诉你。"费金友善地冲那位姑娘频频点头,又轻声低语地说了些鼓励的话,总算让她也安下心来,"我有个朋友,或许能满足你美好的心愿,把你领上正道。在他那儿,你可以选个最适合你的行当先学着,当然,其他行当也都可以学。"

"你说得倒是挺诚恳。"诺亚说。

"骗你对我能有什么好处?"费金耸耸肩说,"走,咱们两个到外边聊几句。"

"何必那么麻烦到外边去呢?"诺亚说,此时他又缓缓把双腿伸了出去,"让她带着行李上楼去就行了。夏洛特,仔细咱们的包袱。"

这是一道不容置疑的命令,而它也毫无异议地得到了执行。诺亚打开房门,看着夏洛特匆忙收拾起行李出去了。

"她还算听话,你说是吧?"重新回到座位上,他以刚刚驯服了某种野兽的驯兽师的口气,自豪地说。

"大开眼界。"费金拍了拍他的肩膀,称赞道,"伙计,你是个天才。"

"那是,不是天才恐怕也不会到这儿来,"诺亚大言不惭地说,"但你要是耽搁得太久,她会下来找我的。"

"那你觉得怎么样?"费金问,"要是你对我的朋友感兴趣,跟他合伙干岂不是更好?"

"关键问题是,他在这一行里的水平怎么样?"诺亚冲老费金挤了挤他的一只小眼睛。

"他是顶尖的,手下有一帮得力干将,全是业内高手。"

"都是城里人?"克莱波尔先生问。

"一个乡下的都没有。要是眼下他不缺帮手,就算我亲自出面推荐,他也未必肯收留你。"费金说。

"我是不是得上点供?"诺亚拍了拍他的马裤口袋。

"不上供怕不好办。"老费金明确地回答。

"不过,二十英镑,可不是个小数目啊!"

"如果是一张你脱不了手的票据,那就要另当别论了。"费金反驳说,"编号和日期都有吧?银行不给兑?啊!对他来说价值也不大。得弄到国外去,黑市上卖不出好价钱。"

"我什么时候可以见他?"诺亚迟疑地问。

"明天上午。"

"在哪儿?"

"就在这儿。"

"哦!"诺亚说,"工钱怎么算?"

"你会过上绅士一样的日子,食宿免费,烟酒管够。你和那个姑娘收入的一半归你们自己。"老费金回答。

假如诺亚·克莱波尔是个出色的经纪人,就他那副贪婪劲儿,即使面对如此诱人的条件,他肯不肯入伙还得两说。但此刻他担心的是,倘若当场拒绝,眼前这位新朋友说不定会立马将他扭送去司法机关(也可能会有更意想不到的结局),于是他慢慢软了下来,说如此安排似乎最为妥当。

"不过你得明白,"诺亚说,"既然那女人能干很多事,我就想干点轻松的。"

"当个介绍人什么的[1]?"费金说。

"哦,类似的吧,"诺亚说,"你觉得我干什么比较合适?不用太卖力,也不会太危险的。总之那一类的。"

"伙计,我刚才好像听你说过盯梢什么的?"

---

[1] 此处暗指拉皮条。

老费金说,"我朋友正需要这方面的人才,求之不得呢。"

"嗯,我的确说过。我不介意偶尔干一次。"克莱波尔慢悠悠地说,"只是,这种活儿不来钱啊,你懂的。"

"没错!"老犹太若有所思,或故意装出若有所思的样子,"这活儿确实不挣钱。"

"那你觉得呢?"诺亚望着他,一脸焦急,"有没有什么可以偷偷摸摸干的活,既稳定,又没有太大风险?"

"你觉得打老太太的主意怎么样?"费金问,"抢了她们的包就跑,既容易脱身,也能捞不少油水。"

"她们不是喜欢大喊大叫,又喜欢挠人吗?"诺亚摇头说道,"我看这不适合我。还有没有别的门路?"

"有了!"老费金一只手突然按住诺亚的膝盖,"收娃娃税!"

"什么娃娃税?"克莱波尔先生不解地问。

"就是打劫小孩啊,伙计。"老犹太说,"替大人跑腿买东西的小孩子,手里通常都攥着钱,有的是六便士的硬币,有的是先令,你抢走他们的钱,把他们推到水沟里,然后若无其事地离开,造成他们自己不小心摔倒的假象。哈哈哈!"

"哈哈!"克莱波尔先生欣喜若狂地蹬蹬腿,"乖乖,这活儿就是为我量身定制的呀。"

"那可不!"老费金附和道,"卡姆登镇、战桥路以及和这些差不多的街区可以给你划几个地盘,那一带的大人老喜欢派小孩子出去买东西。你想抢多少就抢多少,想什么时候抢就什么时候抢!哈哈哈!"

说着,老费金朝克莱波尔先生的肋间戳了下,两人恬不知耻地放声大笑了许久。

"我看就这样吧,"见夏洛特回来,诺亚止住笑说,"那明天大约在什么时间?"

"十点怎么样?"老费金问。在克莱波尔先生点头同意后,他又接着问:"我该怎么向我的朋友介绍阁下呢?"

"就说博尔特先生吧,"诺亚回答,他对此类突发状况早有准备,"莫里斯·博尔特先生。这位是博尔特太太。"

"那我便是博尔特太太卑微的仆人了,"老费金毕恭毕敬地鞠了一躬,礼貌得有些可笑,"但愿我能跟她尽快熟悉起来。"

"夏洛特,听见这位先生怎么说了吗?"克莱波尔先生大声说道。

"听见了,亲爱的诺亚。"博尔特太太一边回答,一边伸出手去。

"她叫我诺亚,算是爱称,"莫里斯·博尔特先生,也就是刚刚的克莱波尔,扭头对老费金说,"你能理解吧?"

"哦,当然,我非常理解。"老费金总算说了一次实话,"晚安!晚安,两位!"

美好的祝福和辞别的话了一遍又一遍,老费金终于出去了。诺亚·克莱波尔提醒他贴心的太太集中精神,好听他说一说接下来的安排。你看他那居高临下、目中无人的样子,好像这一刻用男子汉大丈夫来称呼他都不够得体。他俨然就是一位绅士啦。一想到自己要在伦敦及其附近执行收娃娃税这一特别任务,他就感到无比自豪。

第43章
说说鬼灵精是怎么惹上麻烦的

"你嘴里说的朋友原来就是你自己?"克莱波尔先生,也就是博尔特问。根据两人达成的协议,第二天他便搬到了老费金的住所。"嘻,昨天晚上我就想到过!"

"伙计,每个人都是他自己的朋友。"老费金回答时,脸上露出谄媚的笑容,"你去哪儿都找不到比自己更好的朋友。"

"我看未必,"莫里斯·博尔特装出一副饱经世故的样子,"有些人就专跟自个儿过不去。"

"别信这些鬼话,"老费金说,"那些与自己为敌的人,通常都是和自己做朋友做过头了,并不是因为他只顾着关心别人而忽略了自己。呸,呸,呸!天底下哪有毫不利己、专门利人的呀?"

"就算有也是异类。"博尔特先生说。

"有道理。有些魔术师说,三是个神奇的数字,有些则说是七。要我说啊,朋友,两个都不是。最神奇的数字是一。"

"哈哈,"博尔特笑着说,"永远都是一。"

"在咱们这样一个小团体中,亲爱的,"老费金说,他认为有必要先把彼此的位置挑明了,"我们约定俗成的第一条规矩就是,你不能总把自己摆在第一的位置,而不考虑我和其他小伙子。"

"哦,真见鬼!"博尔特先生不由得叫道。

"你瞧,"老费金装作没听见,"我们现在是你中有我,我中有你,大家利益相同,不这样也没办法。比如,你的目标就是关心一号,也就是你自己。"

"那是当然,"博尔特先生答道,"你说的没错。"

"是啊,因此你不能只关心你这个一号,却不管我这个一号。"

"你说的应该是二号。"博尔特先生说,他是正宗的"人不为我,天诛地灭"的那种人。

"不,"老费金说,"你对你很重要,我对你也同样重要。"

"我说,"博尔特先生打断说,"你人很不错,我对你也颇有好感,但我们还没熟到那个地步吧?"

"不妨想想,考虑一下。"老费金耸耸肩膀,摊开双手说,"你干了一件相当漂亮的事,我很欣赏。但这件事也在你的脖子上套了一条领巾,它套上去容易,想摘下来可就难了。说得直白一点,这领巾就是绞索。"

博尔特先生下意识地摸了摸自己的领巾,仿佛感觉到了它在慢慢收紧似的,嘴里咕咕哝哝,只发出赞同的声调,却并未发出赞同的声音。

"绞刑架,"费金继续说道,"伙计,绞刑架就是一块丑陋的指路牌,它给你指的是一个根本来不及反应的急转弯,不知道多少英雄豪杰的前途都断送在它的手里啊。因此,要走就走在好路上,离那玩意儿越远越好,这就是你的第一目标。"

"那是自然,"博尔特先生说,"你说这些干什么?"

"只不过是想让你明白我的意思罢了,"老犹太扬起眉毛说,"你要做到那一点,得依靠我;我要想这点小生意顺顺当当,也得依靠你。你的一号排在首位,我的一号排在其次。你越是在乎你的一号,就越要关心我的一号。所以归根结底还是我之前说的,咱们必须抱成团。一盘散沙,各行其是,那样迟早完蛋。"

"这倒是真的,"博尔特先生若有所思地说,"嘿,你这家伙真是老奸巨猾啊。"

费金先生高兴地看出,对方这句溢美之词并非单纯的恭维,而是自己确实给这个新入伙的小子留下了足智多谋的印象,这在两人交往之初是至关重要的。为了加深这个有用且令人满意的印象,他决定趁热打铁,将自己的业务范围和规模不厌其详地介绍了一遍。当然,其中少不了添枝加叶、虚虚实实的内容,一切只为服务他的意图。他在这方面是行家里手。果然,博尔特先生对他的敬意明显增加,同时伴随着一丝有益无害的畏惧。又敬又畏,这正是老费金想要的效果。

"在我遭受重大损失的日子里,我们彼此之间的这种相互信赖实在是一种莫大的安慰,"老费金说,"昨天上午,我失去了最得力的一个帮手。"

"你不会是说他死了吧?"博尔特先生惊叫道。

"不,不,"费金回答,"没那么严重,没那么严重。"

"那,我猜他准是……"

"被抓了,"老费金打断他说,"对,就是被抓了。"

"犯的事严重吗?"博尔特先生问。

"不,"老费金说,"不算严重。他的罪名是意图扒窃。他们从他身上搜出一个银质鼻烟盒。那是他自己的,伙计,他自己的。他也有那嗜好,瘾还不小呢。他们把他一直关押到今天。他们以为他们能找到失主,好定他的罪。唉,他值五十个鼻烟盒呢,我情愿出这高的价把他赎回来。你该认识认识鬼灵精的,伙计,你真该认识认识他。"

"嗯,不过以后会有机会的,你说是吧?"博尔特先生说。

"这可说不准,"老费金叹了口气说,"要是他们找不到新的证据,就只能即席判决,关他六个星期左右。可是,如果他们找到了别的证据,那就得算总账了。他们知道这小子有多聪明,不让他出国深造就太可惜了。他们肯定会给鬼灵精搞个终身学位的。"

"什么叫算总账?出国深造、终身学位又是什么玩意儿?"博尔特先生问,"你这样说话有意思吗?干吗不说点我听得懂的?"

这是道上通用的黑话,老费金正打算给博尔特先生翻译一遍:算总账就是把鬼灵精定性为惯犯,众多案子叠加在一起判刑;出国深造就是流放,终身学位就是终身流放[1]。可他话刚说了一半就被突然闯进来的贝茨少爷给打断了。只见贝茨少爷两手插兜,一脸苦大仇深,那样子甚至有几分滑稽。

"全完了,费金。"查理·贝茨和新同伙互相认识之后说。

---

[1] 1863年以前,英国常见的做法是把罪犯流放到澳大利亚或其他英国殖民地服刑,有些罪犯终身不得回国。

"什么意思?"

"他们找到鼻烟盒的失主了,另外还有两三个人要去指认他。鬼灵精这下可把船票给挣到了。"贝茨少爷回答,"费金,我得搞一身丧服,帽子上再挂条黑带,在他出国之前到监狱里去看看他。唉,真是天妒英才,咱们的杰克·道金斯,谁见谁愁的鬼灵精,居然因为一个只值两个半便士的普普通通的鼻烟盒,就得出国深造去了!我一直觉得他犯事起码得是因为一个金表、项链或保险箱什么的。唉,他干吗不去抢那些有钱的老头儿?把他们值钱的玩意儿全都抢光,那样被送出去还有面子些,至少不会像个普通的小偷,脸上无光,叫谁都看不起。"

贝茨少爷对他那位不幸的朋友发表完这通感慨,便在离他最近的椅子上坐了下来,脸上是难以掩饰的懊恼和沮丧。

"你干吗扯面子的问题?谁看不起他了?"老费金生气地瞪了一眼徒弟,"他在你们中间不一直都是老大哥吗?不管在哪方面,你们有谁能赶上他吗?嗯?"

"没有，"贝茨少爷回答，嘶哑的声音中透着懊悔，"一个都没有。"

"那你还洋腔怪调地干什么？"老费金气愤地质问道，"说这些废话有用吗？"

"因为这种事根本上不了榜，对不对？"查理为他的倒霉朋友鸣起了不平，"监狱的档案上不会写，别人根本无从了解他是个怎样的人。纽盖特监狱记事上连他的名字都不会提啊！也许他根本就没有被送到纽盖特监狱。哦，天啊，地啊，这打击谁受得了啊！"

"哈哈哈！"老费金朝博尔特先生伸出右手，笑得浑身震颤，像中风了似的，"看见了吗，伙计？他们的职业荣誉感多强啊。你不觉得这很美妙吗？"

博尔特先生赞许地点点头。查理·贝茨沉浸在兔死狐悲的哀伤中，老费金盯着他看了几秒钟，显然对徒弟的表现感到欣慰和满意。随后他走过去拍了拍小伙子的肩膀。

"别担心，查理，"老费金安慰他说，"他的大名会登出来的，一定会的。所有人都能知道他是个多厉害的人物。他会让他们瞧见的。他才不会给他的老伙计和恩师丢脸呢。你想想他年纪多小！这么小就进去过，查理，这是多么了不起的荣誉啊！"

"说的倒也是，这确实是件有面子的事。"查理稍稍感到安慰了些。

"他想要的，都能如愿，"老犹太接着说，"查理，他会像位绅士一样被关进监狱。像位绅士！他每天都能喝上啤酒，还能把口袋里的钱拿出来抛着玩，我是说假如他花不出去的话。"

"要是他花出去了呢？"查理·贝茨说。

"哦，那也没关系，"老费金说，"咱们去请个大人物，查理。找个能说会道的替他辩护。高兴的话，他也可以自己给自己辩护。到时候咱们在报纸上都能看到——鬼灵精，豪迈的笑声震撼了法庭——你说是吧，查理，嗯？"

"哈哈哈！"查理·贝茨仿佛看到了画面，不由得大笑起来，"那也太欢乐了，对吧，费金？要我说啊，鬼灵精十有八九会把他们耍得团团转，你觉得呢？"

"十有八九？"费金大声说，"百分之百会！他有这本事，而且他肯定会这么干。"

"嘿，他肯定会的。"查理搓着两只手说。

"我感觉就像能看见他一样。"老费金说着，看向他的徒弟。

"我也是。"查理·贝茨说，"哈哈哈，我也是！好像就在眼前一样，我敢发誓，我真的看见了。太精彩了！让人想拍手称快！那些有头有脸的大人物全都装出一本正经的样子，咱们的杰克·道金斯谁也不怵，在他们面前该怎么说就怎么说，轻松自在得好像他是法官的儿子，正在刚刚结束的宴会上发表演说，哈哈哈！"

说实话，老费金在无形中已经彻底扭转了查理·贝茨在这件事上的态度。起初他认为被捕入狱的鬼灵精只是一个可悲的牺牲品，而现在则将他视作一出非比寻常且构思精妙的幽默剧中的主角。他似乎已经迫不及待地盼着审判时刻的到来，好让他的老伙计有机会展示一番自己的风采。

"我们得想想办法，弄清楚他现在过得怎么样。"

老费金说,"让我想想。"

"要不我跑一趟吧?"查理说。

"不行,"老费金说,"你疯了吗,亲爱的?说什么胡话呢?你要是去了,不等于自投罗网吗?不行,查理,不行。一次损失一个已经足够了。"

"你不会是打算亲自去吧?"查理戏谑地瞥了老费金一眼,揶揄道。

"那也不合适。"老费金摇摇头说。

"何不让这个新来的家伙去呢?"贝茨少爷将手搭在诺亚的胳膊上,"这里没人认识他。"

"要是他不介意的话……"老费金说。

"介意?"查理打断说,"他有什么好介意的?"

"真的没什么,伙计,"老费金转身面对博尔特先生,"真的没什么。"

"哦,这个嘛,我斗胆说两句。"诺亚说着一边摇头一边朝门口退去,带着一脸谁都骗不了我的清醒表情,"不行,门儿都没有。这不在我的职责范围内。"

"他的职责范围是啥,费金?"贝茨少爷厌恶地打量着诺亚竹竿似的身板,"太平无事就大杯喝酒、大口吃肉,事到临头就脚底抹油,这就是他的职责范围吗?"

"随便你怎么说,"博尔特先生不屑地说,"小子,在长辈面前别这么没大没小,否则小心吃不了兜着走。"

此番明目张胆的威胁惹得贝茨少爷仰天大笑。过了好一会儿老费金才终于找到机会从中调停,并一再向博尔特先生申明,到警局走一趟并不会招致什么危险。因为他犯下的那件小事,连同他的体貌特征,十有八九还没有传到首都来,况且说不定根本没有人怀疑他会跑到伦敦躲藏。只要他乔装打扮一番,出入法庭就跟他出入伦敦的任何地方一样安全。况且,越是看上去危险的地方就越是保险,因为没有人会想到他会自己跑到法庭里去。

最终,博尔特先生还是答应了,这里面有说服的成分,但更大程度上还是出于对老费金的畏惧。按照老费金的吩咐,他当即换上一身车把式的行头:工作罩衫,平绒马裤,皮革绑腿——都是老犹太这里现成的东西。再加上一顶塞着几张过路票据的破毡帽和一根马鞭，他活脱脱就是一个从科芬园市场跑到法庭里看热闹的乡巴佬。何况他本身就骨瘦如柴，其貌不扬，让他办这个差事再合适不过，老费金丝毫不担心他会被人看穿。

如此安排妥当后，博尔特先生又听取了一番对鬼灵精样貌特征的描述，便由贝茨少爷陪同着穿过昏暗曲折的小巷，来到离弓街不远的一个地方。贝茨少爷已经详细描述过法庭的确切位置，连每一步该怎么走都说得一清二楚，比如要穿过走廊，进了院子选右边台阶上的那道门，进法庭之前要摘下帽子，等等。随后贝茨少爷嘱咐他速去速回，并答应会在他们分手的地方等他。

诺亚·克莱波尔，读者乐意的话也可以叫他莫里斯·博尔特，完完全全地按照指示出发了。贝茨少爷对这个地方果真了如指掌，每一步都准确无误，诺亚一路上既不需要开口问人，也没遇到什么阻碍。很快他就来到了一群人当中，其中大部分是女人，他们挤在一个毫无卫生可言、空气又污浊不堪的房间里。法庭的前边是一个用栏杆隔开的台子,左边靠墙的位置是被告席,证人席在中间,治安法官就座的审判席在右边。最后这一小块区域用隔板遮挡着,观众席上那些粗鄙的平民百姓便无缘得见法官们的真容。他们只能靠想象去体会司法的威严,如果他们想象得出来的话。

被告席上只有两个女人,正频频向仰慕她们的朋友们点头。书记员正向两个警察和一个俯在桌上的便衣警察宣读一份证词。一名监狱看守斜靠在被告席的栏杆上,拿一把硕大的钥匙无精打采地敲着自己的鼻子,不过他偶尔会喊声"肃静",好让一帮闲杂人等不合时宜的高声喧哗有所收敛;偶尔哪个饿得面黄肌瘦的婴儿发出微弱的哭声,而当妈的拿披巾又捂不住,结果让司法的庄严性遭到无情破坏时,他便声色俱厉地命令那女人"把孩子带出去"。房间里充斥着难闻的臭味儿,墙壁脏得面目全非,天花板黑得不像样子。壁炉架上放着一尊被熏得黑不溜秋的半身像,被告席上方有口落满尘土的破挂钟,那似乎是整个法庭上唯一正常运转的东西。所有有生命的物体会因堕落或贫穷，或安于这两者，而被腐蚀，这些生命体和旁边那些积满油渍污垢、不禁让人皱紧眉头的无生命之物相比，也叫人高兴不到哪儿去。

诺亚左顾右盼，眼巴巴地搜寻着鬼灵精的影子。可他找了一圈都没看见一个符合道金斯先生样貌特征的人，倒是发现几个女人看起来挺像他的母亲或姐妹，还有不止一个男的单凭样貌便很容易被认作他的父亲。他忐忑不安地焦急等待着，直到被提审的那两个女人昂首阔步地走出去，接着另一个犯人被带上来，他才眼睛一亮。可以确定无疑地说，那人正是他此行要打探的对象，诺亚悬着的心终于放了下来。

那个拖着步子走上法庭的人果真是道金斯先生。他宽松的外套袖子依旧像往常那样高高卷起，左手插在口袋里，右手拿着帽子，迈着难以形容的摇摇晃晃的步子走在看守前头。上了被告席，他用大家都听得见的声音质问为何把他安排在这样一个丢人现眼的位置。

"你给我闭嘴!"看守喝道。

"我是英国人,对吧?"鬼灵精说,"请问我的权利哪儿去了?"

"别急,你马上就能得到你的权利,"看守挖苦道,"说不定还会撒点胡椒面儿呢。"

"要是得不到的话,我倒想看看咱们的内政大臣会怎么跟这些推事说。"道金斯先生说,"嘿,这算怎么回事?拜托各位大人抓紧点时间,赶快把我的案子了结了再看报纸,别让我在这儿干等着。我和城里的一位先生还有约呢。我是个信守诺言的人,在正经事上比谁都守时。要是我不能及时赴约,他会走人的。这对各位大人倒没什么,可对我损失就大了。他们会赔偿吗?我看未必。哦,这可不行!"

鬼灵精像煞有介事地摆出一副要打官司的架势,还要看守报上"审判席上那两个老家伙的名字"。观众们被他逗得哄堂大笑,就算贝茨少爷在场,恐怕顶多也就笑成这个样子了。

"肃静!"看守吼道。

"什么案子?"一名治安法官问道。

"大人,是一桩扒窃案。"

"这年轻人以前来过这儿没有?"

"恐怕来的次数还不少呢。"看守回答,"别的地方他也去过。我对他很熟,大人。"

"哦,你对我很熟是吧?"鬼灵精揪住这句话不放,"好得很。你这已经是肥胖(诽谤)罪了。"

一句话又逗得台下哄堂大笑,接着是又一句"肃静"。

"行了,证人在哪儿?"书记员问。

"啊,对了,"鬼灵精接着说,"证人在哪儿?我倒想见见他们。"

这个愿望立刻得到了满足。一名警察走上前来,指认被告席上的这位曾在人群中觊觎一位不知名绅士的口袋,并成功从里面掏出一条手绢儿,只不过那条手绢儿有些破旧,他在自己脸上试了试,又放了回去。鉴于此,这名警察靠近鬼灵精后便将他拘捕,从他身上当场搜出一个银质鼻烟盒,盒盖上还刻着物主的名字。警方通过《名绅录》找到了这位先生,他当场宣誓那个鼻烟盒是他的私人财产,同一天他在上述的同一群人中间走过后便不见了。这位先生曾注意到有个年轻人在人群中挤来挤去,而那个年轻人正是被告席上的这一位。

"年轻人,你有什么要问证人的吗?"治安法官问道。

"跟他说话有失我的身份。"鬼灵精回答。

"你到底有没有什么话说?"

"大人问你话呢,到底有没有话说?"见鬼灵精沉默不语,看守用胳膊肘戳了他一下。

"不好意思,"鬼灵精心不在焉地抬头瞥了看守一眼,"伙计,你是在跟我说话吗?"

"大人,我还从没见过这样的无赖,"做证的警察笑了笑说,"小子,你有没有话说?"

"没有,"鬼灵精说,"有也不在这儿说。这里毫无公正可言。再说了,我的律师今天早上还和下议院副议长一起吃了早餐呢。我有话会到别的地方说,他也是,其他数不清的有头有脸的大人物也是,他们都是我的熟人。他们会让你们这些人五人六的家伙吃不了兜着走,等着吧,你们会巴不得自己没生下来过，要么就是后悔早上出门前没让你们的随从把你们挂在帽钉上，结果竟跑到我头上撒起野来了。真是岂有此理，摘茄子也不看看老嫩！我……"

"够了！罪名成立！"书记员打断他说，"带下去！"

"走吧！"看守说道。

"哼，走就走！"鬼灵精说着用手掌拍了拍帽子上的土，"嘿，（面朝审判席）你们怕也没用！我绝饶不了你们！你们这帮家伙一定会付出代价的！眼下我不跟你们计较！就算你们跪下来求我，我也不跑！走，送我去牢房！马上走！"

说完这些，鬼灵精被人揪着衣领拖了出去。来到院子里，他还在扬言要告到国会去。随后又当着看守的面扬扬自得地咧开嘴笑。

亲眼看见鬼灵精被关进一间小牢房，诺亚脚底生风似的，迅速回到他和贝茨少爷分开的地方。他在那里等了好一会儿，贝茨少爷才出现。原来他一直躲在一个隐蔽的角落暗中观察，好确保他这位新来的朋友没有被可疑的人跟踪。

于是两人匆匆往回赶,他们要把这个激动人心的消息早点告诉老费金:鬼灵精果然没有辜负他的栽培,如今正为自己创立辉煌的名声呢。

第44章
到了南希向罗丝·梅利兑现承诺的时候，她却无法成行了

应该说，南希对诡诈作假之事早已得心应手，但她仍然无法完全无视迈出那一步在她内心深处所产生的影响。她记得，不管是老奸巨猾的费金，还是残忍无情的赛克斯，他们无论有什么计划，也许会瞒着其他人，但对她向来开诚布公，毫无保留。他们绝对信任她，从不怀疑她会背叛。虽然那些计划大多卑鄙无耻，策划者胆大妄为、不顾一切；虽然她对老费金深恶痛绝，正是他领着她一步一步踏入罪恶与痛苦的深渊，越陷越深，难以自拔；可即便如此，有时候她还是于心不忍，怕自己泄露出去的秘密为他招来他避之唯恐不及的祸端，并令他最终栽在她手里——尽管这样的结局也是他罪有应得。

这只是一个念旧之人内心的纠结。她不可能一下子就和与她相处多年的同伴一刀两断，但她仍有能力抱定一个目标，并且绝不会因为任何私心杂念而改变。她最担心的是自己对赛克斯的感情，这是有可能令她在最后一刻变卦的最大诱因。不过她已经得到保证，她所说的一切都将严格保密，她也没有留下任何会令赛克斯暴露的线索。为了他，她甚至放弃了从包围着她的罪恶与苦难中逃脱的机会——她还能怎么样呢？她已经下定决心。

尽管所有的内心挣扎都以这样的结果告终，但它们还是几次三番地骚扰她，并在她身上留下种种痕迹。没过几天，她就变得苍白消瘦。她经常心不在焉，对发生在眼前的事无动于衷；话明显少了，有些话题放在过去她的嗓门儿比谁都大，而今却缄口不言。还有些时候，她会突然无缘无故地傻笑，或者小题大做地吵闹一通，而事后又一个人无精打采地坐在那里，双手托着脑袋出神发呆。偶尔她也努力振作，但又往往比以上的表现更能说明她心神不宁：在参与同伴们的讨论时，不是驴唇不对马嘴，就是离题千里。

到了星期天晚上,最近的教堂响起整点报时的钟声。赛克斯和老费金正在说话,这会儿也停了下来仔细聆听。蜷缩在矮凳子上的南希抬起头来听了听。十一点。

"再过一个小时就午夜了。"赛克斯拨开百叶窗朝外面看了看,随后返回到他的座位上,"伸手不见五指,今晚出去搂活儿再合适不过了。"

"啊!"老费金说道,"真可惜啊,亲爱的比尔,今晚啥活儿都没有。"

"你总算说对了一回,"赛克斯粗鲁地说,"是很可惜,我也是一样的心情。"

老费金叹口气,沮丧地摇了摇头。

"我只知道,等咱们把事情捋清楚了,非得把浪费的时间找补回来不可。"赛克斯说。

"话就该这么说,伙计。"老费金说着,夆着胆子拍了拍赛克斯的肩膀,"你这样说,我心里就好受多了。"

"你好受了是吧!"赛克斯嚷道,"算了,就这么着吧。"

"哈哈哈!"老费金放声大笑,好像这一点点让步也令他倍感欣慰,"比尔,今晚上的你才像你啊。这才是我们的比尔·赛克斯。"

"你那干巴巴的老爪子放在我肩膀上时,我就感觉我不是我了,所以赶紧撒开。"赛克斯甩开老犹太的手。

"它让你紧张,对不对,比尔?它让你感觉自己像被人抓住了,是不是?"老费金决定不生气。

"它让我感觉像被魔鬼抓住了。"赛克斯挖苦说,"天底下找不到第二副你这样的嘴脸,除了你老子。我估计这会儿他那透着花白的红胡子已经被烧焦了,要么就是你根本没爹,是魔鬼把你送到人间的。总之,就算如此,我也不会觉得有什么奇怪。"

老费金对这一番问候不置可否,却拉了拉赛克斯的袖子,拿手指了指南希。他俩说话的工夫,她已经戴上软帽,正准备离开房间。

"喂!"赛克斯喊道,"南希,都这么晚了,你还要去哪儿呢?"

"离这儿不远。"

"这算什么回答?"赛克斯问,"你要去哪儿?"

"我说了,离这儿不远。"

"我问你去哪儿?"赛克斯提高了音调,"你听见没有?"

"我不知道去哪儿。"南希回答。

"那我知道你要去哪儿。"赛克斯这么说倒不是因为他反对南希去她想去的地方,更多的只是出于固执,出于维护他的颜面,"你哪儿都不去。给我坐下。"

"我早跟你说过,我身体不舒服,"南希辩解说,"我想出去透透气。"

"把脑袋从窗户里伸出去不一样也能透气?"赛克斯说。

"那哪儿行?"南希说,"我想到街上转转。"

"那可由不得你。"赛克斯说着,起身锁上房门,拔下钥匙,又从南希头上摘下软帽,丢到橱柜顶上。"好了,"他说,"老实待着吧,明白吗?"

"一顶帽子可留不住我,"南希脸色煞白,"你什么意思,比尔?你知不知道自己在干什么?"

"知不知道我在——嘿,"赛克斯说着扭头面向老费金,"她准是疯了,否则不会这么跟我说话。"

"你这是要把我逼上绝路啊。"姑娘喃喃说着,将双手放在胸前,像在压制满腔的怒火,"让我走,立刻,马上。"

"不行!"赛克斯斩钉截铁地说。

"让他放我走,费金。他最好放我走,这对他有好处。听见没有?"南希跺着脚喊道。

"听见又怎么样?"赛克斯在椅子里转过身来面对南希,"你要是再敢嚷嚷,我就让狗撕烂你的喉咙,看你到时候还怎么叫唤!你这个小贱人在这儿抽什么风?你想干什么?"

"放我走!"南希一脸严肃地说,随后一屁股坐在门前的地板上,"比尔,让我出去。你根本不知道自己在干什么。你不知道。我只需要出去一个钟头,就一个钟头。"

"要是这娘们儿没疯,就把我胳膊腿卸下来!"赛克斯怒吼着,粗暴地抓住南希的胳膊,"你给我起来！"

"你不让我出去，我就不起来！永远不起来！"南希尖叫着。

赛克斯盯着她看了一会儿，瞅准机会突然抓住她的两只手，不管她如何反抗，还是连拖带拽地把她弄进了隔壁的一个小房间，将她推到一把椅子上。他自己坐在一条长凳上，死死按住南希。她又是挣扎又是哀求，一直折腾到半夜十二点。此时她已筋疲力尽，渐渐放弃了继续抗争的打算。赛克斯警告她一番，又放出许多狠话，要她当晚别再动出去的念头，这才丢下她一个人慢慢平静，自己找老费金去了。

"真见鬼！"这六亲不认的强盗擦着脸上的汗说，"这娘们儿不知道哪根筋搭错了，真是怪得很！"

"你说的是，比尔。"老费金若有所思地说，"你说的是。"

"你觉得她今晚一门心思想出去是为什么？"赛克斯问，"说说看，你比我更了解她。她想干什么?"

"顽固,老伙计,我想应该是女人的顽固。"

"我看也是,"赛克斯愤愤不平地低声说道,"我还以为已经把她调教得差不多了,没想到还是和从前一样犟。"

"变本加厉了,"老费金依旧是那副思虑重重的神态,"我从没见她因为这么一点小事就这么大反应的。"

"我也没见过,"赛克斯说,"我看她是热病没好彻底,病根还留在血液里出不来,你说呢?"

"看着像。"

"她要是再敢这样闹,那也用不着麻烦医生,我自己就可以给她放放血。"赛克斯说。

老费金郑重其事地点点头,对这种治疗方法表示了赞同。

"我卧床不起的那段时间,她没日没夜地守在我身边,而你像个没良心的白眼狼,躲得远远的。"赛克斯说,"那阵子我们还穷得叮当响,因此她心里着急、烦躁,加上又在这里关了那么久,一时控制不住似乎也是人之常情，对吧？"

"有道理，伙计。"老犹太低声说道，"嘘！"

话音刚落，南希已经出现在房间里，并坐回到之前的位子上。她两眼通红，还有些肿，身体左摇右晃，头高高昂起。过了一会儿，她突然莫名其妙地大笑起来。

"得，她这是换手段了。"赛克斯惊讶地瞥了同伴一眼，大声说。

费金冲他点头，示意暂时不要理会南希。过了几分钟，南希恢复到了平日的样子。老费金趴在赛克斯耳边说，看来不用担心南希会再发作了，随后便拿起帽子，和赛克斯道了晚安。走到门口，老费金又停住脚，转身问有没有人愿意给他照个亮，楼梯上怪黑的。

"去给他照个亮。"赛克斯一边往烟斗里塞着烟丝一边吩咐南希，"万一他摔断了脖子，可就不好了，看客们会失望的。去照个亮。"

南希举着蜡烛送老费金下楼。来到走廊时，老费金将一根手指竖在嘴唇前，而后凑近南希，低声问道:"怎么回事啊,我亲爱的南希?"

"你是什么意思?"南希以同样的口吻说。

"你那么折腾总有个原因吧,"老费金说,"要是他,"他用皮包骨头的食指朝楼上指了指,"虐待你(他是个野蛮残暴的畜生,南希),你何不——"

"何不什么?"她这么一问,老费金倒愣住了。他的嘴巴已经快要碰到南希的耳朵,两只眼睛一眨不眨地盯着南希的双眼。

"现在已经无所谓了。回头咱们再聊。记住,南希,你还有我这么一个朋友,一个忠诚的朋友。我还是颇有些手段的,保证神不知鬼不觉就把事给办了。你要是想报复那些对你就像对狗,甚至还不如对狗的人,尽管来找我。真的。他跟你才认识几天啊,南希,咱们可是老交情了。"

"我是了解你的,晚安。"姑娘说,却没有流露出半点情感。

老费金想跟她握手时,她却往后退去,冷静地再次说了声晚安。面对老费金临别时的眼神,她只是会意地点点头,随后便关上了门。

老费金走在回家的路上,脑子里盘旋着各种各样的念头。他看出来了——这个想法并不是因为刚刚见证的那一幕才有的,尽管那件事起到了印证的作用,而是渐渐地、一点一点地形成的——南希已经厌倦了那强盗的野蛮与残暴,正在另觅新欢的道路上跃跃欲试呢。她近期性情大变,频繁单独外出,曾经热心参与的帮派事务而今却漠不关心。加上今天晚上她不顾一切地非要在某个时间出门,这众多迹象都证实了他的推断,至少在他看来这是板上钉钉的。而且可以肯定,南希的这位新欢并不在他的徒弟中间。此人有了南希这样一个帮手,必然如虎添翼,身价倍增。老费金认为必须尽快将其纳入麾下。

此外,他还有另外一个更加阴险的目的。赛克斯知道得太多,他的冷嘲热讽给老费金带来的伤害虽然看不见,却足以让老犹太对他怀恨在心。南希必须明白,倘若她甩了赛克斯,则必然遭到无情的报复,他的怒火说不定会发泄到她最近认识的相好头上,轻则肢体残疾,重则小命不保。"若在她耳边吹点小风，"老费金心里盘算着，"她会不会答应毒死赛克斯？基于相同的目的，有些女人就做过这种事情，有的甚至手段更加毒辣。这家伙反正是个祸害，我讨厌他，等他一死，会有人填补他的空缺。而南希杀了人，从今往后自然得任我摆布。"

老费金刚才在那强盗的房间里独坐的一会儿工夫，这些念头便在他的头脑中一一闪过。他按捺不住强烈的冲动，抓住临别的机会数次向南希暗示。南希并未表现出惊讶，也没有装出不懂的样子。显然她已经心领神会。分手时她的眼神说明了一切。

可南希毕竟是女流之辈，对于谋害赛克斯——老费金的主要目的之一，十有八九会恐惧退缩。"怎么才能说服她呢？"老费金在回家的路上想，"该想个什么法子呢？"

老费金的脑瓜里果然装满了诡计。要是南希自己不主动承认，他就派人跟踪打探，找到她那个相好，并以告诉赛克斯（她最怕这个）为要挟，迫使她听从他的安排。有把柄在手，她还不得乖乖就范？

"我做得到！"老费金几乎大声说了出来，"她不敢拒绝我。又不是要她的命！一切都在我的掌控之中。手段是现成的，拿来就能用。你逃不出我的手掌心！"

他恶狠狠地回头看了一眼自己刚刚离开的那个恶棍的住所，并做了一个恐吓的手势，随后才继续赶路。他瘦骨嶙峋的双手不停地揉搓着破衣服上的褶皱，仿佛每个动作都代表着将一个敌人化作了齑粉。

第 45 章
老费金让诺亚·克莱波尔执行一项秘密任务

第二天,老费金起了个大早,心烦意乱地等待着新伙计的到来。等了老半天那家伙才到,结果一来就开始狼吞虎咽地吃起了早餐。

"博尔特,"老费金拉把椅子在莫里斯·博尔特对面坐下,说道。

"嗯,我在呢。"诺亚说,"什么事?不管做什么事,都等我吃完再说。你们这里就是有这毛病,吃饭都不让人安生。"

"那可以边吃边说嘛,对吧?"老费金说,心里却在骂这位亲爱的朋友。这家伙也太能吃了,真不把自己当外人。

"对,边吃边说没问题。其实我说话时吃得更多。"诺亚说着切下一大片面包,"夏洛特呢?"

"出去了。"老费金说,"早上我打发她和另一个姑娘出去转转,因为我想和你单独聊聊。"

"哦,"诺亚答应着,"你要是先让她做点黄油面包就好了。没事,你说吧。你说你的,我吃我的,两不耽误。"

看样子确实不用担心他的胃口受到打扰,从坐下来的那一刻起,他就明摆着是要大吃一顿的。

"昨天你干得不错,伙计。"老费金说,"开门红!头一天就搞到六先令又九个半便士!你算是入对行了,收娃娃税会让你发大财的。"

"别忘了还有三个品脱罐和一个牛奶罐。"博尔特先生说。

"忘不了,忘不了,好伙计。偷品脱罐已经够天才的了,偷牛奶罐简直是神来之笔。"

"对新手来说,这成绩相当不错了。"博尔特先生沾沾自喜,"品脱罐是我从通风口的栏杆上顺下来的。那个牛奶罐孤零零地待在一家小酒馆外面,我寻思着要是被雨淋到会生锈的呀,闹不好还会感冒,你说是吧,嗯?哈哈哈!"

老费金装出笑得十分开心的样子,而博尔特先生一边大笑,一边又连吃了几大口,第一块黄油面包瞬间下肚,紧接着第二块已经拿在手中。

"博尔特,"老费金俯身到桌子上,说道,"好伙计,我想让你替我办一件事。这事需要格外小心谨慎。"

"我说,"博尔特回答,"你可别哄我又去冒险,就像上次去法院。我把话说开了吧,那种事不适合我,我干不来。"

"这次一点风险都没有,对你来说简直是小菜一碟。"老犹太说,"就是让你去盯一个女人的梢。"

"老太婆?"博尔特先生问。

"年轻姑娘。"老费金说。

"这个我拿手,"博尔特说,"上学那会儿我就擅长。盯她的梢干什么?用不用——"

"什么都不用做,只需要告诉我她去过哪儿,见过什么人。如果可能的话,听听她都说了些什么;要是在街上,就记住街的名字;要是她去了什么人家里,就记住地址。总之,把你看到的、听到的全都告诉我。"

"那你能给我多少好处?"诺亚放下杯子,盯着他的雇主,一副财迷心窍的样子。

"伙计,只要事情办得漂亮,我给你一英镑。"老费金希望这个金额能让博尔特动心,"像这种没什么捞头的小事,我还从没出过这个价呢。"

"这女人是什么人?"诺亚问。

"咱们的人。"

"我的乖乖!"诺亚吃了一惊,不由得皱起鼻子,"你怀疑她,是不是?"

"她在外头有人了,伙计。我得搞清楚都是些什么人。"老费金回答。

"明白了,"诺亚说,"若是些大人物,你也想认识认识,对吧?哈哈哈!好,这差事我接了。"

"我就知道你不会让我失望。"老费金目的达到,心里美滋滋的。

"那是,那是,"诺亚虚情假意地说,随即又问,"她人在哪儿?我去哪儿等她?说个地方吧。"

"不急,好伙计,时候到了我自会告诉你,并给你指明哪个是她。"老费金说,"你只管做好准备,其余的交给我。"

当天夜里、第二天,乃至第三天夜里,这位新晋的密探就在家里老实等着。他穿好了靴子,打扮成车夫的样子,只需老费金一句话,便能立刻动身。一连过去了六个晚上——六个漫长又煎熬的夜晚——每一天老费金都是一脸沮丧地回到家,只说时候未到。到了第七天,老费金夜里回家的时间比平时早了些,且满脸喜色。这天是星期天。

"她今天晚上要出去,"老费金说,"肯定是为了我预料的事情。今天一整天她身边都没人,让她害怕的那个人要到天亮才回来。跟我走吧,快。"

诺亚二话不说起身便走,老犹太的兴奋劲儿感染了他。两人悄悄出了门,匆匆穿过迷宫一样的街道,最后来到一家客栈前。诺亚认出这正是他刚到伦敦那晚住过的那家客栈。

时间已经过了十一点,客栈门关着。老费金轻轻吹了声口哨,门徐徐打开,二人悄无声息地走进去,门又缓缓关上。

老费金和那个为他们开门的犹太小伙子连小声说话都不敢,只能打手势。他们指了指一个玻璃窗格,示意诺亚爬上去看看隔壁的人。

"这就是你说的那个女人吗?"他把声音压得比喘气声还低。老费金点头称是。

"我看不清她的脸啊,"诺亚小声说,"她低着头呢,而蜡烛在她身后。"

"你在那儿等着。"老费金低声说。随后他示意巴尼,后者退了出去。一眨眼工夫,小伙子已经进了隔壁的房间,假装剪烛花,顺带把蜡烛挪到了合适的位置,并故意和那姑娘说话,引她抬起头来。

"看清楚了。"诺亚说。

"确定?"

"放在一千个人里我也能把她找出来。"

房门打开,那姑娘走进来,诺亚急忙退下。老费金把他拉到一个用帘子挡着的隔板后面,两人屏住呼吸。南希从离他们只有几步的地方经过,走出了他们进来的那扇门。

"嘘!"拉着门的小伙子叫道,"现在可以了。"

诺亚和老费金交换了一下眼神，随即冲了出去。

"左边，"小伙子低声说，"出门往左，走街对面。"

诺亚照做了。借助昏暗的街灯，他看见了那个姑娘远去的背影。她已经走出一段距离了。诺亚尽可能靠近些，但依然保持在安全的距离之外，并一直沿着街对面走，将姑娘的一举一动尽收眼底。她紧张地回过两三次头，还故意停下来一次，让紧紧跟在她后面的两个男人过去。她似乎正边走边给自己打气，脚步越发沉稳坚定。盯梢的这位紧紧跟着，但始终与她保持着一定距离，两只眼睛一刻都没离开姑娘的身体。

第46章
赴约

教堂里十一点三刻的钟声刚刚响过,两个人影便出现在了伦敦桥上。前头那个步履匆匆的是个女人。她像是在找人,在桥上东张西望。后边那个是男的,鬼鬼祟祟,专挑昏暗的地方躲。他不远不近地跟着,女人停下,他也停下;女人继续向前,他也偷偷摸摸地赶上。但即便跟踪的兴奋劲儿上来了,他也绝对不会跑到容易被对方发现的地方。就这样,两人过了桥,从米德尔塞克斯来到了萨里河岸。女人显然有些失望,因为她在来来往往的行人中间并未发现自己要找的人,于是猛地转过身。尽管这举动十分突然,但监视她的那个人并没有乱了方寸。他闪身躲进桥墩上方的一个凹处,翻过低矮的护墙,藏得反倒更隐蔽了些。他屏气敛息,任凭女人走过对面的人行道。大概又拉开和之前差不多的距离后，男子溜出来，继续跟了上去。然而在快走到桥中央时，女人忽又停住，男的也跟着止步。

这天天气本来就差，夜里自然更黑一些。此时此地，行人尤为稀少。即便有，也都是行色匆匆。桥上这名女子，以及在暗中监视她的那个男人，恐怕很少有人会看到，就算看到也不会太过留意。一群从伦敦来的穷光蛋这会儿从桥上经过，只顾着到对岸去找个冰冷的拱道或门户洞开的破房子过一夜，丝毫没有对桥上的这对男女致以热情的问候。这二人安安静静地站在桥上，不同任何人说话，过往路人也没有去打搅他们。

河面上笼罩着一层雾气，远近码头停泊着的小船上，火光显得越发深红，岸上黑暗的建筑也更加依稀难辨。河两岸那些被烟熏得污迹斑斑的陈旧库房，在鳞次栉比的屋顶与山墙中间耸起高大模糊的身形，它们阴森森地皱着眉头，看着那连自身的笨重身形都无法映出的乌黑河水。古老的圣救主教堂的钟楼、圣马格努斯教堂的尖顶，在夜色中隐约可见。它们像两个高大勇猛的卫士,守护着这座古桥。然而桥下林立的桅杆和岸上星罗棋布的其他教堂尖顶,则全都藏在视野之外了。

姑娘焦灼不安地来回踱了几趟——藏在暗处的男子一直严密地监视着——圣保罗教堂的钟声宣告旧的一天彻底结束。午夜降临在这座人口密集的大都市里,降临在宫殿、地下客栈、监狱和疯人院里,降临在那些交织着生与死、健康与疾病的卧房里,降临在尸体僵硬的面孔上和已然安眠的婴儿身上。

十二点的钟声刚刚敲过两分钟,在离大桥不远的地方,一位年轻小姐由一位头发花白的绅士陪同着,从一辆出租马车上下来。他们把马车打发走后,便径直往桥上走去。他们的脚还没有踏上人行道,桥上那个姑娘先是一惊,紧接着便立刻迎了上去。

那先生和小姐一边上桥一边环顾四周,仿佛对此行能否如愿不抱什么希望。然而,当那个姑娘赫然出现在他们面前时,两人顿时停住脚步,惊叫一声后又立刻止住。因为就在这时,一个乡野打扮的男人从他们身边经过,还蹭了他们一下。

"别在这儿，"南希急忙提醒，"我不敢在这儿和你们说话。换个地方，离开大路，从那边台阶下去。"

她一边说一边用手指了指她说的那个方向。乡下人扭头看了他们一眼，粗声质问他们为何占了整个人行道，随后便走开了。

南希说的那段台阶位于萨里河岸一侧，与圣救主教堂在桥的同一边，是平时人们上下船用的。那个乡野打扮的男子已经神不知鬼不觉地来到了那里，先粗略地观察了一番，而后才沿着台阶走下去。

那道阶梯与大桥连为一体，总共有三段。第二段走完，左边的石壁尽头有个面向泰晤士河的装饰性壁柱。再往下，台阶变宽，一个人只需转向石壁，台阶上的人便看不到他了，哪怕只差一级台阶。乡下人来到此处便仓皇四顾，左右似乎都没有理想的藏身之地。此时潮水已落，空间倒是充足。他背对壁柱，来了个守株待兔。他确信对方不会下到更低的地方，即便听不到他们说什么，也能放心大胆地监视他们。

在这个僻静的角落里，时间仿佛格外缓慢。暗探心里着急万分，此次盯梢与他预想中完全不同，他迫切地想要知道对方神秘兮兮的会面到底所为何事，可他又不止一次地觉得这件事希望渺茫。他甚至说服自己，对方要么停在离他很远的高处，要么干脆去了别的地方。就在他准备从藏身的地方出来回到大路上时，他忽然听到了脚步声，紧接着传来的说话声简直近在耳畔。

他立刻贴紧石壁，屏气敛息，聚精会神地听起来。

"这儿够远了。"一个声音说道，是那位先生，"我不能让小姐再往下走了。换了别人可能都不会跟你到这儿来，但你也看见了，我对你已经很迁就了。"

"迁就！"他跟踪的那个姑娘叫道，"先生，您可真会体谅人。迁就我！好吧好吧，无所谓了。"

"说说吧，"男士的语气温和了一点，"你把我们带到这么奇怪的地方究竟是为了什么？在上面怎么不能说？那里好歹有路灯，也有人，哪像这里，黑咕隆咚的!"

"我说过了,"南希回答,"在上面和你们说话我会害怕。我不知道为什么,"姑娘哆嗦了一下,"可今天晚上我心里就是怕得厉害,连站都站不稳了。"

"你怕什么?"男士问道,话语间流露出同情。

"我也说不清,"姑娘回答,"要是知道怕什么就好了。我一整天都心神不宁,满脑子恐怖的念头,什么死亡啦,带血的裹尸布啦,这恐惧让我浑身燥热,像着了火一样。今天夜里我本来在看一本书,好打发时间,结果那些吓人的东西又从书上跑出来。"

"这只是想象而已。"那位男士安慰她说。

"不是想象,"姑娘声嘶力竭地说,"我发誓我在书里的每一页上都看到了'棺材'两个字,又大又黑。刚才在街上,就有人抬着一口棺材从我身边经过。"

"这没什么奇怪的,"那位先生说,"我在街上也经常遇到。"

"那是真的棺材,"姑娘说,"可这个不是。"

她说话给人一种特别邪乎的感觉，躲在暗处偷听的那位不由得毛骨悚然，连身上的血液都变凉了。而当他听到那位年轻小姐柔和甜美的声音时，直感到前所未有地轻松惬意。小姐劝那位姑娘冷静下来，别让那些可怕的幻觉吓坏了自己。

"好好劝劝她吧，"年轻小姐对同行的那位先生说，"苦命的姑娘！她最缺的可能就是安慰了。"

"看到我今天晚上这个样子，你们那些傲慢的教会中人恐怕又要高昂起头颅，跟我扯什么地狱的烈火和复仇了吧？"姑娘嚷道，"哦，亲爱的小姐，那些自诩为上帝子民的人为什么不能像你这样，对我们这些苦命之人亲切又温柔呢？你看看你，年轻貌美，我们没有的你全都有，你对我们完全可以高傲一点，可为何偏偏如此谦逊有礼？"

"啊！"那位先生说，"一个土耳其人[1]会把脸洗干净，然后面朝东方做祷告。而那些好人，在尘世

---

1 指奥斯曼帝国中的穆斯林统治阶层，他们在祷告的时候必须面朝麦加的方向。

中饱经风霜,连笑容也从脸上磨去,他们总是朝着天国最黑暗的一面。若要在穆斯林和法利赛人[1]之间做个选择,我宁可选择前者。"

这番话看似说给年轻的小姐听,但实际的目的可能只是给南希充足的时间平静下来。过了一会儿,那位先生才对南希说道:"上个星期天夜里你没有来。"

"我脱不了身,"南希说,"我被人强行拦住了。"

"被谁?"

"我已经告诉过这位小姐了。"

"今晚你偷偷跑出来见我们,没有人怀疑你吧?"老先生问。

"没有,"姑娘摇了摇头说,"要是不把理由告诉他,我是很难从他眼皮子底下走开的。上次之所以能见着这位小姐,还是因为我给他喝了鸦片酊。"

"上次你回去之前他醒了没有?"老先生又问。

---

[1] 指古代犹太法利赛教派的教徒,通常指代形式上遵守教义的人,也可理解为伪君子。

"没有,他和其他人都没对我起疑心。"

"那就好,"老先生说,"现在你听我说。"

"我听着呢。"姑娘趁他停顿的工夫回答。

"你差不多半个月前告诉这位小姐的事情,"老先生开始说道,"她告诉了我,以及另外几个信得过的朋友。坦白地说,一开始我并不相信你,但现在我改主意了。"

"你完全可以相信我。"姑娘郑重其事地说。

"我重申一遍,我绝对相信。为了证明我对你的信任,我要毫无保留地告诉你,我们打算利用这个蒙克斯的恐惧,骗他说出那个秘密,不管那秘密是什么。但如果——如果——"老先生欲言又止,"如果我们逮不到他,或即便逮到了,却不能逼他就范,那你就必须告发那个老犹太。"

"费金!"姑娘叫了一声,身体不由自主地往后退去。

"那个人必须由你来告发。"老先生说。

"不行!我永远都不会那么做!"姑娘说,"即便他是魔鬼,对我比魔鬼还要可恨,我也不会那么做。"

"你不愿意？"老先生似乎早就料到了她会这样回答。

"绝不！"姑娘说。

"能告诉我原因吗？"

"一个原因是，"姑娘坚定地说，"这位小姐也知道，而且她必定会赞同我的做法，我知道她会的，她答应过。另一个原因是，虽说他恶贯满盈，但我也不是什么好东西，我们很多人都是一样的货色。我不会出卖他们，就像他们——随便哪一个——原本可以出卖我却没有那么做一样，尽管他们都不是好人。"

"既然如此，"老先生立刻说道，仿佛等这一刻等了许久，"那就把蒙克斯交给我来对付吧。"

"如果他供出其他人呢？"

"我保证，如果出现那种情况，只要他说出真相，事情就到此为止。奥利弗短暂的人生故事中肯定有些不便公之于世的经历，因此只要真相大白，我可以不追究他们。"

"如果真相查不清楚呢?"姑娘问。

"那,"老先生说,"没有你的同意,我们谁都不会去动这个叫费金的人。如果出现这种情况,我会向你讲明道理,而且我认为你会同意的。"

"这位小姐也答应吗?"姑娘问。

"我答应你。"罗丝回答,"我真心实意地向你保证。"

"蒙克斯应该查不到你们是怎么知道这些事情的吧?"在短暂的停顿后,姑娘问。

"查不到。"老先生回答,"对他来说已经事到临头,他甚至连猜的机会都没有。"

"我自己是个骗子,从小就在骗子当中长大。"又一阵沉默后,姑娘接着说道,"但我相信你的话。"

得到二人的保证后,她放下心来,开始讲述那天晚上她一出酒馆就被人跟踪的事。她说了酒馆的名字和地址,但声音极低,在暗处偷听的那位听得云里雾里,分不清个所以然。她时不时会停顿片刻,由此推断那位老先生很可能在匆匆做些笔记。她把那个小酒馆的具体位置详细描述了一番,并说明从哪里监视不容易被人发现,以及蒙克斯习惯哪天去酒馆,几点去,等等。随后她似乎考虑了一会儿,大概在回想蒙克斯的体貌特征。

"他个子很高,"她说,"也很结实,但不胖。走路轻手轻脚的,还习惯不停地回头看,这边一次,那边一次,一副鬼鬼祟祟的样子。有件事别忘了,他的眼窝比正常人要深。仅凭这一点差不多就能把他认出来。他的脸比较黑,头发和眼睛也是黑色的。虽说他年龄只有二十六七八岁,却有很多皱纹,看着老气横秋的。他的嘴唇经常看不到血色,上面老是布满齿痕。他偶尔抽筋,比较吓人,有时候甚至把自己的手咬得伤痕累累。你好像吓了一跳的样子?"姑娘突然停下来问。

老先生急忙回答说那是无意识的动作,并请她继续。

"这些事情,"姑娘说,"有一部分也是我在前面提到的那个酒馆里听别人说的,因为我只见过他两次,而且每次他都蒙着斗篷。我想我能提供的就这么多了。等等,"她又补充说,"他脖子上有个特征，就是在他扭头的时候能从领巾下边看到一点点，那是——"

"一大块红斑，像烧伤或烫伤留下的？"老先生叫道。

"怎么回事？"姑娘大吃一惊，"你认识他？"

年轻小姐发出一声惊呼，三个人沉默了好一会儿，那位偷听者甚至能听到他们的呼吸。

"我想是的。"最后老先生打破了沉默，"从你的描述看，我应该认识。但谁知道呢，天底下长得像的人多着呢，也有可能不是同一个人。"

他做出一副若无其事的样子，边说还边往前走了一两步，几乎与藏在暗处的那位面对面，因为后者已经可以清楚地听到他小声咕哝的内容。"一定是他。"

"好了。"从声音判断，他似乎已经退回到原来的位置，"姑娘，你已经为我们提供了最有价值的帮助，我想对你有所回报。我能为你做点什么呢？"

"什么都不用。"南希回答。

"请你不要这样说。"老先生的声音和蔼慈祥，再硬、再顽固的心肠恐怕也要深受触动,"好好想想,告诉我。"

"真的不用,先生。"姑娘哭了起来,"你做什么都帮不了我。我已经无可救药了。"

"你这样说未免太过绝对。"老先生说,"过去就算你蹉跎了时光,浪费了青春,虽然这些宝贵的东西造物主只会赐予我们一次,失去了便永远不能再拥有,可未来你还有希望啊。我并不是说凭我们的力量就能让你得到心灵的宁静,因为这只能靠你自己去争取。但提供一个安全的避难之所,可以在国内,如果你觉得害怕,去国外也可以,这些不仅仅是我们力所能及的事情,也是我们期盼你能够采纳的建议。不用等到天亮,在河水迎来第一缕曙光之前,我们就能把你转移到你那些同伴绝对找不着的地方,而且不会留下丝毫痕迹,就像你突然之间从这个世界上消失了一样。走吧!我可不忍心让你再回到那充满邪恶的老巢,和那些渣滓虚与委蛇,呼吸像瘟疫和死亡一样的空气。趁现在有机会,甩掉他们吧!"

"她快被说服了,"年轻的小姐叫道,"她犹豫了,我敢肯定。"

"恐怕没有,亲爱的小姐。"老先生说。

"是的,先生,确实没有。"在内心挣扎了一番后,姑娘说,"我和过去的生活已经无法分割了。我讨厌它、恨它,但又离不开它。我肯定是走得太远,已经回不了头了。谁知道呢,如果早一段时间你和我说这些话,我可能会嗤之以鼻。可是,"说着她忽然回了下头,神情十分慌张,"这种恐惧又来了。我该回家了。"

"回家?"年轻小姐意味深长地品咂着这两个字。

"是的,小姐,回家。"南希姑娘说,"那是我辛苦了一辈子才给自己换来的一个家。我们就此别过吧。肯定会有人看见我的。走吧,走吧!如果你们还感念我给你们帮忙的话,我只有一个请求,不要管我,让我走我自己的路。"

"没用的,"老先生叹息道,"我们在此逗留说不定会危及她的安全。她的时间已经被我们耽误得太多了。"

"是啊,是啊,"姑娘急切地说,"我出来已经够久了。"

"这苦命的姑娘,"年轻的小姐哭着说,"她会迎来怎样的结局啊?!"

"怎样的结局?!"姑娘重复了一遍,"小姐,你看看眼前,看看那黑沉沉的河水。你在报纸上肯定读到过许多像我这样的人投河自尽的故事。他们跳进河里,没有一个人在乎,没有一个人为他们感到悲伤。多则几年,少则几个月,我怕是也会走上这条路。"

"求你不要这样说。"年轻的小姐呜咽着说。

"亲爱的小姐,这样的事是不会传进你的耳朵的。上帝不允许这种恐怖的事情传进你的耳朵。"姑娘说,"晚安了,晚安!"

老先生转过脸去。

"这个钱包,"小姐哭着说,"请你务必收下,真到需要的时候,或许还可以应个急。"

"不!"姑娘回答,"我做这些不是为了钱。请让我牢记这一点吧。不过,你可以给我一样你身上带的东西。不,不,不是戒指,你的手套或手绢儿,亲爱的小姐,属于你私人的东西,可以让我留作纪念的。嗯,太好了。上帝保佑你!晚安,晚安!"

见南希姑娘情绪激动,又担心她万一被发现会遭受虐待和毒打,老先生只好顺着她的意思,将她一人撇下。说话的声音没有了,而远去的脚步声清晰可闻。

年轻小姐和那位先生的身影很快出现在桥上,他们停在石阶的顶端。

"你听!"罗丝小姐侧着耳朵叫道,"她是不是叫我们了?我好像听到她的声音了。"

"没有,亲爱的,"布朗罗先生难过地回头看了一眼,"她一动没动呢。我们不走她是不会离开的。"

罗丝·梅利还有些于心不忍,但老先生挽住她的胳膊,轻轻拉着她走了。两人消失以后,南希几乎瘫倒在石阶上,满腔苦痛化作辛酸的泪水倾泻而出。

过了一会儿她才起身,摇摇晃晃地迈着步子回到街上。惊讶不已的偷听者一动不动地等了好几分钟，再三观察确认无人后，方才慢慢地从藏身的地方爬出来，和下来时一样，沿着石壁的阴影小心翼翼地走上阶梯。

来到顶上，诺亚·克莱波尔先朝四周窥探了数次，确定没有人注意到自己，这才拼命地迈开双腿，以最快的速度朝老犹太的住所狂奔而去。

第 47 章
致命后果

离天亮还有大约两个小时。秋季的这个时间,可真正称得上夜深人静。寂静的大街上冷冷清清,空无一人。所有的声音似乎都在沉睡,放浪与骚乱蹒跚归家,拥抱梦乡。就是在这万籁俱寂的时刻,老费金坐在他的巢穴里,面如死灰,五官扭曲,双眼布满血丝。他看起来不像人,倒更像鬼,面目狰狞,饱受恶灵纠缠,浑身湿漉漉的,好像刚从坟墓中爬出来。

他蜷缩在冷冰冰的壁炉前,身上裹着一条破旧的被单,脸对着旁边桌上一根快要燃尽的蜡烛。他在聚精会神地想着事情,右手抬到嘴边,无意识地啃着他那又长又黑的指甲。他那嘴烂牙早就掉得差不多了,但在坑坑洼洼的牙龈中间,却露出几颗只有狗和耗子才有的尖牙。

旁边的地板上铺着一个垫子，诺亚·克莱波尔直挺挺地躺在上面呼呼大睡。老犹太不时瞥他一眼，但目光很快又回到蜡烛上。长长的烛芯几乎打了个对折倒垂下来，滚烫的蜡油淌到桌子上，凝结了一层又一层。然而老费金对此不管不顾，说明这次他真的遇到了烦心事。

确实。他心有不忿，本来天衣无缝的一条妙计，现在却要落空了。他恨南希那丫头，竟敢和陌生人暗暗勾结。因此，就连她拒绝出卖他到底是发乎内心还是另有所图，他心中也存了疑问。而错失了报复赛克斯的大好机会也令他极度失望。他担心警察找上门来，捣毁他的巢穴，甚至害他性命不保。这一切激起了他的雷霆之怒。邪恶的念头、险恶的用心，催生出一个又一个狂暴的想法，它们不间断地快速地从老费金的脑海中闪过。

他纹丝不动地坐着，时间好像不存在了，直到他灵敏的耳朵听到街上传来的脚步声。

"终于来了。"他咕哝着，抹了把干得发烫的嘴唇,"终于来了!"

话音未落,门铃已经拉响。他蹑手蹑脚地爬上楼梯去开门。须臾,他领着一个男的回来。那人把自己裹到了下巴,胳膊下还夹着一个包袱。等脱掉外套坐下来,才露出赛克斯那魁梧的身躯。

"喏!"他把包袱往桌上一放说,"好好收着,争取卖个好价钱。费了好大劲儿才搞到手。我以为三个小时之前就能来的。"

老费金抓起包袱,把它锁进橱柜,而后又一言不发地重新坐下。但在这个过程中,他的双眼一刻都没有离开过那个强盗。现在他们面对面地坐着,他依然目不转睛地盯着赛克斯,嘴唇不由自主地直哆嗦。激烈的情绪已经控制了他的身体,使得他的样貌都改变了。那个打家劫舍的家伙见状不由得往后挪了挪椅子,一脸惊恐地打量起老费金。

"怎么了?"赛克斯问,"你怎么这样看着我?"

老费金举起右手,晃了晃哆嗦的食指,可由于情绪太过激动,一时竟说不出话来。

"见鬼!"赛克斯被盯得心里直发毛,神色慌张地摸了摸胸口说,"这老头子疯了!我在这儿必须小心点。"

"不,不。"老费金终于发出声来,"和你没关系,比尔。我可没想过要找你的麻烦。"

"哦,是吗?"赛克斯凶巴巴地看着他,又故意把手枪换到另一个更趁手的口袋,"咱俩中间总有一个走运的,至于谁走运就无所谓了。"

"比尔,我要告诉你一件事情,"老费金把椅子拉近了些,"你听了肯定比我还难受。"

"是吗?"这强盗摆出一副我倒要看看的架势,"说吧,抓紧点,要不然南希还以为我出事了呢。"

"出事?"老费金嚷道,"说不定她心里早把这事盘算好了。"

赛克斯莫名其妙地盯着老费金的脸,想知道他在打什么哑谜,可从他脸上又没有看出任何令他满意的解释,于是伸出大手揪住老费金的衣领,粗暴地摇晃了几下。

"你什么意思?说!不说我就掐死你。快张开你的鸟嘴,把要说的话爽爽利利地说出来。说啊,你这天打五雷轰的老东西!"

"假如躺在地上的那小子——"老费金开口了。

赛克斯扭头瞥了一眼正在酣睡的诺亚,好像之前没注意到他的存在似的。"嗯!"他松开手,恢复原来的神态。

"假如这小子想告密,"老费金继续说道,"把咱们全都卖出去,他首先得找到合适的人,然后去和他们偷偷见面,把咱们的样貌特征一五一十地描述给人家,好让他们能一眼认出咱们。另外,他还要告诉对方去哪里能够轻而易举地把咱们一网打尽。假设他要干这些事情,还要揭发一件咱们或多或少都有份的事——全凭他自己的想法,他既没有被抓,也没有中人家的圈套,被人审问,或受了牧师的挑唆,更没有到缺吃少喝的地步——他就是要按自己的想法来,只为了他的一己私欲,便在夜里偷偷跑出去见那些一心想针对我们的人,向他们告密。你听见了吗?"老犹太嚷嚷着,眼睛里几乎喷出火来,"要是他干了这些事情,你会怎么办?"

"怎么办?"赛克斯恶狠狠地骂了一句,"我到的时候他要是还有一口气,我就用我靴子上的铁后跟把他的头盖骨砸个粉碎,他有多少根头发,我就砸出多少个碎片。"

"那万一是我干的呢?"老费金几乎吼了起来,"我知道的事情可多了去啦,除我之外,我能把好多人送上绞刑架。"

"我不知道。"听他这么一说,赛克斯顿时咬牙切齿,脸色煞白,"说不定我会故意在牢里干出什么事,好让他们给我添一副镣铐。只要咱们两个一起受审,我就在法庭上当众用这副镣铐把你的脑浆给打出来。我应该是有这个力气的。"这强盗嘟囔着,抬起一条结实的胳膊,亮了亮,"我能把你脑袋抽得像被大篷车碾过一样。"

"你真会那么干吗?"

"有什么不会的?"赛克斯说,"不信你试试!"

"若换成查理呢,或鬼灵精,或贝特,或——"

"我才不管是谁呢,"赛克斯不耐烦地说,"是谁都一样。"

老费金死死盯着这强盗,示意他别说话,随后俯身摇晃地铺上睡觉的那一位。赛克斯坐在椅子里,朝前弓着身体,两手按在膝盖上,一头雾水地看着老费金,显然被刚才这通假设给搞糊涂了。

"博尔特,博尔特,可怜的孩子!"老费金抬起头,一脸等着看好戏的邪恶表情,随后几乎一字一顿地说,"他累了,比尔,知道为什么吗?跟踪她累的。"

"你说什么?"赛克斯瞬间直起了身体。

老费金没有回答,但弯腰把睡觉的那位拉着坐了起来。叫了几声名字,诺亚揉揉眼睛,打了个大哈欠,睡眼惺忪地看着老费金。

"起来起来,把那事再说一遍,叫他也听听。"老犹太说着指了指赛克斯。

"说什么呀?"困劲儿正足的诺亚气呼呼地扭了扭身体。

"说南希的事啊。你跟踪过她是不是?"老费金说着抓住赛克斯的手腕,好像生怕他在听到之前就会离开似的。

"是。"

705

"跟踪到伦敦桥?"

"是。"

"她在那儿见了两个人?"

"没错。"

"一个男的,还有一个年轻小姐,她们以前见过面。他们让南希揭发她的同伙,首先就是蒙克斯,她照做了。让她描述蒙克斯的样貌,她也照做了。她还说出了咱们经常碰面和出入的那个宅子,说了从哪里监视最方便,说了咱们都什么时间去。她把能说的都说了,而且是在没有人威胁的情况下自己主动说的,是不是这样?"老费金义愤填膺地吼道。

"是,"诺亚挠着头回答,"事情就是这样子的。"

"关于上个星期天的事,他们是怎么说的?"

"上个星期天?"诺亚想了想,"我已经跟你说过了呀。"

"再说一遍!"老费金唾沫四溅地嚷嚷说。他把赛克斯抓得更紧了,另一只手上下挥舞个不停。

"他们问她来着。"诺亚此刻稍微清醒了些,已经大致猜出了赛克斯的身份,"他们问她上个星期天为什么没有按照约定去和他们碰面。她说她去不了。"

"为什么去不了?快告诉他。"

"因为她被比尔强行拦住了。她之前和那两个人说过比尔。"诺亚回答。

"还有呢?"老费金心急火燎地催促道,"她还说了他什么?快告诉他,快告诉他。"

"说比尔轻易不让她出门,除非知道她要去哪儿,"诺亚说,"因此她第一次和那位小姐碰面那天,她——哈哈哈!她说的时候差点没把我笑死。她说她让比尔喝了鸦片酊。"

"他妈的!放手!"赛克斯破口大骂,一下子挣脱了老费金的手。

他推开老头儿,三步并作两步就蹿出了房间,怒气冲冲地爬上楼梯。

"比尔,比尔!"老费金匆忙追上去叫道,"听我一句话,就一句!"

他这句话原本是没机会说的,可惜赛克斯打不开上面的门,只好站在门口骂骂咧咧,这时老费金赶了上来。

"让我出去！"赛克斯说，"别跟我说话，免得大家不好看。快把门打开！"

"你就听我说一句话。"老费金把手按在门锁上，"你不会——"

"怎么样？"

"你不会做得太狠吧，比尔？"

天已经蒙蒙亮，足以令二人看清彼此的脸。他们对视了一眼，毋庸置疑的是，四只眼睛里都闪烁着怒火。

"我是说，"老费金显然已经意识到，没必要再遮遮掩掩说些废话，"安全起见，别太张扬。稳一点，比尔，别太冒失。"

赛克斯没有理他，见老费金已经开了锁，一把拉开门，冲进静悄悄的街道。

他一刻不停地往前跑，既不多想，也不左顾右盼、上下张望，两只眼睛就直勾勾地盯着前面，牙齿狠狠咬在一起，紧绷的下巴像是要从皮肤里钻出来。总之，一副铁了心的样子。他几乎是提着一口气一路狂奔到家的。他拿钥匙轻轻开了门,蹑手蹑脚地上了楼,走进他自己的房间,反锁上门,又把一张沉重的桌子拖过去抵住,最后拉开了床帐。

南希半裸着身体躺在床上,这时才从睡梦中惊醒。她一脸惊讶,忙不迭地坐起身。

"起来!"赛克斯吼道。

"是你啊,比尔。"见他平安归来,姑娘一脸高兴。

"是我。你给我起来!"

屋里点着蜡烛,气急败坏的赛克斯一把把它从烛台上扯下丢进了炉膛。见天已破晓,南希立刻下床去拉窗帘。

"不用管它!"赛克斯伸手拦住了她,"这光线够我用的了。"

"比尔,"姑娘不安地低声说道,"你干吗这样看着我?"

这强盗坐下来,鼻孔一张一合,胸口一起一伏,就这样气鼓鼓地盯了南希几秒钟,随后一把扼住她的咽喉,将她拖到卧室中间。他瞥了一眼房门,用一只大手捂住了南希的嘴。

"比尔,比尔!"姑娘喘不上气,要命的恐惧使她拼死挣扎起来,"我——我不会喊,也不会叫——一声都不会——你听我——你说吧——说我到底干了什么!"

"你心里清楚,臭婊子!"那强盗克制着自己的喘息,"你昨天夜里被人跟踪了,你说的话全被人听见了。"

"那看在老天的分儿上,你就饶我一命吧,就像我饶了你一命那样。"姑娘抱住他,哀求说,"比尔,亲爱的比尔,你不会忍心杀了我吧?哦!想想吧,就这一个晚上,为了你我放弃了一切啊。你还有时间考虑,等犯下大罪就后悔莫及了。我是不会松开的,你别想甩掉我。比尔,比尔,看在上帝的分儿上,为了你自己,也为了我,在你的双手沾上我的鲜血之前,停手吧。我可以对着我有罪的灵魂起誓,我没有做任何对不起你的事。"

赛克斯扭来扭去,想把胳膊挣脱出来,可南希抱得死死的,任凭他怎么甩都无济于事。

"比尔!"姑娘哭喊着,竭力把头贴上赛克斯的胸膛,"那位先生和那位善良的小姐昨天夜里曾对我说,他们能在国外给我找一个安身立命的地方,保证我下半辈子再也不用担惊受怕。让我再去见他们一面,我会跪下来求他们发发慈悲,对你网开一面,让咱们两个都离开这个是非之地,从今往后咱们再也不会遇见这里的人。除了祷告的时候,我们会忘掉过去的生活,开始干净的新生活。现在悔过还不算晚。这是他们说的,眼下我总算明白了。但我们需要时间,一点点时间就好。"

那强盗终于挣出一只胳膊,握住了手枪。即便在盛怒之下,他脑海中依旧闪过一丝念头:倘若开枪,他立刻就会暴露自己。于是他举起枪柄,对着南希仰起的脸(几乎挨到他的脸),使出浑身的力气狠狠砸了两下。

南希身体晃了晃,随即倒下。她额头上那深深的伤口往外汩汩冒着血,那血几乎糊住了她的眼睛。但她还是艰难地爬起来,跪在地上,从怀里掏出一条白色的手绢儿——这是罗丝·梅利留给她的纪念物——尽管身体软弱无力,她仍然双手合十,将手绢儿高高举向天空,祈求上帝的宽恕。

这恐怖的一幕真叫人惨不忍睹。行凶者踉跄着退到墙边,一只手挡住视线,另一只手抄起一根粗大的棍子,只一下便将南希打倒在地。

第48章
赛克斯畏罪潜逃

夜幕降临以来,在偌大的伦敦城内所有以黑暗为掩护的劣行之中,最令人发指的便是这一件。在清晨的空气中所有散发着不良气息的惨剧中,最恶劣、最残忍的便是这一桩。

太阳——那给人们带来光明,更带来崭新的生活、希望和朝气的光芒万丈的太阳——光辉灿烂地乍现在这座拥挤的城市上空。灿烂的阳光一视同仁地穿过华丽的彩色玻璃和纸糊的窗棂,穿过雄伟的大教堂的穹顶和寒酸朽坏的茅屋的裂缝。它照亮了那死去女子的房间。它确实照亮了。行凶者试图阻挡它进入,却是徒劳。假如在晦暗的清晨中,这一幕看起来就已经异常恐怖的话,那么在此刻阳光普照、一切豁然开朗的情况下,那又会是一番怎样骇人的情景呢?

他到现在都还没有动过,他不敢动。受害者曾经发出过一声呻吟,手也伸了一下。他在暴怒之余又感到恐惧,于是给了她一棍又一棍。他曾拿毯子将尸体盖住,因为他害怕看到那双眼睛。它们直勾勾地瞪着天花板,仿佛在欣赏阳光下那摊血迹在屋顶上摇曳的倒影。然而他将尸体盖上后感到更恐惧,总忍不住想象它们朝他转过来的样子,于是他又把毯子掀开。就这样,尸体躺在那里——没别的,就只是一摊血、一堆肉——可那是怎样的一堆肉啊,她的血也太多了!

他划着一根火柴,在壁炉中生起火,把棍子投进火中。棍头上沾着的头发遇火化作一团灰烬。一阵风吹来,盘旋着钻进了烟囱。尽管他身强体壮,但这情景还是把他吓得够呛。他手里仍握着那根武器,直到它断掉,随后才放在煤渣上任其烧成灰。他洗了洗手,搓了搓衣服,可有几处血迹搓不干净,于是他索性将其剪成碎片丢进火里。可房间里怎么到处都是血啊!连狗爪子都鲜血淋漓。

自始至终，他一次都不敢背对尸体。对，一次都没有。全部收拾妥当，他向门口退去。当然，他不忘拉着那条狗，以免它又踩上血，把新的罪证给带到大街上去。随后他轻轻关上门，锁住，收好钥匙，离开了这栋房子。

他走到街对面，抬头看了看窗户，确定从外面看不出任何端倪。屋里依旧拉着窗帘，她本想拉开，好让她再也见不到的阳光照进屋里。尸体差不多就躺在窗帘下面。这一点他很清楚。天啊，太阳怎么不偏不倚地正好照在那里？！

只是匆匆一瞥。他心里感到宽慰，总算逃离了那个房间。他冲狗吹了声口哨，急急忙忙地走开了。

他穿过伊斯灵顿，大步走上矗立着惠廷顿[1]纪念碑的那座小山丘，而后到海格特山。他漫无目的，根本不知道该去哪里，因此刚开始下山，便折向右边，走小径穿过田野，绕过卡昂森林，来到汉普斯

---

1 即狄克·惠廷顿，英国商人，曾三次担任伦敦市长，是传说和童话中有名的人物。

特德荒野。接着，他走过黑尔斯河谷旁边的洼地，来到对岸，穿过连接汉普斯特德与海格特两处村庄的公路，走完荒野剩下的一段，进入北区的一片田野。他在这里找到一片树篱，躺下便睡。

没睡多大一会儿他就起来，继续赶路，不是深入乡村，而是沿着大路返回伦敦。可走了一阵又折返回去，从另一边走进他曾穿越的那片地带。他像孤魂野鬼一样在田野中游荡，时而躺在河沟边上休息，时而一跃而起，换个地方重新躺下，而起来之后又会继续游荡。

他能去哪儿搞点吃的喝的呢？既不能距离太远，又不能人太多。亨顿。那是个不错的地方。离这儿近不说，关键是大多数人不会往那儿去。于是他便朝那里摸去，只是他一会儿狂奔，一会儿又像蜗牛那样慢慢走，有时甚至干脆停下来，毫无理由地拿手杖对着一片树篱狠敲猛打。然而等终于到了地方，他遇到的所有人——包括人家门口的小孩子——仿佛都拿一种怀疑的目光打量他。他心里发慌，没勇气去买吃的喝的，只好转身离开，尽管他已经好几个小时没吃东西。他再度回到荒野上东游西荡,不知道该去往何方。

也不知道他走了几英里,最后却又回到了老地方。时间已过中午,一个上午被他游荡过去了。白天即将结束,他却兜兜转转,始终在原地徘徊。最后他横下心来,决定去哈特菲尔德。

夜里九点,他早已筋疲力尽,那狗也因为不习惯这样的长途跋涉,累得一瘸一拐。眼前有个静悄悄的村子,一人一狗从教堂旁边的小山上走下来,拖着沉重的步子在一条小街上蹒跚而行。他们溜进一家小酒馆,远近只有这里亮着昏惨惨的灯光。酒馆大堂里生着炉子,几个乡下人围坐在那里喝酒。见有生客进来,他们主动腾出位置,但赛克斯却坐在了最偏的角落里,独自在那里吃喝。当然,说得确切些,他还有一条狗陪着。他时不时给那小东西丢几口吃的。

喝酒的那几位有一搭没一搭地聊着附近的土地和农民,这些话题说腻了就议论上个星期天才下葬的某个老头儿的年纪。在场的年轻人都说那人很老了,而在场的老年人却说那人还年轻——其中一个白发老者说死去的那位年纪还没他大——要是他多少爱惜一点身体,起码还能活个十年、十五年,如果他知道保养的话。

此类话题确实有些无聊,也没什么好担心的。逃难的强盗付了账,一个人安安静静地坐在角落里,正昏昏欲睡,伴随着一阵嘈杂,从外面又进来了一位客人,将他的睡意多少赶跑了一些。

这是个滑稽搞笑的家伙,从穿着看,他既是流动小贩,又是江湖郎中。他背上挎着一个箱子,周游各地,走街串巷,兜售磨刀石、磨刀皮带、刀片、香皂、马具粘胶、狗药、马药、廉价香水、化妆品之类。他一进来便和那些乡下人插科打诨有说有笑,一直到吃饱喝足,才打开他的百宝箱,顺理成章地做起了生意。

"那是什么玩意儿啊,哈里?好吃吗?"其中一个乡下人笑嘻嘻地指着箱子角落里几块样子像糕点的东西问。

"这个嘛,"叫哈里的小贩拿起一块说,"可不要小瞧这么一块东西，它的去污能力保准让你惊掉下巴，什么泥土、铁锈、霉菌、油污，各种污渍统统不在话下。而且什么料子都适用，丝绸、缎子、亚麻、麻纱、织物、绉纱、毛料、地毯、美利奴羊毛、平纹布、斜纹布或者毛织品。管你是红酒渍、啤酒渍、水果渍，还是水渍、油漆渍、沥青渍，各种污渍，只需拿这东西轻轻一擦，保证效果立竿见影。要是哪位女士名节上有了污点，只要吞下一块，所有烦恼便一扫而光——因为这可是毒药。要是哪个先生想证明，也只需吞下一块，保证谁都不会再怀疑。因为这东西和子弹一样不会让人失望，而味道却要上头百倍，舍子弹而选它的都是有种的真汉子。一块只要一便士哟。这么多优点，一块却只要一便士，天底下没有比这更划算的了。"

话刚说完，这边立刻便有了两个买家，更多的听众也开始心动。小贩一看，叫卖得更起劲儿了。

"这东西简直供不应求啊，"这家伙说，"一出厂就被抢购一空。这会儿正有十四座水磨、六台蒸汽机,还有一组伽伐尼电池[1],全天二十四小时开足马力生产,工人累死了,就直接给其遗孀发抚恤金,每个子女一年二十英镑,双胞胎五十英镑。就这还满足不了需要呢。别犹豫啦,一便士一块!两个半便士也一样!四法新[2]也欢迎啊!一便士一块!红酒渍、水果渍、啤酒渍、水渍、油漆渍、沥青渍、泥巴渍、血迹,轻松搞定!在座有位先生的帽子上有块污渍,只要他给我点一杯淡啤酒的工夫,我就能把污渍给去除干净。"

"嘿!"赛克斯大叫一声,站起身,"把帽子还给我。"

"先生,您过来拿帽子这工夫,我就能把污渍清理干净。"小贩冲众人眨了眨眼,回答说,"各位先生,请注意看这位先生帽子上的深色污迹,面积虽说比不上一先令硬币,却比半克朗硬币要厚得多。不管它是红酒渍、水果渍、啤酒渍、水渍、油漆渍、

---

[1] 也称伏打电池,是由18世纪意大利学者路易吉·伽伐尼及其助手亚历山德罗·伏打通过实验发明的化学电池。
[2] 英国1961年以前使用的旧铜币,1法新等于四分之一便士。

沥青渍、泥巴渍,还是血迹……"

小贩的话被打断,因为赛克斯大骂一声,掀翻了桌子,一把抢过帽子,就冲出了酒馆。

一整天,他顶着杀人凶手的名头,被自己反常的情绪和无可奈何的现状反复折磨。此刻他发现后面并没有人追赶,那些人多半以为他只是个心情不好的醉鬼。他转身朝镇上走去。街上驶过一辆马车,他避开车灯,从旁边经过时认出那是伦敦来的邮车,随后看到它停靠在一个小邮局前。他基本能猜到接下来会出现什么情况,但还是走到路对面,竖起耳朵留心聆听。

押运员站在车门旁,正等着邮包上车。一个打扮得像猎场看守人的家伙走上前来,押运员便把一个已经放在人行道上的篮子递给他。

"这是给你的人的,"押运员说,"能不能叫里边的人利索点?就一个该死的邮包,前天夜里就该弄好的。你要知道,这样可不行。"

"本,城里有什么新闻吗?"猎场看守一边问一边朝窗板退去,好近距离欣赏那几匹马。

"据我所知,没啥大新闻。"押运员说着戴上手套,"粮价涨了一点。听说斯皮塔佛德那边出了一桩杀人案,但我不大相信。"

"哦,那倒是真的。"马车上的一位先生从窗户里探出头说,"而且是一桩很残忍的杀人案。"

"是吗,先生?"押运员礼貌地摸了摸帽子,问道,"死的是男的还是女的呀,先生?"

"女的。"那位先生说,"据说——"

"能不能快点,本?"车夫不耐烦地催促道。

"真他妈见鬼,邮包怎么这么慢?"押运员不悦地嚷道,"里边的人是睡着了吗?"

"来了来了!"邮局职员答应着跑出来。

"来了来了,说得好听,"押运员埋怨说,"哼,有个阔小姐还说她会爱上我呢,可老子不知道要等到猴年马月。好了,齐活儿。出发!"

喇叭奏出几声欢快的音符,邮车上路了。

赛克斯依旧站在街上,显然对刚刚听到的那些消息无动于衷。他只是不知道该去哪儿,这令他十分懊恼。最终他还是决定往回走,于是踏上了从哈特菲尔德到圣奥尔本斯的大路。

他闷着头只管往前，可当他把镇子甩在身后，独自走在大路上，面对孤独与黑暗时，一种无法形容的恐惧悄然爬上心头，令他从里到外都忍不住战栗起来。眼前的所有物体，实物或阴影，无论是静是动，都表现出某个可怕的样子。然而，这些和早上以来便阴魂不散地缠着他的那些可怕的影子相比，算不了什么——朦胧中，他似乎能捕捉到它的轮廓，分辨出最细微的特征，知道它如何身体僵硬、面容冷峻地走着。他能听到它的衣服滑过树叶的沙沙声，每一阵微风都带来那最后一声低沉的惨叫。他停下，影子也停下。他奔跑，影子便跟着——但它不跑，要是跑的话反倒好了。它只是像一具被赋予了生命的尸体，由一股阴风推着，不会走得太快，也不会走得太慢。

好几次，他硬着头皮转过身来，决心赶跑这个幽灵，哪怕和它对视一眼就可能送命。然而更要命的是，那影子随着他的转身又跑到他后面去了，这吓得他不由得寒毛直竖，连血液都凝滞起来。上午的时候，影子在他前面，而现在一直尾随在他身后。当他将身体倚靠在河岸上时，他感觉那影子立在他的头顶，在寒冷的夜空下竟显出清晰的轮廓。他躺在路上，后背贴着地。那影子便直挺挺地站在他的脑袋后面，一声不吭，一动不动，像个活的墓碑，上面有鲜血刻就的墓志铭。

谁也别说杀人者可以逍遥法外，更不要阴阳怪气地说老天不开眼。在恐惧中战战兢兢地度过漫长的一分钟，这种折磨跟暴死几十回没什么差别。

他经过的这片野地有间茅屋，正好可以让他过夜。茅屋门前有三棵高大的白杨树，浓荫蔽天，茅屋里格外黑暗。夜里的风穿过树梢，呜呜咽咽，如泣如诉。他没办法再走了，只能等天亮再说。他紧贴着墙根躺下，不料却遭遇了新的折磨。

此时，一个幻影出现在他眼前，和他逃离的那个影子一样顽固，但更为恐怖。黑暗中，那圆睁的双眼惨淡、呆滞，他宁可在现实中遇见它们，也不愿它们出现在他的想象中。那眼睛本身是有光的，却无法照亮任何东西。明明只有两只眼睛，却无处不在。只要他闭上眼睛,脑海中便会出现那个房间,每一样熟悉的东西都历历在目——如果让他自己在记忆中搜寻,其中有些他未必想得起来——它们依然整齐有序地摆放在原来的位置。尸体还在老地方,那双眼睛仍和他逃跑时一样。他终于受不了了,一跃而起,冲进外面的野地。那影子紧随其后。他重新钻进茅屋,再次蜷缩在角落里。然而还没等他躺下,那双眼睛就又出现了。

他忍受着别人根本想象不到的恐惧,四肢瑟瑟发抖,每个毛孔都往外冒着冷汗。突然,夜风中多了一丝喧闹,远远的地方似乎有人在大喊大叫,声音中交织着慌乱与惊愕。在如此偏僻荒凉的地方,任何人类的声音,哪怕听起来叫人不安,也能给他带来安慰。意识到危险临近,他忽然又有了力量和精神,随即跳起来,不顾一切地冲了出去。

广阔的天空像着了火。一重高过一重的火苗,裹挟着阵雨般的火星直冲云霄。火光点亮了方圆数英里的夜空,一团团浓烟被驱赶着朝他站立的方向蔓延过来。呼喊声越来越大,不断加入新的声音。

他清楚地听到人们喊的是"着火啦",其中夹杂着警钟的鸣响,重物轰然倒塌的震颤,以及火焰遇到新的障碍后发出的令人胆战心惊的爆裂声。伴随着这些声音,火舌猛然蹿起老高,像是补充了新的食物。就在他驻足观看的工夫,喧闹声越来越大。他看到了人——男人女人都有——在冲天的火光里,东奔西跑。他好似重获了新生,径直飞奔过去,穿过荆棘和灌木,跃过栅栏和篱笆,和他那汪汪叫着冲在前头的狗一样疯狂。

他一到现场,就看见一群衣衫不整的人慌里慌张地跑来跑去。有几个人正把受惊的马从马厩里拉出来,其他人把牲口从院子和棚子里往外赶,还有一些人冒着雨点般的火星,不顾随时可能坍塌的烧红的房梁,从熊熊大火中抢救东西。个把小时前还是门和窗的地方,如今像张开的大嘴向外喷吐着熊熊火舌。墙壁摇晃着坍塌在火海之中。烧化了的铅和铁,白花花的,倾泻一地。女人和孩子惊恐地尖叫,男人们用呼喊为彼此壮胆。抽水泵吭哧吭哧响个不停,水喷洒在炽热的木头上,发出咝咝的声响,为这可怕的喧嚣增添新的和声。他也跟着大喊大叫，直到声嘶力竭。他暂时摆脱了回忆，摆脱了自己，往人群中最稠密的地方冲去。

这一晚，他东奔西突，一会儿操纵水泵，一会儿穿梭于浓烟与火海，始终待在人最多的地方。他来来回回，上上下下，爬梯子，上房顶，在楼层中奔跑，不顾自己的体重压得地板吱吱作响，摇摇欲坠，更不顾头顶不时掉落的砖石。可以说，在火场的每一个角落都能看到他的身影。但在这天夜里，他似乎吉星高照，浑身上下既没有擦伤，也没有磕着碰着，忙碌成那样却并不感到疲倦，更没有心烦意乱。如此直到黎明，火场上只剩下缕缕轻烟和焦黑的废墟。

令人疯狂的兴奋劲儿一过，他再度想起自己犯的罪，这可怕的意识携十倍之力去而复返。他狐疑地环顾四周，男人们三五一群地聚在一起闲聊。他担心自己会成为他们谈论的对象，于是意味深长地冲狗勾勾手指头，那狗倒也聪明，立刻心领神会。他们一起悄悄地离开了现场。经过一台机器时，有几个人正坐在那里,对方邀请他过去吃点喝点。他吃了些面包和肉,刚喝了口啤酒,便听见从伦敦来的几个消防员议论起了那桩杀人案。

"他们说凶手逃到伯明翰去了。"其中一人说,"但他们肯定会抓到他的,探子已经派出去了,到明天晚上,全国的人都会知道这件事的。"

他慌忙逃离,一直走到险些摔倒在地才停下。随后他在一条小路上躺下,断断续续睡了许久。起身之后他又开始游荡,心里七上八下,漫无目标,害怕又要度过一个孤寂的夜晚。

突然间,他做出了一个大胆的、孤注一掷的决定——返回伦敦。

"不管怎样,那里总有个可以说话的人,"他想,"藏身也容易。我在乡下留下这么多蛛丝马迹,他们绝对想不到我会再回伦敦。我何不先回去躲个把星期,然后从老费金身上刮点钱,逃到法国去?该死的,就这么着吧。豁出去了。"

有了这个想法,他便不再耽搁,挑选行人最少的小路开始往回走。他打定主意先在伦敦郊外躲一躲，然后趁天黑绕道进城，直奔他为此次旅程定下的目的地。

不过，跟着他的这条狗倒是个麻烦。倘若他的容貌特征已经发往各地，那警方肯定不会漏掉小狗失踪这条线索，而且他们十有八九会认定小狗跟着它的主人。倘若他带着这条狗招摇过市，势必会被人认出。因此，他决定把狗淹死。他一边走一边寻找池塘，顺便捡起一块大石头，用手绢儿绑着。

主人有条不紊地做着这些准备时，那畜生抬头看着他的脸。不知道是它本能地察觉到了主人的意图，还是那强盗看它的眼神比平时更加严厉且充满杀气，反正它比平时更加拖拉地跟在后头，且在主人放慢速度时更是畏缩不前。当主人在一个池塘边停下并回头叫它时，它干脆站在原地一动不动了。

"过来！你听见我叫你没有？"赛克斯喊道。

出于习惯反应，那畜生往前走了几步。可当赛克斯弯腰把手绢儿系到它脖子上时，它低吠一声，退开了。

"回来！"赛克斯命令道。

那狗摇了摇尾巴,却没有移动半步。赛克斯把手绢儿绑成一个套索,再次呼唤它。

它上前几步,又退回去,在原地停了一会儿,紧接着忽然转过身,以最快的速度跑掉了。

赛克斯一声接一声地吹了许多次口哨。他坐下来等着,满心以为狗会回来。可那畜生始终没再露面。最后在无奈之下,他只好一个人继续赶路了。

第49章
蒙克斯和布朗罗先生终于碰面——
本章记录了他们的谈话，
以及打断二人谈话的某个消息

暮色四合，布朗罗先生乘坐的出租马车停在他自己家的门口。从车上下来，他轻轻敲了敲门。门开了，这时一个壮汉从车厢里出来，站在踏板一侧，而另一个坐在车厢顶上的人也爬下来，站在踏板另一侧。布朗罗先生打了个手势，那二人又从车里拖出了第三个人，随后一左一右把他夹在中间，匆匆进了宅子。这第三个人便是蒙克斯。

仿佛商量好的，几个人一言不发地登上楼梯，布朗罗先生走在前面，领着他们来到后面的一个房间。到了门口，蒙克斯停住了，显然很不乐意。押着他的两个人一齐看向前面的老先生，像在等候他的指示。

"什么形势他自己清楚,"布朗罗先生说,"要是他不愿意配合,或者不听话,敢私自乱来,就把他拖到街上去,让警察来帮帮忙,然后再以我的名义揭发他,说他是个重罪犯。"

"你怎么敢这样对我?"蒙克斯说。

"你怎么敢逼着我做出这种事呢,年轻人?"布朗罗先生声色俱厉地盯着他说,"你会从这里跑出去吗?除非你疯了。放开他。好了,先生,你可以自己走,我们跟着。不过我要提醒你,我对我心中所有庄严神圣的东西起誓,只要你的一只脚踏上外面的街道,我立刻就以欺诈和抢劫的罪名把你抓起来。我这人说一不二。要是你不识时务,结果只会自取其辱。"

"这两条走狗凭什么把我从大街上绑到这儿来?他们受了谁的指使?"蒙克斯看了看站在旁边的那两个大汉。

"我的,"布朗罗先生回答,"这些人听我的吩咐。要是你抱怨自己被剥夺了自由,那在来的路上你有能力也有机会恢复自由,但你在权衡利弊之后选择了保持沉默。我重申一遍,你可以寻求法律保护,不过我同样可以诉诸法律制裁你。只是等你到了不可收拾的地步,可别来求我发慈悲,因为到那时就不是我说了算了,权力握在别人手里。要是你自己硬往火坑里跳,可别埋怨说是我把你推进去的。"

蒙克斯心乱如麻,又有些害怕。他犹豫了。

"你得快点做决定。"布朗罗先生镇定自若地说,"如果你希望我公开指控你,把你交给有司法办——我再说一遍,你应该知道后果。而且我不难预料你会受到怎样的惩罚,说实在的,光想一想我就不寒而栗——那结局如何可就完全不在我的控制范围内了。如果你不希望如此,而是希望我能网开一面,并代表那些被你深深伤害的人宽恕你,那你就一句废话都不要说,坐到那把椅子上去。它已经恭候你整整两天了。"

蒙克斯咕哝了几句什么,谁都没听清。他还在犹豫。

"你最好快点,"布朗罗先生说,"只要我一句话,你就再没机会了。"

蒙克斯依然迟疑不决。

"我不是在和你讨价还价,"布朗罗先生说,"况且我代表的是其他人的利益,没权利那么做。"

"难道,"蒙克斯支支吾吾地说,"难道就没有折中的办法了?"

"没有。"

蒙克斯满眼焦虑地注视着老先生,但他从后者的表情中只读到了严厉和坚定。于是,他无可奈何地耸耸肩,走进房间,坐了下来。

"把门从外边锁上。"布朗罗先生吩咐随从说,"我摇铃再过来。"

两个大汉随即退下,屋里只剩下蒙克斯和布朗罗先生。

"先生,作为我父亲交情最深的老朋友,"蒙克斯丢下帽子和斗篷,"您的待客之道可真有一套。"

"年轻人,正因为我是令尊的老朋友;"布朗罗先生回敬道,"正因为我年轻快乐、充满希望与梦想的时光都与他，以及那个和他有着血缘关系的美丽姑娘联系在一起——多么可爱的人啊，年纪轻轻就回到上帝身边去了，留我孤身一人；正因为在那个早晨，他和我一起跪在他唯一的姐姐的病榻前——当时他还是个孩子，而他的姐姐原本要成为我的妻子，只可惜上天有了其他的安排；还因为从那以后，我这颗凋零的心就和他拴在了一起，直到他死，无论他经历过什么考验、犯过什么过错。正因为那些历历在目的往事填满了我的心，我一看到你就不由得会想起他。正因为这一切，我对你才客客气气——是的，爱德华·雷福德，哪怕是现在——但你辱没了这个姓氏，我为你感到脸红。"

"这和姓氏有什么关系？"蒙克斯看着老先生激动不已的样子感到莫名其妙，默默注视了老先生一会儿。随后他又问："这姓氏和我有什么关系？"

"没什么。"布朗罗先生回答，"和你没关系。可这也是她的姓，虽然过了这么多年，我一个老头子只要听见陌生人提到这个姓氏，仍会像当年那样兴奋激动。我很高兴你改名换姓了，很高兴。"

"挺好。"沉默了许久后,蒙克斯(我们姑且仍用他的假名)说。他阴沉着脸,身体左摇右晃。布朗罗先生则坐在那里,用手遮着脸。

"你找我究竟要干什么?"

"你有个弟弟。"布朗罗先生提了提劲儿说,"一个弟弟,走在街上只要我在你背后轻轻叫一声他的名字,就足以让你心神不宁地跟我来到了这儿。"

"我没有弟弟。"蒙克斯说,"你知道我是独子。干吗跟我扯什么弟弟?你跟我一样清楚,我没有弟弟。"

"有些事情我知道,你却未必知道。"布朗罗先生说,"我会让你感兴趣的。这都要从那桩可悲的婚姻说起。令尊年纪尚小的时候,为了所谓的家族面子,为了最龌龊、最狭隘的虚荣,被迫答应了一门亲事,而你就是这桩婚姻唯一的,也是最出乎意料的结果。"

"我不介意你说些难听话,"蒙克斯嘲讽似的笑了笑,打断说,"你很清楚事实,对我来说,这已经足够。"

"但我还知道，"老先生步步紧逼，"强扭的瓜不甜，那场并不般配的结合带来的是无尽的痛苦和长期的折磨。我知道他们的婚姻毫无激情，他们互相厌倦。两个人仿佛各自套着一副沉重的枷锁，度日如年，彼此都深受其害。我知道横眉竖眼如何变成公开的冷嘲热讽；漠不关心如何让位于相看两厌，相看两厌变成愤恨憎恶，愤恨憎恶变成势不两立、水火难容。直到最后，他们终于挣断那条锁链，各自带着一截令人难堪的链条分道扬镳，而那链条到死方能彻底解脱。他们分别进入新的环境，强装出最幸福的样子，希望以此掩饰那不光彩的链条。你母亲做到了，她很快就忘掉了过去。但你的父亲很不幸，多年以后，那链条依旧在他心里生锈、腐烂。"

"后来他们分开了。"蒙克斯说，"那又怎么样？"

"在他们分开的那段时间，"布朗罗先生接着说，"你母亲跑到欧洲大陆纵情享乐，把比她小了足足十岁的丈夫完全抛在脑后。你父亲一看前景渺茫，在国内苦闷彷徨了一阵,交了些新朋友。这个情况,至少你已经知道了。"

"我不知道。我不知道。"蒙克斯目光一转,脚掌拍打着地面,一副下定决心否认一切的架势。

"你的所作所为已经出卖了你,而你的态度更使我确信,这件事你不仅没忘,反倒会时时想起,耿耿于怀。"布朗罗先生说,"我说的是十五年前的事,那时你还不到十一岁,你父亲才三十一岁。我再说一遍,你父亲被他的父亲逼着成婚时还是个孩子呢。这件事对你父亲来说不怎么光彩,你是希望我重新梳理一遍呢,还是你自己把真实的情况告诉我?"

"我没什么好说的,"蒙克斯说,"你愿意说就说吧。"

"他那帮新朋友中,"布朗罗先生说,"有个刚刚退役的海军军官,他的妻子半年前过世了,撇下两个孩子——原本孩子更多,幸而只有两个存活了下来,且都是女儿:一个十九岁,生得如花似玉;另一个还小,只有两三岁。"

"你说这些跟我有什么关系?"蒙克斯问。

"他们住在乡下,"布朗罗先生像没听见似的,只管说自己的,"也就是你父亲苦闷彷徨时去的地方,后来他也在那里住下了。他们很快就认识了,进而熟悉起来,并建立起深情厚谊。像你父亲那么有才华的人并不多。他在长相和气质上都与他姐姐相似。随着了解越来越深,那个老军官渐渐喜欢上了他。事情要是能到此为止就好了。可惜啊,他女儿也喜欢上了他。"

说到这里,老先生停住了。蒙克斯咬着嘴唇,双眼盯着地面。见此情景,他又立刻继续说道:"到年底时,他和老军官的女儿便定下了婚约,庄严神圣的婚约。那是那位纯洁朴实的姑娘第一次,也是唯一一次将自己的真心交付给一个男人。"

"你的故事真够长的。"蒙克斯在椅子里不安地扭来扭去。

"年轻人,这是一个充满悲伤、苦难和不幸的真实故事。"布朗罗先生说,"这种故事大多如此。如果是一个纯粹的充满幸福与快乐的美满故事,那就会短小精悍得多。后来,你家那个有钱的亲戚过世了——这一点都不稀奇，很多故事里都有这样的情节——当初就是为了巩固他的利益和名望才让你父亲做出了那么大的牺牲。同许多处于相同位置的人一样，为了弥补由他一手造成的不幸，他给你父亲留下了他自认为能够医治一切痛苦的灵丹妙药——金钱。因此，你父亲需要立刻赶往罗马。你们的这位亲戚去罗马就是为了治病，只是没承想却死在了那里，导致他的后事变得一团糟。你父亲去了，结果也染上了致命的疾病。消息传到巴黎，你母亲马上带着你前去罗马。你们到的那一天，你父亲一命归西，没有留下任何遗嘱。没有遗嘱，那么他所有的财产便都落在了你和你母亲手里。"

讲到这里时，尽管蒙克斯的双眼没有直视说话人，但他早已屏住了呼吸，一脸急切，听得全神贯注。布朗罗先生停顿的工夫，他如释重负般换了个姿势，擦了擦发烫的脸和双手。

"出国之前他路过伦敦。"布朗罗先生盯着蒙克斯的脸，不紧不慢地说，"他找过我。"

"这我可没听说过。"蒙克斯打断说。他的语气本想表达对此事的怀疑，却更多地传达出一种不悦的惊讶。

"他找到我，给我留了一些东西。其中有一幅画，是他亲手给那个可怜的姑娘画的肖像。他不想把画像丢在家里，但匆忙出行，他又无法带着它上路。焦虑、悔恨把他折磨得不像样子。他心神不宁，语无伦次地说起自己惹出的祸事与耻辱，并向我透露说，他要不惜一切代价，将全部财产折换成现钱，并把他最近添置的一部分产业转给你们母子，然后就离开这个国家，再也不回来。我当时就觉得他肯定不会独自出国。作为他的老朋友，我们的感情深深扎根于这片土地，因为这里安葬着一个对我们两个来说都最珍视的人。可即便对我，他也没有过多地吐露真情，只答应说会给我写信，把所有的事情都告诉我，还说会和我再见最后一面。唉！那一次就是最后一面啊。之后我没收到他的一封信，也没再见过他一面。"

"后来等一切结束的时候，"在短暂的停顿后，布朗罗先生接着说道，"我去了他结下那场孽缘的地方——我会用世间通用的说法,因为世俗的偏见苛责与宽宏大量对他来说没什么两样——我打定主意,倘若我的担心不幸成为现实,我定要为那个误入迷途的姑娘找一个可以安身立命的家,找一颗能够关怀和体贴她的心。可是我到的时候,那家人已经于一周之前搬走了。他们还清了所有的债务——不管其数额是多么巨大,还是多么微不足道——然后连夜离开了。至于因为什么,去了哪里,谁都说不上来。"

蒙克斯的呼吸畅快了些,他扭过头,脸上带着胜利的微笑。

"当你的弟弟,"布朗罗先生把椅子朝他拉近了些,"一个衣衫褴褛又毫不起眼的瘦弱孩子,被一只比缘分更强大的手推到我面前时,我把他从水深火热的歧途中拯救了出来——"

"什么?"蒙克斯叫道。

"对,是我救了他。"布朗罗先生说,"我说过你很快就会对我的话感兴趣的。我救了他,看来你那个狡猾的同伙隐瞒了我的名字,不过就算他告诉你,你也未必能听出是我。我救了他之后，就让他在我家里养病。让我感到震惊的是，他和我前面提到的那幅画像上的姑娘长得实在太像了。即便第一次见面时他蓬头垢面，样子凄惨，但他脸上的表情隐隐给我一种似曾相识的感觉，就像在一场生动逼真的梦境里瞥见了一位老朋友的身影。不过在我弄清他的身世之前，他就又被人拐跑了。我想这件事应该用不着跟你说了吧？"

"为什么不用说？"蒙克斯心虚地问。

"因为你很清楚。"

"我——"

"跟我抵赖是没用的，"布朗罗先生说，"我会让你明白，我知道的可比这多多了。"

"你——你没办法证明这些事跟我有关系，"蒙克斯结结巴巴地说，"我谅你也没这个本事。"

"咱们走着瞧。"老先生用锐利的目光瞪了他一眼，回敬道，"我把那孩子弄丢了，虽然我竭尽全力多方寻找，却始终毫无音信。你母亲已经不在了，如果世上还有人能解开这个谜团的话，那这个人非你莫属。我上次听到你的消息时,你还在西印度群岛你自己的产业上。你比谁都清楚,你母亲去世后你退隐到那个地方,其实就是避难去了,因为你在这边干了太多坏事。我出了趟海,去那里找你。可你却在我到的几个月前离开了,听说回了伦敦,但谁都不知道你在哪里落脚。于是,我就又回来了。你的那些老熟人都不知道你的住处。他们说你来来去去,行踪和过去一样神秘兮兮,难以预料。有时候你一连几天都在,有时候又一连数月不见人影。但大体看得出来,你经常出没的还是那些低俗下流的场所,跟那帮寡廉鲜耻之徒厮混。你在还是个无法无天的小孩子时,就和他们打得火热了。我不停地向他们打听你的下落,扰得他们不胜其烦。我没日没夜地在大街上转悠,但直到两个小时以前,我所有的努力全都是徒劳,因为我一次都没有见过你。"

"现在你见到了。"蒙克斯说着,大胆地站起身来,"那又能怎么样呢?诈骗和抢劫都是重罪,可不是你上嘴皮和下嘴皮一碰就能给人安上的。你以为,仅凭一个不知从哪里跑来的小鬼,因为他长得和一个死人在无聊之时信手画出来的肖像有点像,就能证明什么吗?弟弟?!你甚至都不确定那俩情种有没有生过孩子。你根本不知道。"

"我确实不知道。"布朗罗先生也站了起来,"但在过去这两个星期里,我已经打听清楚了。你有个弟弟,你心知肚明,而且你还认识他。本来是有份遗嘱的,但被你母亲毁了。临终之前,她把这个秘密和它的好处告诉了你。遗嘱上说,那场可悲的结合有可能会留下一个孩子。后来那孩子果真出生,你偶然中碰到,第一眼便起了疑心,因为那孩子实在像他的父亲。于是,你到他的出生地去调查。那儿有他的出生和出身证明,那些证明已经被封存了好久。你销毁了那些证明,用你对你那个犹太同伙的话说,'能够证明那孩子身份的仅有的几样证据已经沉到河底,而从孩子他妈妈那里得到这些证据的那个老婆子也早就烂在棺材里了'。孽子、懦夫、骗子,你趁着夜色在黑暗的密室中与盗贼杀人犯谋划。你的阴谋诡计导致了一个比你好一百万倍的姑娘命丧黄泉。你,从小就是你父亲心中的痛。邪念、罪恶和淫欲在你身体里腐烂，直到让你染上可怕的疾病才发泄出来，而你的脸已经变成你灵魂的象征。你，爱德华·雷福德，现在还敢跟我否认吗？"

"不，不，不！"那胆小鬼连声说道，已经被这一连串的控诉吓得魂飞魄散。

"每一句话！"老先生厉声说道，"你和那个恶棍说过的每一句话，我都知道。墙上的影子听到了你们的窃窃私语，把它们传到了我的耳朵里。眼见那可怜的孩子遭受虐待，连一个堕落的姑娘都能为他动了恻隐之心，瞬间拥有了勇气和几乎可以称为美德的品性。如今她已经遇害，即便你不是凶手的同谋，在道德上你也难逃罪责。"

"不，不，"蒙克斯急忙辩解，"这——这件事我毫不知情。你找到我时，我正打算去问个明白呢。我不知道起因，我以为只是普通的吵架。"

"这只是你那些秘密的一部分，"布朗罗先生说，"你愿意把全部实情告诉我吗？"

"我愿意。"

"你愿不愿意写一份陈述事实的证词，并当着证人的面宣读出来?"

"这个我也可以答应。"

"那你愿不愿意老老实实地待在这里,等写好了证词再同我一起到相关机构做个公证?"

"如果你坚持那样的话,我也可以照办。"蒙克斯回答。

"你要做的不止这些,"布朗罗先生说,"你要对那个无辜又无害的孩子做出赔偿,尽管他只是一段不光彩的孽缘的产物,你肯定还没忘记遗嘱中关于你弟弟的条款吧,遵照执行就好。这件事了结之后,你爱去哪儿就去哪儿。从此你们也没必要再见面。"

蒙克斯来回踱着步子,一脸阴险狡诈的表情。他在斟酌这个提议是否划算,有没有规避的可能性。一边是恐惧,一边是仇恨,正在他左右为难之际,有人匆匆打开了房门,一位先生(罗斯伯恩先生)兴冲冲地走了进来。

"那家伙跑不了了,"他激动地嚷道,"今晚就能抓住他!"

"那个杀人凶手?"布朗罗先生问。

"对,对。"这人回答,"有人看见他的狗在他们的一处老巢附近徘徊,因此怀疑它的主人要么已经在那儿了,要么就是想趁天黑再摸回来。那里四面八方都有探子守着,我已经和负责这次抓捕行动的人谈过,他们说这家伙今晚插翅难飞。当局为今晚的事都出了悬赏公告啦,一百英镑呢。"

"我愿意再出五十英镑,"布朗罗先生说,"要是我能赶到现场,我一定当场亲口宣布。梅利先生呢?"

"你说哈里?他看你的朋友和你一起平平安安地坐着马车回来,就急匆匆地赶往他听说这个消息的地方了,"医生说,"然后他会骑马去郊区的某个地方,按照他们商定的那样,正准备打头阵去呢。"

"那费金呢?"布朗罗先生问。

"最后听到的消息是,他还没被抓到。但他跑不了的,说不定这会儿已经归案了。他们有十足的把握抓到他。"

"你决定了没有?"布朗罗先生低声问蒙克斯。

"决定了,"他答道,"你——你会替我保守秘密吗?"

"我会保密的。待在这儿,等我回来。你想平安无事,这是你唯一的希望。"

布朗罗先生和医生相伴而出,门又被锁上了。

"结果怎么样?"医生小声问。

"所有的预期目的都达到了,甚至还有额外收获。我之前掌握的情况加上那可怜的姑娘提供的消息,结合咱们那位好朋友到现场打探到的信息,我基本上没有给他留下任何抵赖的机会。我把他干的那些坏事全都摊到桌面上,清清楚楚,明明白白,他根本无从抵赖。写信通知下去,后天晚上七点碰头。咱们得提前几个小时过去,但还得保证休息,尤其是小姐,我们现在还想象不到届时她会多么需要镇静。说起来,我现在热血沸腾,想立马给那个遇害的姑娘报仇雪恨。他们往哪边走了?"

"直接去了警察局,你还赶得上。"罗斯伯恩先生说,"我就留在这里了。"

两位先生匆匆分手,彼此都抑制不住澎湃的心潮。

第50章
追捕与逃亡

泰晤士河南岸靠近罗瑟希德教堂的那一带，运煤船经过时总能扬起漫天灰尘。密密麻麻的低矮房屋日复一日地喷吐着浓烟，让两岸的建筑全都脏得要命，河里跑的船也都黑不溜秋的。伦敦城本就隐藏着许许多多鲜为人知的聚居地，而这里就是其中最肮脏、最奇怪、最非比寻常的一处。大部分伦敦人甚至连它的名字都叫不上来。

要到达这个地方，你得穿过一片迷宫般紧密、狭窄和泥泞的街巷。街上熙熙攘攘挤满了最粗野、最贫穷的下等人，他们都是些靠河吃饭的水上人家。店铺里堆满了最廉价也最低劣的食品。铺子门外，阳台的栏杆上以及窗户里，各种最普通、最不上档次的粗衣烂衫迎风招展。这里遍地都是最底层的失业者、船上搬运压舱物的苦力、卸煤工人、风尘女子、衣衫褴褛的孩童，还有河里的废料和垃圾。这样的路可不好走，在留心脚下的同时，还要提防从左右分叉的狭窄小巷里扑面而来的令人作呕的景象与恶臭。满载货物的马车从遍布每一个角落的货栈仓库咣当咣当地驶出来，巨大的噪声恨不得把人的耳朵吵聋。终于来到了稍微偏远、行人也明显稀少的街区。临街房子的上层部分，摇摇欲坠地悬在人行道上，拆得半半拉拉的残垣断壁似乎随时都可能砸向路人。烟囱塌了一半，剩下的一半也在摇摇欲坠。窗户上的铁栏杆年深日久，锈迹斑斑，布满污渍，已是不堪一击的样子。你能想到的和荒凉破败有关的一切迹象，在这里都能看到。

就是这么一个地方，继续往前，过了南华克区的坞首位置，便是雅各岛了。它被一条臭水沟环绕着。涨潮时，水沟深有六到八英尺，宽有十五到二十英尺。过去人们把这条水沟叫作磨坊池，但现在人们都叫它瓜皮沟。实际上，它就是从泰晤士河分出的一道小河湾。涨潮时，只要打开利德磨坊那里的水闸，沟内就能灌满水，它过去的名字也是由此而来。开闸放水的时候，初来乍到者只需站在磨坊巷附近那些横跨水沟的木桥上，放眼望去，就会看到两岸房子里的人们纷纷打开后门和窗户，放下提桶、吊桶及各式家用器皿从沟中打水。若偏转目光，将视线从这幅打水图转到人们所在的房子本身，眼前的景象定会令你大吃一惊。你会发现五六栋房子常常合用一条木制的屋后走廊。那走廊摇摇欲坠，木板千疮百孔，走在上面能轻松看到下方的烂泥。视野之内恐怕找不到一扇完整的窗户，基本上都满是修修补补的痕迹。窗户里伸出晾衣竿，但从来没见上面晾过衣服。那些房间又小又脏，通风极差，空气中弥漫着腐烂的气息，连正经污垢见了都会望而却步。木房子就戳在污泥上，眼看就要陷进去的模样——有些已经先行一步了。这些房子满壁脏污，地基腐朽。总而言之，触目惊心的贫穷，令人作呕的污秽、朽烂和垃圾，成了瓜皮沟两岸最显著的特色。

　　雅各岛上的货栈空空如也，上边没了屋顶，墙壁东倒西歪，窗户早已不是窗户，门倒在街上，烟囱乌漆墨黑，却从没冒过烟。三四十年前，在盗窃案还不算猖獗，法庭诉讼也没那么频繁的时候，这里倒也是一派欣欣向荣，然而现在它却成了一座名副其实的孤岛。那些房子没了主人，胆大者便破门而入，据为己有，从此在那里生活，直至死去。要到雅各岛上寻求庇护，这类人必定得有充足的理由，不然只要住进那秘密住所，早晚会沦落到一贫如洗的地步。

在连墙接栋的一片房屋中间，鹤立鸡群般矗立着一栋特别高大的房子。它从许多方面看都已损毁严重，破败不堪，唯独门和窗户依然像模像样，壁垒森严。房后临着水沟，情况就像之前描述的那样。而在这栋房子二楼的某个房间里，有三个人正聚在一起。他们已经在沉默中坐了许久，个个愁眉苦脸，不时茫然又充满期待地互相看上一眼。三人中，一个是托比·克拉基特，一个是汤姆·齐特林先生，还有一个五十来岁，以盗窃为生。此人的鼻子在某次斗殴中被人揍扁了，脸上有一道吓人的伤疤，多半出自同一场合。此人是从海外潜逃回来的流放犯人,名叫凯格斯。

"好兄弟,"托比扭头对齐特林先生说,"既然其他两个落脚点都不保险了,你就该另找个地方避避风头嘛,何苦跑到这儿来呢?"

"你怎么不另找地方啊,笨蛋?"凯格斯说。

"我以为你见了我会比现在高兴一点呢。"齐特林先生神情忧郁地回答。

"年轻人啊,你也不想想。"托比说,"像我这样独来独往的一个人,好不容易才找到这么一个称心如意的栖身之所,总算能过几天无人问津的安生日子,却贸然之间接待一位处境像你这样的先生,虽说三生有幸,但我怕是消受不起啊。当然阁下的人品绝对没的说,平时方便的时候一起打个牌什么的倒是挺合适。"

"更何况,你这位独来独往的朋友家里最近来了客人,而这个客人是提前从海外偷溜回来的,加之他为人低调,暂时还不想去法官那儿报到。"凯格斯补充了几句。

短暂的沉默过后，托比·克拉基特似乎意识到继续摆出平素那种玩世不恭的派头只是白费工夫，也就不再装腔作势，转而对齐特林说："费金是什么时候被抓的？"

"午饭的时候，今天下午两点左右。我和查理比较走运，从烟囱逃出来了。博尔特头朝下藏在空水桶里，可他那两条大长腿塞不进去，也被他们逮住了。"

"贝特呢？"

"可怜的贝特！她去看尸体，说是道个别，"齐特林的脸越耷拉越长，"结果回来就疯了，又是叫又是胡说八道，还拿脑袋撞墙板。他们就给她穿上了约束衣，送到医院去了。现在她还在那儿。"

"小贝茨怎么没来？"凯格斯问。

"他在外面转悠，天黑之前不会到这儿来，不过也快了。"齐特林说，"现在没别的地方可去，瘸子酒馆里的人都被抓了。那地方本来是咱们的一个据点，现在不敢用了。我跑过去亲眼看了，里边全是探子。"

"这是连锅端啊，"托比咬着嘴唇说，"折进去的可不光是一个人。"

"中央刑事法庭已经开始庭审了，"凯格斯说，"只要庭审结束，博尔特供出费金——冲他以前说的那些话，招供是板上钉钉的事——这样他们就可以判定费金为事前从犯，星期五开庭，打今天算起，再过六天他就该挂绳上——"

"你们真该瞧瞧那帮老百姓闹成什么样子，"齐特林说，"警察们使出吃奶的力气才护住他，要不然早被人群给拖走了。他摔倒过一次，好在警察站成一个圈，把他围在中间往外突围。你们真该瞧瞧他那副样子，一身泥一身血，紧紧贴着警察，好像他们是他这辈子最亲密的朋友。我能看见他们被人群挤得站都站不直，只能拖着他往前挤。我能看见人们一个接一个地跳上前去，咬牙切齿地冲他咆哮。我看见他的头发和胡子上都有血。一些娘们儿也从街角挤到人群中间，我听见她们嚷嚷着要把他的心挖出来。"

到过现场的这一位回想起当时的情景依然心有

余悸。他双手捂着耳朵,闭上眼,站起身焦躁地走来走去,像没了魂儿似的。

他在这里后怕的时候,另外两个则默默坐着,眼睛盯着地板。这时楼梯上传来一阵轻快的脚步声,赛克斯的狗突然蹿进房间。他们跑到窗边查看,又迅速冲下楼梯来到街上。狗是从一扇开着的窗户跳进来的,它没有跟着三人下来,街上也没有它主人的踪影。

"这是怎么回事?"几人返回屋里,托比疑惑地说,"他可不能来这儿。但——但愿他没来。"

"他要是来的话,肯定会跟狗一块儿出现。"凯格斯说着,弯腰检查狗。那畜生正趴在地上喘得要死要活。"来,给它弄点水喝。它自个儿跑过来都快累晕了。"

"它把水喝光了,一滴都不剩。"齐特林一声不吭地盯着狗看了半天说,"它浑身是泥,腿瘸了,眼睛也瞎了一只。它肯定跑了很远的路。"

"它能从哪儿来呢?"托比惊呼,"它肯定去过其他据点,发现里面全是生人,所以就跑到这儿来了。这里它来过很多次。可问题是,它最开始是从哪儿来的?为什么就它自己,它的主人去哪儿了?"

"他(他们谁都不提那杀人凶手的名字),他不会寻短见了吧?你们觉得呢?"齐特林说。

托比摇摇头。

"要是他真寻了短见,"凯格斯说,"这狗肯定会把咱们领到那地方。不像,我估计他是撇下狗,自己逃到海外去了。他肯定是趁狗不注意偷偷溜走的,把它甩掉可没那么容易。"

这样的解释看起来可能性最大,其他两个便也认可了。那条狗钻到一把椅子下面,已经缩成一团睡着了,三人便不再搭理它。

天黑下来了。窗板已经合上,他们点了一根蜡烛放在桌上。最近两天这一连串的坏事已经深深印在他们心里。加上他们自己处境危险,前途难料,因而个个惶惶然如惊弓之鸟。他们将椅子拉近,挤在一起给彼此壮胆,但一丁点的异响仍能让他们心惊肉跳。他们很少说话,有话也是轻声细语,那噤若寒蝉的样子好似被害女人的尸体就停放在隔壁。

他们就这样坐了好一阵子,突然,楼下传来急促的敲门声。

"小贝茨来了。"凯格斯气呼呼地扭头看了一眼,好抑制内心的恐惧。

敲门声再度响起。不,不是他。他从来不会这样敲门。

克拉基特哆嗦着走到窗口,探出脑袋查看。他根本不需要说出来人是谁,因为他苍白的脸色已经说明了。睡觉的狗也突然警觉起来,嘴里发出呜呜的声音跑向门口。

"咱得让他进来。"克拉基特说着端起蜡烛。

"就没别的法子吗?"另一个人哑着嗓子问。

"没法子。得让他进来。"

"别让我们一点光都没有啊。"凯格斯说着从壁炉架上拿下一根蜡烛。点火的时候,他手抖得厉害,门又敲过两遍才终于点着。

克拉基特下楼开门,回来时身后跟着一个男的。这人用一条手帕遮住了下半边脸,又用另一条手帕裹住脑袋,再戴了一顶帽子。他缓缓解下手帕,露出一张煞白的脸——眼窝深陷,面颊凹陷,胡楂看起来起码有三天没刮了。他整个人瘦了一圈,喘起气来像狗一样。这简直就是赛克斯的幽灵。

他伸手扶住房间正中的一把椅子,刚准备坐下,忽然打了个寒战,貌似想回头看上一眼。随后,他把椅子拖到靠墙的位置——近得几乎贴在墙上,方才坐下。

进屋之后,他还没和任何人说过话。此刻他一声不吭,挨个儿打量着三人。他们一个个低着头,即便谁偷偷抬眼看他,遇到他的目光,也立刻转向一旁。当他瓮声瓮气地打破沉默时,三个人都吓了一跳,仿佛他们都是头一回听到这个声音。

"狗怎么在这儿?"他问。

"自己跑来的。都来三个小时了。"

"今晚的报纸说费金被抓了。真的假的?"

"真的。"

众人又沉默了。

"他妈的!"赛克斯抬手摸了摸额头,"你们就没有什么要跟我说的吗?"

三人不安地扭来扭去,但无一人开口。

"这房子是你的,"赛克斯转脸对克拉基特说,"你是打算把我卖了,还是让我先住下,等这阵风头过去?"

"如果你觉得安全的话,可以留下。"被问的人犹豫了片刻才回答说。

赛克斯头贴着身后的墙壁慢慢抬起双眼,他似乎只是想扭一下头,倒不为了看什么。随后他问:"尸体——尸体埋了吗?"

三人摇头。

"怎么还不埋?"他说着,又用同样的姿态往后瞥了一眼,"留着那么恶心的东西干什么?谁在敲门?"

克拉基特摆摆手,示意没什么好怕的,遂转身出去。他回来时,后面跟着查理·贝茨。赛克斯坐在正对门的位置,因此那孩子一进来就和他打了个照面。

见赛克斯的目光转向自己,查理一边后退一边说:"托比,你在楼下怎么不告诉我?"

其他三人听了这句话变得格外战战兢兢，使得那可怜的家伙竟愿意向刚进来的这个小伙子示好。他冲查理点了点头，还摆出了一副愿意和他握手的架势。

"我去其他房间吧。"查理连连后退说。

"查理！"赛克斯走上前去，"怎么，不认识我了？"

"别再靠近我！"查理继续后退，满眼惊恐地盯着那杀人凶手的脸，"你这个畜生！"

赛克斯走到一半停了下来，两人四目相对，但赛克斯的视线渐渐垂向了地面。

"你们仨做个见证，"查理挥舞着拳头嚷道，越说越激动，"你们仨做个见证，老子不怕他。要是警察来抓他，我就把他交出去。告诉你们吧，我说到做到。他想干掉我就干掉我好了，只要他有这个胆子。但是，只要我在这儿，就一定会把他交出去。把他交出去，即使下油锅我也无所谓。杀人啦！救命啊！你们三个要是有胆的话，就得帮我。杀人啦！救命啊！抓住他！"

查理大呼小叫，伴随着一通狂乱的手势。说时迟，那时快，这小子真就单枪匹马地朝那壮汉扑了过去。因为出其不意，用力又猛，他竟将对方扑倒在地。

三名旁观者目瞪口呆，都忘了上前干预，任凭一大一小两个人在地上滚作一团。小的那个丝毫不在乎雨点般的拳头落在自己身上，双手抓住杀人犯胸前的衣服越攥越紧，并使出浑身力气不停地大声呼救。

然而毕竟实力悬殊，此番较量很快就见了分晓。赛克斯将查理摁在地上，用膝部抵住他的咽喉。这时，克拉基特忽然神情紧张地拉了他一下，指了指窗户。只见外面火光闪烁，人声嘈杂，急促的脚步声从最近的木桥上传来，听阵势应该有不少人。听起来人群中还有人骑着马，坑坑洼洼的人行道上响起了嗒嗒的马蹄声。火光越来越亮，脚步声越发密集且嘈杂。随后楼下便响起了重重的砸门声。无数愤怒的人声汇聚在一起，如山呼海啸般，就算胆子最大的人听了也不免瑟瑟发抖。

"救命!"查理尖锐的叫喊划破夜空,"他在这儿!把门撞开!"

"以国王的名义,快点开门!"外面有人喊道。人群跟着鼓噪一阵,声音比之前更大。

"把门撞开!"查理喊道,"他们不会开门的!把门撞开!到亮灯的房间!"

他话音刚落,下面就传来咣咣咣的撞门声,同时被撞的还有一楼的窗板。人群中爆发出一阵热烈的欢呼。什么叫群情激奋?此情此景,或许能给听到的人留下一个最直观的印象。

"随便找个房间把门打开,好让我把这个管不住嘴的小混蛋关进去!"赛克斯恶狠狠地嚷道。他拖着查理在房间里走来走去,轻松得就像拖着一个空麻袋。"就那个门。快!"他把查理扔进去,插上插销,并锁上了,"楼下的门牢不牢固?"

"双保险,还有铁链。"克拉基特回答。他和另外两人依然是一副束手无策、不知所措的样子。

"墙板呢?结不结实?"

"里面包着铁皮呢。"

"窗户也是？"

"对，窗户也是。"

"你们见鬼去吧！有什么本事都使出来啊！老子怕你们不成！"赛克斯这家伙已然豁出去了，他把窗扇往上一掀，对着人群大放厥词。

在所有能被人耳听到的可怕的喊叫声中，没有哪种可以胜过愤怒的人群的咆哮。后面的人吆喝前边的人，让他们放火烧房子；有人大声喊警察开枪打死楼上那个家伙。然而在所有人当中，最义愤填膺的要数骑马的那一位（哈里·梅利）。只见他敏捷地翻身下马，像分开流水一样推开人群，来到窗下，而后用盖过所有人的声音大喊道："谁能搬个梯子过来，就赏他二十个几尼！"

离得最近的几个人扯着嗓门接力吆喝，紧接着上百人齐声呼应。有的叫搬梯子；有的叫拿大锤；有的举着火把跑来跑去，好像在找家伙儿，可随后又空着手回来继续叫喊；有些人骂骂咧咧，干着急没办法；有些人发疯似的往前挤，结果却妨碍了楼下的人；有些胆子大的，试图沿着落水管和墙上的缝隙往上爬。人潮在黑暗中汹涌,像狂风吹过玉米地。人们不时会齐声吆喝一阵。

"潮水!"赛克斯关上窗户,踉跄着退回房间,激动地叫道,"我来的时候已经开始涨潮了。给我找根绳子,长一点的绳子。他们全都围在前边,我可以从后边跳进瓜皮沟,神不知鬼不觉地逃出去。快给我找绳子,不然我就干脆再多背三条人命,然后自我了断。"

惊恐万状的三个人指了指存放此类东西的地方。赛克斯慌忙选了一根最长最粗的,匆匆爬上了屋顶。

屋后的所有窗户早就用砖给砌上了,唯独关着查理的那个房间有个小天窗。可那窗口实在太小,根本钻不过人。然而正是从那小小的窗口里,不停地传出查理的呼声。他声嘶力竭地提醒外面的人群防范屋后,因此当赛克斯终于从屋顶的门钻出去,出现在房顶上时,一声响亮的呼喊将这一情况通报给了房前的人。人群立刻像奔腾的激流一样,推推搡搡地涌向屋后。

赛克斯用特意带上去的木板牢牢抵住门,叫人很难从里面打开。随后他从瓦上爬过去,隔着低矮的护墙往下看。

潮水已经退了,只剩下一沟的污泥。

这工夫,人群反倒安静下来,目不转睛地盯着赛克斯的一举一动,吃不准他的意图。不过,当他们意识到赛克斯的如意算盘落空时,立刻爆发出一阵胜利的欢呼和谩骂。相比之下,先前的呐喊犹如轻声细语。这声浪一波接着一波。离得太远的人虽搞不清状况,但也跟着吼起来,一时间骂声四起,绵绵不绝,仿佛整个伦敦城里的人全都加入了咒骂赛克斯的行列。

前面的人仍在不断地向前推进,无数愤怒的面孔汇成一股汹涌澎湃的洪流。无处不在的火把照亮了他们冲天的怒气。瓜皮沟对面的房子已被人群占领,窗扇被推上去了,或者干脆被整个拆掉。每一扇窗户里挤挤挨挨全是人脸,每一个屋顶上都密密麻麻站满了人。小桥(视野之内有三座)上挤满了人,桥身被压得向下弯曲。即便如此,仍有更多的人源源不断地蜂拥而来。他们都想找个立脚的地方,吼上几嗓子,哪怕看一眼那个恶棍的样子。

"这下他可逃不掉了。"最近一座桥上的某个人嚷嚷说,"太好啦!"

人们纷纷摘下帽子,欢呼之声响彻夜空。

"谁能活捉他,"同一个地方有位老先生喊道,"我就给他五十英镑。我就待在这儿,等人来领赏。"

又是一阵欢呼。这时一个消息在人群中迅速传开——门被撞开了!最先叫搬梯子的那个人已经冲到楼上去了。通过说话人之间的传递,这一消息立刻改变了人潮的走向。对面窗户里的人见桥上的人纷纷后撤,也争先恐后地冲到街上,加入乱哄哄的人群,一心要占领他们原来的位置。大家你推我搡,生怕落在别人后面。每个人都被挤得气喘吁吁,但仍迫不及待地冲向门口,只为了在警察把杀人犯带出来时能瞧上一眼。有些人被挤得快喘不过气,有些人被挤倒在地惨遭踩踏。呼喊声、惨叫声响作一团,叫人听了寒毛直竖。狭窄的街道被堵得水泄不通。有些人左冲右突,拼命想挤回到房前的位置;有些人则徒劳地挣扎着想逃离人群。一时间,人们的注意力从杀人犯身上转移了,但大家盼着他被抓的迫切心情有增无减。

赛克斯被气势汹汹的人群给镇住了。他以为逃跑无望,正蹲在房顶不知所措。然而他敏锐地察觉到了人群的变化,顷刻间,他站起来迅速做出了决定:他要破釜沉舟,冒着可能陷进淤泥的危险,跳进瓜皮沟,好趁着夜色和混乱逃出生天。

他又来了精神,而房间里的喧闹表明已经有人冲了上来。他不能再耽搁了。于是,他一只脚抵住烟囱,将绳子的一头牢牢系在烟囱上,而后用双手和牙齿三下五除二绑了个结实的活结。用这条绳子他能把自己降到离地差不多等身的高度。他手里攥着刀,准备待会儿割断绳子,跳下去。

他刚把活结套在头上,正准备往里伸胳膊,先前提到的那个老先生(他死死抓着桥栏,顶着人群的压力,坚守自己的位置),急切地提醒周围的人们说,杀人犯要顺着绳子往下坠了。然而就在这时,赛克斯突然扭头看着身后的房顶,双手高举过头顶,发出一声惊恐莫名的尖叫。

"眼睛！她的眼睛又来了！"他鬼哭狼嚎般叫了起来。

犹如被闪电击中，他的身体晃了几下，终于失去平衡，从护墙上翻了下来。绳子的活结套在他的脖子上，绳子则因他身体的拉扯瞬间绷得像弓弦一样紧，而他下落的速度像离弦之箭一样快。赛克斯向下坠了大约三十五英尺，然后被绳子猛然扯住，四肢剧烈地抽搐了一下。他悬在半空，僵硬的手里还攥着那把打开的折刀。

破旧的烟囱被扯得动了动，但最终坚定地顶住了拉力。杀人犯贴着墙壁荡来荡去，已经没了生气。小窗口里的查理推开挡住他视线的尸体，大声呼喊下面的人们快去救他。

那条狗直到此时才再度露面。它在楼顶的护墙上跑来跑去，不断发出凄惨的哀嚎。最后它铆足了劲儿向尸体的肩膀上跳去。可它跳得不够准，身体朝水沟跌落下去。它在半空中翻了个跟斗，最终一头撞在一块石头上，脑浆迸裂。

第51章
本章将解开几个谜团,并达成一门亲事,不过聘礼之事却只字未提

上一章所述之事已经过去了两天。这天下午三点左右,奥利弗坐上了一辆旅行马车,朝他出生的那座小城疾驰而去。与他同行的有梅利太太、贝德温太太、罗丝和那位热心肠的医生。布朗罗先生和另一人同乘一辆驿车跟在后头,这位先生的名字在本书中还未提过。

一路上他们话都不多。奥利弗百感交集,心潮澎湃。他很难集中精神,连说话都有些困难。而他同伴们的情况与他的不相上下。布朗罗先生已经把他从蒙克斯口中获取的消息,小心翼翼地告诉了奥利弗和两位太太。尽管他们知道此行的目的是给一件开端良好的事情画上一个圆满的句号,但由于整

件事仍有许多未解的谜团,他们心里仍不免七上八下,难以平静。

这位好心的朋友在罗斯伯恩先生的帮助下,小心地切断了奥利弗及其他人的消息渠道,免得最近发生的那些可怕的事情传进他们的耳朵。"没错,"他说,"过不了多久他们肯定会知道,但晚几天知道总比现在就知道强,反正也不会糟到哪儿去。"因此,他们全都沉默不语,各自想着把他们聚到一起的这件事,谁都没有把心里的想法说出来。

当马车沿着一条奥利弗从未见过的大路驶向他的出生地时,在这些思绪的影响下,他能保持沉默倒也正常。然而,当马车拐上他曾经走过的那条路时,他回想起曾经的自己,一个无家可归的流浪儿,既没有亲友可以投靠,也没有栖身之所可供遮风挡雨,历历往事涌上心头,无数情感在胸中苏醒了过来。这时,他就再也忍不住了。

"看那儿!看那儿!"他紧紧拉着罗丝的手,指着窗外激动地叫道,"那道梯磴我爬过,我还在篱笆后面藏过,生怕有人发现我,把我抓回去!那边有条穿过田野的小路,一直通到我小时候住过的老房子!哦,迪克,我亲爱的老朋友迪克,要是现在我能见到你该多好啊!"

"你很快就能见到他了。"罗丝轻轻捧住他合在一起的小手说,"你可以告诉他现在你有多快乐、多富有,而在你所有的快乐当中,你最大的快乐就是回来找他,让他也快乐起来。"

"对,对,"奥利弗连声说,"我们——我们要把他接走,让他有衣服穿,有书念,还要把他送到宁静的乡下,让他长得结结实实的——可以吗?"

罗丝只是点了点头,因为看到孩子那幸福的眼泪,她已经激动得说不出话了。

"你也会对他好的,因为你对每个人都很好。"奥利弗说,"我知道,听了他的故事,你肯定会哭的。不过别担心,别担心,都要过去了,你的脸上会重新出现笑容的,我知道——啊,想想他的变化会有多大。我就是一个例子啊。当初我逃走的时候,他还对我说'上帝保佑你'呢。"迸发的情感让奥利弗忍不住哭了起来,"现在我也要对他说'上帝保佑你',我要让他知道,就因为这句话,我有多爱他。"

小镇越来越近了。终于,他们驶入了狭窄的街道。这时想让奥利弗平静下来已经相当困难。苏尔伯雷的棺材铺还在,只是和他记忆中相比感觉小了很多,也没那么气派了。他熟悉的那些店铺和房子也都是老样子,几乎每一家他都因为这样那样的小事进去过。他看到了甘菲尔德的马车,一点没变,依然像过去那样停在那家老字号的酒馆门口。他看到了济贫院——他幼年时期的牢笼,那些死气沉沉的窗户无精打采地朝向大街,门房也依旧是那个瘦瘦高高的家伙。奥利弗一看见他,就情不自禁地往后缩,可随后又嘲笑自己的愚蠢,紧接着又哭了起来,哭过了又笑起来。门口和窗户里有许多他熟悉的面孔,一切似乎都没变,就像他昨天才离开,而他如今的幸福生活只是他做的一个甜蜜的白日梦。

可这一切都是真的,是令人愉快的现实。他们的马车径直驶向镇上那家最大的旅馆门口(小时候,奥利弗经常怀着敬畏之心瞻仰它,认为它是一座富丽堂皇的宫殿,可如今再看,雄伟壮丽的感觉已不复存在)。格里威格先生已经在此恭候。小姐和太太下车后,他上前分别吻了吻二人,就像他是众人共同的老祖父。他和颜悦色,面带微笑,也没有赌咒发誓要吞掉自己的脑袋——没有,一次都没有,即便他和车把式争执哪条路离伦敦最近时也没有。他声称自己最熟悉路,尽管那条路他只走过一次,而且全程都在睡大觉。晚饭已经备好,卧房也收拾妥了,一切都安排得井井有条,像魔法一样。

尽管如此,当最初半小时的忙乱结束之后,他们在旅途中经历过的那种沉默与克制再度漫延开来。布朗罗先生没有和他们一起吃晚饭,而是单独待在别的房间。另两位先生匆匆而来又匆匆而去,满脸焦虑。趁着短暂的间隙,他们还在一旁说了会儿话。其间梅利太太也被叫出去一次,过了差不多一个小时才回来,眼睛都哭肿了。罗丝和奥利弗因为对最近发生的诸多事情一无所知,看到这样的情景,不由得神经紧张,忐忑不安起来。他们默默地坐着,心里七上八下。即便偶尔说上几句,俩人也像耳语一样把声音压得低低的,仿佛害怕听到自己的声音。

终于，到了晚上九点钟，就在他们估计今天不会再有新的消息时，罗斯伯恩先生和格里威格先生走了进来，身后跟着布朗罗先生和另一个让奥利弗一看见就惊讶得差点失声尖叫出来的男人。他们说此人就是他的哥哥。这个人奥利弗早就见过，一次是在集市上，另一次是在他住的那间小屋里，当时此人和老费金正从窗外朝屋里张望。蒙克斯毫不掩饰地用他那充满憎恶的眼神瞥了一眼目瞪口呆的奥利弗，随后在靠近门口的地方坐了下来。布朗罗先生手里拿着一些文件，走到离罗丝和奥利弗很近的一张桌子前。

"这件事还挺麻烦，"他说，"虽然我们在伦敦已经当着许多先生的面签过字了，但这些声明还是得重申一遍。我并不是存心要让你难堪，但你我都很清楚，在放你走之前，你得亲口念一遍。"

"随便，"那人说着把脸扭到了一边，"麻烦快点。我想我做的已经够多了，也算仁至义尽。拜托你们就不要再扣着我了。"

"这个孩子，"布朗罗先生把奥利弗拉到自己跟前，抚摸着他的小脑袋说，"是你同父异母的弟弟，是你父亲——我亲爱的朋友埃德温·雷福德，与年轻的艾格尼丝·弗莱明的非婚生子。可怜的姑娘，生下奥利弗就死了。"

"没错。"蒙克斯说，怒目而视那个瑟瑟发抖的孩子，好似听到了奥利弗的心跳，"这正是他们的私生子。"

"你使用这样的字眼，"布朗罗先生严厉地说，"是在侮辱那些已经去世的人，他们早已不再受世俗评断的影响。除了你自己，它不会令任何一个活着的人蒙羞。所以还是不要再提了。他就出生在这个小镇，对吧？"

"出生在这个小镇的济贫院里。"蒙克斯一脸不悦地回答，"那上面都写着呢。"他不耐烦地指了指那些文件。

"可我必须确认一遍。"布朗罗先生说着，扭头扫了一眼屋里的听众。

"那你们就好好听着吧！"蒙克斯怒气冲冲地说道，"他父亲在罗马突然病倒时，已经和他的妻子，也就是我的母亲,分居很久了。我母亲带着我从巴黎急匆匆地赶去罗马。据我所知,我母亲完全是冲着财产去的,因为她对我父亲早就没了感情。然而我父亲对我们的到来毫不知情,因为那时候他已经没什么意识了。他在昏迷中一直熬到第二天才去世。在他桌上的文件中,有两份是他得病当晚写的,点名要交给你。"他扭头对布朗罗先生说,"他在那上面给你写了几句话,又在外封皮上注明得等他死后才能交给你。两份文件中的一份是写给艾格尼丝的信,另一份是遗嘱。"

"那封信里都写了什么?"布朗罗先生问。

"写了什么?就一张纸,写得纵横交错、密密麻麻[1],无非是忏悔、表白之类,还祈祷上帝能够帮她一把。他还向那姑娘透露他有些暂时不方便对外人说的秘密,但总有一天会解释清楚的,正是因为那些秘密,他当时才未能娶她。可她却一如既往地相信

---

[1] 当时由于纸张与邮费的成本问题,英国人写信习惯先横着写,写完将信纸旋转90度,再竖着写,有时还按对角线再交叉着写,因此信件呈现出纵横交错的样子。

他，相信得无法回头，直到失去那任何人都再也给不了她的东西。那时她离生产只剩几个月时间。他把自己的打算全都告诉了她。如果他能活下来，就能保全她的名节；万一他死了，她也不要恨他，或认为他们的罪孽会给她或他们的孩子带来灾祸。因为所有的罪过都是他一个人的。他提醒她不要忘了他送给她的那个小盒子和戒指。戒指上刻着她的教名，姓氏的位置他特意空着，原本他希望有朝一日能冠以他的姓氏。总之，他嘱咐她好好收藏，戴在贴胸的地方，就像她以前做的那样。随后翻来覆去还是那些话，感觉很焦虑不安的样子。我估计他当时肯定心乱如麻。"

"说说那份遗嘱。"布朗罗先生说。此时，奥利弗已经泪如雨下。

蒙克斯默不作声。

"遗嘱的内容和那封信大同小异，"布朗罗先生替他说道，"他说到妻子给他带来的不幸和痛苦。说到你，作为他唯一的儿子，个性叛逆，道德败坏，心肠歹毒，年纪轻轻就有了许多邪恶的欲望，且从小就被教育仇恨自己的父亲。他给你和你的母亲每人留下八百英镑的年金。他把自己的大部分财产平均分成两份,一份给艾格尼丝·弗莱明,另一份给他们的孩子,若那孩子能平安降生且长到法定年龄。如果艾格尼丝生的是女儿,则可以无条件继承他的遗产;如果生的是儿子,则必须满足一个条件:在成年前,他不得做出任何泯灭良知、伤风败俗、违法乱纪等可能会令他的姓氏蒙羞的行为。他提出这个条件是为了表明他对孩子母亲的信任以及他自己的信念——越是临近死亡,这种信念越是强烈——那孩子一定会遗传她仁慈的心肠和高尚的品格。若他的这个期望最终落空,那么这笔钱就归你所有。到那时,也只有在他的两个儿子都是一路货色时,你才有权优先申请继承他的财产。你在他心里什么都没有留下,从你很小的时候起,你就用你的冷漠和厌恶将他拒于千里之外。"

"我母亲,"蒙克斯提高了嗓门说,"做了一个女人该做的事情。她烧了那份遗嘱。那封信也永远没有到达收信人的手中。她把它和其他证据保留了下来，以防他们俩将来不承认自己干的丑事。那姑娘的父亲从我母亲那里得知了'真相'，当然，是被我母亲怀着刻骨的仇恨添油加醋之后的夸张版本。因为这一点，我到现在还爱着她。那姑娘的父亲不堪受辱，带着他的儿女跑到了威尔士一个偏远的角落隐居，甚至改名换姓，连他的朋友都打听不到他的下落。可搬到那里没多久，他就死了，死在自己的床上。那个时候，艾格尼丝已经偷偷离家出走好几个星期。她父亲曾徒步找遍了附近的村镇。也就是在回家的那天夜里，他深信女儿为了保全自己和他的名声，已经自行了断。因此，他那颗衰老的心也终于死了。"

这一刻，房间里鸦雀无声。过了一会儿，布朗罗先生才接着往下叙述。

"几年后，"他说，"此人的母亲，也就是爱德华·雷福德的母亲，曾来找我。爱德华当时只有十八岁，却卷跑了他母亲所有的积蓄和金银珠宝。他嗜赌成性，挥霍无度，还涉嫌造假诈骗。后来他逃到了伦敦，在那些最底层的社会渣滓中间混了两年。他母亲患上了一种痛苦的不治之症。她盼着能在离世之前把儿子找回来,因此多方打听,四处寻访,这个过程相当漫长,好在她最终还是找到了。他跟着他母亲回到了法国。"

"她的病久拖不愈,最后死在了那儿。"蒙克斯说,"临终之际,她把这些秘密,连同她对这些秘密中所涉及的每一个人的刻骨仇恨都传给了我,尽管她根本用不着么做,因为我很早以前就已经继承下来了。她不相信那姑娘会自杀,更不相信她会连孩子都处理掉。我母亲总觉得那姑娘生了个儿子,而且那孩子还活着。于是我向她发誓,将来那孩子要是落到我手里,我一定不会让他好过。我会对他穷追猛打,把所有的仇恨都发泄到他身上。如果可以,我要把他一直拖到绞刑架上,并朝着那份满篇空话、欺人太甚的遗嘱吐口水。她没说错,果然有个孩子,而且最终还让我碰上了。起初一切都挺顺利,要不是那个多嘴的小婊子,也许我就成功了。"

这混蛋紧紧抱着双臂,一肚子怨恨无处发泄,只好骂骂咧咧地抱怨自己无能。布朗罗先生转身面向听得心惊胆战的其他人,解释说那个老犹太跟此人是老熟人,此人答应对方,只要将奥利弗引向邪路,他就给对方一大笔酬金;若孩子被人救出,则要扣除一部分酬金。两人发生过争执,为此还特意跑到乡村别墅确认那孩子是不是奥利弗。

"那个小盒子和戒指呢?"布朗罗先生回头问蒙克斯。

"我从之前提到的那对男女手上买了回来。他们是从老护士那儿偷的,而那个老护士又是从死人身上偷的。"蒙克斯连眼睛都没有抬一下,"后面的情况你都清楚了。"

布朗罗先生冲格里威格先生微微点了下头,后者会意,敏捷地退出去,转眼便推着班布尔太太和她那老大不乐意的丈夫走了进来。

"我该不是老眼昏花了吧?"班布尔先生假惺惺地叫道,"这不是小奥利弗吗?哦,奥利弗,你都不知道我有多难过。"

"住口!蠢货!"班布尔太太讷讷地说。

"班布尔太太,这难道不是人之常情吗?人之常情啊。"济贫院院长辩驳道,"毕竟他是我以教区的名义抚养长大的,现在看到他和这些和蔼可亲的女士、先生在一起,我难道不该感到高兴吗?我一直都爱这个孩子,就像他是我的——我的——我的爷爷。"班布尔先生结结巴巴,努力找出一个恰当的比方,"亲爱的奥利弗少爷,你还记得那位尊敬的白马甲先生吗?唉,他上个星期上天堂了,用了一口橡木棺材,它的把手还是镀金的呢,奥利弗。"

"得了吧,老兄,"格里威格先生不客气地说,"控制一下你的感情吧。"

"我会尽力的,先生。"班布尔先生回答道,"您还好吗,先生?但愿您的身体健健康康。"

这个祝福是送给布朗罗先生的,此时他上前几步,来到了这对体面的夫妇近前。他指着蒙克斯问他们:"你们认识这个人吗?"

"不认识。"班布尔太太矢口否认。

"那估计你也不认识咯?"布朗罗先生转向她的丈夫。

"这辈子都没见过。"班布尔先生说。

"也没有卖过东西给他?"

"没有。"班布尔太太回答。

"那恐怕你们也从来没见过一个盒子和一个纯金的戒指吧?"布朗罗先生说。

"当然没见过。"女总管说,"你们干吗把我们带来这里,还问些这么奇奇怪怪的问题?"

布朗罗先生又冲格里威格先生点了点头,后者一瘸一拐却异常敏捷地走出去。不过这次他带进来的不是一对壮实的老夫妻,而是两个走起路来一步三摇的老婆子。

"老莎莉死的那天晚上,你虽然关上了房门,"走在前面的那位颤巍巍地抬起干瘪的手,"却挡不住声音往外传,也挡不住门缝。"

"没错,没错。"另一个环顾四周,晃动着没了牙的下巴说,"挡不住,挡不住。"

"我们听见她拼着老命想把自己干的事告诉你,还看见你从她手里接过一张纸。第二天我们就见你去了当铺。"头一个老婆子说。

"对,"第二个老婆子附和说,"是个装有金戒指的盒子。我们查出来了,我们看见它被交到你手上。我们就在旁边。哦,我们就在旁边。"

"我们知道的还不止这些。"头一个又接着说,"因为她老早就跟我们说过,那个年轻妈妈告诉她的,她说她觉得自己可能挺不过去,但她打算死在离孩子父亲的坟墓最近的地方,可怜的是她病倒在了半路上。"

"你们要不要再见见当铺老板?"格里威格先生朝门口做了个手势。

"不用了,"班布尔太太说,"看得出来,这个没胆货已经招了。"她指了指蒙克斯,"你们又找这些老妖婆打听过,还带来两个证人,那我就没什么可说的了。我的确把那东西卖了,你们永远都别想找到它。现在你们能把我怎么样?"

"不怎么样。"布朗罗先生说,"但有件事我们需要干涉一下:我们认为你们两个已经不再适合继续担任公职。你们可以走了。"

"我希望,"格里威格先生领着两个老婆子出去之后,班布尔先生一脸沮丧地看看四周说,"我希望，这件不幸的小事不至于让我丢掉教区的职务吧？"

"革职是必然的，"布朗罗先生说，"你就别心存侥幸了。就这都便宜你们了。"

"全是班布尔太太的主意，是她非要这么干。"班布尔先生先回头看了一眼，确保他的妻子已经离开了房间，这才给自己叫起了屈。

"这不是理由。"布朗罗先生说，"东西被销毁时你也在场，依照法律的观点，你甚至比你妻子的罪还要严重，因为法律会认为你妻子的行为是受了你的指使。"

"如果法律硬要这么认为，"班布尔先生双手搓着帽子说，"那这法律就是个笨蛋、白痴！如果这就是法律的观点，那这法律肯定是个单身汉。我祝它亲身体验一回，好叫它开开眼，知道什么是婚姻，婚姻！"

咬牙切齿地说完最后两个字，班布尔先生把帽子结结实实往头上一戴，双手插兜，跟着他的贤内助下楼去了。

"亲爱的小姐,"布朗罗先生转身面对罗丝,"把手给我。别发抖。还有最后几句不得不说的话,用不着害怕。"

"要是这几句话跟我有关系——虽然我不知道怎么会有这种可能,但如果是真的,"罗丝说,"拜托您改天再告诉我吧。眼下我实在没有气力,也没有精神了。"

"不,"老先生挽住她的胳膊,"我相信你的勇气远不止如此。老兄,你认识这位小姐吗?"

"认识。"蒙克斯说。

"可我从没见过你啊。"罗丝有气无力地说。

"我倒是经常见你。"蒙克斯说。

"苦命的艾格尼丝,她父亲有两个女儿,"布朗罗先生说,"另外那个小女孩的命运如何呢?"

"那个女孩,"蒙克斯回答,"她的父亲客死他乡,死的时候用的还是假名,身边没有留下任何可以找到他的亲戚或朋友的线索,或是书信,哪怕一张纸条。那孩子被一户穷苦的乡下人带走,当成他们自己的女儿养大成人了。"

"说下去,接着说。"布朗罗先生说着,示意梅利太太靠近一点。

"那户人家搬到了哪里,你根本找不到。"蒙克斯说,"但友谊无能为力的地方,仇恨往往大行其道。功夫不负有心人,经过一年明察暗访,我妈妈竟然找到了那孩子。"

"你妈妈把她带走了?"

"没有。那户人家穷得叮当响,发完了善心就开始厌倦了——至少那个男的有点烦了。我母亲让孩子留下了,还给了他们一点钱,但那维持不了多久。她答应会再给他们寄钱,可实际上那只是空头支票。不过她还是不放心,生怕这户人家的不满情绪和贫苦生活把那孩子折磨得不够惨。因此她就把那孩子姐姐的丑事添油加醋地抖搂得干干净净,并提醒他们提防那孩子,因为她骨子里透着下贱,还造谣说她是私生女,将来干不出什么好事。而因为实际情况和她描述的有几分相似,那些人便坚信不疑。结果那孩子就遭了大罪,日子过得要多惨有多惨,让我们都感到心满意足。直到后来,有个住在切斯特的寡妇偶然看见了这个女孩子，心生可怜，就把她带回了家。有时候，我总觉得老天是故意跟我们作对。我们用尽了办法，可她却留在那儿不走了，日子也越过越快活。两三年前，她们从我眼皮底下消失了，直到几个月前我才再次看见她。"

"那你现在还能看见她吗？"

"能啊，她就在您胳臂上靠着呢。"

"即便如此，她依然是我的侄女，"梅利太太一把搂住快要昏过去的罗丝，哭着说，"她依然是我最亲爱的孩子。就算把全世界的财富都给我，我也不愿意失去她。她是我的伴儿，是我的亲闺女。"

"你是我唯一的亲人啊，"罗丝紧紧依偎在她的怀里，哭着说道，"是我最要好、最称心的朋友。啊，我的心都快要裂开了。一下子知道这么多，我如何承受得了啊？"

"比这更多的你都承受住了呀。你温柔善良，总是把快乐带给你认识的每一个人。"梅利太太慈爱地搂住她，"来，亲爱的，别忘了，还有一个人正等着拥抱你呢，可怜的孩子！往这儿看，你瞧，我亲爱的孩子。"

"我不要叫她姨妈,"奥利弗哭着搂住她的脖子,"我永远都不会叫她姨妈,我要叫她姐姐,我亲爱的姐姐。从一开始就有种东西在暗示我!罗丝,亲爱的罗丝姐姐!"

这是多么神圣的时刻。两个孤儿紧紧拥抱在一起,语不成句地互诉着衷肠,任泪水肆意地流淌。他们突然间都有了父亲、母亲和姐姐,尽管这些人都已经不在人世。欢乐和悲伤交织在一起,但泪水并不苦涩,因为此时此刻就连悲伤本身也是温柔的,裹在甜蜜亲切的回忆里,失去了所有痛苦的本质,变成了庄严的快慰。

在很长一段时间里,屋里只剩下他们两个人。终于,一阵轻柔的敲门声告诉他们外面来了人。奥利弗打开门,心照不宣地溜了出去,把位置腾给了哈里·梅利。

"我全知道了。"他在可爱的姑娘身边坐下来,说道,"亲爱的罗丝,我全知道了。"

"我并非碰巧来这儿。"一段长长的沉默之后,他又接着说,"这些事我也不是今晚才听说的,我昨天就知道了,不过也只是昨天。你有没有猜到,我来这里是为了向你重提一个承诺?"

"等等,"罗丝说道,"你果真全都知道了?"

"知道了。你答应过的,一年之内,我可以随时重提咱们最后一次谈话时说过的事情。"

"我是答应过。"

"我并非要逼你改变心意,"年轻人继续说道,"可我想再听你亲口说一遍。无论我获得怎样的地位和财富,我都愿匍匐在你的脚下。如果你依然坚持原来的决定,我发誓,我不会从言语上或行动上试图改变你。"

"当初影响我的那些因素,现在依然影响着我。"罗丝坚定地说,"你那仁慈善良的母亲把我从贫穷与苦难中拯救了出来,如果说我对她负有义不容辞的责任,那么这种感觉在今晚或许比在任何时候都要强烈。这是一场斗争,"罗丝说,"一场让我感到自豪的斗争。虽然它很痛苦,但我的心甘愿承受。"

"今晚揭开的这些真相……"哈里准备接着说

下去。

"今晚揭开的这些真相,"罗丝柔声打断他说,"不会改变我的心意,关于我们之间的事情,我依然是原来的立场。"

"你对我太狠心了,罗丝。"她的情郎着急起来。

"哦,哈里,哈里,"年轻的姑娘突然泪水涟涟,"要是不用承受这样的痛苦就好了。"

"那你为什么还要把这些痛苦强加到自己身上呢?"哈里拉住她的手问,"好好想想,亲爱的罗丝,想想今天晚上你听到的那些事。"

"我听到什么了?听到什么了?"罗丝哭着说,"无非是我的父亲受不了奇耻大辱,带着家人躲到了世人找不到的地方。唉,我们已经说得够多了,哈里,说得够多了。"

"还不够,还不够。"年轻人说着,拉住正欲起身的罗丝,"我的希望、理想、前途、感情,除了对你的爱,我对生活的所有看法都发生了变化。现在我要给你的,不是这碌碌尘世中的赫赫声名,也不是要与这世上的怨恨和诽谤同流合污。如今这个世道，正直的人若遭遇困境，往往并非由于他们真的犯了错。我要给你一个家——一颗心和一个家——对，亲爱的罗丝，我能给你的，就只有这两样。"

"你这是什么意思？"罗丝结结巴巴地说。

"我的意思是，上次离开你的时候，我下定决心要把你我之间凭空想象出来的所有障碍清除干净。我想清楚了，如果不能让我的世界变成你的世界，那我就让你的世界变成我的世界。我不在乎门第出身，谁都休想拿这个对你说三道四。我已经这么做了。那些因此而疏远我的人，也疏远了你。这恰恰证明你是对的。当初对我笑脸相迎的那些有权有势的大人物，那些有头有脸、声名显赫的亲戚，如今都对我冷眼相待。但是，在英格兰最富庶的那个郡里，多的是微笑的田野和冲你热情挥手的树林。那里还有一座乡村教堂——我的，罗丝，我自己的！教堂旁边是一座充满田园气息的宅子。如果你能成为那里的女主人，我会无比骄傲，比我放弃的全部希望还要骄傲一千倍。这就是我现在的身份和地位，我把它们全都摆在你面前了。"

"等待小情侣一起吃晚饭可真是折磨人啊。"格里威格先生醒过来,扯掉盖在头上的手绢儿。

说实话,晚饭早就准备好了,等待的时间也绝对超出了常人可以忍受的限度。然而不管是梅利太太,还是哈里和罗丝(三人同时进来),谁都说不出一句请大家理解的话。

"今晚我是真想把自个儿脑袋给吃了。"格里威格先生说,"因为我以为别的什么都吃不到了。恕我冒昧,如果大家不反对的话,我可要向我们未来的新娘表示祝贺了。"

格里威格先生不顾姑娘羞红了脸,立刻便将这番公告付诸行动。有了他这个榜样,医生和布朗罗先生也相继效仿着吻了吻罗丝小姐。有人声称这一行为是哈里·梅利在隔壁那间昏暗的屋子里的原创。但权威人士认为这是诽谤,因为哈里还年轻,况且他还是个牧师。

"奥利弗,我的孩子!"梅利太太叫道,"你去哪儿了?怎么看起来如此难过?你看你脸上还挂着泪珠呢。出什么事了?"

这是一个充满失望的世界。通常越是我们珍视的希望,越是能给我们的天性带来荣耀的希望,其破灭的概率就越大。

可怜的小迪克,已经不在人世了!

第52章
老费金的最后一夜

法庭里从地板到房顶,满是人脸。无数好奇又充满期待的眼睛从每一寸空间里向外张望着。从被告席前面的栏杆到旁听席最偏僻狭小的角落,所有人的目光都集中在一个人身上,此人便是费金。无论前后上下左右,整个世界布满闪闪发光的眼睛,将他严严实实包围在中间。

在这一片生机勃勃的光芒中,他站在被告席上,一手扶着面前的木板,一手拢在耳朵后,头往前伸,好听清主审法官说的每一个字。后者正向陪审团宣读对他的指控。费金不时大义凛然地扫一眼陪审团,看看那些对自己有利的细节在他们中间产生了怎样的反应。当法官以无比清晰的口吻念到对他不利的情节时,他便看向自己的辩护律师,无声地恳求对方无论如何都要为他说几句好话。除了这些焦虑的表现，他的手和脚并没有多余的动作。甚至可以说，从开庭以来他几乎就没动过。法官的话已经说完，而他依旧全神贯注地盯着法官，好像还在听着。

法庭里的一阵喧闹使他回过神来。环顾四周，他注意到陪审员们正聚在一起，商议如何裁决。当视线转到旁听席，他能看到人们争先恐后地伸长脖子、探出身子，只为看清他的脸。有的人匆匆戴上眼镜，有些则和旁边的人交头接耳、窃窃私议，脸上带着深恶痛绝的表情。还有个别人对他似乎并不关心，而是极不耐烦地盯着陪审团，不明白他们为何这样磨磨蹭蹭。然而，在如此众多的面孔中，他找不到一个人对他抱有哪怕一丝一毫的同情，包括人群中的许多妇女。似乎所有人的观点在他身上奇迹般地达成了一致：他罪有应得。

就在他茫然间将这一切收入眼底时，法庭重新陷入了死一般的静寂。他回头一看，陪审员们已经齐刷刷地转向了法官。嘘！

他们不过是在请求准予退庭罢了。

陪审员下去时，他眼巴巴地挨个儿看着他们的脸，仿佛要看出他们大多数人的倾向。当然，那只是徒劳。狱卒碰了碰他的肩膀。他木讷地跟着对方走到被告席一头，在一把椅子上坐下。幸亏狱卒给他指了指，要不然他都没看见那把椅子。

他抬头再次看向旁听席。有些人在吃东西，有些则摇晃着手绢儿给自己扇点凉风。法庭里人头攒动，不是一般地热。一个年轻人正在一本小笔记本上画他的面部素描。他很想知道画得像不像，于是在画家折断笔尖并掏出小刀削铅笔时，像那些无所事事的观众一样旁观着。

当老费金以同样的方式将目光转向法官时，他的心思又忙活开了：法官服的样式如何，造价多少，怎么穿上的，等等。审判席上还坐着一位身宽体胖的老先生，半小时前出去了，这会儿才回来。老费金就想这人是不是去吃饭了，吃了什么，在哪儿吃的。他就这样心不在焉地东想西想，直到别的目标吸引了他的注意力，于是他便顺着新的思路，继续胡思乱想。

然而在这段时间里,他的内心一刻都没有摆脱那种叫人难以抗拒的压迫感——坟墓在他脚下张开了大口。这感觉如影随形,挥之不去,但又模糊不定,令他很难集中精神去思考。一想到死期将至,他浑身像着了火一样热辣辣的,还抖个不停。于是,他开始数面前有几根铁栏杆,并琢磨其中一根的尖头为什么会断掉,他们是打算修一修它呢,还是就这样丢在那里不管它。随后,他想到绞刑架和断头台的种种恐怖之处——中间暂停了一会儿,盯着一个在地板上洒水降温的人出了会儿神,然后又接着想。

终于,有人喊了一声"肃静",所有人都屏住呼吸,不约而同地看向门口。陪审团回来了,几乎擦着他走过去。可从他们脸上他什么都看不出来,一张张凝重的面孔活像石雕。法庭里鸦雀无声,听不到窸窸窣窣声,连喘气的声音都没有。陪审团宣布:被告有罪。

山崩地裂般的吼声几乎掀翻屋顶,一声过后又是一声。随后整个法庭都闹腾起来,那声音越来越大,好似愤怒的雷鸣。法庭外的人也在欢呼,他们总算盼来了下周一对他执行死刑的消息。

喧闹声渐渐平息,有人问他对于死刑有没有什么要说的。他又摆出那副专心听讲的姿态,全神贯注地盯着问话的人。对方把问题重复了两遍,他似乎才听明白。随后他不住地嘟囔说自己老了,老了,老了,声音越来越小,最终归于沉默。

法官戴上黑帽子[1]。犯人依然无动于衷地站在那里发呆。旁听席上的一个女人被眼前这可怕的肃穆场景吓得尖叫了一声。老费金猛然抬头,仿佛十分恼火被人打扰似的,而后更加专注地向前倾着身体。法官在宣读死刑判决时威严庄重,让人听了毛骨悚然。可犯人呆立原地,纹丝不动,犹如一尊大理石像。狱卒的手放在他的胳膊上示意他退庭时,他依旧朝前伸着那张憔悴不堪的脸,耷拉着下巴,两只眼睛无神地看着前方。随后,他木木呆呆地扫了一

---

[1] 英国法庭审判习俗,当法庭对被告做出死刑判决时,法官须戴上黑色的特定方帽,以示法律的尊严和法庭判决的严肃与慎重。

眼四周，退下去了。

他被人领着穿过法庭下方一个铺有地板的房间，这里是临时关押犯人的地方。有些犯人正等着提审，有些则正和围在格栅外头院子里的亲戚朋友说话。没有人搭理他。他经过时，犯人们纷纷后退，好让格栅外面的人能看清他的面目。众人用不堪入耳的谩骂、叫嚣和嘘声围攻他。他则冲人群挥舞拳头，作势要揍他们一顿。但押送他的人没给他停留的机会，而是催着他快速穿过一段灯光昏暗的走廊，来到了监狱里边。

进来头一道程序是搜身，狱卒得确保他身上没有任何能让他抢在法律之前了结自己的东西。搜过身，他们把他带进一间关押死刑犯的牢房，他被独自留在了那里。

正对牢门有一张石凳——这东西既当凳子又当床，他坐在上面，一双布满血丝的眼睛盯着地面，试图整理一番思绪。不大一会儿，他开始想起法官说过的只言片语，尽管当时他好像一个字都没听见。然而，这些零零碎碎的信息慢慢拼凑在一起，原本的意思便渐渐明朗起来。没过多久,他全明白了,就像听法官当庭宣布一样清楚。绞刑,这就是结果。活活被吊死。

天暗了下来,他开始回想所有死在绞刑台上的熟人。有些人能上去还是拜他所赐。他们接二连三地浮现在眼前,他一时间竟数不过来。他曾亲眼看着其中一些人死去,还说过风凉话,因为他们死的时候还在祷告。当下落板哐啷一声落下,突然之间,一个身强体壮、生龙活虎的男人就变成了一堆荡在空中的衣服。

他们中的有些人或许就在这间牢房里待过,说不定也坐在他现在坐的位置。周围一片漆黑。他们怎么不点灯呢?牢房有些年头了,不知道曾有多少人在这里度过他们最后的时光。他感觉自己像坐在一个填满了死尸的墓穴里——头套、绞索、绑缚的胳膊、那些即便套了头套他也能认出来的熟悉面孔。点个灯吧,点个灯吧!

他在结实的牢门和墙壁上疯狂捶打,直到双手生疼,骨头都快要断掉,才终于来了两个人。其中一人举着一根蜡烛,并将其硬生生插在墙上的一个铁制烛架上;另一人拖着一张床垫,那是他们过夜用的,因为死刑犯的最后一晚得有人看着。

夜晚降临了——黑暗、凄惨、寂静的夜晚。看守们听见教堂的钟声都会非常高兴,因为那预示着新的一天和新的生活。可于他而言,那钟声带来的只有绝望。大铁钟每敲响一次,传来的都是同一个低沉空洞的声音——死亡。又是一个繁忙的早晨,外面的喧闹居然传进了监牢,可这声音于他又有何益呢?无非是另一种丧钟罢了,警告中又添嘲讽。

白天匆匆过去了——白天,哪里还有白天?它还没到就已经走了——夜晚再度来临,如此漫长又如此短暂。漫长是因为可怕的寂静,短暂是因为飞逝的时光。他时而咆哮,时而咒骂,时而哀号,时而揪扯头发。和他同一教派[1]的几位尊者到他旁边做祷告,结果被他骂了出去。他们不肯罢休,非要行一回善事,他就用拳头把他们赶跑。

---

1 指英国犹太社群普遍信仰的犹太教。

星期六晚上。过了今天，他就只剩最后一晚可活了。在他意识到这一点时，天已破晓——星期天到了。

直到这可怕的最后一晚，那种极具毁灭性的、无助的绝望感才火力全开地向他那颓丧的灵魂发起猛攻。他倒不奢望得到宽恕，只不过他对自己马上就要被绞死还没有十分清晰的认知。他没怎么同那两个轮流看守他的人说话，而那两人似乎也无意引起他的注意。他坐在那里，一直醒着，却又不停地做梦。现在，他几乎每分钟都会在惊叫中站起，浑身滚烫，大口大口喘着粗气。突发的恐惧和愤怒驱使他在牢房里焦灼地踱来踱去。那两名看守虽说见惯了类似的场面，却也禁不住发怵，胆战心惊地躲着他。罪恶的良心带来无尽的折磨，他的样子可怕到了极点，吓得看守不敢独自坐在他对面，于是两个人一起看着他。

他蜷缩在石凳上，回想起往事。被捕那天，他被人群中飞来的不知什么东西给打伤了，头上缠着一块亚麻布。他红色的头发披散在毫无血色的脸上；

胡子被人扯得七零八落，残留的部分打着结；眼睛里射出吓人的光；因为多日不曾洗澡，皮肤被体内的高热烤出了裂纹。八点，九点，十点。如果这不是吓唬他的恶作剧，而是真的接二连三飞逝而去的一个又一个钟头，那等它们转一圈回来时，他会在哪里呢？十一点。前一个小时的钟声尚未停止振动，新的钟声便又响起了。明天八点，他会是自己殡葬队伍中唯一的送葬人。十一点——

纽盖特监狱这些可怕的墙壁隐藏了太多的苦难和用语言无法形容的痛苦——它们不仅挡住了人们的视线，还更频繁、更长久地阻断了人们的思考——尽管如此，这些墙壁还从未见识过像当下如此骇人的情景。几个从门外经过的人停住脚，想瞧瞧明天就要上绞刑架的那个人在干什么。倘若他们果真能看一眼这个犯人，那么这天夜里就别想睡个好觉了。

从傍晚到将近午夜的这段时间里，三三两两的行人神情焦虑地跑到门房这里来，打听上头有没有暂缓处刑的命令。回答是否定的，于是他们立刻兴高采烈，将这一大快人心的好消息传到街上的人群中。他们指指点点，议论纷纷，说犯人会从哪个门出来，绞刑架会架在哪里，而后恋恋不舍地走开，边走边回头张望，想象着那个万众沸腾的场面。人们渐渐散去。夜半更深，总算有一个小时，大街回归了寂静与黑暗。

监狱前方的场地已经清空，几道结实的漆黑路障横在街中央，以阻挡届时汹涌的人潮。这时，布朗罗先生和奥利弗出现在监狱的小门外。他们出示了一份由治安官亲自签署的探视犯人的许可令，便立即被带进了门房。

"这位年轻的先生也要一起吗？"接待他们的狱卒问道，"先生，里面的情形不太适合小孩子看。"

"的确不适合，我的朋友，"布朗罗先生说，"但我和那人的事情与这孩子息息相关。况且，这孩子见过他为非作歹、风光无限时的样子，我想他也应该见见那人现在的样子，即便要忍受一些恐惧和痛苦。"

这番话是背着奥利弗说的。狱卒礼节性地碰了碰帽子,好奇地扫了奥利弗一眼,打开了与他们刚进来的那扇门相对的门,领着他们穿过昏暗曲折的走廊,朝牢房走去。

"这里——"狱卒在一条黑洞洞的过道里停了下来。过道里,两个工人正一声不吭地做着某些准备工作。"这里就是他的必经之路。如果你来这边,还能看见他出来时经过的门。"

随后,狱卒把二人领到了一间四壁用石头砌成的厨房,里面有几口给犯人做饭用的大铜锅。狱卒指了指一扇门,门的上面有道开着的格栅,外面的声音传进屋里:有人说话的声音,有锤子砸东西的声音,还有扔板子的声音。他们正在搭绞刑架。

他们从这里继续往前,穿过几扇由别的狱卒从里面打开的坚固大门,来到一处天井,登上一段狭窄的楼梯,进入一个走廊,走廊的左侧是一排同样坚固的牢门。管钥匙的狱卒示意他们在原地稍等,随后用手里的一串钥匙敲了敲其中一扇门。那两名看守小声嘀咕了几句,来到走廊里,伸伸懒腰,似乎十分高兴能暂时出来透透气。他们示意两名访客随狱卒到牢房里去。布朗罗先生和奥利弗遂跟了进去。

我们的死刑犯正坐在石凳上左摇右晃,面无人色,倒像头落入陷阱的野兽。他显然正沉浸在对往昔的回忆中,嘴里不住地喃喃自语,不仅没有意识到两位访客的到来,还把他们当成了自己幻觉的一部分。

"好样的,查理,干得漂亮!"他嘟囔说,"奥利弗也不错!哈哈哈!不错,活脱脱的小绅士,活脱脱——带那孩子睡觉去。"

狱卒握住奥利弗空着的手,低声嘱咐他不要惊慌,然后一言不发地看着。

"带那孩子睡觉去,"费金嚷道,"你们几个听见没有?所有这一切——都是因他而起。花钱把他养这么大,真值啊!——博尔特的喉咙,比尔,别管那姑娘——博尔特的喉咙,能割多深就割多深,把他的脑袋锯下来!"

"费金!"狱卒叫道。

"我就是!"老费金答应道,立刻恢复到庭审时那种专心聆听的姿态,"一个老头子,大人。一个行将就木的老头子。"

"得了,"狱卒伸手按住费金的胸口,示意他不用起身,"有人要见你,大概想问你几个问题。费金,费金,你还是个男人吗?"

"要不了多久就不是了。"他说着抬起头,脸上根本没有人类的表情,只有愤怒和恐惧,"把他们全都打死!他们有什么权力要我的命?"

说话间,他看到了奥利弗和布朗罗先生,吓得缩到了石凳最远的角落,嘴里不住地问他们来这儿干什么。

"别紧张。"狱卒已经按住了他,"好了,先生,告诉他你想知道什么吧。最好快一点,他的状态可是越来越糟了。"

"你手上有部分文件,"布朗罗先生上前说道,"是一个叫蒙克斯的人出于稳妥考虑,交给你保管的。"

"胡说!"老费金回答,"我哪有什么文件?一份都没有!"

"看在上帝的分儿上,"布朗罗先生郑重地说道,"先别急着说这话。俗话说,人之将死,其言也善。你都到这个份上了,还有什么好隐瞒的呢?告诉我东西在哪儿。你应该知道赛克斯已经死了,蒙克斯也全都招了。你还指望瞒下去能有什么好处吗?说吧,你把那些文件藏在哪儿了?"

"奥利弗!"老费金冲他招了招手,"来,往前来!我悄悄告诉你。"

"我不怕。"奥利弗低声说着,松开了布朗罗先生的手。

"那些文件,"老费金把奥利弗拉到自己跟前说,"放在一个帆布包里,藏在顶楼靠前的那间屋里,就在烟囱往上一点,那儿有个洞。我想和你聊聊,亲爱的,我想和你聊聊。"

"好的,好的,"奥利弗说,"让我做个祷告吧,求你了,就做一个。你跟我一起跪下吧,做完祷告我们聊到天亮都可以。"

"咱们到外面去,到外面去。"老费金边说边推着奥利弗朝门口走,双眼茫然地看着前方,"就说我睡了,他们会相信你的。只要你带着我,就能把我弄出去。走吧,走啊!"

"哦,上帝呀,宽恕这个可怜的人吧!"奥利弗流着泪说。

"没错,没错,"老费金说,"让上帝帮咱们一把。先过这道门。经过绞刑架时,要是我浑身哆嗦走不成路,你可别笑话我。快点,走,走,走!"

"您没别的要问他了吗,先生?"狱卒问。

"没了,"布朗罗先生说,"我原本以为我们能让他认清自己的处境——"

"不可能的,先生。"狱卒摇摇头说,"你们最好还是走吧。"

牢门开了,那两名看守走了进来。

"走啊,走啊!"老费金叫道,"动静小点,但别这么磨蹭。再快点,再快点!"

几个人抓住他,把奥利弗从他手中拉过来,并挡住他的去路。他不顾一切地挣扎了片刻,接着一声响过一声地大哭起来。凄厉的声音穿透了厚实的墙壁,一直在他们耳边回响,直到他们来到天井。

他们在离开监狱前耽搁了一会儿。因为奥利弗经历了这可怕的一幕，吓得几乎昏厥。他浑身瘫软无力，有至少一个小时——甚至更久——连走路的力气都没有。

他们从牢房里出来时，天已经微微亮了。外面早就聚集了很多人，每家的窗户里也都挤满了人。抽烟的抽烟，打牌的打牌，人们自有办法打发时间。人群推来搡去，有人争吵，有人说笑。一切都是那么生机勃勃，只除了人群正中央那片黑乎乎的东西——黑色的台子、高大的十字梁、悬在半空的绞索，以及其他狰狞可怕的死刑器具。

第 53 章
最后的交代

本故事中各个人物的命运已经讲得差不多了。作为故事的记录者,最后我只简单再多说几句。

在上一次推心置腹的表白后不到三个月,罗丝·弗莱明和哈里·梅利在一座乡村教堂里举行了婚礼。这里也将是这位年轻牧师今后工作的地方。当天,两位新人住进了他们幸福的新家。

梅利太太也搬来和儿子、儿媳同住,以期在宁静的晚年享受一番德高望重之人所能享受到的最大幸福——看着被自己一直关心疼爱的两个人能够幸福快乐,深深地体会到自己的一生没有虚度。

经过全面细致的调查,蒙克斯名下现有的财产(无论在他或在他母亲手中,这些财产都从未增值),倘若由他和奥利弗平分,每人可得三千英镑多一点。

按照他们父亲的遗愿,这些财产本该全归奥利弗所有,但布朗罗先生念及老友情谊,决定给他的长子一个改邪归正的机会,因此采用了这种一分为二的分割方式,由他负责照料的小奥利弗对此也欣然同意。

蒙克斯依旧顶着这个假名,带着属于他的那部分财产去了遥远的新大陆。在那里,他很快就将钱财挥霍一空,不得已又干起了老本行,后来因诈骗被长期监禁,最终因旧病复发死在了监狱里。他的老朋友费金留下的那帮同伙,也一个个客死他乡。

布朗罗先生将奥利弗收为养子,带着他和老管家搬去了新地方,距离他那位好友的牧师住宅不到一英里,如此奥利弗那颗温暖真挚的心中仅剩的愿望也得到了满足,两小群人从此紧密地联系在了一起。在这个动荡不安又瞬息万变的世界上,他们过着最接近完美的幸福生活。

在两个年轻人结婚后不久,那位可敬的医生罗斯伯恩先生就返回了切特西。离开一众老友,他的心情持续低落。其实,他完全可以怨天尤人,牢骚满腹,甚至任由自己脾气暴躁起来。不过,他的德行不允许他那么做。开始的两三个月,他自我暗示说那里的空气不适合他,以此达到精神上的胜利,可后来发现那里和过去已经大不一样。于是,他把业务交给助手打理,在他那位年轻朋友担任牧师的小村外租了个单身汉住的小屋。说来神奇,一来到这里,他所有的坏心情瞬间都烟消云散了。从此,他每天就种花、栽树、钓鱼,或者做点木工活,诸如此类,而且不管做什么,他都干劲十足,激情澎湃。很快,他在各个方面都成了远近闻名的行家里手。

搬家之前,罗斯伯恩医生对格里威格先生就颇为欣赏,大有结交之心,而那位古怪的先生对他也有相见恨晚之意。此后一年,格里威格先生便成了罗斯伯恩医生家的常客。每次拜访,格里威格先生也会兴致勃勃地栽花、种树、钓鱼、做木工。他的行事风格向来与众不同,有些甚至史无前例,而他总是用他最珍爱的那句口头禅,断言自己的方式才是正确的。每逢星期天,他总是当着年轻牧师的面对人家的布道吹毛求疵一番,而事后又会偷偷告诉罗斯伯恩先生说,他认为小伙子的布道精彩至极,但最好还是不要说出来。布朗罗先生最爱拿格里威格先生关于奥利弗的预言打趣,还经常提起他们把怀表放在桌子中间等着奥利弗回去的那个晚上。格里威格先生始终不认输,坚持认为自己大体上并未说错,毕竟那天奥利弗确实没有回去。每次在如此辩解之后,他总会大笑一阵,愉快的心情有增无减。

诺亚·克莱波尔先生因为揭发费金有功,得到了当局赦免。考虑到自己的职业远没有他指望的那么稳定可靠,而他在短时间内又很难找到既来钱又不花力气的谋生之道,于是经过一番斟酌,他走上了职业告密这条道,并渐渐活出了上等人的派头。他的做法是这样的:每周礼拜时间,他就穿上体面的衣服,在夏洛特的陪同下出去转悠。他们专挑心慈面软的酒馆老板下手,来到人家店门口,夏洛特假装昏倒,克莱波尔先生花几个小钱买杯白兰地把她救醒,然后第二天他们就去告发酒馆老板[1],如此他们能得到一半罚金的奖励。有时候克莱波尔先生也会亲自昏倒,效果一样好。

班布尔先生和太太被革职以后,生活逐渐陷入贫苦,最终沦为贫民,进了他们曾一手遮天的那所济贫院。后来听班布尔先生说,穷困潦倒至此,他连感谢上帝把他与他的妻子分开的精力都没有了。

至于贾尔斯先生和布里特斯,他们依然担任原来的职务,虽然前者已经秃了头,而后者也变成了头发花白的老小子。这俩人住在牧师家里,除了牧师一家,他们对奥利弗、布朗罗先生以及罗斯伯恩先生同样热心周到,因此时至今日,村民们依然分不清他们到底是谁家的仆人。

查理·贝茨少爷被赛克斯的罪行吓破了胆,于是开始了一系列的反思:正派的生活到底是不是最好的选择?最终他得出肯定的结论,于是洗心革面,

---

[1] 当时的英国法律规定,礼拜结束之前酒馆不得卖酒,违者罚款,而揭发者可得罚金的一半作为奖励。

痛改前非，开始追求新的人生。在一段时间里，他拼命干活，吃尽苦头，但好在他有着知足常乐的天性，目标又明确，后来总算熬出了头。他先是给一家农户打短工，后来又去当搬运工，如今已是整个北安普顿郡最年轻快活的牧场工人了。

在这本传记接近尾声之时，笔者的手竟微微有些颤抖，很想抓住这些故事的丝线继续编织下去。

我很想和那些陪伴我一路走来的人物继续新的旅程，用我的笔尽力描绘他们的生活，分享他们的快乐；我想让读者看到初为人妻的罗丝·梅利如何展现出一个年轻女子特有的风采与典雅，它在她与世无争的人生道路上洒满了柔和的光辉，并将这些光辉洒在与她同行的人身上、心里。我要描绘她冬日围炉的温柔和夏日聚会的欢欣；我要追随着她在午时穿过闷热的田野，聆听她在月下漫步时用甜美的嗓音浅吟低唱；我要看着她在外面播撒善心，在家里笑意盈盈地履行家庭责任。我想描绘她与她亡姐的遗孤如何相亲相爱，如何幸福地生活——他们经常花几个小时一起想象那些逝去的故友亲人。我想把那些曾经围在她膝头的充满喜悦的小脸蛋再度召至面前,听他们欢乐地叽叽喳喳;我还想重现记忆中无邪的欢笑,让她那温柔的蓝色眼眸中再次闪烁同情的泪花。所有这一切,以及许许多多的顾盼和微笑、思绪和言语,我都想一一重现。

布朗罗先生日复一日地用丰富的学识充实他那养子的头脑。奥利弗天资聪颖又敏而好学,大有可能会不负厚望,成为布朗罗先生希望他成为的那种人。因此,他对这孩子的喜爱与日俱增。相处日久,他不断地从这孩子身上看到老朋友的影子,许多尘封的记忆在心底缓缓复苏,在牵动愁肠的同时也倍感甜蜜与欣慰。逆境中长大的两个孤儿,从磨难中学会了理解与宽容,向来以仁慈之心待人,彼此亲密无间,对庇护他们的上帝也心怀感恩。当然,这些事情都无须赘述了。我已经说过,他们得到了真正的幸福。如果没有深挚的感情和仁慈的心灵,如果对以慈悲为准则、以博爱为标志的上帝没有感恩之心,一个人是无论如何都不可能得到幸福的。

在那座古老的乡村教堂里,祭坛之上立着一块白色的大理石碑，碑上只刻了一个名字：艾格尼丝。不过，祭坛下面的墓穴中并没有灵柩。也许要过上好多年，才会有新的名字刻上去。然而，坟墓阻挡不了活着的人对逝去亲人的思念。倘若逝者的亡灵还能返回尘世，他们必定会到那些由爱砌成的圣地魂游一番。我想，艾格尼丝的灵魂一定经常光顾那个庄严的角落。尽管这角落位于教堂之内，尽管她弱不禁风又曾误入歧途，但我坚信她会来的。